【源空间系列丛书】

黑鹰不死（上册）

Black Hawk Never Dies

何满子◎著

中国文联出版社

图书在版编目（C I P）数据

hawk！黑鹰不死 ：上下 / 何满子著. -- 北京 ：中国文联出版社, 2022.6

ISBN 978-7-5190-4661-3

Ⅰ. ①h… Ⅱ. ①何… Ⅲ. ①幻想小说－中国－当代 Ⅳ. ①I247.5

中国版本图书馆 CIP 数据核字(2021)第 188954 号

作　　者　何满子
责任编辑　周小丽
责任校对　潘传兵
装帧设计　吴燕妮

出版发行　中国文联出版社有限公司
社　　址　北京市朝阳区农展馆南里 10 号　　　邮编　100125
电　　话　010-85923025（发行部）　010-85923091（总编室）
经　　销　全国新华书店等
印　　刷　北京虎彩文化传播有限公司

开　　本　889 毫米 x 1194 毫米　　1/32
印　　张　26
字　　数　525 千字
版　　次　2023年 4 月第 1 版第 3 次印刷
定　　价　91.00元（上下册）

献　给

引领我走进文学世界和人性深处的
约瑟夫·康拉德
Joseph Conrad

本书中所有地名、人物均为虚构，若有雷同，纯属巧合。

目 录

楔 子
第一案 与旧时光的重逢 ……………………1
第二案 正午的暗流 …………………… 81
第三案 唯一值得恐惧的，只有恐惧本身 …169
第四案 不在那里 ……………………271

尾 声 ……………………366

楔　子

记不得是多久以前了。有一个湿热的午后，疲倦不堪的丘比特路过一处阴凉的岩洞，决定停下来休息一会儿。于是他大摇大摆地在岩洞里躺下，把背后的箭筒扔在一旁，里面的羽毛箭掉了一地。

可是洞穴的地上原本也散落着几支箭，丘比特醒来的时候才发现自己分不清哪些是自己的了。他蹲在地上仔细地找，一支一支地分辨羽毛的颜色、箭头的形状和大小，尽量只拣属于自己的箭。但羽毛箭都长得极为相像，又已经混得均匀，他只好捡了大致的数量，放回自己的箭筒里。

丘比特不知道，他停下来歇息的岩洞，其实是死神曾经住过的洞穴。死神在那里也留下了自己的箭。从此就有一支死神之箭与丘比特的爱神之箭混在了一起，所以后来年轻和年迈的爱人们，再也无法预知射向自己的到底是哪一支。

命运总会时不时地出人意料。

而我恨透了这个故事。

第一案

与旧时光的重逢

也许你该出生在昨天
也许还有比今天更好的时代
但是属于我们的
只有一个现在

壹

上帝就跟希格斯玻色子一样，你相不相信，他都在那里。也许有一日会被人发现，也许永远都没办法证明。

——姚 sir

“狠狠打，打爆他的头！”

“打、打呀，快打、打他的头！打他的脖子、打他的肚子、打他的下体！”

乐子扬以腿蹬地，只觉擂台冲出一股无形的冲击波摇摆晃动着袭向四方，紧接着“嘭”一声重拳出击，快如闪电，直抵对方左胸下两寸，对方顿时仰头大叫一声，一口鲜血喷出，身体软绵绵地向后仰去。

“好！好！”四周看客疯狂的叫好如雷声迭起。一群红了眼的看客和赌徒，挥着拳头拼命喊着，如同刚刚站在擂台上豪气万丈、打败对手的人是自己。绿花花的票子在空气里飘起来，有的往上扬起，有的从空中落下，而站在擂台中心的他，毫不掩饰地伸手去捞那一张张的美钞，空中的拿尽了，又弯下腰去捡落在自己周围地上的。

很认真地捡。这些都是他理应所得，一点也不觉得羞耻。捡起的钞票里十美元和二十美元的居多，偶尔有一张五十甚至一百的从人群的缝隙中递过来，他就礼节性地抬起头，顺着钞票递来的方向挥一挥手，或者轻轻点个头。

这是波利斯市中心最隐秘却也最著名的地下拳庄。“little black box”（小黑箱），当地人都这么称呼它。很难想象，从古列斯坦宫出来不远，到热闹非凡的大巴扎集市前，在鳞次栉比的商铺和小餐馆、如织的人流之中，竟然存在着这么盛大而庞杂的地下拳庄。它没有单独的门脸，只能从一家丝绸铺的内室侧门进入，不是熟人绝对找不到。

门口狭窄，径直是一节伸向地下的木板楼梯，等走下最后一级台阶，面前的张扬景象才扑面而来——一直延伸向主擂台的厚实的阿富汗地毯，两侧的红砖墙，妖娆变幻的灯光和鼓手，加上人群里疯狂的叫喊声、下注声、拍手声和咒骂声，所有的声音汇聚在一起，远远听去便是成堆成垛的金币彼此碰撞的哗哗响。公子哥儿为了一场擂台上的对决豪赌千金，亡命之徒也毫不犹豫倾尽囊中钞票，不在乎玉石俱焚。可自从半年前这个姓乐的华人来到“小黑箱”，他们已经从他身上稳赚了不少——毕竟，他周周设擂，至今还未尝败绩。

据说他的一身功夫是家传下来的绝招，鲜为人知，反正不论是小黑箱里的对手还是观众，看了大半年，谁也看不出有什么套路可循。

第二局打完，乐子扬坐在休息席上看了看自己的右手。今天晚上的对手并不强，得克萨斯来的白人壮汉，虽然看起来体形高大，但是走步出拳既不灵活也不精准，肯定熬不过下一局。四周围上来的助理们洒水的洒水，敷药的敷药，乐子扬自己拿了一瓶维他命水往嘴里灌了几口，挥退了助理和医生。“我没事，完全没事。”他告诉他们。

休息时间还剩下五分钟，小黑箱里看客们的喧嚣声和下注声依旧兴奋不减，他体内搏击的火焰已经跃跃欲试。乐子扬闭上眼、睁开，再闭上眼、再睁开，这是他战前调整心跳的方式。最后一次睁开眼的时候，他瞥了一眼面前的一台小电视。电视的声音被降到最低，而且一直因为在地下而信号不清，可就是他抬眼看的那一刻，电视里忽然映出了一个不该发生的画面。

2016 年 3 月 14 日的 23 点 45 分，波利斯城的月色很凉。趁着那凉薄月色缓缓下落的，除了迫近的午夜和迟缓的东风，还有一架从中国飞来的专机。外交部特派、中国驻伊罗大使馆的首席谈判官，还有几分钟就将走下舷梯，而沙尔国际机场的地面戒备森严，数十名荷枪实弹的卫士守在停机坪前，守着早已等待在那里的、八辆通身漆黑的商务车。

舷梯接上了出入口，机舱门缓缓打开，两个特警军人最先出来走下梯子，紧接着便是中国派来的六人谈判团队，而走在最后面的，就是这一次特派专机的主角、年近五十的谈判官毕司长。

毕司长戴一副无边框的眼镜，一身深灰色中山装，体态微胖，步履矫健。他一只手握着舷梯的扶手，一只手提着薄薄的一个黑色电脑包，踌躇满志地一步步走下飞机。

“嘭！”

突然间，一团巨大的火焰从舷梯的正下方升起，直冲云霄，将整架舷梯炸飞在空中。地勤人员四散奔逃的尖叫声、地面部队人员立刻把枪上膛的喀喀声，还有机场大楼响起的警报声，顿时震惊了半个城市的夜空。

走在最前面的谈判团队的成员被热浪推出几米远，受伤倒在血泊之中，而走在后面还未下舷梯的，则跟着梯子直接被炸飞，摔向半空，吞没在红黑相间的火焰中。

“毕司长在这儿！”五分钟后，闻讯驶来的警车和救护车停在停机坪上，一个中国使馆的接待官员认出了重伤的首席谈判官。

“毕司长……”当地的医疗人员也应声赶至，可是医生把手放在司长身上片刻之后，遗憾地冲中国的官员摇了摇头。

大波的医疗人员持续涌来，而离他们不远的地方，正一拐一瘸地走过来一个年轻的中国女人。杜若秋是谈判团队里唯一的女性成员，也是毕司长的第一副手。她身上还穿着深灰色的西装和同色的套裙，但是光着脚，腿上挂着几条分叉的血痕，西服夹克被炸碎了一只肩膀，几缕头发粘在满是血痕的脸上，几缕留在漆黑的夜风里瑟瑟颤抖。

毕司长被蒙上白色的被单，抬上担架，装进了救护车。杜若秋受的伤要轻一些，但是也被医护人员和警察扶上同一辆即将开往医院的救护车。

她的肩膀因为疼痛和寒冷而轻微地发着抖，一双杏核眼紧紧收住所有的泪水，像明亮透彻的光源，在跨进救护车的那一刻扫视左右。她的目光最终落到躺在担架上的上司和他空空如也的两只手，忽然发出一声惊叫，“等等！毕司长的笔记本呢？”

“突发新闻：以下是本台记者从沙尔国际机场发来的现场报道。五分钟前，一架飞机的舷梯底部发生剧烈爆炸，死伤人数尚未知晓。据悉这架飞机是中国政府的特派专机，机上成员的确切身份还有待核实，但是有目击者称中国大使馆方面派出了高规格的迎接团队，恐怕来者地位不低。我们现在镜头里看到的，是武警和医疗人员在全力搜寻和救治受伤的人员，并将他们送往波利斯第五医院……”

电视时而清楚时而模糊，乐子扬的眼睛盯着屏幕，停滞片刻。

“丁零零，丁零零……”助理裁判摇着铃铛环绕全场，昭示着午夜十二点已到，下注的赌徒买定离手，擂台的第三回合就要打响。

乐子扬没立刻起身。“该上场了。”助理在台下暗暗戳了一下他的胳膊，小声提醒。

“哦，当然。”他甩一甩头，最后喝了一大口冰维他命水，拿下了披在肩上的毛巾。

“预备——开打！”裁判简短的一声令下，小黑箱里的掌声、起哄声、叫好声和疯狂得听不出内容的吼声已经达到了顶峰。乐子扬和高大的对手摆好了身位，开始在台上缓慢地侧着脚步周旋。

他毫不留情地直视着对方的眼睛，那大眼睛白人的面上肌肉还维持着凶狠狰狞，可瞳孔却无法说谎：他的两只绿色的眼瞳里已经露出失败的耻辱和恐惧。乐子扬胜券在握，不介意多等一刻，让对方沉一沉气，顺便把观众的紧张气氛和悬疑感调到最高。

这是他除了屡战屡胜之外，大受欢迎的另一个原因，乐子扬心里清楚得很：他不仅是拳手，还是一个表演家。他知道既要赢，还要赢得漂亮，观众要看的，不只是一拳打爆对手的那一下，还有那一刻之前的所有佯攻、躲闪、对峙，甚至偶尔的示弱，都是必不可少的前戏。

于是他借步上前，左横拳虚晃一招，对方慌不迭侧身去闪，重心已歪了一半。可乐子扬的出拳不过是诈进，并没有使力，力气全留在了两条腿上，只等对方重心一偏，便伸出右脚轻轻一绊，一米九的庞然大物，轰然摔倒。

疯狂的粗口和叫好声。

乐子扬短暂地转向观众，轻笑着挥一挥拳头，接着转过头去看他的对手还在地上挣扎着扭动。“come on.”他撇一撇嘴，发出一声不耐烦的嘟囔。起来，快起来，他在心里说，这一招我出得不重，你也没伤，只不过是摔了一跤，只不过是丢脸，给观众看的嘛。

果然，裁判数到了六，大个儿对手晃晃悠悠地站了起来，双臂如抱柱一般，对他发出一声恶狠狠的怒吼。这一声怒吼，五分真心，五分做戏，乐子扬也横眉立目还以颜色，心想这是个挺上道的对手。

时间在磨人的周旋和紧张到令人精神崩溃的对峙里一分一秒地滑过。滴答、滴答，据说这世界上每秒钟就有两个人死去，现在这一秒钟的滴答，不知两个合眼的又是谁。

不过同一刻，在波利斯城的另一头，哈什米街上一个拉着窗帘的小小二楼，路白知道，那个刚刚从中国来的首席谈判官毕司长，就是这一秒中死去的其中一个。他和毕径天太熟了，两人从小时候的邻居到长大了各走各路，再到后来彻底分道扬镳，彼此的联系却不是说剪断就能剪断，以至于午夜的此刻，路白只是看着电视上闪过的一个抬上救护车的画面，就知道那死的一定是毕径天。

路白一边思索，眼睛一边牢牢地盯着电视新闻的屏幕一动不动。他眯起眼睛仔细观察着新闻画面里每一个看起来像中国人的面孔，这个见过、那个没见过，这个是使馆的参赞，那个像是新来的秘书官。还有和径天被载上同一辆救护车的，一个受伤不轻、但好像还能自己走的年轻女人，之前好像在哪里见过，他一时想不起来。

这次的谈判团队至少有五个人，这对于波利斯城，乃至伊罗这个在中东说大不大、说小不小的国家来说，是不常见的。况且看得出现场戒备森严，电视屏幕的角落里偶尔能扫到印着“SWAT”字样的特勤警察车。而就是这种时间、这种安全警备之下，竟然还是出现了如此成功有效的一次爆炸袭击，可见这一组谈判团队的来意绝不简单，炸他们的人更是高手里的高手。

当然，径天以司长兼首席谈判官的身份来到波利斯这件事，路白早有情报。他还设想过，径天来了，他们肯定是要见一场的。相见的时候到底是什么情景、什么身份？他想象过很多种，不过现在看来，只剩下一种了——他在医院的太平间，看着径天蒙着被单、被推进焚化的火炉里去。

对，他得去医院看一看。刚刚电视里不是说，送往波利斯市立第五医院了吗？那正好是离机场最近的一个，想必不假。事不宜迟，路白匆匆披了一件黑色的双排扣夹克，戴上帽子，锁上了自己公寓的门。

电视里的报道还在持续，却也没讲出什么太多的所以然。“目前沙尔机场爆炸事件的伤者已经全部送往医院，没有人失踪，已经确定死亡的有两人，其中一个是此次来伊的中国首席谈判官，另一人的身份尚未确定，但也是中国人。此次事件的所有细节都指向恐怖袭击，尽管到目前为止，还没有恐怖组织宣称对此次事件负责……”

地下拳庄信号不稳的小电视上，画面定格在一个中年男人脸被蒙上被单、抬上担架送进车里的那一幕。而同一辆救护车的角落里，似乎还映出一个弓着身子躺倒、面对镜头、双眉因受伤而在午夜凉风中瑟瑟发抖的女人的身影。

侧步、移身、紧盯对手、紧盯对手的一举一动……乐子扬转过了九十度，电视的小屏幕出现在对手的身后。救护车的门正缓缓关闭，里面原本躺着的受伤的女人忽然睁大眼睛坐了起来，边说着什么边举起一只胳膊，看手势似乎是要求下车。什、什么？他眼中晃过一丝惊诧，然后那该死的电视又失去了信号，变成一排排的粗糙沙砾，闪烁在定格不动的画面之上。

怎么……是她？乐子扬稍一走神，说时迟那时快——高大的对手重重的一个毫无巧劲却蛮横不讲理的下勾拳，“咚”一声打在乐子扬的腹部，他脚跟一个不稳，直接被打飞在空中，越过擂台的围绳，大叫一声，狠狠跌落在观众席的前排。

短暂的昏迷。醒来的时候只听裁判恰好数到十，紧接着，就在自己的面前，裁判高高举起那大个子白人的手臂，宣布了小黑箱擂台新一任的擂主。

他感到热热的血从自己的鼻子和嘴角涌出来。“怎么了，怎么了？”他的助手和医生都围上来紧急地关切，他们都不知道发生了什么。那是个对乐子扬这种灵活度的选手毫无威胁的勾拳，甚至是破绽，可是那一秒他既没有躲，也没有反击，如同一个短路的木偶被生生捶下擂台，到底是怎么回事？

同样迷惑、愤怒而亢奋的还有全场的观众。一个如此神奇不可思议的逆转，有人赌输了钱，用粗口大声咒骂着拳手、擂台和上帝，有人看热闹竟然遇上了硕大的冷门，兴奋地狂呼叫好，还有一个人，高坐在观众席最后一排的包厢房间里，目送着乐子扬的身体飞出擂台，然后伸手拿起身旁的黑色帽子，起身离开了自己的座位，沿着台阶一步步走下了场。

“我要出院，我可以出院了，请让我出院！”市立第五医院的第二急诊病房，虚掩的门里传出一个焦急的女声。

“出院要通过主治医生的批准才可以，医生刚刚开的单子上说今天晚上留院察看，最早明天上午复查过，才能出院。”护士的回答。

“不过是几处皮外伤和瘀青，你们CT也扫过了，伤口也包扎好了，不是什么事也没有了吗？”那女人依旧固执着不肯让步，“拜托了，我有很重要很重要的事情，每拖一分一秒都可能造成无法挽回的损失。我必须现在、立刻去处理，拜托了，好吗？”

颖决明推开病房门的那一刻，果然见到杜若秋的胳膊和腿上裹着绷带，脸颊一道暗红的擦伤，神情焦急地冲两个护士要求出院。他向她做了一个安抚的手势，她才稍微平静了一点，对他点了点头。“嗨。”她说。

两个护士一前一后走出去，关上了门，他坐在她的病床前，仔细地看了看她的脸。“你受伤了，”他说，“疼吗？”

“不疼，真的。”杜若秋微微别过脸去，似乎不愿意让人看见自己的伤口，然后话锋一转，“我没什么事，真的，可我今天晚上一定得出院。”

“刚刚医生都说不行了，说怕有什么暂时没查出来的内伤，需要明天完整地做一遍检查才能出院，人家也是负责任的态度嘛。”

“可我有重要的事情要做！”杜若秋转过身来，皱着眉头。她再看一眼此地自己唯一的朋友颖决明，声音放低了几度，“你能不能跟医院保我出去？”

颖决明咧开嘴笑了。“你以为这是警察局呢。再说，有什么重要的事情交给别人不行吗？”

“我不知道要交给谁，我还不知道谈判组都有哪些人还活着呢！我得亲自去，必须得亲自去。”

“到底是什么事？我能不能帮上忙？”颖决明问。

杜若秋犹豫。“那你能不能通知中国使馆，让沈参赞用加密线路给我打一通电话？打这个号码。”她边说，边匆匆写下一串数字。

“我可以打电话过去问问，不过现在是子夜一点钟，他们十有八九都回家了。”

“等等，算了。”杜若秋忽然想起了什么，“不行，我的加密手机也不知道去哪儿了。打来也没用。”她叹了口气。

“别太担心了。”颖决明把手放在她的肩膀上，杜若秋心事重重地靠在他的臂弯。

“第二次飞来波利斯，真是没有两年前第一次来的时候那么好。”她喃喃念叨，然后忽然直起上身，看着面前这个自己从十二岁起就认识的人，“要不然，你帮我个忙？”

“怎么帮？”

“你……你去一趟沙尔机场，”杜若秋说，“你看，我现在连这个病房的门都出不去。”

“去你们刚刚出事的机场？”

“对，我们毕司长来的时候，提了一个黑色的电脑包，不大，薄薄的，十四寸的手提电脑。后来他被抬上救护车的时候，我发现电脑包不见了。我本想在机场多找找，可也被抬上了车拉到医院。你去机场看看，有没有一个手提电脑，不管是完整的，还是残骸，哪怕是一丁点碎片，只要找到一点，我也就放心了。”

颖决明点点头。“机场出了这么大的爆炸，我都不确定能不能进得去。不过我会尝试，我现在就去，”他摸摸她的头，帮她把一丝乱发拨正了，“找到还是没找到，都立刻告诉你。”

“胆小鬼、窝囊！”

“这么容易就给人打飞，像个女人一样！”

“太烂！这么烂泥扶不上墙的废物是怎么当上擂主的？”

“靠，我下注赌你赢赌了十八万呐！还我钱来！”

乐子扬在洪水一般的咒骂和嘲笑声里勉强直起身来，挣扎着在那洪水里伸出脖子，到水面去冒个泡。他的医生用一条温暖的湿毛巾给他擦了擦脸，只是鼻子间的腥味还是久久不散。

“没关系，谁都有这一天的。”医生不急不缓地给他擦拭着，“我在这儿干了几十年，不知道给多少擂主擦过血。你坚持了大半年，已经算是很久的了，小伙子。”

乐子扬挑起眼皮看着擂台上那个打败了他的傻大个、小黑箱的新国王，还是忍不住，颇不服气地动一动眉毛。可输了就是输了，不管是什么原因，不管有多不值得。打擂台不是打游戏，一不小心按错了键，打到GG还能翻回去重来。

乐子扬这样想着，撇撇嘴不再看擂台上得意的新晋擂主，也不再理会那包裹在周围指指点点的声音、拳头和手指。现在他只想站起身来，走出小黑箱那十几级木制的台阶，走到外面清冷的街上吹吹风。

于是他从地上坐起身来。刚刚要走，却忽然被人群中伸出的一只胳膊挡住了去路。那只胳膊从人群的缝隙里伸出来，手里递上一叠绿色的票子。

薄薄的一叠也就十几张，但每张都是一百美元。乐子扬一愣，犹豫片刻，然后伸出手接过了钞票，拿在手里匆匆一数，数到最后一张，却是一张空白的支票：没有写收款人，也没有写金额，翻到背面，只有几个草草的铅笔小字——

“4 号包厢见。”

小黑箱的贵宾包厢一共有五个，1 号是老板用来招待自己的客人，2 号给老板的女眷和情人们，3 号被阿布扎比的二王子预订了整年，5 号则时常出入不同的客人。唯有 4 号包厢，从乐子扬来的第一天起，就一直是空的。起初他以为是没卖出去，后来有一次他无意中听到一位出手阔绰的埃及商人抱怨包厢难订，才知道 4 号包厢也是被整租了出去，只是那租它的人，从不出现。

“姚 sir，乐子扬来了。”他进门，站在门口的保安向里面汇报。

4 号包厢正对门的沙发上，只坐了一个人。看样子四十多岁，漆黑的墨镜，绷直的鼻梁，胡子刮得干干净净，两鬓微微染了一层灰色。他右手拿着一只浅口的威士忌玻璃杯，左手悬在空中，身上穿着随意的墨绿色 polo 衫和西裤，搭一双醒目的交叉绑带运动鞋。

见他来了，这个叫姚 sir 的男人微微点头，指指自己旁边的单人沙发让他坐。

乐子扬双手握着沙发的扶手坐下，闻到空气里一丝若有若无的古龙香水的气味。“你找我吗？”他问，翘起一条腿来让自己坐得舒服点，“姚 sir？”

“后生仔。”姚 sir 忽然一笑，露出一排精心打理过的牙齿，其中一颗被银色的假牙代替了，一口浓重的广东腔普通话。他翘起一条腿，摘下了墨镜。子扬注意到他的左手无名指戴着结婚戒指。

姚 sir 等着乐子扬身后的包厢门关好片刻，才徐徐开口说道：“你打的是形意拳。是谁教你的？”

乐子扬的身躯轻微一震。“形意？我打的不过是家传的野拳，在擂台上全靠勇气和观察，没有正经师父。”

姚 sir 轻轻一笑。“那你知道我是谁吗？”他问。

“他们都管你叫姚 sir。”

“我还是一个鹰探。”

“鹰探？”

姚 sir 的左手放在他们面前的茶几上，松开的时候露出一只小巧的黑色徽章。铁青的底盘，涂上了满溢的黑漆，中心是一只羽毛丰润的鹰，每一片羽毛都雕刻得精细有致，栩栩如生。鹰头上双目圆瞪，见之有神，徽章底部刻着刚劲的四个大写字母，H. A. W. K. 。“HAWK——黑鹰？”乐子扬把那徽章拿在手里，忍不住前前后后仔细打量，“你刚刚说，鹰探是做什么的？”他边看边问。

“鹰探为黑鹰俱乐部招募新鹰。”

“哦？”乐子扬好像明白了面前这个男人的来意，“你想我加入这个俱乐部？黑鹰俱乐部……是干什么的？”

姚 sir 眉尖一挑，说道：“你知道，在 20 世纪 50 年代的印尼、60 年代的旧金山、80 年代的南波士顿、90 年代的纽约，还有 2000 年后的南美，华人的日子并不是都那么好过。在他们最需要正义的时候，黑鹰就会出现在他们身边。”姚 sir 放下手中的酒杯，往前探了探身子，“不过现在波利斯城的黑鹰俱乐部，要做一件比以前的任何时代、任何分支都更大的事。”

“你们想干吗？”

“你知道现在的中东、现在的波利斯城正在发生些什么吧？”姚 sir 反问道。

“你是说……街上那些恐怖袭击和爆炸？”

“我们搜集的大量情报证明，‘上弦月兄弟会’的总部和它的大头目 Abu Al-Qadi，就在伊罗，就在波利斯城附近。”

“上弦月兄弟会”是基地组织渐渐消亡之后，近十年兴起势头最快的一个恐怖组织。自杀式爆炸、地铁袭击、办公楼劫持，都是屡屡出现在报纸头版的新闻。“你们要和‘上弦月’对着干？谁让你们这么做的，你们有多少人？”一个如此枝繁叶茂的强大组织，就凭一个华人俱乐部？他的语气一半是揶揄，一半是不可置信。

“人数不是重点，因为上弦月的核心，一共也没有几个人。”姚 sir 不紧不慢，“HAWK 本来就是一支独立的精英特工队伍，我们不听命于任何人，只遵循自己的良心、信仰和是非判断。本来呢，黑鹰组织由海外华人在 20 世纪 50 年代的东南亚作为基金会成立，是为了维护世界各地华人和华侨的尊严和利益。可是当我们发现，只有这个世界和平，才能给华人带来真正的安宁和太平的时候，我们就没有其他的选择了。”

这一番话虽然慷慨激昂，姚 sir 却讲得波澜不惊，好像是在议论天气和菜品的闲谈。当然，见面几分钟，尽管乐子扬对这个姚 sir 心中不乏敬佩，可他早已过了激情澎湃的年纪，不那么容易被这些世界和平的大话所打动了。

“你讲得不错，”他说，“不过我呢，已经不是心气澎湃的十几岁小孩，像这些波澜壮阔的伟业，我没有那么大的志向。我就想在小黑箱里打打拳，收收钱，出出名，每天自由自在，无羁无绊。”

姚 sir 听了，倒也没过于惊讶。他身子后仰、安坐在沙发上，给自己又倒了小半杯威士忌，加了两块冰。“你不过是想让我说服你，”他低头转一转玻璃杯里的冰块，然后抬起头看着乐子扬，“你想让我告诉你，我们为什么找你、你又为什么非加入不可。”

“是吗？那你说来听听，为什么找我，我又有什么理由加入？”

“因为你有你在乎的人和事。”

“我在乎什么？”

“你是 MIT 的高才生，16 岁得到全美物理竞赛第二名，大一就进入国家级原子物理实验室，大二赢得亚太地区 15 日野外生存挑战冠军，不到大三就跨太平洋航行。任何人都很难相信，你所做的这些，就是为了有朝一日能在一个黑乎乎的地下拳庄里，做一个满脸血污的拳王吧。”

乐子扬静静听着，不吱一声。抱着厚厚的《现代物理学》穿梭在实验室的狭长楼道，那些午饭时间关于核实验的激烈争论，野外生存大赛时满天星斗下的灰色帐篷，还有学院草坪上那些有关梦想和未来的意气清谈，顿时如秋日的枫叶一般在他的脑海里唰唰作响。那曾经是他的世界——那个世界里的她和他们，曾经是他最在意的人。

“况且，让我提醒你一声，你刚刚输了。输给那个傻乎乎的大个子，我想这是上帝要你重新开始的兆头。”

“可我不相信上帝。”

“那无所谓。上帝就跟希格斯玻色子一样，你相不相信，他都在那里。也许有一日会被人发现，也许永远都没办法证明。”姚 sir 从沙发上站起身来，捋了捋 polo 衫的衣角，然后从茶几上拿起那枚镶着黑色秃鹰的徽章，递到乐子扬面前，“怎么样，你来吗？”

乐子扬也站起来，伸出手拿过徽章，用拇指抚摸着徽章上面鹰翅膀的纹路。现在是凌晨三点多，还有大半个钟头天就要亮了。俄而他跟在姚 sir 身后，走出这个半年来夜夜流连的拳击场，一步一步，极为认真地把脚踏在一级级的台阶上。离最上面一级台阶还有两三步的时候，他抬头的瞬间似乎看到东面的天空，几颗发白的星星正跃跃欲试，从沉寂的暗夜里冒出了头。

贰

不用觉得警惕或者别扭，我认识这座城市里的每一个人。

——徐燕子

寂寂的深夜两点，医院玻璃窗内灯火通明，穿着白大褂的护士和医生行色匆匆。前台的两个护士聊天，说重症监护室已经开了两个，还有另外三间监护病房，每一个都有保镖把守，还包了三楼整个楼层。“阵仗大得吓人。”那个戴粉帽子的护士这样说。

路白从怀里掏出自己的皮夹，从一叠各种证件和工作卡里抽出波利斯大使馆的工作证，交给守在三楼电梯口的保镖。保镖看一眼他的证件，再看一眼他，做了一个放行的手势，“请，徐参赞。”

路白问他：“急救室在哪儿？”

保镖往左指了指：“往左走，一直到尽头就是。”

路白沿着走廊小步快走，一手扶着帽子，用余光观察着来往的人。大多数是医院的工作人员，其余那些面无表情的应该是便衣。使馆来的人，在这走廊里暂时还没看到。

走廊的尽头果然是急救室，路白倚在门口，用手拨开百叶窗往里看。屋子很大，设备齐全，不过心脏起搏器已经没有在工作。病床上直直地平躺着一个人，肚子微微凸起，两个护士扯下沾着血迹的白被单，换了一个新的给他盖上。

扯下旧被单、露出死者面孔的那一瞬，路白撑着百叶窗片的食指不由得打了一个滑。真的、真的是径天，他曾经仰视的干哥哥，这个让少年时期的自己一直追随着他的足迹成长的男人。

而现在，这个人就这么死了。路白眨眨有点发潮的眼睛，看向别处，吸了吸鼻子。

急救室里因为已经不再工作，所以灯光没有开得很亮。路白扫视屋内，毕径天几乎什么随身物品都没有，也许是早被使馆的人拿去收好了，也许是爆炸中丢了。左看右看，只有一件深色的西装外套，放在床边的椅子上，他看看屋里一个医生、三个护士，想自己是拿不走他的外套了，况且那里面也未必有什么有价值的东西。

路白压低帽檐，离开了急救室，拿出手机来假装在看，实则拖延步伐，走得缓慢以便观察两边，而又不被怀疑。急救室旁边是两间重症监护病房，门都紧闭着，窗子不漏一丝光。再往前是普通的监护病房，有一间门忽然从里面打开，一个一身运动装的年轻人走出来，脚步匆忙，差点和他撞上。

年轻人一抬头，赶忙说了一声“对不起”，路白嘴角一提，忽然瞥见病房里的女人，好像就是电视上在现场受了伤、被抬上救护车的那个。他早觉得眼熟，如今亲眼见到，顿时想起来，一年半前的一次联合国维和部队突击行动，从黑鹰手里领走嫌疑犯的一行国际官员里就有她。原来她是中国使馆的人。

“先生，请问您找谁？”他在病房门口稍一流连，一个荷枪实弹的保镖便走上来，装备和脸色都阴沉无比，语气倒是尽量地客气。

“不，是礼宾司叫我来的，现在事情已经办完了。”路白回答。就在他转身要离开的时候，从其中一个重症监护室里走出来一个穿紫色衬衫的人。路白用余光瞥见那人的时候，那人也正好瞥见了他。

这个人他见过——一时还想不起来到底在哪儿见过，不过这个人十有八九也认识自己。路白想着自己会不会被他认出来，故作镇定地戴好帽子，快步往三楼的楼梯处去。

他不露痕迹地大步流星而去，果然，紫衬衫就一路紧随而来，一前一后，相隔着紧凑的七八米。路白按了电梯，停顿一秒立刻改变了主意，往紧急通道的楼梯走去，推开两道防火门，下到二层。二层比三楼安静了不少、灯光也昏暗了不少，他跨步在二楼的楼道里穿梭，直到看见右侧有一个虚掩着门、熄着灯的房间，当即毫不迟疑地闪了进去，然后背身关上了门。

这是一间窄小的杂货间。左右各是一排木架子，只有中间一条窄窄的通道。他关上门的那一刻里面有一把手电一闪，接着发出一声女生的惊呼。原来这里面有人——路白抢过两步，迅速捂住了那人的嘴，在她耳边用波斯语说：

“不要出声。”

被捂住嘴的人登时全身僵住一动不动，路白听着楼道里有一个焦急的脚步声走近了，似乎停在附近等了一会儿又往远了走去，才渐渐地松了手。他捂住人嘴的右手渐渐放松，左手却还牢牢压在对方的肩膀上，边松手边说：“不要动，我没有恶意。”

脚步声沿着走廊还在往远去，路白这才渐渐放松了手里的人。那女生转过身，因为惊恐还微微喘着气，手电光再次被她打亮。他放开她，想开口解释一两句话。

手电光从下往上照，他面前的女生一副东亚人的面孔。看上去二十出头，穿一件半长袖的浅色连衣裙，年轻女学生的模样，一双大得天真的眼睛里还透着微微的恐慌。

“你是……中国人吗？”小姑娘先犹豫着开了口。

路白点了点头。“我没有恶意，请你放心，”他说，“我是在躲一个人。”

小姑娘惊奇地一瞪眼，愣愣地看着他。

门外的脚步声又由远及近地传来，估计是那穿紫衬衫的人没找到路白，从楼道折返而来。到了杂货间的门口，忽然停住了脚步。

路白屏住呼吸，双眼死死盯着杂货间的门，那扇自己和对方之间仅有的门。

轻轻的、门把手转动的声音。转到了头再转不动了，门被一只手缓缓地推开。

“啊！”杂货间里的小姑娘惊叫一声，把手电筒指向了来人的方向。

“哦，对不起，”对方忙说，“我在找一个人。”

小姑娘说：“这里是给儿科的住院儿童们放玩具的杂货间。”

“对不起，我找错地方了。”对方赔了个不是，连忙退身关上了门。

脚步声渐渐远了，路白从左面的货架底下钻出来，直起了身。“谢谢你帮我，”他与小姑娘面对着，各自靠在一边的货架上，手电筒横着放在一旁，带着光束还在轻微来回滚动，“谢谢你刚才帮我。”他又重复了一遍。

小姑娘冲他一笑。“你该不会是黑社会，偷偷潜进医院来刺杀别的帮派的老大吧？”

“不是，我向你保证不是。”路白回答。

“那你为什么要躲？他为什么要抓你？”

“他……他没有要抓我，我也没有要躲。”路白说，“总之，我很感谢你。”

“那你就告诉我到底是怎么回事，我保证不告诉其他人。”小姑娘拦住抬脚要走的路白。

可是他真的什么都不能告诉她。“我真的……什么都不能告诉你。”他只好说，“这儿没有什么是你需要知道的。”

“是吗？”小姑娘的眼神里透着一点点失落，转而却又抬起头来，期待地看着他说，“难道……你是政府派来的特工？在医院执行任务？”

“不是，”路白勉强地一笑，“你电影看太多，想象力过于丰富了。”

小姑娘被这么一说，反而有点不好意思，“我是看很多电影没错，”她微微气恼，“早知道就把你供出去了。”

“别这么说，小姑娘，”路白微微一笑，走近一步仔细看了一眼她衣服上的姓名牌，上面写着“Anne”，下面还有一行小字，“Volunteer”（志愿者）。“你的名字叫安妮？”他问。

“沈菘兰。”小姑娘把名牌翻转到另外一面，上面写着她的中文名字。

“你在医院做志愿者？”

“嗯，不过是傍晚和周末来陪陪那些生病的小孩，我刚刚把玩具收起来，原本就要回家的。”

“你在波利斯读书，还是跟着父母来的？”

“我自己来的，”沈菘兰回答，“我在这儿休学一年，明年再接着回去上大三。”

“休学一年？做什么？”路白延续着闲聊的话题，这是最能使陌生人趋于平静的方式。

“我现在在一家独立剧团，编剧、导演、场务、演员，小剧团嘛，什么都要干。”沈菘兰说着，忽然眼睛一亮，“对了，下个月我们有演出，是我第一次不跑龙套、做主要演员，你可以来看。”她说着，从口袋里拿出一张票，“我本来是今天带来给孩子们的主治医生的，可惜他那时候要出国开会，不在波利斯城。”她说完顿了顿，补充上一句，“所以便宜你了。”

路白接过了戏票，放进大衣的口袋里，会心一笑。“谢谢你了，”他走出门的时候说，“为你今天把我藏起来，也为你送我的戏票。”

清晨的宽敞街道，住家户们都已经起床，街上响起的士驶过的马达声、上班族匆匆的脚步声和早餐铺传来的吆喝声。他们的车一路沿着快速路往北，停在尼卢法街的街口。乐子扬跟着姚 sir 穿过两个窄窄的街区，迎面便是一栋三层的绿玻璃小楼，很现代的钢筋架构和望不透的玻璃窗。小楼没有牌子，只有门口处贴着市政府统一的门牌号，尼卢法街 31 号。

一扇不起眼的全黑铁门，进去之后径直便是往上的楼梯。上了二楼，掀开两层玻璃珠垂帘，面前便是一间宽敞的台球厅，八张桌子，上面两排浅色的水晶吊灯，紧里面左侧是吧台，靠窗的一排零零散散地放着几把给看客用的椅子，背后则挂着一排四个飞镖盘，但是现在空空如也，没有人玩。

台球桌大部分也空着，往里第二桌倒是围着四个人，一人俯下身子瞄准了、沉着有力地“咚”一声，黑球长途奔袭落入底袋，白球撞击之后变换方向，从库边勾回了桌上的最后一颗红球。

高手。乐子扬在心里赞叹一声。台球桌旁的几个人听见脚步声抬起头来，显然与姚 sir 是熟人。

“你们继续打你们的球，”姚 sir 说，“我带阿乐先往里屋去。”

台球桌旁的几个人于是站直了身子，把目光往乐子扬身上扫去，乐子扬才发现他们个个都有一米八以上，手长脚长，目光里的锐利深藏不露。

“这些是我们的长杆球手。”姚sir带着他穿过台球厅时说道。

“长杆球手？你们就是这样称呼自己的狙击手的？”

“哈，你观察得很细致。”姚sir一笑，偷偷回头瞄了一眼台球桌，低声告诉乐子扬，“最左边那个是毕然，还有他旁边的周莫，都是A组的，你们以后就要在一块打交道了。剩下那三个都是B组的，C组昨天夜里出勤，放两天假。”

两人说着，绕过台球桌区，到了吧台，后面橱柜里放着大大小小的酒瓶和玻璃杯，而从橱柜侧面拐进去，又是一间屋，屋子中间一张大桌子，上面层层叠叠七八个大小不一的电脑屏幕，三排键盘，键盘旁边散着一把数据线，露出不同格式的接口。

“你是……”屏幕后面先跳出一个小个子年轻人，看上去二十几岁，戴着夸张的黑框眼镜，鼻子尖尖的，上身穿了一件姜黄色的西装、深绿的领结，配一条米灰色的裤子。他双手的拇指和食指贴在一起，细长的指头指向乐子扬，大眼珠轻巧地一转，“Ja——不对，Zack？没错，Zack乐，乐子扬。”

他知道姚sir必定是有备而来，不过就这样被一个古怪的陌生人叫出自己的名字，乐子扬还是稍有别扭，一时多添了一分警惕。“乐子扬——欢迎上船，”那穿姜黄西装的小个子接着说，“不用觉得警惕或者别扭，这里的每一个人我都知道。”

“不是这里，是这个城市里的每一个人。”姜黄西装的话音刚落，从地上又爬起来一个人，看上去年纪稍长一些，三十岁上下，瘦而高，穿着蓝绿相间的短袖花衬衫，没有眼镜遮挡的大眼睛深深陷进眼窝，胡子拉碴，皮肤呈现一种明显是因为缺少阳光而导致的苍白。“不好意思，刚刚地板里的一处线断了，我去接上。”他说着，搓了搓左右手，“我满手是灰，就不和你握手了哈。”说完有些僵硬地拍了拍乐子扬的肩膀。

“没错，是这个城市里的每一个人。”姜黄西装接过话茬。

“还有每一棵树、每一户人家卧室里的老鼠和厨房里的蟑螂——”

“呃……你的算法还不足以覆盖到蟑螂。”

“这是徐燕子，”姚 sir 插进两人的对话里，指了指先和他们说话的姜黄西装，然后又指了指从地里爬起来的瘦高男人，说，“这是侯博士。”

“没错，他是负责破译密码的。”徐燕子指一指侯博士。

“他是负责搜集情报的。”侯博士指一指徐燕子。

“但是他也分析情报。”

“我也分析情报。”

“有时候我也参与密码搜集。”

“有时候密码破译也归他。”

“嗯，当他太笨我看不下去的时候。”

“大多数时候是他太笨我看不下去。”

两人的快嘴一人一句说个不停，到最后似乎也意识到来者还没适应他们的交流方式，便伸着食指指向对方，“这是侯博士。”一人说。

“这是徐燕子。”另一人说。姜黄西装的徐燕子往上挑了挑眉毛，瘦而高的侯博士无可奈何地斜睨着比自己矮半头的搭档。

“欢迎你加入。”一人说。

“欢迎你加入。”另一人也说。

“你干吗学我说话？”

“欢迎他加入难道不是老板该说的话吗？你干吗学老板说话？”

“我说的在前，老板也是在学我说话好不好？”

“你竟然说老板……”

乐子扬跟着姚sir走出吧台后面的隐蔽小屋，屋里的一对活宝还在唇枪舌剑争个不停。

刚从吧台小屋出来，迎面走来一个中年男人，头发向后背着，涂了发蜡、梳得一丝不苟，穿着浅蓝色衬衫，脸上虽然看得出皱纹，却依然是标准的中年帅哥一枚。

“姚sir，”他也看见了他们，迎面打了个招呼，然后目光转向乐子扬，“这是……”

“这是乐子扬，新来的一线。”姚sir介绍了子扬，又去介绍对方，“这是澹台易，澹台先生是我们的情绪管理顾问。”

“姚sir还是这样客气，”澹台易听完一笑，“和你说过多少遍，直呼我的名字就行了。”

于是乐子扬跟着姚sir又再上了一层楼。三楼比前两楼层高都要高不少，地面到天花板至少有五六米的距离。

上了楼，先是一间巨大空屋，屋里什么都没有，只零零散散立着几个屏风，看起来是个不常用的会议室。二人再沿着走廊往前，一扇磨砂玻璃门从里面打开了，走出一个穿着普通蓝色棒球夹克和卡其裤子，头发花白的老头。

“老季！好久没看见你了。”姚 sir 先走上去，然后转过头来告诉乐子扬，“这是季老师，是黑鹰的档案管理员。”

“这是乐子扬，新鹰。”

管理员季老师抬头看了看乐子扬，然后讷讷地点了点头说声“你好”，又说“我下楼了”，然后微低着头，一跛一跛着往楼下走去。乐子扬的目光和脑袋随着这个叫季老师的木讷老头而转，心里很难把他和楼下的那一群身手敏捷的高智商们并排在一列。

“执行长的办公室就在这儿。他是我们所有人的大头了。”姚 sir 站在磨砂玻璃门前，语气放得郑重了一点，乐子扬随即就挺直了身板，向他点点头，表示自己准备好了。

姚 sir 轻敲两声玻璃，里面说“进来”，于是他转动把手推开了门。“路兄，我把乐子扬带回来了。”

一个中年男人的背影，头发斜分得一丝不乱、两鬓稍白，坐在黑色的皮椅上，窗外的景色正好是波利斯城北的山峦。他闻声转过椅子，抬头看了乐子扬一眼，然后站起身，从容不迫地伸出了右手，“你好，我是路白。”

折腾了一早上，杜若秋总算出了院。颖决明还没有消息，笔记本十有八九是没找到。杜若秋忽然有点后悔昨天晚上冒冒失失地让决明去爆炸现场，她明明知道那里杀机四伏。

希望他没事，杜若秋想。不管笔记本落在哪里，爆炸案的侦破有没有进展，现在距离爆炸已经过去十几个小时，还想找到什么线索是不可能了。于是她决定先回使馆，看看有什么消息再做打算。她从医院的护士休息室拿了一条黑色的头巾给自己围住，独自走出住院楼的玻璃门，看看手表的指针指向上午的十一点，招手叫来一辆黄色的出租车。

“曼莎路 10 号。”她告诉司机。

“噫，绿区哦？你是哪国人？”司机用一口带着浓重波斯口音的英语问她。“绿区”是两伊战争之后遗留下来的叫法，当时联合国派出的维和小组在波利斯城西划出一片安全区域，供自己的部队、外交使节和记者使用，称之为“绿区”，即没有战火的安全区的意思。战争结束之后，绿区就自然而然地成了使馆区，一条 U 字形的曼莎路，两旁荫荫翳翳，排列着一栋挨一栋的使馆小楼。

杜若秋回答说“中国”，司机随即眉飞色舞，连连说“中国是个好国家呀，我们有许多从中国进口的材料，当别的国家都制裁我们的时候，中国人还偷偷送百事可乐给我们……”杜若秋一笑，她来波利斯城已经快三年，这个国家的老百姓个个都很幽默和坚强，这是她决定留下来的最重要的原因。

至少……是最重要的原因之一。她侧过头看看车窗外有点灰蒙蒙的天，安静地眨了眨眼睛。

“Rachel？”她下车，跨进使馆大门的时候，前台的Bushra看见她尚缠着绷带的手臂和贴着胶布的脸颊，对她的出现惊讶不已。Bushra是使馆雇用的四个前台之一，他们用了两个中国人、两个当地人，Bushra是其中最年轻的一个，去年刚刚大学毕业，但是中文已经流利得让人震惊。

“早。”她匆匆给一个微笑，接着拿出工作牌刷进了内部人员工作区，边解下头巾边沿着楼梯上了二楼。

“杜若秋？这么快就出院了？”她上楼走进办公区，科技组的郭丰正站在门口和自己的秘书说话，猛然看见她走上来，打个招呼忙转个身向第一会议室里说，“杜若秋来了。”

杜若秋问：“你们在开会？”

郭丰点头，但是又转过头去，看看走廊尽头关着门的办公室，对她说：“你还是找黎公，让他亲自跟你说吧。”

黎盛德是曼莎路10号的公使级政治参赞兼首席新闻官。杜若秋知道他现在找她，肯定脱不出机场爆炸这件事，也许还和毕特使移动电脑里携带的内容有关，并且非自己出面不可。

于是她敲两下黎公的门，推开一条小缝，“黎公，您找我？”

黎盛德从电脑屏幕前抬起眼睛，第一句话和刚刚丰哥说的如出一辙：“这么快就出院了？”

杜若秋一笑，接着开门见山：“丰哥让我直接来找您。是爆炸案有进展了吗？”

黎盛德低头从右手的抽屉拿出一个信封，上面只有几个波斯语单词，“曼莎路10号”。信封已经被拆开，杜若秋翻到背面拿出里面那一张折了三折的信，打开从第一行扫去——

亲爱的中国人：

我们在烟花场里捡到一个黑皮包和里面的移动电脑，看起来好像很有趣呢。我的朋友说它价值百万，我则说它至少要五百万。明天傍晚五点整，靡布罗19号工厂内，开启吊灯，带好现金。记住，让那天坐同一班飞机的人来，不要别人。

你的暂且忠实的管家

HOUND

09 1326 48003

短短几行字，杜若秋读了两遍，“Hound？猎犬？”她把头从信纸上抬起来，“我们知道这是谁吗？”

“我们自己的备案里没有，正在和国密局申请查询。”

“或许……黑鹰俱乐部的人会有些线索？他们的当地线人比我们多多了，对地头蛇和地下网络比我们掌握得全。”杜若秋若有所思。

“这也是我们刚刚正商量的，”黎公接过话茬，“你知道，上一次的贩毒案，他们帮了不少忙。尽管他们也有自己的小算盘——不过客观上是帮了我们。”

杜若秋点点头，“黑鹰在多数时候还是好用。不过这次涉密的电脑——我们不能定位它吗？”

“电脑开启、数据被读取的时候追踪才会启动，猎犬看来也很清楚这一点，所以暂时还没有动。这也是做给我们看的，证明我们五百万买的是保密。”

“这信上说，要坐同一班飞机的人去交易？”

“是，我想他们也许那天都在机场暗中监视，所以只能确认你们几个一定是使馆的人。要求你们去，是怕我们使诈，派几个不相关的佣兵去。”黎公说到这里，语气稍微一停顿，“不过你们五个人里，就只有沈威棣和你了，其他还都躺在医院。”

杜若秋明白。“明天的下午五点，对吗？”

“下午五点。靡布罗 19 号是一个废弃的炼油厂，具体你所要知道的一切，明天上午 8 点会由技术组给你们俩做简报，武官处也会派人在外围暗中保护，当然，还有黑鹰，如果他们愿意。”

“沈威棣开车，杜若秋坐副驾驶，沿着已经设定好的 GPS 路线走，整个路程 40 分钟。警务组的三辆车则至少跟到逊尼路，在附近下车，改为徒步。你俩就继续开，车上我们准备了三个相同的手提箱，红色密码锁的是五百万真钞，蓝色密码锁的是伪钞，黑色的是同等重量的定时炸药，由警务组远程操控。红的放在副驾脚下，蓝的在后座，黑的在后备厢的右手边，你们随机应变，无线电随身，嵌入摄像头在车尾、车头还有反光镜上都有，时刻保持沟通。”

“——当然，你们都是文官，所以我不推荐黑色箱。”

安全简报会林林总总讲了两个钟头，休息半个钟头，之后还有黎公亲自给两人的战略简报。杜若秋不是第一次处理类似的场面，只不过这一次，是对方手里有自己要的东西，容不得讨价还价。

吃过午饭，几个人最后一次演习完毕，三点半准时装车，沈、杜两人都做好了准备。临关车门时黎公使手下的新闻专员夏玉锵匆匆走来，带来黎盛德的最后一句嘱咐，“黎公要我传话，千万不要孤身直入太远。”

“还有，”夏玉锵说着，从身前摘下一个方形的和田玉坠，挂在他们车前的反光镜上，“小心安全，”他替杜若秋关上车门，挥了挥手，“这是我替自己传的话。拜拜！”

沈威棣“扑哧”一笑，说：“小夏就是这么迂腐。”接着踩下油门，往西南开去。他对夏玉锵的芥蒂昭然若揭，不过这也难怪——在外交老人们眼中，夏玉锵是年轻一代里的黄金之子，当年外交学院的校草和优等生，要模样有模样、要学问有学问，更重要的是根正苗红的好出身，难得为人还谦和踏实，头脑聪明又肯努力。“十几年之后的外交部发言人里肯定有他。”位高权重的政治局某员曾经这么下过定论。

杜若秋和夏玉锵差不多是同时来的波利斯大使馆。她记得迎新会上第一次见到他，近一米九的高个子，长身玉立，如希腊神祇般的宽阔额头，丰神俊逸，让她想起古人说的“面如冠玉”。

“他是想要我们注意安全，总是好意。”于是杜若秋替他说了一句话，沈威棣挑挑眉毛，没说什么。

“你知道，据说这个毕特使，不是外交官，”路上的时间紧张而漫长，车里安静了五分多钟，沈威棣压低嗓音，神秘兮兮地说，“据说毕特使是国安局的人。”

“从国安局出来改做外交？”

“哪里，他压根就不是搞外交的，”沈威棣接着说，“他一直都是国安局的大员。据说这回他的这个笔记本，是绝密。”

沈威棣在小道消息上，似乎比杜若秋老到不少。他是随这班飞机刚刚从莫斯科调来，但是杜若秋早就听过他要来，而且还看过他光芒赫赫的简历，他是特种侦察兵出身。

特种侦察兵是官方用语，民间就管他们叫特务。

——不对，敌方的侦察兵才叫特务，自己这边的叫特工。

所以此刻从他嘴里说出来的毕特使的底细，到底有几分可信度。“那这个 Hound 的消息未免也太灵通了，”杜若秋若有所思，“我都不知道毕特使的笔记本这么重要，他却知道。”

“他们，”沈威棣纠正她，“能搞起这么大个爆炸，这个 Hound 肯定不是一个人。”

这句话让杜若秋的注意力转回到当下。她的手握在座椅软垫的边缘上，眼睛平视着前方。“我们得摸清这个 Hound 到底是什么，”杜若秋说，“是一个人还是一个组织，是这次机场爆炸的始作俑者还是只是其中的冰山一角？”

“你很上道呀，若秋小姐。”沈威棣开着车，斜睨一眼自己的同伴，“怪不得黎盛德器重你。”

杜若秋抿嘴一笑。“要是笔记本里的内容这么重要，我倒是不明白了，这都什么时代了，数据还要放在移动电脑里亲自带过来？从网路传输不行吗？”

“传输网路的话，不管再怎么加密，只要有网，就有被攻击的风险。”沈威棣用手下意识地敲了敲方向盘，轻描淡写地回答，“最安全的方式，永远是将信息与一切外界接口完全隔绝。还有些密级更高的内容，现在都还是以白纸黑字的形式存在。”

他说完，杜若秋点点头，眼睛向车上的 GPS 看去。从高架桥的十三号出口下来，第二个路口向左，就是靡布罗街。这里已经是城市的郊外，从高架一下来，路面立刻变得颠簸不平，道路中间也没画线，他们放慢了车速。19 号倒是不难找，因为这条街上只有这一个大型建筑，他们将车子停在了 19 号的铁门之前，杜若秋从车前的储物箱里拿出干净的手机，拨通了信上留下的电话号码。

“我们已经到了。”她说。

电话里没有回音，可不一会儿工厂的双开铁门缓缓向里打开，两人交换了一下眼神，杜若秋轻轻点头，车子就缓缓驶入了工厂。这里果然是一个废弃的厂子，迎面是一栋五六层高的大楼，斑斑驳驳，许多地方的墙都倒了，露出盖楼时搭建的钢筋架子。旁边一栋瘦高些的楼，保存得稍微完好一些，当年可能是员工宿舍。

“把车停在厂房前面的空地，自己拿着钱走进来。”电话里响起一个男子的声音。

“不可能。你先拿着电脑出来，让我们看看。”杜若秋毫不迟疑地反驳。

“我就在你面前，你看不见吗？”一个戴帽子、体态略矮胖、穿深蓝竖条衬衫的中年男人手提着一个黑色电脑包，从暗黑的厂房里走了出来。

杜若秋摇下车窗，空气里弥漫着劣质汽油的味道。“拿好五百万，两个人都下车。”对方在电话里说。

沈威棣转头看了看后座脚下的蓝锁手提箱，把右手放在了手提箱上。“先别动——我见过毕特使拿的那一只电脑包，我要先走近看看他拿的是不是真的。”杜若秋制止他。

“你确定？”沈威棣瞪着一双眼看着她，“万一……”

他说到一半，杜若秋已经拉开了车门。她站在车子旁边，两手空空。“走近点，把电脑拿出来让我看看。”她已经挂了电话，径直向对面喊话。

“你可是两手空空啊，小姑娘。”对方也取下电话，咧开嘴的时候露出一排焦黄的牙齿。

“钱在车上，我只要看清了电脑是我要的东西，即刻拿给你。”杜若秋说着，捕捉到身后的厂房里还有一两个挪动的身影，应该是大佬的小跟班。接着内置耳机传来声音告诉她，警务组的人已经追踪到他们，随后就到。

“我得看见你的确带着钱，才能把电脑给你看呐。”

沈威棣这时也从车里下来了，手里拿着一只皮箱，皮箱上蓝色的密码锁，在橘黄的夕阳之下闪着亮光。他一手托着皮箱，另一只手打开，满满的绿色钞票，给对方看了一眼又合上，扔进了车里。

对方似乎满意地点了点头，然后招招手，对从厂房后面跑过来一个小喽啰耳语几句，反而把自己手里的电脑包交给了小喽啰，然后退了下去。

他……在搞什么名堂？杜若秋和沈威棣交换了一下眼

神，重新死死盯着对面的老板。

“见到你们可真高兴，”他笑嘻嘻地往前走了两步，离他们十几步的距离，“今天的夕阳真是灿烂，尽管要沉了，可光还是一样的亮，不是吗？”

“电脑呢？”沈威棣沉着脸质问。

“喔喔，年轻人，不要急——我还以为你们和我一样，都是浪漫的人呢。”对方夸张地做着手势，“我的手下正去取，你们少安毋躁，聊聊天不好吗？”

时间一分一秒地过去，对面的人不时讲些不着边际的闲话，不时向工厂里看一看，不知不觉已经五点半。杜若秋盯着侧面的夕阳下他们三个人被拉得愈来愈长的影子，忽然如梦初醒。

“他们根本就没想把电脑交给我们！”她朝沈威棣大吼一声，“他们是在拖延时间，不管是为了什么！”

对面的人听闻，掉头就跑，杜若秋的第一反应便是跟着他追上去。“杜若秋！”沈威棣在后面喊一声，她只当作没听见。刚刚电脑还在这儿，她还亲眼看到，谁知就在自己的眼皮底下被带走了，自己竟然还没意识到。她回头瞥见警务组的人已经上来，就更加不顾一切地奔进工厂里，紧跟刚刚那话多的老板。

抓住他，只要抓住他说不定就能撬开一点什么，她想着，跟着前面的脚步跑上厂房右侧一架铁板铺的简陋楼梯。

爬上一层，只有一个小小的空无一人的平台，杜若秋一鼓气继续往上到三楼，面前展开一片残破潦倒的工业废墟。三楼的结构比楼下复杂，光线也骤然昏暗了一截，她的瞳孔努力适应着微弱的光线，后悔没有拿上手机，否则还能做手电筒。

于是杜若秋暂时站定，仔细听着周围的脚步声是往右边去的，然后循声迈开了脚步。刚走两步，却踩在了一块不稳的铁片上，铁片摇晃两下被踩翻，她失声惊呼，径直掉下去就是六七米高——

一眨眼的瞬间，一只不知从哪里伸过来的手狠狠捉住了她的手腕。她的身子还在空中摇摆，手腕被钳得生疼，可一切都顾不得了。杜若秋咬着牙使出所有的力气，把自己的另一只手也交给他，半爬半拽地终于重新登上了三楼的铁架，还没站起身就听“砰”一声响，救他的那人用枪的握柄击倒一个扑上来的影子，回过头拽起她的胳膊就往楼下跑去。

杜若秋的胳膊被对方钳得已经有些疼，脚下慌忙地跟着他奔跑。她的大脑在剧烈的心跳和肾上腺素的激增之下已经无法运转，可就在即将跑出厂房的一瞬，拉着他的人稍一回头，忽然间惊雷骤作，电光石火……

杜若秋眼前有一秒钟的空白，几乎让左脚绊倒了右脚。“你……是你？”她顿时大脑充血，眼睛不由自主地涨起潮水，“你——”然而她没来得及说一句完整的话，就被他一只手推出厂房之外。耳边是对讲机里传出的沙沙声，面前是昏暗光线下迅速移动的突击队员，杜若秋在后援部队的搀扶下，徒劳地盯着那飞快消失的背影，然后不可抑制地，滚下大颗大颗葡萄珠一般的眼泪。

叁

我确实看见了，一清二楚。两个人，两管长筒狙击枪。

——乐子扬

“你觉得自己很英勇，是不是？”上午八点钟，尼卢法街 31 号向阳的窗子前，尘埃在大束的阳光之下跳动不安。三楼的执行长办公室里，路白淡淡开口，眼神却锐利地盯着乐子扬，而乐子扬站在路白的写字台前，似乎正透过玻璃窗平视远方。

“没有。我觉得那是我应该做的。”乐子扬谨慎回答。

“你未经培训、初次出勤，只是叫你随从，你一个人跑过去冲锋陷阵，还不叫英勇？”

“我说了，那是我应该做的。我刚好离那女人很近。”

“那女人是谁？”

“她不是中国大使馆的人吗？我们在风机下头看着他们两个人开车进来的。”

“我问她是谁。”

“我不认识。”

“是吗？我看她倒是认识你。”

乐子扬沉默半晌。“她是我大学同学，”他终于开口，“但我不知道她做了外交官，也不知道她在波利斯。我是昨天见到才认出她来的。”

“她也是昨天才认出你？”

“应该是，我们毕业之后就没见过。”

“你知道，每个人，不论多聪明、多能干、多厉害，每个人都有弱点。”路白徐徐地开口说，“我希望她不会是你的弱点。”

“当然。”乐子扬想也没想就回答说，“我偏离行动指挥是不对，可我是在跟踪那个后来拿走了手提包的小喽啰。和杜若秋一点关系也没有，和……人情也一点关系没有。”

“最好是像你说的这样，”路白从桌子后面站起身，拍了拍乐子扬的肩膀。这时门响了两声，伸进徐燕子的脑袋，“老大，追踪到了。”

路白应声。乐子扬先一步出门，路白随后跟着徐燕子下楼，绕过吧台，迎面的绿色的电脑屏幕正显示一个缓慢移动的红色光点和黄色光点。“我们的涂料追踪了两个人，一个是昨天率先出来和使馆人说话的中年男人，另一个是后来出现的小伙计。”徐燕子指着屏幕上的光点说，“你看，他们彼此的距离始终保持在一公里，都沿着巴扎路一直往北去。”

这是最新研制的带追踪功能的无色涂料，他们去年就拿到了，内部测试调整了好几次，而今是第一次用，路白因而格外小心。“这模式持续了多久？”他问。

"他们是十三分钟前出发的，都到了莫沙清真寺，先后进去礼拜，然后就间隔了两三分钟，分别开车上了路。"

两人正说着，侯博士忽然从门外走来，手里拿着一张小小的纸片。"就是'狱火'没错！Hell-Flame，"他说，"老季查到一桩半年前横跨伊罗、缅甸和云南的跨境贩毒案，其中伊罗这一边就有'狱火'的份，他们还折了两个人。"

"确定这个'狱火'就是我们在猎犬的通信中截获的'狱火'？是一个组织？"路白抬起头来。

"整个海湾，没有第二个'狱火'了。"

路白的脸上瞬间舒展开来。一个点一个点终于串成了线，在他的脑海里渐渐清晰地浮了起来。

"果然猎犬根本就没打算将行动电脑完璧归赵，他们所谓的交易、与使馆接洽只不过是为了拖延时间，好为另一桩真正的交易打掩护。"徐燕子的机灵是盖也盖不住的，他连讲话都讲得飞快，"不过他们也真是够逊，打掩护是要两桩交易同时发生才能打掩护好吗，前一天后一天什么的，也太容易让人看出来了，竟然还用同一拨人。"

"可能，是因为他们一共只有这么几个人。"路白猜测。

"猎犬在所有备案和资料里都查不到，很可能就是一个大佬、带着一两个年轻人单干。他们也没有什么明确的方向，就只是如同雇用杀手一样，到处找活干。"侯博士说。

"就这么办，"路白的右手握成拳头，飞快地敲了两下桌子，"立刻出发，你们和我一辆车，掌控车载GPS追踪，再带两组一线特工、一组远程狙击手，就现在。"

“Yes，sir!”

“乐子扬，你到这辆车上来。”十分钟后乐子扬跟随着队友出发，临上车的时候却被路白叫了过来。“这一次你先在指挥车上观摩，不用跟着一线的成员。”他说。

乐子扬只好关上自己手握着的车门，来到指挥车上。指挥车是一辆2014年版的凯迪拉克七座小客车，改装之后中间的一排座椅被撤掉，取而代之的是监听、通信、监视追踪设备和一大一小两个显示屏，各种线路都接在地板上，还有一个紧急备用的小型发电机。

“巴扎高架快速路，西北方向，13出口。”侯博士盯着追踪屏幕，开车的是徐燕子。乐子扬坐在后座，阳光落在他的脸上，他忽然无缘无故起了一阵不适，把眼睛移向窗外。

整齐而单调的隔离带，一个桩一个桩地从他眼前晃过，连成一条粗糙的直线。路白正低着头在自己的日记本上写写画画，侯博士单手扶着追踪显示屏，然后他们就和窗外的隔离带桩一样，都缓慢地融化成一团青灰的云雾。

乐子扬眯起眼睛，告诉自己集中注意力。可他的上下眼皮闭上的那一刹那，眼前忽然伸出一个纵深的、长长的隧道。车子行驶在时有起伏的高架桥上，接着恍恍惚惚地就开进了这狭长的黑色隧道。

车开得很快。乐子扬只觉得自己坐上了驾驶位，握着方向盘紧盯前方。耳边呼呼划过车子开起的风声、说话的人声，还有一阵远处传来的高声的嘲笑，如同被廉价的扩音器放大了无数倍，一遍一遍地在耳边飘忽。那离奇的嘲笑声还没散，紧接着隧道的底色就蓦地变成了红色，鬼魂如黑色的烟雾一般向他袭来，飘到离他的脸很近时，却忽然如气球爆炸，飞散成空中的碎片。

他咬着牙、试图把精力集中到开车上，但是已经来不及。刚刚鬼魂们爆炸的碎片聚集在他眼前，再看时竟然拼成了一张脸——杜若秋。他还在惊讶，杜若秋抬起胳膊，连瞄准都没有，径直就朝他开了一枪，脸上冷如一块冻僵的冰。

“砰”一声，子弹直击他的心脏，远处还有灵魂在挣扎尖叫，隧道的两壁开始渗出暗红色的液体，沿着粗糙的墙体殷殷地流着。这些暗红的鲜血越流越多，越来越止不住，乐子扬的心突突跳得飞快。

然后他在钻心的疼痛中终于忍不住大吼一声，睁开了双眼。

“怎么？你刚刚好像做噩梦了？”路白转过头来，抽了一张面纸递给他，“擦擦汗吧。”

乐子扬接过面纸贴在额头，纸瞬间就湿透了。他喘了两口气，渐渐平复了呼吸，然后露出一个笑容，“是个噩梦而已，”他摆摆手，尽量表现得轻松一点，“莫名其妙的噩梦，可能是昨天晚上没怎么睡觉。不过我没事，就是真扫兴。”

路白点点头，又把目光回转到追踪屏幕上。乐子扬将视线固定在窗外——现在又一切如常了。噩梦里杜若秋石灰般冷酷僵硬的脸还未从他的脑海里完全散去，那一刻他真想再冲回噩梦里，剥开她面上的石灰。

“他们把车停在赫利施 10 号的门外，是一栋民居。”侯博士目不转睛地盯着屏幕，接着忽然抬高了声音，“我们三分钟之后就到……红点先进去了！看起来是间豪宅。黄点也停了车。”

“所有成员预备。”路白拿起对讲机。

“收到。”

“有这栋屋子的俯视图吗？”

“正在载入……”车上几个人的眼睛都聚焦到小显示屏上，那一点点正往右移动的蓝色载入条，“好了！”侯博士放大屏幕上的别墅，然后说，“别墅地上有两层，但不知道有没有地下室。看起来后门是封死的，但除了正门还有一扇西门，需要经过花园。”

而大显示屏上的红点和黄点已经汇合。“目标是从正门进入的。”侯博士说。

“Alpha team 在正门预备，Bravo team 在西门预备，狙击手留在车内预备。”

“收到。”

半分钟后黑鹰的几辆车纷纷开到，门口没有站岗放哨的人。旁边车的一线特工迅速下了车，一步步靠近他们的目标位置。

“Alpha team 预备完毕。”

“Bravo team 预备完毕。”

“收到。Bravo team 现在行动！”

猛烈的几声“砰砰”响，西门被撞开。紧接着，十五秒钟之后，“Alpha team现在行动！”路白又下了指令。

果然，刚刚西门的骚动已经让屋内的人慌了神，Alpha team一进门正打了对方一个措手不及。两组人马的实时视讯都传回指挥车上，穿过客厅转一个弯，在开放式厨房里忽然爆发了猛烈的枪响。

“目测对方有三个人，此前均没有见过。”对讲机里说。三个人都用黑丝袜蒙着头，长相完全看不清，打了几枪就往后撤退，其中一个最后打掩护的用身体挡了一刻，护送同伴逃走后，随即“砰砰”两枪打入胸腔，估计是活不了了。

“他们已逃出别墅外，交给狙击手。”路白向对讲机说。显示屏的画面顿时有些模糊，眼尖的徐燕子忽然大叫一声，“天台！”

果然，这时身上还带着昨天被狙击手打上的追踪涂料的中年男人小步匆匆沿着楼梯爬上天台，离楼梯最近的Bravo team紧随其后登上了楼顶。中年男人手里果然还拿着尚未交易出去的电脑包。

一双M4A1卡宾枪，两个黑鹰队员，双双对准中年男人灰绿色衬衫之下的胸口。

“别慌，我们不会轻易开枪。”冲锋队员开了口，“放下电脑包。对，就是这样，把电脑包放在地上。”

中年男人照着做了，然后回头看看楼下的地面。三层楼说高不高说低不低，摔下去也是半死不活。他面对着全副武装的两名黑鹰队员，在绝望中缓慢地举起了双手。

“走近点，走在我们前面，下楼。”虽然没有擒住交易的幕后人，可抓住一个活口，肯定能问出不少内容。黑鹰的两辆车都开过来停在别墅的门前，就等Bravo组押着猎犬下来。

“砰！砰砰！”说时迟那时快，空气里三声枪响，三颗子弹不知从哪里飞来，击穿了猎犬的脑颅和心脏。乐子扬蓦然抬头，隔着车窗看见对面一栋五层灰色小楼的楼顶上，楼顶白色的矮墙之后，两个黑色的身影，两管正在被收起的狙击长枪。

“对面楼顶！”乐子扬摇下车窗大喊，一眨眼的工夫，车上的几个人都扭头看时，两个黑影竟已踪迹全无。

“妈的，”这边别墅的天台上，猎犬在自己的血泊中打了个趔趄。两名黑鹰其中一名匆匆从地上捡起电脑包，另一名试图扶起应声倒地的猎犬，“是谁制造了机场的爆炸？是不是你们？还是另有其人？”

猎犬瞪大了眼睛、喘着粗气。“说！到底是谁？谁是爆炸案的幕后主使？谁又是行动电脑的买主？”

猎犬的七窍已经冒出血来，徒劳地张一张嘴，只说了一个拉长的“不”字，就在黑鹰们眼睁睁的注视之下断了气。

画面信号传到停在别墅门口的指挥车里，路白失望地闭上了眼睛。

“快撤吧，警察估计三五分钟后就来了。”徐燕子拿起对讲机说。

楼顶上的队员应声而退。他们刚刚启动车子开出不到一公里，马路对面连着驶过四辆警车，车顶转着红蓝色的灯，迎面晃在前排驾驶座的两个人脸上。

“哇靠，”开车的徐燕子和副驾的侯博士脸对脸交换了一个眼神，看看身后分三路撤退的自己人，“这下可有他们玩的了，真要命。”

路白坐在后排目不斜视，用余光目送呼啸的警车，忽然转过头来面向乐子扬：“你刚刚看到什么了？”

乐子扬回答：“就在枪响的同时，对面灰色楼的楼顶有两个人——两个狙击手。”

路白对前排的侯博士说：“回放录像。我们应该有摄像头是对着街对面的。”

侯博士开始倒带。“往前、再往前、继续……停！就是这儿，从这儿看起。”

这是别墅天台上的一名黑鹰队员传来的录像。他们已经走上天台，将猎犬逼到悬崖边上。黑鹰队员缓步向猎犬逼近，随身携带的镜头定格在别墅紧临的小街。

“走近点，走在我们前面，下楼。”其中一人说。

然后是漫长的转身。镜头缓缓滑动，忽然“砰！砰！砰！”三声枪响，枪响的同时黑鹰队员的镜头正好对着斜对面的灰色小楼。

“停！”路白说。

画面静止了，可是灰色小楼上空空如也，一个人影都没有。

“再把这三秒回放，用 0.25 倍速。”

录像又回放了一遍，枪响的声音因为拖长而失去了冲击力，化作三声有气无力的礼炮，可是五层灰色小楼的楼顶，依旧毫无波澜，一丝影子都没有。

“你们还有谁看见灰色小楼楼顶上的人吗？”路白转向其他人。

徐燕子、侯博士两人相视摇头，路白自己也示意没有看到，用询问的眼神看着乐子扬。

他无比坚决地点点头。“我确实看见了，一清二楚。两个人，两管长筒狙击枪。”

但是还有一件事乐子扬没有说。既然没有人看见灰色小楼的楼顶，那他们更不可能听到什么了——可是他确实听到了，在他目击小楼上的狙击手的那一瞬间，一个脑海里的声音告诉他：就是他们，没错。相信自己的眼睛。

杜若秋第二天早上起来，忽然想起应该先给决明打个电话。电话中的嘟声响到第四下，决明按下手机，迷迷糊糊说了一声“喂”。

“决明，”她一颗心总算落了地，一手握着听筒，另一手掀开被子从床上走下来，捡了一件灰蓝格子的衬衫穿上，“你还没起床哦。我昨天晚上打你的电话打不通，悬了一夜的心。”她说，“你干吗去了？不接电话。”

“哦，昨天啊，”决明那边显然还没醒过来，半睡半醒迷迷糊糊，“昨天……昨天去小筝家开 party，我把手机落在她那儿了，后来过了半夜才发现取回来，估计那时你已经睡了，就想今天再回电话给你好了。”

“那就好。”杜若秋一面说着，一面赤着脚走到卫生间，拧开水龙头去刷牙，“前天晚上不好意思，我糊涂了才让你去沙尔机场。很危险而且不一定能找见什么，我真是不知道当时自己在想什么。”

“没事的，不过我去了，像你说的，黑灯瞎火，我没看到什么人，也没见到什么废弃的物件。不过话说回来，你们使馆的笔记本电脑，最后找回来了吗？”

“唉，谁知道呢，我们昨天刚被摆了一道。估计要追，也是这几天的事，时间拖得越长就越难追到了。这件事，说实话还是我们蠢，生生让人骗了一遭。”她一面漱口，一面愤愤不平地叹气。

“怎么会，”电话那头的决明听起来也清醒了一点，安慰她，“杜若秋怎么会蠢，杜若秋可是最聪明的小仙女，你放心，我知道你这两天忙，先安心工作，我少打扰你一阵。”

决明果然是贴心。杜若秋脸上浮起一丝受宠的小女孩子般的微笑，一边飞快地洗了一把脸，轻轻扫了扫双眉，涂上口红对着镜子抿了抿嘴，然后就拎起书包出了门。

到使馆上二楼，玉锵正倚着黎公办公室的门说笑，听见脚步声转过身来，“你来了，”玉锵伸手递过来一个包裹，“你看看里面。”

杜若秋接过包裹打开一看，正是前天晚上飞来波利斯时毕特使拿的笔记本电脑。“回来了？”她惊喜地尖叫一声，包裹里滑落出一张明信片，悠悠落在地上。杜若秋蹲下去捡起来，明信片正面是一只双目圆瞪的黑色秃鹰，背面潦草地写了一行小字：You're welcome（不客气）。

她和玉锵相视一笑。“黑鹰还是这么跩，”玉锵笑说，“科技组早上刚鉴定过，就是我们的电脑没错。”杜若秋点点头，把电脑还给了黎公的办公室，唯有明信片还捏在手里，她低头反复看了几遍，然后翘起嘴角，稍纵即逝的一丝微笑里混杂着含混不清的感情。

沈菘兰昨夜排练得晚了，一直睡到接近中午才起身。她翻个身仰面朝向天花板，盯着头顶墙纸上的不规则图案看了很久。这是七十几年的老房子了，上一次装修还是二十年前，墙纸上深一块浅一块，好像一群形状离奇的荒岛，有的靠近，有的远离。

她久久盯着天花板直到盯得眼睛酸了，才眨眨眼，一鼓作气从床上坐起上半身。正午的阳光从两面窗帘之间照进一条光束，她伸出左手拉开半面，屋里一下子亮堂起来，空气里的灰尘一个个激动地发着抖，她跳下床，打开窗子让它们自由来去。

今天的风很大，刚刚开窗的卧室连光线都一时凌乱。她赶紧压住散在床头的一张张台本，回头看见被风鼓起的麻色窗帘，忽然想起几天前的深夜，市立医院的杂货间里，有一个人，就戴了这样一顶亚麻色的鸭舌帽子。他迎着手电筒的聚光告诉她，“你看电影看太多了，小姐。”

哼，她明明只是点破了他的躲躲闪闪而已，尽管他不愿意承认。沈菘兰伸了一个完整的懒腰，走到门后的日历前看着日子。今天是星期五，明天就是第一次正式走位彩排了，她还差整整一幕的台词没背。

“唉，死了死了。”她小声嘟囔着，趴在地上整理起被她撕成一页一页的、凌乱的剧本。她一向觉得一页一页的剧本比整本的好记，可是翻来覆去，第四幕却缺了第一页。

咦——难道？她走到窄小的书房，坐在电脑桌前翻了翻电脑旁边的一摞纸，看准了从中抽出一张A4大小印满字的，果然就是她要找的第四幕。

“我之所以来到这个国家，就是为了盖一点什么。一栋高楼、一座剧院、一间别墅，哪怕仅仅是后院的一座亭子，我要盖一点什么，你明白吗？”她轻声念起第四幕的第一句台词，忽然对自己饰演的这个女建筑师生出感同身受般的怜惜。

她来到这个国家，就是为了要盖一点什么。沈菘兰在心里又念了一遍，然后鬼使神差地开了电脑，将光标放在搜索栏里，沉思了好一阵，然后打上“波利斯 黑帮”两组词。

一按回车键，谷歌给出了一大串的搜索结果。有黑帮火并的新闻，有警察厅的行动报道，沈菘兰一行行地往下滑着鼠标，然后忐忑地点开了第一页的最后一个结果。

波利斯市政厅发布的悬赏通缉令。

通缉令的页面排列简洁明了，姓名、照片、简略的介绍，还有犯罪记录以及最后一列是悬赏金额。越排在上面的犯的罪越重，悬赏金额也越高。沈菘兰的目光一眨不眨地扫过每一张黑白底的照片，终于在下拉条走到底部的时候松了一口气。

没有那个人。

“Anne，门外有人找你。”这时她的美国室友、一个叫玛莎的高个姑娘走来敲敲书房的门，探进头来说，“有两个人。”

沈菘兰飞快地关掉了电脑上的浏览器页面。

“你在看什么？收得这么快？”室友不怀好意地斜睨

着她。

“不是你想的那个。”沈菘兰脸上掠过一丝尴尬，站起身来，“我先出去看看。”

来找她的的确有两个人，她走出书房的时候他们已经在客厅的沙发旁等候。两个人个头差不多高，一个肤色浅一些，是标准的波利斯人，另一个则肤色深一些，有些库尔德人的血统。

既然已经进了门，沈菘兰尽量客气地指了指沙发，“请坐吧。”她说。

“请问您是否就是沈安妮小姐？”两人落了座，开门见山。

“是的，是我。”

“那请问，沈小姐是否见过这个人？”其中那个肤色浅些的人从上衣口袋拿出一张相片。相片拍得模模糊糊，明显是偷拍，但是沈菘兰还是第一眼就认出来，爷爷式的经典旁分头，被风吹得稍微有点乱、发梢是一点管不住的自然卷；帽子遮住了眼睛但遮不住英挺的鼻梁和瘦而薄的嘴唇，还有下巴上若有似无的一圈小胡须，分明就是那天晚上在医院杂货间的中国人。

但是她低下头去看了好半天，又拿起照片来左看右看，然后抬起头来说，“不认识。”沈菘兰一双迷茫无知的眼睛在两人之间来回了几趟，留了足够的留白之后，接上一句，“能告诉我这是谁吗？”

“你确定、你真的没见过他？”

沈菘兰继续低下头看照片。又看了几眼，回答说：“这个城市里的中国人还蛮不少，我的朋友里也很多，但是这一个，我实在不认识。”

对面的人听了，悻悻收回了照片。“你知道，这是一个很重要的人，你确定你没见过他？即使是在街上擦肩而过也算在内。”

“他是一个很重要的人？什么意思？”沈菘兰反问。

“他是——”浅肤色的人开了口，另一人看样子是要阻止，不过他用胳膊一挡，小声说“没关系”，继续对沈菘兰说，“我们是代表伊罗国土安全局的，”边说着边从口袋里拿出皮夹，露出证件页来在她面前一晃，“这个人名叫路白，涉嫌走私和威胁国家安全罪，我们正在取证，希望市民能够配合调查。”

沈菘兰听了，将信将疑地点点头。

“如果沈小姐今后遇到这个人，请务必即刻通知我们。”两人站起身来告辞，临走写了一张字条给她，上面一部座机两部手机号，看得出是想二十四小时保持联络。“不论是什么时间，都请立刻打给我们，谢谢了。”

沈菘兰点点头。

“我们代表波利斯警方谢谢沈小姐，告辞了。”

她目送着两个人从自家的门口离开，然后关上了门，手里还紧紧攥着他们留给她的字条。这两个人不是警察，她对自己说，然后一连串的问题就如游乐园里小孩吹的肥皂泡一样在她的脑海里窜上窜下——他们是谁？他们为什么要冒充警察？而这个被他们叫作路白的人，又和他们有什么过节？

他……会有危险吗？沈菘兰转身就往书房跑去。支起了电脑、重新打开浏览器，然后在搜索框里输入了两个中文字的拼音“Lu Bai”。

肆

扣动扳机的时候要呼气，均匀地、几乎把呼吸从自己的意识中淡忘掉，最好让整个人只剩一个右手的食指。右手的食指，凝聚了所有的能量、意识、信念和决心，然后向敌人发出致命的一击。

——路白

“嗖！”第一镖，双倍20。“嗖！”第二镖，又是双倍20。最后一支镖，乐子扬眯起眼睛，在镖尾后面看了又看，屏住呼吸，向那三倍20的狭小暗红色格子瞄准。

“不要瞄准。”身后忽然响起一个声音，路白不知何时已走下楼来，从背后抽走了他手中的飞镖。

“什么？”乐子扬一时不能相信自己的耳朵，掷飞镖，什么叫不要瞄准？

“不要瞄准，”路白举起飞镖不假思索就向三米外的飞盘掷去，眼睛甚至都不跟着飞镖看向终点。“真正的战场上，你要是还需要瞄准，对面的子弹早已经飞过来了。”他说，“掷飞镖和扣动扳机的时候一样，要呼气，均匀地、几乎把呼吸从自己的意识中淡忘掉，最好让整个人只剩一个右手的食指。右手的食指，凝聚了所有的能量、意识、信念和决心，然后向敌人发出致命的一击。”

飞镖“砰”一声重重扎在飞盘上，两人转过脸去看时，镖头扎得比三倍 20 的红格子稍微往右偏了一点，偏到了旁边三倍 1 分的绿格子里。

路白好不丢脸地一笑，自己走过去拔起三支飞镖，向乐子扬耸了耸肩，“以及还有最重要的一点——有时候，就算是最坏的结果也得接受。”

乐子扬若有所悟，扬起嘴角点了点头。

“最近几天辛苦了，”路白走上去拍拍他的肩，从西裤的口袋里掏出一只烟斗，“拿着吧。”

“我不……”乐子扬刚想说他不抽烟，然而烟斗拿到手里的时候顿时觉得一丝异样。很重，比一般的烟斗重多了，他放在手里掂量掂量，然后拧开了烟嘴的接口。滤嘴拿下来了，里面膛上六颗单发子弹，从斗钵装入，烟杆底下摸得到小小一个凹槽，伸手就能随时扣动扳机。

“4.5 毫米口径，单发。”路白说，“还不错吧。”

乐子扬低头看一眼装在烟斗钵的六发子弹，上面都涂了一层烟灰色的外皮，不禁一笑，“做得还真仔细，连颜色都要这么逼真。”

“这是我们自己混的颜色，也是防伪标志。”

“不错，你们一定有个超酷的收藏陈列室。”

路白不承认也不否认地笑了。“不论烟斗、飞镖还是冲锋枪，都不过是人手臂的延伸，核还是在这儿。”他指指自己太阳穴。

“老大。”姚sir从后面楼梯下来，附在路白耳边耳语几句。

“是吗？”路白问，“是原来那件事，还是另有新闻？”

姚sir说“不知道”，路白点点头，径直往里面吧台去。

“徐燕子今天休假。”侯博士见他进来，坐在三台电脑屏幕后面说。

“上次的笔记本电脑，拷贝份扫描过了吗？”

“有一些细节还在解密和计算当中，不过大体是一份名单，分成了走私和洗钱两部分。两个名单中间都有咱们那天追踪到的‘狱火’。”

“好，继续干，”路白匆匆走出来，穿过台球厅，向还在掷飞镖的乐子扬打了一个响指，“乐子扬！和我出去一趟。”

“去哪儿？”

“去友好邻邦。”路白歪着头做了一个“走”的姿势，“你是新鹰，去混个脸熟，以后行走方便。”

乐子扬无所谓地一耸肩，跟着路白上了车。从尼卢法街拐出来，上了沿河大道，他们往西南开了二三十分钟，终于远远地看见了绿区的地标——一个战时遗留下来的、国际化版的、古怪的自由神像。神像是当年联合国维和部队进驻的时候立的，依照的蓝本显然是美国的自由女神，不过为了表现得国际化和多元化，设计成了黑人的面孔、亚洲人的直发、穿着一身不知道是哪里土著民族的长袍，简直就是一个丑陋的四不像。

车子开进绿区，乐子扬才顿时反应过来，“是去中国使馆？”

路白点点头。乐子扬有意无意地把手伸进裤子的口袋，握住里面一只手表的金属表带。

他们从玻璃门进来，一路走上楼到办公区畅通无阻。路白带着乐子扬走到办公区最尽头的一扇门前，从隔壁先走出来一个穿浅色套装的女秘书。“你们稍等片刻，我进去报告黎公一声。”她说，眼珠从路白扫到乐子扬脸上，停留了飞快的一秒，然后眼角一笑，走进了办公室。

“这儿的公使级参赞黎盛德，管事的人里他是大头。”路白回头悄悄和乐子扬说。

“路先生！”俄而黎公亲自从屋里走到门口，握了握路白的手，“请进。”他说着，看了一眼跟在后面的乐子扬，转头问路白说，“新鹰？”

路白点点头。“MIT的高才生，最近新加入的。”

“后生可畏。”黎盛德也握了握乐子扬的手。

黎公的办公室是一组套间，外面两个小小的秘书位，走进里面顿觉敞亮气派。两人落了座，路白往墙上的多宝阁一望，“又有新收藏？”

黎盛德一笑，“都是好玩而已。”他说着，拿起摆在办公桌上唯一的一张纸，递给路白。

路白拿着和乐子扬同看一番，原来是一封伊罗公安厅的复信：

亲爱的公使先生：

经伊罗公安厅缉毒科、经济犯罪科和罪证科三方会商，很遗憾地回复您，不能立刻实施您请求的关于对以下名单的缉捕和引渡。根据中伊引渡协议，伊罗公安厅只有在获取足够犯罪证据的情况下，才有缉捕在其境内潜逃的中国籍罪犯并将其遣返的义务。我们目前还没有看到您提交的任何罪证，如果有就请您提交，我们十分乐意效劳。

诚挚的，奥玛·穆丁

伊罗公安厅缉毒科第二事务组都尉

“取证？他们要求取证？”路白看到信纸的最末一行，不可置信地抬起头来，“以前你们引渡的时候从没有要求取证过吧？”

“一朝天子一朝臣。”黎盛德不动声色地轻叹一口气，“按理说，我们签的引渡协议里确实有写，说伊罗方面在‘有足够的理由相信有充足的引渡缘由的时候’才有引渡义务，不过‘有足够的理由相信’这一条，从来没有人认真钻过牛角尖，一般我们提交了，他们就给办了。”

“但是美国人新扶上来的这个默德扎曼，不太对劲。他上台没几个月，整个国防和警察的领导班子都换了，不知道他们为什么在这么点小事上跳出来为难我。不过现在看来，原先那些疏通上下的活，还得全部重新再干一遍。”黎公使接着说，“我们也在疏通，下面的人都还是原来的人，不过就算是下面的人愿意，多少也得给他们的上头交上一点照片啊物证啊交差才行。”他边说边转手从抽屉里又抽出一张A4纸，“你看看，这上面的人里头，有没有你们知道的，抓住过他们什么把柄。”

一张名单有六个人，其中第六个后面的备注便是“狱火”。显然，路白和乐子扬的目光都落到那第六个人名上久久不动，黎盛德便知道此事有成。

王青铜，化名Sam王，走私团伙“狱火”的创立人和主谋，混迹于伊罗北部，以拉伊省、大波利斯地区为活动中心。被认为是2007年珠海特大石油走私案、2008年云南特大枪支走私案和多起边境走私案件的幕后之一。国家一级通缉犯。那张名单上这样写。

“我不能保证你什么，”路白将名单还回黎盛德的写字台上，“不过我们也在追这个‘狱火’。他恐怕大有来头。”说完路白率先站起身，看样子是要走了。乐子扬也起身，向黎公礼貌地点个头，自己先出了门。

“路先生，请稍留步，”黎盛德拦住正出门口的路白。路白向乐子扬使个眼色，说“稍等我”，又返身回头。

于是乐子扬自己走出来，只见办公区里一共没有几个人，都在低着头各看各的电脑，没有人抬头注意他。他沿着走廊往外走，左手边是一排装着磨砂玻璃的办公室，乐子扬瞥见一间半开的门上写着一个“杜”字，犹豫片刻，推开了门。

办公室里没人。

他轻声走进，一张浅色的木质写字台、一侧摆着台式一体机和键盘鼠标，另一侧放着一摞文件的散页，用一只翠色的印章压着。文件旁边摆着一只细高的、白而发黄的玉制笔筒，几支铅笔横躺在桌上。圆形的转椅背后就是窗子，百合窗帘拉下一半，靠墙有一排玻璃柜，一扇是书，一扇是编译成册的资料，还有几个小摆件和相片，给这素冷的屋子增添了一点人气。

乐子扬在墙上挂的日历之前停下了脚步。日历上显示每天几乎都有会开，有的记了一串电话号码，有的是人名和地址。他找到3月16日的格子，却发现那一日所记的内容被划掉了，签字黑笔深浅交错的道子，他一个字也看不清。

“你怎么闯别人的办公室——”门口响起一个女声，说到最后一个字，却忽然噤了声。

乐子扬转过脸去，面对面的一刻僵住了表情。有多久没见过她了？他仔细端详着面前的人，顿时脑子有点恍惚：现在她和他隔着三张写字台的距离、隔着一秒钟就可以跨过的五步远、隔着一张日历一扇门，也隔着四年沉默无声的时光。

“我……我是来还你手表的。”他停了片刻，开口清清嗓子，“那天……你手表的链子断了，掉在工厂的地上了。”乐子扬从裤子口袋里拿出一只浅金色的腕表，一环扣一环的金属链子彼此碰撞，发出细微清脆的声音。

他伸出手把表递给她，杜若秋却抱着双臂扭过头去，抿着嘴唇眨眨眼，努力掩饰着泛红的眼眶。

“那我放在桌上了。”他说着，轻轻把表放在她的写字台上，一双眼睛局促不安、低低地看着她的鞋子。

她比以前……更瘦了一点。黑色漆光的高跟皮鞋很适合她，她站在磨砂玻璃门的影子里，目色凄然。

“你是离开学校之后就加入了黑鹰？”许久，杜若秋吸吸鼻子，侧着脸问他。

“不、不是。是最近才加入的。”他回答。

“嗯？然后呢？”

他知道她的意思，也知道她想问什么。她确实有权利问，可他只是不知道怎么回答。因为怎么回答都不对，怎么回答都讲不出他的真心。

她想问的，她问不出口，他没办法解释。他想说的，不知该从何说起，也不知道她还是不是想听。曾经的芥蒂在心里随着时间的流逝而越结越深，如同一面结冰的湖，在连续的冬天之后，冰层夹着冰层，冻疮裹着冻疮，说不清最初那一层薄薄的霜，到底是因什么而起。

“我只是希望你远离危险，就这样。”他最后说，瞥了一眼门外路白匆匆行过的身影，“我得走了。”

他为什么一声不吭就半途退学？为什么说消失就消失，连个招呼都不打？他的朋友，他的学业，还有他们所有的一切，在他心里就什么都不是吗？

杜若秋的手关上门，手还扶在门框上。心里的委屈、疑问和不甘心一股脑地涌上来，涨满了她的眼眶，生生地疼。

波利斯城的周末傍晚来临的时候，马路上的车已经来往得不多。小风吹得不缓不急，气温终于比白天低了下来。她“噗”一声拉开易拉罐，走到台阶上坐下，决明脚边已放了两罐空瓶。和她的公寓楼不同，颖决明住的是小house，从一层的后门出来就是小小一处门廊，杜若秋就最喜欢坐在门廊的台阶上，看着面前矮矮的围栏，还有围栏外面路上的车水马龙。

“咦，今天怎么了，你不是只喝健怡可乐的吗？”决明看了一眼她手里的啤酒。

“周末了，偶尔开个荤。”她一笑，抿了一口酒。因为经济制裁的缘故，这里的啤酒都是当地的品牌，味道淡得不行。“唉，这也叫啤酒？”她一皱眉头把易拉罐放下，起身回屋拉开自己的书包，从中拿出两罐，一罐伸手递给决明。

“你竟然有百威？”

“外交人员的特供，我以前没拿过啤酒，这个月鬼使神差，想不到这就用上了呢。”杜若秋重新在门廊的台阶上坐下，不无得意地一挑眉。

“替政府办事的就是不一样。”颖决明咂摸着百威的滋味。

杜若秋自己也拿起一罐，仰头喝了一大口，然后有点不适应地狠狠咽了下去。“你猜我今天遇见谁了？”她的口气淡淡，仿佛无关紧要。

“谁？”

“Zack，乐子扬。”

“乐子扬？在波利斯？”

“当然了，还能在哪里。”

“他也在波利斯？”

“是啊，”杜若秋点点头，眼睛望着前面路上的街灯和偶尔驶过的车灯，那些圆圆点点的亮光在她的眼前模糊起来。“遍布华人世界的黑鹰俱乐部，你听过吧？”

“听过。好像、是个华人侦探社？真有这么个组织吗？”

“有，而且不是侦探社，他们既是侦探，也是特工，黑白两道的很多人和他们合作，那些不合作的，多数就是他们的目标了。”

“Zack 现在加入了波利斯的黑鹰？”

“没错。今天他们老大来使馆，跟着来的就是他。”杜若秋只用了最简短的语言来形容他们的照面，略去了之前在废弃工厂的电光石火。当时被推出工厂的门外，他转身就走的那一刻，她几乎就要怀疑自己的眼睛。面前的那个人像极了他，可她不敢认，更不敢相信。她曾经梦见无数次的人，就这样出现在她的眼前了？

可是那一刻出离的短暂，更出离的不真实。她闭上眼睛将它们掩埋起来，在决明面前不想露出任何痕迹。

“他让你觉得……有任何不妥吗？”决明问。

杜若秋转头看了他一眼，然后半是呆滞地摇了摇头。

“他也真是，当年都是好朋友，竟然一声不吭就退学了，让人再找不着音讯。一时消失，一时又冒出来，也真是够我行我素的一个人。”

杜若秋低着头，不说什么。

“想当年还以为他会是我们之中的将才，”颖决明接着说，“真的，我真的以为他毕业就会进海军，看他那么喜欢，他爸爸之前也是军官，水到渠成，”他自顾自地回忆着，然后似乎意识到自己触碰到的话题，不一定是杜若秋想听的，便转过身来认真地看着她，“你……仍然介意他？”

“什么介意，”杜若秋挑起眉毛，“我没有那么看不开好嘛，我只是惊讶。”

“但你说得没错，他当年也是说走就走，现在是说出现就出现，典型的一个自我主义的自大狂。”

颖决明半天不说话。

“怎么……怎么了？”

“我们也别这么说他了，”颖决明的两条胳膊搭在膝盖上，看着比自己低一级的石阶，“我也是最近才听说的。”

“听说什么？”杜若秋最受不了别人吊她胃口。

“他……和关岛的渊源。你记得，当时跨太平洋航行，他就是刚到关岛的那一天突然退出，然后就悄无声息地退学消失的吧。”

杜若秋当然记得。

“我不知道这其中有什么关联——但是他爸爸就是死在关岛。”颖决明接着说，“不知道，但我觉得这肯定和他一声不响地离开有关系。”

杜若秋的脸上冻起一层冰。“死在关岛……是怎么回事？”

“好像是事故，他爸爸是飞行员，有一次从关岛起飞，飞机出了机械事故，就再也没回来。”

她听见颖决明的话，止不住地点头，目光却呆呆地，不像恍然大悟的模样。这就是乐子扬不辞而别的原因？她不相信。就算是那时他得知了父亲去世的原因，以他们的感情……或者那种还算不上感情的、那种酸酸麻麻的情愫……他不会这么轻易离开。她的眼眶酸得有些发胀。

颖决明看着身旁的杜若秋，忽然端起易拉罐，灌了一大口啤酒。“杜若秋，”他正色向她说，“我们认识多少年了？”

“从十二岁我搬家算起，应该有……十三年了。时间真是指缝里拦也拦不住。”

“十二岁的时候我们都是小孩，”颖决明想了想说，“但是后来的人生里我一直告诉自己，要是再过一个十二年，我还说不出自己想说的话，就太不值了。”

“决明……”杜若秋听到这话的后半截，心里眼里透出些惊讶和为难，他该不会是要……

“别说，”所以她抢在他再开口之前，飞快地立了一根手指在唇边制止他，“别说，拜托你了。”她一字一句里都是恳切，“你是我最好的朋友了。”

决明当然听得明白。他自嘲地一笑，把要说没说出口的话随着一口啤酒吞下肚，云淡风轻地摆了摆手，“别紧张，我只是不想你再受伤，本来还要鼓励鼓励你的，现在看来也不用了。”

杜若秋也一笑。“放心，”她说，“我没那么傻，今时也不同往日。我每天忙得很，怎么可能为了一个无缘无故的人浪费自己的时间和感情？”

“干杯，”她说，拿起自己的啤酒碰了碰颖决明的杯。“你的瓶子空了，不过百威都喝完了，伊罗特产的Bud Light你还要不要？”

“你们是谁？这里是哪儿？你们没有拘捕令，这根本是非法的劫持！放我走，你们必须立刻、马上放我走！”

“去他的拘捕令。”还没装修好的写字楼的三层餐厅，天花板还没铺，银灰色的弯曲管道和风扇暴露在空气中，偶尔从别的楼层传来锤子和冲击钻的杂音。路白坐在空旷凌乱的餐厅大堂，面前简陋的四脚铁桌子上放着几张纸。“我再说一遍，去他的拘捕令，听懂了吗？”他稍稍向前欠身，“坐下。”他指了指自己桌子对面的塑料椅子。

那个大腹便便的伊罗人这才解开西装外套的扣子，不情不愿地坐在了椅子上。

“这是你的客户，”路白扔给他几张纸，上面是密密麻麻的出入账记录，“对吗？”

“我不知道……我得回去查查系统才能知道这是不是我的——”

“我们把这些过家家的屁话都快倒过去好吗？”路白的语气舒缓，好像一个在哄淘气小孩的家庭女教师。不过下一秒他就没有那么好脾气了，摊开手不耐烦地自言自语：“我不知道——你知道——我得查查系统——你不需要查——我记不住了——你根本不可能记不住——我真的不知道……咳咳咳，我真没时间留给这些无聊的对话。”

“纳扎，查德·纳扎，对吧？”路白换了一副正式点的口气，一只手敲敲身前的桌面，“纳扎高级经理，据我所知，你亲自管理的贵宾用户，一共也不超过五个，对不对？”

“这、这和你有什么关系？”对方说着，放在膝盖上的手微微发抖。

“当然有关系。你和我没关系，但你的客户就和我有关系了。Sam 王，是你 2007 年从花旗银行手里挖来的大客户，这十年来就算是抽成你也赚得盆满钵盈了吧？”

“这是我的工作。”

“Sam 王的钱都投资在哪儿？”

“我不知道。”

“你不知道？钱都是你经手的，你现在告诉我你不知道流向了哪里，你觉得我会相信吗？”

“这是客户的商业机密，我们银行从业者必须要为客户保守秘密，这是职业操守……”

路白举起双手鼓了两下掌，“太棒，说得太棒了。”他边说边从脚边拿起一个白色的纸袋，从中抽出几张照片，散在两人之间的铁桌上。照片拍得模模糊糊，显然是偷拍的，里面两个青少年，勾肩搭背地在一栋别墅的门口走进走出，还有几张是从没拉好窗帘的窗口照进去的，是同一对男孩，赤身裸体躺在卧室的床上。

对面的经理拿起照片，一张接一张在眼前翻看着，手腕剧烈地颤抖，“你们、你们从哪儿拍的这些照片！这是侵犯隐私权的——”他一面说着，一面用手将照片揉成一团。

“穆罕默德·纳扎，今年十七岁，还有一个月就要成人了对吧？”路白不慌不忙，甚至用一种充满了同理心的语气说道，“一个十八岁的男孩，又是长子，父亲是银行经理，母亲出身贵族，生在一个这么富裕的家庭，他的未来真是一条康庄大道。当然，除非，他被人发现一些与众不同的癖好，在这个国家，他将要受到的刑罚，我想你可比我清楚多了。”

“你、你们，”对面的瑞银经理的呼吸急促，上气不接下气，“他只是一个十几岁的孩子，你们却用他来威胁我。”

路白轻轻抬了抬眉毛，一双眼睛盯着对方，并不说话。

纳扎换了一个坐姿，把褶皱的照片放在桌上，然后缓慢地开口说，“Sam 王的收入，这一两年都在石油上。他在北伊罗那州建了七个炼油厂，靠卖成品油赚钱。”

“他卖成品油赚钱——那出账呢？他的油是从哪儿买来的？”

“没有出账。”

“没有出账是什么意思？他不买只卖？”

“他在伊罗的账户没有出账。至于国外，我就不知道了。”

“给我他在北伊罗那州炼油厂的邮政编码。”路白重新拿出一张白纸一支笔，推到纳扎的面前。

“这、这……”

“伊罗对地域金融管理的严格是众所周知，在北伊罗那州的炼油厂，账户只能注册在当地。持股公司注册在别处就另当别论了，不过最初进钱的账，肯定是在炼油厂当地。”路白一字一句，每一声都是不容置疑。

纳扎只好老老实实拿起了笔，写下密密的几行十位数字。

路白拿过来扫了一眼，点了点头。“谢谢您的慷慨配合，”他露出一个职业银行家一般的整齐微笑，“我们若再有困难，就去府上请教。”

“我可以走了？”

“当然，或者您还没吃晚饭吧？不如留下来，我请客。”

“免了，”纳扎经理冷笑一声，站起身来，一腔难以发作的愤怒和委屈，“你们绑架我、威胁我，我会起诉的。”

“我迫不及待，”路白不慌不忙，拿起刚刚装照片的窄信封，在空中挥了一个告别的手势，“等等，你知道传票要寄到哪里吗？你还没问我的地址呢。”

远处的电梯门“砰”一声关上，两个黑鹰队员陪着瑞银经理下了楼。杜若秋从餐厅的后厨里走出来，“路先生真有一套，”她半真半假地称赞，“是不是这波利斯城里的每一个人，你们都有把柄在手？”

“杜小姐过奖了。”路白站起身，“碰巧而已，是你们的运气好。”他一面说，一面将写有邮政编码的白纸折了两折，装进了自己的西装口袋，眼神敏锐的杜若秋立刻察觉到路白的意图，上前一步说：“您不打算将邮政编码交给中国使馆和国际警署？”

“这才刚刚开始，等我们把整个扣子全都解开，再交给你们不是更好吗？你们拿着这一串编号有什么用？”

“但中国使馆不会允许黑鹰独立调查整个事件的。我们有自己的协议和规则……”

“这就要看杜若秋小姐你了。”

“嗯？”她一愣。

“使馆能派你来，摆明了是很信任你。我们查到什么没查到什么，还不是你说了算？况且——”路白收起自己的钢笔，用手向后捋了捋头发，然后压低了声音，“存在我们这儿，不管是美国人、俄国人还是联合国，谁也拿不走。还不是比使馆安全？”

路白的最后一句话，说到了杜若秋的心坎上。她的眼神依旧警惕地注视着他，退一步说："那我要随时知道一切进展。"

"当然，你想的时候，随时可以来我家打台球。"

两人走出写字楼门口的时候，杜若秋趁着还未完全落下的夕阳，回头望了望整栋还未盖好的楼，十五层左右，在附近一带算是高楼了。"这里也是你们的地盘？"她问。

"哪是什么地盘，借朋友的一块地而已。"

"你怎么走？"路白正说着，已走到自己的车前。

杜若秋这才想起来忘了给司机打电话。她匆匆从包里拿出手机说："我的车还在修理厂，这两天都是司机送我，我给他打个电话。"

"你住什么方向？"路白问她。

"我在北边新区。"她说。

"我也住新区，"路白听了，拉开自己车的副驾驶门，"我顺路送你一程好了。"

一辆老式的宝马 7 系轿车，看起来至少是十年前的款了，不过从里到外都保养得很好，米白色的内饰干净如新，杜若秋轻轻地把脚放在深灰色的羊毛脚垫上。

"新区哪里？"

"你就停在崇礼街和哈什米街的路口吧。"

"紫玉公馆？"

"你怎么知道……"被一下戳破了住址，杜若秋心内别扭了一下。

"紫玉公馆的半栋楼都是外交官吧，人总是得有几个朋友才行。”路白一边说一边打了左转灯，上了高架，一路往东北去。

杜若秋咬着嘴唇，没有立刻说话。路白举手之间的随意和他那随意背后巨大的掌控力令她不由得生起几分敬意和紧张。幸好他是站在你这一边的，杜若秋，她在心里对自己说，有一个深不可测的朋友，总比一个深不可测的敌人强多了。

“你来波利斯多少年了？我看你对这里熟得就像个土生土长的当地人。”于是她说。

“我本来就是土生土长的当地人，”路白单手放在方向盘上，“我出生的医院就离这儿不远。不过我的父母都是中国人。”

“那你的中文讲这么好，还真是不容易。我认识很多父母都是中国人但是出生在其他国家的小孩，他们讲起中文来，真让人捏一把汗。”

“我小学和中学都上的是私立华文学校，学校里是中文和波斯语并用的。”

“还有华文学校？你的父母也真有心。他们现在还在波利斯吗？”

“在，”路白点点头，停顿了一个短暂的空白，“他们都在新古列斯坦墓区。”

“哦，对不起。”杜若秋没想到这个答案，诚心地说了一声抱歉，她看看路白放在方向盘上干净的左手，问道：“你没结婚吗？我看你没戴戒指。”

“我的女朋友们都嫁人了，”路白直视前方的眼睛一笑，

"在离开我之后。"

杜若秋斜睨一眼想：分明是一个不婚主义者。

"听说杜小姐是MIT的毕业生，"路白换了一个话题，"怪不得这么年轻就在谈判组独当一面。"

"那都是虚名而已。"杜若秋听他提到MIT，难道是他仔细阅读过使馆每个人的简历？还是因为……

"我手下也有一个MIT的毕业生，或许你还认识，"路白接着说，"乐子扬。"

果然。她正想着是该回答是还是不是，路白又接下去说："以后你们合作的日子还多着呢。"

杜若秋一时不知道他为什么要这么说，车子已停在了她家楼下。"多谢你，"她拎起包下车的时候说，"明天我能去打台球吗？"

路白一笑。"地址我回邮件给你，"他飞快地将自己的电邮写在一张面巾纸上，从车窗递出去，"先写信给这个邮箱。"

目送杜若秋刷卡走进紫玉公馆的玻璃门，路白摇起车窗，调转车头，同时拨通了徐燕子的电话。

"老大！我们正要给你打电话呢。"电话只响了一声就被接起来了。

"那你先说。"

"我的说来话长，还是你先说吧。"

"那好，你记一串邮政编码。"

"OK，说吧。"

"4463-152936，4465-837593，4892-847634，5498-

835019，4375-726492，8728-016587，还有4490-874526。看看都是哪里。”

“OK，正在输入……”

“现在你说你的吧。”路白说着，开车径直往尼卢法街奔去。

“中国使馆丢的电脑，我们今天彻底检索了一遍拷贝的数据，发现除了所有人都看到的引渡名单之外，还有一个暗门。只有拥有最高级安全许可的人才能阅览，我估计在毕公使死之后，中国使馆目前还没有这么一个人拥有阅览它的密钥。”

“你们破解暗门了吗？”

“他们用的是最复杂的192位密匙不对称加密，我们破解了一部分密钥，但是每份文件的私钥都不相同，就目前来看，有一份文件是NASA提交给总统办公室的绝密报告，另外一些有图片、照片和算法。后来我们决定先提取多次重复的段落和组合，希望能猜出关键词。有了关键词就好办了……”

徐燕子的一句话没有说完，最后一个音节还悬在空中，忽然没了声音。“喂？”路白拿着手机，“你们还在吗？”

“哇靠，”那一头传来徐燕子的惊呼，“哇靠靠靠。”

“我还有十分钟就到了，十分钟后开会，就在你办公室。”路白说着，挂断了电话，右脚踩动油门，一路绝尘往尼卢法街31号奔去。

伍

2016年晚冬的夜里，丝绸铺暗红发黑的帘子掀开，楼梯的木板踩上去咯吱作响。一串轻微的窸窣从地毯的远处走近，被不同光束混合重叠的影子落在红砖墙上。

地上很不整洁，落满了废弃的彩票、垃圾、鞋印和汗渍。手电发出的微弱光线，照着擂台地上的脚印，他轻轻用手摸一摸柔软的胶地，心里先有了几分数。

他要找的那个人就在场子中央，对面的墙上印着那人魁梧粗大的轮廓。他慢慢走过去到那人身边，摸黑也在地上坐下。

“你再来晚点，我就该走了。”见面的问候颇不客气，但这并不值得在意。

“你上次可是说过，擂主的宝座十拿九稳的。你要的东西我也给了，结果呢？”

对方健硕的脖子一阵痉挛。“那是个意外、太意外了……肯定是麻醉胶囊没有破裂。”

“绝对不可能。KGB最顶尖的超微型麻醉枪，只要进入皮肤两毫米就必定破裂无疑。你确定打进去了？”

“我百分之百确定。而且之后地上都看过了，胶囊绝对打进去了。”

“你再描述一遍当时的细节。”

“他先正身一个横拳，但其实是诈进，这是他的惯用伎俩。我一早知道他的套路，所以反而去接他的拳，使猛力往前一拽，他没防备，赶紧伸出另一只手以掌来推，想控制平衡。他一伸手，我立刻结结实实一掌贴在他左侧胸肌，绝无半分差错。”

“你用的哪只手？”

“右手。”

他在脑海里还原那个画面，一式一动都找不出任何纰漏。麻醉针确实扎住了，胶囊确实打进去了——他在脑海中将人体左侧的胸部肌肉放大再放大——然后不知道出于什么原因，胶囊竟然没有破。

一个人，用肌肉的力量，在自己的身体筑起一个保护层，紧紧包裹着微小的麻醉胶囊，不让它裂开，这有可能吗？

“那天你打进麻醉胶囊之后，还有任何可疑或者不同寻常的地方吗？”

对方低头想了想。“没有。他的左右出拳都丝毫没受影响，上下勾拳还是特别生猛。”

在含着一只微型麻醉胶囊的状况之下，他的左半边身体不仅能动，还能打。“麻醉之后到比赛结束，一共持续了多久？”

“十几分钟吧……不对，应该不到十分钟。七八分钟左右。那是最后一回合。”

他点点头，起身准备离开。

“对了，”背后的声音再度响起，“这个也许并不相关——那天他打完之后，右边眉梢下洇出一点血来，但是我没打过他头。当然，十有八九是青筋崩裂，这是常有的事，和麻醉没有什么关系。”

他的眉头一皱。

“这整件事，从开始到最后，要绝没有第三个人知道。”他低声说。

“这是当然。”

“最近还有什么其他人接近他吗？”最后他问。

“嗯……接近他的没有，要说关注他——倒是有一个，好像挺有钱的，包了一个包厢，而且貌似只有乐子扬的比赛日才来。”

他正要迈上楼梯的脚蓦然站住，全身的血液瞬间涌向了心脏。

要开始了。

第二案

正午的暗流

弧形的大地朝向正午
尘世的寒气已漫上西方
就在这里
就在此处
黑夜正在上升
黑夜就要登场

壹

我们坚持不了那么久了。

——徐燕子

“你给的邮政编码，清一色的全都在伊罗同伊拉克的边境上，”侯博士指着电脑屏幕，“最北边，北伊省乔柯里山的西面有两个，然后沿着山脉到穆省又有一个，然后是祥河的上游、中下游，最后到中南部的塔省，也是紧挨两伊边境。”

“所以要么是有人源源不断地从伊拉克以石油赞助他，要么是他自己在国外的黑钱，先转成石油，然后走私到伊罗。”徐燕子补上一句，“而且东部的两伊边境线上他所在的这几个位置，都是阿拉伯人和土耳其人的聚集区，当地警察很难管。”

“我知道。在北伊省只要不出人命，警察基本不怎么管。”路白说。

“所以，我们算算看，如果‘狱火’真的是在以石油转移资产——就按普通的运输管道计算，一天可以运输 8 万桶原油，而他在北伊省、穆省和塔省各有一条通路的话，以每桶 48 美元计算，一天就可以流动……”徐燕子按下电脑上的回车键，抬头的同时惊呼一声“Holy cow！（天哪 ）”。

$11,520,000，电脑屏幕上蓝底白字，屋内三人顿时鸦雀无声。

三条管道、七个炼油厂，一天便可神不知鬼不觉地转移一千一百五十二万美元。这些来源不明的黑钱进入油田换成滚滚的原油，在地下管道里游动、在炼油厂加工成成品油，卖给军方、卖到航空公司、卖给每一个大街上的老百姓，成为干净的白钱回流，甚至可以二次投资在纽约和香港……

“他哪儿来的这么多钱？他这么多钱在干吗？”徐燕子最先打破的沉默。

“这不是他的钱，”路白站起身来深深吸了一口气，“‘狱火’是在帮人洗钱而已，大头还在后面。”

“‘狱火’后面还有人？”

路白点头。“不管怎样，我们先抓住了他们的钱，这已经是个很好的突破口。”他按下打印机的启动键，打印出了七个炼油厂的布局图，用大头针钉在人物关系墙上王青铜的左边，眯起眼睛看着他们逐渐织成的一张网，心里对那庞大蜘蛛网的中心，已经有了几分猜测，尽管那中心此刻还是完全的一片空白，没有照片、没有资料，只有白墙露出的白底色，还有一张纸上潦草写下的名字，Abu Al-Qadi。

“另外，纳扎现在是我们的人了，”他用一支绿色的马克笔在纳扎的照片上打了个对勾，“一旦王青铜的账户有动静，我们立刻跟住他的油厂，掀翻他的走私通道。”路白放下马克笔，走回屋子中央，忽然想起刚刚那通电话里的另一件事，“中国使馆的信息暗门，破译关键词了吗？”他问。

“还在计算中，”侯博士答说，“计算量很大，希望到明天早上的时候我们能看到一点有用的信息。”

“好，那就继续算。另外，最近盯紧了中国使馆，他们一定会很快派一个和毕公使同等级、能有权限解锁阅读暗门信息的人来，但十有八九会吸取这一次太过大张旗鼓的教训，说不定会低调地偷偷送来，对外宣称中国使馆新来的秘书、邮差，甚至是水管工，都有可能。”

屋里的徐燕子和侯博士接连点头，路白转个身走出门，临走问了一句：“季老师还在不在？”徐、侯两人交换了一个“我也不知道”的表情，路白便说着“我下楼去一趟”一径走出门，半晌又返身回来说：“有了邮政编码，确切地址明天早上之前给我？”

“不能保证所有七个都能找到，毕竟有北部山区……”

“没问题，能定位几个就定位几个，只要确切就OK。”路白接过侯博士说了一半的话，“明天一早，伙计们开工。”

“不过——”侯博士趁路白没走，吞吞吐吐好像还有什么话说。

“嗯？”路白重新从门口转回身子。

“王青铜的炼油厂和石油加工，似乎都是合法生意……都在北伊州工商局注册备案过，是2012年注册的。紧接着2012年底伊罗政府就开始在北部边境修铁路，他的输油管道也搭了这一班快车。”侯博士接着说，“所以，我们想，这个王青铜是不是有什么背景？行动总比消息来得先一步。”

路白站在门口一怔。“多带一组狙击手。”他思考片刻，留下一句，匆匆转头径直往地下室去了。

走到一半，手机“叮叮”响了两声，是一封陌生地址发来的邮件。邮件点开空无一字，发件人的地址是一长串密码般毫无规律的字母和数字。路白看一眼，飞快地写了一行字，按下发送键，把手机放回口袋就下了楼。

路白沿着旋转楼梯走下两层，屋里的空气顿时凉了几度。他对地下室那种特有的微微发霉的冷清感并不感冒，不过这是老季指定的，反正他也不常来。

路白用手敲敲一扇纯白色的木门。

隔了五秒钟，白色的木门打开，老季的面孔出现在门内。

“这么快！”老季打开门。这里只是一间小屋，四壁涂着纯白色的油漆，屋子中央放着一把木头椅子。老季慢吞吞地转身走向自己的椅子，接着忽然想起什么似的，向屋子的尽头指一指，“喏，你的椅子在那儿。”

路白不是第一回来，他轻车熟路自己搬来木椅子，可坐上去的一瞬间还是不由得心中一紧，他已经很久没有坐过这么硬的木椅。

“委屈路老板啦！”老季看出他的不适，并不像道歉地道了个歉。

“我说过很多次了，我尊重你的一切选择。不过尊重不代表我跟你一样，譬如，我不厌恶舒适。”

“你这就说到点子上啦，”老季十分会意地一笑，“你让我调查的杜小姐，似乎也是个很有趣的人呢。”

“怎么说？”路白微微向前探身。

“她来波利斯之前，先去过达尔富尔大半年，这本身在刚毕业的新生里就不常见。不过杜小姐的简历确实也不得了，MIT 你已知道了，她高中也在美国，菲利普斯安多弗，是全美最好的寄宿私立高中，是第二年转学去的。那学校学费贵得不提，还不是有钱就进得去。”

路白听到这里，心中大概有了点数。“是官二代？”他问。

“算是，但又不是。你猜她爸爸是谁？”老季的提问明显只是个修辞手法，当即接着说，“她爸爸姓万。杜小姐六岁以前的名字叫万殊。”

“她改了名？”

“没错。她爸爸是国投的董事长，1995 年国投成立，第一任董事长就是他，很大的官。不过官大了老婆换得也勤，前前后后一共娶了四个。杜小姐是第二个太太生的，却跟着第三个太太长大，几年之后她爸跟三太太离婚，娶了第四个，那之后她就又被送回了亲生母亲那里。她母亲当时已经改嫁，所以改叫杜若秋，是跟继父姓。

“——杜小姐的亲生母亲几年前就死了，继父还在，不过继父从未来过美国或者伊罗。她跟小时候养她的三太太似乎还有联系，她姓万的生父倒是去过美国很多次，都是公差，但保不齐也见了女儿。”老季终于一口气把话说完。

“她生父还有别的小孩吗？”

“有。至少确定他第四个老婆生过一个儿子，不过七八岁时出车祸死了。除此之外还有没有，我还不知道。”

路白将老季所说的话一一记在脑子里，心中默默想象着杜若秋的少年经历，以及此刻的她又是怎样的一个人。

“你要是想把她吸纳进来，我可是完全赞成。”老季这时插话，露出半开玩笑的表情，“我一早就跟你说过，黑鹰俱乐部的女人太少，阴阳不平衡，一定导致效率低下。”

“你觉得她会加入？”路白反问。

“很难说，但她人生大部分时间都在到处迁徙，她至少不是一个厌恶改变的人。”

路白慎重地点了点头，没有说出心里的想法。

“今天我先不去使馆了，领导问起来你帮我顶一阵。”杜若秋早上醒来，看了看表已经七点半，于是拨了一通电话给同组的同事邹洵异。洵异就住在绿区，所以临时替同事们锁门、打卡、取东西都是他的活。“谁叫你住得近呢。”每个人都这样理所应当地感谢他。

“咳！你又干吗去？”洵异听声音一副还没起床的样子。

“有重要事情，回来再仔细和你说，”杜若秋从床上坐起来，“对了，最近联合国部有没有什么会？”

“好像……好像有一个中东亚太的商贸促进会吧，给赞助企业展示新产品用的。”

“那好，那我就是去这个会啦！你帮我查查都有哪些企业参加，我回去随便写个报告交上去。谢谢你啦，邹帅哥。”

“真服了你，”邹洵异在电话那一头闷闷嘟囔，“拿你没辙。”

杜若秋挂了电话跳下床，刷牙的时候板着脸盯着镜子，镜子里映着自己眼睛底下一片青，她连忙漱了口，从化妆包里翻出许久没打开的遮瑕膏来涂两下。她刷完牙，冲进厨房吃了两块饼干，放在卧室的手机此时响了起来。

“不会吧。”杜若秋自言自语一句，从床头柜拿起手机一看，不是邹洵异。是一个自己没见过的号码，前几位很可能是国际区号。

迟疑半晌，她按下接听键。

“喂，阿殊？”

对面传来一个中年女人的声音。曾经很熟悉、再熟悉不过的声音，但她已经……两三年没有听到过了。那种既亲近又疏远、既想念又陌生的声音好像轻轻击中了杜若秋，她一口气吸到一半，僵在半空。几秒钟的空白之后，她握着手机的左手下意识地攥握，接着抬头扫一眼墙上的挂钟，边走向衣橱边清清嗓子说：“我现在忙着要出门，三姨。能不能晚点……”

“我就有一件小事，很快就说完。”电话对面的声音恳切，就像三姨一直以来对所有的人和事一样，恳切、温顺、充满了逆来顺受式的哀求。

“好吧。”

“是关于……你爸爸的。”三姨有些断断续续地开口。

杜若秋不由自主地皱一皱眉头。他又怎么了，杜若秋此刻并不想听到和他有关的消息，她知道那准没好事。

“有什么是我必须要听的吗？”杜若秋尽量耐着性子回答。

“是这样，你爸爸最近在巡视组，下个月刚好去中东地区。他想跟你……见一面。你是不是还在波利斯？”

杜若秋沉默不答。说真的，她早已不再恨那个人，她甚至觉得自己都不十分抵触跟他见一面。见一面能有什么大不了的？自己的生活不会发生任何改变，她不会妥协，那个人也不会，只是挨过尴尬难堪的一个钟头而已，然后各自郁郁不欢地收场走人。

“怎么样，你下个月都在波利斯吗？”三姨略微紧张的声音又再度响起。

“我随便，”杜若秋再次看一眼墙上的闹钟，最后说，“我得走了。”说完她挂了电话。

然而她没时间发呆。杜若秋从衣橱里摘下一条西裤穿上，匆匆出门，设定好车里的GPS，一路往逊西区开去。中间等红灯等得时间长，她抽空从包里拿出口红轻轻点一点嘴唇，又从副驾前面的储物箱里翻出头巾。

伊罗对于女性在公共场合的头巾要求十分严格，当然绿区除外。不过杜若秋的车里、家里、办公室里到处都存着清一色的黑色头巾，以备自己出现在绿区以外的地点需要。

“我到了。”到尼卢法街的路口，她传了一通简讯。

“我们去二楼的吧台小坐。”

杜若秋停下车上了楼，迎面向南的一排窗子拉着厚厚的窗帘，台球厅里八张桌子，几个人听见她的脚步声抬起头来看着她。她目不斜视，径直往里面走。

“嗨，妹，有什么为你效劳的吗？”她走过去的时候从身后传来一声问话，周围几声窃笑。

“杜小姐来了，”正好路白这时从吧台后面绕出来，往远处使了一个眼色，台球桌周围顿时鸦雀无声，“不过今日不巧。今日有任务在身，恕我们照顾不周了。”

“你们去哪儿？”

路白没直接回答，他只说：“等我们取回东西，一定禀告。”

“这可不是咱们昨天说好的协议。你们查了邮政编码，今天就要长途奔袭？”杜若秋心中有数，嘴上也开门见山。

路白挑一挑眉毛，不置可否。

“我要跟着去。”

路白一笑，好像是要开口安抚她，杜若秋抢先一步又开了口，“我比你们所有人都熟悉王青铜和他四通八达的爪牙，我亲眼见过他，且不止一次。再说，黑鹰单独行动，也许在你们看来是最好的紧急方案，不过警察厅很快就会知道，使馆和联合国维和部队的代表们也会。到时候，你们一定会感激有我的帮忙。”她淡淡地甩出最后一句话，可是那话本身就已经颇具分量。

路白顿了一刻没有出声，然后伸出右手，向前说了一声：“请吧。”

“三辆车，往北伊省乔柯里山脚下去，是我们找到的出入账数目最大的一个炼油厂，希望是大本营。走I-76国道，然后是盘山路，大约两个半钟头的车程。”他边走边说，“你坐最前边那一辆指挥车吧，车上有望远镜，我们的一线身上也有无线电和摄像头，接入指挥车的显示屏幕。”

杜若秋跟着路白从门口出来，门口停着清一色三辆黑色丰田。离他们近的两辆是SUV，远处最前面的一辆更高大些，看着应该是一辆七座的商务车。他们走过那两辆贴着深色玻璃膜的SUV，然后路白拉开了商务车的车门。“马主管、徐燕子、姚sir。”他一一指了一遍车里的三个人，向她介绍。

开车的马主管穿着休闲的polo衫，戴了一副已经不太时髦的墨镜，绷直的长脸尽力露出一点亲切的弧度；坐在副驾驶的姚sir身材微胖，衣着头发都很讲究；后排的徐燕子倒是年轻很多，手长脚长而干瘦，穿了一件鲜艳的蓝色衬衫。

“这是杜若秋，我们在绿区的好朋友。”

“嗨，”徐燕子先开口，“欢迎。我就说你会来的嘛。你坐我旁边好了，放心，我会照料好我们的女士。”说完冲路白眨一眨眼。

“不要下车，”路白最后对杜若秋重复再三，“不要下车。”然后就关上了车门，返身走回房子里去。

“路白……你们的执行长，今天不跟着吗？”杜若秋问。

“他不是每次都去，”坐在前面的姚sir回答，“这次不是换我了吗？”

杜若秋在后座坐正了，扫视一眼车上闪灯的设备和脚下的线。黑鹰的另外两辆车不远不近地跟在他们后面，姚sir时不时和他们通一两句话。乐子扬……在那两辆车上吗？她把头转向窗外，不可抑制地想知道。

“除了我们几个，去的还有什么人？行动是怎么安排的？”她开口问。

“哦，另外两辆车都是一线队员。我们已经定位好，在炼油厂周围，神不知鬼不觉地顺藤摸瓜，摸清他们的输油管道。”徐燕子说。

“就这么简单？炼油厂现在都有什么人？”

“热点地图上显示的人不多，现在工厂应该没在运作，估计就是几个闲人在看着。我们不惊动他们，不过万一要是惊动了，以我们的人，”徐燕子往后指了指另外的两辆车，“也有第二方案。”

两个半钟头的车程说短不短，说长不长。他们9点出发，中间稍微休息一下，快到中午12点的时候终于看到了西面连绵不绝的乔柯里山。“距离目标还有四十公里，”姚sir说，“两公里后的休息站检查车况，开十分钟短会。”

“A组收到。”

“B组收到。”

过了休息站，车里虽然大多数时候还是沉默无声，气氛却好像比方才紧张些。徐燕子和另外两辆车做了最后一遍无线电检查，一切就绪。杜若秋往窗外望了望，已是荒郊野岭，下了高速路，小道立刻颠簸不平起来。“快到了吗？”她问。

徐燕子点点头。

乔柯里山并不算高，但是蜿蜒绵长。车开得接近了，放眼望去，才知道尽是荒野一片。开车的马主管于是放缓车速，把车停在了路边，一辆SUV已追上来，也停在后面熄了火。

“怎么了？”

“别慌，”马主管看了杜若秋一眼，下了车，打开后备厢拉出一条结实的白绳，另一端系在了后面车的保险杠之下，结结实实打了两个结。“好了。”他冲后面车打了一个招呼，自己返回指挥车上，拖着另一辆缓慢地行驶在乡下的小路上。

不到二十分钟，一个灰蒙蒙、半关着门的硕大的工厂模样出现在他们的眼前。他们把车开到工厂的门前，马主管先下了车，在工厂的门口敲了两下，随即推开了大门。门开到一半，从工厂里探出一个矮个子的头。

“什么事？”

“我们是中国来的自驾游车友，但是走到半路上可能是温度太高，有一辆车的电瓶不管用了。能不能开进来借你们的电用用，重新将车打着？”马主管朝里面用蹩脚的英文喊道。

探头的矮个子一声不发地调头回去工厂里，等了大概有五分钟，工厂的铁门缓缓打开，马主管拖着后面的车驶入工厂区。“B组到达目的地，四名狙击手已从500码外锁定区域。”无线电里传来一声报告。

“收到，”姚sir回答说，“原地待命。”

被前车拖进工厂区的车里，除了司机，四个人都已整装待发。冲锋枪藏在座位底下，四个人都穿着日常的T恤衫，长裤内一人一把M9手枪。开车的小边从仪表盘前拿了一盒隐形眼镜，每人拿两只戴好，左眼侦查红外线，右眼即时拍照。副驾驶座的阿毕从怀里掏出黑莓手机，从中间拦腰推出，装上四枚22毫米口径子弹。坐在后排最右的乐子扬不自觉地摸了摸上衣口袋里的烟斗。

阿毕先举起一只立着的拳头伸到他们中间来，分别认真地看着每个人的眼睛，“黑鹰，”彼此的拳头碰在一起，“GO！”

阿毕先下了车，用没有拿手机的那只手在空中挥了挥，然后讲起蹩脚的波斯语和工厂的工人比画着。“我们一辆车的电瓶没电了，能借两根搭线吗？”

“你们需要电？”一个皮肤黝黑的矮个子走出来，用英文回答他们。

“不用电，我们还有另外一辆车，用它的电瓶、搭上一根电线就能把车打着。但是我们没有电线，正好路过你们工厂，我想工厂总有不用的电线，借我们一用行吗？”

对面皮肤黝黑的小个子没说话，转头走回厂房去，阿毕在后头又说：“只要是型号合适的电线就可以，我跟你去看看。”说着一步步跟着小个子也往工厂里去，车里的另外三个人也都下了车，自顾自地在附近点一支烟、透透气。

乐子扬跟在阿毕后面，假装和他讲两句话，二人慢慢靠近炼油厂。

“嘿，不要进来！”炼油厂里冒出一个同样皮肤黝黑、但是壮实不少的中年男人，看到接近厂房的二人，强势地做了一个停止的手势。

乐子扬和阿毕四目一对，阿毕先猛地抢两步蹿上前，扑倒了那壮男，乐子扬紧接着跟上，从腰间夺下他的手枪，一把小口径的Gsh-18。乐子扬把枪口直直对着壮男的心脏，“不要出声，不要动。”他说。

“老大，电线……”刚刚的小个子手里拿着电线从后面出来，才走进他们的视线之内，躺在地上的壮男一跃而起，一脚将乐子扬手里的枪踢飞，转头就要跑。乐子扬毫不迟疑一个钻拳直击对方的脊椎，抢上一步踢远了手枪，接着就是一个劈拳，连接着右手的肘击直抵颚下三寸，壮男向后倒退两步，身体晃了几晃还想站稳，嘴角已止不住涌出暗红的血来。

这时后面的阿边也已赶上，而另一边拿着电线的小个子还和阿毕缠斗得难解难分。小个子周身一绕，将电线勒住阿毕的脖子，狠命向后勒紧，阿毕失了重心，任由小个子向后拖去，两只手拼命拽住电线，脸上由红变紫。阿边赶忙上去，用枪座对着小个子的太阳穴就是一击，小个子不由自主松了手，待要再加第二拳的时候，从头上忽然爆出一连声的枪响，分明是突击短步枪。

乐子扬和阿边连忙滚地往厂房的支架结构下躲，阿毕横着用手臂反勒住那小个子的脖颈用作人肉盾牌。乐子扬从钢架结构之下钻出头来用手枪开了几枪，但火力根本不是对手。

“对方至少有一把全自动突击步枪，在厂房东北角上方开火，请求支援，请求支援。”乐子扬对着领口的无线电说。

所幸这时小武赶到，“哒哒哒”一串子弹向上方的袭击点横扫过去，顺手把肩上背的另外两把P90从地面滑给阿边和子扬。

子扬如猛虎出洞扑向被阿毕钳住的小个子，扭身先按住头，再扳过双手摁在地上。“突突突——”厂房上方的枪声还没断，乐子扬身子一滚得以保全，但接着就听“砰”

一声闷响，有一颗子弹从后面打中了阿毕的腰椎。

阿毕“扑通”一声双膝跪倒，面朝着厂房大门外的光亮，仿佛要向前走，却迈不动脚步。鲜血从后腰洇湿成片，他低下头摸一摸自己的肚脐，然后以一种不可置信的目光望着手指上沾的血，瞪大了眼睛，上身“咚”的一声，如石柱倾塌。

“阿毕！”乐子扬眼见着他倒下，撕裂的大吼掩埋在枪声之中。

“突突突，突突突——”一阵更加剧烈的枪声从工厂的背后响起来，正是Bravo组来援。打掉了东北角的偷袭点，两个队员赶上来将阿毕抬上指挥车，车上的姚sir和马主管连忙掀开车座拿出急救包来包扎。杜若秋在后座也一面帮忙，一面用目光时不时扫过车里屏幕上的回传影像，忽然眼睛一动，指了指小显示屏右上角的画面，“王青铜！他要跑！”

王青铜从工厂的隐蔽侧门逃出来，身前身后各一个随从，绕来绕去钻进工厂后面一个更小的铁房子，像是一个临时仓库的模样，指挥车管不了那么多，登时追到仓库门口，杜若秋悄悄握紧了别在腰间的微型手枪。

“Alpha组立刻集结，王青铜逃进工厂背面一个临时仓库，Alpha组迅速集结！”

“厂房已清，生擒一人。”Bravo组传来报告。

“Bravo组留下小周看守他，其余人立刻集结，在工厂正北面的临时仓库与Alpha汇合！”

少了阿毕和周莫，A、B两组的六个人俄而齐聚，Alpha

组的三人皆是T恤加长裤的便衣，Bravo则是全套湛青色的防爆装备，自然顶在前面。他们借着手电的光柱，成对举着枪走进仓库，顿时周遭骤然全变——刚刚焦躁的烈日和轰鸣转瞬间都被幽深的仓库尽数吞没，一片黯淡的寂静中只能听见远处一滴滴的滴水声。

乐子扬耐心地小步往前移动着。他的脚摩擦着地上粗糙的沙粒，愈往前愈觉得气氛诡诈不凡，预感今日要有大鱼。忽然，只听得前方一阵骚动，最前面的两个人说了两句什么，然后乒乒乓乓一阵石块的响动，前头的队员忿忿地一声咒骂。

“目击两个、至少两个人影，刚刚抛弃仓库的一个栖身点，发现一只空布袋，地上满是水，还有一本……”走在最前头的黑鹰队员从地上捡起一本厚厚的32开书，“一本《圣经》——等等！不是水，是油！撤退、撤退、撤！”

“砰”一声炸裂的枪响击中被汽油浸湿的土地，一束张扬的火苗冲天而起。“撤退，所有人！”热浪近在咫尺，仓库里又多开了几只手电，来时的路线曲折已不可考，突击队员们从堆得满室的油罐、木箱中破开一条通道，朝着仓库门口照进的光亮飞身而出。

滚滚浓烟从仓库的房顶冒出来，所幸黑鹰队员们出来的时候还未爆炸。“快，上车，他们一定是从仓库的其他暗门逃跑，但绝对跑不远，我们兴许还能追上。”姚sir对着无线电说。

两辆车子就停在离仓库几米远的地方，挨个上车的时候，阿边是最后一个。他一只脚跨上SUV，瞥了一眼车里，忽然大叫一声:“乐子扬呢?”

举目四顾，只有一个空空的厂房和陈旧的仓库。“刚刚是谁和他搭档的?”

“是我。”

“在仓库着火的时候他还在?”

“着火起来，大家夺路而出，就已经散乱，但是之前他一直都在。”

“他的无线电呢?乐子扬，停止追击，立即回答!”

无线电里没有回音。迟了片刻，阿边忽然从自己的口袋里翻出一个纽扣大小的黑色别针，“这是他的无线电，乐子扬故意把无线电放在我口袋里了!”

“他想搞什么鬼?”姚 sir 忿忿一拍大腿，环视左右，除了浓烟滚滚，一个人的影子也没有。

“他一定是发现了什么，自己去追了,”杜若秋举起双排望远镜，摇下车窗，“我们赶快开车在附近查查看，‘狱火’的人在附近，他也一定在附近。”

马主管一踩油门，三辆车开始分头行动。“不过我们的时间不多，以这火的阵势，十五分钟以内消防员必来无疑。”他说。车子启动，徐燕子低头瞥见躺在车上受伤的阿毕，忽然惊叫一声。

“我们坚持不了那么久了。”徐燕子蹲下身试图调整阿毕的绷带，手伸到离得几寸，却不敢再动。鲜红的血从他的腰间殷殷地渗出来，紧闭的双目之下呼吸微弱得几乎察觉不到。“我们得马上送他去医院,”徐燕子抬起头，“立刻、马上。”

前排座位的两个人回头看一眼徐燕子和杜若秋手上的血，当即调转车头。“阿毕情况不稳，指挥车离开现场去医院，A 组、B 组按原计划……”

然而一句话没说完，消防员没有来，迎面却先驶来两辆高大的陆虎，拦住了黑鹰的车。陆虎上走下两个高大的白人，头戴钢盔、全套的美式迷彩，腰间的 M9A1 明晃晃地扎人眼。两个拦路的人走近黑鹰的丰田指挥车，在玻璃窗前规规矩矩地敬了一个礼。

“靠，这开玩笑呢吧，”徐燕子一捶大腿，“美国人怎么来了？”

“怎么？他们……有什么问题吗？”杜若秋意识到美国人的出现在黑鹰这里并不是那么被欢迎，“我们还有阿毕，还有找不着的乐子扬——”

“我去看看，”姚 sir 从手边拿起墨镜戴上，开门下车，叼着烟杆向对方的两人摊开双臂高声笑说，“喔，我的美国朋友们，”他一副热情的姿态朝对方走近两步，“真没想到在这里见到你们呀。”

美国人却没拿出同样的热情来回应，“我们要那个人。”其中一个上前一步说。

“喔？什么人？”

“别装傻，你们刚刚抓的人。”

“噫，我们没抓人吧，只有一个兄弟受了重伤，现在躺在指挥车里。”

美国人往指挥车里一探头，又将目光转向黑鹰的另外两台车。“我们要那个人。”其中一个美国人又说了一遍，接着就往黑鹰的SUV走去。

姚sir没有拦他，可黑鹰的SUV也并没有开门。

美国人在车前站定了，转过身来对着姚sir看了看手表。“我有的是时间，”他说着，手臂绕到自己背后指一指腰椎，“你们可就不一定了。”

姚sir用余光瞥一眼指挥车里的阿毕，深吸一口气，示意B组开门。车锁打开，姚sir自己先上前去，拉开车门，喝一声“下来”，车上走下来一个双手被绑在后面、戴着黑色面罩的“狱火”成员。

“狱火”成员低着头从姚sir身前走过，还有意无意地回头看了一眼他，不情不愿的模样。B组车上的四个人也紧盯着他，如同猎豹盯着自己的猎物慢慢远离。

美国大兵把猎物按上车，却没有直接离开。他转身，向姚sir行了一个公式般的礼，语调是一贯的油滑令人讨厌，“过两天还要详细向你们请教。”说完还抬头欣赏了片刻黑烟四起的炼油厂仓库，撇了撇嘴巴，“你们还不走？消防车估计十分钟也就来了，火烧成这样。”

姚sir耐着性子不回应对方的嘲弄，只是潦草地点点头，返身上了指挥车。“指挥车送阿毕去医院，另外两台车在炼油厂附近继续巡逻，直到找到乐子扬为止。注意保持联络。”他对着无线电说。

那个人的面孔一闪而过，乐子扬的目光顿时定住好几秒。那人全副武装、戴着黑色的钢盔面罩，可他相信自己的直觉不会认错，于是悄悄摘下自己衣领内衬上的无线电纽扣，顺进旁边人的口袋里，跟着那一闪而过的黑影往仓库纵深里去。

那人身手矫健，步伐迅速，乐子扬追了两分钟，仿佛被他绕进迷宫般的仓库中心。火烧的浓烟已经起来，乐子扬用T恤蒙住口鼻，紧追不舍。果然，七拐八拐之下，前面的人穿过一层铁门，返身锁上，乐子扬毫不迟疑拿出手枪，瞄准锁孔“砰砰”两声，铁门洞开。

走出仓库霎时光线骤亮，他左手搭在额头挡住太阳，脚下飞跑起来。扩大的空间之下，乐子扬脚上的功夫便占了优势，他嗖嗖几步贴近对方，猛然伸手拦住，那人转身才转了一半，乐子扬一个钻拳自下而上，从侧腰拧转直击肋骨。

对方吃痛，举起右臂肘击在乐子扬前胸，乐子扬顺势一倒，也拉倒了对方，然后翻身一滚，对方还没来得及起身，他已半跪一旁，一把M9黑洞洞的枪管，直直对准对方的太阳穴。

声音好像在一瞬间失去了传播的介质。地上的人跪在原地没有动，乐子扬举着枪从地上站起来，半弓着身子小步绕到正面来。“把枪扔掉，”他用英文说，“把枪扔了，听见吗？”

对方把手里的AK-12扔在地上，乐子扬一脚将它踢远。“举起手来，摘下面罩。”

对方慢慢低下头把手举起来，却没有摘面罩的意思。

“摘掉面罩，听见了吗？”乐子扬的枪又进一步，狠狠抵在对方的太阳穴上，子弹“喀”一声上了膛。

对方已经举起的双手稍稍抖动，缓缓地缩向脑袋，解开下巴上的拉扣，然后脱去了面罩，甩甩汗湿的头发，抬起头来直面乐子扬。

四目交汇，空气瞬间凝固在乐子扬的目光里。虽然早有猜疑，可亲眼见到他摘下面罩的那一刻，乐子扬还是倒抽了一口凉气。他的瞳孔急剧地收缩，还握着枪的右手一动不动。

“不，不该是你。”

贰

我一直看着他的血不停地流出来。我很难受。

——杜若秋

“你不打算开枪打死我的话，不如先把枪收回去。”

乐子扬没有立刻收枪，他的两只瞳孔还紧盯着面前这个四年未见、但是依旧熟悉得隔着面罩也认得出来的面孔。大学时候的普鲁士头如今变成了板寸，可健壮彪悍了不少的身材之下，依旧是乐子扬记忆里原本的那个隔壁计算机系的鬼才。

“没想到在这儿见到你，颖决明。”乐子扬说。

对方无所谓地耸了耸肩，做出一副“悉听尊便”的表情。乐子扬双眼直视着颖决明，看看周围四下无人，然后用命令般的语气说道：“把面罩戴上。”

“咳？”

“我说把面罩戴上。”

颖决明给自己重新戴上了面罩，正要放下双手的时候乐子扬冷不丁从怀里拿出尼龙扎带，一跨步将对方的两只手拧在身后捆紧了，这才把枪放回腰间，拿出手机，拨通了姚sir的个人号码。

电话只响了两声便通了。“喂，你在搞什么鬼？”

“能不能让Alpha车来接我，我已开启定位。”乐子扬说完，忽然想起什么，补上一句，“接两个人。”

“你总算来了，早晨原本你有一个会，我给偷偷挪到下午了，希望大头儿没发现。”杜若秋快三点的时候回到使馆，刚一上楼，洵异赶忙走上来悄悄和她说。

正说着，办公区走廊尽头的玻璃门打开，黎公站在门口叫了一声“洵异”。洵异赶忙答应，黎公说：“我看时间表上怎么今天下午忽然多了一个会？”

洵异连忙答说：“就是文化节和自贸区的会啊，前天您定的，我、我之前忘记放在办公日历上了。”

黎公这才想了想，“还真是，我给忘了。”说完看了看表，见杜若秋也在旁边，一挥手说，“一会儿自贸区的简报是你做还是小夏做？”

杜若秋一时语塞。

“简报我来做，有什么不完整的，若秋补充。”好在夏玉锵及时出现，杜若秋感激地瞄了他一眼。

黎公返身回了办公室，杜若秋赶忙转头问：“什么简报？”

“阿巴斯港自贸区呀，好几个上亿的合同，美国人、法国人都虎视眈眈。”

“我们有谁？”

“有两家银行一家保险，还有中建、中铁、中材，”夏玉锵边说边拿了厚厚一摞资料递到杜若秋的手里，“中建是大头，他们的董事下个礼拜要亲自来伊罗。”

杜若秋站在那儿哗啦啦地把手里沉甸甸的资料册从头翻到尾，抬起头来苦笑一声，“这我只能开完会再看了，今天你先 cover 我一下。”

夏玉锵说“小意思”，接着又问：“你上午去哪儿了？”

“我……去医院，去复查，”杜若秋随便捏了一个谎，“但医生说恢复得很顺利，本来要复检两次，他说我已经差不多好全了，下次的复检都给我免了。”

“那就好，”夏玉锵点点头，“胳膊不疼了吧？”

她下意识地捏了捏自己瘀青未散的左手臂，对着随即传来的一阵皮下酸痛咬了咬牙，“都好啦，”杜若秋一笑，看看墙上的挂钟已指向了三点整，便拿好了记录本和厚厚的资料，说，“走吗？”

“女士优先。”夏玉锵微微做了一个“请”的动作。

一进会议室的门，只觉得今天来开会的人不少。除了黎公自己的秘书组、新闻处和他们驻联合国谈判代表几个人，文化处的齐以澳和商务处的周楠也带着几个随员在屋里。“今天好大阵仗。”杜若秋自顾自地嘟囔一声。

“今天有两件事，”黎公见人来齐了，开门见山，“一个是今年的中国文化节，还有就是阿巴斯港的自贸区。”

“文化节？”杜若秋和玉锵挨着，转过头做了一个口型问他，“这才三月份啊。”

“今年从秋天提前到春天了，不知道为什么。”夏玉锵耸耸肩膀。

“这件事是文化处和新闻处负责，齐以澳，你来介绍都有什么进展和安排。”

齐以澳是文化处的参赞，也是波利斯使馆排得出名次的元老。从北大的波斯语系到留学伊罗，又从伊罗的 IBM 跳槽到使馆，他对这个国家的一城一池比当地人还要了如指掌。“我们也是昨天才收到的通知，所以刚刚开始筹备。”他说完第一句，看看左右四邻还坐在那儿洗耳恭听，磕磕巴巴也得继续说下去，“但是也有一些进展。”

“根据这次收到的函，外交部还是很支持我们的文化节的。这是、呃、和以前一样……文化节是向当地民众和其他国家展示我们文化的好机会。届时，我们会在使馆的庭院里设置几个摊位，表演民乐、核雕，还有……还有一个台子专门供应中国传统食物，”齐参赞说着，急匆匆地将笔记本翻了好几页，低下头端起眼镜仔细学习了片刻然后抬头说道，“这次的食物是……重庆小面。”

他说完，抬起头故作轻松地看看大家，“对的，今年来点儿川菜。”这句话在黑压压坐满人的会议室里带着一丝喜感，底下坐着的众人纷纷挤眉弄眼地交换着好笑又笑不得的怪异表情。

“哦，对了！还有一个从中央文化部特派的国家一级……呃……表演家、艺术家还是什么的，来为我们现场表演手工刺绣，并且还会在最后送给我们一件乾隆皇帝的龙袍——当然，是他绣的龙袍仿品。”

坐在后排的沈威棣低声对旁边人说着，坐在他前面的杜若秋和夏玉锵，乃至于会议室的大多数人发出一阵低低的嗤笑。

“伊罗人最喜欢皇帝和皇室，看看去年那个傻子一样的约克郡王子来的时候，连总统都亲自接见他。有皇室的国家，在这里搞外交就容易三分，这是没办法的事实。”齐以澳诚实地耸了耸肩膀，“要是能送他们一件龙袍，他们也会喜欢得不得了的。”

黎公坐在长条桌的一端，冲齐参微微点头，“最好是这样。这次时间紧任务重，我不管是绣龙袍还是重庆小面，我只要一切顺利、万无一失最好。邀请名单拟定了吗？”

“我们应该还是以去年的名单为基础，肯定能出席的是伊罗外交部东亚事务司司长，我们当然也会尝试更高层的官员，还有同在绿区的各个……嗯……友好邻邦的大使。”

“嗯，可以。最好能邀请到他们商务部的人。”黎公点头。

“当然，我们会尝试。一会儿我和小夏、周参碰个面，列出商务部的关键人物名单，再商讨邀请上面的哪些人。”

“不错，”黎公简短扼要地结束了有关文化节的讨论，脸转向坐在另一边的夏玉锵，“讲讲阿巴斯港吧。”

夏玉锵起身走到LED屏幕的一侧，巨大的电视屏幕上放映出一片荒野覆盖的岛屿，眺望着一望无际的波斯湾。“阿巴斯港地处伊罗最南部的格什穆半岛，十年前的时候还是荒地一片。2008年伊罗政府开始考虑在此处修建港口，但是不久之后就爆发了金融危机，直到去年，默德扎曼政府上台，才重新把港口这件事提上日程。这件事甚至得到了美国的默许，他们支持伊罗在阿巴斯港开设一块自由贸易区，可以不受现行的禁运和制裁条款。”

“美国人支持这个自贸区？”

“欸，你知道，一边大规模制裁别人，一边买石油、卖苹果手机，这种事美国人干起来轻车熟路。”夏玉锵顿了顿，向桌子另一侧依旧大惑不解的科技组小声解释，“白宫刚扶了一个亲美的政府上台，总得给人点甜头，可要全面解除制裁，先是共和党把持的国会就死都不会通过，所以只能另辟蹊径，搞一个自贸区，列一个许可物品的单子，买卖他们想买卖的东西。”

桌子另一边的人做恍然大悟状。

“阿巴斯港的规划非常有野心，几个项目都非常大。其中最主要的渔港的翻新扩建，计划40平方公里围海造陆，12平方公里防洪堤坝，34公里的路网和海水管线，还有配套的燃气和通信设施，是一笔10亿级美元的大合同。另外还有5万吨级的冷冻库，占地6公顷，合同也有2亿美元；还有就是游艇俱乐部，码头至少800泊位，还有酒店、度假中心、50栋别墅，也是超过10亿美元的项目。”

“而且，默德扎曼显得非常着急，他希望在自己的第一个任期、也就是四年内，能把阿巴斯港完工，这样好帮助他连任的选举。所以满打满算，从现在起也只有三年半，我们的准备时间不会太长，招标会应该就在下月，中了标、合约签了立刻就开工。”

“中国感兴趣的公司都有谁？”黎公问。

“现在有兴趣提供贷款的银行有两家，国开行和进出口行，还有中国信保是和他们捆绑的。公司里中建、中铁、中材都会参与投标。当然，最大的一块肥肉、阿巴斯渔港的翻新和填海造陆肯定是给美国人的，不过中建盯上的游艇俱乐部，目前看来还是颇有希望，但是得和法国、韩国和挪威三家公司竞争。”

“挪威？”听众里隐隐冒出一声疑问。

“招标商会的第一排就坐着一家挪威公司，叫挪威皇家电机，我们还在调查，但查到最后很可能还是美国人的公司，注册在挪威。”

“那就尽快查。”黎公望着大屏幕上宽阔的海域和百废待兴的港口基地，露出一副志在必得的表情。

“恕我直言，这么大一块肥肉哪有那么容易就抢来，除非有高访打头阵。”坐在第一排的沈威棣直言不讳。

高访是指国家高层领导来访问，一般会带着企业界的领袖们组团来敲定国际大单。

“高访的事可以申请，但决定权不在我们。”黎公似乎并不反对沈威棣的意见，“不管有没有高访，我们自己先做足准备。”

那天的会虽然来的人多，却开得短促有力。一个多小时之后杜若秋出了会议室，从上衣口袋里拿出手机，见到上面赫然有一通未接电话，正是刚刚他们开会的时候打来的。那是一个她不认识的号码，也没有留言给语音信箱，打来的时间是下午三点二十二分。

她握着电话的手抱在胸前微微有点颤。她自己坐黑鹰的第一辆车，两点五十回到使馆，后面两辆等着乐子扬的，三点多正应该是他们回来的时间。这说明……他平安回来了吗？还是……

她关上了自己办公室的门，拉下百叶窗，然后按下了手机上的回拨键。

电话只响了两声就被接起来了，可是对方接起来的一刻却没有直接说话，她甚至听得见听筒对面传来的刻意压低的呼吸。

他们在一条细细的电话线两端彼此犹豫了三五秒，那一头终于传来她熟悉又惧怕的声音。“杜若秋，”他说，“我回31号了。”

她的一颗心落地，下意识地送出一口气。

“就这样。我今天走时看见你上了指挥车，我想也许你会想知道我们都平安回城。”

“你们那个受伤的同伴——阿毕，他怎么样了？”

“他还在急救，现在谁也不让探视。今天晚上做完手术，可能会知道一点消息吧。”

“回城的一路他就在我那辆车上，直到我们把他送到可兰医院。”杜若秋的心情不知道该怎么表达，最后只好归于一声轻轻地叹气，“我一路上一直看着他的血不停地流出来。”

电话的那头又沉默了。杜若秋终于忍不住，“我很难受，”她话一出口先带了哭腔，“我心里很难受。”

电话的那一边还是沉默。杜若秋吸了吸鼻子，重新调整好自己的情绪，“好吧，”她说，“至少你们其他人都安然无恙地回来了。有什么新的进展，麻烦转告我。等到可以的时候，我想去医院看看阿毕。”

她说完了，准备收线挂电话，可另一边忽然抢在她按键之前抬高了声音，“先别挂，杜若，”他急忙叫她的名字，然后顿了几秒钟似乎也不知道该再说些什么，“会好的，”他最后只说，“都会好的。”

他刚刚叫自己“杜若”的那一瞬间，她的心忽然如过山车般失重了一秒。挂上电话的时候正是快五点钟的日落时分，杜若秋走到窗前，那西边灰红交织的颜色，正像极了当年查尔斯河上的落日。康桥市的傍晚在耳边低声轻语，太阳的余晖在查尔斯河的河面上跳跃摆动，她当时背着书包正往自己宿舍走，就在那条背对着夕阳的路上第一次遇见了乐子扬。

乐子扬正和几个伙伴玩飞盘，那是大学校园里最受欢迎的运动和游戏。也不知是别人还是他自己不小心，明黄的飞盘嗖嗖地径直朝她的方向飞过来，砸在她的后背上。杜若秋当时吓了一跳，回过头才看见地上的飞盘，还有从远处跑过来的乐子扬。

两个亚洲面孔彼此一笑。“不好意思。”乐子扬说。

“不要紧。”杜若秋把飞盘捡起来递给他，乐子扬倒直直地多看她一眼，没有立即转身走的意思。

“嘿，”他说，“我见过你，在今年的寻宝大战上。”

“寻宝大战上有好几千人呢。”杜若秋微微一笑。

“我叫 Zack。”他伸出自己的手。

“Rachel。”

远方这时传来一声响亮的口哨，伴随着他同伴揶揄的喊声，“Zack，你还玩不玩了？你跟美女走的话，别忘了把飞盘扔回来！”

杜若秋有点尴尬地低了低头，乐子扬向她眨眨眼说了一声“好吧，再会”，两人才各自走开。等杜若秋走到宿舍门口，从外套口袋里掏钥匙的时候，才发现口袋里除了钥匙，还被塞了一张小字条。

“Call me 617-433-1609”，那张字条上的字写得匆忙而潦草，而杜若秋就站在自己寝室的门口，有生以来第一次听到自己愈来愈澎湃的心跳声，如同一辆远处开来的火车，随时要冲出铁轨。火车的笛声和乐子扬张扬的面孔在她脑海深处渐渐重叠，她羞涩地涨红了脸。

当然，杜若秋没有立刻打电话给他。又过了一个学期，他们才在同一门宪法与公民权益的政治系课上再次相遇。在整个学期课堂上的激烈辩论之后，乐子扬渐渐改口叫她的中文名字，并且只叫前两个字，“杜若”。

在那之前和后来，有许多人和她成为好朋友，他们亲昵地称她为“若秋”“秋秋”，却只有乐子扬一个人，从头至尾只叫她“杜若”。

这个名字从此成为他们之间最调皮而深刻的秘密，在漫长的分别里被杜若秋深埋在记忆的角落。

“星期五晚上我的一个朋友在波利斯花剑小剧场的话剧首演，你要不要去？”以至于此刻，她忽然冲动地拿起手机，传了这一条简讯给他。

不出十秒手机就响起来了，她过去一看——“好，到时见”，眉梢缓缓放成一个柔和的弧度。

与此同时，在波利斯城北，乐子扬刚放下手机，尼卢法街的黑鹰俱乐部传来一阵匆匆上楼的脚步声。

“因为时间还不到五点，现在台球室和酒吧都还没有开始营业呢。要是打台球的话倒是有几个教练在，请问你们有没有固定的教练？”马主管见到几个高大的穿着便装的波斯人，心里先有几分预感，不过还是先迎上来和他们打招呼。

“我们不喝酒，我们来找这个人，”领头的一个人从怀里掏出一张五寸的彩色相片，上面正是他们的新鹰乐子扬，是他还在小黑箱打拳的时候照的，夜间偷拍的噪点很多，可是遮不住他硬朗的面部轮廓。

“这、这样子，你们点名要他，我们就很为难了。请问你们是波利斯警察局吗？不然愣生生地向这里要人，总是让人摸不着头脑。”

“不不，不是要人。”一行人中从后面走出一个年纪长些、个头稍矮的，他边走上前来，边从怀里拿出自己的军衔徽章，赫然是一个陆军少校级。“我们是波利斯市警卫军，不是找你们要人，而是听说了这个叫 Zack 乐的拳手，想请他过去坐一坐，喝杯咖啡。咖啡或者茶都可以。”他和颜悦色地说。

果然，波利斯军部不是什么令人惊讶的到访，不过这群人来的时机，却颇有些奇特。姚 sir 一行人下午刚回到俱乐部，就和路白一起应对方的要求去了美使馆“做简报”，现在他们二人还没回来，就忽然来了一波伊罗的军部来要乐子扬？这背后一定有什么玄机，尽管马主管一时还猜不透是什么。

“他刚刚从北边回城，我想他现在应该还没走吧。”对方的话说得不紧不慢，甚至还拿了一把椅子，直接坐在了吧台旁边。

乐子扬站在二层和三层的楼梯接口听他们的谈话到这里，便不再犹豫，自己噔噔两步走下楼来。

“我就是 Zack 乐，”他对惊诧地挤眉弄眼的马主管肯定地点点头，然后转向坐在吧台一旁的少校，“请您带路吧，少校。”

匆匆一周，终于到周末的波利斯城，实在比杜若秋想象得热闹许多。她很久没来花剑小剧场了，自从新任总统默德扎曼上台，使馆的事务比以前要忙上一倍，星期五加班渐渐成为她的日常。不过现在……她准备好心情享受生活了吗？杜若秋拿着菘兰送给她的包厢戏票，在剧场的小霓虹下裹了裹外套。

虽然是春天，落日之后却还是有点冷。话剧是 8 点钟开始，杜若秋早到了一刻钟，买了一杯茶，另外一只手插进风衣的口袋里，对着街上来往的行人，一时有些发愣。昨天发出看戏的邀请像是一时冲动，以至于现在她也不太能理解自己当时到底是怎么想的。难道她真的像菘兰有次开玩笑时说的那样，一个人孤独得太久了？

平心而论，她在波利斯城，有工作，有几个朋友，其实算不上孤独。可是——偶尔她又实在孤独得不能自已，虽然已经在这里住了三年，可波利斯毕竟不是她的家。杜若秋感觉这座城市，始终隔着一层薄薄的透明色的膜，隔绝了外界的大部分温度。可是乐子扬呢？他的出现又代表了什么？他在她心里，到底占据了怎样一个位置？

乐子扬之于她，代表了她所熟悉的过去以及 MIT 的四年，那是她人生里最快乐的一段时光。不管他本人在其中扮演过什么角色，哪怕是仇人，也依旧是那时光里的一部分，让她怀念到想哭的时光。

7 点 50 分，还有十分钟开场，来看戏的观众从她身边鱼贯般三五成群地走进剧场。杜若秋仰头看一眼广告牌上巨大的时钟圆盘，心里生出一丝埋怨：他早该知道看戏怎么也要提前一刻钟来，不是吗？要是一会儿乐子扬敢找塞车或者电车晚点的借口，那他就死定了。

7 点 55 分，剧场门口已经没有什么人，门口探出一个工作人员模样的人，左右看看，看见杜若秋站在那儿，刚想问她是否要进来，却明显临开口又闭了嘴，也许是怕她不好意思。杜若秋神态自若地向工作人员点点头，再看手表的时候，心里忽然升起一个笃定的想法，告诉她，乐子扬今晚不会来了。

他不会出现了，杜若秋。这个声音笃定坚决得如同大法官的一锤子，敲在她的心上。杜若秋眨眨眼睛，瞬间就醒了。

这也难怪，她低下头看着自己的左脚和右脚，露出了一丝自嘲般的微笑。乐子扬本来就是一个无常的人，出入来去都是想走就走。况且……和三年前的突然消失相比，一场话剧的失约实在算不上什么大新闻。对一个冷面冷心的人来说，没有什么是大新闻。

知道乐子扬不来了，杜若秋心里反而轻松了一截，原本紧绷的脸颊舒展开来，深深呼吸了一口凉凉的空气。她抿了最后一口已经冷掉的茶，在走入剧院之前把纸杯丢进了门口的垃圾桶。

落座的时候刚好是 8 点整，熙熙攘攘的观众在开场的音乐声和骤暗的灯光下逐渐安静下来，舞台上的灯光全部聚焦在了沈菘兰饰演的女建筑师身上。

杜若秋一个月前看过菘兰的排练，那时候舞台布景还没有搭好，灯也没有安，几个演员就在剧院的小咖啡馆里对着台词。菘兰演的是一个年轻而雄心勃勃的女建筑师，她收到一份请柬，来到中亚一个虚构的沙漠国家——塔兹别克斯坦，完成一项建筑工程的设计和施工。

“酋长对这栋建筑十分重视，他本来是要亲自接见你的。但他这个星期正好应邻国酋长的邀请去打猎了，不过你不用灰心，以后总有机会的。”

“我真的不胜荣幸，”建筑师对来接见她的大元帅显露出受宠若惊的感激，“请问酋长到底要建一栋怎样的建筑？是政府大楼、博物馆，还是剧院？”

“别急，你先一路看看我们塔兹别克斯坦的建筑风格，”大元帅指着左右，“这是哈罗·扎尔的雕像。”

“哈罗……扎尔？”

“他被称为是现代最伟大的建筑设计师。”

“哦哦，真抱歉，我不是故意要冒犯他的。他给这里设计了什么标志性建筑？”

“哦，你看，那是他设计的外交部大楼。”大元帅侃侃而谈，“那是他设计的国防部大楼，当年还得了一个奖，是酋长亲自颁给他的。”

“哈罗·扎尔还设计了什么？”

“还有教育部、农业部、商务部、警察厅、海洋事务部、议会厅、北宫殿、南宫殿……”

观众爆发出一阵笑声。

“酋长先生的品位……非常硬朗。”建筑师说。

“我们的酋长有这世界上最广阔的视野，在他秃鹰一般的双目之下，什么也不能逃过他的眼睛。他的视野中当然考虑国家的防御、人民的安康和地球暖化，但这就是他的全部了吗？”

“呃、呃、我想他要关心的事的确非常多。”

“他是一个卓越的领袖，还是一个作家，一个哲人，他在这个年纪依旧是运动健将，他还是个木偶戏大师。他把自己的整个一生都贡献给了一个事业：美的事业。以后有的是机会，让你一同去听听他对于美的独绝的见解，这对于任何一个艺术家，尤其是像你这种的，都是一种超然的提升。”

“听他讲……关于木偶戏吗？”

观众席又是一阵哄笑。第一幕演完，杜若秋在换场的空当拿出手机，还是什么都没有——没有电话、没有简讯，一片空白，什么都没有。

“元帅先生，我已经在您的首都住了两个星期。我很感激您送来的礼物和选派司机，不过我能不能知道，酋长到底想让我造一栋什么样的建筑？我给过您我的作品集，我擅长的是公共建筑，剧院、礼堂、观光中心，当然我也参加过一些私人宅邸的设计，我在墨西哥还有一个游泳池项目——”

“当然，没错。李小姐，我能向你坦白一件事吗？”

“请说。”

“我们塔兹别克斯坦，正在努力成为一个现代化的国家。所以我们需要你，像你这样年轻的、西化的，我们仰赖于你……我们需要你的乐观，你的公允。但与此同时，在我们这样一个国家，过去就像是一个旧情人，她不会轻易放你走的。总有一些嘈杂的清晨、一些漫长的夜晚、一些充满了复杂香气的正午、一些布满指责和控诉的傍晚。要离开她、离开所有这些，完全自由是不可能的。”

元帅说到这里停顿半晌，然后忽然打了一个响指。“一个阁楼！”他顿悟般地说道。

“啊？”

“一个阁楼！我们想请你为我们建一个阁楼。”

“在哪儿建？”

“就在这儿。就在国防部里，在母亲河边上。”

“在主楼旁边新接出一栋？”

“不是。”

“一个展览馆？”

“不是。”

“一间……棚屋？”

“不不，比那更小一些，精致一些，在河边，让人可以进去坐坐，看看周围的风景。一间夏日小屋。”

“一座亭子？”

“夏日小屋。”

“你说的夏日小屋，就是一座亭子，什么区别都没有。”

“好吧，不过我还是倾向于称它为夏日小屋，听起来更……有想象力一些。”

“你把我从几千里之外聘请来，就是为了让我在国防部的后花园里建一座小亭子？”

剧场里的人坐得很满。坐在后排的杜若秋和所有观众一样，都紧紧被剧情攫住了全部的注意力。“你把我从千里之外聘请来，就是为了让我在国防部的后花园里建一座小亭子？”这话在她的耳边回旋了好几声，每一声都像在问着自己。

话剧继续演着。母亲河边的小亭子、图纸、从中途登场的酋长到北部边境忽然爆发的叛乱，每一处都好像这个世界不远处的回声。北伊省乔柯里山下的“狱火”、王青铜，还有能在机场实施爆炸，并且目标明确地窃走了笔记本电脑的幕后主使……王青铜真有那么大的能耐吗？以他一贯单打独斗、每干完一盘就换一拨小弟的风格，要操作机场爆炸这么严密又重大的活动，绝不可能是靠他的一己之力就能实现的。

王青铜的背后，潜藏着……杜若秋一时想不出来。可他背后必定还有人，还有一群更厉害、更隐秘的组织，隐藏在冰川底下的深海里。

花剑小剧场星期五的晚上十点刚过，随着一声渐行渐远的汽笛声和渐暗的舞台，菘兰的第一场舞台演出迎来了近乎完美的收尾。杜若秋也站起身来和其他人一起鼓掌欢呼，无意中扫一眼前方的观众席，却猛然瞥见一个熟悉的背影。

一丝不苟地向后梳着的黑灰头发，深绿色休闲polo衫，怎么看怎么觉得像黑鹰俱乐部的路白。杜若秋急忙向外走去堵他，好将今天的事问个清楚，他却迅速拿起西装外套，目光往左右一掠，在一群起立鼓掌的观众之中扭身快步走出了剧场。

她周围喝彩的观众迟迟不走，杜若秋出不去，只得远远地目送着他的背影消失在自己的视线里。舞台上正谢幕的菘兰似乎也在鞠躬致意的空当往下张望着什么，杜若秋高高地举起手向她使劲挥着。

那一天回到家，时间已接近午夜十一点。菘兰邀请她去after party，杜若秋推说自己最近太忙，身体不适而没有去。她走进公寓时确实已经累得很，脱下高跟鞋，给自己倒了一杯冰水，然后一头歪在沙发上。遥控器就在茶几上，杜若秋拿起随手按开了电视，在天气、广告、明星的绯闻和无聊的综艺节目之间，一个个转着台。波利斯市立电视台一号正在重播今日的晚间新闻，她跳到那一台的时候已接近尾声，女播音员飞快地读着一条条简讯，新成立的社区幼儿园、南部一例尚未确诊的疟疾病例、城市公路的封闭维修预告，还有一些奇奇怪怪的市政新规则，杜若秋盯着电视机的眼皮有点发沉，播音员的声音正越飘越远……

丁零零，丁零零……杜若秋刚刚意识模糊得似乎要睡着，一声尖锐的电话声突然响起来，划破了公寓客厅的昏暗。

“喂？”她迷迷糊糊地探过上身到沙发的边缘去拿听筒，听了第一句话，瞬间就坐直了腰。

“这里是波利斯市第五警卫军调查组，请问杜小姐今日是否也去了乔柯里山的工厂火灾事故现场？我想请你来见一面。”对面是一个不咸不淡，甚至有点幸灾乐祸的男声，他清清嗓子，然后用近乎挑衅的语气说，“你的朋友，乐子扬也在。”

叁

不要信任他。可以用他，但永远不要信任他说的任何话。

——路白

你的朋友……乐子扬？杜若秋扔下电话的听筒，拎起书包就往公寓的门口飞奔去。刚修好的车停在楼下的车库，她目不转睛地望着电梯顶端一跳一跳的数字。

你的朋友……乐子扬？杜若秋把钥匙插进汽车的钥匙孔，发动机嘟嘟嘟的启动声忽然让她的脑中一震，霎时清醒过来。她想起白天，坐车回城驶过收费站时钻进车里的目光，还有在医院挂号时对方的瞥视，对方查到她的号码并不稀奇，查到她今天去过北伊省也不稀奇。可是，乐子扬——他们怎么知道自己认识乐子扬？

汽车的发动机还在巨大的停车场里孤零零地空转，杜若秋坐在驾驶座上，转头看了一眼自己手机上的通话记录。该死，她在心里咒骂一声。外交人员最重要的是清白干净，她想乐子扬在黑鹰应该也是一样。他们之间，哪怕只是认识……都可能给未来埋下不祥的种子，况且是在这样一个多事之秋。

她知道自己处在一个丝毫大意不得的位置。杜若秋给汽车熄了火，推开了车门，背靠在自己的车边站了好一会儿。最终她望望四周无人，转身从副驾驶上拿起手提包，坐着同一部电梯上了楼。

时间一分一秒地过去。十一点、十二点，挂钟的滴答滴答、客厅焦灼徘徊的脚步……到深夜两点半，她的电话终于又丁零零地响起来。

她稍等一阵。响到第五声，终于接起听筒。

“喂？”

“杜小姐，难道是我刚刚没有把话讲清楚吗？我们是——”

杜若秋径直打断了对方，“又是你，”她颇不耐烦懒懒地说，“你要干吗？”

“我们在调查北伊省的工厂起火事故，有线索称你是目击者。请你务必——”

“你既然能找到我家的电话，就必定知道我是外交人员。”杜若秋再次打断对方，“外交人员在伊罗享有最高豁免权，我没有义务去你那无聊的警局。你非要让我去的话，先拿最高法院出具的传票来。”

她说完不等对方再说什么，“砰”一声就挂上了电话。

紫玉公馆的十一层又恢复了漫长凝重的寂静。杜若秋翻开手机通信录，点开路白的头像，犹豫半晌又退了出去。玉锵呢？也许他能帮上忙……她反反复复点开他的电话号码又退出，最终还是关掉了手机的屏幕。后来她半夜里睡着睡着又醒过来一次，看看时钟已经快六点，翻身下床走到厨房倒了小半杯朗姆，混了一点苦橘酒，对着放酒的橱柜一饮而尽。

很苦，但是杜若秋并不讨厌这感觉。

当星期六的阳光从窄窄的小窗里照进来的时候，问询室的门也重新拉开了一条缝。外面的光线很亮——乐子扬下意识地抬起左手挡在眼前，他对面坐着的问讯官也闻声转过身来。

“你走吧，”来开门的是个美国人，穿着看不出军衔的统一制服，面无表情地告诉乐子扬，“车钥匙在这儿。”

对面的问询官耸肩瞪眼，难以置信地盯着来开门的美国人，然后转回身讽刺地说，“早就听说你爸爸是美国的功勋飞行员，”他阴阳怪气地说，“这算是给烈士子女的特别优待？”

“别提我的父亲，”乐子扬整夜一言不发，在这一刻却忽然开口，用低沉的嗓音强压着怒火，“你们这群蠢驴，你们谁也不配提他。”

波利斯警局问讯官的脸噌一下涨成赤色，气得够呛，“你、乐子扬你别以为……”可是他到底忌惮于那个不知来路的美国人，话说到一半蓦地噎住，“啪啪”两下合上笔记，站起身来离开了桌子。

乐子扬跟在对方后面，出门的时候伸手接过车钥匙，最后看了那个问讯官一眼。“就这样了？”他挑起眉毛、毫不掩饰地说，“后会有期。”

开上车，右转再右转上了快速路，乐子扬一路往北向尼卢法街31号驶去。希望路白和姚sir他们都回来了，他想着，在最后一个出口边的加油站洗了一把脸，喝了几口咖啡，忽然想起昨天晚上应该去看的戏。

他走向加油站便利店的收款台。“能借用一下电话吗？我的手机没电了。”

服务生从柜台底下搬出一台陈旧的电话机。

乐子扬快速拨通了号码，响了几声，对方接起电话，“喂？”

他默不作声等了片刻，然后挂上了听筒。“没有人接，”他临转身走之前对收款台的服务生说，“谢谢你了。”

“乐子扬来了。”半个小时后，尼卢法街31号的楼梯响起一阵脚步声，阿边探出头见到子扬，两人迎面相互击了一拳。

“警察局没怎么样吧？谁把你保出来的？”阿边说着又指指上边，“你带回来的那个人还在里面。姚sir和路老大也在。”

“OK。”乐子扬拍一拍对方的肩膀，沿着楼梯来到三层，穿过通道，来到会议室的门口敲了敲门。“是我，乐子扬。”

他走进去的时候，侯博士正把椅背使劲往后靠，姚sir和徐燕子耳语着什么，路白把头支在交叉的双手上望着墙上的照片网，还有颖决明，背对着他，地下还放着他的面罩和手机。

颖决明闻声转过椅子。他看看乐子扬又看看周围的另外几个人，“你们打算把我交给美国人、中国人，还是联合国维和部队？说实话，那都不是什么好的选择。”

“乐子扬，你跟我出来。”路白站起身来。乐子扬跟着他走出门，站在拉着百叶窗的落地玻璃前，下意识地看了看，四周无人。

“你把他带回来是什么意思？”路白开门见山。

“我觉得他有用。”乐子扬说完，犹豫半晌，最后还是决定将自己知道的和盘托出，“我认识他，在MIT，他比我高一年级。”然后又接着道：“他很聪明，当时计算机系的整栋楼都知道他是全系最聪明的学生。我不知道他为什么在波利斯，又为什么为王青铜工作，但他不是一个十足的恶人。”

“嗯，”路白听了倒是一笑，“真正聪明的人，都不是完全的坏人。做一个十足的坏人和十足的好人一样，都是不理智的。”

乐子扬若有所思地歪着脑袋，然后接着说：“我觉得……他对我们会很有用。”

路白略一沉吟。“不要信任他。”他抬起头检视着乐子扬的眼睛，“可以用他，但永远不要完全信任他说的任何话，可以吗？”

虽然是问句收尾，路白的语气却坚定得完全不像是在征求意见。乐子扬凝重地点点头：“我知道。”

再回到小黑屋的时候，里面几个人都坐起身子看向他们二人。路白径直走到颖决明的对面，两只手撑在桌面上，不容置疑地俯视着他，“从今天起，你是我们的人了。”他说。

“这个人，可是你的上级？”路白推出一张模模糊糊的相片，就是在赫利施街别墅的厨房里拍的，照片上是一个略微肥胖、留着胡须的中年男人，正仓皇地在另一人的掩护之下撤退。

“这是我第一次亲自来他的炼油厂，真没想到。”颖决明的脸上露出一种奇特的讽刺的意味，“你们既然拍到了他的照片，还来问我干什么？”

“这不是你以后和我们合作的态度。”路白转到他面前，“现在，就这间屋——这是你最后的一条出路了，明白吗？王青铜现在是中国要引渡的要犯，他们抓不着他，巴不得抓一个同伙送回国去交差。”

“我只是他的顾问。”颖决明重重地吸了一口气，后背倒是依旧稳稳地靠在椅子上，“用测谎仪，或者你们还有什么先进的测试装备都随便，但我只是一个顾问。”

“什么方面的顾问？”

“我只负责他的通信。他的通信对加密的要求很高，我给他设计了一套无线电收发器和加密压缩器。”

“也就是说，你可以掌握他的通信？”

“不，我不能。系统设计好之后是完全移交给他，由他设定密码频道和使用。他很可能还雇了别的工程师修改了这个系统的一部分，这样就没有人对他的通信全盘知道了。”

“但是你能设计，就也能破解。”徐燕子转过身来插了一句。

“我——”颖决明眨了眨眼睛，他还不想过早地放弃这个筹码，“我可以试试。”

“你当然会试试，很努力地试，”路白一双洞彻的眼睛盯着他，“既然你已经设计好了他的所有通信设备，他为什么还要叫你去北伊省？”

“我不知道。”屋里的空气一下子凝固了。颖决明等了一个长长的停顿，“是他半夜叫我，给我地址，要我立即前往。你们到的时候，我也才刚刚在炼油厂见到他。”他说完，又附上一句，“炼油厂是他的吗？”

聪明，滑头，会露一点锋芒又懂得自保，这个年轻人会是个宝贵的财富或持续的隐患。路白从桌上拿起王青铜的照片，用大头针把它钉在西边的白墙上，下面贴了一张字条，“Sam 王青铜”。

颖决明的目光随着路白的脚步也移向那面墙，却固定在右下角一张模模糊糊的黑白照片上停了几秒。一直盯着他的徐燕子立刻抓住这个机会，“你认识他？”

“Abu Al-Qadi，我只见过他一次。”颖决明眯起眼睛说，“在王青铜第一次跟我见面的时候。”

“你说，这个人就是Abu Al-Qadi？”乐子扬走上去，把手重重按在颖决明的肩上。

颖决明打掉他的手，耸了耸肩，“我见他的时候他的头发和胡子已经没有这么多了。你们这是什么时候的照片？要是三五年前拍的，那就是他。”

Abu Al-Qadi，这个令人发指的恶名，传说中上弦月兄弟会的最高领袖。他的行踪神秘，几乎没有什么人，哪怕是上弦月内部的人见过他，以至于一直以来被怀疑是不是真的有这么一个人存在。

“你怎么知道他就是 Al-Qadi？”路白从白墙前转过身来。

“我帮他屏蔽无线电信号的时候，听王青铜自言自语叫过的名字。后来他们见面，他说的第一句话就是不让别人叫他的名。”

“你还知道什么？他们的见面在哪儿？什么时候？还有谁？他们到底是什么关系？”

“我想……王青铜应该和他没什么关系。他们统共只见了一次，很短，大约一年以前吧，地点我不知道，我是蒙着眼睛坐上车的。”

“他们见面说了什么？”

“王青铜在介绍他的通信系统，所以带着我，就相当于技术支持。Al-Qadi 全程只说了一句话，”颖决明停顿了片刻，然后语气中带了一丝小心翼翼和困惑。“他说，我们都是洞穴里的囚徒。”

颖决明话音落下的那一秒，坐在乐子扬对面的徐燕子突然脸色大变。他的瞳孔瞬间放大——一双恍然大悟般却又注满了无限恐惧的眼睛，惶惶地在空气中瞪着，无处安放。

乐子扬顺着徐燕子的视线望去，侯博士坐在屋子的角落，头颅低垂，唯有一双僵硬的眉毛，骗不过乐子扬的眼睛。

他能读到他们心里的颤动。乐子扬还不清楚那是什么，但他知道，他们一定从颖决明的话里听出了什么巨大的秘密。一屋子人中就路白还面不改色，自己走上去把颖决明指出的那张照片取下来，用同一只大头针钉在了整面墙的中央。Abu Al-Qadi，人物网络的最中心。

后来颖决明从尼卢法街31号离开，乐子扬一个人送他出来。两人并排走下楼梯，颖决明在门口等了不出两分钟，路上驶过一辆出租车。他招手，拉开后座的门即将上车的时候，乐子扬还在俱乐部的黑色玻璃门口看着他。

“喂！乐子扬，”颖决明站在出租车边忽然开口，“别告诉杜若秋，行吗？”

乐子扬看着对方一愣，没有立刻回答他。

“别告诉她，拜托了。”

乐子扬轻轻点了点头，出租车一骑绝尘。

“徐燕子，你想到了什么？”乐子扬和颖决明一走，会议室里只剩下三个人。路白率先打破了沉默。

徐燕子极其少见地没有立刻张口。他歪着头，几乎像是在考虑着措辞，“可能这是一个巧合。”

“天下没有巧合这回事。”

“Abu Al-Qadi说的那句话，和我们从中国使馆信息暗门里破译的内容有关。”

小白屋内的空气霎时凝固成霜。

徐燕子还在张张嘴不知道从哪里说起，侯博士不急不缓地开口，“在一个很深的山洞里，有一群生来就戴着镣铐的人。他们的背后是一团篝火，面前是洞壁。他们从出生起就不能回头，只能向前看，所以看见墙上的影子就以为是真实的世界。后来有一天不知为什么他们被松了绑，看见了身后的篝火，才知道自己一直看的只是墙上的影子。

他们在昏暗的篝火火光中注视着自己和附近的模糊景象，又以为那就是真实的世界。直到有一天，他们上升出洞穴之外，看见了太阳……”

“嗯？”路白让他继续说下去。

“在我们解锁的中国使馆的信息暗门里，发现了两份文件，一份是十二年前美国宇航局NASA给当时白宫幕僚长的私人信函，另一份是十年前，伊利诺伊州费米实验室提交给能源部和陆军最高指挥——四星上将马可·米勒的秘密报告，而两份文件有一个共同的关键词，source realm，源空间。”

“——NASA提交给布什总统幕僚长的报告里说，从太空中检测到一种异常的引力和粒子波动，他们把这种异常引力的源头定位在北纬35度，东经50度附近，这个位置就在伊罗境内，在波利斯往南200公里靠近海域的地方，那里有个废弃不用的港口。NASA当时就惊讶于这种能量和量子物理学设想过的一种迷你黑洞的特性极为接近。”

“迷你黑洞和源空间有什么关系？”

“这种迷你黑洞只是物理学理论上一种假设的存在，可能在宇宙的童年时代出现过，但从未被观察到。NASA一定是被自己的发现惊讶到，不敢相信真的有迷你黑洞的存在，所以一度只称它为‘疑似黑洞’。”徐燕子插话说道。

“那源空间呢？”

“源空间是一种理论，”侯博士越说越肯定，越说越把握十足，“我想在迷你黑洞被发现之后，因为伊拉克战争，北纬35度，东经50度这个坐标实在背负了太多的战略意义，布什总统将后续的研究工作交给了他们国家最好的粒子物理国家实验室——费米实验室，就在芝加哥城外不远。”

“费米又说了什么？”

“两年后，费米实验室提交了一份报告，就目前已经破译的内容来看，它提到了一个人，尼古拉·特斯拉。”

“那是什么人？”

“他是20世纪初的一个疯子科学家。曾经在爱迪生手下工作，在电力和工程上曾经颇有成就，但是名声很快就因为他许多疯狂而无法论证的理论而毁于一旦。他设计过粒子枪，还自称接触过外星生物——当然没有人信他，科学家们都认为他已经疯了。尼古拉·特斯拉死后没多久就被人淡忘得一干二净。但是现在，费米实验室里有一个叫史蒂夫·戴森的物理学教授想起了他，还有他晚年最后一个狂放不羁的理论——就是源空间。”

“尼古拉·特斯拉自称饱读天文地理，”侯博士慢条斯理地继续说着，“‘源空间’是他临去世前一年提出的最后一个设想。特斯拉说，‘源空间’就是柏拉图在洞穴喻言中的太阳。”

“尼古拉·特斯拉在日记里声称，在地心深处的某个位置，存在着一个体积极小、质量极大的黑洞。这个黑洞就是地球——不仅是地球，是我们所在的这个宇宙的原点。我们所经历的一切时间和空间，都是它的能量在四维时空里通过‘光波束’形成的投影。所以特斯拉给这个黑洞起名叫 source realm，源空间。”

路白听完倒是笑了。“这听着根本就是个科幻故事。如果这个疯子科学家说的是真的，那我们，那世间所有的一切又是什么？上帝看的电影吗？费米实验室研究出了什么理论或者实验的依据？”

侯博士点点头又摇摇头。“没有确切的依据，费米实验室提交的报告具体内容都被永久抹除了，但是我们找到了那个叫史蒂夫·戴森的教授在同年发表的一篇论文《迷你黑洞的引力场分析》。他论文的最后一部分是对未来研究方向的展望，其中提到，也许特斯拉所说的源空间的‘投影’方式，是通过引力场控制地球上的粒子性质。不过，那是戴森教授对于迷你黑洞发表的唯一论文，从那以后，他好像就转而去研究弦理论了，再也没有提到过和迷你黑洞有关的内容。”

“那么 Abu Al-Qadi 说，‘我们都是洞穴里的囚徒’，也就是说他对这套源空间的说辞买账？”

“他信不信源空间理论不好说，”徐燕子回答，“毕竟这对于目前最尖端的实验室也只处于非常前期的探索阶段。可是 Abu Al-Qadi 竟然会把这么重大的秘密透露给王青铜，这一点真的非常令人难以相信。毕竟——上弦月只是王青铜的客户，他帮他们洗钱、转移资金，当然这些差事也很重要，但是不足以让 Al-Qadi 把这么大的秘密告诉他。”

“或许 Al-Qadi 根本就没告诉他，”路白说道，“如果不是最近看到中国使馆的信息暗门，光凭一句话，谁能知道他在说什么？ Al-Qadi 这个人心高气傲，难保不会说出这种不清不楚的话来撩拨人。现在问题的关键在于，Abu Al-Qadi 对源空间了解多少，这个理论本身又有多可靠。你刚刚说，已经十年没有人碰过这个思路了？”

侯博士点点头，但随即沉下声音，拿出了几张模模糊糊的照片，照片上有机场，也有白宫附近。“但是就在中国使馆飞机的爆炸案发生两天之后，史蒂夫·戴森教授出现在了华盛顿，还去了白宫。”侯博士指着照片里正走出机场玻璃门的老头、驶向白宫的车队和匆匆走过白宫西廊的侧影，“我想这肯定不是巧合，中国和美国的情报部门同时让‘源空间’重新浮上了水面。”

冷清的周末，波利斯北郊的三层小楼，一方没有开灯的会谈室，在侯博士话音落下的那一刻如遭雷击。在伊罗这个地处中东的小小国家的地下埋藏着一个足以掀翻世界的可能，震惊了每个人的耳朵。

“除此之外，我们上个星期还监视到有好几个重量级的地质和核物理学专家出现在波利斯城，上弦月一定兴奋坏了。”

徐燕子把这句话说出口的时候，乐子扬就站在会议室的墙外。他刚刚把颖决明送走，发现自己的手机随手放在会议室门边的书架上忘了拿。很难说是有心还是无意——乐子扬绕过吧台正要伸手去敲门的时候，猛然听见里面窸窸窣窣的谈话，大部分听不清，可有几个字却是清清楚楚地灌进了他的耳膜：费米实验室。

费米曾经是乐子扬最想去的美国国家实验室。而他们在议论费米。他们议论费米干什么？乐子扬没作太多思索，从吧台拿了一只玻璃杯，扣在门上贴近耳朵去听。尼古拉·特斯拉、费米、源空间……他越听越不能罢休，等到徐燕子说完，不知不觉中他呼吸急促不能平息，大脑已乱成一团。

不多时会议室的门被打开，路白走在最后面。乐子扬那时正在楼下掷飞镖，听见响动回过头去，“会议室没人了吧？我刚刚把手机忘在里面了。”

路白把手从上衣口袋里掏出来，“是这个吧？其实你敲门进去就行，没必要等着。”

“没事，今天正好轮到我们组站岗。我有的是工夫。”乐子扬从路白手里接过手机，向正走出门的三个人挥挥手，望着他们出门的背影时忽然想起刚刚忙乱之中，似乎忘了把玻璃杯放回原位。不过现在俱乐部里已经没人了——乐子扬左右看看，想不如再投一局再上去，于是又拿起了放在身旁的三支镖。

嗖！第一镖，3 倍 20。

嗖！第二镖，3 倍 20。

所有的压力都集中在那第三支镖上了——乐子扬抬起右手，双眼紧盯着红绿黑相间的飞镖盘——嗖！

他猛然打了一个激灵，飞盘上的颜色一瞬间化作一支支箭般的光束朝自己飞来，闪得他几乎睁不开眼。这些光束混着由远而近的唰唰风声和低沉的人语，乐子扬恍惚中连忙将自己的镖扔出去，转眼却又看见还握在右手里。

他的身体开始摇晃，他的头很疼。乐子扬侧着身体扶了扶身旁一把椅子的靠背，眼前模糊，胃里绞痛，紧接着，当初在出勤的车上纠缠自己的那群红黑色的魔鬼，顿时从视线的尽头不甘寂寞地再次冒出。高声的、肆无忌惮的嘲笑，灵魂如稻谷般被磨碎的刺啦，还有在自己面前、几乎贴在自己脸上的那些鬼魂的身体气球一般爆炸的碎片，充斥了他的视听。

接下来是他最恐惧的一幕：杜若秋，那个年轻的、刚刚上大学的大一新生杜若秋，一张冷若冰霜的脸，还有她身后堆积起的一团团暗红烟雾……不不，杜若、杜若……

“喂！你还好吗？”

乐子扬睁开眼，面前是一个有点眼熟的中年人，关切地走上来，递给他自己的手绢。“先擦擦汗，”那个人说，“看你满头大汗的。”

“谢谢。”乐子扬接过手绢向脸上贴了贴，手绢立刻就湿了大半。他不好意思地低头看看，说：“对不起，真不好意思弄脏您的手绢。我洗干净明天还给您吧。”

“不用不用，”对方倒是欣然，“别这么客气。你是我们刚来的新鹰吧？如果我没记错的话……乐子扬？”

“是，”乐子扬再看面前的人两眼，倒是忽然有了些印象，“我刚来的第一天我们见过面，对吧？就在吧台那边。”

“澹台易。”对方伸出手来和乐子扬一握，他立刻想了起来。

“哦，对、对，情绪管理顾问，澹台老师，对吧？原谅我对人脸的记忆一向不那么灵光。”

“没关系，反正我平日里也不怎么出现。”澹台易温和地一笑，“怎么，我看你刚刚，是头晕吗？”

“我……”乐子扬条件反射般掩饰，“我没什么。昨天没睡好，可能是低血糖吧，我今天没吃早饭。”

澹台易善解人意地点点头：“当然，随时有足够的血糖很重要。不过，如果这种情况总是出现的话，”他一边思考一边拖长了语气，“你试过冥想疗法吗？”

“冥想疗法？”

“你自己也知道，你们的工作性质和生活，始终压力巨大。这是我在这儿的原因——我必须保证你们每个人都处于一个健康和合适的心理状态下，才能保证你们的安全和任务的质量。”

乐子扬听着澹台易的话，愣愣地点了几下头。

“无论如何，”澹台易的双手握在一起，看起来是准备离开的姿势，“心理顾问是我的职责，我安抚和治愈过这栋小楼里的许多人，用我的冥想疗法。你若有需要，随时找我。”他递上自己的名片。

澹台易，冥想诊疗师。尼卢法街 31 号，只接受预约。

“等等，你能看见我的噩梦？”乐子扬在门口伸出一只胳膊拦住了澹台。

对方笑了。“你的噩梦当然只有你能看见，冥想疗法只是让你更接近梦境的真实。”

他在窄小但是十分柔软舒适的单人床上躺下。“空调的温度合适吗？”澹台调节着空调和屋内的灯光，四周顿时昏暗了几度。“选一个你最舒服的亮度。”他说。

“把灯全关了吧。”乐子扬答道，然后闭上了眼睛。

火车。一列深绿色的火车，从他眼前的铁轨快速通过，车厢的玻璃接力般倒映着他的身影，背后的天色和稀疏不成朵的云丝，乐子扬站在铁轨跟前等着火车开过。

哐当、哐当、哐当，火车越开越快，却一眼望不到车尾，乐子扬不知不觉开始在心里默数起一节节的车厢。九十七、九十八、九十九……

啊！身后有人猛推了他一把。他毫无防备，不由自主地朝着火车倒下去，乐子扬徒劳地伸出两只手，四周却空空如也，丝毫没有什么可抓的。他看着愈来愈近的倾斜的车厢，拼命地伸出两只胳膊顶在身前……

下一秒乐子扬才发现，原来他是坐在火车里，不是站在火车外。他在车厢的玻璃窗里看见外面的天色和稀疏不成朵的云丝，忽然发现自己的面孔也从那些景物中一闪而过。

“等等，停车！”他这才察觉出不对，“砰”一声站起来大吼。“停车！这不是我要坐的车，让我下去！”

火车竟然乖乖听了他的话，哐当、哐当的频率逐渐降低，然后停在了一条窄窄的街上。

这是一个居民区，这是乐子扬下车之后的第一反应。他抬眼望望四周，发现左前方是一栋灰色的小楼。小楼是朴素的普通公寓设计，整个墙面是脏脏的灰，楼顶的天台围着一圈白色的矮墙，很新，像是新刷的油漆。

乐子扬的心开始突突地剧烈跳动。他快速地环视左右，灰色小楼的后面是另一栋居民楼，比它高了两三层，楼梯间的窗户刚好正对着灰色小楼。

乐子扬迟疑片刻，接着拔腿冲进居民楼，每一步蹿上两三级台阶，飞快地爬上了居民楼的最高层，俯视着隔壁的灰色小楼。

他紧盯着楼顶灰色的地面和一圈白色的矮墙，无法抑制地预感到自己将要看见什么——他的手心开始出汗，他的右脚不自觉地轻踏地面，发出紧张的嗒嗒的响声。

果然，灰色小楼楼顶的楼梯是外置的，挂在楼体的右侧。两个黑色的身影爬上，却没有站起身，而是直接趴下，匍匐着横跨过楼顶来到左侧。不多时，三辆黑色汽车的声音由远及近，在灰色小楼左侧的马路上停下，马路对面就是那栋别墅。八个黑鹰队员下车，直奔别墅的两个门，而灰色小楼楼顶的两个身影已架好 M95 狙击步枪。

转眼间，灰色楼顶上扳机扣动，“砰砰”两枪穿过一条窄窄的马路，乐子扬摸摸自己的身上什么都没有，情急之下奋力敲打楼梯间的窗户，拼了命向别墅外的黑鹰队员大喊：“抬头！灰色的楼顶！灰色的楼顶！快！”

他的声音在最后一个音节蓦然僵住，似乎想起了什么。乐子扬的瞳孔一瞬间定格，面前灰色小楼上的两个狙击手已经溜走，他的脚步却定在那里无法移动。

一个巨大的光团向他飞快地袭来，强光就快要击中他的那一刻，乐子扬闭上了眼睛。

他仍然躺在诊所的床上。头顶的灯唰一下被打开，乐子扬被晃得赶忙别过头去，又伸手挡在眼睛前。

“你看到了什么？”澹台易从不远处的椅子上站起来走向他的床边，“赶快把梦说出来，尽可能详细，不然你很快就会忘记梦里的一切。”

可乐子扬并不想回答。他一言不发地掀开被单翻身下床，然后头也不回地走了。

肆

“不好意思，上电梯之前，能安检您的手提包吗？”卡尔顿酒店附楼里的大堂经理将杜若秋从门口领到电梯前，彬彬有礼地提出请求。

杜若秋轻轻挑眉，将自己的手提包从胳膊上褪下来递给对方。大堂经理戴着雪白的手套，敏捷地拉开拉链，用手翻开包内的夹层看了一眼，立刻将包又还给了她。

“给您添麻烦了，请随我上楼。”

虽然是电梯，但实际上也只是一层楼而已。咖啡厅就在二层，大堂经理领着她穿过几排木桌来到里面的雅座，向雅座门口的服务生抬起一根手指。

“阿殊。”

杜若秋的双眼第一时间看向了左侧的窗户，接着略微低头走进雅座。身后的服务生为她拉开椅子，接着又问，“万小姐要喝什么吗？”

杜若秋答：“黑咖啡。”

服务生应声走开，关上了雅座的门。

“总算又见着你了，工作适应吗？有什么难处，尽管和我讲。”对方率先开口，杜若秋不得不抬起头，看向坐在自己对面的那个人。他比以前更老了一些，虽然头发梳得一丝不苟，穿着官员最常见的短袖浅蓝格白衬衫，脸上的横肉比以往又更多了些。

“你来波利斯干吗？”杜若秋无视了对方的问题，反问他。

“我来搞一个会嘛，在中东地区探索开发性金融合作，尤其是伊拉克重建。不过都是耍嘴皮，没有人肯出钱的。我早些年就退休了，国家返聘我当巡视员，待遇反而比以前更好，也算是对老干部的一种优待。”

杜若秋若有若无地听着，把一条腿搭在另一条腿上面，心里忽然想起明天就是使馆的文化节，不知道志愿者招够了没有。把沈菘兰也叫来，说不定是个好主意，好久没见她了。

“你呢，阿殊？在波利斯生活习惯吗？”

杜若秋听这一句问话，忽然有点好笑。“我很习惯，”她回答，“所有地方对于我来说都一样。”

“你这样说，我就不爱听了，”对面那个人做出佯装不满的表情，“怎么能一样，北京才是你的家。你不管怎样，最终都是要回家来的。”

杜若秋一瞬间几乎笑了。十分讽刺，有点嘲弄，更多的是因为难以置信。这句话，完全一模一样的话，她五年前也听过，同一个人，同样一身穿着，连语气做派都几乎一样。他到底什么时候能明白，杜若秋早不是十几岁的杜若秋，更不是六岁的万殊！那些高高在上了一辈子的人，这么难以理解他人的想法吗？

“你也不是小孩子了，阿殊，”那个人再度开口，想必他认为自己的语气十分恳切，甚至充满了慈爱，“年轻的时候玩一玩，闯荡四方没什么问题。不过到了二十几三十岁，还不如回家来。你有些经历，也有些资历，爸爸可以帮助你的，都会尽力帮助你。何况一个女孩子，也不可能真靠自己一个人，独当一面。”

门口这时“叮当”一声响，是服务生端着咖啡进来，洁白的长盘，一端是一杯咖啡，一端放着两条意大利杏仁脆饼干。

“打扰了，请慢用。”服务生规矩地端上咖啡，退身离开，而杜若秋低下头，盯着冒热气的深不见底的黑咖啡，一时失神在那浓烈的黑色里。

她应该对这一切发出由衷的感激吗？杜若秋问自己。这个问题她曾经也问过自己，但从未找到答案。大学二年起的春天，那个人也是同样的一副姿态，出现在康桥的河边长凳上。

五月的风已经算不上冷，当时杜若秋与那个人对坐在河边的木质桌子两边，那是她指定的地方，当时她还不肯跟他共处于一个封闭的空间。

当时的她面对自己的亲生父亲，本能地发出排斥和厌恶，又或者那些情绪都是恐惧的不同表达，她不知道对方会提出什么要求，也不知道怎样才能避免难以预料的难堪。

“我来看看你的学校，看来你发展得很好，我当初没有看错。”那个人先开口。

当初？杜若秋几乎一愣。他说的当初，是哪个时候的当初？是一出生就带着她把她塞给新太太，还是六岁时送回已经改嫁的母亲家？

童年的记忆在她的脑中，始终十分模糊。仿佛前一天还坐在通向楼梯的阿富汗地毯上玩火车，后一天就有一辆漆黑的汽车驶来，把她拎走，扔在阴冷发潮的水泥地板上。在杜若秋所有模糊不堪的记忆里，唯一清晰的，只有六岁时第一次见到亲生母亲的那一刻。

她的母亲高而瘦，有运动员一般粗壮的骨骼和四肢，脸上的皮肤粗糙无光，只有两个高耸的颧骨，诉说着生活的艰难。她的两只眼睛大而凶，也许曾经美丽过风光过，但杜若秋见到她时，母亲的眼中只剩下严厉和不满。

高大的母亲上下打量了她一番，接着尽量做出柔和的表情，走上来搂住她的肩膀说：“既然回来了，就好好过吧。”

她不可抑制地啜泣起来。

母亲是很爱杜若秋的，尽管她自己的人生充满不幸。懵懂的万殊很快就学会写自己的新名字，在作业本上整整齐齐地写下“杜若秋”三个字。对于新生活她甚至也并不讨厌，尽管她冥冥中已经感受到，亲生母亲和继父无力继续支付她曾经的那些昂贵的玩具和衣裳。

但是杜若秋并不需要昂贵。她有了一个时而严厉时而慈爱的母亲，还有一个相处尴尬但并无坏心的父亲，他们像所有夫妻一样争执、吵架，然后又在卧室里重归于好，杜若秋甚至觉得母亲正在一天天地快乐起来。

直到中学二年级，童年的记忆又一次闯入他们的生活。

刚刚从公立初中放学的十四岁的杜若秋，走到自己家楼门口时停下了脚步。同样的几辆黑漆漆的汽车，横在窄小的单元门口，那场景顿时将她拉回了已经模糊的回忆的洞穴。

“阿殊。”

杜若秋走进屋。同样是那个人，西装革履地坐在老旧的木头椅子上，向她轻轻点头打个招呼。

杜若秋的胃里不自觉地一阵痉挛。

母亲这时站起身走向杜若秋，拍一拍她的后背。“你去卧室做作业吧。”她说。

杜若秋虽然点头，但脚步却没有挪动。她强烈地预感到，那个姓万的人是来找自己的。

“我这一次离开北京之前，还去了你母亲的坟上。她葬在天寿园，香山边上，风景优美怡人。”

杜若秋只是木讷地点头。

“我知道你不愿改回自己的名字，是你生母强烈反对。这不怪她，更不怪你，我能理解。但是现在……我想你的继父并不会怎么介意。”

“不，你错了。”杜若秋直截了当地回答，“不是因为我妈反对。我妈反对的其他事，我都做了。”

与母亲的决裂就发生在十四岁的春天，在她当天晚上宣布，要接受亲生父亲的提议去美国上学的那一刻。

“不！你不能去，不能拿他的钱——”母亲前所未有地声嘶力竭地向她大吼，“你拿了他的钱出了国，我就没你这个女儿！是我把你辛辛苦苦养大，这才是你的家！他两个臭钱就把你拐走了，呸！”

杜若秋无法安慰失控的母亲，她只能冷静地注视着头发散乱的母亲肆无忌惮地表达着自己的情绪。

“我已经决定了。”杜若秋最后走上前扶住母亲的胳膊，“这对我来说，是个仅有一次的机会，我不能放弃。”

面对亲人最强烈的控诉和不满，十四岁的杜若秋出奇地理智。她能理解母亲对她的阻止，那种将她留在身边，阻隔她与生父任何来往的坚持，源自一个母亲强烈的占有欲和爱，可她也知道自己若要闯出一片天地，父亲的资助将是一块飞盘一般的跳板，菲利普斯安多弗学院好像一束金色的晨光，她绝不能任凭它从自己掌中白白溜走。

离开家的那一整天母亲都没有出现。杜若秋没有问，只有她临走时，她的继父，一直沉默寡言、几乎很少跟她说话的继父，走到门口，把烟从嘴上取下来，然后低声说了一句：“我知道你一直看不起我们。”

杜若秋百口莫辩。母亲将她的离去视作背叛，继父自然更认为她自始至终就没有属于过这个家，但她不着急辩驳。杜若秋轻轻回答说：“并不是这样，你们有一天会知道。”然后就跨出了门槛奔向机场和远方。

只要她自己心里知道，她就没有背叛母亲和自己的过去，杜若秋反复告诉自己。可是母亲到底没有回心转意，从十四岁往后的无数个年头里，她写去的信没有一封回信，打电话也从未听到半句回答。母亲到死也没有原谅杜若秋。

“你的母亲是一个好女人，但她有她愚蠹和固执的地方。不过我能觉出你和她不一样——你有一种智慧，你懂得如何决断。”对面的人拿起三明治咬了一口，边咀嚼边继续对她说，“你是个聪明的女孩。”

杜若秋确实猜到了他到底想说什么。“如果你还是想让我改回名字，那就白来一趟了。我上大学的时候没改，现在更不可能。”

大学二年级，查尔斯河边的长椅上，当时的杜若秋还十分小心而沉默。姓万的提出让她改回“万殊”，她反问：“这真的重要吗？”

姓万的在木条搭成的椅子上轻微地挪动身体，模棱两可地回答说，“这其中……你知道，有一些技术上的问题。”

杜若秋听不懂。

“你也知道，我正打算……打算留一笔信托基金。不过基金必须留在家族内部，也就是说……只要你改回姓万，信托基金上就可以写你的名字。你甚至连名字都不用改。只要你改回爸爸的姓。”

杜若秋几年以前不肯答应的，到了今时今日当然不会改变主意。大学二年级见面的末了，那个人留给她一个信封的现金，“算作零花钱”，杜若秋用它请两个室友一起去了纽约米其林三星餐厅 Le Bernardin。室友以为她突然发了财，杜若秋摊摊手警告说：“仅此一次。”

此时此刻，当他又从大衣的口袋中掏出信封，杜若秋终于可以直截了当地回答：“不用了，我不需要钱。”

从卡尔顿的旋转门走出去的时候已经接近傍晚，杜若秋站在门口等取车，目送着自己的亲生父亲坐上黑色汽车的后座。他摇下窗向她轻轻抬手表示道别，杜若秋也淡淡点头，然后下意识地目送着那辆车离开。

那时她忽然意识到，也许这是自己最后一次见这个人了。他表达了自己的意图也表达了失望，但最后也许假意也许真心地告诉她，尊重她的选择。

“你已经完全是个大人了。你已有了你自己的世界，不再需要我们了。”

他留给她的最后一句话让杜若秋顿时有些喜悦、有些成就感，尽管她从不觉得自己需要在乎这个人的看法。可事实上，她又难以完全将自己隔离——二十几年来，他的抛弃和资助、他的冷漠和关心，到底哪一个在她心里面停留得更久一些，她也许永远难以说清。

不只是亲生父亲，她的母亲、她的继父，甚至她的三姨，杜若秋对他们的感情都不是那么直接简单。他们不管活着还是死了，都停留在她对过去的回忆中，她有时怀着善意、有时怀着恶意揣测他们，带着自己都无法理解的复杂的感情。

“再见。”于是她轻轻开口，将两个字送入风中。空气的闷热随着夜晚的降临被丝丝的凉风侵入，不着痕迹地扫过她的手背和脸颊。

伍

你知道吗？像你这样生活也挺好的。你永远不用真实地活着，也不用面对真实的世界和人生。当你下定决心不接近任何人的时候，也就注定了你根本没法接近自己的人生。

——沈菘兰

“虽然今天的天气不太好，但看得出来，我们还是做足了准备欢迎部长先生的光临——阿、阿嚏！不好意思、实在不好意思，这一早上的雨下得真是冷飕飕。塞伊德先生，幸会，请随我来吧。”夏玉锵扭头悄悄吸了吸鼻子，待他转过身，即将带着伊罗商务部的部长——他们今日的头等大客走进文化节布置的庭院时，忽然发现自己面对的并不是一副预想中耀眼夺目的蓬勃景象。

从凌晨忽然下起的毛毛雨一直没停，使馆花了大价钱布置好的苏式园林风格的庭院里不得不支起几座红白相间的塑料大帐篷，完全破坏了中国韵律的美感。最近的一个帐篷里是河南派来的一组五人民乐团，弹琵琶的单调地拨着几根弦，抚琴的几乎没事干，还有一个老头站在后面，手里抱着一种像埙又比埙大很多的鸭蛋似的乐器，吱吱呀呀地吹着，本来就单薄的声音穿过雨帘到达耳朵，如同快要没电的收音机，呕哑嘲哳难听得要命。

夏玉锵带着部长先生路过民乐团，咧开嘴尴尬地一笑，赶紧快步带他离开。可是离开民乐团，前面的帐篷也好不到哪儿去，传说中的核雕大师忽然宣布要闭关修行，根本没来，只好在他的摊位上摆了一尊弥勒佛的佛像充数，不过佛像太重，准备的桌子又没那么结实，几个特意招募的志愿者正从办公楼里抬会议室的木桌。再前面、预期中整个室外活动的爆点——重庆小面，则不出所料地在灰蒙蒙的雨水中冷冷清清，只见一辆小餐车前放着一排中餐馆送外卖的小纸盒，帐篷顶上滴下的一排水正好滴滴答答地打在冷掉的面条上，夏玉锵走过去，赶紧偷偷伸手把他们都扔进了一旁的垃圾箱。

“我们进屋去吧，大使先生正期待着和您的会面。”

夏玉锵带着部长先生走进使馆大厅的时候，杜若秋正好迎面走出来。两人彼此照面，擦肩而过的时候玉锵低声开口说：“别让他们接近重庆小面。”

杜若秋回过头：“要订中餐馆外卖吗？”

夏玉锵的脚步没停，但是回过身向杜若秋面色深沉地使劲地点了点头。

等杜若秋走出去到庭院里的时候，立刻就明白了玉锵的意思。

昨天还好好的二十几度艳阳高照的天气，谁知今天一场雨就打回了两个月之前的十来度。冷、湿，又黏又冻，民乐团成员面无表情，远处挂的欢迎光临的牌子掉了一个角，有气无力。杜若秋赶忙走上去把牌子扶正，重新粘好，抬头的时候猛然见得远处停下一辆很是眼熟的商务车。

这车……不是自己上个月跟着黑鹰去北伊省的时候坐的吗？果然，车门一打开，第一个下来的——尽管离得远，她却绝对不会认错——就是路白。

他们也被邀请了吗？文化处邀请他们做什么？抑或是——以黑鹰四通八达的耳目，他们决定要不请自来？

今天有好几个重要的人物，伊罗商务部的部长塞伊德、几位重要的大使和特使，以及联合国维和部队和美军驻伊罗的最高司令官都要来，容不得一点差错。杜若秋这样想着，赶紧快步向路白他们的车走去，路白后面是徐燕子，还有他那个少言寡语的高瘦的搭档，再后面……乐子扬也来了。

“路先生，”她此时已迎面走到路白面前，“您怎么来了？”

“啊，杜小姐，好久不见。”路白走上去亲切地和她问好，往使馆去的脚步倒是丝毫没有减慢，说话间已走到庭院的大门口。

路白从怀里拿出请柬递给门口的工作人员，杜若秋斜眼瞥见上面写着“沃德建设技术服务投资有限公司”。门口站岗的扫了一眼请柬，恭敬地说了一个“请”字，路白一行人于是和杜若秋一起走入了庭院。

杜若秋的脸上藏不住质疑，刚要开口再问什么，路白却低下头，用更轻的声音打断了她，“我就是来和黎公叙叙旧，顺便感受感受家乡的氛围，”他说，“杜小姐，今日的气氛这样好，我们不如只谈友情不论正事，如何？”

杜若秋除了赞同，没有其他的办法。不过既然路白说要谈谈友情，杜若秋倒是忽然想起一个话题，“阿毕怎么样了？”她说，“我心里一直……但是也没能去医院看他。”

“噢，他算是好多了。弹片取出来了，离他的肝脏就差了两厘米。断了七根肋骨，还有几处内外伤，估计完全恢复还得大半年，但总算是活过来了。”路白说完，盯着右手边塑料帐篷下的民乐表演看了颇久，“恕我直言，杜小姐，你们请的民乐团，质量可有点让人失望啊。”

杜若秋想赞同，但又不好赞同，只得尴尬地动动眉毛。

“我就不妨碍你们公务了，你们忙，我自娱自乐，一会儿黎公出来了叫我。”路白说着，自己走到摆着弥勒佛像的桌子前，转头和身旁的徐燕子说：“这倒有趣，你来瞧瞧。”

“阿毕恢复得很慢，但是总算活下来了。”乐子扬不知不觉地走到杜若秋的身旁，她蓦然转过头来看着他。

“那就好。”

“从波利斯市警察局保我出来的人，是你吗？”他靠近她说。

“嗯？”

“我说从警察局保我出来，就是我们约好了看话剧的那一天。我问过了，不是黑鹰的人出的面。整个波利斯，就只有你了。”

“我……”杜若秋低下头，“不，不是我。我只是听说了这件事。还好他们最后放你走了。”

乐子扬听了，当下没说话。“不论如何，我答应了却没有出现，对不起。”他等了好一阵才开口。

“不要紧，没关系的，”杜若秋清一清嗓子，“你今天怎么也跟着来了？”

“想见见你。”

她一时僵在那里，不知道该如何回答。这种暧昧不清的话，她以前也听过……听过许多许多次了。像这样隔靴搔痒听起来有一点什么，又不非得有什么的话，她一早警告过自己不要再沉迷。

“杜若秋！”远处似乎有人说话。

“若秋，Rachel！”远处又喊了一声，她这才如梦方醒，转身见是同组的洵异叫她，连忙快步走去问他什么事。

没有客套，没有道别。杜若秋的两只眼睛直直地在前方平移着走开，而乐子扬留在蒙蒙细雨里，目送她远去的背影。她穿了一件及膝的旗袍，想必是为了配合今日的中国文化主题。料子是传统的绣缎，款式却颇是摩登，裙裡比旧式的旗袍放宽了一些便于迈步，杜若踩着高跟鞋铮铮而去，瘦削的后背隐在两条缝纫线之下，强硬而……柔软。

路白还在冷飕飕的院子里到处转，和相干不相干的人聊着闲话。乐子扬当然知道他为什么来——中国得到了暗门里同样的讯息，而文化节的开放日是绝无仅有的自由接近这栋楼及这群人的机会。至于路白今天早上忽然问自己要不要也跟着一起来，就不知道他是怎么想的了。难道……乐子扬想到自己当时忘在吧台上的玻璃杯，不知他当时看到没有，看到又会怎么想。

可不管怎样，路白问了，乐子扬当然要来。来见见杜若，顺便看看传说中这次规格颇高的中国文化节。听说伊罗的商务部部长亲自到访，绿区的几个重要的大使，美国、欧盟，甚至还有韩国在伊罗的一把手都来了。乐子扬放眼看看院子里的萧条景色，忽然讽刺又无奈地一笑。要是自己还是小黑箱的拳王的话……会不会也终有一日会被中国使馆请来，设个擂台表演自己的内家拳？到那时——乐子扬对自己的这个设想甚是满意——原来他与杜若秋，是命中注定无论如何要相遇一场的。

“路兄！”

“黎公，好久不见！”

“也算不上很久吧，不过路兄这一个月看得出可是瘦了。”

“哪里。”路白低头看看自己的肚皮，朗然大笑，“黎公为了今天里里外外这一场，想必忙活了一阵吧。”

“别提了，”黎公把路白拉近了些，“看看这不成材的民乐团和小吃，我真不知道那些办事的人都干吗去了，来，我们到里边谈吧。”

“你今天这么忙，还来见我——”

“欸，不忙。今天来的都是高官，有大使和夫人在会见呢。我们小叙一番。”黎公说着推开自己办公室的门，而远处走廊也传来一阵轻微的脚步声，正是塞伊德部长带着两个随员离开，其中一个男的走在前面气宇轩昂，后面一个女的抱着一件长长的大衣还是袍子什么的，小跑着跟在后面。

“听说你们在北伊省遇到一点麻烦，还有一个人让波利斯警察局给抓了。”

“好在已经放出来了，这件事还真多谢你帮忙。”

“北伊省起火的炼油厂……和王青铜有什么关系吗？”黎盛德在写字台前坐端正了，屋内的空气变得小心翼翼起来。

“不，不是他。”路白说完深呼一口气，郑重地、决定把追查王青铜和“狱火”的进展暂时先不告诉对方。“是你名单上第三个人，闵博文。我们原先也以为王青铜和他的‘狱火’是最好查的一个，后来发现了闵博文的洗钱账号，追根溯源追到他在北伊省的炼油厂。”

“好！现在有证据了吗？”

“倒霉就倒霉在这儿。我们去了，对方也有几个人，可全都死了——死的人里面又没有这个闵博文。他自己不在倒也在情理之中，可竟然一个活口没有留下，只能说他的人太死忠，要不然就是我们自己太倒霉。”

“噢。”黎盛德轻轻回应了一声，两只手无意识地缩回桌子下面。“查到一处走私，总是好事。证据肯定会来的，我们随时提高警惕就好。不过——王青铜也是一桩大案，你们也盯着点他。”

源空间。路白在心里小声念叨，源空间。可是黎盛德不提，他是绝对不会提的。况且毕径天留下的笔记本电脑，黎公有没有权限打开暗门还是个未知数，现在不是冒险问问题的时候。

一阵高跟鞋的脚步声由远及近在门口响起，随即接着两声敲门，黎盛德说“请进”，杜若秋推开了他的门。

“黎公，大使找您。”

黎盛德和路白都站起身来。“那不缠着你了。”路白笑说。

“不好意思了，”黎盛德用两只手重重地握了握路白的手，向杜若秋使个眼色，“若秋，帮我招待一下。”

“不用了，我转了大半天，也该走了。”路白和杜若秋一起出了办公室，往外面小花园走去。雨稀稀落落地还在下，民乐团已经接近收工，庭院里几个志愿者正在清理重庆小面的桌台，沈菘兰也被她拖过来帮忙了。本来答应她过来吃好吃的，看表演和绣龙袍，结果却一点好玩的也没有，杜若秋看着菘兰，心里生出一丝愧疚。早知道这么不好玩，就不叫她来了，她在心里说。

沈菘兰远远地也看见了她。菘兰抬头刚和她打一个招呼，目光却有些呆滞地愣住了。杜若秋回头和路白说“我去和我的朋友打个招呼”，自己已经走到重庆小面的帐篷前。

“辛苦你了，早知道这么不好玩，就不叫你了。”杜若秋说。

沈菘兰摇头一笑，把杜若秋拉到一边小声问她：“刚刚和你一起走出来的那个人是谁？”

路白？杜若秋一愣，下意识地回头看了一眼就站在离他们十步远的路白，路白显然也看见她们了，正朝她们站的方向走过来。

“你认识他？”杜若秋小声地嘀咕一句，路白已经走近。“这是我的朋友沈菘兰，”她开始介绍，“是花剑小剧场的编剧和演员。这位是路白，路先生是……沃德建设投资公司的经理。”

“幸会，沈小姐。”路白伸出右手。

“路先生你好。”

“你们认识？”杜若秋左右望望，仿佛又觉得自己站在那儿有些不合时宜，忙退一步，“你们先聊，我去办公区看看。”一会儿再问菘兰是怎么回事好了，杜若秋边走边想。

“没想到，你是杜小姐的朋友？”路白把放在裤袋里的手拿出来，站在沈菘兰旁边，和她一起面朝着中国使馆的庭院。

“你之前没来看我的话剧，是不是？害我白白浪费一张票。”

“他是一个卓越的领袖，还是一个作家，一个哲人，他在这个年纪依旧是运动健将，他还是个木偶戏大师。他把自己的整个一生都贡献给了一个事业：美的事业。”路白不咸不淡地念出剧中的台词，然后说，“这是我最喜欢的一句，美的事业——用来形容一个自我陶醉的暴君，最恰当不过了。”

沈菘兰“扑哧”一笑：“原来你来看了。结束之后我怎么没看见你？肯定是你溜得快。”

路白隔着蒙蒙的雨帘，目光停留在对面正在收拾的五人民乐团上。最左面弹琵琶的是一个年轻漂亮的女人，正在取下粘在指尖的指甲；前面是一把扬琴，也是一个年轻姑娘敲的，她把两只击弦用的琴竹收进布套中，不时和琵琶女交换着窃窃私语；后排三个人都是男的，一把胡琴、一支短笛，还有一个埙。吹埙的是个年纪大很多的老师傅，他把连着埙的短绳从手腕上取下来，先把埙放在旁边一张滴了水的桌上，然后背身从椅子底下拿出自己的书包。

路白站在远处，眼睛忽然闪过一道好奇的光。“你看那个人——”他用左手偷偷指了指民乐团的方向，问沈菘兰，

“你看见那个吹埙的老头了吗？”

“他怎么了？”

“我猜他不会吹埙。”

“他不会吹埙？那请他来干吗？”

“埙这种乐器的声音原本就安静淡远，混在这种又是扬琴又是短笛的合奏中根本听不出来。不信让你去吹，合奏出来的效果也是一样。况且，那人显而易见的，根本就不懂吹埙。”

“因为他把自己的乐器放在湿漉漉的桌上了？”

“不止于此，他的埙是极专业的十二孔埙，却带着一个初学者用的、为了防止拿不住而掉地上的手环。你说他会是个什么人？”

“你、你问我吗？”菘兰脸上一窘，“我怎么知道，我又不是福尔摩斯。”

“又没叫你证明，只是叫你猜猜看嘛，”路白神色轻松而坦然地继续问她，好像在和一个老朋友谈论天气和街上的马车，“要是让你猜，你觉得他是干吗的？”

“那我猜——他是政府正通缉的嫌疑犯，乔装打扮取代了原本要来表演的吹埙人。”沈菘兰冒险地回答，“我猜波利斯的警察局正挨家挨户地访问他的邻居、同事和朋友，巴不得早日把他捉拿归案。”

“你想象起来，胆子倒不小。”路白虽然说不上被这话触动，却下意识地转过头仔细看了看身边的年轻女孩。

“你——”他刚想开口。

“我知道，我电影看得太多了。”沈菘兰接过他的话，

“我是看很多没错，但我知道你不是什么建筑公司的老板。”

“建筑、技术、服务、投资公司。”路白瞬间变得好像很认真，这认真里又有一点莫名的喜剧效果和自嘲的幽默感，两个人四目相对，路白歪着嘴揶揄地说，“我也不知道是谁想了一个这么冗长无趣的名字，如果真有这公司的话。”

沈菘兰因为他的幽默先一笑，笑完心里却好像坠了一块石头，幽幽地颇有点不是滋味。他的放松、他的慷慨、他的幽默都是如此地不费吹灰之力，可就是看起来这么随意、这么亲切自然的分享，却没有透露出哪怕一点点他自己真实的面目。这感觉就好像在真空的实验室里看话剧表演——外面表现得如此真实，却一点也传达不到真空里。

她在真空里快要喘不过气，挣扎中唯有用尽全力瞪他一眼，才能表达自己的愤懑和抗议。

“做一个戏剧演员应该是适合你的，”路白对她说，“等明年你回学校继续读书了，别忘了继续玩话剧。”

他说这话的意思是想要做结语了，沈菘兰就偏不让他就此打住话题。“原来你和若秋也认识，你认识很多中国使馆的人吗？所以你才在他们出事的那天偷偷去医院？我是后来才听说，那天夜里机场爆炸案里受伤的中国人都送到那间医院了。”

路白的行踪被她说中，当下却一点反应也没发出。他看了看手表，似乎还仔细看了一刻表盘上银色的指针，然后侧身、得体地向沈菘兰点点头欠个身，“幸会，沈小姐。”他临走最后说。

“你知道吗？像你这样生活也挺好的。”背后忽然传来沈菘兰突如其来的质问，她的声音清脆，好像一颗颗珍珠掉进玉盘，“你永远不用真实地活着，也不用面对真实的世界和人生。除了那些巧舌如簧的幽默感、那些故作高深的思考状，你实在没有什么可给别人的。是，我是不知道你是谁，可不论你是谁，你有多么了不起、多么神秘，或者有举足轻重的职业和任务，你都是这个世界上最空白、最饥饿的人。因为在你下定决心不接近任何人的时候，也就注定了你根本没办法接近自己的人生。”

她一股脑地把自己的愤怒和不满倾泻出来，路白的脊背顿时显得僵硬了几分。他们于是就一前一后地站在阴天的小花园里对峙，僵持着，看谁先忍不住缴械投降。

“你有一个这么美、这么真实的世界，”路白低声开口，没有回头，“好好留着它、保护它，你值得一个这么美的一生。”

路白说完匆匆离开，每踩一脚溅起地上微弱的水花，其中零星几颗落在他的脚踝上，微微凉。沈菘兰望着他离开的西装后背，一时不知道该做何感想。

自从遇到他，沈菘兰只觉得自己的生活不可预料地起了变化。这个叫路白的中年男人，正一步步地让她的生活变得迷茫和难以掌控。

“菘兰！”杜若秋已经送走了大使和官员们，和几个同事一道走出来。

“路白走了？”她问道。

“走了。”

“你们认识哦？这世界还真小。”

“就见过一次，但都不知道对方是谁。”

杜若秋用一种八卦的目光盯着自己的好友。“咦，沈菘兰同学今天的神色好复杂呀。沈小姐有心上人了？”

“讨厌，你才喜欢他呢，”沈菘兰一皱眉噘嘴，“我看八成是，他八成是看上你了。”

杜若秋“扑哧”一下笑出声来。“这都什么和什么，风马牛不相及呀，沈小姐可要保持理智！”

沈菘兰没意思地低头看着自己的左脚和右脚。“我也该走啦！晚上还得排练。”

“那改日再约，”杜若秋犹豫了片刻，最终还是叫住菘兰，“我不推荐他这个人，”杜若秋谨慎但是十分确定地说，“真的，我跟他有过几次工作上的联络，他是一个……一个很有资源的人，但是心机和手腕……所以我不建议和他扯上关系，真的，我不建议任何人跟他扯上关系。”

菘兰似乎点了点头，离开的脚步却没有停。杜若秋心里生出一丝隐忧，不过她来不及站在那儿想太多，黎公应该马上要召他们回去开会了。果然，不一会儿沈威棣也从办公区走出来，到了露天的地方，举起手仰着头。“你们瞧！现在雨倒是停了。”

她赌气地噔噔噔走出中国使馆的大门，却一眼看见路白上了那辆黑色的SUV。他边打电话边自己一个人坐上驾驶座，车上没有别的人。一不做二不休，沈菘兰一咬牙，摇手招来一辆黄色的出租车。

“跟着前面的黑车。”

路白的SUV开得并不慌张匆忙，起步和刹车甚至称得上平稳从容。开出租车的老先生看看一脸赌气样的沈菘兰，又看看前面开得悠闲的SUV，那情态明显不像警察办案的紧迫感。

“在跟踪你男朋友？”司机说。

“什么？不是、不是不是。”沈菘兰口里实在没办法辩驳那么多，只有重复说，“跟着他，但——别让他看见。”

前面路口左转弯、路口再左转，转过之后的路忽然窄了很多。他们刚刚应该一直向西南开的，离开波利斯市中心区已经不远，然后路白的车在穿过一片阿拉伯人聚集区之后忽然减了速，接着右转驶入了一座地下停车场。

“跟着他！下地库。”沈菘兰坐在后座上伸着脖子，车子开进地下，瞬间暗了好几度。停车场并不大，一个U型的行车道，两边的车位满了三分之二。

“好，就停在这里吧。”沈菘兰把早已准备好的钱放在副驾驶座上，自己下了车。

路白的车刚好从U型道转过来一点，然后一头扎进了一个空着的车位。沈菘兰小心翼翼地在车与车的遮挡之中靠近，不时警惕地看看四周。

果然，路白刚走下驾驶座，他隔壁的一辆保时捷上也走下来一个人，后面还带着两个小弟，为首的个矮微胖，三人都是清一色的黑衬衫黑裤黑皮鞋。

“你终于来了，at last！”领头的大哥摘下墨镜，向路白做出一个张开双臂要拥抱他的姿势。

路白伸出胳膊制止了对方，转而只是握了握手。“我们的条件都已谈好。”他说着，从怀里掏出一只信封，信封从沈菘兰的角度看去是薄薄的，不像装了一沓钞票的样子。

对方的老大打开信封向里面瞄了一眼，满意地笑出一口东倒西歪的牙齿。他将信封递给身后的小弟，然后从裤袋里拿出一只手机。

旧式的不是智能手机，有点像十几年前翻盖式的摩托罗拉，银灰色很小巧……沈菘兰从停车场的柱子后面探出头来想看仔细一点——

砰——啪！她不知不觉中脚下好像碰倒了什么，低头一看是个备用的红色灭火器。完蛋，死了！沈菘兰的脸因为后悔而急剧地蜷缩成一团，赶快收回脚，全身紧绷地躲进柱子的影子里，紧咬住下嘴唇不敢呼吸。

“谁？”一声呵斥，黑衣的老大往声音传来的方向看一眼，转身向自己的两个跟班使个眼色。

一步步一声声，他们愈走愈近了，他们——沈菘兰吓得闭上了眼睛。直到自己被一双粗暴的大手狠狠一拽胳膊，她猛地一踉跄，差点跌倒，才重新睁开了眼。

其中一个跟班向后拧起她的胳膊，按住她的肩膀，把她押到了自己的大佬面前。大佬的脸庞肥硕狡猾，路白的眼中满是震惊。当大佬刚冲她一个奸笑，还未开口，路白先冲了过来，松开了她的胳膊和肩膀。

“不是说好让你在一楼等着的吗？你下来干吗？”他做出一副强抑怒气的样子责备她。

“你认识她？”

“她——”路白犹豫了一下，仿佛有些羞于启齿，“她是我的女儿。”

“你有个这么大的女儿？从来没听说过呀。”大佬半是惊讶半是狐疑。

“家里事，当然不便大张旗鼓地宣扬。”路白向大佬不好意思地致意，然后转过头来把车钥匙拿给沈菘兰，“赶快回车上，回车上等着，别再下来乱跑了，知道吗？”

大佬的眼睛落在沈菘兰的脸上，来回巡视半刻，这才向自己的跟班们一努嘴，离开了她。“你小心一点，最好别再搞这种事。”他对路白说。

路白自己向对方走近了一些，压低声音说，“当然，当然。只不过——您也知道，我现在的女朋友，她没有必要了解我的——”

“你放心。我才没有心思传这种闲话。”

“好，有你这句痛快话就好了。”

路白回到自己车上的时候，沈菘兰还愣愣地在副驾驶席上望着前玻璃窗，惊恐尚未完全褪去。对方大佬的车绝尘而去，路白重重一声关上车门。

“我不是故意——”沈菘兰忙要开口。

路白转过头来，难以置信地盯着面前的年轻女孩。“怎么回事？我有时候真不知道你在想什么，你知道自己在干吗？”

“我不是故意的，真的，我看见你的车开进地下室，我只是好奇——可我没猜错吧？你真的是黑社会？另外那个人是谁？”

“这不是你该关心的问题，”路白心里冒起难以抑制的怒气和无奈，用手敲一下方向盘。“你到底想干吗？”

“就一个月以前的时候，有两个人来我家找过我。”沈菘兰隔了很久，幽幽地开口说道。

“嗯？”

“他们说自己是波利斯警察局调查科的探员，他们问我认不认识你。还说你是他们通缉的对象，因为……因为一个走私案。”

“别听他们瞎说。”路白陷入沉思中仿佛走出很远，然后在回来的时候缓慢地伸出右手摸了摸菘兰的头发，“吓着你了吧。”

“自从遇到你，我的生活里……好像忽然冒出许多以前见也没见过想也没想过的问号。这是我自找的吗？还是每个人的人生里，都会遇见一个莫名其妙的人，都会被自己所不能理解的危险……吸引？”

路白听了沈菘兰的话，眼睛里持续的平静缓慢地过渡成一种燃烧的焦灼，甚至还有一点点愤怒。“你是一个有趣的小姑娘，”他的双手还握在方向盘上，“我送你上去，到哈夫街上，你就下车，自己打车回家，知道吗？”说完他转动钥匙启动了发动机，手伸向排挡杆，还没挂挡却被沈菘兰拦住手腕。

“你干吗这样？”

“我干吗这样？”路白一时间很想重重地朝自己的额头拍一掌，“你问我干吗这样，我还正想问你呢！我们不熟，对吧？我跟你一点也不熟。但你知道我现在最想做的一件事是什么吗？我现在最想做的，就是一脚把你踢下这辆车、踢出这条街、踢得远远的，远到我生活的所有触角之外最好。早知道的话，我在第五医院就算被发现也不会躲进那该死的杂货间。”

这是一个她怎么也想不到的回答。“为什么……为什么？”

路白挂上挡踩下油门，车子“嗡”一声窜出去，盘上地面，沈菘兰下意识地把手抓紧了座椅的边缘。副驾驶座上靠近排挡的一侧落着半张面纸，沈菘兰把它握在手里握了好久，离自己家还有两个街区的时候，路白把车停在了路边。

沈菘兰这才渐渐松开掌心，低头看了一眼被自己揉皱的面纸，面纸上用黑色的钢笔写了三个字。

“你这纸还有用吗？”沈菘兰拿起上面的“源空间”三个字问。

路白忙拿过面纸垫在车载水杯底下。“没什么用，”他看着前方说，“这里离你家很近了，下车吧。”

陆

星期五的下午一点钟，杜若秋站在使馆院子里看看周围收拾得接近停当，手机忽然一阵震动。没有显示来电号码，她不经意地接起来放在耳边说“喂”，对面却只传来一阵微妙又不可捉摸的沙沙的杂音。

“喂？”她又问了一声，站得离其他同事和宾客们远了几步。

“杜若秋小姐。”电话里这时传出一个陌生的、带着危险和狡猾气息的男声。她下意识地望望四周，拿着电话的手不由得握紧了手机的边缘。

“我是 Sam 王。我有一个提议，对你对我都极佳的交易，不知你有没有兴趣听一听？”

第三案

唯一值得恐惧的，只有恐惧本身

一个没有上帝的世界
没有命运、没有神旨
一切都只是巧合
人们毫无原因地出生
因为软弱而活着
然后在意外中死去
这就是你想要的吗?
你所渴望的自由
正是对人类最大的诅咒

壹

对于我来说，信息就是生命。这个小小的硬盘就是我的命。

——Sam 王

中国文化节的活动冗长，之后的大会小会总结会又漫漫无期，杜若秋回到紫玉公馆已是深夜的十一点。终于慢慢悠悠升到十一层，她走下电梯，拿出钥匙刚要开锁，忽然旁边的防火门“砰”的一声被撞开，一个黑影拎过她的衣领转身将她狠狠按在了防火通道的墙边。

“你疯了吗，要独自和王青铜周旋？你是不是疯了？！”原来是他。除了他，还有谁能神不知鬼不觉地在光天化日之下偷听她的手机通话，又有谁能深夜里偷偷潜进她的公寓楼，在窄小的防火通道里居高临下地冲她咆哮？

她扭动脖子想要挣脱，可他的手臂纹丝不动。“我没疯，”她一面挣扎，嘴里毫不示弱，“王青铜主动找我，必然是他走投无路的放手一搏。我们有他的罪证、有底牌，我就是和他这只困兽斗一斗，这是接近他，和他谈条件的最好机会……”

“可他根本就不要什么底牌！”他毫不客气地打断，“他们都是一群野兽。王青铜还有他背后的……都是野兽你懂吗？他们根本就毫无底线，你一进去，一颗子弹，第二天就是报纸上的头条！”他的眼睛因为愤怒而充血，两只手臂狠狠地颤抖着，“疯女人，你到底在想什么？”

“你才是疯子！”她趁势扯开了他抓在衣领的右手，一股脑将他推开几步远，自己也气喘吁吁，刚刚站定又一思忖乐子扬的话，狐疑地抬抬眼皮，“王青铜背后是什么人？你们查到什么了？”

乐子扬把脸转向一旁，答非所问地回应她：“你别以为自己什么都知道，杜若秋。你别以为自己上了几年学，写了几篇用词考究的论文，又做了几年跟班，就觉得自己是谈判专家，就天真地独闯虎穴。”

“谈判是我的职业！我有把握，不用你管。我想你有空还是多管好你自己吧，下次再莫名其妙暴露了自己被抓进去，可没人再保你出来了。”

可恶！乐子扬登时被气得狠狠一捶墙。他是为了谁才轻举妄动？他是为了谁……才输了擂主的宝座加入黑鹰？这个不知感恩的女人——他一腔熊熊的怒火无处发泄，只在自己的肺里烧得滚烫。如果这时她再点一根导火索的话……他随时准备着和她一起燃成灰烬。

“你也许懂得用枪，可是MIT教给你的，不仅仅是匹夫之勇吧？你记得大二的暑假航海训练，麦船长告诉我们的……”她离他三五步的距离，讲到一半又忽然自嘲地一笑，低垂的眼帘藏住目光里的伤痛，“也对，反正你那时就离开了学校，不用在乎麦船长都说了什么。”

她提起大二暑假里的航行，两个人忽然都沉默了，如同当初无声无息的告别。防火通道里的灯因为长时间的静默而纷纷灭了，她就在那黑暗里转过身，拉开了通道的门。“我回去了，就当你今晚是来祝我明天好运。”她背着身说。

“那个夏天的航行……”他忽然往前走了一步，也不知道她听没听见自己说的话，“我确实迷恋过你。所以我不希望你死。”

他确实迷恋着她，尽管到如今连他自己也不肯相信。他对她，不只是调戏、作弄。他作弄她的时候也在作弄着自己，因为他确实爱慕着她，从那个与风同行、与海浪赛跑的夏天开始。

“明天我也去。开着手机的GPS，没有商量。”杜若秋是夜接到短信，盯着看了有好一会儿，晚上睡觉睡到凌晨两三点迷迷糊糊醒过来，鬼使神差地拿起手机按亮了GPS功能。

不过她没想到，王青铜没有把她约到什么荒郊野岭，却把见面的地点定在了城市最中心的大巴扎。“巴扎”即波斯语里集市的意思，大巴扎则是波利斯城内最大的集市区，一条宽宽的步行街上支起一个挨一个的棚子和小铺，台面上堆着成匹的丝绸，顶上垂着金银首饰串成的门帘，远近叫卖讨价声不绝。

“往前走——接着往前走。看见那个蓝色顶篷、卖水烟壶的铺子了吗？在铺子前往右转，右转之后再右转，面前是一面灰色帘子。别走开，直接掀帘子进来。”她遵照对方的语音提示。

杜若秋走到卖水烟壶的铺子之前，警惕地看了看左右，烟铺的老板也用一种同样试探的目光盯着她。老板看看杜若秋，低头用眼神指了指铺头旁边一条小小的缝隙。

杜若秋握着手机转一个弯，再转一个弯，紧接着果然出现一块灰色的布帘，挂在一根略微倾斜的竹竿上。

闹市之中没有风，灰帘子很薄，但是透不进一丝光。

杜若秋没再犹豫，按下手机上的挂机键，掀开帘子走了进去。一进去，顿觉里面的空间比从外面看着大很多，四周都是暗红色的商铺的幕布，给室内增添了一种宗教的气氛。王青铜就站在棚内的中央，也正慢悠悠地把手机从耳朵边拿开。

“好久不见，杜小姐。”

好久不见？杜若秋心里一阵狐疑。“我们见过吗？”

“你也许不记得了，我可是记得你呢。上个月在乔柯里山，坐在头车里的不是杜小姐您？”

“你果然当时就在那儿。能跑也是撞了大运，下一次再被人发现行踪，恐怕就不能这么好运了。”杜若秋不卑不亢，直入正题，“你说你有一个提议，说来听听？”

“别着急。”王青铜咧开嘴仿佛是要笑，却比不笑的时候更面目诡诈，令人可憎。“先说说你好了。在黎盛德手下的感觉怎么样？”

顾左右而言他。杜若秋知道他一定是想探听关于使馆、关于黎公的什么，略一思忖，决定先接这一招，“黎公精明强干，是再好不过的老板。”

“精明强干……”王青铜似乎玩味着这四个字，然后好似颇为赞同地点了点头，“我曾经也是这么觉得的呢。”

“你认识他？”

“岂止是认识。没多久以前，他还在这间棚子里——就站在你现在站的这地方呢。”

“你们也有一个交易？”

“一个交易，”王青铜摇摇头，“一个交易太少了。我们的合作可持续了好几年，数不胜数的小道消息和街头老鼠军——不然你以为他怎么那么快地连升三级，越过比他资历老得多的人，直接坐上公使的位子。”

原来王青铜是黎公的眼线。杜若秋听着，心里咯噔一下。以前怎么没察觉？她的大脑飞快地旋转，努力搜索之前的画面。之前她刚刚来波利斯使馆还是个实习生的时候，好像见过他一次。当时自己跟在商务处的官员后面，眼看着王青铜戴着手铐大摇大摆地走进一个高级参赞的办公室，最后也不知所终。

可他现在却来找我了。杜若秋心里将之前的线索一条条铺开，黎公列了名单点名要抓他。黑鹰查出他背后还有更大的集团。看来他现在是个被遗弃的眼线了，不甘心地想要最后一搏。

“可是黎公现在明显不需要你了。”于是她说，“你早该预见会有这么一天。”

“No，No，大错特错，”王青铜投入地摆着右手，“黎盛德是个无耻小人没错，可他要杀我，完全是因为我洞察了他最大的秘密。”

“什么秘密？”

王青铜眼睛直勾勾地盯着杜若秋，然后露出了满意的笑容。“现在是我需要你替我做点事的时候了。”

“你可以说来听听。”杜若秋抱起双臂冲对方挑挑眉，不咸不淡。

“先前他们拿到的伊罗政府内部情报，不客气地说，一大半都是从我这儿来。直到新的这个默德扎曼总统上台，底下班子全换了，他们以为我没用了，黎盛德便第一个带头来治我。可是——我还没失去价值，”王青铜双眼没有看杜若秋，反而直直地盯着前方，“我还有一个最顶尖、最绝密，人人都想得到却碰也碰不着的秘密。”

“你没先拿着这个秘密去找黎——黎公使？”杜若秋一贯尊称他为黎公，可是突如其来的情节变化让她对这个黎公的情绪产生了一丝微妙的变化，于是她再开口时，便只叫得出他的官称了。

王青铜狡猾善变，他说的话到底哪一句是真哪一句是假还不得而知，可是他若真的手握黎盛德的把柄——为什么不去要挟黎盛德，却来找自己？

“我说了，黎盛德要杀我。”王青铜给出回答。

看来黎公使这次是断绝了再次交易的可能。也许是因为王青铜对他不再有用，也许是王青铜手里的把柄过于致命，才让他无论如何都要一次清个干净，不留后患。

“所以呢？”杜若秋问。

“你只要给我三个月。三个月和一本干净的护照，三个月后我离开伊罗，你拿到这个移动硬盘里的绝密。”王青铜从上衣口袋里拿出一个小小的蓝色硬盘，在她眼前晃了晃。

“你约我来，是确定这些事我能给你办到？”

“中国大使馆自不必说，证件处的小喽啰个个有巴结你的理由。至于另外一个追着我不放的——黑鹰俱乐部，你们之间的门路也曲曲折折数不清吧？拖三个月这么点小事，对你是易如反掌。”

“你想得倒真美。但是中国使馆不是我开的，黑鹰更不会听我的。”

“黑鹰有求于你的地方，从以前到往后多了去了，三个月你必定拖得住。只要你肯动一点脑子，只要你够聪明，小姑娘。”王青铜摇了摇挂在硬盘上的钥匙环。

“我怎么知道你硬盘里不是空白一片，或者谎话连篇？”

“当然不是，”王青铜凑近她的耳边，缓慢地露出满嘴的微笑，“我可以先给你一笔小小的定金，”他压低声音在杜若秋耳边说，“源空间。”

源、空、间。三个简单易懂的小字，如同深夜里打更的钟声，低沉、缓慢，在杜若秋耳边回响不绝。她脑子里没有立刻想起什么相关的内容，面上冷冷，没有露出一丝惊讶或是疑惑。

“看来你的消息还不够灵通。”王青铜横扫一眼杜若秋的面色，“你们的效率低，这是你们条条框框太多的弊病。在这一点上，上弦月就比你们机灵多了。”

“如果你的信息真的很有价值，”杜若秋心里因为“上弦月”三个字的出现又咯噔一下，但她决定暂时不在那上面做文章，反而迂回地问，“那你还把它明码标价卖给谁了？”

“我当然只能卖给一个人，这一点职业道德我还是有的。”

“最好是这样。还有就是最好你到那时还能保住项上人头，这是你能兑现承诺的前提。”

“噢，这你真不用替我担忧。”王青铜哈哈一笑，“信息为王。对于我来说，信息就是力量，信息就是生命。”

“信息就是生命”这种话，她好像不止听过一次。不过想要靠一点秘密就能保命也不是那么简单，“不，生命才是生命。”杜若秋冷冷一笑，“我现在是好意提醒你，常在河边走——总把自己的命放在尖刀上磨的亡命徒，迟早会有一天让刀尖戳破了心脏。”

短暂的沉默和深重的几声呼吸。“原来你这么心疼我。”王青铜咧开嘴，笑得张扬而丑陋。

“你自己干了什么勾当，你自己知道。就算你有再大的本事，躲得过初一也躲不过十五。你最好别耍花样，这样万一失了手，兴许还有人能替你求个情。”

“我不过是生意人，做的也都是极正当极正经的老实生意，只是比旁人多一点眼光，”王青铜自作聪明地眨眨眼，满不在乎地将一只手插在裤袋里，“你也别把自己说得那么高尚和伟大，我最讨厌和假装正人君子的人做生意。”

王青铜也不再多说，不过从他轻佻的表情来看，他对自己刚刚的揶揄很是满意。于是他略一拱手，转身掀开身后的帘子要离开，临走的时候又停下脚步打量了她一眼，“上弦月在你们那儿也有卧底，”他说完耸耸肩膀，“我就顺便告诉你一声，这个不算你钱。”

杜若秋稍后也从红帐篷里走出来，转几个弯沿着集市走过几个摊，接通了手机。

“谈完了？”

“谈完了。”

“到车上说吧。步行街的街口往右 100 米。”

“这个王青铜，根本就是一个单打独斗的信息贩子。”杜若秋在来往行人中迅速拉开车门坐上副驾，“砰”一声关上车门的时候向乐子扬开口说道。

“怎么说？”

“对了，你知道‘源空间’以及和它有关的任何事吗？刚刚王青铜提到了这个。”

“源空间……”乐子扬出人意料地有些犹豫。那个疯子科学家尼古拉·特斯拉一百年前的预言，隐藏在地球之心又无所不在的迷你黑洞……每一个接近这个地球毁灭之核的人，身上都不由自主地必须背上那个沉重、危险而且永远摆不脱的壳。

一个危险的源空间，一个隐秘的命运的诅咒，他实在不愿意把这沉重的负担再加于她的身上。

杜若秋看见他面上超乎寻常的冷峻神情，不由得伸出手来，覆在他的手背上。“到底发生了什么？”她轻声问。

乐子扬缓慢地抽出自己的手。“要不然，你离开波利斯吧。”他脑子里前前后后翻江倒海，沉吟了半晌，最终却汇成这样一句话，脱口而出。

“什么？”杜若秋没听懂。

“我说，要不然你离开波利斯吧——申请调回北京，或者调去其他国家，欧洲、北美或者东亚，都不错，离开波利斯、离开伊罗、离开中东这块不祥的地方，行吗？你马上走，立刻就走行吗？”乐子扬忽然着急起来，迫切地按下她的手，语速飞快。

她彻底愣住了。“到底怎么了？乐子扬，你告诉我。”一种奇特又势不可挡的预感朝她袭来，这个源空间底下埋藏着巨大的秘密。“是和恐怖组织有关吗？上弦月兄弟会？你知道了他们有什么计划？和源空间有关？”

她的问话问得一连串，每一个都比上一个更锋利更难缠。乐子扬闭上嘴巴，踩下油门，径直往北开去，心里无论如何下不了决心告诉她源空间的真相。

况且他从颖决明那里听说的，徐燕子他们从中国使馆的信息暗门里截获的，不一定就是真相——至少绝对不是真相的全部。可是她又从王青铜那里听来了什么？是重叠的内容，还是新的？抑或是……以王青铜阴险狡诈的风格……故意放出风来引她上钩的故弄玄虚？

“喂，你刚刚错过出口了。这下再往前开三公里调头吧。”他心不在焉地开着车，杜若秋冷静又带一点嘲弄的声音冷不丁飘来。

“别轻信谁，也别轻举妄动。千万不要，行吗？”二十分钟之后，他把车停在紫玉公馆楼下，然后降低了一个声调，用近乎恳求的声音告诉她，“算我求你，拜托了。”

“你不告诉我，我早晚也会知道的。”杜若秋走下车“砰”一声关上车门，乐子扬摇下车窗再最后看她一眼。

“另外，”她走了一半又回转过身来，眼睛极为克制地微微泛红了，“你要走就走，反正这是你一贯的风格。但这回你想要我走，是不可能的。你别想再让我从我的工作和生活里离开，你没有那么大本事，乐子扬。”

杜若秋脚步匆匆地回到家，走到浴室对着镜子洗了一把脸。脸上的水滴答滴答滴进领口，她定定地望着镜子里的自己。乐子扬竟然要她离开波利斯？他为什么又要逃避她？杜若秋恨这样不明不白的乐子扬，但更恨自己——每时每刻心情都被他左右的自己。

俄而她把脸擦干了，走到开放式厨房从冰箱拆开一盒冷冻食物放进烤箱，然后一面等着烤箱的叮声，一面按亮了电视，又返身回冰箱里拿饮料。新闻一台正在放映医院紧急输送着病人的画面，画面底下写着“波利斯市新增 35 例急性疟疾，共计已达 177 例”。

177 例？一天没看新闻，已经有这么多人生病了吗？杜若秋被吸引到客厅，一扇灰色的冰箱门还在空中晃来晃去。

她的不安很快就在其他频道上得到了求证：波利斯有线新闻台，女主播正和她的两位医生嘉宾激烈地交谈，“现在超过 180 例的疟疾病例出现，是否可以算是一个流行性传染病？”医生一长串的回答并不能让人听出所以然，只有屏幕侧面的滚动字幕让人惊心。

“今晨 6 点半首例疟疾病人死亡，至今已有 7 人死亡，16 人病危。”

再换一台。“了解疟疾：传染、隔离与及时发现、及时治疗……”

再换一台。“市立第三医院首位医生感染疟疾身亡，病例持续激增，医疗设施和床位紧张。”

再换一台。“疟疾病例已濒临流行病界限，波利斯市已发出橙色警告，首批疫苗已到达指定医院、学校和市区的五个临时接种点。”

再换一台……“阿联酋、印尼等四国人道主义医生第一批已通过紧急绿色通道，明晨进驻多家医院。”杜若秋盯着电视屏幕，双手不自觉地撑在沙发的靠背上。

果然当夜不到十二点，就收到了使馆办公室的邮件。“关于使馆正式员工接种疟疾疫苗的通知”，标题点进去是详细的接种信息：明天下午三点在使馆公共办公区一层，由当地的医疗团队协调，强烈建议所有员工接种。

第二天上班，使馆里忙碌依旧，上班、开会，并没有显得过于人心惶惶。杜若秋翻翻手机上的新闻，随便点开头一个大标题扫一眼疟疾疫情，忽然看到报道的末尾写着“人道主义医生与捐献疫苗已通过特别绿色通道，目前已有7 个邻国驰援物资、药品和医生”，忽然触动了心底一丝敏感的神经。

“站在门口干吗不进来？”杜若秋在黎公门口还在想是不是要敲门，黎盛德自己先走出来了。

王青铜抓着黎公最大的把柄，上弦月兄弟会正蠢蠢欲动……还有这场突如其来蔓延波利斯的瘟疫，到底指向何方？枝枝节节在她的心里正乱得很，杜若秋抬头看一眼黎公，忽然改口说：“哦，上次开会讨论阿巴斯港的推进情况，好像有一张商务部发过来的图忘在您这儿了。”

黎盛德回头看看秘书晓冰。“是不是这个？”晓冰翻出一张纸递过来。

“没错，就是它。”杜若秋接过来，“那您先忙。”她说完告退。

事发紧急，医生通过紧急绿色通道进入伊罗，很难一个个作背景调查，让人听着多少觉得有隐患，可杜若秋说不出口。

于是她关上黎公办公室的门，刚后退一步还没转身，一不小心撞上了身后的什么东西。

“哎呀，对不起，”她连忙扭头道歉，才见后面是一辆清洁工的打扫车，车上放着水桶、抹布和各种瓶瓶罐罐的清洁剂。

“没事。”清洁工人慈祥地笑了笑。杜若秋让开门口，然后在清洁工推着车走进黎公的办公室时回头看了他一眼。这个人怎么有点面熟？她默默地思忖，一时想不起来到底在哪儿见过。

到了下午快四点钟，杜若秋走下楼时，疟疾疫苗已经送到，办公区大厅里等待接种的同事们已排起了队。使馆的工作人员其实不多，总共不过二三十人，加上直系亲属最多五六十人，可是要登记、填表、抽血和接种疫苗，每一站前都滞留不少人。杜若秋填了表，签了字，站到抽血取样的队尾，站了几分钟，忽然心内一动，变了主意。不仅是医生，疫苗也是从快速通道进入的，她想。

走，要走就快走。杜若秋心里对自己说着，偷偷从接种疫苗的长队里撤出脚步，径直往右手边的侧门而去。刚推开门匆匆走出两步，后面突然传来一声“若秋”。

转头一看，是夏玉锵。杜若秋心里松了口气，玉锵的一只胳膊还挽着袖子，明显是刚打过疫苗的模样。“你打疫苗了吗？”

杜若秋心虚地边点头边看地上，“打了，我是头一两个打的。”

幸好玉锵并没有看穿她的谎话。他们一起往楼外面走，玉锵问她：“你下班了吗？”

杜若秋点点头。

“你今天要是没事，我倒有一件事想要拜托你，占你一点时间。”

杜若秋实在猜不出是什么事，想自己反正下了班也无事，况且——玉锵一向很少求人办事，他若开口，必定是事出有因。于是两个人出了使馆楼，在后面小花园的长椅上坐下，面对着花园里一条窄而无人的蜿蜒小路。

“有什么事，别客气。”杜若秋先开口。

夏玉锵想了好一会儿才开口。“说起来蛮不好意思，”他腼腆地一笑，“我爸妈这周末要来波利斯看我，待上一个星期。”

“那真好。”

“是的。是这样，他们提了很多次了……他们一直很想见见我的女朋友。”

玉锵有女朋友吗？杜若秋一时想不起来。

“我实在也不能总搪塞他们，我想……你要是不介意，能不能……替我假扮一个礼拜的女朋友？就在我父母面前，和他们吃一顿饭，然后一起去个动物园或者古列斯坦宫。我知道这可能不太合适，不过我也是实在没办法。”他最后说，“拜托了。”

杜若秋“扑哧”一下笑出声来。“我还以为是什么事，”她好笑而难以置信地望着玉锵，“你父母也太心急了吧，现在是什么年代了，你才二十八九岁，还年轻得很，就要催你谈恋爱，还审查女朋友，要不要这么老套啊？！”

夏玉锵也笑着，面上有点害羞有点惭愧，半天不再说话。

杜若秋笑也笑了、揶揄也揶揄了，然后豪气地伸出胳膊，拍了拍夏玉锵的肩膀。“欸，你问我，我肯定两肋插刀，况且是这么点小事。不过说实话，我还是不懂你父母这么着急干吗，二十几岁正是男生的好时光，况且你又不怕找不着女孩。”她最后调皮地一挑眉毛，玉锵却没有被这轻松感染。

贰

你怎知梦就是假的，现实又如何必定是现实?

——妙空和尚

玉锵的爸妈是星期六下午的飞机，他说要先隆重地请她吃大餐，再一起去机场。杜若秋说：“大餐就不用了，反正你在新闻处罩着我的时候还多呢，我能卖给你一个人情也划算。”

他回答说：“人情还在，大餐也要请。”杜若秋方不再推托。

然而到星期五晚上，夏玉锵忽然出了事。

晚上八点刚过，他同组的秘书小沐给杜若秋来了一通电话说：“玉锵好像不行了。”

什么？！杜若秋当时刚刚煮好了意面，叼着叉子坐在沙发上准备开电视，听见小沐这一句，登时刀叉全掉在地上。

“他室友说他昨天半夜就上吐下泻，原本吃了一点消炎药以为没事了，谁知今天忽然加重，又咳嗽又胃疼，赶紧送到医院，到医院就进了重症监护，现在已经在召集家属，下病危通知书了。”

“什么？开什么玩笑？哪家医院？”杜若秋已经站起身来拿大衣。

“第五医院。”

“我马上去，你联系他家人了吗？”

“我刚才按咱们的通信录给他青岛的家打电话，没有人接，我再找他父母的单位和邻居。”

“他父母……应该正在来看他的飞机上。”杜若秋说出这句话，心里生出一丝不好的预感，心脏一突一突地跳起来。“我现在马上去医院，保持联络。”她挂电话之前说。

星期六的街上车来车往，杜若秋来不及降到地下车库刷卡开车，直接冲到街上摇手招过出租车，上车便说：“第五医院，快点。”

玉锵……夏玉锵，他高高的身影，初见时谦和地和每个人说“请多指教”；他遇到突发事故时临危不乱的镇定神态，彻夜不眠也要摆平八方媒体；他的头发揉得微乱，胳膊上挽起的袖子还没放下来；他向她坦承自己最羞于启齿的秘密，为一件自己改变不了的事愧疚至深……杜若秋的皮鞋在出租车的脚垫上踏着心烦意乱的拍子，直到医院伫立在夜中的霓虹灯牌终于一点一点接近了。车子刚停下，她推开车门拔腿就往医院的玻璃门奔去。

该不会……真的是星期二的疫苗？内心的隐忧正浮上脑海。刚入医院的大厅，只见文化处的齐以澳已先到了。“玉锵呢？”杜若秋赶上去。

“随我来吧。”齐以澳和她一样脚步匆匆，上两层楼，走到呼吸内科的病房门前，还未接近，却被两个护士拦住了。

“这里已经被定为隔离区，你们不能进来。”

“为什么隔离？是传染病吗？有没有一位叫夏玉锵的中国人在这儿？什么时候可以探视？”杜若秋一问就是一连串。

“这里现在是隔离区，主治医师会判断是否接受探视和探视的时间。但是现在我们还不知道。”

“那是什么意思？”杜若秋不能接受这种模棱两可、说了等于没说的回答，“那到底什么时候可以探视？”

“这要听主治医师的意思，现在还没有开放探视。”

两个人沉默一刻。“请问，玉锵得的是什么病？”一旁的齐以澳小心翼翼地问。

“这我不清楚，请您去问主治医师吧。”

正说着，只听里面一间病房的门“砰”一声推开了，两个男医生在前，三个护士在后，推着一个宽大的高级担架车出来，所有医护人员都严严实实从头包到脚，戴着覆盖整张脸的过滤面罩。

是夏玉锵！

齐以澳和杜若秋想去问个清楚，然而大大小小的医护人员围了十几个，他们想凑上去，却发现根本接近不了，更插不上话。

“请问夏玉锵的情况如何，他生的是什么病？”杜若秋无奈之下抬高声音，这下整层楼都听到她的问话了。

人群里走出一个五十多岁、穿白大褂的老医生，问她：“请问你是家属吗？”

“我……我是他的同事。”

“那请立即叫他的家属来，直系亲属，越快越好，今天晚上能不能到？”

“我……我们已经在联系，但是他的家属都在中国，赶来也要明天了。能不能——”她来不及说完，一行人已经推着担架车匆匆而去，听其中一个指挥的人说，是要挪去七楼。杜若秋只好让开身子，目送着他们消失在电梯间。她踮着脚尽力地想看看玉锵到底怎么样，可他脸上戴着呼吸面罩，身上裹得更加严实，平躺在那里，一丝动静也看不出。

他一动不动，安静得像一块平躺的玉。

“玉锵！你要……你父母明天就来了。玉锵，我求求你……”她在担架临走的时候，近乎哀求地朝他喊道。

他躺在那里没有动静，无法回答，只有垂在身旁的一只手，在她说完话之后，似乎轻微地抬起食指，敲了敲白色的床单。

很短，很微弱，但是她看见了。

杜若秋的眼眶里，顿时好像初夏的雨水溢满了湿润的池塘：同事三年，相互帮过的忙和添过的麻烦都有无数，可是她觉得自己昨天才刚刚开始认识真正的玉锵，才刚刚开始了解他的故事和挣扎。他是这样一个金子般善良磊落的人，这不公平、太不公平……命运不能待他如此残酷。

“七楼貌似是……危重病人都在七楼。”齐以澳小声嘟囔一句，转身的时候看见远处，“欸，他们也来了。”

来的是使馆的另外几个同事，一个是新闻处的肖雅，还有黎盛德的秘书晓冰，后面跟着武官处的国防官少将邱硕人，同事里和玉锵相熟的都在医院了。肖雅还在打电话，晓冰正和把玉锵送到医院的舍友和邻居交谈，医院里的医生、护士走过，一个个神色匆匆，不知道都在忙着奔向何处。

夏玉锵到底生的什么病？现在情况危急到什么程度？是传染病吗？从哪里传染来的？是常见还是罕见？医生在哪儿？还有最重要的一个问题——为什么？

可是仍然没有医生出来见他们。“我们必须马上见到病人家属。”是他们关于一切询问的唯一回答。

“我们说过很多遍了，他的爸爸妈妈都住在中国，现在正在赶来的路上，可是飞机也要七八个钟头才能到。在这段时间里，我们要知道他确切的病情才能做出最适当的反应。拜托了。”杜若秋终于忍不住，向一本正经回绝他们的女护士再次开口，然后上前一步，靠近她的耳边小声说，“拜托让我知道他到底怎么样了，行吗？我是他的女朋友。”

那个中年的女护士从写字板上抬起头来，用一种浑沌不清的目光盯着杜若秋，犹豫了片刻，转而拉开了身后办公室的房门。

杜若秋踏进那个护士的办公室，关上了门。

护士开口告诉她说：“你男朋友可能得的是埃博拉 GP-A82V 变种。”

埃、埃博拉？！“怎么可能？埃博拉不是在非洲流行，伊罗一例病例都没听说？还是说……”她思索中的脑海里忽然窜出一个惊悚的猜测。

“不，不，”护士似乎也被这个猜想吓了一跳，赶忙说，“这是我们接触到的第一例埃博拉。现在波利斯城里的所有瘟疫病例，一直真的都是疟疾——这个我完全可以保证。”

杜若秋听护士说得肯定，可心中还是想不明白。“可是他最近也没有出差，一直待在波利斯，怎么会感染了埃博拉？”

护士也摇摇头，最后说：“我就只能告诉你这么多了，小姐。请让我送你出去吧。”

她的喉咙像被一团压缩的空气噎住，说不出话来。

走出来的时候杜若秋痴痴傻傻，走廊的尽头是全落地的大玻璃，没有拉窗帘，却一点也看不见外面。她当时看着玻璃，玻璃里倒映着医院大厅的炽烈灯光和自己模糊的影子，连大哭一场的心思都忘了。埃博拉、埃博拉……杜若秋心里反反复复地念着这三个字，走到玻璃窗前把脸贴上去，双手紧紧围在眼睛旁边，漫无目的地向外看着。

医院外头只有黑寂无边。她的鼻尖压在玻璃上，呼起一层雾气，渐渐遮住了窗外的夜色，再眨眼的时候才发现雾气不是凝在玻璃上，而是凝在了她的眼睛里。玻璃上的空气凉，吹进眼睛里结成秋天大颗大颗的露水，顺着她的脸颊飞快地往下流。她恨死了这漆黑的夜色。

然而那晚漆黑的夜色还没结束，凌晨四点天还未亮，七楼就传来了死亡通知书。

一张薄薄的、轻得几乎透明的纸，宣告着一个人突如其来的死亡。

凌晨四点时来的人又多了好多，上到黎盛德公使，下到办公室主任和警务组的小兵，十几个人围在一起，一个接一个传着看了夏玉锵的死亡通知书，彼此相看，在不可言说的震惊中鸦雀无声。

“疫苗，一定是疫苗，”沉默的人群中，杜若秋忽然抬起头，用一种冷静得近乎可怕的声音说，“我们接种的疫苗有问题，绝对是。”

“话可不能乱说，”肖雅离她最近，赶紧用手肘戳她，又捏一捏她的大腿，“怎么可能。”

可杜若秋全然不顾。她推开肖雅的手，一个字、一个字斩钉截铁地说，“绝对就是疫苗的问题！我发誓。没有别的原因了，他不可能有任何原因染上埃博拉。”

“杜若秋！”黎盛德一声喝令，周围同事们面面相觑。“玉锵走了，我们每个人都不能相信、都伤心，但是你说的话出圈了。”黎公的神色前所未有的严肃，最后补上一句，“今天下午，到我办公室来。”

杜若秋从椅子上抬起头，好像从一场大梦里，将醒未醒。

“今天下午我去不了，”她告诉自己的上司，“夏玉锵爸妈的飞机也是今天下午到，您不和他们见面吗？”

周末的波利斯城，似乎醒得很迟很迟。时钟指向九点钟的时候，天还阴沉沉的，没有一丝光亮，街上冷冷清清，几乎没有行人。只有偶尔呼啸而去的一辆车两辆车，在宽阔的公路上发出孤独的马达声。

从 13 号出口下高架，科林路右转再右转，乐子扬把车停在路边的灰土地上，独自关门走下车。左手边是一条窄窄的巷子，GPS 就指到这里，他看看左右认定就是这条巷子没错，把手机放回上衣口袋，往巷子里走去。

这两边似乎都是民居，很破旧的二十世纪四五十年代的建筑风格，但是家家门户紧闭，只有偶尔看到一户庭院的一角，里面木桩上拴着一只焦躁的灰色小狗。这家的主人应该是出门去了，可木桩也不过到人的膝盖那么高，那只灰白色的长毛狗正围着桩子，一跳一跳地想把套在上面的绳圈脱下来。

绳圈已经被小狗推上了木桩的三分之二，还剩下的三分之一，那十几厘米的高度，无论如何就是上不去。小狗跳着，叫着，似乎看到站在墙外的乐子扬，更抬高了分贝，仿佛央求着这门外的人类去“救它”。

原来这家主人早知道这十几厘米的高度虽然看起来轻而易举，对于他家的小狗来说却是绝不可能跨过的雷池。乐子扬已看明白，心中说了一声“你歇歇吧”，继续往巷子深处走去。走了不远就走到了胡同的尽头，那里是一段上坡，走上去之后右手边连着七八级台阶，通向一座矮小破旧的庙。图片上看到的没这么破，但肯定就是这儿了。乐子扬几步走上台阶，伸手去推那扇漆面脱落斑驳的庙门。

门吱吱呀呀地打开，眼前一片参差的野草。右边还看得出有一排廊子，左边只剩断断续续一排墙基。乐子扬从边上绕到后面，果然还有一座小殿，房子坏了，已看不出哪里是门，里面佛像倒是还在，并排着有三座，安然坐立在殿中。

乐子扬仔细地向那些佛望去。虽然是华裔，可是乐家没有佛教徒，他对这些佛也知之甚少，心想不知道这其中有没有一个是那常听说的弥勒佛，还有释迦牟尼。

他在中间的佛像跟前站了好一会儿，想看看后面是否还有和尚、方丈，绕到后面一看，只不过是更多的一片荒草。整座寺庙里一个人也没有。

这也难怪，乐子扬心里想。自从十年前新宗教法通过之后，伊罗规定国内除了伊斯兰以外的宗教不能公开募款，也不能接受海外捐赠，更是断了这些教会的经济来源，哪还拿得出钱来修缮寺庙。

面对这荒废无人的寺庙，乐子扬不能说没有一点失望。可是坦白地讲，他原本也没有对这灵刹寺抱什么太多期望：那些充满嘲弄的笑声、充满夜色和血红、地狱般的恐惧和杜若秋扭曲面庞的，还有那个和现实世界一模一样、除了自己不再是自己的，不像是梦的梦，难道是一个和尚就可以替他解答的？

也真是的，只看了一篇旧报纸上的新闻就寻踪而来，不假思索和考证，以至于白来一趟什么都没见到，真是愚蠢透顶。好歹是名牌大学的学生，乐子扬，还自诩头脑聪明呢，乐子扬拍拍脑袋，自言自语地嘟囔一声。算了，他闷闷地呼了一口气，最后看一眼面前的三座佛，好像是停滞在时光里的雕塑。

出来的时候，乐子扬带上寺庙的大门，转过身下台阶，忽然见着台阶上坐了一个人，背对着他，穿一身青色的长褂，褂子连着帽兜，罩在头上。乐子扬走下台阶，走到那人身旁的时候转过头，“你也是——”他的话刚一出口，却在看见对方正脸的那一刻停住了声音。

对方也取下帽子，仰起头看着乐子扬。一个老头，光头、瘦脸，唯有两条白白长长的眉毛十分醒目，项上好像挂着长长的串珠，藏在衣服里面。

“您是……”乐子扬小心地重新开口，“灵刹寺的人吗？”

老头说：“你是灵刹寺的人吗？”

“我？我怎么……我不是，我是访客，路过来看看的。”

“访客。我刚好也是访客。”

乐子扬再走下两级台阶，背对着阳光转过身，然后向右挪一小步，把对方从自己的影子里让出来。他的光头在太阳光下照得灼人，乐子扬犹豫一阵，最后开口问对方：“您是这里的方丈、大师吗？”

“不敢当，”老头双手合十，说，“妙空和尚不过是个扫地的老和尚。”

“事实上，”乐子扬思忖再三，“我来这里，是有一个疑问。”

妙空老和尚抬起头看向乐子扬。

“您相信冥想疗法吗？这种冥想——是一种心理治疗，当人产生幻觉或者焦躁不安的时候，通过冥想的方式回到现实。”

“十分有趣。你在冥想中又在想什么？”

“想自己在别处、想自己在忘记、想自己在放下。”

“管用吗？”

“我、还不知道。我只试过一次，而结果有些……奇特。”乐子扬边想边回答，“我前天在处理旧报纸的时候看到一个外国和尚的访谈，也提到了冥想，而灵刹寺是我在波利斯城里能找到的唯一寺庙了。我就是想知道，这个冥想疗法……到底能不能带人脱离幻觉？到底有没有用？”

乐子扬说着，抬头看看眼前的佛寺门，又加上一句，“佛会赞同吗？”

佛会赞同吗？佛会怎么说？乐子扬的话一出口，自己也觉得幼稚可笑。不过老和尚倒没笑他，反而坦然说道：“幻觉是你的，真相也是你的。你心里已有了一个答案，何必去问佛赞不赞同？”

乐子扬听了，仿佛被说中了心事。这个老和尚每问每答都透着比自己高明一层，他觉得头顶被压着，颇不自在，所以一时间不想再多说，双手合十向还坐在台阶的老和尚道了别，转身走下台阶去找自己的车。

“但是——”他没走几步，忽然想今日的这个老和尚，日后遇不遇得到也很难说了，况且他又和自己没牵没连，不如索性一次说个明白，因而又转过身来，向那妙空和尚说，“其实还有一件事，我一直隐瞒着，没有告诉过别人。”乐子扬深深吸了一口气，“我曾经做梦，梦见了……另一个自己。”

妙空和尚并不说话，有条不紊地用手指数着佛珠，等着听他继续说下去。

“我梦见自己出现在曾经去过的地方，但我不是我，我在别处看着自己，看着自己的……背影。但这还不是最奇怪的……我看到一栋灰色的楼顶上有两个狙击手，在梦里看到的，可是现实里，我和同伴都在马路上，从我们的方向根本看不见那两个人。但我还是看到了，就在那件事在现实里发生的时候，我看见了那个还没做过的梦。”

“看到了，有什么不妥吗？”妙空和尚问。

乐子扬说不出话。他不知道该怎么解释，这种感觉……就像是有一个梦里的我在帮着自己一样。现实的谜团被接踵而来的梦境所解答了，那种难以确定的空虚感和致命的真实感，让他觉得自己像是陷入一个循环往复的陀螺，一面是真一面是假，真真假假分不清楚。

“乐子扬不是一个糊涂不清的人。”于是他开口，好像是在告诉自己。

“当然不是。”

“可我实在不知道该怎么解释这件事，我梦到的一切都真实得……不像假的，就和记忆一样。我真的不知道……我怕自己要是再不把这件事说出来，我很快就搞不清哪个是梦，哪个是真的了。”

妙空和尚扭身回头看看背后寺庙的大门。“你刚刚进去寺里了？”他问。

“是的。”突如其来的话题转折，乐子扬不知道这和自己的问题有什么关系。

“你看到寺中的三座佛了。”

“是的。那三座佛都是——”

“你看到的三个佛，是过去、现在、未来。”妙空和尚回答。

“过去、现在、未来，此处、彼处。”老和尚跟着又重复了一遍，乐子扬只能更加瞪眼皱眉，还是不明白这和他的梦有什么关系。

“三世佛延促同时，广狭自在。而你怎知梦就是假的，现实又如何必定是现实？”

乐子扬站在正午的日头当下，身子却登时发凉，大脑如同被泼了一层冰水：你怎知梦见的就是假的，现实就必定是现实？记忆里血红发黑的魔鬼，高声而肆意的嘲笑，杜若秋面无表情的脸，爆炸成一粒一粒捡不起来的碎片，最后化作吧台后面那间小屋里传出的、关于源空间的窃窃私语……再次毫不客气地占满了他的头脑空间。

真实得可怕，却瞬息之间又全无踪影。乐子扬猛然再睁开眼，只见太阳还在当头，而妙空老和尚已经起身，掉头向庙里走去。"我还是不明白，但我会学着和他们相处。"他低语一声，最后看了一眼巷子尽头的灵刹寺和正推门而入的老和尚，然后快步走出了那条街。

从巷子里出来，一坐上车，乐子扬立刻拿出手机，发了一通短信给颖决明。

"王青铜约杜若秋见面的事，你知道多少？"

短信发出去，不出三秒钟手机便嘀嘀响起来，他拿起一看，只有两个字，"略微"。

乐子扬毫不迟疑地回敲："下午两点钟，老地方见。"

他们相约碰面的地点是新扎德斯坦宫的露天花园，这里曾经是波斯王朝历任太子的居所，共和国成立之后，王宫成了古迹，王宫的后花园则被市政府修缮，变成了公共花园。花园里石雕、古树陈列，保留了中世纪波斯皇室所设立的大部分格局和遗迹，是外国游客最喜爱的景点之一，每天各种肤色的人来往不绝。

而他们也正是看上了新扎德斯坦宫的这一点。游客中的亚洲面孔众多，乐子扬和颖决明在这里出现毫不显眼。

他们拿着旅游者手册和相机从拥挤的正门口走进花园，然后跟随着如织的人流绕花园一圈，就能完成所有的交谈。

这一次也不例外。

“上弦月的秘密，王也知道。他在找下家脱手。”颖决明靠近乐子扬身边说。

“秘密是？”

“和那个所谓的‘洞穴里的囚徒’有关系。这是 Abu Al-Qadi 掌握的最重要的绝密，王青铜不知道通过何种途径掌握了一部分或者全部，要高价卖给肯出手的人。杜若秋是他找的第一个人。”

“为什么找她？找也该找中国使馆的一把手。”

“应该是他有想从中国使馆那边得到的东西，但是又不能直接从一把手那里要——要么是因为一把手给不了他，要么，就是他自己的筹码里，就有和这个一把手有关的信息。我觉得很可能是第二种。”

“他也许握着黎盛德的把柄，但是不想冒险，怕黎盛德直接除掉他。而杜若秋想知道黎盛德到底有什么鬼，对他就不会那么危险。”乐子扬顺着颖决明的话往下思考，“他为什么早不脱手晚不脱手，偏偏要在现在？有什么大情况吗？”

“应该是你们上一次偷袭他在北伊省的炼油厂，他觉得自己形迹败露，要赶紧赚一票然后就转移。”

“这么说，他很快就会离开波利斯了。”

“我想是的。”

不能让他离开，乐子扬想，源空间的突破口好不容易找着了一个，不能就这么让他走了。“他不能走，”于是他斩钉截铁地开口，“不过，你确定王青铜真的握着重要的信息，不是亡命徒在发现自己走投无路之后虚晃一招拼死一搏？”

“说实话，也有这种可能。可是现在的世界比以前小多了，他想一走了之，又能逃到哪里去？如果没有一个合理的了结方式，中国的使馆遍布各处，真想抓他，走到哪里都能追着他。”

“有道理，但这也不能完全说明他手里的东西就货真价实。不过姑且这么认为。”乐子扬陷入了沉思。颖决明有一点说得很有道理，王青铜要彻底脱手，摆脱自己的罪名，是得需要一个合理的了结方式。而中国大使馆——他想到这里，突然不寒而栗起来，一个可怕的模糊的，连他自己也不敢往深里去想的情境，隐约出现在脑海里的地平线上。不能让这件事发生，绝对不行。

“我想以你的身份，应该还有机会能和王青铜说上话吧。”于是他说。

“只有在他需要我的时候——他需要更换通信设备的时候，他才来找我。我不能主动找他。”

“这不是问题。我可以让你这周内就能和他见上面。”乐子扬匆匆说道，“你告诉他，杜若秋很快就会被黎盛德调去别处，但市场上有另外一个人愿意出价。”

“你要我告诉王青铜我窃听了他的秘密？”

“不，你和杜若秋是发小，王青铜把自己的机密待价而沽的事，你是从她嘴里听说的。至于另外这个愿意出价的人，你只说是他主动联系你的，而你并不知道那人是谁。”

“我得看情况一步一步告诉他，不能引起他丝毫的怀疑。”颖决明先他一步走出了新扎德斯坦的公园，“所以我不能向你保证什么。”

乐子扬回家的一路上，头痛欲裂。灵刹寺老和尚的怪言怪语还没将他的耳根腾空，颖决明一番模棱两可的话又让他心烦意乱。

他一回家先闯进卫生间，拧开浴缸的水龙头。更衣室和卫生间只有一个推拉门之隔，他听着哗啦啦的水声脱下夹克和T恤扔进洗衣机里，向镜子里的自己盯着看了片刻。

他的左胸肌靠近肩膀的部位，仍然看得出几个月前留下的疤痕。他清楚地记得那天晚上在小黑箱的最后一个回合，对手是个当地人，有圆而硕大的眼睛和一把漂亮的络腮胡子。

那个人是第一次和乐子扬交手，却似乎对他的套路非常熟悉。乐子扬一贯的风格是兵不厌诈，用足够的耐心和对方周旋、试探，一点点将对方的耐心消磨殆尽，然后再一击致胜。

每个回合只动一次真格，只出一拳，百发百中，是乐子扬的标签，也是比常胜不败更令他得意的地方。

但是那一次，对手仿佛摸清了他的意图，一举一动都先他一步，好像有一个极其高明的教练在指点着对手，下一步自己会怎么动作。

但那种教练是不存在的，乐子扬告诉自己，除非是上帝。但他肯定不是上帝。

于是他耐下性子继续周旋。正身、错步、前一小步、后一小步、瞄准机会……他先一个横拳，扑向对方的左腋下。可是对方又一次看准了他是诈进，反而大胆地伸出手去接住他的拳头，接着用力往前一拽。

对方走了一步极危险极冒险的棋，乐子扬立刻用另一只手推向对方，对方却不接招，直接一掌结结实实地贴在了他的左胸肌上。

然后他似乎听到，从耳根传来的、一种极其轻微的什么东西破裂的声音，好像一公里以外摔碎了一只玻璃杯。紧接着，一股酸酸麻麻的感觉从左胸升起，乐子扬还不清楚那到底是什么，可是他当时在擂台上，赢是他唯一的念想。

于是乐子扬屏住呼吸，左胸一正，接着抬腿用膝盖顶向对方扑过来的前胸，然后左手再用力一劈。对方轰然倒下。

那天裁判数到十，又过了两三分钟，他的对手还趴在场子中央，怎么扶都扶不起来。乐子扬走到他面前低头俯视着对方，然后说："你这种出招的套路，根本是找死。"

对方听了，眼睛却睁开一条缝，目光里并不是一般失败者的耻辱和不甘。他躺着，乐子扬站着，他却斜睨着乐子扬，充满了怀疑、恐惧和难以置信的害怕。

乐子扬知道他为什么恐惧。刚刚他在自己的左胸口里扎了什么暗器，乐子扬清楚地感觉得到，所以他才用了封闭术——这是他年幼学来但是从未真正用过的一门怪诞的武术功夫，是早逝的父亲留给他绝无仅有的遗产。

当天凌晨乐子扬回到家，洗了一个热水澡，将肌肉悉数放松，然后一头扎进枕头里，接着整整睡了二十个小时的觉。他醒来的时候已是第二天夜里，乐子扬翻开手机看了日期和时间，明白了对方用的什么暗器。

不过他没有说什么，这件事他谁都没有说——没有这个必要。小黑箱本来就是地下拳庄，除了赢者为王之外没有第二条规矩。况且他并不感到害怕，不管那个暗算他的人是谁，放马过来，他自言自语道，尽管放马过来。

整件事留给他的影响几乎微不足道，除了那个左胸口上形状怪异的疤之外。此刻，乐子扬摸了摸已经痊愈的疤痕，然后脱掉衣服，一脚跨进了已经满水的浴缸。

他吸一口气，然后把头连同整个身体没入水中。乐子扬闭着眼睛，咕咚咕咚的气泡声擦过他的耳朵，紧接着，他仍然紧闭的眼前，渐渐展开了气泡般的幻觉。

眼前的水是一片淡淡的猩红，海洋般晃动的波纹之间，一个长发女子正向他游来。

那不是杜若秋。这是乐子扬的第一反应，那不是杜若秋的脸。

长发女子好像是水中的美人鱼，她的皮肤明亮得接近透明，几乎将她周围的水域都照亮。她微笑着，用手臂划着水向他靠近了，然后在离他最近的时候却没有停下，而是直直地穿过了他的身体，接着背对着他又游向了远方。

乐子扬的头又开始剧痛。他想不起来她是谁，甚至想不起来自己是不是见过她。他本能地排斥这个陌生的女人，可是内心深处——又升起一种好奇和向往。他一时已被她迷住了眼睛，大脑开始放空……

啊！咕咚、咕咚……一声尖叫传抵乐子扬的耳边，是杜若秋！他知道自己绝不会听错她的声音。啊——哧——咳咳咳，尖声的惊叫、咕咚咕咚喝水的声音、呛了水的咳嗽和绝望的大口喘气，杜若秋就在他的旁边。乐子扬连忙在水中转身，可是哪个方向都望不见她的身影。

杜若秋的尖叫和喘息还在继续，乐子扬愤怒而焦急得像没头苍蝇一样在水中乱找，可是他越焦急，水的颜色就越深，杜若秋的声音渐趋微弱，最后化作一声悲愤的哭腔，然后无声地沉入了水底。

杜若！他绝望地在水中呐喊，眼泪一瞬间迸发出来，然后就从浴缸中猛然窜出了头。

乐子扬的头发和脸上还滴答着水珠，他大口大口喘着粗气。是自己辜负了她——这是他脑海里唯一的一个念头、一个不祥的征兆——他被另一个女人迷惑了双眼，并且为此葬送了她的生命。

他想他读懂了这一次的幻觉，从而心里升起无限的恐惧、否认和对自己的厌恶。不行，这不能够……乐子扬想着，他曾经屡次三番地告诉自己他不爱杜若，也许他这么成功说服过自己，可是爱另一个人——那是他永远不可能做的事。

不管爱不爱她，乐子扬都不可能爱除了杜若秋以外的任何人。这是他的底线。

可是在幻觉中，自己又明明被那个美人鱼般的影子吸引了目光……乐子扬觉得自己的脑袋要爆炸了。他突地一下子从浴缸中站起身来，裹了一条浴巾走出卧室去拿手机。

杜若现在在哪儿呢？他不假思索地拨通她的号码。

他想见她。就此刻，他要见她。

叁

我得看看病人，必须、现在。这事关他的生死，还有波利斯城几十万人的生死。

——熊滢

她在第五医院七楼的塑料椅子上坐到快天明，回家洗了一把脸，看见手机上有一通乐子扬打的未接来电，犹豫了几秒钟，然后关了机。

她真的、真的累了。夏玉锵的离去像一阵突如其来的龙卷风，已经抽干了她的全部心力，她真的无法再承受来自乐子扬的任何消息——他又要干吗？要自己离开波利斯，还是好像忘了他们之前的不快，再来接近挑逗她一番？

杜若秋实在没有力气去想。她把头盖在枕头底下，胡乱补了两个小时不知道睡没睡着的觉，正午刚过又去上班了。武官处的邱少将和办公室的冯主任已经去了机场，杜若秋悄悄在自己的平板电脑上查着玉锵父母的航班信息。

飞机没有晚点，下午两点十分着陆，也许他们还不知道发生了什么——杜若秋敢肯定，他们一定不知道。玉锵的患病和离世都非常突然，又涉及埃博拉这种高危等级的传染病，据她所知，信息还处于封锁状态。

夏父和夏母推着行李车走出海关的大门，满心期待着见到自己的儿子——或许还有他们期待已久的儿子的女朋友。然而迎接他们的，将是来自中国使馆的、两位西装革履又面容冷峻的官员。这会是他们第一个不祥的线索，然后……他们多久会知道，走出机场的时候，坐上使馆专车的时候，在路上，还是——

三点过一刻，当夏家的两位老人孤零零地跟着办公室主任冯郴走上使馆的二楼，穿过走廊的时候，杜若秋透过办公室的门缝看在眼里，心下明白他们已经知道等待自己的是什么了。也许还没有人正式地呈送那句残忍的话，但是写在两个老人眼睛里的惶恐和绝望，已经告诉了他们自己最坏的消息。

夏家的父母直接被带进黎公的办公室，不一会儿里面传出一阵厉声尖叫，随之而来是一阵剧烈的喘息和哭泣，夹杂着语无伦次的单字和语气助词。

然而他们并没有在黎公那里待太久。不到二十分钟，黎公的玻璃门被推开，走出来的夏父夏母面容枯槁、神情呆滞，一小步一小步走在使馆办公区的走廊里，然后夏妈妈忽然站住脚步，向四面问了一声："请问杜若秋是哪位？"

办公区里当下安静一片，众多同事还没反应过来。杜若秋推开门迎上去，说："我就是杜若秋。"

夏母拉起她的手，仔细地看了她两三秒，接着忽然"哇"一声，再也憋不住地放声痛哭。她哭得肝肠寸断，哭得直不起腰，但是还紧紧拉着杜若秋的手。

杜若秋忙搀起夏母的胳膊："夏妈妈，我们先坐下好吗？"她说着，在同事们疑惑的目光之下把两人拉进了自己的办公室。

"若秋啊、若秋……到底是怎么了，怎么会？我就这么一个儿子。"夏母坐在她对面依然哭得上气不接下气，夏父在一旁一面无声地抹着泪水，一面还拍着老伴的后背。

坦白地说，杜若秋的第一反应，是很想逃走。生离死别这种事她是第一次直面，而面对玉锵亲人的眼泪，她除了如坐针毡之外，真的不知道该怎么处理。她的悲伤和喜乐通常都是一个人的，而此刻这样磅礴沉重的悲哀和绝望，正一步步地让她感到窒息。

"若秋小姐，你和玉锵在一起……是多久的事？"夏父先平静了下来，开口问她。

玉锵已经走了。这最后的一点点安慰……杜若秋想，总要留给他们。于是她说："到今天刚好是 7 个月。"

"玉锵走前，你见到他了吗？"

杜若秋点点头。"在第五医院。我是昨天晚上赶过去的，看着他换到重症病房。我要他别放弃，他听见了。"也许是她开始讲述真实的回忆，杜若秋的眼中也漫上潮水。她说："玉锵……对我很好。他是一个真正的男人，有一个真正金子般纯洁和高尚的灵魂。"

这是她的真心话。玉锵是一个世上少见的、清亮光明如玉的人，一点杂质都不掺。他的父亲据说是西南军区的某军上校，夏玉锵继承了他的铮铮傲骨，又带着科班出身的外交家之风，是真正的公子、君子、才子，前途无量。

“谢谢你，若秋小姐。你不知道，我们能见到你，是多么大的安慰。”夏父告诉她。

杜若秋点点头，完全明白他们的心情。

“嘟……嘟……嘟……嘟……嘟……嘟……”电话响到第六声，她还是没接。

“接电话，杜若秋别闹脾气了，快接电话。”昨天夜里没有打通就算了，现在已是早上10点，就算是周末，也该起床了吧？乐子扬不耐烦地在语音信箱的嘀声出现之前就挂上了电话。难道她真的因为自己要她离开波利斯而生他的气？女人啊、愚蠢的女人……

等到乐子扬不甘心地第三天再打电话时，已经忘了最初打给她要干吗。他听着电话里单调的嘟嘟声，呼吸愈来愈急促不安。直到电话忽然被接通了，他握着手机的右手忽地一紧，等着她说一声“喂”。

可是她却迟迟没说话。电话通了，对面却是一片嘈杂，俄而她的声音从不远处传来，好像是在回别人的什么话。乐子扬似乎听见她说“在我办公室，一会儿给你拿过去”，又说“玉锵的事暂时仍然按疟疾报的”，他神经蓦地一震。

虽然听到了她的声音，可乐子扬还是一点也安心不下来。那个叫夏玉锵的人……他到底生了什么病？

星期二是玛莎最后一天去公司上班，她为了之后要在家工作，收拾文案一直收拾到晚上8点。玛莎回到家，把随身的挎包挂在门口的衣帽架上说“我回来了”，屋里开着灯却没人应声。她换了拖鞋，路过沈安妮的房门前一晃，只见她正愣愣地坐在单人沙发里抱着枕头发呆。

“还发呆呢？”玛莎探个头进来，“今天没有排练？”

“没有。”沈菘兰见是室友回来，这才抬起头，神却还有些没回过来。

“回魂呐安妮小姐！”玛莎见她一副呆样，走过来晃晃她的头。

“今天不排练了，”她这才算从呆滞中渐渐走出来，“因为疟疾的缘故，这三天的排练都取消了。”

“这也难怪，我们公司从明天起，也都让所有员工在家上班了。现在全城都紧张得人心惶惶，”玛莎想了想说，“你听说了吗？据说中国使馆也有一个人感染，好像还很严重——好像上周末一查出来，第二天就死了。”

“真的假的？”沈菘兰大吃一惊，登时坐起身来。

“是我的中国同事今天说的。他认识几个那边使馆的人，他们现在上上下下都乱成一团。咦，你不是也有朋友在那里上班吗？上个月你还去参加他们的活动。”玛莎在麦肯锡——一家全球咨询公司工作，他们的客户有跨国公司，也有政府机构，像她最近就接手了一个联合国教科文组织的项目，她的同事里自然也有许许多多和驻伊罗的各国使馆合作的，所以他们办公室里的消息，常常跑得比媒体还快。

“有这种事？！我问问我朋友。”沈菘兰说着拿起手机，还没按开解锁就被玛莎给拦住了。

“你先别问，”她说，“因为我还听说了一个小道消息。”

玛莎的分贝忽然降低，凝聚起一股浓重的神秘和不祥的气息。“什么……消息？”沈菘兰问。

“据说中国大使馆刚刚病死的那个人，得的并不是瘟疫。”玛莎低声回答，“有人说他得的是埃博拉，所以才那么快死。”

沈菘兰的双眼登时睁得恁大，嘴巴微张，不敢相信地吸了一口气。

“当然这不是百分之百确切的事，我也是听说。”玛莎接着低语，“可是我觉得其实是蛮合理的，因为疟疾及早发现的话不会那么容易死，而且那人又是外籍公务人员，应该照顾得很周到。所以只能是疟疾以外的病，比疟疾更厉害、更致命的，很可能就是埃博拉了。”

沈菘兰渐渐地右手松开，把手机又放回了桌面。她的大脑还处于一种极度震惊的状态里没醒过来，紧接着，脑海里突如其来地跳出路白的画面。她最后一次去中国大使馆，路白也去了；然后他就开车七拐八拐拐进一个地下停车场，见了那几个奇怪的黑衣人……这些场景在她的脑海里此消彼长。她暂时理不出什么头绪，可冥冥中就是觉得有关。

路白一定和这事有关。不知道为什么，她的逻辑还没理顺，直觉却清晰得很。难道……路白是戕害中国使馆的坏人吗？她的心里泛起一阵说不清道不明、酸酸麻麻的感觉。失落、羞耻，还有一点点的怀疑和否定，像一只风浪里的救生艇一样在她的心海里摇荡。

“呀！你看——”玛莎在一旁忽然叫出声来，把自己的手机拿到沈菘兰眼前。BBC 的官方网站头条上，“重磅惊闻！埃博拉病毒已传入伊罗：一例疟疾死者被爆死于埃博拉”的标题映入眼帘，随后的正文部分往下滑去匆匆一扫，是据一个匿名的线索透露，日前于市立第五医院死亡的一位中国使馆员工，并非死于疟疾，而是死于当下肆虐西非的埃博拉病毒。

匿名线索是通过变声话筒联系了驻波利斯城的 BBC 中东区总编辑，提供的信息内容中提供了人名、时间、地点，非常详细，只是由于保护个人隐私之缘故，在报道中未被披露。

BBC 的新闻稿发出不出两个小时，已被全城的媒体转遍。到了当天傍晚，总统默德扎曼不得不出面在电视直播讲话，试图安抚焦急而愤怒的民众。“当局正全力调查此次疟疾疫情之发展，所有病例都进行了严格监控、管理和记录，亦与波利斯市政府通力合作，务求将此疫情之危害降至最低。”

“——而至于某外国媒体今日披露埃博拉传入伊罗一事，总统府上下震愕，闻所未闻。我默德扎曼今以总统之名、以伊罗选民授予我的民主权力向所有公民保证，当局亟须彻查此事及在案所有病情病例，第一时间向社会、媒体汇报，绝无半句虚言、半点隐瞒。”

总统的电视广播刚一结束，波利斯市立刻宣布了红色流行病警戒状态。学校停课、公司停班、卖场和餐厅停业，除了最基本的市政功能，波利斯的一切都给打上了一个突如其来的休止符。沈菘兰来来回回看着所有电视台上相同反复的内容，第一次感到这将是一场大难。几个小时之前排练取消的时候她还没当回事，谁知事件发展如此迅速，她好像已经看见了不远处压城而来的滚滚乌云。

山雨欲来风满楼。晚上八点她再看电视，新闻上正在播放高速公路的画面。离开波利斯的两条高速公路 I-12 和 I-13 排起数十公里的堵车长龙，上下六车道的快速路亮着无数红黄交错的车灯，好像一个超现实主义的停车场。

“看来是真的，”沈菘兰转过头，“默德扎曼在电视里没承认也没否认，碎碎念念说了好多话都等于没说。”

“他这总统当的，再倒霉也没有倒霉过他的了吧。才当了几个月就撞上埃博拉，搞不好病还没查清，默德扎曼就先下台了。”玛莎说道。

沈菘兰听了，没赞同也没反对，只若有所思地点点头，回到卧室躺进自己的小沙发里。她攥着手机把脸书、推特和朋友圈刷了好几遍，其中有人正在开车离城、堵在路上，有人囤积矿泉水，还有中国人已经买了回国的机票，就是没有杜若秋的一丁点消息。中国使馆的所有人像一瞬间被关进了真空舱一样，在社交网络上抹消了所有声音。

不过那天晚上她想来想去，最终还是没有给自己的朋友打电话。虽说是朋友，可当下的情况扑朔迷离，他们一定有自己的秘密和不得已，她反而不能随便探听。沈菘兰躺在床上，翻过身盯着窗户外高高的月亮看了一会儿，渐渐进入了梦乡。

“您所拨打的电话已关机，现在为您转接语音信箱……”

“杜若秋，回电话。”乐子扬沉沉地说了六个字，挂上电话的时候就看到了BBC的新闻。

他转拨了电话给徐燕子。“你看新闻了吗，到底发生了什么？”他问。

“我正想打电话给你呢，”徐燕子那一边的背景很是嘈杂，“你从中国使馆那边听说了什么吗？”

乐子扬闷闷不乐地挂上电话。他从公寓的单人沙发上站起身，目光笔直地凝视窗外的夜幕，可夜幕并不实实在在地存在，他无法看清一个不存在的东西。

“熊姐说什么时候来了吗？”路白接近中午的时候来到31号，进门就问姚sir。

“昨天晚上我和她讲了很长时间电话，沟通了一些情况，她说她今天中午之前肯定会到，估计快了。”姚sir回答。

“嗯。”路白把姚sir请进办公室，两人都坐下。“熊姐怎么说？”

“埃博拉在初始阶段的症状，与疟疾病毒极为类似。”姚sir把双手的手指交叉，放在桌面上，“一开始被误以为是疟疾，这样就很容易耽误治疗的最佳时机。同样的，整个疫情在控制方面也会滞后，现在很难知道之前统计的所有疟疾病例里，到底还有没有埃博拉，更难知道埃博拉有没有传播，到底多少人感染。”

路白点点头。熊滢是五年前加入黑鹰的，在那之前和之后，一直是波利斯第五医院的神经内科主治医师。这一次夏玉锵因病情被转入第五医院的呼吸科，发现情况不同于普通疟疾之后，各科的专家会诊里就有她。

半个小时之后她匆匆上楼，大衣脱掉之后又脱掉白大褂，才露出里面的polo衫和干练的深色长裤，这是路白今年第一次见到她。伊罗的文化氛围并不鼓励女性工作，成功者更是少之又少，而像熊姐这样读了医学院，现在才四十五岁就成为神经科一把手的专家的，在波利斯乃至伊罗都是绝无仅有的。

姚sir绅士地帮熊姐拉开椅子，显然也正为自己五年前的眼光和说服力感到深深自豪。“是埃博拉没错。”熊姐一坐下，开门见山。

路白和姚sir没有惊讶，继续听她说下去。

“但是之前见到的埃博拉病毒的变体，是最近才被发现，被命名为GP-A82V变体。这个变异的发生点非常关键，改变了病毒接触人体细胞的尖端那一点的分子特性，所以比普通的埃博拉更容易进入人体组织。”熊姐接着说道，“中国使馆的夏玉锵是我们院接到的第一例埃博拉病例，他是上个星期六凌晨三点半死的。接着星期日的下午，杜克理工大学附属医院也死了一个病人，我们院派了我和另外两个专家去看，也是埃博拉。紧接着杜克理工的两个护士也病了，现在已经救了好几天，不知道救不救得回。然后就是昨天，星期一的下午，有一个十七岁的高中生也被查出不像疟疾的症状，赶快转到了我们院。目前就是这五例。”

“现在新闻上只爆出了夏玉锵，可能是因为他最早，也可能他是第一例，所以保密措施还做得没有那么严格，”熊姐接着说，“但是就目前这五个病人来看，杜克理工的两个护士明显是被病人感染，而其他那三个人的病毒来源，他们得的全都是埃博拉 GP-A82V 变体。”

“所以你的猜测是？”路白知道熊姐不会无缘无故提起病毒的来源，她自己心里一定有眉目了。

“这三个病人，其实有一个很大的共同点。”熊姐放慢了语速，“第一个夏玉锵是中国使馆的员工，第二个是杜克理工大学的教授，第三个是公立中学的学生。”

路白好像已经明白了什么。

“外国使馆员工、大学教授和中学生，都是最先接受疟疾疫苗的群体。”

办公室里的三人彼此相对，一股震惊和阴谋临近的味道在空气里迅速蔓延。

“我们来查这三个人所接受的疫苗的来源，肯定不难。”姚 sir 在三人中最先开口，“要揪出罪魁祸首是肯定的。不过这个变种埃博拉……能治吗？”

熊姐很谨慎地向前探了探身子，然后说：“这正是我今天来的原因。埃博拉病毒会导致出血热，以此引起器官衰竭、心肌梗塞而致死，所以只要发生了出血热，死亡率至少有百分之八九十。但是约翰·霍普金斯大学医学院今年初研制出了一种可以与埃博拉病毒结合、抑制其活性，并且使其不再导致出血热的抗体类药物，不过他们的动物实验才进行到第二轮，所以离公开面世还有很长的距离，更何况 GP-A82V 变体两个月前才刚刚被发现，他们做的抗体对于变种病毒管不管用，都是未知数。”

“——但是，”熊妲说到这里，好像沉淀了许久，让勇气膨胀，最后抬起双眼冷静地平视着路白，“但是，我觉得值得一试。”

“你刚刚说约翰·霍普金斯大学？”

她点点头。“在美国的马里兰州。这个药是他们医学院的普利实验室做的，我听说试剂已经做出了上百份，但是在完全验证其功效，并且发表学术论文之前，是绝不会公开的。”

“马里兰州哦，马里兰。”路白两个手指碰在一起轻轻摩擦着。

华盛顿特区，美国。

开普勒公馆今年的消夏派对比去年热闹，但还是不如前年的气派。好在天公作美，下午三点钟的太阳均匀而不刺眼地洒在络绎而来的宾客和女郎们身上，蒸腾着空气里的浮夸的香水味和躁动的荷尔蒙。

“啧啧，那你是干什么的？”托马斯坐在泳池边的小圆桌旁，另外三个椅子上坐着穿比基尼的女郎。

那个被问到的女郎回答说：“这个问题真是讨厌。我们整天还能干什么？倒是你，你答应过要教我们潜水，去年答应的，到现在也没影。”

托马斯朗然一笑：“你还记着这档子事。我现在教你怎样？”

“现在？这里又没有潜水装备。”

“教你哪还用得着装备。”那个叫托马斯的男子站起身来，个子很高，头发黑色微卷，眉眼间有一点东亚混血儿的样子。他一手揽过比基尼女郎的腰，横着将她抱起，径直就往游泳池的方向走。女郎尖笑着，手脚并用、半真半假地挣扎，直到结结实实地被他扔到水里去。

托马斯自己也解开衬衫的扣子，脱掉之后放在池边，“扑通”一声跳入水中。因为职业是潜水教练的关系，他的肩膀和后背呈现出一种健康而紧实的古铜色，在阳光和水珠的装饰之下，肌肉的每一丝纹理都看得十分清楚，一时吸引了泳池周围明里暗里不少目光。

他一入水中，好像一只健硕的大鱼。宽厚壮实的肩膀、腰腹和大腿毫不费力地摆动，在一方泳池中竟形成了小小洋流。比基尼女郎们见之也纷纷下水，而托马斯一双大手，在她们苗条又笨拙的身躯之间嬉戏起来，风流快活无人能及。

“哎、哎呀、讨厌，咯咯咯……”银铃一般的娇笑在他身边响起，而托马斯在水中翻腾几番，喷一口水高高跃起。

四面传来艳羡的目光和压低的惊叹声。

托马斯也许是习惯了这目光和惊叹，它们都吸引不了他的丝毫顾念。只见他甩一甩头发上多余的水，双臂在泳池边一撑，随即围了一条毛巾上岸。

他刚刚的座位周围都空了——不过他健步走去的空当，也足够女郎们重新靠近。托马斯惬意地抬起右手招服务生来点一杯饮料，不料刚一扭身却从侧面撞过来一个人。

那人是从他的左侧走过来的，也许是地滑没有收住脚步。

“对不起。”那人说。

“不要紧。”托马斯看着他快速离去的脚步，握紧了左拳，然后绕过刚刚的椅座，大步往更衣室走去。

“兰卡斯特路182号，房间300，巴尔的摩市，马里兰。埃博拉抗体溶剂——编号A82V-5”，他打开自己储物柜的门当作遮挡，自己的身子倚在另一边，然后展开了左手中的字条。

托马斯·库撇了撇嘴。他飞快地冲了一个澡，换了一身衣服，从后门离开开普勒公馆时拨通电话给自己的同胞弟弟。“别浪了，开工。”他边走边说。

“巴尔的摩？”一个小时后，弟弟开车来他家接上他。

“没错。约翰·霍普金斯大学的医学院在那儿。”

“你有计划了？”

“当然。”托马斯收起车窗，“别走高速路。从MD201上国道。”高速路出入口都有监视录像记录，用车载的ETC自动交费也会留下收费记录。从华盛顿到巴尔的摩的距离不长，即使不走高速，一个半钟头也到了，这时间他还是花得起。

“伊罗总统、三军最高总司令萨密尔·默德扎曼再次发表全国电视讲话，称……”车上的广播传来整点新闻播报，开车的弟弟刚要伸手去换台，哥哥却全身一震，阻止了他。

“别关，让我听听。”他说。

“据悉，波利斯市已确认了至少两例埃博拉病毒感染病例：其中第一例，中国使馆的参赞级新闻官在星期五发现病情，星期六便不治身亡，这是伊罗确诊的埃博拉病例第一例；第二例则是来自杜克理工大学数学系的教授，目前正在病危抢救中。伊罗境内除波利斯市以外的地方目前还没有发现疫情，由于事发紧急，政府通讯有所延缓，才导致民众是借由媒体而非官方得知消息。但是当局方面得知后，还是坚决在第一时间告知了社会公众。

“外界对于波利斯城突如其来的埃博拉疫情也多有猜测，但众说纷纭。连日来，由于对初始的疟疾疫情控制不利以及对埃博拉病例的掩盖不报，五个月前才上任的新总统默德扎曼的民调支持率已降至历史性的13%，并且还在持续下滑。如果支持率降至个位数，很可能将给国会中的在野党人士提供契机，罢免总统。

“——截至目前，还没有任何组织和个人声称对此次埃博拉疫情负责。”

开车的弟弟用余光瞟一眼收音机，又瞄向副驾驶座上的托马斯。“不会吧，”他夸张地瞪一瞪眼，“是为了这件事？约翰·霍普金斯医学院里的试剂，是波利斯的黑鹰在要？波利斯也有黑鹰吗？”

托马斯的一只手指搭在大腿上敲着拍子，暗暗点了点头。“显然是这样的。”他说。

“熊姐来了？”波利斯市立第五医院的七楼重症病房门口，几个护士和安保都戴着厚厚的口罩，全身防护服武装。

“我要去看看病人。”熊姐向门内指一指。

“这……”为首的护士长显得有些为难，“您有院长的字条吗？”

“院长不在，我来不及向他要字条了，等他回来我再补上。”熊姐用一种不容置疑的语气回答护士，“但是我现在得看看病人，必须，现在。这事关他的生死还有波利斯城几十万人的生死。”

护士也许是被她不容置疑的威严所震动，于是侧过身，看四周没有行过的人，把熊姐让进了病房。

病房是个套间，外面小小一间，是医护人员的准备台和设备室，里面才是病床。熊姐进了屋，先把一排百叶窗都拉下来，没有开灯，而是直接走进里屋，回身把门关严锁上。

她在幽暗的光线中坐在那个得病的高中生面前，看着他昏睡不醒的面容，然后摘下了自己的口罩。

当天晚上她的身体开始发热。每隔半个小时测一次体温，到深夜十一点的时候终于达到三十八摄氏度。熊姐强撑起身，从床边的抽屉里拿出酒精和棉签，涂了涂自己的大腿内侧，然后拿出一支未开封的注射器和一支红色盖帽的 5cc 试管。她摘下试管上贴的便签——A82V-5-a3.4，接着撕开注射器的包装将针头插进试管中。

如清水一般无色的液体但稍微比清水浓稠那么一点点，熊姐左手扶着大腿，右手缓缓推送进皮下。她的脸上因为注射的疼痛感而略微狰狞，额上冒出一层汗珠。

溶液终于全都推入，熊姐拔出针头，再次给伤口消了毒，一头倒在枕头上，昏昏睡去。

她的电话还是关机。从昨天起就关机，晚上关机，今天早上还是关机。乐子扬忽然意识到自己和杜若秋之间的牵连，仅仅是一个电话号码而已。原来他们之间的联系如此脆弱，一个人换了号码，或是一方不接电话，立刻就换了另外一个世界。

乐子扬第一次，自从遇到杜若秋起的第一次，感到了害怕。那种由衷的、像年幼的孩童挽留北风一般的害怕。他没有她其他的联络方式，也不认识她的同事和朋友，除了颖决明——他可以算一个。可是他与杜若之间的牵连，又怎能让颖决明知晓一分一毫？

乐子扬从31号出门，走出两个街区，试着用投币电话又拨了一通给她，还是关机。他实在不能再等下去了。乐子扬一气之下开上车，一路直接往绿区奔去。

他记得他们在曼莎路10号，很好找。到了门口，只见中国使馆大门紧闭，一正一侧两个入口都结结实实地拦上了围栏。他下车走到围栏边仔细阅读，看封条上面写着“波利斯警察局绿区特别组”，再抬头望一望寂冷无人的使馆和光秃秃的旗杆，心里忽然意识到事情的不寻常。

乐子扬从中国使馆门口掉头离开，开上车缓慢地驶过一整条U型的曼莎路。难道是因为夏玉锵，其他员工全被隔离了？

她被调查了吗？带走了吗？又或者——乐子扬想起了王青铜，和他上个星期给杜若秋的那桩交易。难道乱世之秋，王青铜又有什么鬼点子，吸引着她去上钩？

该死！他猛地用手一捶方向盘，车子向右一偏，引来后面两辆车急促不满的鸣笛声。早知道，那天他无论如何也要问清王青铜到底出了什么价。他真想有一个专属的GPS追踪仪，想找她的时候，随时都能知道她的一举一动。

很讽刺，当初是他想让她离开，可是她偏偏就这么不见了，他却非要把她找出来不可。他就是想知道，杜若秋到底发生了什么。

乐子扬把车开出绿区，上了I-13公路，心里又盘算起是否有谁能知道些内情。路白、颖决明、她的上司黎公使……他在心里一个个数着名字，可他们谁都帮不上他。算了，他看着前方起起伏伏的柏油路，忽然打灯转向，下了高速往北开去。

城北的住宅区就在奥保兹山下，起伏的山峦横亘在他的车前，始终不远不近。乐子扬暴躁地加速，到哈什米街口的时候还不到五点钟。西方的太阳挂在山边没有落，于是他去街口的小餐馆买了一杯咖啡，坐回车里等着。五点、六点、六点半，天终于开始暗下来。他的车停在紫玉公馆的马路对面，而她住在朝南向的11层，整栋楼的西南角。

他的手搭在方向盘上，不时抬头看向她的那面窗。窗口寂寂地漆黑一片，黑得让人不知道时间是不是还在动。直到咖啡冷了，他下车将纸杯扔进五十米外的垃圾桶，回到车上的时候电子钟正好显示是八点五十分。

买咖啡是个不祥的举动。它预示着今天会是一个漫长的夜晚。

乐子扬伸出手擦一擦电子钟的屏幕，发觉自己不知不觉已等了四个小时。现在是八点五十分，那就再等最后十分钟，他告诉自己。十分钟后她的窗口要是再不亮，他就当没有这回事，不再找她。反正她身为使馆人员，出入都有中国政府在后面保驾护航，未必需要他这么一个人来操心。

九分钟。他们曾经有机会在一起吗？大二的横跨太平洋航海，听说他中途退出之后，她的小组依然完成得很好。在那之前的野外生存挑战，他们一起经历了山谷的地震，她从头至尾都没有放开他的手。还有再之前，他们在查尔斯河边相遇，他的飞盘差点把她砸一个跟头……乐子扬想起她猝不及防的背影和刚转过身时满脸的疑惑和不乐意，忍俊不禁地露出一丝嘲笑。

八分钟。他最意气风发的时光里，都有她陪着他。他们彼此奚落、相互揭短，为了一件无关紧要的小事争辩不休，可那竟然是他人生里最快乐的时光。他只想每天都能挑她的一点不是，再听她无理搅三分的回嘴，然后就能带着一种古怪的幸福感过完一整天。

五分钟。自从今年三月再次遇见她，他觉得那种快乐似乎又向他靠近过来了。不像原先那么清晰那么近，可是他已经能模模糊糊看见快乐的轮廓。她变了却也没变，查尔斯河边的MIT变成了黄尘漫天的波利斯，可是他们去北伊省的那天，他远远地看见她坐上车，跟着他们的车队一同开去，手心竟然像第一次站上小黑箱的擂台时候那样，微微地发潮了，像个没见过世面的乡下少年。

三分钟。真蠢啊，乐子扬，他自嘲地一笑。车子的前挡风玻璃开始出现点点的小水珠，他摇下窗户伸出手。原来真的下雨了，而且是她最喜欢的、康桥的春天才会有的毛毛雨。原本以为，像她这样的乖乖女、优等生，一毕业肯定要去银行或者咨询公司这样体面又风光的行业，谁知她竟然只身跑来了中东，真是个疯子。来了波利斯还继续到处乱跑，把危险当成游戏，简直愚蠢透顶。他愈想愈觉得不忿，好想教训她一顿，别再逞能、别让别人再替她担心，行不行？

两分钟。上一次见面时不欢而散，是因为他要求她离开波利斯城。这个疯子、白痴、无情的女人，一点不懂得感恩。乐子扬心中升起满满的焦躁，在焦躁中狠狠地咒骂着她。他很矛盾——既想把她推离危险的旋涡，又想把她死死拴在自己身边。曾经他是想让她走的，但是此刻，另一股浪潮在他心里占据了上风：早知道有今日，想当年他第一眼看见她的时候就应该把她绑架。要是那样该多好，他想她被软禁、被隔离、被关在高高的塔顶里谁也见不着，他想她永远、一刻也离不开他的手掌心。

八点五十九，只剩最后一分钟了。他盯着一闪一闪的电子钟，心里忽然从愤怒中生出一种由衷的无力感。我投降了还不行吗？乐子扬从绿区一路跑来这么远，无非就是想看着她的一盏灯亮起来。真的，他想要的已经就这么点了——他想知道她还在，她依然生活在这座城市，他们还在同一片天空里共享着空气。上帝啊，就这么一点点愿望，也不让实现吗？

九点整了。车里的电子钟跳转到9:00，乐子扬最后在仰望的姿势定格了几秒，黑色的玻璃窗透过雨帘一动不动，仿佛丝毫没有感受到他的目光，他低下了头。原来是这样，原来如此。这个认知让他的全身在那一刻反而放松了，手脚也麻木得好像没了知觉。那就到这儿了吧，他咬一咬自己的下唇，右手转动钥匙，发动了自己的车。雨已经下大起来，他开动雨刷器，打开车灯，掉头沿原路返回。乐子扬一向说到做到。

刷刷，刷刷，雨刷器来来回回地在眼前重复着自己的轨迹，只不过，看来他与杜若秋，并不是命中注定要再重逢一场。

九点零五分。哈什米街的尽头是丁字路口，右转再盘个桥，就是他回家的路。乐子扬盘过桥、轻踩刹车放慢速度，看后面和面前的路上都无车，正要踩油门加速，放在副驾驶座位上的手机毫无预兆地响了起来。

他偏头一看，是一串开头是413的号码，忽然猛地伸手抓起手机，另一只手立刻单手掉转方向盘，准备下主干道去找机会掉头。

“喂？”雨声已经噼里啪啦地下得很响，他攥紧手机大吼。

手机里好像有她的声音，可是雨天的信号很差，沙沙声覆盖了大部分回音。“你给我打电话了？”她好像说。

“你在家吗？”他大声说，“你别动，我就在你家楼下。”

“我在家，我刚刚回来、我的手机之前……”余下的话他没听清，可是她回来了！她在家、她就在紫玉公馆。乐子扬的车灯迎着磅礴的大雨冲在路上，他好像已经看见她的窗口露出影影绰绰的光亮。应该是透着纱帘，也可能是隔着雨雾，反正不管是什么，他的双目紧盯前方，开足马力，从前面的桥下掉个头，往回奔去。

“喂？下雨天的信号不好，我听不见呀。”她的声音又传过来。

“快了，我就快到了，你别动——”右转、上坡、紫玉公馆已经就在眼前，他在马路边把车停下拉开门，大步跨过马路往公寓楼的玻璃门奔去。紫玉公馆的院子门口有一个小门供行人通过，一个横杆可以通车，都得刷卡才能进入。乐子扬来不及想，右手支在横杆的侧柱上一撑跳过横杆，刚落地定睛一看，左前方的公寓门口，站在房檐底下举着手机到处找信号的不就是杜若秋吗？

她正撑起一把伞走出公寓楼，在大雨里一步左一步右地躲着水洼，像一个走失的婴孩。

“杜若！”看见她的那一刻，好像重力和心跳又回到了自己的身体，雨滴落进他的衣领里，又重新感觉到丝丝的凉。他大步奔上去直接抱住她的肩膀，杜若秋一声惊愕卡在喉咙。

“我、我刚刚到家。警察厅没收了手机，回到家才充了电开机的……”

没关系，都没关系了。什么都不要紧，什么都不重要。大雨里的风声、树叶声，还有雨伞掉地的声音，都比不上他两只手紧紧环住她身体的那种真实。他想哭。

来、来我家吗？

肆

一盒牛奶倒进灶上的小锅里，趁牛奶还没沸腾，从刀架上抽出一把尖头的小刀，抽屉里拿出用锡纸包着的巧克力，切下二分之一放到砧板上，再切成一厘米见方的小块，扔进锅里。不一会儿，混着奶味的巧克力香伴随着咕嘟咕嘟的气泡声，在小小的开放式厨房里弥漫开来。

“好香，”乐子扬坐在厨房的吧台上，看着昏暗灯光之下低头搅拌的杜若秋，“你用的是什么巧克力？”

杜若秋从抽屉拿出来给他看一眼，是瑞士的Lindt巧克力。“伊罗经济制裁和禁运二十几年，你竟然有瑞士莲？”

“不得不说，这是作为外交人员的一点特殊的优待。”杜若秋得意地撇撇嘴。

“啧啧，”乐子扬扫一眼杜若秋的橱柜，“牙买加的咖啡、意大利的气泡酒、日本抹茶还有瑞士巧克力，全城人都得眼红嫉妒你的私房小仓库！”

说话之间热巧克力已煮好，她拿了两只白色的瓷杯端上吧台，自己转过来坐在乐子扬左边的高椅上，夜色旖旎。

“Cheers。”她先举起杯子。

“真是腐败，”乐子扬也抿一口香气四溢的热巧，许久没喝过了，热热的直灌心底。巧克力里没有酒精，他却喝一口一个半醉，在那小厨房的暖光和杜若秋的目色里，他斜探上身，嘴里甜软的巧克力香吹向她的耳边，含混不清地说，“我不走了。”

她清晨起床的良好作息算是彻底毁了。

翻身不能、动也不能、把腰和胳膊抽出来更是不可能，她扭过头看看那个人睡得正酣，歪着嘴翻了翻白眼。

“你刚刚翻白眼了。”他好像眼睛只睁开了半秒钟，就更加舒服地向她靠了靠，胳膊完全压在她身上，像个蝉蛹般继续挂在她身上呼呼大睡。

杜若秋再三看了他，顺从地闭上眼睛。只好再睡一会儿了，她想。反正今天难得不用上班，就让她在这暖乎乎的被窝里再躺片刻。

但是真的好暖和。她稍稍斜侧过身，把手滑进他的脖子底下，不知不觉中大脑再次放松，迷迷糊糊又进入了梦境。

梦一开始是甜的。他们好像又回到了大二暑假的跨太平洋航行，从洛杉矶港出发，7月初的西海岸盛日普照。陆地渐渐从视线中远了、远了，直到最后伴着暮色再也消失不见的那一刻，突然“咔嚓”一声，仿佛是木板断裂的声音，紧接着船身开始剧烈地摇晃。

下一秒，海上卷起滔天的巨浪，可那巨浪不像是水，倒更像是尖刀，每一把都尖叫着冲向她的心脏。甲板上埋的炸弹一连串地被引爆，而自己直接飞起，瞬间向无涯的太平洋中坠去。

水开始从鼻孔和嘴巴往里灌。她张开嘴巴想呼吸，却只吞到一大口水。愈缺氧就愈张大口，愈不能呼吸就愈下沉。“救命、救命！”她不自觉地从害怕变成抽泣又变成惊恐的大喊，没喊几声就忽地睁开了眼睛。

藕荷色的窗帘还挂在对面的窗，天已大亮，屋里笼罩着淡红色的微光。现世安宁，她重新平稳着呼吸。乐子扬显然是已经起床，闻声又走进卧室，隔着被子抱住她。“你做噩梦了？”

杜若秋看看面前的人，脸上盈盈的眼泪还没干。“大二那年航行到关岛，你为什么忽然走了？发生了什么？”

原来这就是杜若秋的噩梦？乐子扬垂下头。“当然不是因为你，”他从被子底下拉住她的手，“我离开船队，唯一糟糕的地方就是离开你。”

“那是为什么？”

“有一天我一定告诉你，”乐子扬犹豫了好一阵，最终仍旧只是机械地重复着，“真的，我保证。一定。”

但是现在，杜若秋不可能再那样轻易地放手了。

“不行，我必须知道，”她拖住乐子扬的手不让他走，“不然这件事会一直横在我心里过不去。”

乐子扬只好在她的床边坐稳。

“喏，你知道，我爸爸曾经是飞行员。”

杜若秋点点头。这个颖决明告诉过她，她似乎记得以前也听他提过，不过他很少谈论自己的家人，即使提也只是淡淡带过一句。

“确切地说，是试飞员，战斗机试飞员。试飞员比一般的飞行员危险，因为他们飞的是正在研发的飞机，时刻可能发生故障。他得时刻记录飞机的各项表现，保命倒在其次了。”

原来……真的是像决明说的那样。她还记得，乐子扬的父亲在他很小的时候就走了，他是和妈妈相依为命长大。“你的父亲是个英雄。”于是她说。

乐子扬却摇摇头，示意她继续听下去。

“我父亲是在试飞 MC130-H Combat Talon Ⅱ型新战机的时候坠机死的。”乐子扬的声音穿过沉积太久的记忆，几近平铺直叙，“一共四个发动机，在上升过程中就先停了两个，然后又一个也停了，他准备迫降的时候，最后一个发动机爆炸，他没有时间跳伞。”

杜若秋屏息凝神，一时不知道该如何反应，唯有悄悄把手放在他的手上，用力握一握。

乐子扬却抽出了自己的手。他离开床头，转向窗边，声音对着紧闭的玻璃。“这是我从小到大一直听说的故事，我的父亲是个英雄、烈士，他为祖国牺牲了自己的生命。我应该为他感到骄傲。”

“不是吗？”她轻声问。

“但是那年航海登上关岛，我见到了他当年飞机的检修工。检修工是他登机前，最后一个接近飞机的人，”乐子扬转过身，遮住了窗外的大部分阳光，“我才知道，是一场蓄意谋杀。”

啊？杜若秋倒抽一口冷气。

“那是冷战最后的岁月。美军明明已经成功研制了

MC130-H，但是随着苏联方面的情报传来，他们决定不公布自己的成果。不仅不公布，他们还要向外界展示自己的失败，麻痹自己的对手。”

她的心“咕咚”一声，彻底陷入了从未有过的恐慌和震惊。

“那是一次人为的事故？”

乐子扬点点头，他现在已经平静得连愤怒都没有了，只剩一种疏离，好像不关自己什么事一般的心灰意冷。“我的英雄父亲死得英勇又可笑，而我已得知真相，无法再待下去了。正好当时有一艘去往波利斯的走私商船，他们买通了关岛当地的后勤官在那里更新补给，我就索性心一横，跟着他们做了几个月的学徒，漂来了这个地方。”

一种凉凉的、薄荷般的感觉堵住了她的心。杜若秋站起身来，走到乐子扬面前：“我很抱歉，真的，对不起。”

“我才是该感到抱歉的那个，”乐子扬举起手来摸摸她的头，“事实上，在从关岛离开之后的很长时间里，抱歉是折磨我的最大的一种情绪。不过我保证，那种事不会发生第二次了，”乐子扬郑重地在她耳边轻声，“你放心。”

短短的三个字“你放心”，听入耳中却比自己能想象、能期待的任何甜言蜜语都分量更重。杜若秋探过脸去亲亲他的嘴唇，他却不容她这样轻描淡写。“想敷衍了事可不行，杜小姐。”乐子扬皱着眉头抱怨说，“我可不是省油的灯，你死定了。”

和昨天夜里那种烈酒般的疯狂不同，此刻的乐子扬带着罂粟般的气味向她靠近，他的身体紧实而略微发烫。杜若秋将胳膊穿过他的身侧，用四根手指从后面轻轻地点在他的肩膀上，可那蜻蜓点水很快就变成无法自拔的深陷。他用一只手抚开她额上几缕头发，很快滑向她的脖子后面，她一阵痉挛。

可他的攻击才刚刚开始。他的膝盖蹭在她的腿边，将接触一点一点伸向大腿内侧的肌肤，他的胸膛贴上她的上身，她知道自己已经湿润如一片涨潮的海洋。

大海深不见底，漆黑的水流不安分地往上搅动。一种原始的波动一旦被激起，每一颗水珠、每一丝神经都在挣扎着想要往上涌动的欲望。浪潮的尽头是光，是亮如黄金的细沙，潮汐随着海面的空气一起一落，每一次都比上一次更强烈。水面被阳光烤得炽烈，空气的摩擦生出再难抑制的火光，蓝色的海水一次次卷起，冲向顶峰，浪尖上无尽倾泻的光……

接下来的一天一夜，他们躲在紫玉公馆 11 层的公寓里，谁都没有见，不接电话、不回邮件。波利斯城风声鹤唳，可是他们拉上了窗帘，在她小小的一室一厅里享受着只属于彼此的 24 小时。

“喏，还不承认，你肯定是在我们玩 Frisbee 的时候就看上我了。”

“屁嘞，第一次还不是你塞字条给我？”

“那你怎么不 call 我？没有男生塞过字条给你吗？”乐子扬把手接近她的腰间，“Rachel 同学，请谨慎作答。”

“怎么，没有女生不回电话给你吗？”

乐子扬的双手骤然出击，直捣她腰间的痒痒肉。“哎哟，哎、哎、哎，我投降、我放弃，你最厉害最了不起，我最喜欢你了……你快停下……”

“午饭吃什么？”第二天中午，她走进厨房打开冰箱去看看，假装里面有许多食材。谁知乐子扬朝她瞥了一眼，大步流星也走过来，趁她还来不及关上，自己伸手把住门并打开，一整个超大冰箱的容量顿时暴露在眼前。

冷藏室五层储藏架，乐子扬从上往下一一扫视，分别塞满了餐厅的打包盒、速食乌冬面、果汁、酸奶，还有半个过期的蛋糕。再往下的冷冻室倒是整洁许多，左边是十几盒冷冻比萨和微波餐，右边摞着两桶冰淇淋。

“小姐，你该不会每天就这么活着吧？”他嫌弃地把那半个蛋糕扔进垃圾桶。

“嗯、嗯——”杜若秋心虚地往冰箱看了看，“嗯，保鲜室里有一个完整的洋葱头呢。”

“唉，”乐子扬叹口气来表示自己的无语，杜若秋踮着脚跳到吧台对面拉开一只抽屉，捧出里面厚厚的一叠外卖单。这才是她真实的“厨房”。

“喏，强记怎么样？他家的中国菜做得算是地道的了。”

“拿你没辙。”他这么说，杜若秋欢天喜地当作是答应了。

等外卖送来还有半个多小时，乐子扬打开电视，电视上出现的是当地的科学普及频道。现在竟然还有人看这么无聊的频道，这个毫无娱乐的女人。他习惯性地刚想换台，电视上的画面忽然跳转到国家新闻台的女主播。

“现在插播重要新闻，”她说，“默德扎曼总统辞职：据悉，上任仅五个月的总统萨密尔·默德扎曼已于今晨向国会递交了正式请求，辞去总统和三军总司令的职务。国会将于两日之内进行投票表决。如果通过，默德扎曼总统将在一个月内结束任期，或在选举产生新总统之后立刻卸任。”

两个人一前一后站在电视前，顿时都愣了。恰好这时门铃响起，杜若秋匆匆穿过客厅去开门，手拎着外卖袋子转过身，重新走回来的时候目光对上乐子扬。

“你是不是早就知道？”他看着她的眼睛。

“我……”她把塑料袋放在餐桌上，思考着措辞，“我们……这对我们来说当然不是坏事。”

乐子扬轻轻挑眉，表示自己还在等着听下去。“我的同事确实是7号生病送医院，到8号凌晨就没了。一开始伊罗方面封锁消息，让我们配合不要承认埃博拉病例，我们最初几天就什么也没对外说。但是后来到星期二，忽然出了一篇BBC的报道，这消息不是我们泄露的，真的——至少以我所知道的使馆的安排，我们没打算直接爆料给BBC。可默德扎曼当局不管，我们就成了最大的怀疑对象，毕竟这件事除了医院，估计就只有我们知道。”

“BBC爆出新闻之后，波利斯开始给我们施压，阿巴斯港的合同算是吹了，连带着好多计划中的联合项目和许可证也要收回。黎公这才想要放手一搏，先在舆论上压倒他，于是才安排好昨天夏玉锵父母和中国大使馆的联合发布会。发布会是昨天，但是前天晚上就通知了十几家媒体，这样发布会一结束，新闻立刻就铺天盖地。

“——可是默德扎曼竟然这么快就辞职了，这连我们都没想到。”

“你觉得，是美国人抛弃他了吗？”乐子扬在杜若秋的身边坐下，“昨天我在找你，去过绿区一趟。那里美国警察的数量比原先翻了一倍。他们兴许早就知道要变天？”

众所周知，默德扎曼是美国人一手扶上来的民选领袖，水能载舟，亦能覆舟。他辞职辞得如此突然，一点挣扎都没有，华盛顿在背后的推力是很合理的因素。可是，是不是也太快、太突兀草率了一点，华府这么轻易就放弃了默德扎曼，难道就真的只是因为中国大使馆爆出的新闻？杜若秋左思右想拿不准，轻轻摇头。

“所以中国使馆果真是被封？你们——”

“我们是以隔离对象的名义，被疏散、隔离和观察。因为玉锵的……患病。”她说不出口“死”这个字，于是以一个稍微模糊些的“患病”来替代，“我们前天早上开了发布会，中午就来了外交公函——是警察局直接带来的，封了大使馆，把我们都带到医院去了。其实也不是医院，是一个疗养院，应该是在远郊吧，然后就在那儿隔离了 30 个钟头。”

两人四目相对，杜若秋先耸了耸肩，“这是天意。”

“你觉得这是天意？我觉得是上弦月早预谋好的。你们使馆的疫苗，是不是进口的‘人道主义救援物资’？”

一语中的。

杜若秋当然也怀疑，可是刚开始的时候要隐瞒玉锵的病，后来又要尽其所能给默德扎曼当局施加压力，使馆方面必须淡化生化袭击的言论，她的怀疑找不到出口。“这太毒了，不是一个自杀式人肉炸弹能比的。万一真的流行起来，全中东生灵涂炭都有可能。”她说。

“我在想，伊罗的气候和埃博拉肆虐的西非不同，这里非常干燥，昼夜温差又大，也许不会那么容易扩散。但是如果只谈制造恐慌这件事来说，他们的确是做到了，而且恐慌还让默德扎曼下了台，他们的生化攻击可算是马到功成。”乐子扬把头垂在交叉的双手上片刻，转而扬起脸来接着说，“让默德扎曼倒台可能就是他们的目标。上弦月想给伊罗的政权重新洗牌。”

“——因为这个上弦月兄弟会，和以往的恐怖组织不同。他们不仅要人害怕，更想要人因为害怕而臣服。打一枪换一个地方的那种巷战和恐怖袭击已经不能满足他们。

“他们在预谋比那更大、更细致、更有野心的目标。我想现在的上弦月，已经不甘于只是待在漆黑的暗处，他们要渗入当权机构，在光天化日之下实践自己的主张，像一个真正的政府一样。”

杜若秋听着这番话，正好暗合了自己掩埋心底不敢去仔细琢磨的那个设想。如果真是这样——如果恐惧将不仅是偶尔飞来的炸弹和枪子，而是无所不在的统治一国的纲领……

看来她是不可能离开波利斯了。乐子扬在一旁看着杜若秋言辞犀利，一针见血，脑袋里忽然冒出这么一句话。原本以为远离是一种保护，现在只有靠近才是保护了，乐子扬默默地咬了咬下唇，他告诉自己，从此刻开始的每一时每一刻，不论是远是近，是刀山还是火海，都要保护她周全。

所以那个……有关源空间的事，要告诉她吗？

“对了，上次王青铜和我提到的那个源空间，到底是什么？”杜若秋好像看穿了他，她不加修饰地一摊手，“上次提到源空间，你的反应那么激烈，还要我卷铺盖走人，我当时就知道这里藏着一个巨大的黑洞。”

“你说得其实没错，”乐子扬思忖再三，终于不再隐瞒，“这里就是藏着一个黑洞。”

杜若秋瞪着眼睛，嘴巴微张地等他解释，乐子扬接着说道：“不是象征意义上的黑洞。这个源空间，很可能就是埋在波利斯地下的一个迷你黑洞。”

什么？！杜若秋听着乐子扬的描述，尽管自己无数次猜想过这个被王青铜视如绝密珍宝的“源空间”到底是什么东西，可是按照乐子扬的说法——柏拉图的喻言、地心附近的迷你黑洞、整个世界的投影……科幻小说般的情节，竟然会出现在偏隅一方的伊罗？

她彻底震惊了。

“说实话，我真不知道今天告诉你这些是对还是错。”杜若秋还沉浸在源空间的真相所带来的惊诧和沉思中，乐子扬继续缓缓开了口，“我一度想过，你不知道这一些，就不用背负这样的重担。我觉得这个源空间，是一个不祥的重担。”

“不祥……为什么？”

“你听说过丘比特的死神之箭吗？”

乐子扬问得突兀又毫不相关，杜若秋没有立刻反应过来。

“丘比特在一个无人的石洞里睡了一觉，箭筒扔在一旁，里面的羽毛箭散了一地。他一觉醒来匆匆把箭挨个捡起来继续走，却不知道那石洞其实是死神的洞穴。洞穴里还散落着死神的箭，丘比特匆忙中没有看清。从此之后，爱人们在被丘比特射中的那一刻，都处于一种爱和死亡的叠加态。”

“爱和死亡的叠加态——就像薛定谔的猫？”

“没错。在被丘比特的箭射穿之前，人们无从知道射向自己的，到底是爱情还是死亡。这两种结果同时处于可能的状态。”

“所以……”杜若秋挑挑眉毛，还是没明白这和源空间有什么关系。

“我想，如果那个叫特斯拉的疯子科学家说的是真的，那么源空间的投影……也许就不止一种。费米实验室说源空间是通过形成引力场而制造世界的，我想这样的引力场一定和我们已知的重力场、电磁场不同，它应该有多个不为零的稳定能级态。”

杜若秋不知道“能级态”是什么，不过也能听懂个大概了。“所以存在多重的投影、多个世界以及多个……宇宙和时空吗？”

乐子扬若有所思地点头。“源空间将自己的能量投射，形成了我们现在所处的宇宙，但是它本身却处于量子物理学上所说的、多个状态同时存在的叠加态。我想我们现在的这个宇宙，只是其中一种。源空间的投射可能有无数个，它所创造的宇宙也有无数个，宝藏或是灾难，都取决于它被观测的那一刻。”

“——还有他的观测者。”乐子扬补上一句，“在相对量子物理理论里，被观测和观测者同样处于物理状态的核心。”

薛定谔的猫妇孺皆知，可是乐子扬第一次举例时竟然用了丘比特的死神之箭，杜若秋内心本能地升起一种抗拒而不安的情绪。她很小的时候从希腊神话里第一次读到这个故事，当时对于爱与死这样沉重的话题还懵懵懂懂，可从那时起她就知道自己不喜欢这个故事，不喜欢那其中莫名其妙的不确定感，不确定中又夹着一丝无可奈何的宿命。

以至于此刻，她不得不故作轻松地抬起头，接着乐子扬最开始的话，“所以源空间的这一切，上弦月也都知道了？”她问。

“知道是肯定的，问题是他们对源空间了解多少。我想他们从其他渠道，早就得知了源空间的存在，”乐子扬答，“然后他们听说毕特使携带着有关源空间的重要资料，于是才决定铤而走险，才有你们在沙尔机场的爆炸。”

“看来是这样！”杜若秋回忆道，“机场爆炸，什么都没丢，只有毕特使的电脑被拿走了。他们为的就是这台笔记本电脑。”

“不过我不觉得他们成功了。制造爆炸和抢夺电脑的HOUND——猎犬，不过是他们的雇佣兵、冲锋陷阵的小喽啰，肯定不敢碰其中的内容。然后电脑还没来得及传递出去，就被我们夺回来了，那时王青铜或是上弦月都还没碰到它呢。”

“倒也是。多亏了黑鹰……完璧归赵之后，中国使馆也收到源空间的资料了？”

乐子扬点点头。“但是究竟谁有权限阅览它，就是你们使馆和政府的事了。当然，你现在知道这些，一下就跳了好几级，一举赶上你们办公室里密级最高的了。”乐子扬插了一句玩笑话，嘴角抿出一丝笑容。

“可至少王青铜是知道些什么，上弦月知道得更多。”杜若秋边思考边说，“伊罗的地下埋着如此毁灭性的黑洞能量，他们肯定在不眠不休地研究利用源空间的办法。到那个时候，真不知他们会怎么样，世界又会怎么样。”

“所以现在谁也不敢轻举妄动。美国国家宇航局和费米实验室从十年前就开始研究这个源空间，可是到现在，也不确定它的所有属性和到底处于何种状态。这样不确定性和杀伤力都是不可估量的东西，仅仅略知一二，是绝不敢轻举妄动的。”

杜若秋深以为然。

“对了，还有一件事，上次没来得及和你说，你就把我赶下车去了，”她半开玩笑地说，“上次王青铜临走的时候告诉我说，‘上弦月在你们那里也有人。’这是他的原话。但不知道他说的是不是真的，就算是，其中的‘你们’又是谁——是中国大使馆，是黑鹰，还是国际反恐维和部队？”

乐子扬默默记住了她的话。

“对了，关于 Sam 王的交易……你是如何打算的？”她既已提到王青铜，乐子扬不得不问。毕竟，这也是他眼前最担心的事。

乐子扬心里有一种说不出的担忧。“这个王青铜到底是什么人，他的消息又从哪里来，全都存疑。反正我不相信他。”

“我也不相信。可是我想试试，他既然说出源空间，兴许就有我们不知道的信息。”

乐子扬无法反驳，更心知没法说服她。“其实我不想你这么专注，不想你在这块泥潭里陷得这么深，”他最后沉下声音，“真希望你什么都不用查不用管。不过，”他抬起头来勉强一笑，“那样你就不是你了，是不是？”

答案两人都心知肚明，杜若秋冲他笑笑，好像是叫他不要替她担心。

于是他轻轻握起她的手，捧在自己的掌心里。“你记住，”乐子扬笔直地站在杜若秋面前，深思熟虑之后，看着她的眼睛，好像在立下一个誓言。一字一句地说，“从今往后，我不管什么黑鹰，不管是什么政府，也不管谁说的那些正义和正确。我只跟你一条心，杜若。”

她的眼眶瞬间红了。

“王青铜的事，我在明处，你在暗处。这比我们俩都在明处强。”乐子扬临走，杜若秋在门口和他说。

乐子扬无法不赞同。他点点头，又嘱咐一句：“任何事，一定先告诉我。”

她站在门口笑得五分满足，五分凄然。动荡的多事之秋，王青铜像一把悬在头上的剑，他们的关系愈隐蔽愈好。未来的很长时间里，也许他们还是只能这样，匆匆地见上一面又要走。

他好像看出了她的心思，轻轻在她额头上印了一个属于自己的印章。“任何事，先告诉我。交给我、我来办，懂吗？”

这是熊滢第一次来哈什米街。因为埃博拉的疫情，31号已经不得不关门休息，她只好亲自开车来路白的府上。自从他搬家之后她还没来过，好在有 GPS 一路指着方向。

也许是因为瘟疫肆虐的关系，这一路上都很少有人。转到哈什米街的时候正好有一辆黑色的双门轿跑开出来，貌似有点眼熟，一时倒也想不起来是谁。不过那都不是什么要紧的事，熊姐收回思绪放慢车速，沿街寻找着路白所住的门牌号。

他应该期待着自己的来访，她想。然而当路白从窥视孔里看到自己的一刹那，虽然隔着两道门，她却还是能感受到门那边的震惊和颤动。

“熊姐、你、真的？”路白飞快地开门，把她让进屋里第一句话只有简短的这么几个字。

她微笑着点点头，并不掩饰自己的自豪。“对的，没错。”她翻起手腕看了看手表，“剩余的药剂，已经匿名寄送到第五医院和杜克理工大学附属医院，今天晚上应该就到了。”

路白走上去，重重地拍了两下她的肩膀，接着给了他的伙伴一个结实的拥抱。熊姐从上衣口袋里拿出一张字条，上面是几行影印的成分表，底下还有两张图示。

“美国传过来的成分和制取步骤也没错，”她说，“我给多加了几个注解，这样波利斯所有医院都有的基本材料就够用了。”

“多谢你才对，真的，”路白心里如释重负地呼了一口气，从客厅的饮水机上拿起手机，拨了几个键，“徐燕子吗？”他说，“网站可以上线了。”

托马斯、姚sir、熊姐，还有徐燕子和侯博士，他们缺一不可。黑鹰的力量就在于它的小、它的隐蔽。可愈是小才愈能做大事，愈是隐蔽就愈高效。

“感动”这种情绪甚少在他的身上出现，以至于此时此刻，路白想起这个词，都觉得十分陌生。但是当他放下电话，转向熊姐，说话时却罕见地湿润了眼眶。“31号的所有人都不会忘记。还有不知情的波利斯市民们，他们总有一天会知道你的牺牲。”他说。

熊姐却只是点点头，露出一个放松的表情。她完全没有被自己的成功冲昏头脑，心里还满满的都是自己还没做完的事，“现在我得回医院去了，我得亲自在那儿等着包裹送达。”她说着，转身向门口走去。

路白心里对这个女医生由衷的敬佩。熊姐走到门口，倒是忽然想起什么，回头问了路白一句：“对了，有黑鹰住在你附近吗？”

路白一愣，想不起还有哪个成员也住在这个区，于是摇摇头说：“没有吧。”

“哦，那就没事了。刚刚我来的时候在哈什米街，有一辆车迎面开出来，好像有点眼熟，像在31号见过似的。不过估计是我看错了，没什么要紧的。”熊姐摇摇手，说“有事再联系”，然后就消失在了路白的门外。

熊姐一走，路白回到客厅，打开电视定格在伊罗国家电视台新闻频道，墙上挂钟显示的是下午四点钟。

果然，当天晚上 8 点刚过，整点新闻中忽然插播了一条紧急内容。

“救星或已降临！当地时间下午六点半，波利斯市立第五医院、杜克理工大学附属医院分别收到标注有 A82V-5-a3.4 和 A82V-5-a3.6 的冷藏试剂和便条，便条里声称所携的试剂是埃博拉 GP-A82V 型病毒抗体，并附上了详细的注射说明。经相关专家鉴定，已被证实所收到的试剂就是美国约翰·霍普金斯大学正在研制的针对埃博拉等三种病毒的药物。

“目前两套试剂都已通过检疫测试，符合伊罗的药物标准，第五医院和杜克理工大学附属医院的五位埃博拉确诊病人均已接受注射，病情正在严密的观察中。

“现在插播本台刚刚收到的消息——今日晚间 4 点整，一个域名为 EbolaTerminator.com 的网站上线，网站中详细公布了埃博拉抗体试剂的全部成分表和制取步骤。该网站命名为‘埃博拉终结者’，目前医疗人员正在紧张地确认其内容的真实性和可靠程度。

“值得注意的是，上线的网站和寄送至两家医院的试剂几乎是同时出现，二者毫无关联的可能性很小。但是无论网站还是寄出的试剂，均为匿名，目前还没有人员或组织声称为此负责。本台刚刚联系了美国约翰·霍普金斯大学及其医学院，该大学目前也未予回应。”

接下来二十四个小时的每个整点新闻追踪报道，第二天报纸的头版头条铺天盖地，病人的病情奇迹般地出现了好转，研究所成功配制出同样的抗体试剂……唯独试剂和网站信息的来源，令所有媒体依旧一头雾水。约翰·霍普金斯大学和美国使馆依旧没有回应，这个被称为“匿名的救世主”的神秘来源，瞬间成了伊罗乃至于整个中东地区所有目光和话题的焦点。

“‘匿名的埃博拉终结者！’到底是谁？”报纸头条打出大大的问号，路白清晨起床随手翻翻，然后接起已经响了好几声的手机。手机屏幕上没有显示来电号码。

“马修·克劳德将军要和你通话。”对方操着一口浓重的波士顿口音。

“随时恭候。”路白答说。

“我是马修·克劳德。我们已经掌握了关键证据，你所属的黑鹰俱乐部盗窃国家级机密科研成果，违反美国专利法，严重侵害国际知识产权。托马斯·库已经被我们拘留。”

“那真是太巧了。我们也掌握了关键证据，有人在埃博拉肆虐小半个世界之际，将两年前就已经研究出的药物刻意隐瞒，只为了申请专利，然后作为讨价还价的政治筹码，绑架被埃博拉侵袭的小国。”

电话那边一阵沉默。听完对方几声粗重的喘气之后，路白继续悠闲地开口说道：“或者呢，是某国的大学研究所刚刚研制出埃博拉抗体。它抛开了专利的巨额收入和诺贝尔奖的诱惑，将抗体和配方在第一时间无偿公之于众，做了全世界的英雄。”

又是一阵沉默。这次路白没有再给对方机会，直接挂断了电话。

“很高兴和你通话。”他按灭手机的屏幕，自言自语中露出一丝戏谑的笑容。

伍

对了，这次没有狙击手掩护。

——路白

史蒂夫·戴森教授来到阿巴斯港的那个下午，是2016年里最热的一天。骄阳毫不客气地炙烤着海水和峭壁，他脚下每走一步，都如同走在滚滚的流沙之中，热得发烫。

三天前，他刚刚在自己位于芝加哥城郊的别墅里看完伊罗总统默德扎曼的辞职演讲，就被一阵敲门声打断了原本平静的傍晚。

“我是得克萨斯石油公司TX Petro的特别代表，”那天晚上有雨，来人穿着一身漆黑的雨衣，闪进他的玄关，却不再往里面走，“伊罗南部阿巴斯港油田邀请您去参与勘探……和研究。”

“我又不是地质学家，你叫我去能干什么呢？”面对那个来邀请他的不速之客，戴森教授莫名其妙。

“我们已取得美国军部的最高批准令，已经为您订好了明早的机票。”来人对回答他的问题似乎毫无兴趣，自顾自地说着自己的话。

“你们疯了！这是绑架吗？还替我订好了机票？”

“您还记得尼古拉·特斯拉吗？”来人的声音更低了些，面上仍旧没有表情。戴森教授在听到这个名字之后蓦然一怔。

“——您在十年前的猜想，我想您可能想要亲自去验证吧。”对方说完翻起手腕看了看表，“明早6点50，还是我来接您。”他说完，自觉地轻声退出了玄关，留下史蒂夫·戴森一个人，四肢僵硬地倚靠在门板上，衬衫的后背湿了一片。

“是谁呀？”妻子也听到了门响，从楼上问他。

“没有谁，敲错门了。”他回答。

第二天早上，戴森教授坐上飞往伊罗首都波利斯的专机，没有向妻子、家人或者任何同事道别。他登上商务舱，在自己的座位上坐下，拒绝了服务员端来的橙汁和香槟酒。

飞机刚刚起飞，史蒂夫·戴森迫不及待地打开电脑，新建了一个空白的文档。

他在文件开头的右上角开始写：

Stephen R Dawson, Fermi Lab（史蒂夫·R.戴森，费米实验室）

Submission to Science, Quantum Physics committee (Science 杂志，量子物理学评审组）

Title：The One Thing that Unifies Everything（标题：统一一切的那个东西）

他看着电脑上的光标停在最后一个字上，把双手从键盘上抽回。从本科时代初入物理学的门槛起，他就一直在幻想这篇论文。这是每一个物理学家的梦想——用一个理论解释整个世界的规律，证明这世上从太空天体到粒子夸克，他们之间所有的力、波、结构和能量，本质上都是一种东西。

用一个公式概括出这个世界的一切，那该有多美。

阿巴斯港就是最好的机会，他想。十年前的论文一发出去，风评差到让他撞墙。“缺乏根据的异想天开”“推理和逻辑极不严谨，简直像本科生的毕业论文”“史蒂夫·戴森走上了和尼古拉·特斯拉一样的路”。更有甚者，竟然说“向大众科幻靠近，是学术界的耻辱”。当然，最后的结果是他没有撞墙，但是也没有勇气继续在迷你黑洞的这条路上走到黑。

可是阿巴斯港……戴森教授的心里不由自主地微微起伏，他们一定是找到了什么实质的证据，印证了十年前的黑洞引力场理论。十年前那个踌躇满志、充满了企图心的自己仿佛又渐渐地回到了自己的身躯——这是他这一辈子可能遇到的、最接近梦想的一次机会了。

“现在可以给我香槟了。”戴森教授伸手招呼空乘。

踏上阿巴斯港的土地时，他的每一步都小心翼翼、激动而惊恐，如同走在圣殿的石砖上。伊罗南部正午的太阳毒得可怕，空气里浮着一种炙烤的焦味，混合着远处海水的腥味，还有驶过的游轮散发的汽油味。戴森教授朝着海的方向徒步往南，接着在某个瞬间，突然被一种陌生的浪潮击中了——他只觉得空气中极细极小的颗粒正钻进他的衣袖和皮肤，未知的波澜在平静的海面底下暗涌。他们给了他极为不好的预感，一种接近失忆般的、无力的错乱感。

脑袋像几天几夜没有睡觉似的顿时失灵，自己赖以为生的理智、逻辑、数学似乎通通都在离他而去。

但是史蒂夫·戴森是个科学家，他不相信第六感、神迹这些不完全归纳的经验主义谬论。教授摸了摸腕上的手表，提醒自己。

“戴森教授！”

远处走来一队十几个人，为首的一个穿着长袖衬衫和西裤，旁边一人给他撑着一把遮阳的黑伞。

“这种天气还穿短袖，小心明天胳膊晒褪一层皮。”说话的人是德州石油 TX Petro 一个月前新上任的首席执行官汉克·松，戴森教授依稀记得见过这个人，但一时想不起来到底是在哪儿。

他身后走上来一个雇员，也给教授撑起一把伞。

“您不一定记得我，我对您可是久仰大名，”对方露出大方的微笑，伸出自己的右手，“我是汉克·松。我们在年初的白宫晚宴上见过，当时是国防部长林顿先生将您介绍给我的。”

“我当然记得松先生。”教授与他握了手，想起几个月前在白宫的宴会。那场宴会也颇仓促，他是宴会前一天才被通知，匆匆去的。但是他对此一点也没有抱怨，毕竟总统先生十分地礼贤下士，亲自来和他交谈，甚至颇为关切地询问了他的研究方向。

戴森教授这样想着，目光游离向周围荒地上偶尔经过的工程队和临时建筑。

“我们先进帐篷谈。”松的手向前一指，带着他走向临时搭建的宽大帐篷，刚走进去一阵冷风吹来，煞是舒服。帐篷高有四五米，他们横穿过一排资料室，在尽头的一张白色大桌前坐下。

松从口袋里取出钥匙，又输入密码，打开了手边的一只保险箱，从中拿出一个薄薄的资料夹。

资料夹里的第一张纸，就是十几年前他写给美国军方的秘密报告——“关于迷你黑洞引力场的可能性及其粒子性分析”。他到现在几乎还能完整地背出整段摘要，天知道他在那份报告里花了多少心血。

“这十几年来，军方从未停止过对于源空间，还有对于您提出的黑洞理论的研究，您这篇论文我就看了无数遍。当然，不管是迷你黑洞还是源空间，一直以来我们以为都只能停留在想象和计算里，但是我们现在进行的工程，却在接近、观察一个正在生成的实验结果。

“您的量子理论预测，在地幔 70 公里处附近存在一个‘迷你黑洞’，并且形成了一种目前尚未知晓的引力场。现在关于引力场的这部分，欧洲的 LHC（大型强子对撞机）在这十年里已经替您验证了，高速强子的对撞之下，确实能检测到一种目前已知场力之外的场，他们命名了叫希格斯场。

“但是我觉得——也许它很快就要改名叫阿巴斯场了。

因为我们有上帝在阿巴斯港的实验结果。”松一边说着，一边带领教授再往里走，原来后面就是整个工程的指挥监控中心。一面墙那么大的LED屏上，显示着各个施工地点的各项表现。“三个星期以前，我们经过多次估算，最终决定以北纬35度，东经50度为核心目标，从三个方向齐头并进。这里就是我们的三个勘探点。”汉克拿起遥控器，调出几个独立的视频框，再将镜头拉近，从不同角度监视着1、2、3号地。

“1、3貌似都是停工状态。”戴森教授一针见血。

松手中的遥控器放得更低了些。他往教授的方向走近一步，低下头轻轻说:“这就是我们这么着急请您来的原因，因为勘探已经完全没有办法进行了。”

“什么意思？”

“意思就是……”松的声音压得很低，几乎像是沙沙的耳语，“接近勘探点的人员中，发生了一些……消失。”

“消失？消失是什么意思？”戴森教授的双脚微微颤抖，从到达阿巴斯港以来，第一次感到寒冷。

“当然不是凭空的人间蒸发，而是会……消失一瞬间，大约0.3秒左右，然后就会重新出现。”汉克说着，把屏幕上的影像往前倒了一段，然后重新按下播放，“像这样。”

监控录像上，一个戴着安全头盔、全副武装的工人正准备再下一节梯子，却忽然一闪完全不见。紧接着在人的视力还没完全反应过来之时，工人又重新出现在梯子上，除了右手的工具掉在了地上需要捡起之外，似乎工人本人并未察觉到任何异样。

“这样播放看不清楚，我再放一遍1/20慢速。”汉克·松将播放速度降低，工人的消失粗暴地冲击着他们的视网膜，清晰得不容置疑。“乖乖，真是疯了。”汉克·松就站在教授身旁，烦躁而不可置信地抓着自己的脑袋，然后别过头去。“看了好几次，还是受不了。这太诡异了，根本不属于这个世界。就算是尼古拉·特斯拉那个疯子在天有灵，看到这一幕也会抓狂的。”

脚下热得发烫的流沙，瞬间冻成北极的漂流冰。他的脚心传来一股刺人的寒意。

“所有人都是这样，一闪消失，几秒钟之后再重新出现在原处？”

“是，但也不全是。有的会出现在原处，有的人会返回到别处，还有人就……就失踪了。”

“你说的返回别处是哪里？”

“说出来也许您都不相信，一号营的一个工人，从井下消失之后……返回了他在美国的家，继续在厨房里做着早餐。我们到他家登门访问的时候，他的家人却说他根本没离开过。可是我们所有人都看着他来到营地，来到勘探现场了。一个人可以同时出现在两个地方……我们当天就决定必须立刻请您来了。”

北极的海浪从远处卷来，要地震了。冰块开始剧烈地摇动——戴森教授在冰上奋力地站立着，不让自己滑进刺骨的海水。地震中唯一不动的是屏幕上的勘探井，他把双眼牢牢固定在上面保持方向。

“还有、还有一个工人，在三号营的井下，失踪了。

我们到现在也没找到他。这种现象……似乎、我想、就只有平行宇宙理论才能解释了。我不太清楚理论的细节，但是在阿巴斯港我们亲眼看到的这些，应该是人类目前观测到的第一个……”松干咳一声，再次小声地开口。

“停。”戴森教授突如其来地开口，他的手悬在半空，神情凝固。以前怎么从没想起？他怎么竟然如此疏忽大意，忘了那件事？

“这让您……想到什么了吗？”

戴森教授深吸一口气，将目光转向汉克·松，前所未有地死死盯着他。

“您可以信任我，”松回答他，“我是 TX Petro 和阿巴斯港项目的第一负责人。”

“波动方程。”戴森教授垂下自己的手，喃喃地念道。

“波动方程？”

“没错，就像电磁场的波动方程一样，迷你黑洞的引力场应该也是波动产生的。”

汉克·松显然还一脸茫然，但他示意他继续解释下去。

“和阿巴斯港这里有关？和我们的工人消失有关？”

“场力充斥在我们的整个时空中。”戴森教授后退了一步，帐篷里的每一寸都似乎充满了他的回声，兴奋与恐惧交织一起的回声。“引力场、电磁场、夸克场、希格斯场……这些场看不见，无法感知，但是对原子、电子，还有原子核中的夸克的本质都有决定性的作用。迷你黑洞所制造的引力场，就和原子核内的电子质量有关。”

“是的，是的。也许有一个引力场的核心就处于阿巴斯港口的地下，那和——”汉克·松着急地开口，问到一半却被打断了。

“时空在那两个勘探点扭曲了。”

“嗯？”

“费米实验室之前曾经论证过，强子的对撞，可能制造出迷你黑洞。但是当时我还没有把迷你黑洞和波联系在一起——事实是，黑洞的体积极小，密度极大，并且还在高速旋转，这样才能以自己为‘源空间’，以自己的场力决定物质的特性。而你们的地下勘探的行为，可能已经接近了迷你黑洞高速旋转带起的‘旋风’边缘，改变了场的波动，相当于……在源空间的投射过程中，搅浑了它投射所要穿过的介质。由此引发的涟漪，就可以扭曲个体的时空结构。”

“——场本身就存在于四维时空。它的一点点波动，都将是这个世界的一阵飓风。”戴森教授补上最后一句话，不等自己说完，已经迫不及待地抬起脚往外走去。

“我的行李呢？”他着急地嚷道，他迫不及待要开始演算了。

然而不知从何时起，帐篷里的电话已经处于接通状态。汉克·松将听筒放在手边，然后抬起头喊住了戴森教授。

“大使先生找您。”

“早上好，欢迎回来。”前台的小姑娘微笑地向每一个来使馆上班的人打着招呼，停了几日重新来上班的同事们彼此相见，也比原先又格外欣喜亲切些。

“黎公来了，说上午十一点，在三楼小厅开会。”杜若秋刚走进办公区，沈威棣走来告诉她。

“什么会？所有人吗？”她问。

“不是，”沈威棣声音低低地说，“应该是为了阿巴斯港。”

她这就明白过来了。默德扎曼辞职之后，暂时由他的副总统托登代职，可是重新选举已经定下来在下月中，代总统没有什么实权，整个伊罗，相当于一个无政府状态。

而默德扎曼下台之前，并未来得及和任何公司签订开发阿巴斯港的正式合同，所以之前谈好的、正在谈的，通通瞬间松动，随时可能要归零。

从暂时搁浅的阿巴斯港中抢一杯更大的羹，势必将是使馆的首要任务。

果然，一进会议室，只见屋里除了他们谈判组的四个人以外，还有商务处的处长周楠和他几个手下。过去的几天如过山车般大起大落，会议室里的同事们相见都似乎有种劫后余生的感觉，彼此交换着这几日的见闻和待在家的感想。

“代总统托登的机要秘书穆罕默德·韦礼和我们的关系很好，是一个可以入手的突破口。”黎公一坐下，会议室里资历最老的周楠率先说。

“这个韦礼是之前管铁路的那个韦礼吗？”

“就是他。西南大动脉的项目他是总负责人。”

“那你岂不是和他特熟，联系上了吗？”

“跟他倒是一直有联系，但是他说他没有接触阿巴斯港的事，新政府现在慌慌张张，也不知道是谁在接手这件事。”周楠回答，“他给了我们几个人的名单，是负责港口那一块和军事部署的，我会一一给他们打电话。”

“之前阿巴斯港的对接官员呢？”

短暂的沉默。“之前一大部分的沟通都是通过……通过玉锵。现在突然要把全部资料拿来用，需要一点时间。”

“放屁！”黎盛德忽然震怒。“没有夏玉锵，就什么事都干不成了吗？”

“韦礼给的名单，我们几个人分头联络，今明两天之内，应该能有一个大致的判断。”沈威棣出来打了一个圆场。

“好，随时给我汇报。阿巴斯港很可能是我们今年最重要的一块，必须全力以赴。”

十分钟后，会议室里散了会，谈判组的几个同事前后走出来，相互使个眼色。“今天黎公脾气怎么这么冲，”小邹低声嘟囔，“谁不知道阿巴斯港是大事，伊罗那边看得紧着呢。”

“需要帮忙联系吗？”杜若秋问走在自己旁边的周楠。

“我们先试试，有需要找你。”

杜若秋点点头，推开自己办公室的门。谁不知道阿巴斯港是大事，伊罗那边看得紧着呢。小邹刚刚说过的话猛然在她耳边再次响起，她翻开手机的通话记录，用手指缓慢地往回扫着。

3 月 18 日，没错，就是那一天，王青铜留下他的电话。杜若秋盯着手机屏幕，似乎正下决心拨通那上面显示的号码，不料手机的铃声倒先响起来了。

她定睛一看，是沈菘兰。

“若秋，我听说前阵子中国使馆因为埃博拉的关系而被暂时关了。”那头传来菘兰的声音，“没什么别的事，打一通电话问问你，你还好吗？”

“今天第一天复工上班，”杜若秋答说，“本来还不知道什么时候，结果默德扎曼一辞职，我们倒是恢复正常了。”

“哦，”沈菘兰的声音停滞了片刻，“埃博拉和总统辞职，你们忙翻天了吧？”

“之前几天倒是只能在家待着，现在变了天，当然忙了。”

“之前你的同事，叫夏、夏玉锵的对吧？我记得你们办文化节的时候还见过一面来着。他真的得了埃博拉？”

事到如今，已经没什么不能说的了。“是的，特别突然。我们也都……没想到。”

“我倒是听我室友说了一个、一个奇怪又恐怖的说法。”沈菘兰似乎是在犹豫，把声音都降了几度。

杜若秋心里一震，随即拉上了办公室的百叶窗，身体靠在窗边轻微凸起的石台上。“你说。”

“我室友说，埃博拉这件事，是恐怖主义的生化袭击，因为生病的中国使馆员工，还有一个理工大学的教授，都曾经被注射过疟疾疫苗。而默德扎曼引咎辞职……中国方面是最大的受益者。”

“中国不是最大的受益者，”杜若秋明白了对方的意思，也许是一时冲动，也许是一种幼稚的正义感，她握紧了手机，一五一十地向自己的好友解释，“中国只是附带的受益者。你说的疟疾疫苗，我也一直在怀疑。从绿色快速通道流入的人道主义救援物资，根本没有经过严格的检验，我想那是恐怖组织最佳的进犯渠道。”

“所以真的是恐怖生化袭击？为了制造恐慌、操纵舆论，引入埃博拉病毒，为了……把默德扎曼政府推下台？”

“我想是这样的。”杜若秋的语气非常肯定，除了没提“上弦月”三个字以外，其他全部是她绝对肯定的事实。从夏玉锵患病起，她对于疫苗的怀疑一直没有消退过，可是刚开始的时候出于政治原因，无法随便怀疑友好邻邦的人道主义救援，后来又严重与默德扎曼当局交恶——这种为他开脱的说辞更加见不了天日。

可是现在，默德扎曼引咎辞职，他们好似是胜利了，但其实谁也没有胜利。胜利的是上弦月兄弟会，是他们用恐惧瓦解伊罗政局的第一步。杜若秋实在没有心情和其他人一起弹冠相庆。

“你知道，我一直在给《波斯周末》自由撰稿。”沈菘兰的声音将她拉回当下。

“什么？我没听清。”

“我想问……如果你同意的话，如果我给《波斯周末》写稿，可以提你吗？”

默德扎曼的倒台已成定局，可是真相……也许这是一个合适机会，让全伊罗的民众知道，毕竟他们也是相关的利益者。“你可以写，”于是她回答，“但是不能提我，因为谁也没有证据。你只能写自己的猜测。”

挂上电话的时候，她说不好自己的心里是更忐忑了几分，还是更心安了几分。办公室的窗子是朝南的，上午的阳光斜着洒进来，金灿灿的一片很是热烈。杜若秋在这烈火烹油的阳光里闹中取一点静，往南望着，那正好是阿巴斯港的方向，她心里想。

日光均匀，空气里尽是平静。她远眺的目光定格在视线的尽头，一片灰灰的、看不清的天空和地平线。

铃铃铃，铃铃铃……手机急促地响起来，是乐子扬为了路白而设的专属铃声，极为怀旧又刺耳的传统闹铃，他私下里觉得与路老板很相衬。

“我是乐子扬。”他接起电话。

“你在家吗？”

“在。”

“收拾一下，阿巴斯港有任务。”路白的语速很快，但是不失清晰，“在伊罗最南部，格什穆半岛。先乘 11 点的国内航班到班达阿巴，然后在机场租车。具体路线半个小时内会发送到你车里的 GPS，大约两个小时的车程。”

乐子扬登时站起身来。他走入卧室，双手快速打开衣柜，垫起肩膀把电话夹在耳边。“任务是什么？”他问。

“美国驻军忽然大股南下，进驻了阿巴斯港。你们的侦查目标在邮件里。”路白在电话另一头说，“假扮成游客。”接着又补充一句，“当然，最好是不要被发现。一旦被发现，就假扮成不认路的游客。”

“明白。Alpha 组都去？”自从阿毕受伤，乐子扬被补进了特别行动 A 组。

“对的，在路线中的指定地点集合，然后分成两组成对行动，互相掩护。”

“知道了。”乐子扬准备收线。

“对了，”路白忽然加了一句，“这次没有狙击手掩护。”

“知道了。”

班达阿巴比北方的波利斯要热不少。乐子扬下了飞机，先脱掉一层外套，租好车出发，正好是下午2点。按路老板刚刚的说法，开车到格什穆半岛要两个小时，那么在7点天黑之前留给他们的时间实在不多。当然夜晚也有夜晚的好处，但是对于这种范围很大的侦察任务，天光依旧是珍贵的资源。

乐子扬踩下油门，一阵加速，沿着96号国道向西南奔去。国道的路况趋于平稳，他单手将黑色装备包从副驾驶椅子底下拿上来，扭动锁头拉开拉链，无线电别进衣领里，一个钻石大小的耳机贴在右耳的耳郭。自动变色的拍照眼镜先挂在胸口，烟斗收进大衣，手枪则需要检查一下子弹，至于M4A1卡宾枪，乐子扬稍微躬身，摸了摸自己的座椅之下。

一切就绪。

他打开车载收音机，开始给无线电调频。119.6加密调频是黑鹰的固定线路，因为和普通电台的频率相近，所以才更隐蔽安全。

耳机里的沙沙声忽强忽弱，但没过太久终于传来熟悉的声音。

“Alpha组乐子扬已上线。”他说。

“收到。”是侯博士沉稳的声音，“阿边也已上线，小武和顽石还没下飞机。他们都稍慢一点，所以乐子扬你会是第一个到。”

“收到。”

“格什穆半岛是伊罗最南部的半岛，接壤里斯湾，也是伊罗境内唯一的海岸。”于是侯博士开始给他做简报，“阿巴斯港就在格什穆半岛的最南端。2016年10月默德扎曼总统上台，开始筹划港口兴建事宜，而美国带头支持了这一建设，甚至提议在阿巴斯港开设部分自由贸易区，被外界看作是其对伊罗逾二十年之久的制裁政策的松动。”

“收到。”

“——阿巴斯港现在只是一个小渔港，据传计划中的翻新扩建极为辽阔，包括40平方公里的填海造陆、5万吨级的冷冻库，还有商业码头、私人游艇俱乐部和高级会所。我们预估的地图已发送到眼镜设备上。”

“收到。”

“这次侦查的主要目标是美国人驻军的路线和位置。派军队进入格什穆地区是个极为反常的举动，如果真的属实，就表示阿巴斯港口的开发并非纯粹的商业行为。”

“收到。”乐子扬一面开着车，一面渐渐理清了思绪：默德扎曼前阵倒台，新政府摇摆不定，美国人却忙不迭地先占了阿巴斯港，摆明了那一片是军事上的战略要地。可是从地理上讲，里斯湾是内海，说不上多重大多要紧。那么它的战略要地的身份……

“BBC爆出新闻之后，波利斯方面开始给我们施压，阿巴斯港的合同算是吹了，连带着好多计划中的联合项目和许可证也要收回。黎公这才想要放手一搏。”杜若秋上次说起的一番话，忽然在他耳边响起。

下了国道，离港口区就只有十几分钟的距离了。乐子扬拿起门上的一瓶矿泉水喝了几口，活动一下有些僵硬的脖子。这是他在小黑箱打拳时留下的习惯：最后灌一口水、扭扭脖子，裁判一声哨响，就准备好搏斗一场了。

他把 GPS 上的地图放大再放大，之后的路开始有些曲曲折折不好走了。路标不清，许多岔路口的方向混乱，好在大方向是指明的，他只好动辄开上土路或者草地，反正无论如何往半岛开就对了。

等左边已经隐隐看得见海的时候，路前面忽然出现了一个收费站似的关卡。左侧一个小亭子，延伸出一根白色的横杆，怎么看怎么像是个简易的临时检查口。横杆左右各站着两个波斯裔的士兵，但乐子扬一眼就看出他们从头盔到手里的半自动冲锋枪，均是清一水的上一代美式装备。

他只好减速，把手机放进上衣的口袋，装备包塞进副驾的座位底下，松松地卷起一只袖子，然后在接近收费站的时候摇下了车窗。

一个士兵向他走来。乐子扬摘下墨镜，把胳膊搭在窗框上，“嗨，长官。”他摘下墨镜，先礼貌地打一声招呼。

“例行检查，”走来的士兵说，“你去格什穆岛区做什么？”

“来上班。我是荔湾酒店的大堂经理，今天是我的晚班。”乐子扬边说边拿出自己的皮夹，“哎呀，我的名片刚好用光了。我写一张字条给您，请您和您的家人若有时间，一定去那里吃一顿晚餐。我买单。”

他在随身的记事本中写下一行潦草的字，撕下来，却没有直接递给对方，反而将手伸进座位旁的储物箱中，抓出几颗锡纸包着的太妃糖，卷在字条中间。

“请务必打我的电话。”他微笑着说。

波斯士兵冷冷地注视了他片刻，将太妃糖放进衣服口袋，然后回身做了一个向上抬的手势。

乐子扬摇起玻璃窗，迅速驶过检查口，后视镜里那个士兵似乎正把手从上衣口袋里拿出来，低头数着糖。

“Alpha 组乐子扬呼叫总部。”开出了一公里以后，乐子扬贴向领口说道。

“请说。”

“刚刚在布切路 8 公里处遇到临时检查口，建议后面的车改变路线。”

“你通过了吗？”

“我已通过。”

“好。到指定地点等待会合。预计需要等待 15 分钟。”

“收到。”

他已嗅到空气里紧张险峻的气氛。路上看不到士兵也没有任何动静，可是许多商铺要么空了要么打烊，剩下还在开的一半也客人寥寥，像极了暴雨来临之前那种肃杀又空寂的模样，虽然不知道什么时候来，却更添一种致命的压抑感。

会合地点是一个酒店的停车场。乐子扬找到酒店，却发现已经停止营业，不久有两个人从酒店门口走出来，然后给大门挂上一条锁链。

乐子扬赶紧停下车走上去。“请问酒店关了吗？”

“前天就歇业啦，”对方操着一口懒声懒气的流利英文，

“格什穆是没有地方住了，你往北走到布坎区看看吧。”

乐子扬回到车里，再次用无线电呼叫总部。

“会合地点的酒店已关门停业。需要寻找新的地点吗？请指示。”

“收到，”另一端侯博士停顿片刻回答说，“请先在附近巡回，不要引人注意。”

“收到。”乐子扬又发动了车子。然而不到五分钟，总部又传来了命令，“行动终止。”

“什么？为什么？”

“你的另外三位搭档已确定无法进入格什穆半岛区域。行动终止，请立即返回。”

“他们被卡在检查口了？”

“行动立即终止，收到请回答。”

“我听见了。”乐子扬不情愿地回答，一股不甘心的情绪却在迅速酝酿。

“行动终止。”侯博士加大了分贝又重复一遍，“乐子扬，收到了吗？”

“不行！”他正一手拿着望远镜看，忽然叫了一声，“我已经看到他们了，不能终止。我必须去！”

“乐子扬！立刻、马上……”

“请让我继续下去，拜托了，我保证，一定不会暴露，一定想办法出去，请相信我。”

总部一时没有回答，乐子扬索性扯断了无线电，一意孤行往南开去。接近港口区的地方是一片破旧的民房，他将车转了几个弯，选了民房中最混乱最隐蔽的一处停下，然后下了车。

民房中差不多一半是空的，一半还住着人。他戴起棒球帽，将望远镜压在帽檐底下，发现从东北方向驶来五六辆大货车，上面写着 TX Petro 字样。

得克萨斯石油公司？乐子扬来不及想太多，先用隐形眼镜拍了照，然后自己左边口袋里的手机忽然震动起来。

是侯博士的私人号码。

他将耳机和自己的手机匹配，然后接通了电话。

“我是以私人名义打给你的。”电话的另一头说，“我已锁定你的位置，听我的指挥走。”

“收到。”想不到，平日里沉默寡言又书生气的侯博士，也有大胆一搏的勇气。乐子扬的心里顿时升起一种势在必得的决心。

他贴着民房巷子的墙壁，悄悄向驶过的车队靠近。“四点钟方向停放着许多集装箱，你去看看。集装箱摆放很密，应该也比较便于隐藏。”

“收到。”乐子扬目送着 TX Petro 字样的大货车过去，三步并作两步往西边窜去。果然，离海岸线很近的位置，停放了一片，有不下三十个集装箱，暴露在海边的阳光之下。他降低重心，翻几个跟头，就混入了集装箱区。

集装箱壳上没有太明显的标志，但是每个箱子的右上角都有一串数字编号，有些数字之前还有一个奇形怪状的符号。乐子扬挨个眨眼拍了照，然后终于看到有一只集装箱的盖子松动，没有上锁。

乐子扬轻轻撬动集装箱盖，使它露出一条窄缝，然后钻了进去。

里面骤黑，他打开手电。集装箱里装得半满，都是些比较小的零部件，有几节中空的粗钢管，钢管旁边是一个一个巨大的、看着像汽油桶一般的铁桶，他转到另一边看见铁桶上印着一排小字：CryoPulse-BI。

来不及细想，先拍照再说。他拍完照片，回头时发现角落里还放着一个一米见方大小的红色结构，乐子扬觉得眼熟，忽然想起在关岛的物理实验室见过。大三夏天的记忆如涨潮般涌起，他拼命平复着激动的呼吸。

这是一个远程热红外高光谱摄像机。太少见了。

抑制着激动和冲动，乐子扬把集装箱里的所有存货巡视完毕，从里面跳出来的时候，忽然头顶上传来直升机的轰鸣声。

远远望去，有五架灰色的很大型的直升机，正依次降落在海滩。乐子扬仰着头疯狂眨眼，直升机的声浪过去之后，他再往海岸线上前进几步，忽然听见耳机里侯博士的大声警告——“左前方有人！快向右转，躲在蓝色箱后面。”

乐子扬依言照做，果然隔着铁皮听见几个人的脚步声和说话声。他半蹲半跪偷听他们的谈话，只听清了最后一人说“明天入库”。

“好，现在，往前走，走两格。十二点方向又有几个士兵走过来了。”侯博士在耳机里继续指挥。

乐子扬半蹲着继续往前走。走两格，右边又响起脚步声，他便绕到暗红色集装箱的左面，忽然听见身后一声大喝：“什么人！”

他猛然回头，三个全副武装的美国大兵，他直起身子拔腿就跑。

“别跑！立即停下，举起双手！”后面的喊声更大起来，“C 区发现不明闯入者，请求增援！”

乐子扬在集装箱堆中左蹿右跳，眼睛一半在观察追他的兵士，一半在找有没有还没上锁的集装箱。他横撞在集装箱的侧皮，可是铁锁扎实，每一个铁盖都盖得严丝合缝。

他只好继续左冲右突，对方的增援马上就要到了，他几乎已经能听到一队人马跑来的脚步声——来不及了。眼见海岸已在眼前，乐子扬一个箭步跨出去到海边，沿着礁石往高处跑去。

“砰砰！”空气里开了两枪，不知是没瞄准，还是只为了惊吓他，反正没有打中。乐子扬在礁石群中再跑几步，看准了一处小小的悬崖，猜想底下的海水应该足够深了，不假思索，一跃而入。

“乐子扬！”耳机里传来侯博士的最后一声惊呼，就被巨大的水流冲散了。乐子扬双腿猛一蹬水底的岩石，飞鱼一般向广阔的海水游去。

水很凉，但这不是最糟糕的。希望水上没有拦截，他只要游个几公里，就到公海了。再上岸的地方也许是沙特，也许是阿联酋——但不管是哪里，他都自信能想办法再回来。所有的移动通信设备都进了水，算是全完。乐子扬扯下身上的线和装备以减轻重量，浮上水面深吸一口气，又潜入水下向前拼命游去。

刚刚最后所拍的直升机画面，太重要了，不知传送过去没有。他心里正寻思着，忽然感到头顶的海面上卷起一阵大浪，伴随着嘟嘟嘟的马达声，正飞快地向他接近。

靠，是摩托艇。这下完了。

第四案

不在那里

我看到他时
他已不在那里
我不知道相隔多远
现在又是什么时间

我离他而去
他已远走多时
墙上仍有他的背影和战绩
唯独他已不在那里

壹

除非是 Abu Al-Qadi 亲自来，不然我没时间。

——路白

乐子扬失踪了。第二十八天。

她拖着沉重的身子终于下班回到家，瘫倒在沙发上。晚饭没有吃，窗户好像也忘了关，一阵夏日傍晚的风吹在她的脸上，像极了四年前甲板上来自太平洋的海风。

杜若秋开始不可抑制地哭泣。

好几个星期以来，她都没哭过。最先是他不回她的信息、不接她的电话。几天之后杜若秋去探视受伤卧床在家的阿毕，旁侧敲击着问一问其他黑鹰的消息。

“乐子扬最近来看你了吗？”她问。

“乐子扬……”阿毕谨慎地看了看她，很长时间不作声。

杜若秋清清嗓子。就在她以为这个话题已经结束了的时候，阿毕忽然压低了声音说：“我看得出，他很在意你。”

杜若秋赶紧否认地一笑。阿毕接着说：“黑鹰的秘密通常只能停留在内部，我只能告诉你和乐子扬有关的。”

她迟愣愣地点两下头。

“他失踪了，”阿毕说，“我们也找不着他在哪儿。”

再后来，两个星期过去，乐子扬依旧半点音信也没有，杜若秋终于咬牙给路白打了电话。

“MIT 的一个他以前的教授找他，但这两天我联系不上他的手机了。您能帮我通知他吗？”她尽力维持着官腔式的语言。

“可以，”路白直截了当地回答，“我会转达他的。”

眼见路白这就要挂电话，杜若秋赶忙加上一句：“今天能让他回电话给我吗？他的教授貌似有点着急。”

“我想教授是可以等一等的。”路白回答她，“再见，杜小姐。”

偌大的波利斯，一个活生生的人，怎么能说消失就消失呢？杜若秋想找，可是她不知道他住在哪里，黑鹰又壁垒森严，她不能暴露他们的关系……简而言之，她一点办法也没有。

除了等。等待的滋味一天比一天难受，一刻比一刻磨人。她心里猜测乐子扬是为了黑鹰做什么事才失踪的，可是——他们有尽心力找他救他吗？还是只把他当作一颗随用随弃的棋子？

她真想冲去 31 号把路白和他们所有人大骂一顿，可是……她此刻翻个身，把自己埋进沙发的抱枕里，无法抑制地大声哭出来。

他、有可能、有没有可能……已经、死了吗？

这个想法一直隐藏在脑海深处，她始终不敢拿出来细想。然而这个傍晚、傍晚的风声和空落落的客厅，她终于将数日以来憋在心中的压抑和苦痛喷涌出来。

不记得过了多久，她从沙发上醒来的时候天已经蒙蒙亮。今天不是周末，不管难受不难受，班还是得照上，会还要照开，思念如山还是得继续工作。

她吸吸鼻子，走去洗一把脸，在日历上又画下一个叉，倒了一碗麦片和牛奶，边把头发拢成马尾，边告诉自己打起精神。

“叮咚”一声门铃。她将瓷杯放在咖啡壶底下，按下开始键，然后走去门口，从猫眼向外望望。

是自己眼花了吗？连日缺失的睡眠、紧绷的神经，让她揉揉眼睛不敢相信门外模模糊糊的人影。

她一口气拉开大门，真的是他。因为消瘦而凹陷的双颊、晒黑又胡子拉碴的面孔和满眼的倦意，可是确实是他。

他看上去像是一个月没有睡过觉似的，踉踉跄跄地走进来抱住她，沉甸甸地挂在她的肩膀上。她伸手轻轻去拍他的后背。“你去哪儿了。”她喃喃地说，眼泪又不自觉地淌下来。

“我太困了。”乐子扬唯一的一句话。

因为是足球联赛的比赛日，尼卢法街31号的二层从傍晚开始热闹起来。七点半比赛正式开始，台球厅和吧台旁的每一个挂顶的电视机前都聚集不少人。

吧台后面的小屋走出一个个子修长，肌肉匀称的混血男子，托马斯·库。他把手轻轻放在大理石的台面上敲了敲。“嗨，今天是我在波利斯的最后一天，来说声再见，后会有期。”

路白向他点点头。“和乐子扬也说一声吧，他好像正找你呢。”

乐子扬在远处，托马斯朝他招了招手。“今天是最后一天？”乐子扬走向他们。

“是的，”托马斯伸出拳头，乐子扬也伸出拳头，相互一击。“我受不了这里干燥又沉闷的天气，并且还缺乏必要的娱乐。”他露出一贯的挑剔笑容。

几个月前，那一辆疾呼驶来的摩托艇，那一双把他从水里抓出来的有力的大手，就是来自托马斯·库，当时乐子扬腰间的手枪已经哑火，身上没有任何防身的武器，面对这一辆摩托艇，已经做好了拼死一搏的准备。摩托艇聪明地在他周围盘绕两圈，然后在他终于必须浮上水面吸气的那一刻，狠狠抓住了他的胳膊。

“别挣扎，自己人。”乐子扬刚要出手，对方在他耳边轻声说。

对方的手背上，赫然一只怒目圆瞪的黑鹰。

原来……终于。乐子扬一跨步坐在摩托艇的后座，跟着对方迅驰而去。

之后的种种艰险自不消说，他们一路开得很远，按托马斯的话说，附近海域都有巡逻，他们一直往南开到阿曼才登陆。登陆点最接近的城市是梭哈。要返回伊罗，取道阿联酋也许是最佳的选择，但是尝试一番之后发现从阿联酋到伊罗所有城市的道路都处于关闭或者警戒状态，无论如何也要经过沙特阿拉伯。

“最好伪装成烟草商人。”于是托马斯印了两盒名片，两本护照，买了几小包烟草，拿给乐子扬的时候说，“名片和护照都收好。贵得要死。”

乐子扬看了一眼护照和名片。Abdukadir Sahin，乌兹别克斯坦籍烟草商人，专门经营中亚和土耳其烟草，拗口的名字和陌生的姓氏，每一个字母看在眼里都显得出奇地生疏。

“骄傲一点，”搭车往边境去的路上托马斯拍一拍他的肩膀，“你卖的可都是高档货。”

可是行程不如想象的顺利，当地的政府要钱要得惊人，当地的武装更是横行霸道。好不容易北上到阿霍弗奥，又遇上军阀混战，等了五六天也无法通过，只得向东往巴林，从巴林首都玛纳玛租了一艘渔船，慢慢吞吞走了好几日终于走到科威特，却又在首都科威特城滞留了下来。

科威特和伊罗虽不接壤，中间却只隔了短短十公里的海岸线——属于伊拉克的海岸线。就是这么一小段路途，却说什么也过不去。军阀割据、内战频繁的伊拉克，把尤其珍贵的十公里海岸线严防死守，两人只得再从内陆绕远，一绕又是十几天。

军火商、向导、偷渡贩子和雇佣士兵，还有与这些人没完没了的周旋和讨价还价，伴随了他们的整个路途。乐子扬从小到大自以为聪明绝顶，没有见过什么对手，然而这一趟重返波利斯之旅上，却不由得对托马斯·库暗暗升起一种小巫见大巫的崇拜和自愧不如。托马斯·库浑身所散发的那种游刃有余的痞气和处变不惊的魄力，令乐子扬心生敬意。那种在不动声色中展现出的人格魅力和举重若轻的说服力，正好是自己性格中最捉襟见肘的部分。

以至于此时，他上前拍拍托马斯的肩膀，由衷地告诉他：“我很感谢你，不只是因为你救了我。”

“这是什么话，”托马斯的语气如同在说“这都是小菜一碟”，“我很高兴有你这样的兄弟。”

“休息了几个月，潜水教练还做得吗？”路白难得这么随意地和他们聊聊天。

“潜水比潜伏容易。”托马斯歪嘴笑笑，“你们个个都是潜水的高手，等以后可得来找我。”

“你说的这个以后……恐怕就远了去了。那个‘以后’，也许连存不存在都是个问题。”路白回答。

路老板就是最擅长把轻松的闲聊沉重化。道理当然人人都懂，托马斯倒是一笑。“感谢路老板的临别赠言，”他说，“我会很珍惜的。”

那天晚上的球赛结果令人失望，所以结束之后球迷们不再久留，很快纷纷散去。俱乐部清静了许多，不知不觉地，侯博士、徐燕子和老季集合到了路白在三层的小白屋。

“阿乐几个月前所拍到的TX Petro，得克萨斯石油公司，最近刚不声不响地做了一次资本重组。”侯博士还是最先发言，“美国国家资本现在已经成为他们的大股东。控股35%，但是影响力足以超过50%，控制企业导向。”

“——他们在中东地区，尤其是伊罗南部的动向也十分奇特。伊罗的石油带主要分布在西部和北部，与伊拉克接壤的边境上，TX Petro 却在南部布下许多开采点。再加上阿乐拍到的 CryoPulse-BI 和远程热红外高光谱摄像机，我觉得是十足的证明，表明他们所开采的并不是石油。”

“CryoPulse-BI 是干吗的？”坐在屋子最角落的老季发问。

“是一种在高磁场和大电流密度下，测量超导材料的临界电流的仪器，”侯博士答说，“我们还没弄清它出现在那里是干什么用的，但是油田上明显不需要它。”

老季点点头，双眼仍旧紧盯着对面白墙上打出的地图，未曾离开过一刻。

“说出你的猜测，再荒唐都无所谓。”路白鼓励道。

“我觉得……他们是为了‘源空间’。”

一屋子人面面相觑。“当然，我完全是猜测。但是……是合理猜测。”侯博士补上一句，“算了，我收回我的话。不是猜测，是我肯定。他们就是奔着源空间去的。时间、地点、人物一个不差。”

“如果美国人已经行动了，我们就得跟上，”路白站起身来，双手撑在桌子上，微微向前倾着，盯着自己面前的写字台玻璃板，“这个得克萨斯石油公司……我们之中，现在有谁能打入 TX Petro 的内部？”

短暂的沉思。

“乐子扬前阵带来的那个，王青铜的手下、MIT 的毕业生颖决明。”一直没说话的老季忽然开了口。

“他能干这事？”

“他对伊罗当地的了解不比我们差，麻省理工的背景也很加分，在美国公司很容易受器重。而且，他是个聪明人。”

“也对。而且万一暴露，我们很好脱身。他本来就不是黑鹰的人。”徐燕子接过话说。

路白沉吟中，轻轻点了点头。还未及说话的当口，门外响起两下敲门声。

徐燕子走到门口。

“有一封加急挂号信，请路老板签收的。”当值的小武递上来一个快递信封和签收单，“邮递员坚持必须得本人签名，现在还在楼下等着呢。”

路白走过来，飞快地在签收单上画了两笔还给小武，自己将信封接过来。掂一掂重量很轻，他撕开快递信封的封口。

“老大……要先检查一下吗？”徐燕子走上来，像是要制止，但路白已经手快在先，拿出来却是一张戏票，还有半截照片。

照片是使馆文化节那天下午，阿拉伯人区的地下停车场，他走回自己车上时的背影，副驾驶的车门旁边……应该还有她，但是另半边照片已经被撕掉了。

至于戏票——《女建筑师》，花剑小剧场2月13日星期五，夜场。

路白把戏票放进口袋。“一个老朋友送来的礼物，看来我一会儿得回一通电话。”他淡淡地对同僚们说道，然后看看办公室里的几个人都无声，于是接着对徐燕子说，“明后两天，把颖决明带过来一趟。”

“——暂时先别告诉乐子扬。”众人散去临走，他嘱咐道。

徐燕子走的时候神神道道，侯博士若有所思，老季则面色冷峻。路白关上自己办公室的门和顶灯，站在窗户前对着一轮满盈的月光，将口袋里的戏票拿出来，翻到背面。

一行潦草写下的波斯语。

友情提示：别来晚了。

路白拿着戏票的手在空中迟疑片刻，然后他从门背后拿了帽子，甩门往剧场飞驰而去。

“我都说了，我不认识那个路先生，更不知道他们什么黑鹰白鹰。他不知道我，也没跟我说过任何话，你们不要白费心思了，他根本就不会来！”

“他会不会来，等一会儿就知道，小姑娘你现在嘴硬有什么用？”为首的一个歹徒蹲在沈菘兰边上，用她半长的裙边擦了擦自己手枪的枪筒。沈菘兰坐在他们排练用的木椅子上，双手绕到椅背后面被绑得结结实实，两只脚也捆在一起，脚腕一点也活动不得。她就这样坐在小剧场的舞台中央，灯光只开了一束，不偏不倚地打在她的脸上。

她厌恶地想往边上躲，歹徒反而凑上脸来，一脸笑眯眯地看着她，突然对面头顶的一排灯光又亮起一盏，往他们脸上快速一扫，颇有种警告的意味。

舞台前面的观众席里，走上来一个黑衣的歹徒，装扮和其他人一样，从气势上看却显然是他们的头儿。果然，原本蹲在沈菘兰旁边的小喽啰见了，讪讪地叫一声“老大”，然后老老实实起身，垂手站在一旁。

“你的文章写得不错，是谁给你传的消息？”那个老大从观众席跳上舞台，走近了，绷着脸看向沈菘兰，“谁是你的线人？”

“我没有线人，”沈菘兰毫不客气地回瞪着对方，“都是我猜的。不过我纯凭猜测，你们就这样，说明我猜得八九不离十，看来是我猜对了。”

黑衣老大嘴巴歪着，当下似乎冷笑一声，却不出声音。他随即举起胳膊，手向后一挥，“啪啪”两声之下剧场里的灯全部灭了。

她被捆住的身体不由得一震，瞳孔还没来得及放大，在黑暗里什么都看不见，整个人顿时失去了参照。

“老大……我们今天就在这里等一夜吗？”从她身旁传来的声音。

“着什么急。”

沈菘兰呼吸着空气里惶恐的气味，眼睛再眨时有些酸涩。俄而，她觉得抬头斜上45度的远处好像有光，但是闪闪躲躲，毫不明亮。她确定自己是看走眼了。

可是光不仅仅是照向她自己。那光束在她身上定格了片刻之后，又转而去追逐那几个绑架她的歹徒。舞台上有两个歹徒站在她身后，离她很近，远处坐着他们口中的“老大”，正单手托着额头闭目养神。

这回沈菘兰结结实实地看清了他们袖口内侧绣着的黑色图案，一只弯弯的月牙上，托着一个清真寺的剪影。

“谁？谁开了灯？”歹徒老大忽然睁眼，顺着灯光回头冲后面的控制室发飙。亮光却没有惧怕，也没有闪躲，她忽然就在那一刻意识到了什么不同。

当然其他人也都意识到了。“你俩留下看着她，其他人跟我到后面。”老大先一个箭步蹿出去，三四个人跟着也往控制室奔去。灯光还没有灭，只是不再移动，沈菘兰觉得自己的心已经快要跳出嗓子——

“谁？谁在那儿？”控制室从里面锁上了，为首的黑衣人将门“砰”一声踹开，只见里面只有一个自己人，被打晕或是迷晕了，仰面躺在控制室的桌子底下。除此之外，什么踪迹和影子都没有。

“醒醒！醒过来！”仰面躺着的黑衣人在桌子底下睁开眼睛，恍然惊醒，赶紧一骨碌起身去看灯光控制盘，气喘吁吁语无伦次。

“我不知道，我真的不知道……不记得了，”他半哭半哀求，“太快了，我真的不知道发生了什么。”

为首的老大不耐烦地一挥手，亲自走上前去检查屋子里的控制台。灯光室很小的一间屋，控制台上一丝不乱，除了一束刚刚打向他们的弱光之外，一丝异样都没留下。他又转而去看地上、天花和墙壁，沉思之中，脚边传来一声弱弱的、颤抖的报告，“老大，我、我的口袋里……刚刚发现一张字条。”

半截硬纸，不是字条，是一张戏票。

《女建筑师》，花剑小剧场2月13日星期五，夜场。

翻到背面。

除非是Abu Al-Qadi亲自来，不然我没时间。

贰

我生平最恨的就是别人口中那所谓的“大局”。仿佛只要有了这两个冠冕堂皇的字，就没有什么事是不能做的。谁说出这两个字，就连杀人都是高尚的，杀人都……

——乐子扬

喀嚓，喀嚓嚓，活动还没有正式开始，几十家媒体的照相机闪光灯就闪个不停。

“这里是美国有线电视新闻网在英国伦敦的现场直播。就在我现在身处的这个屋子里，即将颁发 2016 年英国皇家人道主义精神奖，今年将由英国康桥公爵——威廉王子亲自颁奖。今年……哦，现在我们看到，在场的人群已经开始鼓掌，是美国驻中东区最高统帅、三星上将马修·克劳德将军出场了！”

电视机上的美国女记者还在说，画面已经转到了空无一人的主席台上，不久穿着一身帅气军装、胸前挂满各种勋章的克劳德将军迈步登场。

市立第五医院的呼吸内科公共休息室里，说话声间弱间停，医生和护士们都围到屋子一侧的电视屏幕前。

“……下面，请允许我为大家介绍英国的康桥公爵——威廉王子殿下。”

台下掌声雷动。威廉王子走上主席台，站在麦克风前，庄重地开始发声——

“今天，我们共济一堂，来表达我们在过去一年中，对于人道主义精神的纪念和感激。2016 年是不平凡的一年，全世界有地区动荡不安、有地方饱受战争之苦、有地方仍在经受饥荒和疾病。但正是这些灾难让我们更加需要人道主义精神、也让人道主义的战士们更加值得尊敬。”

“——今年，我们想要尤其感谢一位对全世界人类的健康做出了卓越贡献的医生。他不仅是一位水平高超的医者，更是一位品格高尚的人道主义者。在埃博拉病毒增强变异、在疫情肆虐最严重的时刻，他成功地研发出治愈埃博拉的抗体试剂，并且无偿地将自己的研究结果分享给了整个世界。我们想要感谢和表彰他为控制埃博拉所做出的巨大贡献，以及他毫不自私的分享精神。他放弃了专利所能带来的巨额收益，放弃了诺贝尔奖的召唤，他为科学家这个职业作出了一个伟大的表率，展现了科学最根本、最源头的意义。”

“——他就是美国约翰·霍普金斯大学终身教授、斐切尔勋章获得者、英国皇家科学院院士，艾林·斯诺登博士。”

威廉王子铿锵豪迈的声音随着电视机的转播响彻第五医院的每个公共休息室，接下来的鼓掌和赞许之声在空气的无数分子之间撞击出烂漫的火花。当晚在重症监护病房外值班的护士小蓝从冰箱里拿出一罐半满的葡萄果汁，给自己和熊姐面前的杯子里各倒了小半杯，然后举起了杯子，轻轻相碰。

“祝贺你。”护士小蓝由衷地对她说。

电视里的鲜花和掌声仍在继续，熊姐微笑着，接受了她的祝贺，满足地将葡萄汁一饮而尽。

上午九点，黑鹰的商务车停在离花剑小剧场两条街的位置，这里依旧是黑鹰的临时指挥部，开车的周莫、路白、徐燕子和姚 sir 可以三班轮换休息。

“难道他们是想拖到媒体得知消息、广而告之的时候？”

路白看了看手表。“那一定的，上新闻头条也是他们的公关。上弦月费这么大力气冒险绑架一个人，肯定要闹得动静愈大愈好。”

“可是当地警方一出马，我们……”徐燕子想说“我们的限制就太多了”，可话只说了一半，就被路白截了过去。

“如果上弦月绑架沈菘兰是为了引我出洞，他们就一定会给我这机会的。”他毫不迟疑地回答。

是、是这样吗？徐燕子心里有些嘀咕。引路老板出洞，通过绑架花剑小剧场的女演员沈菘兰——他怎么没听说过这个人？

原来他们认识。徐燕子斜眼偷看一眼自己的老板，想不到路白的私事也这么高深莫测。

“我觉得公众快知道了。”徐燕子时不时看一眼车里的显示屏幕，忽然冷不丁抬高了声音，“刚刚有两个人去开剧场的后门，刚被赶出来，现在正边跑边打电话呢。”

果不其然，十分钟后，只听头顶一阵轰隆隆的响声，却不是警察局的直升机，而是CNN电视台。

“果然有钱可赚的就是行动快。”徐燕子心直口快，边说边掏出手机打开新闻直播页面，几秒钟后就连上了流媒体直播。

“……还不清楚。但我们现在画面看到的平顶、三层建筑，侧面有巨大的租车公司广告牌的，就是花剑小剧场，也就是人质目前被关押的地方。至于人质的身份和绑架目的，接下来连线我的同事，正在波利斯警察局的莎拉·康奈利……”

“地面部队也来了。”路白把头向窗外一扭。呼啸的警笛，轮胎在柏油路上仓促的摩擦，尖锐的刹车声和疯狂的起步声，划破了波利斯城区平静的周末的清晨。

第一波来的警车有五六辆，两两一排停在小剧场大门口，每辆车跳下的警察个个手里的M4A1荷枪实弹、从钢盔到防弹背心全副武装。

“31号呼叫临时指挥中心。”无线电里传来留在俱乐部的侯博士的声音。

“请说。”

“刚刚上弦月兄弟会在YouTube上上传了在花剑小剧场被挟者的画面视频，并提出了释放人质的要求。”侯博士说完把视频画面拖到视讯信号中，车内的四人一同仔细看去——

录像中的沈菘兰除了极度劳累和有可能的脱水之外，

状况还算正常。她在录像里只是直接朗读了绑架者的要求：亲美的波利斯市长辞职，重新选举，并且美国要释放目前正被关押在波利斯郊外美军基地的六名上弦月兄弟。

“伟大的伊罗共和国已经偏离了轨道。它必将重回伊斯兰革命，让大阿亚图拉、让真主最伟大的先知重返于世，必将通向永恒的光明。”沈菘兰最后用颤抖的口齿念道。

视频在最后一个字发出声音的时候被戛然掐断。“通知Charles 组立即集合，三小时内预备。”路白盯着已经黑掉的屏幕，一字一句地说。

“老大，那可就是我们的所有人了。”徐燕子提醒他。

路白点头：“你没听刚刚人质念的字条吗？这也许是我们黑鹰在波利斯能遇到的、最重大的一次行动了。以后就再没有这种机会，也再没有这样的危险，生死都有可能在此一举。”

“今天你还能百忙之中抽空来见我，真是不胜荣幸。我还以为我们肯定得改天了呢。”

“此一时，彼一时。不过你有一点说对了，我们现在的确忙得很，所以长话短说。”

“当然，这也正合我意。”

“条件我们上次说得很清楚了，护照和通行证我可以负责，但是硬盘的内容必须先给我扫一眼。”杜若秋每一句都平静又不容置疑，“还有就是三个月太久了。两个星期之内你就走，把硬盘给我。”

“呵，两个星期，这可真是狮子大开口。”王青铜显然没想到杜若秋会提出缩短周期，闭上嘴巴仔细想了一会儿。

“两个星期是最长的期限了，”杜若秋开口说，“过三个月，你的信息还有没有用都要另当别论。两个星期之内我拿不到，这个交易对我就没有意义。”

“算你够狠，”王青铜敲敲桌子，好像是宣布成交的木槌，“就两个星期。圣诞节前，咱们两清。”

杜若秋站起身准备离开。“杜小姐今年的圣诞有什么愿望吗？”王青铜冷不丁地在她身后出声。

她停住脚步，似乎认真地思考片刻。“我的愿望和你毫无关系。”她说。

“是吗？我还以为你会祝我好走，那样似乎很容易就实现了呢。”

她不再回答，目不斜视地从他身边走开。

乐子扬今天没有来接她，而原因是显而易见的。杜若秋开上自己的车，用车载电话拨给了他。

“他同意了，两个星期。”杜若秋先说。

“不错，我现在暂时还出不来，但是两个星期之后肯定早解决了。到时候咱们一明一暗。”

“你们……在花剑小剧场？”她心知肚明，但还是问出口。

“是。我们几乎全体都出动了。”

不是意料之外，但杜若秋还是神经一颤。沈菘兰被绑架，不仅牵出上弦月兄弟会，而且他们的对立面，伊罗的警局、黑鹰，甚至是驻军在波利斯的联合国维和部队都要插手。可是营救人质这件事，却不是人愈多愈好，尤其营救的三方又彼此防备，钩心斗角，让她心里漂着一块隐忧的大石放不下去。

“确实这回的劫持案和一般不同，”乐子扬好像听懂了她心中的忧虑，“不过我们也有所准备。上弦月这次的目标表面上是沈菘兰在《波斯周末》上发表的猜测文章激怒了他们，为了获取她的消息来源。可实际上，我觉得这次他们不仅是冲着人质，更是冲着黑鹰来的。我不知道具体是怎么回事，但这个沈小姐好像和路白有些瓜葛，恐怕这次是来引他出洞。”

“一石二鸟？”杜若秋似乎有些明白过来，但是路白和沈菘兰的渊源，还是让她一惊。早在使馆的中国文化节，她只是知道两人认识，可有人能拿菘兰的命威胁路白，这样的程度她却没想到。“文化节上我邀请了沈菘兰，那是我唯一见到他们同时出现，”她想了想说道，“但是以路白深藏不露的一贯作风，也说不准。我唯一担心的是菘兰自己。”

“嗯？”

“除了你们，维和部队的人也去了吗？”

“目前倒还没看到……不对！MH-6 已经来两架了。”

“MH-6？”

“维和部队的侦察直升机。确切地说，是美军的专用侦察机。”

“怪不得，我们的武官处也一早就动了，”杜若秋心里纠结，“菘兰的劫持不是普通的劫持绑架，她也不是一拨人的人质。波利斯警局、黑鹰、上弦月和维和部队在她身边四方博弈，擦枪走火都难说，更何况他们都未必把人质本身放在第一位。”

她说到这里，车已开到曼莎路上，差不多该收线了。“你们可一定得把她救出来，不能牺牲她，行吗？”杜若秋故意将车速放慢了些，自己的语速也放慢了，“你说过的，你只跟我一条心，乐子扬。”

杜若秋的恳求送到乐子扬耳朵里，像初夏还嫩得出水的叶芽扫在手背上的轻痒，难以抗拒。“我答应你，”于是他轻声回答，“但我们得先看警察局和美国人那边怎么动作。毕竟他们是名正言顺的拯救者。”

“明白。”杜若秋停好车，收起了电话。她走进办公楼，发现今日楼里的人少了一大半。

“小邹呢？威棣呢？丰哥不在？黎公也不在？”她举目四顾，只看见肖雅还坐在自己的桌前。

“都去开会了……维和部队的紧急磋商。”

“为了……沈安妮的劫持案？”

“必然的。”

“维和部队要直接插手，不等波利斯当地警方了？”

“据说这回上弦月的大Boss也去那个小剧场了，当然不能错过这么千载难逢的机会。这个Abu Al-Qadi，当年美国人在伊拉克两次失之交臂，这次肯定是找准机会，不管什么代价也一定要生擒他的。”肖雅放低声音说。

杜若秋听对方说“不管什么代价”，神经骤然被牵动，嘴角不自然地抖了抖。肖雅显然也立刻意识到自己失言，这位沈小姐明明是杜若秋的好朋友。“但是安全营救人质，肯定是第一位的，”她连忙改口安慰杜若秋，“有联合国维和部队出动，沈安妮肯定是绝对安全的，你别太担心。”

肖雅的情杜若秋领了，可她环视一圈清冷的办公区，无法不察觉自己是特意单独被留在大使馆了。他们驻联合国中东区的谈判代表一共四个人，还有武官处、警务组，甚至科技处的丰哥都被叫去参与磋商了，唯独留下她，除了她和菘兰认识之外，还能有什么别的原因？

如果他们是因为知道自己和菘兰的私交而非瞒着自己不可……那维和部队到底在制订什么样的行动计划？杜若秋轻轻靠在使馆二楼的窗边，尽力去掩饰满腹的心事。

“花剑小剧场附近的两条街区内都被警方封锁，我们看到剧场已被警方层层包围。尽管如此，还是有许多市民，尤其是华人华侨聚集在封锁线 50 米外的喷泉池附近，为被劫持的 20 岁华人女生沈安妮送上鲜花和祈祷。”

电视台的现场记者进不去被警方封锁的剧场，航拍也拍不出什么有价值的画面，只好打出感情牌，采访几个捧着鲜花的太太，顺便以表情丰富的语言搭配流动的人群和煞有介事的警员。

“欸，好了！美国驻波利斯大使的特别记者会即将开始，让我们把画面转向绿区，曼莎路 15 号，美国大使馆。”

杜若秋被吸引到电视机前。

“早上好。”大使先生磊磊落落，走到贴着国徽和使馆字样的讲台前，身后一左一右分别是伊罗和美国的国旗。“感谢媒体和社会大众对花剑小剧场劫持事件的关注。这次劫持是一次恐怖主义攻击，由臭名昭著的恐怖组织‘上弦月兄弟会’策划、实施，针对无辜平民进行绑架劫持。

“我们收到了上弦月兄弟会发布的视频消息，并确认了其真实性，被绑架的人质——也是唯一的人质——安妮·菘兰·沈小姐是昨天晚上9时左右，从剧场化妆间离开时遭到绑架的。当时剧场的其他人员已离开，而沈小姐是当晚最后一位离开剧场的，所以我们有理由相信人质是被随机选择，而非与恐怖组织有任何关联。沈小姐目前仍然被困于花剑小剧场内，尚未受到明显伤害。

“针对上弦月所提出的要求，尤其是要求华盛顿政府释放关押在联合国维和区临时监狱的六名囚犯，我们的回答一如既往：关押的六名囚犯都是上弦月兄弟会的成员和同伙，都对人类犯下过恐怖主义罪行。美军维和部队只是负责暂时羁押看管，随后将移交海牙国际法庭正式审判，所以不可能，也无权对他们施与任何程度的释放或者赦免。

“我们会在接下来的每分每秒与联合国牵头的维和部队一起，尽全力让人质脱离危险，将恐怖分子抓捕归案。”大使先生应该是讲到接近尾声了，他提高声音，信心满满地从稿纸上抬起头来，“美国是自由世界的守卫者，打击恐怖主义的决心从未断绝，这次的劫持事件只能令我们更加坚决、更加机敏。对恐怖主义这个全人类的敌人，必须施以全部、彻底的剿灭清除。”

“大使先生！大使先生！”大使的话音刚落，台下的记者一片提问声。

“NBC。”大使点名。

“请问现在是否与上弦月组织取得了联系渠道？华盛顿是否会和其头目进行谈判？人质解救进展如何？”

“我们的立场非常明确，不需要与恐怖分子的谈判。”大使凛然回答说，“人质解救进展的问题将由维和部队的相关人员另外举行记者会进行回答。”

“请问什么时候……”台下的记者还在追问，大使已经整理好自己的演讲稿，准备扭身离开。

“这次的特别新闻记者会就到这里结束，”大使的第一新闻官走到讲台前对仍旧跃跃不满的记者们一耸肩，“你们想知道的，我也告诉不了你们。感谢诸位来参加，我们下次再见。”

使馆一楼大厅里还熙熙攘攘，记者们尚未散去，大使带着几个随从匆匆上楼，从电梯门里跨出来的时候接过自己的手机和又一叠新文件。幕僚长见之走上来低声耳语，“刚刚收到上弦月组织的私人消息，是否持续通话？”

大使看一眼递上来的字条。“别理他们，一个字都别理。”他用手将字条撕碎，“波利斯警局什么时候开记者会？”他问完不等人回答，接着又说，“催催他们。让这件事发酵、愈烈愈好。”

“是。”幕僚长将他送回办公室门口，大使自己关上门，拿起办公桌上的电话手柄。“给我接 TX Petro。”

不出三分钟，敲门声又响了。大使一边高声向外说了一句“稍等”，然后结束了手边的通话。

“什么事？”

“维和部队那边的花剑紧急小组在等着您呢。”

他这才转回椅子，起身上车的时候，原本好端端的天色忽然从西北飘上一层云，副驾上的幕僚长告诉他：“好像要下雨了。果然到了11月，雨季就开始了。”

“我争取在下雨之前回来，”大使回答，“你倒是可以替我多在那里盯一阵。”

“老大，看这天是要下雨了。”乐子扬刚刚来换班，坐在驾驶座上望了一眼窗户。车窗的贴膜是最高安全级别的灰，他按下电子车窗露出真实天空的一条缝，才发现外面果真风雨欲来。

“空气里的湿气加重，通信信号的噪声开始增多。”一个钟头之前刚来的颖决明还在调试无线电接收器和声码器，“这是个很不利的因素。”

“雨天无线电通信本身也受影响吧，”路白想了想回答，“他们会因此提高信号强度吗？”

“可能性不大，军用无线电对于安全系数的要求是第一位的，不会因为任何原因妥协这一点。”

路白点点头。“必要的话，我们可以让一线特工靠近侦察，来补充通信情报来源的不足。”

颖决明听着，眼中划过一丝别的什么想法。

那丝犹豫却被回头的乐子扬抓住。“你有什么建议？”他直视着自己的老同学问。

“与其让一线特工靠近，不如让我靠近。”颖决明缓缓道来，“接收器、声码器、调频工具和解码工具都可以随身隐藏携带。一辆车的目标太大，但若是只有我一个人，靠近警方和移动就都容易多了。”

车里剩下的几个人彼此相视都一愣。听起来是个合理的提议，但是……这个毛遂自荐去接近维和部队收取通信的颖决明，值得信任吗？

迟疑了一下，乐子扬率先把凝视的目光从颖决明身上移向路白，似乎鼓励般地冲他轻微点头。

“嗯。”路白终于缓慢地颔首，“好，那就你去。戴上隐形眼镜和耳麦。”他说完将目光从窗外收回来，又看了一眼乐子扬，“Alpha组负责掩护你。”

“不需要掩护，”颖决明一边戴隐形眼镜，一边一口回绝了路白的提议，“我一个人出动才是最安全的。在这等我的消息吧。”他说完已经准备就绪，戴上棒球帽，拉开车门就跳下了车。

“test 1，2。”颖决明大步离去，低头小声说道。

“收到。”乐子扬回复完，右手依然紧握着对讲机。

指挥车停在了距离小剧场五个街区之外，颖决明没有直接往剧场走，却从左边绕了一下，来到一个街心小花园，直接坐在一把空无一人的木质长椅上。

“颖决明，你准备往哪里去？”

他却没空回应总部的质询。街心花园地处空阔，他在石板小路上走得不急不缓，双手始终插在上衣口袋中。频率已找到，接下来就是要稳定地接收信号，并且用声码器解密。

从小花园出来，他终于用无线电和指挥车恢复了联络，“快了，快了。”他说着，大步流星向剧场的方向走去，等远远地看见了红黄相间的警戒线，便从裤袋里拿出了手机。

“请问这就是花剑小剧场吗？”他用英语问身旁的一个

华人。

“是的。都被围住了。”

“哦。”他点点头，把手机举在脸的前方，像周围的其他人一样拍起照来。

“取得影 ×× 了吗？”指挥车上的即时收讯装置里持续了半个小时、一成不变的沙沙声里，忽然清静了不少，跳出不连续的声音。

“这是 Delta Force！”乐子扬望着颖决明实时传回来的目视影像，一个白人大兵，手里端着 HK416D 突击步枪，腰间别着 9mm 的 M9A1，还有一身深浅卡其的迷彩制服，都是美军三角洲部队的专属装备。

“目标 Q 确实 ×××× 今天凌晨 × 地下室，××× 凌晨 4 时使用 GSM×× 短信息。”颖决明还在以各种角度举着手机拍照，然后窃听信号瞬间忽然清晰了起来。

“目前尚未发现目标。什么时候可以拿到地下室的红外线热度检测？”

“收到。继续搜索，红外线检测 10 分钟后可以提取。”

“收到。”

窃听到的通话暂时中止，徐燕子转过头来，几乎不敢相信的语气：“目标 Q 就是 Abu Al-Qadi！他真的来了！”

这个遍寻不着无影无踪的上弦月大佬，没有人见过、连一张照片都没有的终极魔头，竟然就这样出现在了花剑小剧场的劫持现场！“他狂妄过头了，”唯有路白沉得住气，“他料定了美国人一定抓不着他。”

“他有这种把握？”乐子扬问。

“美军已将他定位，出错的可能性很低。如果没错，他必然做好了复杂周密的计划，准备再次从美国人的眼皮底下逃之夭夭。坊间传闻，这个人极为自负聪明，一直对自己在伊拉克将几个营的特种兵耍得团团转的事迹得意扬扬。”一直沉默的姚 sir 终于插话。

“可这次他逃得掉美国人，又未必逃得掉——”

乐子扬的话出一半，窃听通信又传来声音。

“红外线热度确认，地下室有 3 个人，其中一个体型特征与目标 Q 的相似度超过 93%。”

“报告！研究组向指挥部报告，刚刚拿到花剑小剧场的市政图纸查看，图纸显示剧场并没有建地下室。”通话中忽然跳出第三个来源。

“不可能。红外线热感仪已检测到地下 4 米的人类活动。研究组继续调查剧场构造。”总指挥斩钉截铁，“Alpha，Beta，Delta，是否收到红外线热度报告？”

“收到。”“收到。”“收到。”

“是否取得地下室的目击角度。”

“没有。地下室的唯一通道入口在剧场舞台中央，人质沈安妮所坐的椅子的位置。无法取得目击。”

指挥部一阵沉默。

“请求下一步行动指示。”

“继续寻找地下室入口，”指挥部停顿了一下，“明日 10 时之前若未找到其他入口，则实施安多美达计划。”

“Alpha 收到。”“Beta 收到。”“Delta 收到。”

安、多、美、达。几条街之外的黑色丰田商务车在听到这四个字后，陷入了死一般的寂静。路白的脸色骤变，徐燕子目瞪口呆，姚 sir 有些神经质地双唇微颤，乐子扬握紧了左手的拳头，似乎要将那四个字捏得粉碎。

希腊神话中柯普斯国王和卡希奥佩娅王后唯一的、美丽的女儿，为了平息海神波塞冬的怒火而甘愿作为牺牲，将自己奉献给丑陋凶恶的海怪。安多美达，温顺的、无辜的献祭品安多美达，被铁锁捆绑在海怪必经之路的礁石上。

“我们还有 18 小时。”

“我们还有 18 小时呢。”

路白和徐燕子同时开口，不同的是路白的声音低沉阴郁，徐燕子则在最后加了一个向上的语气助词，带出一点乐观和安慰的情态。

“18 个小时不短，有一整夜的时间给我们，足够了。”乐子扬选择了继承徐燕子的乐观态度，“况且，沈安妮被劫持，中国使馆也不会对安多美达计划坐视不管的。”

“那没有用，”路白开口，车内三人的目光都聚焦在他身上，“这是维和部队的决定，必然是经过中国使馆和国内方面准许的。”

情理令人震惊，却是无法反驳的事实，车内三人哑口无言。“不过你们说得很对，18 个小时可以做很多事了，赶在三角洲部队的毁灭计划之前。”路白保持了一贯的不急不缓，“我们知己知彼，现在得有一个计划了。”

“颖决明，收到请回复。”

“收到。”

“指挥车现已撤回俱乐部，Beta 组留守现场。如需支持，请定位Beta组车。”

“收到。”

颖决明发回来的通信还在持续不断地传回车上。“没有发现目标”“没有发现地下通道”“依旧没有发现目标”，那些声音伴随着指挥车上的四个人，一路驶回尼卢法街31号。

“你猜怎么着，”刚一回来，侯博士从他的几个电脑显示屏中间的缝隙里探出头来，“美国人昨天晚上就收到上弦月的恐吓威胁了，他们只是没做反应而已。”

“他们昨天晚上收到威胁？”

“收到沈安妮被劫持的消息和上弦月对释放人质的要求。但是他们一声没吭，等着社会大众都知道了，才召集维和部队派的人手。他们的内部通讯简报里这么写的。”侯博士说着把自己的电脑屏幕转过来给他们看。

“他们是等着这件事闹大。”徐燕子顿时也明白过来。

“哦对了，简报里还有一条收讯，说‘大局当前，必当摒弃小节。我们虽然沉痛，但深知选择艰难，予以谅解’……也不知他们在谅解个什么，可能是到目前为止营救不力吧。人质毕竟是中国人，中国使馆在关切也算正常。你们在剧场附近除了波利斯警局和美国兵，看到中国的维和部队了吗？”侯博士又补上一句。

他念出“大局当前……我们……深知……艰难，予以谅解”几个字时，也许还不知道自己在说什么，可是刚从指挥现场撤回来的那四个人却听得明明白白：原来维和的多国已经达成一致，默许了安多美达计划。乐子扬开始对路白在车上的话还不全信，现在看见这一行简报上的白纸黑字，心里怀疑的防线才彻底崩塌，不得不接受眼前的事实。原来……他想说服自己，两只拳头却不知不觉地攥成死扣，无法控制地猛捶向自己身旁的承重墙。

墙皮露出细小的裂纹，发出闷声的回响。

“阿乐，你……还 OK 吗？”徐燕子关切地看他一眼。

“没什么。”乐子扬尽力克制着情绪，但一句“没什么”，显然不足以解释自己压抑不住的愤怒。也许是和黑鹰们混得熟了，也许大敌当前，他已无暇在乎言语上的得体和该说不该说，乐子扬突然张开嘴巴，如同火山爆发——

“我生平最恨的就是别人口中那所谓的‘大局’。仿佛只要有了这两个冠冕堂皇的字，就没有什么事是不能做的。谁说出这两个字，就连杀人都是高尚的、杀人都……”

乐子扬的愤怒还没完全发泄，却被突然走进来的路白打断了。“美国军方早已获取情报却按兵不动，是想等待人质事件在公众舆论里发酵，这样就能以上弦月兄弟会的猖獗来证明自己的维和部队驻军伊罗的必要性，还能适时地操纵政局。”他以平静的语气将整间屋子的气场拉回常态，边走进小小的会议室边往窗外望望，“A、C 两组都回来了，十分钟之后全体集合，部署接下来的 17 小时。”

乐子扬这才仿佛回过神来。

“是。”他说。

“阿乐，你也稍微歇十分钟吧，今天辛苦了。”

“是。我先出去了。”乐子扬脸上紧绷如凝，还在努力缓和自己的情绪。

乐子扬前脚出门，徐燕子回头吞吞吐吐地向路老板嘀咕一声："刚刚阿乐怎么了？"

"每个人都有那么一点不能为人道的委屈和不平，"路白轻描淡写地回答，"有点情绪是正常的。"

那时乐子扬正从三层走下楼梯到吧台旁去找水喝，刚下了两步，眼前忽然剧烈地震动起来。糟了，又来了……他来不及咒骂，眼前已经模糊起来：

黑、红夹杂着闪电般晃眼的煞白从眼前掠过，接着一阵疾风吹过隧道的呼啸声由远及近，猛虎一般向他扑来。乐子扬奋力地在风中牢牢把着一块石壁的边缘，等风来时，才发现那声音原来不是风声，却是自己的呼吸，随着一辆飞驰的跑车奔驰在狭长的隧道里。

他坐在驾驶席上，刹车板却被提前卸掉了，他努力地控制着方向盘，没发觉有另一个人也坐上了车。

看向后视镜的瞬间，他发现那个人安然地坐在后排靠右的位置上，穿着双排扣西装大衣，面庞沉静地直视着前方。

"爸爸？"乐子扬愣住了。

对方却没有听到他说的话，反而看了看手表，说："稍微快点，再晚可能要下雨，今天就飞不了了。"

"放心，从基地到试飞场只有5公里，我们马上就到了。"冷不丁一个谄媚的声音从旁边响起，乐子扬这才发现自己右手边的副驾上也坐了人。副驾是一个年轻的军官，他接着说，"克劳德将军特别强调一定要让您第一个飞，想必是非常新的机型。这么重要的初次试飞，也就只有您能办得到了。”

乐子扬好像感知到了故事的走向。

别去、别飞、别上那架飞机。他瞬间心乱如麻——这就是那架将要坠毁的试飞飞机。可是他们听不到他说的话，刹车没有、方向盘也转不动，乐子扬只是一个坐在驾驶席却什么也驾驶不了的司机。

副驾上的军官说得没错，不出两分钟，车子向右一转，眼前顿时铺开一片开阔的飞机场。汽车在跑道边上停下，副驾赶快下来给后座开门，乐子扬眼见着父亲走下轿车，脱掉西装外套，里面已穿好了连体的飞行服。

他步履匆匆，旁边走上来一个女人给他做简报，他在简报最后签了一个潦草的名字，然后接过护目镜和头盔。

乐子扬就站在他们面前大喊“不要去！”又跑到父亲身前拦住他，可是自己就像不存在似的，被轻而易举地穿了过去，留在跑道边上目送父亲的背影。

不，不不不不不……他情急之下看见身旁女助理拿的文件夹子，夺过来就朝父亲背后扔过去。可是文件夹飞到一半，就烟花般地解了体，纸片纷纷扬扬地飘散在空中。

“啊！”一阵风刮过，女助理惊恐地对着自己散落的文件惊呼一声，前方的父亲停住了脚步。

父亲转过身来了。他很可能是听到了这慌乱的插曲，但是他的目光……乐子扬为之一振。他们站在飘散的文件和慌乱捡拾的人群的两头，可是父亲看见他了——他确定、无比确定。那一刻，父亲的眼神毫不犹豫地聚焦在了自己的目光中，父亲看见他了。

紧接着，乐子扬看着自己的父亲抬起手，像是一个告别的招呼，并配以极其微弱的点头，然后动了动嘴唇。

“父亲！”乐子扬失声大吼。他徒劳地眼见着父亲登上试飞的飞机，飞机的侧面标着它的机型MC130-H，然后过了不到两分钟的时间，飞机还没飞出肉眼可见的范围，乐子扬又眼见着空中一阵爆炸，迅速升起的浓灰烟雾逐渐将自己完全包围……咳、咳咳、不行，我喘不过来、我快喘不过来气了……

嗡……嗡……嗡……

这次叫醒他的是手机的震动。乐子扬猛一睁开眼睛，渐渐看清了脚下的台阶和眼前的景物，头还是炸裂般疼。可是他顾不上疼，一手扶着脑袋，另一手赶忙伸向上衣的口袋。他抹一把额上的汗珠，盯着一闪一闪的屏幕看了又看，迟迟按不下绿色的接听按钮。

是杜若秋。

他的心里好像淤积了无数的回忆和无能为力的喘息，又有一块铁板将它们狠狠地向下压着，塞满了他的胸腔，乐子扬艰难地大口吸着气，不让自己再次睡去。接下来的一瞬间，安多美达四个字从脑海里蹦出来。

这下他终于彻彻底底回到了当下。人质还在上弦月手里，而盟军部队已做好了牺牲她的准备。

要……告诉她吗？

叁

我欢迎你，兄弟。我们追求的都是这个世界的正义。

——Abu Al-Qadi

“你在哪儿？”电话响到第八声，表示自己的不容拒绝。乐子扬接起电话，她的声音清澈见底。

“我们暂时先回 31 号了。你在哪儿？”

“我在小剧场附近。我下班了，过来看看到底什么情况。你们走了？”

“现在……有一些变化。我们先回来重新部署。”

“什么变化？怎么了？”

“我们能做到。”乐子扬略一思索，最终还是决定先不告诉她太多，“明天上午 10 点之前，一定解决战斗，”他说完，又加了一句，“你放心吧。”

不过一句“放心”显然没用。“什么意思？”杜若秋果然不依不饶，“到底怎么了？乐子扬，你不带这样的，咱们说好了，你——”

“你帮我们一个忙，行吗？”乐子扬忽然抬高声音，切断了她的话。

“嗯？”

“今天夜里不要睡觉，也不要回家。现在就去使馆待着，借一辆你们使馆的保姆车，能坐十个人左右的，然后等我消息，好吗？”

“好。”她答应下来，略一停顿，接着说，“那到时见。”

她竟然没有再多问，这正是他爱她的地方。

你还不知道要帮我什么忙呢，乐子扬在心里说。尽管如此，他还是回答了“到时见”，挂断电话。

放下电话，乐子扬最后摸了一把额头的汗，对着楼梯旁的镜子理了理衬衫的领子，然后掉头上楼，敲了敲会议室的门。

“我有一个主意。”他向里面的所有人直白地开口。

接近六点半的时候天色终于暗下来，尼卢法街的 31 号不动声色地拉了灯，三辆全黑的 SUV 分别启动。快到剧场附近的时候减慢速度，已经能听到维和部队的喊话大喇叭开始工作。

7 点钟，天色几乎全黑了，公路上的路灯照出的车影浑浊，唯有花剑小剧场周围半平方公里的警戒区内，灯火通明犹如白昼。

“目标 Q 还在里面，”颖决明匆匆走上指挥车，抓紧时间把口袋里的设备一一拿出来连上充电线，“他们一直想把窃听器送进剧场里，但是还没成功，所以到现在三角洲部队还在依靠粘在剧场顶棚的激光窃听器，效果很差。红外夜视仪我想你们自己也有吧？不用靠他们的。”

“——他们要在晚上11点第一次行动，由联合国的谈判组打头阵；如果到凌晨4点谈判失败，就要向剧场内释放麻醉气体；如果麻醉气体也失败，那就在明天早上6点20分之后启动安多美达计划，硬碰硬，炸毁整个剧场和地下10米。”颖决明说完了，从身后的背包拿出一瓶浅橘色的饮料，小口小口地喝着。

“麻醉气体已经相当危险了，”徐燕子开口说道，“放麻醉气体然后强攻，经常会致死，所以现在都不大常用了。”

“也就是说我们的最后时限是凌晨4点。”路白接上说道，“谈判组11点进去，不知道会待多久，但肯定要在4点放麻醉气体之前出来。我们最好找他们走后、4点之前的空当，如果时间足够的话。这样，先暂定凌晨3点，随机应变。”

11点钟。维和部队的谈判代表如约进入了小剧场，竟没带窃听器。

“上弦月一早放话，只要测到窃听器，连上谈判组的人全部撕票。这个风险他们还是不敢担。”颖决明说。

谈判代表一进剧场，就如针入大海，之后再也没了声音。“他们一共有六个人，至少有一个我似乎见过，应该是个官员，其他五个都有可能是特工。”路白反复地看着那段4秒钟左右的谈判代表走进剧场的录像，一帧一帧地确认每个人。

凌晨2点钟。“老板，人找来了。”一直漆黑无声的乐子扬线终于闪起了小红灯。

“请求定位。”

“指挥车后方马路对面 30 米。”

“吓！你都到了。”徐燕子拿起望远镜，看了片刻，索性直接趴在后边玻璃窗用肉眼张望，“我看到你了。一切正常吗？”

“一切正常。”乐子扬和周莫二人在保姆车的车厢里一前一后，他们中间安分地坐着六名阿拉伯裔志愿者。志愿者们高矮胖瘦皆有不同，最大的 45 岁，最小的二十出头，全都着清一色的阿拉伯麻衫和头巾。

“你的胡子太整齐了，乱一点。”乐子扬的目光在六个人之中扫来扫去，那个面目光鲜的年轻志愿者听闻，只得用手将自己的下巴乱抓一番。

杜若秋坐在驾驶位上，抿了一口咖啡。她抬头从后视镜里望着坐在最后一排的乐子扬，有意无意地轻轻眨眼，眼角露出一丝浅笑。

这是她的男人，他们在做一件最隐秘又了不起的事。她的满足无以复加。

凌晨 3 点钟。“谈判组还没出来。”徐燕子看看车上的电子表，提醒指挥车上的其他人，“已经 3 点了。”

“Alpha 组，Bravo 组，Charles 组，乐子扬组，”路白拿起无线电，“汇报情况。”

“Alpha 组一切就绪，在车内待命。”

“Bravo 组一切就绪，已待命。”

“Charles 组一切就绪，已待命。”

“乐子扬组一切就绪，在车内待命。”

“持续待命。”路白说道。

时间一分一秒地过去，慢慢悠悠已是凌晨三点半，小剧场还是一丝动静都无。

“通信信号很清晰，谈判组确实还在里面没出来。”颖决明说道。

“难道……他们是想拖到4点再出来，然后立即实施麻醉？”徐燕子也在猜测。

“这是很合理的，把中间的时间间隔缩到最短，不给上弦月有任何准备的机会。”路白肯定了他的想法，转身和同车的姚sir商量，“我们15分钟够了吧？”

“顺利的话，5分钟都足够了。”

“好。”路白又拿起无线电，“最多再等15分钟。Alpha组下车靠近目标50米范围内。乐子扬组在一级预位停车，所有成员在车上待命。”

“收到。”

“收到。”

3点50分。一束煞白的光线从小剧场的正门打出来，联合国维和部队的六名谈判代表走出门口。维和部队的车子不能靠近剧场，停在200米开外的马路上，谈判组成员只能在背后的枪筒监督下，一步一步慢慢走向自己的阵营。

“他们出来了！”

“所有组倒数预备。按计划，Alpha组和乐子扬组最先行动，”路白手里握着对讲机。这是他加入黑鹰以来最重大的一次行动，他的声音却比以往的任何一个时候都要稳。几年的等待，一生的目标，此时的这一分这一秒，决定命运的时刻终于要来了。

“10，9，8，7，6，5，注意耳机，3，保持警惕，预备，行动！”

2016年11月3日，距离凌晨4点还有8分钟。拜森街50号的花剑小剧场周围，维和部队打出的层层探照灯紧紧包围着人质被劫持的地点。俄而天空闪过一丝异风，忽然之间，剧场周围所有的探照灯和照明灯，一个接一个地砰然熄灭，不出3秒，剧场周围瞬间失去了所有光亮。

“供电设备已切断。完毕。”

“电线已剪断。完毕。”

光线全数覆灭，维和部队中间取而代之的是一阵低声的惊呼和骚乱。几乎与此同时，只听得两三辆车的疾驰之声，趁人的瞳孔还没来得及适应新的黑暗，那几辆车已经冲破了警戒线，在剧场门前乍然停下，奔下十几个训练有素的黑色背影。

“发生了什么？”

“照明设备被破坏，不明人员已闯入小剧场！”

“立即调查，请求直升机照明！”

“不行，周围有强电磁场干扰，信号断了！”

剧场外的维和部队瞬间陷入一种摸不清的谜团和恐惧中，而另一边，小剧场的西侧小门被三个黑鹰突击队员强行攻破、闯入剧场的第二道门，里面就是那个臭名昭著、以疯狂的报复暗杀和恐怖袭击而闻名于世的组织——上弦月兄弟会。

“谁？立刻趴下！不然就撕票！”

剧场内的绑架者人手并不多，西门没有守卫。闻声的上弦月成员显然没料到会有人这么快冲进剧场，情急之下立刻把枪抵在了被劫持的沈菘兰的脖子上，向西门的入侵者大喝一声。

“后退！立刻后退！一步也不许往前，否则就撕票！”劫持者大吼。

“嘿、嘿……”路白从黑鹰突击队员身后走上来，冷淡而温和地，双手做了一个向下压的安抚姿势。他们所在的位置是剧场后方的紧急疏散通道，跨过三十几排观众的座位，就是舞台。舞台上灯火通明，而最中央的位置，一把朴素无奇的木头椅子上，就绑着他们唯一的筹码——沈菘兰。

“我姓路，让你们久等了。”路白接着往前走了两步，“但我相信你们会发现自己的等待是值得的，因为我把你们那六个兄弟带来了。”

在路白的身后，渐渐露出那六个今天傍晚才招募来的阿拉伯裔志愿者。六个阿拉伯人排成一排，穿着统一的、破旧的灰布长衫，有胖有瘦，但每一个都在旁边黑鹰的枪口威胁之下低着头，远远的看不清每个人的面孔。

“不要动。”劫持者依旧端着枪，但是语气明显缓和了不少。混杂着疑虑、小心和不信任，但到底是缓和了不少。

“把他们六个先带走，”路白回头命令自己的队员，目送着那六个人被带去门口的一个杂货间，然后才转过身继续与劫持者对话。“听着，我把你们的人带来，只是想做一个最普通的交换，”他完全无视对方三番五次的警告，只身往前走去，“我没有带枪，也没有任何工具，我只是来谈一笔生意。生意的内容很简单：我把你们的六个兄弟带来，而你们绑架的人质我带走。”

“我没有武器，让我过去，到舞台谈好吗？这样一直喊话太累了。”路白一身轻松地拉开西服上衣的两片前襟，表示自己毫无威胁。舞台中央聚集起四个劫持者，默许似的没有反对，路白便迈开步子，沿着剧场观众席的台阶一路走下去，劫持者的枪口始终追踪着他的足迹。

可是路白并没有在观众席的前排停下。他一边信步前行，从观众席的最后排走到前排，绕过乐池，最终迈上舞台的两级台阶。

他站定在她三米开外的距离，头顶和对面打来的光都很辣眼。沈菘兰的胳膊、双手和双脚都被捆在椅子上，唯独头还能动，经过一整夜的绑架，两个眼窝深深凹陷下去，整张小脸白里透青。她的精神已经很差，路白刚刚踏上舞台的木质地板的时候她似乎闻声抬起头来，神色恍惚地看向对面。她的眼神在路白周围晃过来晃过去，却好像总是无法对焦似的，不知道是已经认出了他，还是只是漫无目的地惶惶而视。

路白也恍惚了。他站在那个陈年木板铺就的舞台上，灯光也不真实起来。……他认识她吗？目光交汇的一瞬间，如同刮过一场突如其来的晚秋的旋风，哗啦啦地翻动空气里的尘埃，几乎要把记忆搅成困惑的碎片。

可那又确实是她。在他面前的，就是他所认识的沈菘兰，什么都不懂的、二十岁的年轻姑娘沈菘兰。路白眨了两下眼睛，下一秒钟恢复了理智。

“别再靠近。”沈菘兰周围三个持枪者，远处还有一个，也许是他们的小头目。路白用余光瞥一瞥剧场的上方，观众席的背后好像还有一两个人，其余的都不在视线里。

“报告，剧场屋顶已肃清无人，Charles 组待命。”

“Alpha 组已在化妆间门口待命。”

嵌入式耳机里传来两组的汇报，路白面对着三个劫持者，坦然地看了看自己的手表。

3 点 56 分。他垂在身侧的右手中指轻敲三下大腿，耳机里随即传来姚 sir 的指挥：“Alpha，Charles 组，3——2——1——行动！”

说时迟那时快，只听剧场的屋顶一声震耳的轰隆，好像鞭炮炸裂，又像大树倾塌，四个全身黑衣的黑鹰战士背后牵着尼龙绳带，从头顶轰然降下，径直坠向舞台中央。舞台上的几个劫持者的第一反应，是纷纷仰头枪口上挑，而趁四个黑鹰还未落地，路白正好抓住空当，突然往前一扑，抓住沈菘兰的椅子，从腰间拔出小刀唰唰两下割断了绳索。

“走！”他拉起沈菘兰时四名黑鹰已落地，方寸之间展开肉搏，路白按住沈菘兰的头使她蹲下，抓住时机抓紧她的手猛然一跃，跃至舞台前方的乐池里。乐池相比于舞台和观众席是一块凹陷下去的长条，趴下身去四周瞬间暗了不少。

可是乐池不是久留之地。路白把手捂住沈菘兰的嘴，示意她千万不要出声。他自己抬头判断情势之时，沈菘兰却扭动身体，向舞台的一侧缓慢地爬，她边爬边用手去挎路白的胳膊，示意他和自己一起。

路白回头询问地看她一眼，沈菘兰肯定地点点头。原来舞台的侧面有一个小小的暗柜，平日里放着临时才用的折叠椅和木架，两人打开暗柜，刚好有一条30厘米见宽的缝隙。路白手疾眼快，一把将沈菘兰推入暗柜，匆忙中留给她一个OK的手势，接着自己翻身滚到舞台边缘，偷看周围的动静，等待时机带她离开。

可最激烈的枪声和吼声，却不在剧场大厅。他听到打斗的巨响从舞台的侧后方传来——那里是剧场的化妆间，路白顿时意识到A组不妙。

“我们中埋伏了，这里是对方大本营。”对讲机里的阿周大口喘气，接着就听砰砰两声枪响，然后是一口闷声的呻吟。

“……乐子扬中弹了。”

“B组增援还有20秒——”“阿乐胸部中弹——”对讲机里混着几种不同的杂音，“唔、唔唔、我没事。”乐子扬留下的唯一一串声音。

“A组车辆被封锁，正在绕路从东面靠近，预计三至五分钟。”

不行！三分钟、五分钟，一个中弹受伤的人怎么能留在现场这么久？！

路白正在呼叫B、C两组车，忽然被剧场外一阵噼噼啪啪的巨响震惊。咔嚓的声响是维和部队的围栏被冲破、被撞碎、被轮胎快速地碾轧。紧接着只听见一辆车由远及近，左冲右突，发动机疯狂地转动，车胎在柏油路面发出哧哧的摩擦。

车头的远光灯从剧场窗口闪过，然后伴着一声路白所听过的最尖锐刺耳的刹车声，一辆全黑的宝马 X5，还带着使馆的车牌，停在离化妆间最近的剧场后门口。

周莫当然立刻就认出了这车。

10 秒钟之后，乐子扬被周莫和杜若秋两个人扶上保姆车，维和部队的吉普和不休的警笛从他们身后追来，斜前方还有两辆摩托，就在离他们 20 米远，全都霎时打开大灯，呜呜地发动来拦截她的车。

杜若秋沉下一口气，一手关车门，一手直接挂上 DS 挡，脚下油门一踩到底，方向盘向右打满，就在轰隆的发动机和低沉粗犷的排气声之间，绕过维和部队的摩托，再向左打冲过新拉的警戒线和拦截墩，直奔最近的医院扬长而去。

“杜小姐，保持联络。”路白简短地在无线电中说。

杜若秋想要回答，一开口才发觉一阵腥甜，原来是自己早已咬破了自己的下嘴唇。

“收到。”她的声音从对讲机里传出，显得分外沙哑，只是路白没有时间兀自忧愁。现在双方力量在化妆间狭路相逢，两拨人马都在向那边增援，反而给他们留下了解救人质的最佳时机。

他三步并作两步飞奔到刚刚藏起沈菘兰的道具库，打开对开的木门，里面却空空如也，沈菘兰不见了。

路白钻进道具间，才发现起初看来狭窄的储藏空间，其实深邃异常：在堆满的布景板、画框、桌椅和旧沙发之间，留出窄窄的一条缝隙，只有一人宽，路白小心地趴在地面上匍匐向前，尽量不碰任何东西。走进道具间大约十几步，头顶一盏黯淡的蓝色灯光之下，延伸出一截向下的楼梯。

地下室？路白心里一惊，心跳蓦然加重：他几乎已经闻到那个臭名昭著的味道，那个叫 Abu Al-Qadi，令世界上装备最先进的三角洲部队蒙羞至今的名字。他就在这间地下室里。

知道 Al-Qadi 就在转角之外，路白反而生出一丝轻松，甚至是坦然的心情。他拿出对讲机，翻开键盘敲了几个字进去，然后一步接一步下了楼。

可事实比他预料之中来得更直接、更迅速。离还剩两级台阶要走的时候，右手边逐渐后退的墙壁之后，露出两个穿着长衫、手持冲锋枪的阿拉伯人。而两个阿拉伯人跟前，坐着一个男人，络腮胡子，五十几岁的面孔，盘腿席地而坐，闭着双目，神情悠然仿佛不是身处逼仄的地下室，而是陶醉于明亮的交响音乐。

四周静默如谜，只有那个人，仿佛在心中指挥着小提琴。

路白一出现，后面两个保镖先紧张起来。也许是听见自己人的动作，盘腿静坐的男人睁开了眼睛。

他的面容放松，然后露出了真诚的微笑。

“真让人期待啊。”

路白用余光看向 Al-Qadi 的背后，一个哆哆嗦嗦的影子正在墙壁上摇晃。

他会意。“沈小姐，请出来吧。来接你的人已经到了。”

沈菘兰一步一蹭地从墙背后走出来。没有枪对着她，但路白一点松口气的感觉都没有。

“先放她走，”路白开口就不是商量的语气，“我已经来了。”

Al-Qadi 抬起右手胳膊，好像要示意，却忽然又在半空停住了。他的手臂还举着，脸上绽开一种古怪又略带玩味的笑容。

“我等了很久想和你说说心里话，兄弟。”Al-Qadi 开口，接着又重复了一遍，“兄弟。”

路白对“兄弟”二字仿佛完全无动于衷。“你先让她走。她走了，我们什么都好聊。”他伸手指着沈菘兰。

“你到底要干吗？你这个大变态、大坏蛋，就算你抓了我，自由世界依然是自由的——”沈菘兰看看路白，又看向 Al-Qadi，情绪起伏激烈。

“我就说嘛，有她在这儿，会更好玩呢。”

“你到底想干什么？”路白尽量沉住气。

“我欢迎你，”Al-Qadi 像一个天真的少年一样，忽然站起身来，立定在那里，对路白张开双臂。“如果你不是一副东亚人的面孔的话，我几乎就要以为我们是失散的兄弟。”

路白一动不动。

“总有一天你会想明白，兄弟，我们追求的是同一件事。”Al-Qadi 不急不缓，“我们追求的都是这个世界的正义。”

“正义？”

“当然是正义。这个世界本来的秩序，最严格的道德，还有虔诚，最虔诚的生活、最洁净的生活。”

“这就怪了，”路白坦然一笑，“我的正义，可不是不加选择的绑架、谋杀和爆炸。我的正义里没有无辜的惨叫和鲜血。”

“哈，我忘了，你比我多了这么一点毫无用处的迂腐。假设我在纽约的某个地下室里安装了定时炸弹，倒数五分钟。你们的政府抓住了我，你认为为了逼我说出炸弹的位置，会不会产生无辜的惨叫和鲜血？”

“那是为了更多人的生命。”

“没错，没错！我现在做的，就是一模一样的事。我在避免一场更大的战争——几个人的牺牲，带来的将是属于整个世界、属于所有人的永恒的光明。”

路白内置耳郭中的耳机发出轻微的振动。

“Charles 组已在乐池就位。”

“狙击手 1 号已瞄准。”

“狙击手 2 号视线受阻，需要炸开舞台地板。”

“狙击手 3 号视线受阻，需要炸开舞台地板。”

“想不到 Abu Al-Qadi 还是个人道主义者，”路白仿佛长舒一口气，紧接着下一秒，他的手突然从裤袋中拔出，还没让人看清拿的是什么，只猛地往远处狠命一掷，接着瞬间冲到沈菘兰身边，用尽所有力气将她推向地下室的出口……

“砰！”爆炸的火浪从背后袭来，被巨大的热浪掀翻推倒的一瞬，路白将沈菘兰抱在身前，隔绝了她与通天的火光。地上全是木屑和铁片，路白一骨碌率先爬起身来，紧紧拉起她的手腕，不顾一切地冲向通往上面的台阶。

“你……我以为你讨厌我呢。”沈菘兰气喘吁吁地跟着他往前跑去，轻如风烟的声音飘向他的耳边。

可恶的爆炸、混乱，还有背后他们慌不择路的脚步声。

“这个时候就别说这种傻话了，”路白的头微微倾斜，奔跑中直视她片刻。“我可不仅仅是讨厌你。”

C组的四名队员早已在地下室头顶的储藏间就位，听到爆炸火速赶来，正好在楼梯上与路白二人相遇，他们两前两后，且战且退，掩护着路白和沈菘兰逃离剧场，坐回车上，路白的耳机又传来报告。

“狙击手1号已瞄准。”

“狙击手2号已瞄准。”

“狙击手3号……正在寻找目标。”

路白按住衣领内侧的对讲机，喘一口气。“原地待命。”他说。

“老大，1号狙击手瞄准的正是Al-Qadi，这是千载难逢的机会！”指挥车正飞速驶离现场，坐在副驾驶上的姚sir按捺不住了。

“对方一共有三个人，必须全部瞄准才能开枪，”路白一面说，一面用嘴从衬衫撕下一条布，包在自己流血的小臂上。沈菘兰接过布条，替他打了一个端正的结。“我们的兄弟还没完全撤出来，而对方三人已经在撤退，现在发动攻击，不能一击毙命的话，只会引起反击，我们的兄弟就有危险。”

“道理当然每个人都懂！但是我们现在准星对准的是Al-Qadi！他本人！坚决不能让这样的机会白白跑掉呀！”

“狙击手3号……已瞄准。”

耳机又一声振动，车内顿时凝固无声。可是随后只过了不到一秒钟——

“狙击手2号……失去目标。”

“1号Fire！必须开枪！”姚sir在车内大吼，不知是向着路白还是对讲机里的狙击队员。

“我说待命，谁也不准动！”路白斩钉截铁，“这儿我说了算！”

“狙击手2号已瞄准。”

“狙击手3号失去目标。”

对讲机线路中一阵短暂的死寂。

“狙击手1号……失去目标。”

“铛”的一声，是姚sir带着金属链手表的手腕磕在车门的皮质把手上。

“继续等待，寻找目标。”路白对着衣领内的麦克风这样说时，心里却已经知道，他又一次逃了。

“Alpha组已安全撤离。”

“Beta组安全撤离。”

“Charles组安全撤离。”

“所有地面小组任务结束，按特殊任务程序解散。”

半个小时之后，路白再一次按住对讲机，“狙击队员任务结束，就地解散。”

肆

我们在内心里否认他们也是人，否认他们是和我们一样的人类。而人类能够具有这么大的仇恨和毁灭的力量，其实是我们心底最大的恐惧。

——路白

13 号高架路没有中间隔离带，对面车辆的大灯在她脸上一道道飞快地划过。杜若秋察觉不到自己脸上的眼泪，甚至无法感知自己握着方向盘的双手，只是机械地开着车。

道路的前方似乎正在利用车流较少的夜间修路，杜若秋没有减速，直接将车开上旁边的土路，绕过了路障，紧接着是国道的出口，离医院急救室还有五分钟的路。

她从后视镜里望向乐子扬。他的双目紧闭，全身一动不动，丝毫看不出他头脑中正经历着什么，他的胸部艰难地一起一伏，每次呼吸都带着一种粗糙的、尖锐而又磨人的嘶声。五分钟，还有五分钟就到了……杜若秋数着秒，电子表的每一下闪动都像是割在心上的一刀。

以至于他躺上担架床被推进手术室的那一刻，她眼前瞬间模糊，好几分钟之内满眼都是他担架上的蓝色床单。

蓝色床单，和从他身子底下漫出的血，把床单染成一种粗糙的绛色，赤裸裸地摊开在她眼前。

“弹头已取出，在重症监护室观察24小时。”5个小时的手术，几批护士走出门来，到天快亮时，主刀医生终于走出手术室的玻璃门。“他很幸运。子弹的轨迹最近离肺腔只有2毫米，一旦穿破肺腔，立刻造成血肺，那就任是谁也救不回来了。”头发花白的医生摘下口罩，疲惫而简短地告诉杜若秋。

“那什么时候……我能看看他？”

医生摇摇头。“现在不行，这24小时都不行，”他看了看杜若秋，露出一种父亲般的怜悯，“你还是回家睡一觉，洗个澡，然后明天早上再来吧。”显然他做过的外科手术不胜枚举，有成功的也有失败的，大悲大喜都见得太多。

杜若秋感激地点点头，遏制住了想要握住医生双手大哭的冲动。

可是还没到第二天，乐子扬就又被推进手术室动了第二次手术。“胸肺区域中枪之后的二次感染很常见，第二次手术也非常成功，病人的膈膜和胸壁创伤已被修复控制。当然，他经历了一定时间的缺氧，所以还没有苏醒。我们决定让他在重症监护室里多留24小时，”值班的护士长告诉杜若秋，“很抱歉，现在还不能开放探视。”

“他……会在那里待多久？”杜若秋听见自己的声音在颤抖。

护士长温柔地一笑，安慰似的拍拍她的肩膀，“你放心吧，对于他的恢复我们都很有信心。他的各项指数都在向正常值靠近，很快就会醒过来的。”

到第三天，主治医生终于同意她走进病房，“你可以进去看一眼，不要出声，更不要接触病人。”杜若秋穿好无菌服，戴好口罩、帽子、手套时医生告诉她。

隔着面罩、针管、层层的纱布和布单，可是毕竟见到他了！乐子扬——她舍不得眨眼地盯着那个躺在病床上的男人，身旁的女护士轻轻用手拦在她面前，示意她不能再往前走了。

乐子扬，你在想什么？你可不可以先睁开眼看看这个世界，然后再接着睡你的大觉？她的眼泪无声地浸湿了浅蓝色的口罩，好像对方正在自己面前渐渐化成透明。

可是乐子扬没有透明，是眼泪模糊了她的视线。

“他的伤，到底有多严重？”出来之后，正好遇见乐子扬的主治医师就在门外，杜若秋忍不住，声音恳切地问对方。“请告诉我实话，”她说，“我回家也查了，一般只有头部受伤才会长时间陷入昏迷。”

主治医师看着杜若秋，不动声色地吸了一口气。“你的朋友已经十分幸运了，”医生说，“人的胸廓保护着心肺气管血管，不管哪里受伤都是极为危险的。可是子弹击中了乐先生，却没穿透。他几乎是用胸前的肌肉将子弹‘夹住’，挡在了自己的关键组织之外，实在神奇。我行医这么些年，是第一次亲眼见到这样的例子。你的朋友实在太幸运了。”

幸运吗？杜若秋扭头看着病房里永远挂着的白色百叶窗，心里微微一动。

她想起上大学的时候曾经听学校跆拳道俱乐部的几个人议论，乐子扬好像从小得传过一种功夫，内力远超常人，但是神神秘秘地从未向人解释过。他上大学的第一天去报名过学校的跆拳道社团，可是就连社里最高段位的学生也扛不过他几秒，他的出现，活生生就像是来砸场子的，所以从此往后他就再也没参加过任何武术社团。

她知道他这几年在小黑箱打拳，可打拳打得好的人……难道还能刀枪不入？

然而他到底还没醒来，心乱如麻的杜若秋无法再多想。医生离去的时候还在啧啧地惊叹乐子扬的“幸运”，她呆呆地在病房紧闭的门口又站了好一会儿，心里感觉不到一丝一毫的庆幸。

“为什么不让开枪？”姚 sir 走上 31 号的三楼，重重地摔开门，好像要用鼻子里喷出的怒气撕碎逃走的 Abu Al-Qadi。

路白心平气和地站在他身后，用手拦住门框，缓慢地将门关上。“我们的兄弟还在那里，没有做到同时瞄准、一击毙命的时候不能开枪，我以为这是常识。”

“去他妈的常识，击毙 Al-Qadi 不值得这个代价吗？你傻了还是疯了，你放走的是 Al-Qadi，就算打光一个连也不能让他跑了啊！”

“我的目的只是救人，不是杀人。”

姚 sir 几乎用鼻子发出一声无解的嗤笑。“你的目的不是杀人？恐怖分子可是分分钟都会杀了你！你昨天下令不准开的枪，明天就是打爆你头颅的子弹——让我提醒你，我们现在身处的是一场战争！全面的、正义与邪恶、生存与死亡的战争！”

“你说的话，几乎和他们一模一样了。”

“他们？”

“不要变得和他们一样！”路白忽然正色，“他们想要的就是战争，穆斯林和罗马之间一场你死我活、通向天国的大战——末日之前的最后一场圣战。”

“那刚好，我就是一个军人，”姚sir接着势在必得地引用了“二战”中最经典的话，“如果他们想要战争，那我们就给他们战争。”

“这是恐怖主义最恐怖的地方。”路白忽然声音转低，好像不是在争论，而像是自言自语，“他们渴望着战争。你越反对他们、越想消灭他们，反而越把他们最渴望的，亲手送到他们的掌心里。一切反恐的努力，只是印证了他们所憧憬的那个世界——那个非对即错、你死我活的世界。”

路白说着，拉开一把木椅子坐下，单手撑在头上好一会儿，抬起头来的时候一朵乌云刚好遮住窗外的太阳。

然后他说：“我从那个地下室出来的时候，一直在想Abu Al-Qadi，这个名字从哪儿来？他到底是谁？”

“人人都知道他是恐怖分子的大头目。”

“人人都知道他就一定存在？他就一定是人人都知道的那样？”

“你什么意思？”

“Abu Al-Qadi——你认识他吗？了解他哪怕一点点吗？”

“我当然不了解。”

“你不了解。哼，说实话，我也不了解，我们所有人都不了解。这是我们反恐战争永恒的弱点。他们对我们了如指掌，而我们却对他们一无所知，因为我们看不起他们、鄙视他们的行径、蔑视他们的诉求，我们认定了他们是疯子、是禽兽、是魔鬼，所以从不把他们当人看。我们不曾试着了解他们是谁，把他们当作一群和我们同样的人。可是我们怎么可能打败一群我们一无所知的人？我们不仅不知道敌人在哪儿，我们甚至都不知道自己的敌人是谁！

“我们在内心里否认他们也是人，否认他们是和我们一样的人类。而人类能够具有这么大的仇恨和毁灭的力量，其实是我们心底最大的恐惧。

“我见到 Al-Qadi 的时候，忽然发现我看见的他，是一个老头。他不是恐怖组织，他只是一个老头。我倒不是说他是个傀儡或者扮演最高领袖的演员，即使他死了，其实他死不死，上弦月都是上弦月，恐惧依然是恐惧。”

“所以你想要消灭恐惧？”姚 sir 插话。

路白愣愣地看了对方一眼，摇头笑了。“那是痴人说梦，”他说，“恐惧和死亡都是对付人类最管用的武器，永远都是。”

姚 sir 撇嘴，好像同意，又好像是在警告。“要让恐惧没有用武之地，那和消灭恐惧一样，也是不可能的任务。”他说，“我们能做的只有消灭敌人。”然后缓步走向门口，拉开了小屋的门。

“不要变成他们。”路白最后淡淡地开口，目光却比任何时候都更沉痛。他透过窗子凝视着楼下那一条深色沥青铺就的柏油马路，深色的沥青也在凝视他。

他的眼睛渐渐累了。许久，路白将自己强行从那个想不通的思绪中拔出来，回到现世的波利斯。

——在这个波利斯，他至少还有一件事要解决。事不宜迟，路白回身拿起桌上的电话，拨通了内线。“阿尹回来了吗？”片刻的停顿。“让他到我这儿来。”

半小时之后路白带着阿尹重新出发，这次他们换了一辆灰色的丰田卡罗拉，一开出去就隐没在街巷的尘土之中。

路白的上衣口袋里还放着那个老式的摩托罗拉翻盖手机。“这次的目标是谁？”阿尹——他最好的狙击手，一上车就问。

“这次去解决告密者。”路白答道，一路往南开去。

“你怎么知道我有阿三的信息？这可是绝密，一口价300万。”仍旧是那个地下停车场，对方的胖子老大摇摇晃晃地走下车，仍旧是黑西服黑皮鞋，连身后的两个小弟都没换人。

路白摘下帽子和墨镜。

霎时，胖子惊得往后一个踉跄，转身就要跑——砰！砰砰！三声枪响，一个胖子和两个小弟应声倒下。

路白和阿尹坐回车子，开出地下车库。“去绿区，”路白淡淡说道，“美国人叫我去做笔录。你在他们门口把我放下，你就回去吧。”

阿尹点头应声。刚刚的狙击枪没有装消音器，不出三五分钟，他们的车后闪起红蓝色的警灯，急促的警笛从后方追过来。

阿尹毫不慌张，切换到手排挡，提挡加速，十五分钟之后驶入绿区，一路追来的那两辆警车只好停在绿区的入口附近，犹豫徜徉。远远地只见警车上下来两三个警察，直到阿尹把车停在美使馆门口，路白下车，几分钟后两辆警车才悻悻而去。

他目送着波利斯警局的警车离去，又目送着阿尹离开，然后才走进两道玻璃门，刚刚经过安检，对面已经有人在等他。“路先生，”对方是个穿着便装的白人小伙子，“我们已久候多时了。”

路白跟着他走上电梯又走出电梯，在4楼西翼的一间会议室里坐下。

“您要咖啡还是茶？”刚坐下，从门口走进一位穿着制服的年轻姑娘。

“我不渴，谢谢。”

“还是喝点什么吧，”小伙子用稍显幸灾乐祸的语气笑着说，“免得一会儿口干舌燥。”

“我不渴，多谢您关心。”路白的面部肌肉几乎连动也不动。

五分钟后会议室又走进两个人，都带着特种部队独有的绿色贝雷帽，上校在前，中校在后。“路先生，好久不见。”上校先在路白的桌子对面坐下。

“也没有那么久吧，奎恩上校。”路白撇撇嘴，“并没有久到让我想念你的程度。”

“路先生，关于昨天夜里在花剑小剧场的突发事件，我们有一些细节，希望你说明清楚。”

“请教。”

“什么？”对方似乎没听清。

“上次我来时，你们用的词是请教。”

“请教，”奎恩上校似乎真心实意地接受了意见，微笑着说，“有一些细节向您请教。”

“请说。”

“您的队伍是昨天什么时间到达的剧场？”

“队伍？我没有队伍。”

“您、和您的……随您怎么称呼他们。”

“哦，那是我的朋友们。”路白恍然大悟般地说道，“我们是昨天晚上去的吧，从新凯西酒馆出来，听说小剧场发生了绑架事件，大家都是华人，就过去看看，凑个热闹。”

“你是听说了新闻才过去的？上弦月绑架人质后，没有直接告知你们？”

“告知？没有。我们是听了新闻才去的。”

“你们一共出动了多少人？”

“我，和我三个哥们儿。”

“不不，据我所知，你们在现场至少有四辆车。”

“哈？四辆车？我们只开了一辆车，黑色的斯巴鲁，你们糊涂了，把自己人的车也算进去了吧？”

“我们亲眼所见，确实有四辆你们的车，停在剧场北侧的门外二十米处。”

“那就只好你说你的，我说我的，看法官听谁的了。”

路白无可奈何地一耸肩。

“今天凌晨，你们是否进入了花剑小剧场？”

“我们喝多了，到了剧场附近就下了车乘凉，不知不觉竟睡着了。再醒来已是凌晨，黑灯瞎火的，我们以为人早都散了，就成群结伙走进剧场去瞧瞧——也没遇见人拦我们。谁知刚进去，里面乒乒乓乓一阵打架声，我们几个赶紧出来，开上车跑了。”

对面的上校停顿片刻，他身后的中校面色发红，显然气得不轻。

“根据你的描述，你和你的朋友进入剧场后，有没有和上弦月组织的成员进行任何接触？包括言语、肢体，相互看到也算。”

“接触倒没有……哦，也可能有。我想是有的，我好像有说话，和谁说的记不清了，我也分不清哪些是他们的人。你们把坏人抓住了，不是应该知道得更清楚吗？把他们叫来问问不就完了。”

路白知道对方的痛处，所以才不动声色地戳戳他们的肋骨，奎恩上校发不出脾气。于是他切换了话题，“沈安妮小姐现在何处？”

“被绑架的沈安妮？我怎么可能知道？”

“你在小剧场见到她了吗？”

“没有。不过剧场很大，我没看清也是有可能的。”

“你是否接触了人质？”

“和她说话吗？没有。”

“你们的人带走了人质沈安妮，这是我们昨晚所见。”

“这就怪了。你们不是联合国的援救队伍吗？连飞机大炮都有，人质怎么可能被几个喝了酒的醉鬼给带走了。说出来谁也不会信的呀。”

毫无疑问，那天的笔录不欢而散。“我们会继续调查的，路先生，请你记住你今天的口供。”送他出门时，上校的脸绷得近乎滑稽，路白友好地向他们挥手也没得到什么回应。

等他已经走下台阶的时候，那个特种部队的上校突然又出现在他的右手边，一只手紧紧钳住他的胳膊，“你们到底把沈安妮藏到哪儿去了？”他在路白耳边压低声音，恶狠狠地说，“我们有理由怀疑人质此刻的安全。”

“多谢您费心，”路白轻描淡写，将对方的手从自己胳膊上挣开，“我若碰见她，一定转达您的关心。”

路白说完没有再回头，径直走下美国使馆的最后一级台阶，然后向右转个弯，绕进使馆侧面一条背阴的小路。

路白长出一口气，看看手表，现在才下午一点。今天真是忙碌的一天，三件事里已经解决了两件，现在就差这最后一件了。

他在背阴处左右看看无人跟踪，从怀中掏出一只老式的摩托罗拉，仔仔细细再把上面的每一个字又读了一遍，从第一页翻到最末页，然后握紧在手里，绕路走到中国使馆楼的后门。

王青铜是黎盛德的眼线和狗腿。他也是看了摩托罗拉里的照片和短讯记录才明白过来。这样一来，一切都说得通了——由黎盛德提供内部信息，王青铜加以利用、投资，二人平分钱财，怪不得王青铜总能抓准时机合法获利，从不失手。但也许是王青铜尝到了甜头，胆子越来越大，开始帮助上弦月洗钱，终于被察觉，所以中国方面才派毕特使来查，从王青铜起，顺藤摸瓜。

黎、王二人，恐怕是不得已才除掉毕特使，给自己喘息的机会——于是就发生了那场沙尔机场的爆炸。

可是除掉毕特使也不是长久之计。路白知道，二人一定会再想办法，金蝉脱壳，而黎盛德拜托自己抓王青铜，是两人商量好一个红脸一个白脸在演戏，还是他想抛弃王青铜以自保？

一个礼拜前黎盛德忽然约他前来，神秘兮兮只说见面详谈，他当时的直觉就告诉自己肯定和王青铜有关。现在沈菘兰的事终于告一段落，是时候回头来瞧瞧这桩公案了。

使馆的后门他轻车熟路，黎盛德看见他，先是一惊。"我就想着你该来了，"片刻的惊容之后，他大笑着起身迎接，"沈小姐还好吗？"

路白也朝他点点头。"好久不见了，"他说，"从你们的中国文化节那天一别，你好像瘦了。"

"哪里。"对于黎盛德这样四十几岁的中年男人来说，瘦是称赞。他下意识地低头把自己电脑的显示屏关上，然后从办公桌前走开，在办公区域前方的茶桌旁拉开椅子，请路白一同坐下。

"我都听说了，"黎盛德一边泡茶一边说，"你们真够神速，美国人气得够呛吧。"

路白露出一种少见的由衷笑容。

“我请你来，是有一个重要的情报要亲口告诉你，”黎盛德凑近身子，压低声音对路白说道，“我得到消息，说王青铜要跑。”

“跑？跑到哪里去？”

“不知道。我听说……是要从海路跑，南边的波斯湾。他好像已经做了准备，证件、钱、通行证……”

“你知道大概的日子和路线吗？”路白甚至都不去问他的消息来源可不可靠了。

“据我的消息，是下下个星期，周五或者周末。我们查到他已从黑市租了那几天的船。”

果然这么精确。“既然日期和地点都有了，这下抓他是手到擒来了，黑鹰的长处是侦察和秘密行动，像这次这种情况，你们出动武官不就够了？”

黎盛德点点头又摇摇头。“王青铜诡计多端，”他沉思一番回答，“这次绝不能让他跑了，我需要万无一失。武官处的人……”黎盛德讲到这里似乎欲言又止，转而直视路白说道，“我最信得过的人，还是你。”

你是要我去做目击证人，看着你逮捕他或者消灭他，佐证你的清白。于是路白也略一思忖。“没问题，”他抬起头来，充满期待，“我亲自带最好的队去。”

“对了，维和部队那边，你也帮我挡着点，”路白离开黎盛德办公室的时候补上一句，“我刚去美国人那里做了笔录，应该没什么大事，我就是为以防万一起见。”

“那是当然，你尽管放心，有我扛着，他们什么也干不了。”黎盛德拍拍路白的肩膀。

路白走出来穿过秘书间，转身关上磨砂的玻璃门，快步走向楼梯间。楼梯旁边依然是花梨木的大茶几，路白刚要从旁边通过，一辆宽宽的清洁车正好也经过，停在茶几旁边挡住了他的路。

清洁工老头戴着口罩，从车上拿下一盆开得正盛的兰花，替换下了原本茶几上快要凋谢的那盆。

等等、等等——路白再一抬眼时，视线扫过那正在换花的清洁工，一道闪电从脑海划过。

虽然戴着口罩，可这个人面熟得很。他见过这个人……在哪里见过？就在最近、就是这几个月……到底是在哪里？

清洁工换完了花，抱歉地向路白略微点头，推着车走了。

快想、快想想、你确实见过他……

路白的脑子里飞快地翻着页，直到他一抬头，迎面撞见杜若秋站在他的对面，也正盯着那一束刚换上的兰花发呆。

四目相对，嘭。

他们俩都想起来了——他是文化节上那个吹埙的老头。

杜若秋满面疑惑，路白恍然大悟。这个吹埙的老头、推清洁车的老头、给办公室换花换树的老头，就是毕径天的继任者。国内方面吸取了教训，不再大张旗鼓地派遣特使团，而是悄无声息地，把最高等级的外交官塞进了波利斯使馆的大楼，神不知鬼不觉。

看来杜若秋不知道这个老头的身份。黎盛德呢？

他想必一定知道。路白目送着清洁工推着车敲敲走廊尽头黎盛德办公室的门，心下明白了他这么着急找自己的原因。

王青铜的事就快要败露，不管王走不走得成，他无论如何都得先把自己择出来。

路白盯着清洁工老头的背影，然后发觉杜若秋的目光在盯着他。要告诉她吗？她的长官、她的导师，一直在与伊罗最大的黑钱贩子勾结在一起。

他想起她昨夜里开着车，冲过防护栏，强行载上乐子扬就跑的那一刻。勇敢地、决绝地、不顾一切地，替他做了他应该做的事。

路白正视着这个年轻女孩的面孔，浓重的黑眼圈和眼角干裂的细纹，紧绷的眼睛和嘴唇，疲惫，太过疲惫，但依旧坚不可摧。

“杜小姐，借一步说话可以吗？”

他询问了乐子扬的状况，由衷地感谢和钦佩了她的作为，然后和她一起去了乐子扬所在的医院。

至于黎盛德……算了，也许下次，等她正式，完完全全地和黑鹰同呼吸共命运的时候再说。路白预感到离那一天也许不远了。

伍

当人们已经有了两条满是金子的河流的时候，他还想要第三条。这时候，就只有坟墓才能装载他的贪念。

——黎盛德

又是一夜没合眼。路白盘算着从现在起的二十四小时，心里暗暗骂了一句粗口。刚刚把尼卢法街 31 号的兄弟们和枪械清空搬走，下午还得奔赴波斯湾去追王青铜，这一天是别想睡觉了。

不过今夜幸亏没合眼。要不是有澳大利亚内线传的一句话，现在 31 号的兄弟们又不知躲不躲得过了——路白看看手表，想着此时此刻，美国人应该刚刚开到 31 号，正在包围、查封，拿着那封可笑的消防安全警告书。

真得好好谢谢那个澳大利亚人。他是个白痴，但是白痴也有有用的时候——这是姚 sir 招募他时说过的话，现在路白深深佩服他的诡异眼光和高瞻远瞩。

所有人都清出来了，只剩两个不知所以的临时工，还在清理营业了一整晚的台球酒吧剩下的杯盘狼藉。所有的枪和不像枪的枪都及时带了出来，侯、徐两个人的机房和自己在三楼的小白屋也搬了个一干二净，路白在脑海里过一遍所有的细节，然后将眼神锁定一旁的老季。

他最担心的是地下的档案室。事发紧急，他们撤出人员尚且时间紧凑，而那一整个地下室的资料，连烧都来不及烧。

两个小时前，路白正要提出清空地下室的方案——他甚至连爆破整栋楼都想到了，还去问了侯博士有没有足够的炸药库存（答案当然是没有）——老季却只是简短地回答了他说："没关系，不用担心。"然后自己走进地下室。两分钟之后老季徐徐走上来，手里提了一个很轻的方形纸袋，像装蛋糕的那种方方扁扁的形状，然后告诉路白："都处理好了。"

这就处理好了？路白当然还要再问，可老季也只是说："他们什么也得不到。"

老季还说："我们当初定好的规矩，现在也一样有效，对吧？"

他指的是十二年前加入黑鹰时，向路白提出的唯一条件——档案室必须由他一个人独立、全权负责，他负责收集和提供资料，其他人只管提要求、拿结果，而那个地下室和地下室里的一切，禁止任何人过问，更别提进入了。

路白当初半信半疑地答应了他，而接下来的十二年间，只要交给老季的资料，无论是大块文章还是边角料，老季每每都能在第一时间拿出来——不知不觉，他已经成了黑鹰俱乐部里最可靠、永远不会错误的一环。

老季一定是用了特殊的归档方式，才能永远都查得那么快，路白想。然后也许所有的资料都是用一种他自己设计的密码编写的？这样即使被人发现，也读不懂其中的内容。

“嗯，”老季点点头，“差不多就是你说的这样。”

率先推开31号地下室门的，是一个年轻的少尉。约瑟夫·科恩（Joseph Cohen）少尉，尽管他一再自我介绍说自己叫约瑟夫，但还是无法阻挡所有的长官和战友简略地叫他乔（Joe）。他讨厌极了“乔”这个粗糙幼稚的名字。

乔小心翼翼地推开地下室的门——推开、不是撞开——这扇门根本没有上锁。欸，他在心里叹气一声，明明偷看了指挥部的文件上说黑鹰俱乐部的地下室是收藏机密文件的重地，这下看来恐怕没什么料了。

果然，下一秒钟就十足印证了他的猜想：地下室里空无一物。除了顶天高的三米白墙，什么也没有。地下室的设计如迷宫般弯弯绕绕，径直先是一个通道，左手一间屋，右手是一个门厅，厅旁边一个套间，另一边连着另外的通道，通向另一个更大的套间，套间里貌似还有一个单独分出来的小屋子……

乔小心翼翼端着枪走遍了所有屋子，除了一尘不染的雪白的墙，整个地下室里什么也没有。

除了最里间单独分出来的那个小屋。小屋尽头的右手边有一圈正方形的、略微发黄的痕迹，看得出是陈年放置着一样东西，最近才被取走。

“除此之外，地下室什么都没有——什么痕迹都没有。

我以为即使资料都搬走了或者烧了，至少有书柜、书架，或者那些柜子在地上磨出的痕迹。”于是乔垂头丧气地向自己的长官报告，但是很快埃伦中校和奎恩上校也聚了过来，他们的倾听顿时让乔的讲述增添了生龙活虎的神采，“按理说，这间地下室是很重要的，但是竟然什么都没有，除了曾经放过一个方方的，像蛋糕盒那么大的盒子，这很奇怪吧？我是说——”

中校蹲下身，用手抹了一把地面。有一层轻微的、均匀的灰。“这不像是最近彻底清理打扫过的，”他直接打断了还讲得兴致勃勃的乔，“房间里完全没有燃烧的痕迹，在附近也没有监控录像发现明火或者烟雾。”

“这根本就是不可能的事！”奎恩上校瞪起眼睛，似乎在向最先发现地下室的乔发火，“他们根本没有时间清空这些证据！我们昨天夜里才决定的紧急行动，4个小时之内，把人撤走还有可能，但是这些证据——把他们送去海牙定罪的证据，根本不可能不翼而飞！”

乔无奈地向另一个少尉眨眨眼。明明是自己发现了地下室，现在找不到证据，反而是他的错了。

“把墙灰和地板的木材拿去检验，”奎恩上校转身向随从的鉴定官说道，“我就不信邪了。”

“我看不必了，”人群中唯一的一个黝黑皮肤的本地人——美军的翻译，开口说道，“地板用的是巴西相思木，这种木头，从二十年前实施经济制裁起就没有新的了，最后一批也在十年前用光，像这里的用量，走私货根本不可能，况且施工的工艺也是十几年前的工艺。”

“我们一家都是木匠。”翻译补上一句。

“我有一个猜测，”人群中个子最矮的，一个新来的二等兵在沉默中小心翼翼地开口说道，“是我看电视节目里学来的。”

众人的目光都聚向他，那个二等兵的声音更小了：“在福尔摩斯探案集里有、有一个记忆超群的人，是用‘头脑宫殿’来记东西的。”

“说下去。”奎恩上校命令他。

“那、那个人能记住自己所看到的所有东西，原封不动地保存在脑袋里。他在自己的脑子里建造了一所宫殿，有楼梯、有走廊、有不同的房间、房间里有书架——他就把自己的记忆都存在这些虚拟的位置，一丝不乱。想找出来的时候，就走进自己的头脑宫殿，找到某间屋、某层书架，然后像在图书馆那样，把想找的东西搬出来。”

奎恩上校的脸色顿时变得比之前更加难看。

“所以……只要宫殿的结构还保留着，”二等兵低下头，用目光指向墙角那个放过方形盒子的印记，“他们的头脑宫殿就还在，所有的记忆——也依旧在那里面存着。”

“这么说，那里原来放着这个宫殿的结构模型？”埃伦中校问。

“呃……我想，有可能是的。”

奎恩上校的脸已经愤怒得像一只烤煳的蛋糕，从他的口型来看，他很快、马上就要骂人了——

“不过，总算端掉了他们的窝。”一片死寂之中，埃伦中校小声开了口。

“他们近期之内是搞不出什么大动静了。”乔也小声补充。

“该死的无国界特工组织。这种组织全都该烧死！”奎恩上校恨恨地留下最后一句话，转身扬长上楼。

“这里没戏了，”乔跟随战友们一同上楼的时候听见其中一个人说，“早知道就跟去阿巴斯港了，那里说不定还更有料些。”

“真没想到。”杜若秋接起电话，乐子扬告诉了她维和联军突袭 31 号的事。她是着着实实地被震惊了：虽然维和部队对黑鹰在花剑小剧场从中截获的事颇有微词，但他们确实干得漂亮，而媒体大众又不明就里地把功劳全给了美国第一特别行动组，按理说美国人不至于这样贸然地公然和黑鹰对着干。

“一直以来，各个国家不都是不支持不反对的默许态度吗？”杜若秋说。

“他们的理由是台球厅的噪音扰民，还有俱乐部建筑有消防隐患，”乐子扬答说，“而且不是波利斯警局的人来的，是美国兵亲自来的，拿着当地警察局给他们开的一张纸。”

“你觉得……”杜若秋迟疑片刻，“有没有可能是因为源空间？”

“嗯？”乐子扬打了一个激灵。

“有没有可能是美国人知道了黑鹰也得知了源空间的秘密，所以才……小剧场的事只是一个巧合，或者，一个借口。”

杜若秋说完，电话的另一端久久无声。

她抬起头看了一眼家里的挂钟。“时间差不多，我得出发了，”她走到卧室的衣橱跟前，从抽屉里拿起一个信封放进风衣的内袋，说道，“今天是交易的日子。”

“我也去。”

“你现在还能出得来吗？”

“那有什么不能的，又不是上战场。我好了都有一个礼拜了，”乐子扬回答，“你把地址传给我。”

“是出院，”杜若秋不厌其烦地纠正他，“出院不代表你就好了。你也开车吧，这个王青铜，还是定在城中心的大巴扎。”

“这是他的风格，最危险的地方就是最安全的地方，典型的亡命徒。”

杜若秋点点头，说“保持联络”，然后挂断了电话。她离开家门之前走到窗边拉开了窗帘，脸微微上扬，享受了片刻早晨的太阳。

交易的过程顺利异常。她把护照、签证、通行证从怀里拿出握在手里，王青铜也乖乖拿出移动硬盘。杜若秋当即拿出微型电脑，接通硬盘，果然看到里面的NASA和太平洋实验室的各种报告，不像假的。

她快速浏览一番，将移动硬盘放进一支蜡笔盒里，然后把一叠证件交给了王青铜。

“圣诞快乐，”他接过的时候皮笑肉不笑地冲她挑了挑眉毛，“我会想念你的。”

杜若秋厌恶地眨眨眼睛，目送那个人离开。

“移动硬盘先放在我这里吧。”杜若秋和乐子扬一前一后回到紫玉公馆，乐子扬先说道。

杜若秋抬起眼皮，认真地想了想。

“本来我也是这么想的，”她回答，“但是现在黑鹰出了这么大的事，美国人肯定不会仅仅就查封个 31 号就罢手。他们肯定会以其所知，一个个盘查你们所有人。而且他们和警局这样熟，搞个搜查令易如反掌。”

乐子扬也垂下眼帘，咬着嘴唇思考很久。她说的是对的，他知道。可是他还是有一种说不出来由的担心，让他下不了决心把硬盘留在她这里保管。

“你放心，”杜若秋走过来，轻轻踮脚搂住他的脖子，微微一笑扯开了话题，“你发现了吗？这是你出院之后，第一次只有咱们两个人。”

乐子扬左胸的伤口还在隐隐作痛，多次手术的后遗症正在逐渐浮现。可是他看着怀里的人，也抿起了嘴角。“该死的黑鹰、该死的大使馆、该死的工作和源空间，”他皱起眉头嘟囔，“我不管了，等这一阵的风头过去，我就离开黑鹰，你也辞职，我带你回西雅图。”

乐子扬是西雅图人。生于斯长于斯，直到上大学才来到东部。

等等，他刚刚说“我带你回西雅图”？杜若秋被这突如其来的冲动打乱了思绪。他是认真的吗……他们真能抛下一切，离开这个混乱而激荡的波利斯？

不管他是不是认真的，杜若秋在那一刻，是真的着着实实地被这个美好的设想打动了。她闭上眼，放任自己想象一下西雅图的模样——不对，她没有去过西雅图，完全不知道那里长什么样。可是她的想象依然美得令人窒息——一个只有他和她的世界。

“可是我喜欢东部哎。”她故意逗他。

“那就去波士顿。康桥好不好？我们回康桥，就住在查尔斯河边。”他们的大学，他们的相遇，他们故事开始的地方。

杜若秋笑了。

“我答应你，杜若。我说到做到。”乐子扬定定地看着她，用手轻抚她的眉毛，“我带你回康桥。”

一开始的玩笑话，到现在……他这样说，是不是可以理解为一个承诺？杜若秋的身心都在随着这个念头轻轻颤抖。然后她听见自己不可抑制的心潮，那是无法掩盖的、满满都是向往的呼喊。

“我爱你。”于是她不顾一切地抬起头直视着他，莽撞地，迫不及待、慌不择言，然后哭了出来。“我爱你，乐子扬。”

“我更爱你。”乐子扬捧起她的脸。正午的阳光照过窗子，他们在窗前以最虔诚的姿态迎接彼此的吻。

“锁好门。”乐子扬走出门，回头。

“知道了。”她嫌弃地回答，关上门之后没有立刻听到他离开的脚步声。

“把门锁拧上。”

“知道啦！”杜若秋好气又好笑地拧了锁，回到书房的电脑桌前。她把王青铜给她的移动硬盘从风衣口袋里取出，想连在电脑上看，可也许是乐子扬刚走，柔情蜜意还迟迟留在这间公寓里没有散去，她看着已经开机的电脑，将移动硬盘放在了书架的最高层。

然后，她鬼使神差地坐在电脑桌前，登录了地产中介公司的网站。反正也没事，就当是随便看看……她告诉自己。

马萨诸塞州，大波士顿地区，康桥，码头区，房价不出所料地贵。但是如果买一个小点的独栋小屋，首付 20%，按 30 年按揭贷款计算……他们各有工作，应该不成问题。

杜若秋看着地图上一个个的小点和出售房屋的照片，目光完全被攫住了——这一栋就很不错，在汉密尔顿街上，维多利亚式的拱形窗，米色的墙和白色的屋顶，还有别致的前院和后院。

——后院的花园只有不到 700 尺，却修建得当，照片上，矮矮一排栅栏上开着橘红色的小花。杜若秋觉得自己的心正一点一点融化。

不管了，先写一封邮件再说，反正没什么坏处。她冲动地点击地产经纪的联络页面，一封新邮件页在屏幕上弹开。

你好，我在网站上看到您登出的广告，请问汉密尔顿街64号的房子还在售吗？您是房主还是地产经纪人？

盼望回——

她的光标停在最后一个字上，门铃忽然响了三声。

她低头从猫眼一看，是武官处的老邱。

杜若秋心想恐怕是联合国维和部队那边出了急事，连忙开了门，但是刚刚拧开门锁，对方忽地直接大力把门推开，接着蹿上两个士兵，登时扑上来按住她的肩膀、拧起手臂，把她按在了门口的墙上。

“怎、怎么——”杜若秋扭着脖子说完一声“怎么”，心下突然猛地一沉。

“杜若秋，我现在以驻波利斯使馆武官处赋予我的权力，正式以盗窃并出卖国家机密罪和伙同重大走私罪将你逮捕。你的同伙王青铜乘船从波斯湾逃离，已被就地击毙。”老邱的话铿锵有力，公事公办，听不出一丝个人的情绪。他说话时，甚至连看都不愿看她一眼。

他为人正直，善恶分明。可杜若秋毕竟是他的同事，老邱此时唯有面无表情，才对得起自己的原则。

武官处的副官们当然也认识杜若秋。其中一个人拿出一张照片，上面是一片火海，王青铜的船看来是被燃烧弹击中的，他带着跟随他的一切秘密和财富，永远地葬身在了焦黑的浓烟中。

“你记得咱们刚来波利斯的时候，使馆培训课上最后黎公说的话吗？”张副官收起照片，看看被堵在墙面上的杜若秋，抑制不住对她由衷的失望，“当人们已经有了两条满是金子的河流的时候，他还想要第三条。这时候，就只有坟墓才能装载他的贪念。说的就是王青铜。”

杜若秋被按在墙上不能动，武官处的人开始搜查。其实搜查都显得多余——她的秘密已经是透明的，王青铜给她的移动硬盘就放在书架上，不出一刻钟就被找了出来。那上面有她的指纹或许还有王青铜的，或者没有也无所谓，反正那是她不该有的国家机密，发现就是死罪。

要解释吗？她努力清一清发紧的喉咙。这是你最后拼死一搏的机会了，杜若秋。想好了再开口。

“那个移动硬盘，是我从王青铜手里夺回来的国家机密，不是我出卖给他的。你们要听故事的另一面吗？”她的声音保持着克制和镇定。

“你替王青铜办的假护照和通行证都确凿无误，你还偷拿了一张空白的使馆人员工作证，是不是也是给他的？证据都是铁打的，等审判的时候你向法官争辩去吧。”邱少将回答，然后向身边的小兵下令，“带走。”

她绝望地闭上眼睛。漆黑一片的脑海深处，栅栏上那几朵幼嫩的小橘花还在，她们孤独地长在康桥瑟瑟的秋天里，迎风发着抖。

陆

尽管你不承认，可你天生就被危险所吸引——被鲜血和死亡吸引。所以你的一生，才被鲜血和死亡陪伴。

——Abu Al-Qadi

“万能的耶和华，我祈求你的怜悯和宽恕。我曾无视上帝的规则和神威，但现在已知晓了自己的错误，我面对不可预知的深渊，犯下狂妄、傲慢、无知和不逊之罪。愿我的忏悔可以平息撒旦的怒火，让地狱的烈焰只灼烧我一个人的灵魂，放过其他毫不知情的人类。”

当世活着的最天才的物理学家、诺贝尔奖得主、著名的无神论者史蒂夫·戴森写下遗书的最后一个字，然后平静地将右手伸向腰间，拿出珍藏的科赫45mm小口径手枪，顶住了自己的上牙膛。

阿巴斯港的黑夜如迷宫般广阔幽深，这是他到伊罗以来，第一次在黑暗中来到这片荒地。不，也不算第一次了，今天白天的黑云压城，也和夜晚差不多了。

今天下午，他冒着大雨、冒着没顶的黑暗，抱着电脑闯进汉克·松的大帐篷。

“停！立刻停止！停下一切、停、停！”七十几岁的老教授，看着帐篷里屏幕上徒劳无功的勘探设施，爆发出声嘶力竭的叫喊。

汉克·松还没意识到发生了什么，只是机械地站起身来，还要去迎他。

戴森教授颤颤巍巍地把手撑在显示屏幕上，疯狂地向汉克挥着拳头，“你听见了吗？停！停！”他涨红的面孔上汗如雨下，“再不停，我们都会死在这一刻的！”

“停、停什么？”

“全停！全停！1、2、3，还有也许我不知道的那些ABC、XYZ，都停，把阿巴斯港的一切都停下！”戴森教授气喘吁吁，汉克虽然不知道发生了什么，但是被他吓得不轻，哆哆嗦嗦地拿起屏幕旁边的电话。

“我要见总统，”教授用不可商量的语气说，“立刻、马上。”

“总统先生……还有时差……”

“去他的时差，现在就把他从床上拽下来。”

汉克的脸色煞白，哆哆嗦嗦地拿出了自己的行动电话。

四十分钟后，阿巴斯港指挥部的屏幕上出现了穿着跨栏背心和睡裤的总统先生。总统身后是他的幕僚长、国防部部长和外交部部长。

总统的幕僚长一一介绍了那边的人。

“我得请两位部长离开。”戴森教授说的第一句话。

两个部长同时露出愤而不解的表情。

总统回头，向外交部部长努努嘴。“罗伯特。”他说。

外交部部长不情愿地起身离开。

“他们两个人必须在，”总统转过身子，重新面对屏幕，“希望你有值得把我大半夜从床上拖下来的内容。”

“哦，不止于此。”教授肯定地说。“十年前我给布什总统的报告里说，从太空中所观察到的伊罗南部地区的能量异常，可能来源于一个迷你黑洞形成的引力场。一百年前的疯子科学家尼古拉·特斯拉把这个埋于地下的迷你黑洞称为‘源空间’，当时我们实验室沿用了他这个名字，并且加入了引力场理论来解释它。当时我把注意力一直放在论证黑洞的存在，却忽略了引力场的本质，直到几天前，我亲眼看见有人瞬间从阿巴斯港的土地上消失。”

“所以戴森教授认为，我们的人员消失和‘源空间’的引力场有关。”松在一旁补充。

“我们之前的研究，一直执迷于迷你黑洞的原理。但其实那里什么也没有——迷你黑洞本身根本就不存在。”戴森教授说到这里，停下来咽了一口口水，接下来的话放慢了速度，“尼古拉·特斯拉所说的‘源空间’，是唯一合理的称呼。它不是一个物体，也不是一个黑洞，甚至都不是一种现象。”

“——它是三维空间里一个无解的存在。爱因斯坦将时间和空间合并，拓展为四维时空，但‘源空间’在四维时空里仍然无解。所以对于‘源空间’唯一的解释，它是一种能量的波动，在一个更高维度上的波动——我们所处的整个世界、整个宇宙，都来源于四维时空以外的、另一个维度。这种波动就是宇宙能量的最初来源。”

“所以呢？”视讯通话的另一端，总统仍旧一头雾水。

“所以在更高的维度上，我计算了‘源空间’可以达成，并且能维持稳定的能级态。”

“结果是——”汉克·松从语气上几乎已经察觉到了一个不祥的答案。

“源空间所形成的引力场不仅拥有不为零的稳定能级态，而且还不止一个——在数学上，它在 11 维空间里至少拥有 31019 种不为零的稳定能级态。这是最小数字。”

“31019 已经是一个质数。”松又补充。

“这 3 万多个能级态会互相转化？所以这就是我们的工人消失或者瞬移的原因？”

“不，不是互相转化，是同时存在。”戴森教授纠正了总统。“我一开始以为，阿巴斯港的勘探地发生了时空扭曲。但事实是，时空本身就不是平的，甚至不是连续的……时空是由粒子所组成的。在源空间的 3 万多个能级态之间，每个能级和其他能级之间，可能只差了一点点，它们所投射的世界就完全不一样。‘源空间’的 3 万多个能级态，是同时存在的，‘源空间’本身是一种非常复杂的叠加态。”

“而它在某一瞬间到底处于哪种状态，完全取决于它的投射被观察到的那一瞬以及观测者。我们现在所处的这个时空，只是‘源空间’中的其中一个偶然。我们以为自己拥有了无限的时间和空间，但其实我们在另一个维度上，所占据的只是窄窄的一条线，就像一部电影里的一帧画面一样。”

话音一落，他立刻感受到了总统先生明显浓厚的兴趣，还有隔着屏幕几乎都能闻到的恐慌。

“在我们现在身处的这个宇宙里，引力场是‘源空间’投射世界的方式。具体地说，是‘源空间’场给电子赋予了质量，使它们能够围绕着原子核转动。原子核结构是一切的根基——物理、化学、人类所拥有的一切，包括自身。”

“而勘探点的工人，应该是触碰到了‘源空间’投射起点的边缘。他们凭空消失零点几秒又出现，是时间粒子在‘源空间’的跃级，而那个返回了自己美国家中并且声称从没有离开家的人，则是经历了时间和空间的双重跳跃——他在‘源空间’的两种叠加态、两个时空方程相交的一瞬，从其中一个跳跃到了另一个。”

“所以这种跳跃是自发的、随机的？无法人为控制自己想要跳到哪个时空？”长久的、需要消化和理解信息而产生的沉默之后，国防部长林顿出了声。

戴森教授愣了一秒钟，没有摇头也没有点头。“现在不能，但是……可能、有可能可以。”

“什么意思？”总统的声音骤然冷峻。

“不好说。勘探地消失的员工，只是他们个人在‘源空间’引力场内的一点跳跃。但是我想，现在我只能说我的设想——像‘源空间’这种多维的存在连人类最极致的想象都可能沾不上边——我的猜测是，‘源空间’的每一个能级态，都是一个方程，或者说，一个法则。地球历史上出现过的几次大灭绝，成千上万的物种都在极短的时间里灭绝消失，就是‘源空间’自身能级突变的结果。如果有方法，给它制造出一点点涟漪，就会催生突然的亚原子变化——从而彻底改变这个世界的根基。”

“你的意思是……”国防部长努力地理解着教授的话，“用普通人的话来说，‘源空间’并不是从古至今就一直稳定地处于一种状态，而是在历史上发生过几次变化？而一旦变化再次发生……”

“一旦变化再次发生，就是目前所有已知粒子的完全重组。粒子是构成时空的最基本单位，粒子重组就是时间和空间的彻底大洗牌。”

屏幕的这头和那头，同时陷入了死亡般的寂静。

“那么洗牌之后的人类……”

戴森教授此时已经无比佩服林顿部长问出这话的勇气了。

“不管‘源空间’跃至哪个能级态，人类在它所投射的新世界里仍然存在的概率，都小得几乎可以忽略不计。”

“因为任意两个世界产生重叠的概率，基本是零。”这一点汉克倒是很清楚。

后来的谈话，总统的疑问和决断，国防部长和幕僚长的争论与和解，戴森几乎没听进去。他一直在想——他们听懂这番话了吗？

自己又到底说了什么？

一阵彻心彻骨的严寒从四肢漫上他的五脏六腑。每一个细胞在突如其来的严冬里颤抖，做着最后垂死的挣扎。

“我们此刻并不具备激活，甚至即使是接近‘源空间’

的科研水平，”汉克·松的声音仿佛隔着玻璃笼子，迷迷糊糊地传来，“TX Petro 必须继续扩大周边的土地持有，同时需要政策的稳定和……加持。”

“这事毫无疑问，我们在伊罗的影响力只会增不会减。”总统先生的语气理所当然。“同时必须开始剿灭计划，”总统看了一眼身旁的林顿，林顿深以为意地点头赞同。

“剿灭除了我们在座的人之外，所有知情的人，”总统一个字一个字地说，“所有知情、半知情、知情一点点的所有人、所有组织的所有人，绝不放过一个。”

最后这句话，让戴森清醒过来。

“这个行动叫什么名字？”林顿问。

片刻的思索。

“第三极，”总统寒铁一般的声音再次传来，“阿巴斯港就是除了北极和南极之外的第三极，而且是最终将要燃爆地球的那第三极。”

会议伴随着总统先生关于“第三极”的一锤定音而结束，屏幕里的影像骤灭，帐篷里又只剩下松和教授两人。

“嘿，你说，如果有一天，人们发明了方法可以利用‘源空间’颠倒时空，你会想回去干点什么？”公事完毕，汉克为了缓解气氛，半开玩笑地扯起闲话。

“我……会撤回十年前写的论文，让特斯拉，还有他的源空间永远埋在人类记忆的尘埃里。”

气氛骤然降到冰点。

著名的量子物理学家、诺贝尔奖得主、费米实验室的领头人史蒂夫·戴森，第一个以量子物理对“源空间”提出科学解释的人，即将成为历史的最大罪人。

时间是假的、物质是假的、空间是假的，不可挽回、无法预见的毁灭已在路上，只有源空间是唯一的真实。

那么人生完不完美，宇宙存不存在，都还有什么意义？

在史蒂夫·戴森教授自杀的一个小时以前，有人看到他又回到阿巴斯港已经全面停工、隔离的土地。他双膝跪地，匍匐着念诵着什么，脸上的汗水和泪水嘀嘀嗒嗒，润湿了膝下干涸的土地。

乐子扬从紫玉公馆出来、开上车的时候天色已全黑了，回家的路上赶上前方的桥似乎出了严重的事故，两条车道全部封闭，他只得跟着其他堵在路上的车一点一点龟速地并道绕行。高架路不能走了，只好走市区的小路，乐子扬正自郁闷，忽然发现自己当下开到的位置，离两个星期前的花剑小剧场，只隔了一个街区。

“明天是我轮班去小剧场——你知道吗？盟军现在还围在那里呢，围了两个星期了，也不知道他们以为自己还能查出什么来。”杜若秋今天和他说的话响起在耳边。

自从那个中枪的夜晚之后，他还没去过那个地方。前面的车流走得慢慢吞吞，路上亮起两排红色的刹车灯，也罢，既然她明天轮班去那里，不如自己就先看看小剧场变成了什么样——乐子扬一时兴起，把车停在路边，然后裹起大衣就下了车。

红黄相间的路墩子还在，警戒线松松垮垮地拉着，而盟军只剩了很少的警力还在值班。

乐子扬从怀里掏出杜若秋今天拿给他的中国使馆人员工作证。“这是通用的，你拿着以备不时之需咯。”她当时说道。想不到这么快就用上了。

站岗的黑人警官看了他一眼，又瞄了一眼证件，拉起警戒线让他钻了过去。

“他们隔了这么久，还围着干什么？还能抓到谁吗？”今天下午他问她。

“不知道，”杜若秋耸耸肩膀，“我听大概的意思是 Abu Al-Qadi 曾经出现在那里，于是维和部队觉得自己只要一直把剧场围个水泄不通，他就没有机会逃走。时间久了，他们弹尽粮绝，就会乖乖出来投降了。”

“他们以为 Al-Qadi 是菜鸟啊。”乐子扬当时这么说。

可是现在他踏入小剧场，一步步踩在木地板上走向舞台中央，几个小时前与杜若秋的对话在脑海中回放了一遍，乐子扬心里一震：也许盟军这次想得没错。

Abu Al-Qadi，也许真的仍在小剧场里。路白那夜亲眼见过他——这是千真万确的，而他们营救沈菘兰时，路白也清清楚楚地看见 Al-Qadi 带着两个随从往另外一个方向逃走。

从小剧场的地下室通过隧道，至少要通向两公里外的地方才能逃脱。两公里的隧道要挖多久？两个星期，够不够他逃跑？

乐子扬拨通了侯博士的电话。自从当初在格什穆岛，侯博士用自己的私人号码给他打电话、指挥他行动以后，乐子扬便只打他的手机了。

“我说了多少次，只有紧急情况才打个人号码，好吗？”侯博士接起电话。

“现在就是紧急情况，”乐子扬压低声音，“我现在在花剑小剧场里。”

“剧场——你怎么进去的？”侯博士惊讶地长吸一口气，“你要干吗？”

“我觉得盟军不撤是有道理的，Abu Al-Qadi 确实可能还在剧场里，当然也有可能挖地道走了。不知道隔了两个礼拜，他能挖多远，可是我要试着找找。”乐子扬已打定主意，“找不见人，也要找见地道。”

侯博士那边似乎听明白了。“你知道小剧场的地下室吗？”

乐子扬不知道。他在化妆间刚刚露头就中弹了。

“舞台靠乐池的一侧，其中有一个柜子，你进去之后往前爬两米，就会看见一个往下的梯子，通往地下室。”

乐子扬已经找到了小柜子，正挨个检查。每个小柜子都是单边开门，唯有最尽头的一个，是两侧双开门，正好可以卧进一个人的长度。

“我想我找着了。”

“地下室就是路老板最后见到 Al-Qadi 的地方。如果他真的挖洞逃脱，也肯定是从这里开始。”

“明白。”乐子扬准备收线。

“阿乐，”侯博士叫住他，最后叮嘱了一句，“保持联络，”他说，“拜托了。”

“放心。”

他按侯博士说的往储物柜里爬了两米，前面果然向下展开一片空间。乐子扬接近了地下室的空间，却没看到侯博士所说的通往下面的梯子。

他用手机开启照明，自己的身旁就是深渊。他侧躺在悬崖边上前后望望，接着看到自己膝盖的位置旁竖着一截十厘米宽的木板。

木板只剩短短一截，显然剩下的是被人砍去了。只剩一颗衔接梯子横板的钉子还扎在上面。

知道梯子被人砍去，乐子扬的第一反应，是从心里生出一阵兴奋——这一切都告诉他，Al-Qadi 就在那儿，就在不远处。他砍断梯子，表示他确实想从地下室逃跑。

乐子扬用手机照照底下的地下室。自己所在的位置距离地面，大约有四米高。要么跳下去，要么看好情况，回去搬救兵，这一趟就权当来侦查。

他迟疑片刻，然后做了理所当然的选择——好不容易混进来了，哪能轻易出去？他先把腿顺着悬崖的边缘垂下去。然后是腰，然后是身子，最后只剩下两只手扒着边缘的时候，憋住一口气，向下坠去。

他的膝盖极速地弯曲，做了最大程度的缓冲，谁知落地时正踩在一块不平的石头上，整个身子失去平衡向右倒翻。

乐子扬在地上就势滚动两圈卸力，微微蜷缩护住身体的核心。还好，这一次没有碰到任何锐器或者坚硬的物体，他捡起手机，拍拍身上的尘土，站起身来。

站着至少比刚刚趴着舒服多了。

地下室的面积并不大。乐子扬蹲下身子，用手电光照着地上，仔细地查看地上灰尘的痕迹，那上面的起伏和脚印把他引向地下室深处的壁炉。

壁炉里堆着烧尽的干柴灰烬，乐子扬将这些遮挡扒开，炉子背后的墙，是红砖砌的。他看着粗糙垒砌的红砖和尚未干透的水泥，咧嘴笑了。

这是一把小刀就能干的活，幸好他随身带着工具包。乐子扬从腰间拔出一把尖刀，挑了一个缝隙最大的地方，咔咔咔切开水泥，墙体已经松动，接着以右边的肩臂用力一撞，墙面工程彻底垮塌。

他从壁炉墙破的洞中钻出头去，面前是窄小如一根地下管道般的隧道，仅能勉强容一人躺卧，头顶还在时不时地掉灰。用手电筒照过去暂时还看不到尽头，乐子扬一不做二不休，将自己的手表摘下来放在隧道之外，义无反顾地爬了进去。

泥土和灰土漫上他的袖子，他捂住口鼻，蠕动着爬行了十米左右，就在最艰难的时候，忽然发现前面似乎敞亮了起来。

隧道还远远不到尽头，只是头顶豁然高了起来，足以让人站立，像一条真正的地下通道。

莫非……从这开始，是以前就挖好的地道？

乐子扬恍然大悟。地道里余下的部分都早已挖好，Abu Al-Qadi 只要用几天时间，挖通离小剧场最近的十米就行了，原来这是上弦月一早预谋好的计划——挖这么一条地道要几个月吧？这个 Al-Qadi 果然有一套。

他一边想，一边快步穿过隧道。要是隧道早就挖好，说不定他现在已经跑了、该死的……乐子扬一边走得飞快，额头和后背很快都湿了，但最不甘心的是让那个人就这么跑掉。一旦他走出了这隧道，那一边的接应一定早就在那里整装待发，他们再接近他就不知又是何年何月了。

微弱的光线出现在地道的尽头。乐子扬抬起胳膊去挡光，尽全力睁着眼睛要看清前方。前方是地道出口的光亮，还有、还有一个移动的黑影。

“喀”一声子弹上膛，乐子扬在地道里站定。“不许动。”

前面的黑影听闻，出人意料地、顺从地停住了脚步。他平静的背影和双肩并不紧张，接着似乎发出一声诗人般的叹息。

“举高双手，转过身来。”

黑影听话地举起双手，转过来直面着他。

乐子扬的双手都握在手枪上，全神贯注地对准对方的眉心。他们之间只有十几米的距离，一旦有任何情况，他确信自己不会失手。

可是在对方转过身的那一刻，他依然感受到自己的身体无法抑制的一震。那就是他——Abu Al-Qadi，颖决明形容过他的体形，他也看过他多年前被偷拍、模糊不清楚的照片。

可是再怎么模糊，乐子扬也知道，自己面前的，就是那个人。那个一直以来神出鬼没、张扬过街、为非作歹的魔鬼。

“你的路走到头了。”乐子扬一语双关地先开口。

Al-Qadi 反而迎面向乐子扬走来，好像一个来迎接他的朋友。

“别动。”乐子扬厉声道。

“好，好好。”Al-Qadi 用双手做了一个停止的姿势，停在了两米开外。乐子扬这下看清了他的脸：额头和两颊排开一道道深深的皱纹，脸部的肌肉下垂着，左边的眼袋底下一颗青色的痣，可是并不狰狞，他不害怕，反而一脸的放松，甚至有点如释重负。

“我就想着该见见你了，”这回轮到 Abu Al-Qadi 说话了，“很了不起呀，年轻人。”

“别说这些没用的，”乐子扬不为所动，“你就是 Abu Al-Qadi？”

对方貌似得意地抱住胳膊，想了想才回答：“你找他吗？”他的神态和蔼，近乎慈祥，“那你算是找到他了。不过，他其实也在找你。”

“找我？”

“这么多人要抓我，唯独你一路跟踪到这里，你不觉得这是真主在冥冥中的决定吗？”Abu Al-Qadi 渐渐放下双手，乐子扬还是没有放下手枪。“你要是愿意一直举着那个也无所谓，看来你很享受这一刻。抓到‘目标’那一刻的滋味，是任何金钱和所谓的成功都无法比拟的吧？”

“至少抓你是这样。”

“但也许你不是来抓我的，”Al-Qadi 停顿片刻，“也许是我吸引着你，尽管你不承认。”

乐子扬由双手握枪变成了单手。

“我吸引着你。上弦月所做的一切，都令人着迷。乐子扬，你想想，你为什么加入黑鹰？”

“为了——正是为了除掉像你这样的人。”

“我倒觉得，你是为了接近像我这样的人。”Al-Qadi忽然加重了语气，压迫式地向乐子扬又接近了一大步，“你扪心自问，加入黑鹰俱乐部，到底是为了什么？难道真的是为那所谓的正义，路白那一番冠冕堂皇的慷慨陈词就说服了你？乐子扬，你敢不敢面对真实的自己——你骨子里也同样流着反叛的血液！”

“你胡说！”

Abu Al-Qadi 毫不迟疑地接着说下去：“你是被危险所吸引——被鲜血和死亡所吸引。所以你的一生，才被鲜血和死亡陪伴。”

“你闭嘴！”乐子扬真的愤怒了，他气得面红耳赤，五脏六腑就快要气得炸开。“我生平最憎恨死亡和杀戮！我不到万不得已，绝不杀人，即使是你！”

“你憎恨死亡？那是你自欺欺人而已。乐子扬，你在大学里选择量子物理，然后又选择中途辍学，在这个世界上选择了一个最混乱的地方，最阴暗的地下拳庄，做一个岌岌可危的擂主，再到现在选择黑鹰俱乐部，难道不是一步步紧跟着危险？承认吧，你和我们并没有什么区别。我们本质上是一类人——如果当初，不是鹰探，而是我们的人先一步找到了你，也许今天你的枪口对准的就不是我，而是路白了。”

乐子扬猛地上前跨一大步，转到 Al-Qadi 的背后，勒住他的脖子把枪顶在他的太阳穴上。“你住口！你怎么知道我以前的事，谁告诉你的？”

Al-Qadi 并不挣扎。他平静地用手指了指天：“真主是无处不在的，真主无所不知。只有他能看见真实，而你们眼前的，都只有幻象。你们自以为无比正确的，也许通通都不过是上帝吹的一个肥皂泡。”

“你放屁，”乐子扬用胳膊将对方紧紧钳住，“你们对每一个黑鹰成员都调查得这么细致吗？”

“你才用不着调查。我早说了，我知道你身体里流着反叛的血液。”

“什么意思？”乐子扬放开对方，按住他的肩头，让 Al-Qadi 直视着自己。

“你和你的父亲，连长相都一样。我太熟悉了。”

“我的父亲死在关岛了！”乐子扬真的急了。他牵住 Al-Qadi 的衣领，双眼涨出红通通的血丝。

“他死得伟大。在登上试飞飞机的那一刻，他看到飞机的半边发动机箱被明显地动过手脚，就什么都明白了。可是他像个真正的英雄般登上了飞机，然后在高空最优美的一刻，和飞机一起解了体。”

喀喀、喀喀，乐子扬的脑袋如断片的电影般，混乱而疼痛起来。五角大楼数年间持续打来的电话，迟迟不来的功勋飞行员勋章，出入无助的母亲和他被无数闲言碎语包围的童年……

“萨拉姆是全东亚最了不起的男人，我的好兄弟。”

“萨拉姆——”

“——这是他给自己选的伊斯兰名字。萨拉姆的意思是和平。”

愤怒、迷惘、绝望，再加十倍的愤怒在乐子扬的胸中翻腾。而夹在所有情绪最里面、藏在飓风中心，还有他无论如何不愿面对的、那一丝令人窒息的想法：那是恍然大悟式的心情。他一直以来不能理解的，现在终于揭开了最后一层谜底。原来如此。

不行！不能、不是这样！乐子扬本能地自我否认，右手的虎口钳住 Abu Al-Qadi 的喉咙，“信口雌黄！你有什么证据？”

“你想来看吗？我已恭候多时了。”Al-Qadi 轻巧地欠身鞠躬，向隧道外做了一个“请”的姿势。

乐子扬看向光的方向。那里停着一辆漆黑的轿车，不远处一个穿着普通 T 恤的男子正在盯着他们抽烟。

他犹豫了。他的手正在无预警地从 Al-Qadi 的脖颈上放松，乐子扬竟然动摇了。

“你很快就会知道，”Al-Qadi 在漆黑龌龊的隧道，神色淡然犹如闲庭信步，“所有不信仰真主的人，到最后都会发现自己不过是一只被世界遗忘的猫头鹰，只能在深谷里哀鸣，在灰尘里吹气。心中没有神的人生，是不值得过的。”

乐子扬眯起眼睛，望着 Al-Qadi 停在尽头的车，忽然想到自己留在地下室、壁炉边上的那一块手表。

那是杜若送给自己的礼物。她明天来到小剧场——假如她能发现这个地下室的话——就一定会知道自己去了哪里。

当然，他那时候还不知道，杜若不会发现那块手表了。与他同一时间，杜若秋也坐在另一辆通身漆黑的轿车里。她正被带往临时拘押她的外交监狱，等着下一班押送回国的飞机。

想到杜若一定会发现、一定会理解，乐子扬忽然有了决定。他不知道这么做是错还是对，但他知道，自己必须要走这一趟。自己的父亲、身世、梦境和现实的迷雾，像一块磁石一样吸引着他，好像遥远镜子里的另一个自己，正向他发出致命的召唤。

“眼见为实。”乐子扬恨恨地说着，松开手，跟在 Abu Al-Qadi 后面向洞口走去，“我等着你给我看证据。”

“哦，你会的。我保证你会亲眼看见，身临其境。你将是一个伟大的、被人铭记的旁观者，或许还不只是旁观，要是你运气够好的话。毁灭旧的，寻找崭新的世界。”

乐子扬的心内一动。“要是我告诉你，我已经见过了呢？”他挑衅地看着比自己矮半头的 Al-Qadi，“过去是谁也无法改变的。”

“没错，过去是无法改变的，你很聪明。该发生的都会发生，源空间里的密码无人能改变，”Al-Qadi 说着，最后狠狠地吸了一口手中的香烟，“但投影却是灵活的。什么时间、在哪个地方、谁先谁后，那还不都是一弹指的事？”

Abu Al-Qadi 说完，回身将抽完的烟头扔向洞口的一汪水洼，轻如鸿毛的一声“扑通”，微弱的涟漪从水洼的中心缓缓浮起，一圈一圈地向外荡开……

尾　声

从一排只供单人上下的旋转楼梯上去，向右是一间尖顶的屋。屋子的门是老式的双开木门，一盏蒙着厚厚灰尘的灯在门前轻轻摇摆，她推门跨进去时，路白已经站在那里等她。

他的背后是一张木质的长桌。桌上一左一右整齐地摆着两根蜡烛，一个年迈的神父站在桌后，正在用手翻一本厚厚的书。

沈菘兰穿了一条白色的蕾丝花边连衣裙。屋里有一扇窗户没关好，午夜的风微微吹动她的裙子，鼓起像一面老式的刺绣灯罩。

风吹得她的面颊潮红，心跳加速，吹得她泪水盈眶。

没有音乐，没有观众，没有地毯，没有捧花。她小心地、含着泪带着笑，一步步沿着屋子中央的过道走向他，差点就要崴脚。要是这时摔倒就糗大了，她想。

“今天，我们聚集在上帝面前，是为了见证路白先生与沈菘兰小姐结为夫妇。你们已经表明你们的心愿，愿意进入这神圣的婚约。”

他牵起她的双手。她的指尖轻微地发着抖。

“如果有人有任何理由，说明这对新人不该结为夫妇，就请现在讲出来，否则就永远地保持沉默。”

他们同一时间转头望望空荡荡的屋子，相视一笑。

“我，路白，愿娶沈菘兰为我合法的妻子，并发誓，从今以后，无论顺境逆境，无论贫穷富贵，无论疾病还是健康，都要支持你、爱你、珍惜你，直到死亡将我们分开。”

“我，沈菘兰，愿意嫁给路白为我合法的丈夫，并发誓，从今以后，无论顺境还是逆境，无论贫穷还是富贵，无论疾病还是健康，都要支持你、爱你、珍惜你……直到死亡将我们分开。”

身旁木桌上的鲜花一束一束，他从中抽出一截丝带，系在她的无名指上。

她牵起那条丝带的另一头，也系在他的无名指。

“我宣布，你们已正式结为夫妻。现在你可以亲吻新娘了。”

从前有一个湿热的午后，疲倦难耐的丘比特路过一处阴凉的岩洞，决定停下来歇息。死神恰好也曾住过这座岩洞。丘比特毫不知情地大摇大摆躺在地上，背后的箭筒也扔在一旁，里面的羽毛箭纷纷掉了一地。

可是洞穴的地上原本还躺着一支羽毛箭，是死神当初不小心落下的。丘比特醒来，发现自己的箭散落一地，匆忙中赶紧捡起来，没有发现其中多混入了一支。

从那以后，有一支死神之箭便混在丘比特的箭筒中，所以后来年轻和年迈的爱人们，再也无法预知射向自己的，到底是死神之箭，还是爱神之箭。

可是他们依旧热泪盈眶地，张开胸膛去迎接丘比特的馈赠。心脏被利箭射穿的那一刻，在爱与死亡里迎接永生。

—待续—

【源空间系列丛书】

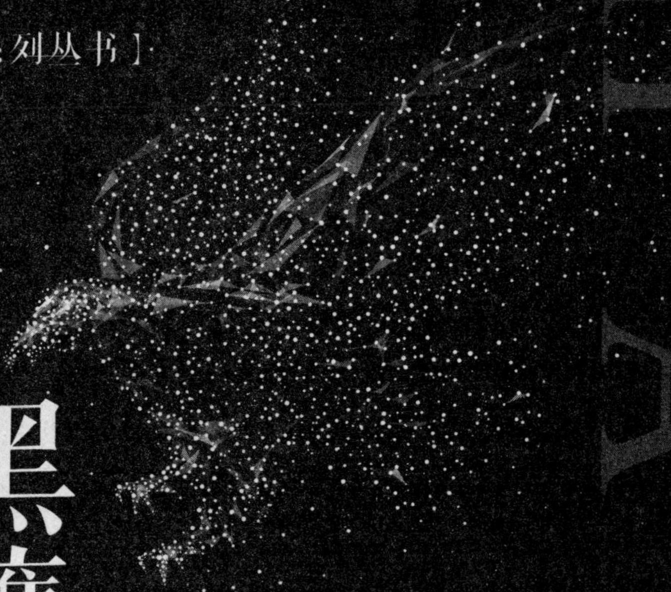

黑鹰不死（下册）

Black Hawk
Never Dies

何满子◎著

中国文联出版社

目 录

楔 子 ……………………………………………………1

第五案 丛林乐园 ……………………………………369
第六案 流向沙漠 ……………………………………475
第七案 荒 原 ………………………………………585
第八案 为了所有一切 ………………………………693

尾 声 ………………………………………………812

楔　子

正午的烈日底下，乐子扬在土色泥砖垒起的砖墙之间飞奔。他蹬地的双腿如麋鹿般强健有力，土地上溅起滚滚的烟尘，掩埋了砖块上斑驳脱落的伤痕。他的双眼死死地紧盯前方，一刻都不放松。他跑不了！乐子扬在心中对自己说着，眼看就要接近他的目标。

对方的背影逃得仓皇失措，而他紧跟着穿过一座高耸的蓝色大门，忽然收住了脚步。

面前是一片开阔的宫中庭院。庭院中的空气霎时比烈日下的废墟阴凉了一截，乐子扬来到这个小小广场中央的草地上，环顾四周，周围一圈皆是拱门，拱门外方内圆，一个紧挨一个，连成一片高耸沉默的堡垒。他脑中片刻有些混乱，好像进入一个梦中的迷宫。

古巴比伦的迷宫纷繁复杂，乐子扬三百六十度环视一圈，忽然一个人影从自己眼角余光中一闪而过。

他当即扭头，快步跟上，穿过拱门，闯进一

座古旧的宫殿。脚下是细碎的水晶玻璃拼出的地板，迎面整齐地伫立着一排排一列列的石柱，石柱下圆上方，每四个石柱中间，都拔起深邃的彩色拱顶。

“公元前1700多年，巴比伦第一个王朝的第六代皇帝汉谟拉比扩张了帝国，修建了这片城市核心。”一个声音从拱顶中响起，他认得那就是Abu Al-Qadi。“1100年之后，尼布甲尼撒二世带领他战无不胜的军队攻陷耶路撒冷，彻底摧毁了异教徒的城市。不过巴比伦自己也终于缓慢地没落，直到几十年前，这里才被伊拉克的总统重新选中，重建他自己的行宫。”

乐子扬仰头循声望去，没有看见Al-Qadi的身影。“懦夫，你以为躲在背后，我就找不出你吗？”

“哦不，当然不是，”Abu Al-Qadi谦逊地放低了声音，充满虔诚和由衷的崇拜，“我只是哈里发的仆人。真正的哈里发，还在到来的路上。”

“我没空和你打哑谜，”乐子扬不愿在口头上继续纠缠，转而单刀直入，“你答应给我看的东西呢？我父亲留给我的东西。”

“都在这儿，一切都在这儿呀！”Al-Qadi用一种理所当然的语气大笑了一声，“三眼的哈里发，是神钦定的、唯一的王。”

乐子扬猛地一跺脚，偌大宫殿的拱顶、石

柱、四壁的图案渐渐变得透明，刹那间好似变成了冰砖垒砌的王宫，正在烈日的灼烧下慢慢融化。他有些惊诧而谨慎地看着头顶渐渐发白的天花，忍不住伸手去触摸大殿里的已几近透明的柱子，果然指尖触到尖锐的冷。可是冰并没有来得及在烈日下融化，乐子扬听到头顶发出轻微的咔嚓声，是冰块裂开的声音，紧接着一个裂缝传给另一个，从拱顶传到石柱，从石柱传到地板，一眨眼的工夫，大殿结构内的所有冰块全部裂开，碎成亮晶晶的粉末，向四方炸开。

每一块细碎冰碴，带着独特的颜色与反光，飞离自己的原点。乐子扬还站在一切爆炸的中央，目视着成千上万的碎片冲向自己，而他独立在中心，发出暴躁而响彻天际的怒吼……

直到整个世界只剩下他自己的声音，没有光，没有影像，不再有蓝色的拱门和Abu Al-Qadi的背影，不再有高耸的立柱和彩色的玻璃碎片。

“你在追逐什么？又或是谁在追着你？”一个声音从黑暗中传来。

“我……”他忽然语塞，转而循着来者的方向厉声质问，“谁在那儿？你是谁？”

“那你找到了吗？”那个声音继续不依不饶。

“我……”乐子扬定一定神。他确实在追逐着什么，可是追着追着却忘记了自己到底在找寻什么，所以也无法判定自己最后找到了没有。

第五案

丛林乐园

答应你所有事
带你去任何地方
用我的一切
给你自由的世界

在都市灌木
在水泥浅滩
有人看见恶土
有人找到乐园

壹

去找三眼的哈里发。

——萨拉姆·乐

他从梦中忽然醒来，努力地长吸一口气，从地上坐起，平缓着自己的喘息。今天是他来到这个新地方的第七天。应该是——在见不到太阳的情况下，他很难分辨时间流逝的速度。他甚至不记得自己吃了几顿饭、睡了几次觉，反正他不感到困，更不感到饿，他只感到这个空间的挤压，仿佛四壁被赋予了某种魔法，每时每刻都在缓慢地朝中心挤压、靠近，压缩着他的生存空间。

他不知道自己还要在这里待多久，也不知道还要再做几遍这个重复的梦。四周的空气腐朽、沉凉，甚至带着因潮湿而略微发霉的味道，他记得自己曾在古巴比伦王宫的废墟间奔跑，而四千年的废墟之下……就是属于现在的、上弦月兄弟会的地下王宫。

乐子扬知道自己被囚禁于此，但具体怎么来到这个曲折连通的大本营，他一无所知。随身的照明纽扣只有 10 小时续航，早已没电，而整个空间只有头顶一道窄窄的裂缝，洒下一线微弱的光。

乐子扬就是跟着这线光，一点点看清了自己所处的洞穴。

头顶的缝隙很高，乐子扬跳起来伸手，依然差得不是一星半点。缝隙中洒下的光随着时间的推移却始终毫无变化，摆明了不是阳光，而是人为的灯光。他借助着这点光，从洞穴的最左走到最右，一共二十四步。洞穴的墙壁凹凸嶙峋，乐子扬愈往边缘去就愈暗，他只有依靠触觉和脚下来判断自己走到了哪儿。

脚下好像踩到一张滑滑的纸，他弯腰捡起，像是一张相片，摸起来一面光滑一面粗糙。乐子扬站到缝隙的灯光下去看，还是模模糊糊看不清楚。也罢，也不急于这一时，于是他把照片收进自己的夹克内袋里，总有一天会拿出来再看。

俄而，洞穴的一侧响起一阵窸窣的脚步声，给他送饭的人来了。送饭的人每次走到一扇平整的铁门前，打开一扇小窗，把一个棕色的纸袋往里一扔，就算完工。纸袋里是一成不变的三明治加一种奇怪的混合牛奶，不过乐子扬并不担心——他知道 Abu Al-Qadi 费这么大力气把自己弄来，绝不会轻易让他死。

然而今天，来送饭的人走到他的门口多站了一秒，乐子扬看清了他的眼睛。

一双大而深的眼睛，一对近乎苍黑的瞳孔。乐子扬想大声说“等等”，一开口才发觉声音已无比嘶哑，几乎连他自己都认不出来。来人更是仿佛没听见他说话似的，面无表情地丢下纸袋，关上小窗转身离开。

他对着紧闭的小窗口驻足片刻，把脸趴在上面尽力向外望去，希望能从小窗的缝隙望见外面一点景象。也许是小窗并没有缝隙，也许是外面并没有光，反正乐子扬变换角度琢磨许久，仍是一无所获。

于是他把棕色的小纸袋放在一边，想等饿的时候再吃，然后在囚禁自己的洞穴中央静静地开始站桩。

他闭上眼睛，调节呼吸，四肢沉而放松。乐子扬在很久以前就发现站桩有利于冥想，而这一次，他眼前出现的是古巴比伦的壮阔废墟，那些陡然耸立却无人检阅的高大城墙，墙面上凸起的怪异野兽的浮雕，那一扇扇精心设计过、绝对对称的石头拱门，还有不远处河岸上长得高大旺盛的棕榈树林，他就是在那里阻击他的敌人。

而他的敌人……具体是谁来着？

他很努力地、缓慢地检视自己的记忆。他记得自己的奔跑扬起地面的黄沙，他记得自己一个急转弯、接着跨过矮矮的断墙，他甚至记得自己右手掐住对方的脖子，左手将他倒立过来、摔在地上，可是对手本身的面孔却像一团不肯散的乌云，他没能捕捉对方的正脸。

乐子扬一面回忆，一面继续摸索着洞穴的墙壁。

哎哟！墙壁上一块凸起的利石划中了乐子扬的食指。他把指头放进嘴里，一阵腥甜。乐子扬小心而缓慢地再次将手伸向洞穴的墙壁，触到的那一刻，却发现原本嶙峋的表面，再往左移动几厘米，突然空了。

一间凹室？一个出口？

他毫不迟疑地继续往前。通道的入口好像有一人高，乐子扬一步踏进去，只觉得空气忽地凉了一截，并且夹杂着一种复杂的木质香气。他在这新的空气中呼吸了几口，还没来得及探索这个新空间，一阵倦意向他袭来。

南部海岸之外仅有 2 公里的霍尔莫岛，因为过海大桥的堵塞，路白开到岛上的时候已接近 6 点。他放慢速度开上西南向的土路，6 点 15 分的时候来到一座两层的白色方形建筑前，把车停在门前的匝道上，然后走上门廊，伸手按了门铃。

里面的人像是已等待了他许久，门铃的尾音还没散去，从打开的门缝里先窜出一个八九岁的小男孩。男孩留着一头黑色的甲壳虫发型，一只脚跛了，跌跌撞撞地冲出门来，张开双手扑向路白。

“爸爸！爸爸来了！”男孩尖声大叫。

路白身子微蹲，结结实实地用胸膛接住了自己的儿子，然后拦腰把他抱起来，在空中旋转两圈，男孩发出高声的大笑和惊呼。

这时屋子的门开得更大了，一个亚麻色长发的中年女人走出来，她的目光扫过路白，轻轻一点头。

“从昨天晚上就开始念叨你了，一晚上没好好睡觉。”她说着，视线聚焦在桑尼身上。

路白这时把儿子放下来，也向阿敏点点头。她好像比上次……半年多以前见时胖了一点。她还是不肯用正眼看他，可自然状态下的她，整个人透着一种幸福而宁静的光晕。婚姻生活确实很适合她，路白想，桑尼能和这一家人生活在一起，是他天大的运气。

“进来吃饭吧，”阿敏这时招呼着，把路白和桑尼让进房间。门厅的树苗比以往长得更高了，穿过客厅拐进餐厅，头顶的吊灯和桌上的烛台交相辉映，现出一种堂皇的明亮感，是路白许久没有见过的热烈。

一阵噔噔噔的脚步声从头顶传过来，是阿敏的一对双胞胎女儿，“路白！”其中那个略微矮点的小姑娘从楼梯上一看见他，大叫一声他的名字，飞奔下楼梯来找他。

“说过多少次了，对长辈不能直呼其名，要喊Uncle Lu。”阿敏立刻纠正女儿。

“可是幼儿园里的Miss Betsy 就是让我们直接叫名字的啊。”女儿不解地回嘴。

“那是幼儿园，这里是家里。路叔叔是中国人，你也是一半的中国人。见到长辈要称呼叔叔、阿姨，这是不能商量的，知道吗？”

“知道了。”小姑娘低下头，可怜巴巴地回应。路白伸出手摸摸她的脑袋，笑着回答:“这也不能怪我们，是不是？谁让你爸爸妈妈每天都直呼我路白。他们叫得，我们就叫不得？太不公平了，是不是，西西？”

西西忙不迭地点头，阿敏警告地瞪一眼自己的女儿，转身去厨房拿晚饭，这时穆罕默德也从后院走进屋子，在门口边上的洗手间洗了一把手，走进了餐厅。

“嗨。”路白走上去和穆罕默德握个手问好，一家人围着木制的长桌坐下，阿敏从厨房端上来今天最中心的主菜，烤火鸡。

“我还真饿死了，”穆罕默德和阿敏各在餐桌的两头坐下，他看起来心情大好，胃口大开，伸出手对路白连连做“请”的姿势，又说，“别客气，开动吧。”

桑尼这边坐上椅子，却不着急拿起刀叉，倒是一直抱着一只平板电脑在滑。“桑尼，别滑 iPad 了，先吃饭。”阿敏提醒他。

桑尼的手还在点 iPad，接着忽然出了声。“妈妈，你看，好像要打仗了。”他说着，把 iPad 扭过来放在餐桌上，一桌的人都侧身去看。

视频很短，标题是“波利斯示威者与市政厅守卫发生冲突，十人受伤，百人被捕”，而影像明显是从各种手机的录像七拼八凑来的，摇摇晃晃很不清楚，只听见嘈杂一片的喊叫，远处几张大幅的海报，上面写着“被操纵的选举”还有“托登今天就滚”等字样。示威者看着人数不少，然而录像还没照到远景，镜头忽然向下九十度，戛然而止。

“波利斯离我们远着呢，”穆罕默德这时开口，“北方人的事，北方人自己会解决，不关我们什么事。”他的声音低沉却肯定，就此结束了这场谈话。

晚饭刚刚吃完，阿敏带大家移步客厅去坐，桑尼忽然一声不吭地溜走，不一会儿又一颠一颠地小跑着回来。桑尼的腿虽然坏了，却还是很喜欢跑，他手里拿着一张薄薄的纸，看着是从作业本上撕下来的。

“爸爸！”他边喊边扑向路白，“给你看。”

“这是你的作业？”路白接过来一看，纸上只有长短不齐的几行字。“哦，原来是首短诗。桑尼已经会写诗了？”

桑尼煞有介事地拼命点头。“嗯嗯，是上个礼拜六在华文学校写的。”

路白仔细向作业纸上看去。上面只有四行字，写的是：

我的一只腿短
我的另一只腿长
它们会和我一起长大
带我去每一个远方的乐园

诗很短，路白一个字一个字地读下来。他盯着桑尼歪歪扭扭的笔迹，眼睛一瞬间有些湿润。

孩子们能不能天真烂漫地长大？他们长大了，远方又有没有乐园？

波利斯郊外的艳阳天气，游乐场里欢声阵阵。3岁半的桑尼从老远跑过来，路白递给他几枚硬币让他去旁边放着音乐的雪糕车买雪糕。桑尼刚刚拿了雪糕要往回走，忽然一声爆炸，红白条纹的雪糕车顷刻掀翻，一同抛向空中的还有他的儿子，在浓烟和碎片中被高高抛向空中，他几乎能听见那撕心裂肺的尖叫——

桑尼！路白拔腿就朝爆炸的方向飞奔，可是再快也赶不上巨大的火焰，再快也接不住他唯一的珍宝……

“爸爸？”路白神情恍惚的空当，桑尼已爬上他的膝盖，骑在他的腿上想吸引爸爸的注意。

“喏，”路白回过神来，一手搂住儿子的头，一只手指着儿子的诗作，“诗写得不错。不过人的腿不能用‘只’，要用‘条’。我的一条腿，OK？”

桑尼重重地点头，路白看着自己的儿子，心里一时觉得很满足。

“一会儿还走吗？”这时候，穆罕默德走过来，桑尼又跳下路白的膝盖去找穆罕默德，口中说：“爸爸！路爸爸说我除了一个字之外，都写得很好。”

穆罕默德躬身把桑尼搂在腿边，桑尼还要急着跑去给妈妈看自己的诗，穆罕默德于是打开通向后院的推拉门。路白会意，跟着他一起来到房子的后廊。

他家的后廊很宽敞，左手边吊着自己钉上去的秋千，右边是一排藤椅，两个男人依次坐下，穆罕默德拿出烟递给路白。

路白摇摇手，说：“我刚戒了，不过你随意。”

穆罕默德于是把烟和火都收进上衣口袋，和路白一起面对着庭院的夜晚。霍尔莫岛虽然离大陆不过两公里，却尚未完全工业化，一旦太阳落山，眼目所及之处，便立刻归于一种原始的漆黑和寂静。乡村的星星在空中压得很低，宽阔的院子里时而传来一点鸟虫和青蛙的窸窣声响。从后院眺望出去就是波斯湾，年初的二三月份正是伊罗一年之中最凉爽的季节，傍晚的风夹着海水的咸味和清凉，出人意料地并不让人讨厌。

很难想象，就是此刻面前这个宁静的、毫不声张的波斯湾，周围有八个国家正围着它剑拔弩张。

“我听阿敏说你住在波利斯。而且还在当地……有一点关系。”穆罕默德过了一会儿才开口，“按你的看法，这事会闹大吗？该不会真打起仗来吧？”

路白仔细思考着答案。该怎么回答他？路白脑中想着桑尼、阿敏和她一对活蹦乱跳的女儿。他这一次除了来赴和桑尼半年一次的约，也是想仔细看看霍尔莫这座小岛。毕竟它离格什穆半岛和阿巴斯港并不远，甚至可以说是……一衣带水。

“我看不会。”然而路白回答说，“默德扎曼几个月之前辞职，原本的副总统托登却趁机在内阁里培养势力。新的选举从当初默德扎曼许诺的全国大选变成了内阁选举，这个托登又比默德扎曼更亲美，示威是情理之中的事。但大规模的冲突是另一码事了，伊罗的地理位置微妙，不管国内还是国际势力都不会轻举妄动。”

“但是如果一旦冲突起来——不是本国的，而是其他国家——他们会不会拿伊罗的土地当战场？我听说复兴党和真主党背后都有势力在支持，还有北边的库尔德人的武装……”

复兴党是以现总统托登为首的亲美的执政党，真主党则是最大的反对党。复兴党政府致力于西化和世俗化的统治，这与真主党以伊斯兰教法为中心、政教合一的主张大相径庭。

穆罕默德问得尖锐，路白一时哑口。“不能完全排除这个可能……但是，我想绿区有很多人并不想让冲突发生。维和部队刚刚又加派了两百驻军，而且一批原本上个月底要转回总部轮换的维和警察，也取消了轮换。他们从绿区出发，半个小时就能到达市中心，波利斯城不会太乱。”

当初桑尼出事之后，在医院整整住了两个月。他从抢救间送到太平间，又送回手术室，转到重症监护室，最后再转到普通病房，每一次都像是他心坎上的一场地震和地震的劫后余生。桑尼最终给救了回来，但是皮肤二十几处重度烧伤，而且永久地失去了一条腿——医生给他安上了最好的临时假肢，真正的假肢要等成年之后才能考虑。

阿敏在桑尼出院的第一天，就带着他离开了波利斯。

路白没有阻拦，他甚至连目送他们母子离开都感到心虚。时至今日，他知道这是最好的安排——桑尼的生活中最好没有他。以前是桑尼，现在……还有沈菘兰。他们的秘密也许能维持好几年，也许明天就会被人发现，到那时，难道要把她也送走？

可沈菘兰又与阿敏和桑尼不同，离开并不是一个选择。可如果真有那么一天呢？他到底该怎样？

此刻，路白的心里还没有答案。

“况且迪拜离你们也就一个钟头的飞机，两个钟头的渡轮？”路白说完，穆罕默德发出一声淡淡的轻笑。

霍尔莫岛的夜色已深，路白和穆罕默德回到屋里，已接近孩子们要睡觉的九点。路白走上楼去，桑尼的卧室是离主卧最近的一间，路白轻轻推门的时候，桑尼已经躺在床上，小脸痴痴地对着天花板。

路白走到床边，把晾到一旁的被子拽过来给桑尼盖上，又笨拙地去掖被角——“掖被角”，至少这是众所周知的说法，爸爸妈妈每天晚上要给自己的孩子掖好被角。可是掖被角到底是要掖在哪里？路白愣愣地攥着被角不知该怎么办，只好把被子又平铺在桑尼身上。

“爸爸，是不是我明天早上一醒来，你就又不见了？”

路白露出一丝坦诚的苦笑。“爸爸过一阵再来，”他说，“桑尼要听爸爸妈妈的话，好好学习、注意安全。”

“爸爸，那你现在还在抓坏人吗？”

桑尼遭袭击的一个月前，路白刚刚封堵了一条从北非到中东，横跨突尼斯、尼日利亚，再到叙利亚和伊罗的毒品走私通道。这不是偶然，路白坚信自己的判断。桑尼的爆炸案在警察厅成了一桩陈年的无头公案，路白到现在也没有放弃查找始作俑者。从那件事以后，阻止恐怖袭击、恐怖分子以及对无辜平民的一切伤害和武器，成了路白生活下去的支柱。

桑尼的事故成为他的梦魇，而梦魇敦促着他继续战斗。

于是此刻他低下头，用两只手牢牢地握住桑尼的肩膀，看着儿子的眼睛说，“爸爸会把所有的坏人都抓净。爸爸答应你，从今往后，再不会有游乐园的爆炸，不会有突然飞出来的刀枪子弹。爸爸会把这些藏在冰淇淋车后面的坏人都抓住。”

桑尼顺从地听完路白的话，说了声“爸爸，晚安”。路白掩上他的房门走下楼，阿敏已等在门口，送他出来。

“下次来就是夏天了，”阿敏说，“到时联系。”

“谢谢你允许我来看他，”路白换好鞋，临出门时回过头说，“我知道这很不容易。”

阿敏听了这句话，眼睑轻轻抬起，注视着路白的面孔片刻。她好像要点头抿嘴，可在开口的一刻却忽地低下头，眼圈发红。

“我无法原谅你。”她低低的声音带着哽咽，“真的。到现在、时至今日，我就是没办法原谅你。我每看桑尼一眼，就觉得我亏欠了他一整个世界。”

我理解。这是路白想说却说不出口的话，他理解阿敏心中的内疚、伤痛、悔恨，因为它们也在他心中经年累月铸成了跨不过的坎。在悲伤管理这件事上谁也无法速成，但如果阿敏能让自己心里好受一点，她怎么做，他都能理解。

阿敏说话时，一直低着头，一眼都不看他。她的一字一句开始发抖，可她还是努力用语言压过自己的哭腔，以至于她的声调越来越高，“——我没办法。我不能见你、见你就恨你，恨不得自己跟你同归于尽。可是我的命也换不回桑尼的腿……”她说着，好像已经放弃了抵抗，让眼泪在脸上恣意流淌。

“我知道你没有对桑尼做什么，这不是你的错。你甚至有心做一个好父亲。可是我不能原谅……我不能原谅自己。我知道这样不对，可我假装这事全怪你、假装你对桑尼不闻不问的时候，我的心里就好受一点。”

话音落时，阿敏已蹲下身，无法抑制地开始大哭。路白站在离她一臂之隔以外，不知道自己该不该去扶她。她呜呜地哭着，一面用手和袖子不停地抹掉眼泪，再抬起头的时候眼睛和鼻子都已涨得通红。

“你要做那些伟大的事，就去做吧。”过了好一阵，阿敏吸吸鼻子，站起身来，“桑尼有我。穆罕默德也对他视若己出。况且也许你说的是对的，拯救桑尼的唯一办法，就是拯救世界。”

路白点点头。“我过半年再来，”他快速地开口说，“很谢谢你……”接着径直掉转头，大步向自己的车走去。他的脚步慌忙而沉重，临开车门最后一步的时候被草丛中一块活动的石头崴了脚。

“啊！”他痛得叫了一声，还好是左脚——路白钻进驾驶座，转动车钥匙。

“我也不能原谅自己，”汽车发动的嗒嗒声盖过了他低沉的自语，“我也不能原谅我自己。”

3——2——1。

乐子扬睁开眼时，视线之内至少有两盏油灯在发出昏暗的暖光。周围的墙体粗糙却笔直，这和他原本的洞穴不是一个地方。他发觉自己正安稳地平躺在地上，有一只细嫩的手正覆在自己的额前，几缕金棕色的发梢在眼前微微飘动，几乎就要垂进他的眼睛。

他“噌”一下猛然坐起，深深喘了两口气，定睛一看，那只手和金棕色发梢的来源——正是连续几天来给他送饭的那双眼睛，乐子扬定了定神确认自己不会看错。

原来是个女人。

深色的眼眸，大而上扬的眼睛，浓密的眉毛和睫毛，橄榄色的皮肤。她也坐在地上，离他有半米远，双腿弯曲着放在一边，另一只胳膊撑着地面。她将自己一头金铜色的波浪长发拨到一侧，眼睛一眨不眨地盯着乐子扬。

乐子扬也盯了她片刻。

对方继而轻松地动了动嘴角。“梅洛，我的名字叫梅洛。”她不等乐子扬发问就率先开口，说着一口流利标准的中文，“我已观察你很久了。”

“我睡了多久？”乐子扬问。

“不不，我观察你，比你想象的可要久多了。”梅洛轻笑，“我一直以为只有在源空间中才能见到你，没想到，你竟然自己出现在这儿了。”

什么？！乐子扬顿时打了一个激灵。“你知道源空间？”

“如果真有源空间的话，那我们对它知道的，其实也差不多一样多，”梅洛说着，把头偏向一侧，似乎正边想边说。“源空间的投影将时间与空间粒子叠加成此时此刻的存在，只有先知能脱离自身的视角，观察源空间的投影和粒子的叠加。在这一点上，你已经是一个‘先知’。我也是先知。”

乐子扬想起花剑小剧场那夜之前自己的幻境。他徒劳地开着无法控制方向的车、坐在车后座的父亲、他绝望地目视着父亲登上即将爆炸的飞机，还有他永生永世也忘不了的，父亲临走之前对他穿越时空的那一眼凝视。

“先知，就能看见源空间里过去、别处和未来？”于是他说。

梅洛耸耸肩。“谁知道你能看见什么。不过你继承了你父亲的一样特质：你们都有天赋能感应到时空粒子在投影中留下的射线。你可以试着以此向原点回溯，他们管这叫‘窥视’。你第一次成功窥视，还是靠着你父亲留下的线索。”

“你怎么……”乐子扬先是惊讶，接着又转为愤怒，“你怎么能知道我看见了什么？！”

“别着急，我看不穿你的心，你的脑袋。我看见了你，纯粹是因为我正好也在那儿。”梅洛说完，故意停顿片刻留给乐子扬用来回想。

灰蒙蒙的天气、只有短短五分钟的车程、步履健硕的父亲和绝望的不知该怎么阻止他的自己……

不！别上飞机！乐子扬情急之下夺过女助理的写字板，将她的文件扔向天空……

等等，那个找父亲签名的女助理，她背对他，金铜色的长发……

“那个让他签名的女助理是你？”乐子扬难以置信地忘记了呼吸。她是如何做到的？怎么可能堂而皇之地出现在那里？！

“这就不是我的本事了。你的父亲，曾经是最接近源空间的人。他甚至于一度已成为指挥家——是他短暂地把我带到那儿去，把他最后的一刻留给了我，还有一张照片。”梅洛说着，指一指乐子扬身后。

乐子扬回头时，想到之前自己在地上捡起的看不清的那张硬纸，于是从夹克中掏出照片。

真的是自己的父亲！父亲穿着一身军绿色的飞行服，右臂抱着头盔，左手正把墨镜往上抬起，而拍的人就在那一瞬间按下了快门。

他把相片翻到背面。上面潦草地写着一行字。

去找三眼的哈里发。13145

哈里发，是传说中真主钦定的、统治人间的唯一的王，是 Abu Al-Qadi 多次提到又不肯多言的神秘主宰。可是三眼的哈里发……这个表述却让乐子扬觉得莫名的熟悉，好像以前在哪儿听过。至于 13145——

“这是什么意思？ 13145？电话号码，邮政编码，还是什么？”他将相片的背面翻给梅洛看。

“别问我是什么意思，”梅洛也瞥了一眼乐子扬手里的相片，“我只是个先知，不是全知全能的上帝。我们都是天然的先知。”

“你想干吗？”乐子扬一面消化着这个叫梅洛的女人的话，一面依旧保持着紧绷的神经。他可以确定，梅洛是 Abu Al-Qadi 的人无疑。“为什么告诉我这些？”

“因为我喜欢你，”梅洛毫不掩饰地回答。然后她大方地上身前倾，向他靠近。她的嘴唇轻擦过乐子扬的脸颊，最终附在他耳边，轻动口型，“当年赫利施 10 号的别墅外，我站在对面的灰色阁楼上，一眼就看上了你。”

贰

是你把自己搞砸的。我这个人没什么同情心，恕我直言，是你把自己搞成现在这鬼样的。

——路白

一片橙色的、杂草丛生的土地上，没有一点声音。天空匀净平整如一片空白，蓝色的阳光在空气中洒得均匀。放眼向远望，远处似乎有几座起伏的山坡，不过并不巍峨，顶多算是丘陵；四周的尽头都如出一辙，是橘色荒原与天际的模糊交织；头顶上淡黄色的天空均匀而通透，像一面标准的玻璃半球。

他摊开手心，接受蓝色阳光的照射，从指尖到手掌都感受到阳光的冰凉。唯有脚下橙色的土地散发着炙热，空气干燥而停滞，自己的呼吸是唯一的运动。

这是哪里？

他是谁？

耳边还是几近恐怖的安静。很奇怪，极度的安静同时也像极了最惊悚的尖叫。两种错觉在他的耳边轮流上演，直到他捂上耳朵，低头看清自己的双脚，然后踏出第一步，踩上这片土地的一刻，听觉才瞬间回到了他的耳朵。

他松了口气。那是乡野惯有的沙沙声，是微弱的风吹动野草的声音，是空气里的灰尘相互摩擦的声音，是毫无内容的、大自然的背景音乐，送进耳郭的那一瞬给这片土地增加了些许的真实感。

“唯一的目标，是要活下去。”一个声音冷不防地出现在耳边。他下意识地抬头，好像那声音来自半空。

可是空中并没有任何异常。他再往前走几步，登上一个小小的高坡，忽然发现前面一点动静。

他的第一反应是立刻就地蹲下身子，把自己隐藏在杂草当中向外看。

一片杂乱疯长的野草丛中，出现了一小块整整齐齐的土地，比杂草矮而密，微风中齐刷刷地向一边倾倒，是一片麦田。麦田里只有一个人，他右手拿着一把弯刀，正弯着腰，一簇一簇地割麦子。

割麦子的农民时不时抹一把汗，割下来的麦子渐渐堆成一小垛。远处的太阳已经开始沉沉地西斜，从正午的湛蓝变成浓郁的蓝紫色，太阳还没落山，从对面的山坡上又走来一个人。

这个人高大、强壮、光头、赤裸着上身。他结实的脚步踏入麦地里，农民闻声抬起了头。

农民的手里还紧握着弯刀，而健壮的光头赤手空拳。他们隔着几排麦穗彼此对视了几秒，战斗的鼓点已经在麦田暗地响起。

“原来是个农民。”光头开口说道。

“原来是个强盗。”农民也开口说道。接下来，农民和光头同时启动，扑向对方。

农民用弯刀朝着光头的脸砍去，光头侧身一躲，右手抓住农民的大臂用力一拧，农民大叫一声，双膝着地。可弯刀仍然在他手里，农民顺势又去砍光头的脚踝，光头麻利地一滚，趁农民起身时从腋下架住他的肩膀，不由分说就把他往后拖。农民的脸憋得青紫，一只手拼命向后一捅，弯刀几乎就要勾住光头的脖子。

他们在金色的麦田里相持，农民的牙缝里已经洇出鲜血，光头的青筋崩得快要炸裂。就在最后的一瞬，农民孤注一掷地转动手腕、弯刀的尖头刺向光头的后背，可光头先一步挡开了他的手臂，接着顺势一踢，农民的弯刀应声飞出，光头接着用两只手抱住农民的头颅狠狠一拧，只听“喀”的一声，农民彻底断了气。

他们的世界又恢复了平静。光头把农民从自己身上丢开，重重地喘了口气，接着站起身跨过田埂。他走到半路停下脚步，从地里捡起刚刚被农民丢掉的弯刀，拿在手里看了看，在空气中比画比画，看样子并不知道该怎么使用。光头走到农民刚刚收割的麦子垛边，坐了下来。

太阳一点点地往西边落下。天空彻底归于黑暗的时候，光头还歪在麦子垛上，只是已不如来时张扬着力量和鲜活。一阵微风吹过，他顺着风一头栽倒，滚了几圈，手里还握着农民刚刚收割的一粒还没剥开的麦子，躺在麦地里死了。

乐子扬一下就睁开了眼睛。

自己还在这儿。他摸一摸身旁的硬地，扫视着周围的墙壁和壁上吊着的几盏油灯，确认自己还在原处。

他做了一个奇特的梦。奇特，可是他竟然又记得这么清晰。乐子扬从未这么清晰地回忆起自己的梦境，以至于刚刚醒来的一瞬，他甚至怀疑自己是不是真的去到了那个地方——那个罩在圆弧玻璃罩中、有麦田和蓝色阳光的世界。

白色的天空平整匀净，橙色的土地炙热鲜活。那里的时间忽快忽慢，那里的农民和光头……谁也没有活下去。

乐子扬仍旧平躺着没有起身。他闭上眼睛假装继续睡觉，他要趁有人来打扰他之前，理清自己的思绪。玻璃罩中的世界不是偶然，他十分确信自己还会回到那里去。

街口的晨雾还没散尽，他的闹钟已经响了第二次。路白今天要出一趟远门，沈菘兰也跟着他一大早起来，然后一路跟到厨房。

“只有你知道真相，你一定得把她救出来。”沈菘兰顶着两只没睡好的黑眼圈说，“我肯定、百分之百肯定她是无辜的。”

“不一定呐，”路白将燕麦吐司放进多士炉里，又从冰箱拿出果酱、黄油、花生酱。“现在管事的人还是黎盛德。他这么自信下令抓人，百分之百肯定手握着证据。”

“但是你也有、你有王青铜和他的通信记录不是吗？”沈菘兰有点着急，“你今天肯定会见到她吗？她还在波利斯使馆？不管怎么样，你一定得证明她的清白。”

“你放心，她不会有什么大事。”路白说完，多士炉叮地一跳，吐司已经烤好。他于是拉开抽屉拿出一把餐刀，先打开包黄油的锡纸，切下一条贴在刀片上，然后靠着吐司的温热，一点点把黄油均匀地抹上去，那姿势好像在雕琢手把件。黄油涂上去了，路白换了一把餐刀，接着又拧开果酱的瓶盖。

一片吐司，加一层黄油、一层果酱、一层花生酱，再加另一片吐司，是路白的标准早餐吃法。

“这种东西你真能吃得下去？”沈菘兰盯着路白炮制的混合口味三明治，同时伸手去拿路白刚刚用过的餐刀想放进水池，谁知刚拿起来，不知怎的就脱了手。

“哎呀！”她惊叫一声，赶紧蹲下身去捡，路白抢先一步扶住她的胳膊，自己把餐刀捡了起来。

“我又变笨了。”她自嘲地笑。

路白摸摸她的后脑勺，笑说“不要紧”，接着又把自己的三明治送到她眼前。“刚起床还没吃东西吧？怪不得晕乎乎的。你尝一口。”

沈菘兰把脸往后躲。“我不吃，”她嫌弃地说，“一会儿我还回去睡觉，昨天睡得太晚，我现在还没醒过来。”

路白于是对着三明治咬了一口，对自己的厨艺甚是满意，再次向沈菘兰夸耀说：“这样好吃得很，很有层次感的。”

沈菘兰报以毫不买账的厌恶表情。

路白吃过三明治匆匆洗手，从餐厅的椅背上拿起自己的西装外套。“你放心吧，”他说着，亲亲自己小妻子的脸颊，“我若能见到她，肯定替你问好。”

绿区。曼莎路 10 号。

“我是本案的公诉人，这位是书记员。请你先呈报自己的姓名和职业。”

“路白。黑鹰俱乐部的成员。”

“请问你是否与杜若秋熟识？”

“认识，工作中见过三四次面，不算熟。”

“请问你是否认识王青铜？”

“知道他，但是没见过。”

“请具体描述你所知的对于杜若秋与王青铜在本案中的相关信息。”

“我不知道他们俩有什么相关，”路白回答，“我只知道，12 月初，4 日或是 5 日的时候，黎公使请我来，向我透露了王青铜要畏罪潜逃的消息。后来过了十几天，到当月 19 日晚上，中国的维和部队在公海上阻击王青铜，我就在一旁目击。”

“12 月 19 日晚上，王青铜被击毙的当时，你就在现场？请陈述你出现在现场的原因和目的。”

“是黎公使请我去的。”路白好像没听懂对方的问题，“至于目的——没有什么目的。或许你们应该问问请我去的人？”

公诉人不抬眼皮地重复问道：“请陈述你出现在现场的目的。你是以何种身份、何种动机出现在南波斯湾的？”

路白想了想。“目击就是我的用途。至于其他的……黑鹰俱乐部没有直接参与对王青铜的抓捕和阻击。”

“所以你只是目击了王青铜被击毙的全程。”

路白显露出一瞬间的犹豫。他故意看看左右，还有自己身后那一面长方形的镜子，然后将自己的椅子往前拖了几寸，上身前倾、压低声音对公诉人说，“我可以说一句悄悄话吗？不记录在纸上的。”

公诉人看了书记员一眼，书记员放下了笔。

“我们现在是私下在交谈吗？”路白问。

公诉人答说：“是。”

路白于是压低声音说：“我觉得王青铜没死。”

“你说什么？”

“我说，我觉得他没死。确切地说，我很确定，当时燃烧弹击中了他逃跑的船，可是王青铜本身在那之前就已经跳海跑了。”路白说到这里，稍稍提高了一点声音，“等抓到了王青铜，你这案子不就迎刃而解了？”

十分钟后笔录结束，路白走出问讯间，沿着来时的一条长长的走廊返回去，迎面正好是武官处的邱少将，全身着军官礼服，胸前的勋章和肩上的松叶加一星齐备，后面跟着一个两杠三星。擦肩而过的时候两人彼此致意，路白边走边回头再看对方一眼，看来他也是去做笔录的。

路白来到走廊尽头的大堂时，黎盛德正坐在大堂里，一把背对他的椅子上，听到脚步声，连忙起身回头。

路白向他微微颔首，黎盛德也点头回应。他的面容还强自维持着镇定，但是那紧绷的下嘴唇、收缩的小腹和青筋暴起的手腕都暴露了自己的慌张。

曼莎路 10 号是黎盛德的天下，路白不相信任何一句话会逃过他的耳朵。

“好久不见了，黎公，我这儿刚做完笔录。”于是他走上前说，“能借一步说话吗？”

黎盛德点点头，他们走出 10 号的后门，到外面开阔的庭院中，站在一棵枝丫光秃秃的老树底下。

“我能见见杜若秋吗？”路白单刀直入。

黎盛德面露难色。“杜若秋现在已经不在波利斯了，”他回答，“我们没有权限押人，二十四小时之内就转移了。”

“她去哪儿了？”

黎盛德略一低头，露出一丝为难的微笑，路白已经知道他要说什么。

“喏，这个真的很难说，恕我难以相告。况且她现在具体在哪儿，连我也真不知道。杜若秋出了曼莎路10号，就不再归我管了，就连你刚刚见的公诉人和书记，也都是上头派来的。现在上头已经全面接手了这件事，我们都不过是配合。”

路白从容地听对方说完，点点头说“当然”，又说：“希望这件事赶快有些进展，水落石出。”

黎盛德那一刻的面容有几分僵硬，他用舌尖反复舔两下嘴唇，仿佛欲言又止。然而黎盛德没有接话，路白也不勉强。他摘下帽子轻轻一低头说“告辞了”，直接离开了10号的大门。

他想说的话已经送到，他能做的也已经做完。当时中国使馆宣布击毙王青铜，可他的尸首始终没有打捞上来，路白心里就已经明白了三分。到底是谁放王青铜跑的，或者是谁提前给他通风报了信？

难道王青铜在曼莎路10号，不只有黎盛德、杜若秋，还有第三个人？他的手到底伸得有多长，怎么打都打不死？

不过他没死的好处，至少是杜若秋捡了一条命回来。

既然没死，案子就没有了结，案子没有了结，杜若秋就无法定罪。路白想到这儿，突然脚下猛地停住，整个人一怔。

从绿区出来，才不过中午，路白驱车往北。他路过新古列斯坦墓区，想起明天就是父母亲的祭日，于是转几个弯，把车停下，买了一大捧鲜花，往父母亲合葬的坟冢走去。

他的父母亲葬在墓区靠后的高坡上，正午的太阳很烈，路白的额上冒出细细的汗珠。他想起自己原本也住在新区附近，三条街之外有一个街心小花园，而在他还热衷于在小花园荡秋千和滑滑梯的年纪时，父母就已给自己安排了墓区的坟冢。

来到冢前，只见坟冢前后都已被擦得很干净，墓碑之前放着一大捧黄白相间的玫瑰花，显然是已有人来过。

路白把自己手中的花也并排放下，喃喃说一句："哼，今年又比我先。"接着蹲下身子，用手去抚一遍碑上的刻字。

自从尼卢法街 31 号被封，路白就把自己在哈什米街的公寓空出来，作为临时的工作据点，自己把家搬得更往北去了，几乎接近奥保兹山下。黑鹰几个人一块改造了路白的公寓，把路白楼上的一户也买下来，做了一个小小的暗层，又把公寓的各个安全出口都摸清，算是有了第二个地址。不过路白的家到底不如原先的独栋三层小楼，于是大家都习惯将它称为"小 31 号"。

而真正的 31 号，他们肯定有一天会搬回去。

"咦，你今天怎么来了？"路白走进小 31 号的时候已是下午。他径直上楼，只见侯博士正一个人站在楼梯口的小桌旁，手里拿着一把剪刀。

“我来收快递，”侯博士美滋滋地扬一扬手里的一个牛皮纸箱，“去年11月预定的板子，等等等一直等到现在，终于送来了。”

路白想起来了。好几个月以前，侯博士怯生生地抱着笔记本电脑来敲自己的门，路白一看他脸上的神情，就知道他要干吗。“要多少钱？”于是他开门见山。

“有、这次有点贵，”侯博士走上来，急忙侧转身把电脑屏幕对着路白，“不过这次真的是好东西！英伟达新出的GPU——Titan XP，12G的VRAM，547G的显存带宽，我们本来深度学习就是在GPU云上做的，我们图像识别和运动分析的算法都齐全了，一旦把大规模场景的高精度三维重建做出来，不管任何再复杂的神经网络都能模拟训练出来……”

侯博士兴致勃勃，口若悬河，路白只好大手一挥，说：“好，不过今年的预算就算用完了。”

侯博士连忙欢天喜地地握了握路白的手，路白嘲笑他十分迂腐。以至于此时此刻，他看着终于收到设备的侯博士，忽然想到，原来这个人也有表情。

“对了，阿乐还是一丁点消息都没有吗？”路白这时想起来问道。

“已经过这么多天，手机肯定是联系不上了，”侯博士转过身来回答，“我想他必定是见到了Al-Qadi，然后被带走。阿乐得到机会，一定会想尽办法跟我们联络的。”

路白轻轻点头。“你来的路上被限行了吗？”他自己给咖啡机添了水，又问侯博士。“我来的时候整个安亚路都封路了，我绕了半个钟头才过来。”

“我住东边，一路上倒还好。不过昨天也收到了安全警报，貌似是有一小撮要去梅尼格广场的示威队伍经过，在前面的小环岛和交通警察发生了一点摩擦。”侯博士一耸肩，接着停顿半晌，又问，“这事会闹大吗？”

和穆罕默德的问题如出一辙。不过路白此时要更坦白些，“新的全国大选肯定没有了，托登的位子已经坐稳，又有美国人支持他，他不可能轻而易举地把位子让出来。真主党就不好说，你说不清他们是个党，还是个军阀，又或者是上弦月的另一张脸孔。他们没什么底线，更不在乎搞出内战。可是伊罗这种地方一旦打起内战，插手的人就多了。”路白说着，沉沉地把水杯放在桌上。楼下的电视还开着，隔着一层楼梯还能听得到新闻节目里嘈杂混乱的人声和爆炸声，空气里内战的腥味已经升起，他不能假装闻不见。

“颖决明呢？他有什么消息？”

“史蒂夫·戴森死了。”侯博士回答，“据说是自杀死的。TX Petro 现在在阿巴斯港已经被叫停，解散了很多人。不过！也来了一波新人。”

“嗯？”

“原先的主管汉克·松已经调走了，管理层全都换了新来的。颖决明自己还不知道能不能留下。”

路白的眼睛忽然一闪。“这就对了！”他转过脸去向侯博士说道，“这说明咱们想得没错。阿巴斯港确实和源空间有关，新来的管理层，十有八九是联邦政府的人。让颖决明赶紧接着查，估计他待不了一阵了，这条线很珍贵。”

路白当天经过小 31 号转了一圈，中午刚过就出来，正好哈什米街口卖烤鸡的餐车还在。他开车路过，开过了两条街又掉转车头，回去买了一只整鸡和两个双倍黄油蒜炸鸡腿，吩咐小贩多包几层，拿上了车。

他以前从不把食物带上车子，尤其是炸鸡这种散发着浓重油香的。不管是油星、气味，甚至是炸鸡店的纸袋，它们在路白的车里都好像扎在无名指指尖的倒刺，令他隐隐头痛。这种头痛不是比喻的修辞，而是切切实实的、身体上的头痛，仿佛它们不是进入他的视线，而是直接化作光与气味的粒子，像强酸一样腐蚀他的脑髓。

可是现在腐蚀路白脑髓的，早已不只是车上的炸鸡味。沈菘兰喜欢一切二十岁女生喜欢的愚蠢玩意——炸鸡、雪糕、傻乎乎的玩偶，甚至是华而不实的好看彩笔。他那天回到家，推开自己的家门，一手拎着炸鸡店的纸袋，迎面的门厅里立着一米多高的长耳朵毛绒兔子，他站在当下，一时间仿如突然降临在魔幻世界般，升起一种不可思议的奇异心情，好像灵魂已从躯体里脱壳，漂浮到玻璃窗外，隔着远远的距离在观察自己离奇的生活现状。

不过下一秒钟，沈菘兰就把他重新拉回了现实。她听见门响，“噔”一声跳下沙发直奔他扑来，给他一个动能过大的熊抱。她的一只手指上好像还带着钢笔墨水，不过路白决定假装没看见。

“你慢点走路，别再抬腿就跑了，”路白这边叮咛，沈菘兰好似全没听见，只顾将双手挂在他的脖子上，大声指挥他，“快，转圈圈转圈圈。”路白只好一只手拿着炸鸡，一只手拔起她的腰，开始了狼狈的旋转。

“呜呼，呜呼——”沈菘兰快乐地呼着气，他快要将她放下的时候她的胳膊稍稍松开，落地的一瞬正好袖子刮在门厅的一只钩子上，只听“刺啦”一声响。

路白吓了一跳，赶快转身去看，“怎么，刮到哪儿了？”

沈菘兰伸出胳膊。“啊，坏了。”她低头仔细踅摸一番自己的袖子，然后抬头瞪起一双眼睛看向路白，把袖子举到他面前。

“胳膊呢？胳膊没事就好。”路白看沈菘兰的胳膊没有伤，捏过她的袖子在空中摆一摆。“小邋遢小邋遢，你怎么老是这么傻乎乎的呢？”

“我才不傻，傻的是你，”沈菘兰说着，一把抢过路白手中的炸鸡纸袋，拔腿跑到客厅，大摇大摆拿出炸鸡，又把纸袋伸过来递给路白，“你也吃呀！”

“你还吃！就知道吃！哪有你这么贪吃的小姑娘！”路白佯装发怒，向沈菘兰抬高声音大吼。

“你、你凶我？”沈菘兰一秒钟神情突变，瞬间声音里就溢满了鼻音，“就因为我划破了袖子？”她的眼睛似乎正汪起滢滢的水光，路白一瞬间笑出声来。

“哎哟，小委屈，”他哭笑不得地坐在她身旁，搂过她的脑袋放在自己的肩膀。“我跟你闹着玩的，小委屈小傻子。”路白又好笑又心软地摸摸沈菘兰的小脑袋，她的头毛柔软得像一个婴儿。

二十岁的沈菘兰，再过一个多月，就将迎接自己的二十一岁。而她的生日刚好是二月二十一日，所以二十一岁就是所谓一辈子只有一次的“黄金生日”。路白问她，“你想怎么过？”

沈菘兰一愣，低声自言自语道：“还真是，确实马上该我过生日了呀。”接着歪着头看向路白，高声宣布：“就最幼稚、最俗辣的过法呀，鲜花、礼物、烛火和奶油蛋糕就行，啊对，我还要穿超短裙！”

“超短裙你就别想了，”路白想了想，又说，“花你得自己买。我不能捧着一大把花在街上走来走去。”

沈菘兰早就知道是这样的回答，他们从在一起的第一天，她就变成了一个移动的隐形住户。路白的公寓在四楼，沈菘兰只能从紧急通道上楼，然后穿过一个窄小的管道间，再上半层、十几级台阶，就是他们给公寓另开的小门。路白为了隐藏她，几乎不动声色地改造了整层楼的隐形结构，给她制造了一整条隐蔽的出入线路。

就算是这样，他依然不放心。他在城西也早看好了地方，只要被发现就立刻搬家。

于是沈菘兰问道：“那我能叫朋友来吗？”

路白略一沉思。“那就不在家里，租外面的地方开party吧。”

“不过……杜若秋也来不了。”提起开派对，沈菘兰想起自己前途未卜的朋友，声音一沉。

“也不一定，一个月能发生很多事。说不定那时她早已回到波利斯了，”路白的话虽然大半是安慰，可至少王青铜没死，黎盛德有所忌惮，杜若秋就峰回路转地有了活路。

可是杜若秋毕竟知道得不少，她是否会是黎盛德眼中持续的隐患……路白没有把自己所想的一切都说出口。

“也对。”沈菘兰仿佛相信了路白的话，又叮嘱他，“杜若秋有什么消息，你一定得告诉我，不能瞒着我不说啊！”

路白点点头。

然而时间到了二十一日的前一天，夜里快 10 点钟，路白的手机忽然急促地响起来，是他为黑鹰成员设置的特殊铃音。

“老大，有一个人在小 31 号的大门外晃悠了半个钟头，刚刚跟着上了电梯，用一根钢丝开了咱们的锁。小武、阿毕已经在小 31 号门外部署完毕了。你要看录像转接吗？他们要不要立刻行动？”

路白手握着电话，目视着刚刚从浴室走出来的沈菘兰。她立在门边，扫一眼他那张凝重的苦瓜脸，接着不由自主打个哈欠。

“别想了，直接去吧。”她一张脸扑进枕头里，闷声闷气地说。

路白伸出手揉一揉她的头发，接着起身拿上了车钥匙。“一个小时内就回来，别睡着了！”他临走说。

到了哈什米街，路白回家一般轻车熟路，转动钥匙走进门厅，却没有立刻往屋里去，反而在门厅停住脚，侧耳倾听片刻。

“出来吧，我早就看见你了。”紧接着，他扬声冷冷地对着楼梯的背后说。

楼梯后面现出一个佝偻的、好像还在发抖的影子。“我需要……你的帮助。”一个年轻的、正极力鼓起勇气的声音，说话时好像刚跑完几千米的长跑，上气不接下气。“我有非常、非常重要的信息。”

“摸黑夜闯别人家，希望你的信息真能配得上这种举动的失礼程度。”

年轻人连忙跟上：“是……是一起军火走私的线索！大线索，上百万美金的武器，已经在西边的边境集结得差不多，很快就会卖到伊罗境内来。”

路白这时才伸手拧亮了客厅的灯。对方小步跟着他，穿过客厅，就是路白的会客室。路白自己坐了一面沙发，示意对方坐在对面。

“说说吧，”他拿起桌上的玻璃瓶，给对方倒了半杯水。“先说说你自己。”

“我是……我的老大是新北风运输公司的老板。”对方开口。他是个年轻的小伙子，看样子不过二十出头，穿着皱皱的浅蓝色牛仔衬衫，胡子应该至少三天没刮了。

“新北风”路白听过，是个盘踞于克尔曼沙省和两伊边境的黑社会，自己手下有几十辆卡车和大货车，黑白两道都做了不少生意。

“最近老大接了一个大单，据说是运输一批欧洲的医疗器材。可是——他们运的实际上并不是医疗器材。”

“你怎么知道的？你可有证据？”

“证据……在老大的四太太手里。可她给我看了！我亲眼看见的，她给货车拍的照片。全都是武器，有便携防空导弹，应该是苏联制的，我也不是特别清楚，还有火箭筒上百枚，还有两大卡车的M4卡宾枪，都在路上，大约明天这个时候就到边境了。”

“你不是老大手下的小卒子吗，怎么反而跑出来告发他，你不乐意他赚钱？”

年轻人忙说：“我是……”接着声音忽然断了。他紧张局促地呼吸着空气，好一会儿放低声音说：“我是为了救苏菲娅。老大知道他四太太发现了自己的秘密，已经把她软禁起来。他会杀了她的！他那么心狠手辣的一个人，绝对能下得了这手。”

“苏菲娅……”路白在唇齿之间磨着这个名字，在灯光的暗影里轻轻一笑。“原来是为了一个姑娘。你救了她，你们就能远走高飞了？”

“我们……”年轻人犹豫片刻，不再掩饰，“我们早就商量好了，一起去迪拜。”他说这话时，一手托着腮。苏菲娅显然是他心中一个柔软的角落，年轻人提到她，眼睛有些湿润，固执地盯着面前茶几的一角。

“我……你们、你们一定要救她。如果你们都不管她，就没人管她了。”他喃喃地念叨说，“我这辈子做过很多错事。可是万一她要是死了……”

年轻人不自知地吸吸鼻子，泪水顺着眼底的沟壑淌下来，自己连忙用手去擦。“她甚至都不是我喜欢的类型，”他试图让自己一笑，接着又说，“真的不是。但我……我也不知道，我没办法眼看着她去死。”

“死的恐怕不仅仅是她吧。你确定自己来这儿，不是为了保住自己的小命？”

年轻人坐在椅子上的身子微微倾斜，在听到这句话之后僵硬得仿佛一尊动不了的雕塑。俄而他们头顶的灯下有一只小飞蛾掠过，这才惊醒了他。他垂下头眨了几下眼睛，自言自语道：“妈的，我死定了。”

路白也喝了一口水，接着把杯子重新放在茶几上，磕出清脆的一声响。“是你把自己搞砸的。”他的身子后仰，翘起一条腿说，“我这个人没什么同情心。恕我直言，是你把自己搞成现在这鬼样的。”

对方听了，用鼻子深吸一口气，然后狠狠点两下头说：“是，没错。是我搞砸的。可是你们不管吗？几百万的武器，明天、后天、随时就运进伊罗来，说不定哪一天在波利斯的街头巷战就用上了！你们不是无国界反恐组织吗？还有什么能比这更恐怖、更近乎灾难？”

路白沉默地听对方说着，等他说完，路白突然问他：“你现在在这里，有谁知道？”

年轻人说：“我是偷偷跑出来的。不过现在也有大半天的时间，肯定已经被发现了。”

“他们很快就会开始找你，”路白接过对方的话，“克尔曼沙省找不到，就会向东往波利斯来。对于他们来说现在这么敏感的时刻，他们对你，是活要见人，死要见尸。”

“所以……我不知道该去哪儿了。”

漫长的沉默。

“至少，你不能住我这儿。”路白面无表情地缓缓说道，“这儿也不安全。”

“那我能去哪儿？”

“你得回去。”

“回去？那怎么……”

“你看，问题的关键在于，你得让我们能够帮你。”路白打断对方的话，“你得先帮我们，我们才能帮你。”

年轻人愣愣地直视路白的眼睛，似乎还没有听懂他说的话。

“要阻止军火贩卖、要救出你的心上人，不是摇摇手就能办到的事。”路白于是说，“你要做好心理准备，现在就想好，你为了达成目的，愿意去做什么。”

“我……我什么都愿意。”年轻人鲁莽地回答。

路白显然没把年轻人的承诺当真，他问道：“为了它，你愿意抢劫、偷盗、打架伤人？”

年轻人点头：“是。”

“你愿意伪造真相、编织谎言、欺骗自己的朋友和亲人？”

年轻人的语气放慢了，不过他依然点了头，说“是”。

“你愿意蓄意地破坏、爆炸，利用兄弟的信任、践踏自己的名声？你愿意做一个胆小鬼、墙头草、血吸虫，毫无廉耻地诽谤、暗算、出卖、背叛自己最近最亲的人？”

坐在沙发上的年轻人听着，后背渐渐挺起来。他全身的肌肉正变得紧张而僵硬，额头暴起青筋。他在路白的客厅里一时显得如坐针毡，两只眼睛无法控制地乱眨，用牙齿咬住颤抖的下嘴唇。

可是在路白给了他足够的思考时间之后，他抬起头来直视路白的双眼，然后再次点了点头：“是。”

“你叫什么名字？”

“我叫麦克斯。”

路白这时伸出右手，与麦克斯短暂地相握。“欢迎你，麦克斯。”

叁

> 你得相信自己。相信你看到的，乐子扬。你也得相信我，我们要做的事、要去的地方，我们是这个世界的先知，非如此不可。
>
> ——梅洛

他每天能见到的人，依然只有梅洛。她也不是每天、随时都出现。有时到吃饭的时候，她就趁着送饭来见一见他。有时很晚了，他以为她肯定不来了，她又忽然出现，神情疲惫地在他身边坐下，一句话也懒得说。也有的时候——譬如今天、譬如现在——他刚一睁开眼睛，她就坐在旁边，目光毫不掩饰地盯着他。

他登时坐起身来，也直视梅洛片刻。

“你的任务，就是监视我，在我睡觉的时候也盯着我？”乐子扬今天并没有做那个玻璃罩中的梦，但他依然对梅洛在自己沉睡时的出现充满警觉。

“那你也太重要了，”梅洛轻笑着回答，“我要是监视你，难道不是应该偷偷躲起来在暗中窥探吗？”

“这里是 Abu Al-Qadi 的大本营，他也在这里吗？”乐子扬试探。

梅洛当时微微皱起眉头，似乎对这个问题十分惊讶。“你问我？”她夸张地一瞪眼睛，“我不过是上弦月最低最低的一个无名氏，我怎么可能知道Qadi先生在哪儿呢？！”

乐子扬说声“也对”，于是问她：“那就说说我的父亲吧，是他把你带去了关岛的试飞日，你一定见过他。”

Al-Qadi把自己放在这里交给梅洛，一定是为了什么原因，乐子扬知道。为了让梅洛改变他，还是为了接近他身上的某种能量、一种连他自己还未完全知晓的能量？

无论如何，乐子扬心里的预感已经越来越明确，尤其是知道自己的父亲之后，他的血液里……流动着穿梭源空间的某种潜能。

“我上次说了，你是一个先知，我也是先知。”梅洛此时淡淡地开口，“先知凭借对时空粒子天生的敏锐感知，可以让自己同时身在两处。只要有足够的脑力和强大的愿力，就能聚集神经风暴，带领自己跟着某一维度的时空粒子，窥视时空中的另一点。”

“——我想你在见到自己的父亲之前，肯定也有过模糊的、奇怪的梦或者幻觉。那些都是模糊而零散的时空粒子的影像。唯独萨拉姆登上飞机的那一次，你借助于父亲留下的线索，第一次看到了清晰的影像，并且能够记住这些影像回到现实。”

乐子扬仿佛明白了一点意思。先知用巨大的脑力和强大的愿力聚集起神经风暴，然后就能带领自己穿越时空粒子的射线，窥视过去、别处和未来。

“我怎样才能成为一个真正的先知？”于是他问道，“不借助父亲，自由地飞越和窥视？”

“脑力来源于身体，你需要的只是集中——集中自己的注意力和一切感知。愿力可以来源于后悔、好奇、祈祷、欲望——四维时空里任何一个时刻、一个未完成的心愿、一个去不到的地点、一个看不透的因缘，都是愿力的来源。”

未完成的过去、看不透的未来……他有想去的地方吗？乐子扬那一刻问自己。

答案是有的。不仅有，还有许多许多个，有的让他为之忐忑，有的让他焦躁不安。他的选择、他的放弃、他的索取和遗失，让连日以来的乐子扬一度怀疑自己当初跟着Abu Al-Qadi来到此地的决定是否正确。可是如果只有在这里他才能成长、只有在这里才能接近源空间，如果成为先知就能给他答案，那他就算孤注一掷，也毫不迟疑。

“你得相信自己。”梅洛这时起身，好像要离开，临走之前却又回过头去，用一只手轻轻握住乐子扬的手腕。她好像看透了他内心的犹疑和渴望，“相信你看到的，乐子扬。你也得相信我，我们要做的事、要去的地方，我们是这个世界的先知，非如此不可。”

“路老板，你怎么想起我来了？我的新楼完工你也不来，我的新店开张你也不来，你忙什么呢？”

路白出现在门口时，佘老伯正从后厨转出来，匆匆走入三楼尽头的包厢。

“上次借你的这块地方，还到处是钢筋水泥板子。现在这么豪华了！”路白握一握佘老伯的手，打量着四周。

佘老伯是福建人，他的祖父是最早来到伊罗的一批华商，而他的父亲与路白的父母相识已久，也是波利斯黑鹰俱乐部最早的股东之一。路白与佘老伯一年也见不了一次面，然而知道对方还活着、还活跃，有意无意地铸成了路白心里对于波利斯城不能泯灭的信心。

“你今天可不是来叙旧情，是来谈公事吧？”佘老伯一边叫上菜，一边摇摇手，让身边的两个服务生离开。

“是打听一件事。”路白回答说，“一批货。”

“呦？”

“我有一批货，已经送到克尔曼沙的边境，本来是昨天要运进来的，结果被‘新北风’给拦了。我没跟他们打过交道，你熟不熟？里头有没有靠谱的人？”

“你是一批什么货？”佘老伯问道，“要不要紧？”接着又补上一句，“危不危险？”

“原本也没什么，然而我这里的库存眼看着已不多，所以才想早点运进来。我的一线们都等着这批货，除了寻常用的，还有些大个头的，便携式地对空，ATM，先拿来试试。”

佘老伯低头喝了一口羊肉羹，面上一笑。“你够可以啊，你要这么大型的武器干什么？”

路白说：“以备不时之需。”

“我能怎么帮你？”

“我就想知道，我这批货现在到底在哪儿。‘新北风’的人开口就管我要价一百万，我这边的消息说，他们把我的货拦下来之后，藏在了自己的卡车里。克尔曼沙的山路崎岖，我实在没法没头苍蝇似的到处乱找。”

佘老伯还在低头喝着羊肉羹。淡色的清汤随着他的调羹缓缓旋转，纤细的姜丝混在羊肉片和香菇虾米之间，与乌醋酱油丝交错勾连，漾起相同弧度的回旋。

羊肉羹喝完的时候，佘老伯也抬起头来。“我打听打听。‘新北风’去年大闹一场，换了新头。这个新头姓朴，诨名叫老三，最喜欢别人管他叫三哥。是个朝鲜裔，小时候在中国长大的，一口中文说得顶呱呱。不过这个老三比先前的头更加混不吝，我已很少跟他们来往。你下次再有东西进城，直接告诉我，我给你指路就好了。”

路白道谢，佘老伯重重地拍了拍他的肩膀。“时局动荡，你要小心。”佘老伯低声说。

路白点点头，没有接话。“小心”是一个很微妙的形容词，它没有什么具体的含义，却带着千斤的分量，有的人随口一说，有的人在里面藏起玄机。

“对了，我上个星期去看我爸妈了，”晚餐吃完，路白临走时忽然想起来，语气中带着责怪和不满，“哼，你这个人，每年都比我先。”

后来路白从餐馆走出来，刚开上车不过十几分钟，就收到了佘老伯的一条短信息，里面有一串电话号码，号码后面写着“你查查”三个字。路白按下了转发键转给了徐燕子，放下手机继续向自己的公寓开去。

杂草丛生的炙热土地上，没有一点声音。不过这一次他不再犹豫，迈开腿踏出第一步，结结实实踩上地面，听觉果然就瞬间回到了他的耳朵。

“唯一的目标，是要活下去。”

半空中的声音仍然还在，他在视野中搜寻着金色的麦田。麦田果然就在不远处，麦田里的农民正弯着腰，一簇一簇地割着麦子。

“原来是个农民。”一个野性的、略微挑衅的声音传来，光头正站在离麦田不远的山坡上，一只手插在腰间，注视着正在工作的农民。

农民听闻抬起头来，充满敌意地也注视光头片刻，手中的弯刀已经握紧，被晒得黝黑的手腕绷起粗壮的青筋。

光头两个跨步，已跨到农民面前，农民举起弯刀刚要砍，光头忽地伸出右手的手掌一劈，正中农民的小臂，弯刀铿然落地。光头接着用左臂从后面勒住农民的脖子，将他往后拖了两米，农民的脸色已经涨得青紫。

光头停下了脚步。他的左臂还没有完全放松，可是给农民的脖子稍微松开了一点空间，农民大口大口地喘着粗气。光头一只手臂还卡在农民脖子上，然后身子微微停顿，用另一只手捡起掉在地上的弯刀。

风从远处吹来，吹起橙色土地上一层最细最薄的沙子，在空中好像一只张开的大手。

“我不杀你，”光头加重了手臂的力量，然后附在农民的耳边说，“但有一个条件。”

农民的双手紧紧扒着光头的左臂，可光头粗壮有力的胳膊就是纹丝不动。“我答应你，”农民从嗓子里挤出声音，

“你放开我，我都答应你。”

光头将农民的弯刀别在自己的后背，然后从腰间抽出一条绳子，系在农民的两条腿上，给他留出刚好可以走路的距离。“你得替我种地，”光头松开左臂，放开了农民，“以后你种的粮食，都得交给我。”

农民精疲力竭地跪倒在地上。

“现在接着收麦子去吧，不过现在，你得用手了。”光头命令道。

太阳要落山的时候，为光头割麦子的农民已经从一个变成了两个、三个、四个。他用愈来愈多的弯刀，收割了愈来愈多的农民。他们的脚被两条长长麻绳捆成了一串，安静地在正变成深蓝色的夕阳下劳作。

光头坐在一处小山丘上，满意地观赏着自己的成就。他轻快地长吐了一口气，扭头看见左边的山丘下有一条窄窄的小河。河水淙淙地从远处高大的山间流下来，在快要落山的夕阳下欢脱着嬉戏，给附近的空气反射出五彩的光影气泡。他正好感到渴了，于是站起身来，走下小丘。

他捧了一捧河水，清甜甘洌，忍不住多喝了几口，再捧起更大的一捧浇在脸上。他在水珠的清凉中沉浸片刻，抹了一把脸，再睁开眼睛的时候，忽然察觉到视线的角落里有什么在动。

他扭过身子。

一个人，背对着墨蓝色的、快要淹没在黑暗中的夕阳，离他只有三四米远。那个人高大、健壮，也赤裸着上身。他不是农民。

玻璃罩中的光头强盗，遇见了另一个强盗。乐子扬在他们四目交汇的那一刻突然醒来，他猛然坐起，发现自己的左手正发出亢奋的抖动。梦境里的最后一刻定格在他的脑海里，乐子扬设想着自己梦中创造出的农民、强盗，还有那第二个更加高大而壮硕的强盗，从心内升起一种期待和亢奋。他的心脏剧烈而有力地跳动，腹腔中卷起一阵回旋的气流，转而又变为耳边呼啦啦的风声。紧接着，他发觉风不是从身旁掠过，而是刮起在自己的脑中。

一股劲风从身体里旋转着向上腾起，凝聚着能量和意志。乐子扬意识到了什么，连忙将双腿盘起，他的两只手先垂在膝盖上，转而好像被人从后背忽然推了一把，整个人向前一晃，伸出两只手抵在面前的砖墙上，头又开始了绞碎般的剧痛。可是这次，他仿佛已不再厌恶这疼痛，反而在剧烈的疼痛中生出一种正在上升的快感。

带我去世界的另一边吧，他在剧烈的旋风中对自己说，快带我去，让我去看看……

一瞬间，乐子扬感到自己的眼睛和耳朵仿佛第一次真正地张开，大脑的疼痛带着他上升、上升，离开这晦暗的凹室、离开持续的挫败和迷惘、离开沉重的地心引力，最后终于释放了一切束缚，他心底积压的渴望如同蛰伏已久的困兽，在第一束光出现的那一刻勃然窜出。

他要看看她，她的过去、现在，最好是未来，他要知道杜若秋怎么样了。

乐子扬的眼前正变得开阔而清朗。一架轰鸣的飞机上，他只看得见她一个人。杜若秋的头发已经留得很长，而她和她沉静的长发一样，安然坐在机舱的座椅上，然后转头看向椭圆的舷窗。

舷窗外的世界很蓝。杜若秋向外凝视片刻，脸上露出一种古怪的、不舍的但又如释重负的微笑，然而下一秒，窗外的蓝色突然变成赤色的火光。一声巨响从飞机的核心咆哮而出，巨大的热气将天空炸得四分五裂，日光在千万个碎片之间来回碰撞。那晃眼的、刺穿生命的光线，充斥在她离去的瞬间。

爆炸的热气也冲上他的脸，将他狠狠推开。他的眼里还倒映着空气里的飞灰，可是他除了一双眼睛什么也没有，他除了窥视什么也不能——

乐子扬再次睁开眼的一刻，知道自己看见了什么。这是他第一次不借助父亲的力量，靠自己成为先知：他窥视到了杜若秋的死亡。她将死于爆炸的飞机。

肆

一个人的愿力是无止境的。它能通向远处，也能通向深处，但最终通向的，都不过是一个时刻。时刻里包含了整个世界的对镜，那才是真正有意义的目的地。你比我先到达那个时刻，你就赢了。

——萨拉姆·乐

“儿子，你过来。”乐修平站在五月的树荫底下，向他四岁的儿子摇手，然后指一指树下摆着的木桌。

一张长条形的四脚木桌，桌上放着一块一米多长的冰砖。冰砖在五月的天气里开始融化，在木桌上印出一圈深色的阴影。

“你过来，把手放在上面。”乐修平又说了一声。

乐子扬小跑着奔向父亲的腿边，然后踮起脚尖举高胳膊，把手放在冰砖上，一瞬间刺骨的冷让他的手立刻弹开。

“这是冰，”乐修平继续向儿子说道，“你再摸一遍，这就是冰。”

乐子扬再次用手指的指尖去感受冰砖，那里仿佛有一个极寒的核心，在无限地吸噬着周遭的能量。于是他小声说："凉。"

"是很凉，没错，"乐修平笑了，"你知道，在古代，没有空调也没有电风扇，中国的大户人家就会在自己的廊子下头摆一圈冰砖来降温，这样外面再热，一走进屋就会凉飕飕的。"

乐子扬的脑袋里没有浮想出古代中国的大户人家。他还用一只手抱着自己的另一只手，缓和着冰砖上传来的凉。

"来，三体式。"不论哪一天，站桩都是乐子扬的必修。乐修平这时向儿子说着，乐子扬早已依言站好。

"撤步，束身，蓄势。"

乐子扬后撤一步，身体向下稍沉，左手掌张开直立，右手已攥成拳头。

"钻拳。"

乐子扬突然发力，脚步向前一蹿，同时右拳从心口钻出，带起一阵小风，半边树叶纷纷摇动。

"收。"

乐子扬回身扣步，抱拳屈膝，重新回到三体式。

"别扭。"乐修平看看儿子的姿势，摇摇头。"重来。"

乐子扬脸上浮起委屈和不满。天知道这一套钻拳他已经练了几百遍，有无数个枯燥的下午和无所事事的蝉鸣为他做证。可是此时看着父亲不苟言笑的严厉面孔，只得耐着性子不情愿地重新站好三体式，然后再撤步、蓄势、钻拳。就在他出拳的一刻，乐修平一个横拳挡住乐子扬拳头的去路，只是轻轻一晃，乐子扬登时被掀翻在地。

父亲说："浮躁。你这样心浮气躁，开合发力一会儿顺达，一会儿别扭，瞻前不顾后，还是别练了。"

乐子扬从地上爬起来，抹一把额头的汗，一声不吭。

"再来。"

乐子扬再次回到三体式，这次他注意力满满地集中在父亲的身上，两只眼睛盯着对方的一举一动。他没有立刻进攻，反而先退了两步，接着身体暗中蓄力，忽然一个钻拳钻出，被父亲侧身晃过。乐子扬连忙身子回收，重新站稳了，然后压低重心，直筒筒一个炮拳直击父亲的小腹。

乐修平这次没有躲。拳头撞在他坚实的腹肌上，乐子扬下意识地抬起头望了父亲一眼，紧接着被拦腰一拧，在地上滚了几圈才停下。

他气喘吁吁再次爬起来。

"进攻的时候，你心里在想什么？"乐修平忽然发问。

乐子扬一愣。想什么？当然是……想赢。这是最简单、最直接的想法，每个人出拳，甚至在出拳之前，在站桩、在呼吸、在蓄势待发的每一刻，难道不都是在想赢？

"错了。你应该集中精力在一个时刻。"乐修平回答他。

"时刻？"

"一个人的愿力是无止境的。它能通向远处，也能通向深处，但最终通向的，都不过是一个时刻。时刻里包含了整个世界的对镜，那才是真正有意义的目的地。你比我先到达那个时刻，你就赢了。"

乐子扬一句话也没有听懂。他的汗水混着泥土从额头和脸颊的侧面流下来，但他并不在乎。他的大脑还停留在刚刚，就在刚刚，父亲是那么轻而易举地击败了他，透视了他的一举一动，甚至在他出拳之前就已经挡住了他的去路。他的心里生出浓烈的气愤和不服，用一只手狠狠掐着自己的上臂。

“失败以后，你心里又在想什么？”乐修平接着又问。

无聊的问题。乐子扬闷闷不乐地嘟着嘴，用极小的声音说给自己听：“总有一天我会赢回来的。你等着瞧吧。”

“又错。报复心是毫无意义的，已经过去的一切从来无法补救。”

“你现在长得比我高，你的力气也比我大。等我长大了，肯定打得赢你。”乐子扬倔强地顶嘴。

“你以为力气是什么？”乐修平站在他面前，然后戳了戳他的太阳穴。“你的力量是从这里来。我从第一天就和你说过，五张弓，明暗化无形。真正的勇士，有足够的愿力探索无形的东西，有足够敏锐的感知体察能量的波动。波动才是一切东西的来源。”

“算了，你过来，再摸一摸冰。”乐修平最后说道，“它能让你冷静。你记着，五张弓，明暗化无形。”

乐子扬只得走上前来。这时冰砖的棱角已经融化，变得圆润而晶莹，上面浮着薄薄的一层水。乐子扬的指尖扫过冰面，瞬间袭来的寒冷如闪电般击穿了他的全身。

原来这就是冰。他想他永远也不会忘记这种感受，那个有冰的下午，有父亲陪伴自己的最后一个春天。

伍

当时空的悖论出现，或许就有新的平行世界诞生。在那么多的悖论、那么多的平行世界里，你就能保证没有一个你是爱我的？

——梅洛

她靠在淡蓝色的床铺上，和往常一样，仰头望着铁窗外毫无动静的景色。囚室有四五米高，四面都是灰白的高墙，只有一面靠近天花板的位置，有一扇五十厘米宽的铁窗。铁窗上的栅栏排得紧密，那是她和外界唯一的连通，那里有每天早上的光亮把她叫醒，也有零星的虫鸣陪伴她多少个彻夜不眠的夜晚。

没有审讯、没有提告，不能通电话、不能通信。如果不是每天准时送来的、难以下咽的一日三餐，杜若秋几乎觉得整个世界已经把自己彻底遗忘了。最初的十几天里，她还一天天数着日子，在心里算着今天是几月几号，可不知道从哪一天起，她忽然忘了昨天数到哪里，接着就彻底投降，忘了日期、忘了时间、忘了自己为什么在这儿。她觉得自己已经是一个死人。

她的眼睛继续盯着高处的铁窗，直到眼睛酸了，就稍稍换个位置。午饭刚刚送来不久，从很远处的走廊尽头又传来皮鞋踏地的嗒嗒声，一直到声音很近了，杜若秋忽然察觉，那皮鞋声是向自己走来。

生命的本能使她“噌”一下坐起身来。她能感觉对方在她的铁门口停下了脚步，这突如其来的举动令她如同电击一般，两只放在膝盖上的手止不住地、剧烈地颤抖起来。

“报告，09503 号，杜若秋。”铁门门口的小卒高声汇报，接着就听机电门锁发出两声微弱的滴滴，然后是金属锁闩的咔嗒声，三百千克、十厘米厚的铁门被向外缓缓拉开。

杜若秋紧张地坐在自己的床铺上，她咬着苍白的下嘴唇，屏住呼吸抬起头来。

来人是一个头发花白、看起来五十多岁却精神矍铄的长官。他穿着一身黑色的便服，垂下眼睛看着杜若秋。

“你被释放了，跟我来。”他简短地说。

杜若秋机械地站起身来，还来不及感知一丝庆幸。那一刻她的大脑好像失灵了，只是木讷地随着自己的左脚和右脚，离开了狭小的囚房，离开狭长而黑暗的通道，直到走到通道尽头，忽然敞亮的空间才令她蓦然一震。

她……她又回到了这个世界？

旁边一个一杠两星的中尉拿着几张文件走上来递给穿便服的长官，然后敬个礼匆匆走开，接着就听见一阵巨大的轰隆声，玻璃窗外一架直升机正缓缓降落在平坦的水泥地上。

“跟着我。”长官对杜若秋说道。

杜若秋跟着长官穿过两道门，向不远处的直升机走去。刚一到户外，外头的阳光照得正烈，数月未见阳光的杜若秋被晃得双眼失焦，她抬起小臂挡在眼前，完全睁不开眼睛。

走在前头的长官稍微放慢了脚步，略一等她，杜若秋抵着阳光走到直升机前，临时的悬梯刚好放下来，两人前后而入。

风很大。一名上尉最后登上直升机，给杜若秋系好安全带，戴上耳机，轰隆隆的马达又转起来，他们在颠簸中脱离了地面。

杜若秋连问他们要去哪儿的心情都没了。她把头靠在座椅的后背，好像刚刚走的几十步路已经用尽了她最后的力气。她睁不开眼，举不起手，唯有用意志维持着呼吸，每一吸气都要消耗巨大的能量，就为了让自己能多活几秒。

头发花白的长官看了看她蜷缩着、跟着直升机一同发抖的身躯，然后从左手边的置物箱里拿出一条毛毯递给她。

杜若秋的手触到那柔软绒毛的一刻，两行眼泪唰地就下来了。

直升机飞了不到一小时，飞抵一座不大的岛屿，然后开始缓缓下落。他们先飞越了港口和一支停泊的舰队，然后抵达一片开阔的停机坪，不远处停着几排小型战斗机和运输机，似乎是个军事基地。

“蒋先生，杜小姐。”直升机刚刚落下，停机坪上开过来一辆七座的越野车，车上的副驾驶下来一个文官模样的办事员，走向直升机的门口，带领着他们出来。

原来这个年长的长官姓蒋，杜若秋侧头看了他一眼。不过所有人都只称他为长官或者先生，所以无从知道他的职务和军衔。

“你先洗个澡，换身衣服，然后我们再坐下来吃饭。”蒋先生对杜若秋说。

于是她跟着办事员走进军事基地的一座孤零零的白房子。“一切都准备好了，您还有什么需要的，就直接用电话拨 711，”对方指一指安在墙上的无绳电话说，“一个小时之后我再来接您。”

“这里是哪儿？”杜若秋问他。

“我不能告诉您这里是哪儿。”办事员公事公办地回答，“一会儿有人来告诉您。”

她将白色小屋的门关好锁上，然后坐进沙发里，弯下腰把额头抵在膝盖上。杜若秋保持这个自我防卫的蜷缩姿势几分钟，然后站起身去，到浴室拧开花洒的水龙头。

花洒落下的水从冰凉渐而有了温度，水分子在浴室的空气里彼此乱撞，那扑面而来的湿润对她来说如同花香。

洗干净头发，她的脑袋似乎轻了一些。吃饭的餐厅离她的白屋子距离很近，只是她对阳光的惧怕依然未消减。蒋先生果然已在餐桌旁等她，不一会儿服务生端上来简单的三菜一汤。

她闻到炒菜的油香、蒜香和酱香，好像已渴望了许久，转而却觉得一阵反胃想吐。

“我吃不下。”她放下筷子说。

“吃不下也要吃一点，”蒋先生自己先动筷说，“你得胖一点，才有人样。”

杜若秋想起刚刚洗完澡时，她看着镜子里自己深深凹陷的两颊和背后凸起的一串脊骨，不由得打了一个冷战，然后伸出筷子，给自己夹了一片肉放进嘴里。

然而一顿饭吃完，蒋先生却没有讲任何跟她、跟她的案子相关的内容。“你先在这里住下，多住几天。”他只是含糊地说，“我要离开几天，等我回来，我们再聊。”

“我想回家。”杜若秋一听，放下筷子，用单调得毫无起伏、没有一丝犹豫的声音说道，“先送我回波利斯。我不干了。”

“当然，”蒋先生继续用含混的声音回答她，“你放心吧。”

五天之后，蒋先生再次出现在她面前的时候，身后带着一架小型私人飞机。“你的私人物品，我们已全都送还你在波利斯紫玉公馆的家中，包括你的私人手机和电脑。波利斯方面会派人去机场接你，杜小姐，我就不送你过去了。”

蒋先生将杜若秋送到飞机的悬梯口，她点点头，轻声说了一句“谢谢”。

杜若秋转身向悬梯迈步，可是蒋先生却还没放开架在悬梯扶手上的胳膊。

“是结束了吧？”杜若秋抬起头来，“我和所有这一切？”

蒋先生没有立刻回应。他正了正自己额前的帽檐，然后注视着即将载着杜若秋离开的飞机。

“有话请您直言。”杜若秋说。

“一切……还没有结束。”蒋先生终于再次开口，“我们还需要你做最后一件事。这一件事之后，你想去哪儿就去哪儿，组织会保护你、安顿你，在世界的任何地方。请你务必完成。”

杜若秋愣愣地听着，一时没有接话。

“——我们认为驻伊罗大使馆，你的上司黎盛德与犯罪团伙勾结。他陷你于囹圄也是这其中的一部分。”

“我以为你们早就查清楚了，”杜若秋尽量简短地回答，“黎盛德和王青铜早有勾结。王青铜自称抓住了黎盛德一个大把柄，他怕黎盛德灭他的口，所以才来找我，以他手里有关‘源空间’的信息来换取一张离开波利斯的船票。”

“可惜王青铜已经死了。”

“王青铜果真死了？”杜若秋想起当时邱硕人给她看的照片上，被烈火浓烟包围的船只，“一定是黎盛德干的。只有王青铜握着他的罪证。”

蒋先生点头。“所以我们需要你。黎盛德与犯罪团伙勾结、叛党叛国的罪证。”

杜若秋迟疑了几秒。“看来你们早就想好这么做了，这不是一个给我的选择。”她此时已明白了对方的意思，面上几乎没有任何表情，只是淡淡地反问，“我不能说不，对吧？”

“这是一个命令。但你也可以理解为是一个请求，一个机会。黎盛德陷你于囚牢，他平白无故把你关了三个月，你觉得除此之外，你还能拿他怎么办？你能去哪儿讲理、谁又能把陷害你的人绳之以法？”蒋先生此时用了一种激昂而向上的语气，像是在试图鼓励她。

“不管是为公还是为自己，这都是你最好的机会。”他郑重地结语。

杜若秋只是浮起一丝稍纵即逝的苦笑。她抬起眼皮，两眼无神地、没有看对方，反而漫无目的地向前望着。她深深地呼吸了一口夹杂着飞机汽油味的凛冽空气，好像也是在鼓励自己。

世界并不是她想象的那么公平，命运不是永远有求必应。可是……再试一次，杜若秋，再给自己一个机会，再努力一次。她在心里对自己说。

于是杜若秋转过头来。“需要我怎么做？”

蒋先生从上衣口袋拿出一张照片。照片上是一个老头，她依稀记得在哪里见过。“你还记得他吗？”蒋先生把照片递到她面前，“在波利斯使馆的清洁工老头。他也是我们的人。你回使馆，还在黎盛德手下工作，直到拿到他叛国的证据，交给清洁工。剩下的，我们来处理。”

“就这些？”

“就这些。”

“您给我的电话号码，就是朴老三的通信号码。以从昨天晚上到现在的通信记录来看，他们确实在运一批大货，货物的主人名叫 EthanX，徐以锡，不过这个名字之前从未出现过，可以肯定是化名。”拿到电话号码的第二天一早，徐燕子、侯博士、老季、路白和 A 组的全组特工——除了乐子扬之外的全组——都陆陆续续出现在小 31 号。徐燕子正在楼上的小房间里对着电脑屏幕汇报。

路白狐疑地眯起眼睛。徐以锡？他确定自己没有听过这个名字，可是冥冥中却有一点耳熟，好像和他记忆中的某些东西产生了某种奇妙的共鸣。

“徐以锡的货先到的沙特，在沙特交给了新北风，由他们负责运到伊罗，四天前就已经到了边境，停在两伊边境的比亚拉附近。”徐燕子把投影上的地图放大，“但是他的买主似乎临时跑单了，所以他的货这几天一直停在比亚拉没动，而徐以锡火急火燎地跑到波利斯找他的甲方，目测是真主党的人。跑单的原因他们的记录里没有说，但他的货几乎可以肯定是卖给反对党的军火。”

“所以这个徐以锡的联系方式我们也找到了？”路白问。

“有。”徐燕子又答，“我们追到了他的手机号码和电邮地址。不过他和朴老三的联络，几乎全都是用谷歌网络电话。”

“那我们就用他的方式联络他，”路白边套上耳机边说，“打他的谷歌账号。”

电话只响了两声就接通了。

“我是徐以锡。”对方接起电话说。

“我是蒋其森。”路白开口说，“听说您在波利斯城遇到了一点麻烦？我想跟徐老板见一面，有些紧急的生意聊。”

“我不认识你。”对面直截了当地回答，却没有立刻挂电话。路白用眼神向自己的同僚们示意还有机会。果然，几秒钟的停顿之后，对面再次传来声音。

“今天晚上，新巴扎的玛格丽特见，七点半。”

路白摘下耳机，和屋里的其他成员相视一笑。“他果然正着急。我想那么多货，多存一天也得不少钱。”

玛格丽特是开在新巴扎集市街上的一家水烟馆。水烟馆几乎承载了全伊罗人乏善可陈的享乐时光。新巴扎的一条街上，水烟馆不下二三十家，玛格丽特在其中，尤为名不见经传。下午的时候周莫和小胡来踩过场，三个包间只订出去一间，他们当即也订了一间，就在隔壁。

路白7点45分出现在玛格丽特，徐以锡坐在包间里，水烟壶已漫上蒸汽。“徐老板，”路白先伸出手，“不好意思我来晚了，我今天下午才到波利斯。”

“蒋老板，”徐以锡和路白握了握手，“没事，我也刚到。”

路白于是落座，但他拒绝了徐以锡推荐的水烟。“我不喜水烟，”他笼统地概括说，“湿气会让我不适。”

“那你很适合在波利斯生活，”徐以锡因此说道，“这里一年里大半年都是干旱。”

“我在这儿待的年头并不多，实话说，我到现在还未入籍。”路白回答，“我听说您存了一批货，刚好我有一个客户，正在找货，不知道您能给的、和他们想要的，对不对得上号。”

徐以锡没有立刻回答。“恕我唐突，我能问一问蒋老板的客户是……是哪一边的人吗？”

他显然是把“客户群”的框框套在了伊罗内战的背景里。

“眼界不要这么局限，”于是路白回答，“伊罗不止有两拨人，这个世界也不止有伊罗。这么说吧，把我推荐给您的人，在绿区的权力不亚于大使先生。你们之前的合作我虽没参与，但公使先生信任我，这次他不方便亲自行事，才由我来出面。”

路白冒险地暗示了黎盛德，以增加自己的可信度。他知道黎盛德在灰色地带的行走不是一天两天，在伊罗的华裔黑社会不可能和他没关。另一方面，事发紧急，而自己给出的信息暧昧不明，徐以锡就算有渠道，也未必能取得验证。

于是他接着又说："我这么跟您说吧。举个例子，中石油在伊罗的勘探、竞拍、开采，都是我的渠道。而今制裁眼看着要放宽，中石油这样的企业摩拳擦掌想要大规模地进来，几个城几个城地从平地开始盖，雇佣兵的缺口是很大的。不过他们受制于身份，只好通过企业联合会来找，于是我不就找到您了。"

徐以锡听着，一只手托着半边脸，觉得路白讲的道理很通顺。"你既已找到我，必定知道我的货一般是供给谁的，"于是他开口说道，"我有的主要是两样：便携式地对空和地对地导弹，还有就是 M4 卡宾枪。另外还有一批丰田的二手车，现在还在利比亚，过一个月才能运进来。"

"这几样都是联合会非常感兴趣的。不过这是咱们的第一笔生意，我要先见着实物，才能拍板。"

"那是自然，"徐以锡对这个要求倒是全盘接受，但他稍微凑近了一点，压低声音接着说道，"具体在这里说不方便，明天咱们去猎一围。"

游猎？路白一愣。

"不知道蒋老板对狩猎有没有兴趣，"徐以锡接着说，"我一会儿把地址发信息给您。"

狩猎，路白不是没有去过，他想起自己最近几次去猎场……果然军火圈的人都喜欢用打猎来谈生意。"那就这么定了，"于是路白回答，"不过明天的话，我的猎枪不在身边，得借您的。我最习惯的是 0.375 英寸口径 H&H，不过也没太大所谓。”

徐以锡心满意足地点头，说一句“这都没问题”，然后站起身来。

路白转头看看窗外的月亮，然后说：“您先走，我替您看着烟烧完。希望我们这单合作顺利。”

徐以锡咧开嘴笑了笑，向路白示意再见。他迈了几步，接着却停在包间的门口要走不走，仿佛思考了很久，转身开口说：“我们以前见过吗？”

路白一听，仿佛自己也展开了回忆。“您平常都在波利斯吗？我一般在南岸，一年之中来个两三趟。”

徐以锡耸耸肩。“那是我记混了，”他拱手告辞，“明天见。”

光头的强盗走到低着头劳作的一串农民面前，沉思地看着他们。一个离他最近的农民应该是感受到了他的目光，惊恐地抬起头来。“主人——”农民张开口时，双膝已跪在地上。别的农民听见，也纷纷跪下，祈求他的怜悯和饶命。

他专注地看着自己忠诚而乖巧的奴隶们，然后说：“你们站起来。从今天起，你们不是我的奴隶了。”

农民们一时显得惊惧而惶恐，他们还没理解他到底是什么意思。“我的意思是，你们可以获得自由，只要满足一个条件。”光头接下去用手指了指远处的河岸，“在平原的另一边，有另一个人。他想抢占我们的土地，夺走我们的粮食。”

他的奴隶们抬起头向远处漫无目的地张望，不过山丘起伏、野草疯长的世界里，他想他们应该什么也看不见。可光头依然伸着胳膊，无比肯定地告诉他们："就在那里。那个人很快就要打过来了，我们要保护自己所有的一切，等我们战胜了他，你们就获得了自由。从此以后，你们的粮食只要与我对半分，剩下的一切，你们都可以自由地享用。你们可以自由地行走、谈话和交配。"

说完最后一句话，光头从背后抽出一把长刀，咔咔咔几声，砍断了奴隶们的脚链。接着一面将长刀收回后背的刀鞘，一面伸出左手，一把拽起离自己最近的那个奴隶。"别跪着了！你们也是人，有点骨气，以后不许再向任何人下跪了！"

奴隶们彼此面面相觑，一个接一个哆哆嗦嗦地站起身来。"挺直腰板，像个真正的人那样！"光头大声地训斥，"敌人就在前面，我们一鼓作气、绝不犹豫，见到他就拧下他的头颅！"

奴隶们先是用难以置信的目光盯着自己的手和脚，确定自己重获自由之后，脸上浮起莫大的感激，还有同仇敌忾的决心。

光头的大手一挥，他的一排七个奴隶整齐划一。果然，此时一阵厚重强硬的脚步声从西方响起，正是水边那个赤裸上身的强盗。他左右手各提着一把斧子，愈走近愈显露出自己的强壮——他比光头更加高大，肌肉更加健硕，就连额头上的青筋都比他更加粗壮有力。

一个农民被他拎起来扔出几米远，另一个自己滚到他脚边。高大的强盗喘着粗气，迈开步子要向光头扑来，可脚边的农民还一动不动地躺在那里，高大的强盗被绊了一下，摇摇晃晃地挣扎着不让自己摔倒，光头已举着弯刀跳上来，对着他的脑袋就是一劈。

高大的强盗顿时满脸鲜血，可他还没有被完全击倒。他两只手钳着光头的脖子将他推后两步，光头也用尽全力砍向对方的胳膊，接着发力向对方的左边肋下推出一个猛掌，对方应声跌倒，光头当下骑在对方身上，转而又被对方翻过身，两个人势均力敌地肉搏到气力的尽头，他忽然余光一瞥，看见一个农民就站在他们的脚边，手里拿着一条沉甸甸的铁链，目光哆哆嗦嗦，不知所措。

“勒死他！用你手里的铁链——”光头拼尽全力发出惊人的大吼，“对，就这样，就这样——”铁链勒住对方脖颈的那一刻，光头自己抢过铁链的一端，拼尽全力甩向对方的太阳穴，接着就听一声沉重的“咚”，对方的太阳穴鲜血四溅，光头和农民同时合上了眼皮，不让血喷进自己的眼睛里。

对方已彻底没有了呼吸。光头从一片泥土、湖水、血泊中缓慢地直起上身，接着先踏上左脚，再踏上右脚，站了起来。他的手里还握着杀死对方强盗的铁链，然后把铁链高高举起。

“我们活了！”离死人最近的奴隶恍然大悟般地惊呼，“我们活了！”

活下来的除了光头，还有三个农民。光头带着他们跨过窄窄的河水，果然见到一群十几个脚上手上都绑着铁链的奴隶。他们正温顺地劳作，等待着自己的主人捕猎归来，但是光头走到他们面前，大声地告诉他们：“你们的主人已经死了。”

“他被我杀死了，”光头接着说道，“从今天起，你们就都得跟着我了。不过我不是一个奴隶主，你们也不再是奴隶。”

光头娴熟地从身后拔出长刀，咔咔咔几声又砍断了奴隶们手脚上的枷锁，“听懂了吗？你们是自由人，你们可以自由地耕作、收割，自由地寻找女人，不用再害怕其他强盗、灾祸或者山火。我会保护你们。”他拍拍胸脯向农民们保证，“相应的，等到麦子成熟，你们也要拿出一半粮食分给我。公平合理。”

“你……你是谁？”一个农民用颤巍巍的声音小声问道。

这确实是个好问题。光头听了，眯起眼睛扫视新的农民们。他现在已经有十九个农民了，光头想，他们需要一个名字来称呼自己，自己也应该有个新名字。

他的名字应该代表光明、正义、前进的方向、伟大的未来。

“从今天起，你们要称呼我米尔顿。你们的保护者——米尔顿。”

你们的保护者，米、尔、顿。乐子扬张开干燥的嘴唇，轻轻将这三个字念出声。他饱满而明晃晃的光头、俗气而嚣张的做派还历历在目，可是乐子扬此时忽然对他、对自己的创造生出一种莫名的吸引，甚至是崇拜。

他鲁莽却精明，他粗糙却洞彻人心。

刚刚脱离米尔顿，一种异样的预感快速向他袭来。乐子扬此时只觉得大脑里仿佛窜起一股火焰在燃烧，于是翻身坐起，两只眼睛的目标汇聚一处。他将注意力完全集中的一瞬，燃烧的火苗卷起通天的旋风，空气快速地从耳根穿梭而过，而他正飞快地前行，眼前忽明忽暗，他却不曾分心。

大脑中的旋涡预示着能量，乐子扬已迫不及待。神经风暴一旦开始，连他自己也变成了一个匆忙搭车的乘客，他对自己的目的地一知半解，但他知道这一切最终都将通向一个永恒的终点。刹那间，乐子扬穿梭于飞逝的光与影像，接着眼前出现的是一片开阔的港口。

他立刻就明白过来自己为什么要来这里。港口的口岸边，一艘白色的快艇刚刚出港，乐子扬赶忙往上追，追上急促的马达声和飞溅的水花，追上快艇里正在逃跑的那个人。

刚刚看清那人的面孔，乐子扬忽然全身一震，一股冲击波如同忽然引爆的炸弹，极速地向他的四面扩散，将船上的人隔空推开十几米。

对方一声惊呼，在空中划出一道抛物线，坠向十几米外的海水，乐子扬再想去接近，却已无法控制自己的身体和视线。他眼前的一切正在快速地崩塌、消逝，他知道自己的神经风暴已到达了尽头，他无法再支撑了……

“梅洛呢？叫她来。”乐子扬回到当下，第一时间推开陈旧的铁门，冲出自己的凹室，在昏暗的通道中大声呼叫。

“你找我？”不知何时，梅洛的身影出现在一扇门口。她的背后明亮如昼，给她靠在门框上的全身剪出一个标致的影子。乐子扬对她点头，梅洛拉住他，带他走进自己的屋子。

她的屋子不大，只有一面有窗，窗子的一半拉上了绛红色的厚窗帘，可另一半的光线还是很强，在整间屋子里铺开单向而整齐的光束。屋子中央是厚实的、丝绸和羊毛混纺的波斯地毯，地毯绣着繁复的花纹，远看好像是从中间开出一朵橘红的花，花瓣的外沿过渡成海水的蓝，又像是蓝色夜空中央嵌着一颗橘红的星星，向四面散发着光。

地毯上立着一个水烟壶，水烟壶旁边有一个茶壶和几只瓷杯，茶盘底下露出一圈白色的蕾丝桌布，尽头还有一张金属的圆形矮桌，矮桌上面只立着一个黑色的摆件，一道细细的上弦月，托着一个清真寺的剪影。

上弦月兄弟会的标志。

乐子扬快速而仔细地审视着她的屋子，梅洛却并不理会。她将厚厚的窗帘又多拉上了一半，接着光脚踩在地毯上，把一条丝质的毯子向外推了推，然后半坐半跪着，招呼乐子扬也一同坐下。

乐子扬迟疑片刻，脱下了鞋子。

“你说过，先知只能观察，不能产生任何改变，是不是？”乐子扬在离她一米多远的地方盘腿坐下。“可我父亲就不只是先知，他不仅能看见，还能做些什么。他能把你带去试飞的机场，他能隔空跟我说话，他是怎么做到的？”

“你也能吗？”梅洛这时反问他，“你干扰了什么？”

“干扰……”乐子扬尝试着理解她给他的线索，“我不知道，可我不能控制，就好像忽然的地震，我就回来了。”

“混魔只能做到这种干扰，”梅洛向他耸一耸肩，“对于源空间投影里四维时空的、无定向的随机干扰。你的神经风暴去了哪儿，干扰了哪个时刻的投影？”

乐子扬保持着沉默。他现在还不想说，他还没确定这个叫梅洛的女人值不值得信任。她是他人生里一个奇异的闯入者，她看似毫无保留地指引他接近源空间的真相，却对幕后的指使只字不提。

仅此一点，乐子扬就无法完全信任她。

“那你呢，你干扰过什么？你改变了什么？”于是他反问。

“干扰太过于随机，我才不做那种没把握的事。”梅洛挑一挑眉，回身把水烟壶拿到自己身边。她熟练地用火机在水烟炭边烧一烧，直到黑色的炭块发出橘红色的光。

“那你想做什么事？Abu Al-Qadi 交给你任务，让你穿梭时空去执行？”

梅洛没有回答，她甚至都没有抬眼看他，只一心在烧自己的水烟。她烧了两三块的炭，放在水烟壶顶的锡纸上，木炭缓缓地输送着热量，半满的壶身正在渐渐升温。梅洛用手试了试水烟壶的温度，接着拿起烟嘴深深吸了一口。

“吓……”她轻轻张嘴，烟雾从她嘴里散出，而她微微后仰着，仿佛在欣赏缭绕的薄雾。“最好的黑丹吉尔。”梅洛说着，将烟嘴递给乐子扬。

“不了。”乐子扬拒绝了她。

梅洛并不生气，自己又吸了一口水烟，放松地向后仰去。“我想做的事，现在还没做成。”

乐子扬并不知道她在暗指什么，还一动不动地盯着对方，等她继续说下去。梅洛的目光在昏暗的房间中来回扫了一圈，最后转向从窗子斜射进屋里的几缕阳光，这才开口接着说:“我以为我不说你也知道，我想跟你在一起。”

乐子扬不为所动。他既不惊讶，也没有因此改变态度。“你为什么这么说？就因为你在赫利施10号的别墅外瞄见过我一眼？”

“两眼。还有第一次，在你父亲的试飞场上。”梅洛纠正他，“那是我第一次搭乘源空间的投影。我一睁开眼，迎面看见的就是你。”她幽幽地讲到他们的初次见面，声音里充满了怀念，“我想这是我的命。源空间之于你、你之于我，都是命中注定。我看着你的父亲，也看着你。你父亲的飞机爆炸的一瞬，我也回到了现实，但我觉得从那一刻到现在，我好像已经认识你二十几年了。”

“说明你有个狡猾的爸爸，”梅洛此时已经被烟雾所包围，她笑得露出几颗牙齿，“他临死还生怕你没人爱，所以要硬拉一个人来，这分明是他给我设下的圈套。”

“可是我有人爱。”乐子扬严肃地回答她，“我有人了。”

梅洛露出一副无所谓的神情。“我知道你爱别人，”她说，“可是自从我发现了源空间，发现了自己的能力，我就觉得总有办法。我想，源空间的投影创造了时间和空间的叠加，而既然有人能改变它，能牵引着时空粒子向自己所想的方向，一切就都有可能。又或者，一个人对源空间的改变，总会产生时间和空间的悖论。当时空的悖论出现，或许就有新的平行世界诞生。在那么多的悖论、那么多的平行世界里，你就能保证没有一个你是爱我的？”

乐子扬眨了眨眼，仿佛在思考。他不能保证——他只能保证自己今生今世只爱一个人，可他不能保证那些自己触不到的地方，那些无限广阔而幽深的时空，也许是平行世界，也许是更高维度上难以理解的存在，在那里他也许都不再是自己……

“你想破头也不会知道的，”梅洛此时坐得离他更近了些，口里带着奶油般的尼古丁的气味，仿佛还有一丝热带水果的清香余味。她今天穿了一条墨绿色的丝质吊带裙子，松松地挂在肩膀上。她一面吐气，一面把挂在肩上的吊带轻轻拨落，露出光洁的前胸。

她的动作自然得像在打扫桌角的灰尘。

乐子扬却不能容忍她的进攻。他深吸一口气，往前一蹿，一只手勒着她的脖子将她提起来。“你想干吗？”

梅洛的裙子已滑到脚跟，但是她毫无惧意地抬头，用一双狡黠而诱惑的眼睛直视着他，“不干吗，我喜欢你，”她的声音因为被勒住了脖子而变得更加尖细，她正用身体向他靠近，“怎么样，你害怕吗？”

乐子扬把头别向一侧，然后右手猛然一推，把她推在地上。

“把衣服穿上。”他沉声说，“再有下一次，我就直接捏断你的脖颈。”

梅洛满不在乎地挑了挑眉毛，自己爬起来，走去把裙子捡起来套上。

“我冒犯你了？”她穿好裙子，重新在他身边坐下。

乐子扬扭过头，眼睛里不再像刚才那样充满敌意。他再看她时，她的身影笼罩在隔窗的斜阳和尼古丁的乌云之中，一时让他心里生起一丝怜悯，甚至是可惜的心情。

“幸好我是一个有耐心的人，而且乐观。也许到最后一秒我会放弃，那也值了。”梅洛自我嘲笑一声。

乐子扬陷入了困境。这个狡猾、危险、无所顾忌的女人仿佛成为一种挑战，他在迎面接招和后退躲闪之间犹豫不决，可他越犹豫她便越得意，他的犹豫反而变成了鼓励和纵容。

长久的沉默预示着长久的纠缠。

“你相信命运吗？”梅洛再开口时，声音变得低沉，几乎听不出是她自己在说话。

“你指的命运是什么？”

“譬如人类与生俱来的天性，譬如人生里一早注定的轨迹，譬如命定的缘分和伴侣，譬如预言中的神、王者和末日。”

乐子扬认真地回答：“要说天性，或许我还能相信。懒惰、放纵、贪婪、自满，这些都是人类与生俱来的天性。可剩下的那些，都不过是谣传。我当然不相信你说的这些命运。”

“但我相信，”梅洛朗然回答，“我相信就算是一粒尘埃，也有自己注定的轨迹。不然呢？你相信什么？这个世界毫无意义、这个宇宙中发生的一切都纯属随机？”

“我相信我自己，我相信人的意志。”乐子扬指一指自己的太阳穴，“我相信一切的源头都在这儿。”

梅洛的烟已经抽得接近尾声。她痴了半晌，接着把盘起的双脚分开，从地上站起身来拍拍手。“我不知道你的脑壳里有什么，可我看到的世界，从最开始就注定了的规律。我相信这世界上的每一个人、每一样动物、一棵草甚至一粒尘埃，都有自己天生注定的另一半。”

“难道你不觉得，这种想法对于你的身份和职业来说，过于浪漫化了？”乐子扬却说。他扬起头叫住梅洛，然后极为认真地、一字一句地向她开口，“我问你，如果我能证明没有命运的存在，上弦月并不是你命定的归宿，也没有预言中统治一切的王，你会不会抛弃黑暗，回到阳光底下？”

他的话显然出乎了梅洛的预料。她微微一愣，用一种古怪的神情直直地盯着乐子扬，好像是感动，又好像是困惑。

“你应该离开这里。”乐子扬站起身来，走到梅洛面前。他严肃地注视着她的眼睛，诚恳地开口说，“你不应该出现在这里，你不应该做这些事。你应该离开，离开 Abu Al-Qadi，离开上弦月，离开他们的阴谋和诡计。你应该生活在阳光底下。”

梅洛放在地上的水烟壶“啪”的一声被踢倒了，没有人去扶。她愣愣地面对着乐子扬逆光的面孔，仿佛一开始没听懂乐子扬的话，以一种好奇的表情听他说完，随之发出一声嗤笑，“我应该？我生来即是原教宗的信徒，我的父亲是仆从、兄弟是士兵，还有我的叔伯和侄子——我的全家都在上弦月兄弟会。我早就离不开这儿了，这是条早就替我画好的路。”

“可上弦月不是你唯一的出路，恐怖主义并不能让你获得幸福。即使最后它成功了，它依然不能带给你任何光彩的东西。”

“我才不在乎它成不成功，这个世界并不会因此变得更好或者更坏，”梅洛无所谓地扭头望着窗边，“被炸弹炸死、被海啸卷走、被疾病吞噬、被强权迫害，死于这或者死于那，对我来说一点区别也没有。至于幸福和光彩，我的过去、现在和未来都不光彩，你以为我会在意那些外人口里的正与邪吗？”

她大大咧咧地说着自暴自弃的话，乐子扬一时难以回答。

“所以我才相信有平行宇宙，”梅洛的声音脆生生的，仿佛在说给他听，又像是在自言自语，“我唯一在乎的就是平行宇宙。”

陆

可不是嘛，是天要我不死。老天爷这么讲义气，我不能辜负人家的真情义。

——徐以锡

船员刚刚还说“今夜的海面很平很稳”，忽然没来由地从正面刮起一股旋风。他租的快艇开出港口才不到一海里，还能看见沿岸的星星点点。

“怎么回事？”王青铜按住船员的肩膀大声问。

“不知道……忽然起了一阵风，”船员迎着风大喊说，“看这样子是大风，我们出港还不远，要不然先回港去避一避？”

王青铜回头看着岸上，那里有许多星星点点，有一些正在快速地移动，回答说：“不，不回港。往前开，快点！”

船员只好听令，可是紧接着一个巨浪从侧面打来，他还来不及仰望那丰沛的水浪从高空冲来，已经被巨大的水流卷起、冲向空中几米高，伴随着自己撕心裂肺的狂呼，自由落体般向汹涌的海面砸去。

他瞪大的眼睛倒映着飞快接近的水面，拼尽全力长吸一口气，接着一头扎进冰凉的海水里。他拼命地挣扎、四肢乱蹬，在汹涌流动的水波中铆足力气往上蹿，终于从水面冒出头的那一刻，海面似乎瞬间又恢复了平静。

没有旋风，没有巨浪，要不是此时此刻自己的身体还泡在冰冷的海水里，他几乎以为刚刚的海啸是一场绝对的幻觉。

而幻觉下一刻就来了。他四顾去寻找自己的快艇，却发现四周自己已经不认识了。所幸海岸离他还不算远，只是岸上的灯火稀稀拉拉，完全不像是自己离开的港口。

就在他游向港口、快要接近岸边的时候，背后忽然一声巨响。他扭过头，只见冲天的火光，熊熊燃烧在几百码以外的海面上，将半边的夜空照得通红。

他那时心中就已有了预感。

“当时的浪简直神了，好端端的一片海，出港时还风平浪静，走了一百码，忽然起了一阵巨大的风！那真的是一股邪风，卷起好几层楼高的浪，一个浪来就把我卷上空中，接着又拍到水底下。我还是深吸了一口气，在海底下紧着往上抓往上蹿。幸好那里没有海草，我努力蹿一蹿，最后在海面上终于冒了头。冒出头你猜怎么着——海面上又风平浪静，一点动静也没有了，你说邪门不邪门。”隔了一个月，王青铜再次回到伊罗，从西边克尔曼沙省入境，多亏了老相识朴老三的帮忙。他见到朴老三，手舞足蹈地讲述着自己的奇遇。

“不过！”王青铜还没说完，“这还不是最邪门的。最邪门的是我刚从水面冒出头，就看见远处我租的那艘艇——我本来租了要去塞浦路斯的那艘快艇，竟然烧着了！真的，而且是被燃烧弹打中，一打中，立刻围了几艘摩托艇过去。妈的，有人暗算我，不过说到底还是我命大，竟然被一阵风一股浪救了命。”

“这是天要救你。”朴老三倒了两碗茶，自己先喝了一口茶，然后说道。

“可不是嘛，是天要我不死。老天爷这么讲义气，我不能辜负人家的真情义。”王青铜回答，“不过我不能再叫王青铜了，我得改个名。”他说着，从上衣口袋掏出名片夹，拿出一张名片递给朴老三，上面只有三个字：

徐以锡。

翻到背面是英文：

Ethan X

“以前叫铜，现在叫锡。我特意保留了金属的这一条线，有利于保持我在圈内的声誉。”

“徐以锡——这名字好得很哇，”朴老三将他的名片来回看了两遍，“徐老板最近在忙什么呢？”

“哎，说起来，还真有一笔大生意。你知道，我有一个特别铁的好兄弟在埃及，我这回出国正好就是从埃及过来。将近八百万美金的货，我已经从埃及安排好到沙特，从沙特到伊罗这段交给你，分你5个点，事成之后再分你5个点，怎么样？”

朴老三说：“该不会又是爆炸的玩意？我以为你对这个已经洗手不干了。”

王青铜回答说：“前两年是打算洗手不干了。可是人在江湖，你想金盆洗手，别人未必肯让你洗手。你想不干，可是生意自己找上门来，逼着你继续往下干。”

“这倒是真的，”老三听完一乐，他说，“多少货？”

“十六辆卡车。”

“现在在哪儿？”

王青铜从手机里点开一张地图，递给老三。

“行，今天晚上我们的兄弟就出发。在哪儿交货？”

“就在边境交。咱们负责送进边境来，进来了就交接，再往国内咱们就不管了。”

朴老三答应了王青铜。王青铜倒没有着急离开，他又坐着喝了两杯茶，老三说：“徐老板还有事啊？”

王青铜看一看掩上的门，凑近了上身。“我来的时候，无意瞥见一件奇事。”

“嗯？”

“你最近新娶的四太太，是不是住在后面的那栋红顶屋？”

“你看见她了？”朴老三的表情忽然专注起来。

“没有，她我没看见。”王青铜一个字一个字地说，“可我来的时候，正好看见一个好结实的小伙子，正从红顶屋里出来，鬼鬼祟祟地朝四周张望。”

“妈的，这老婊子——你看见那男的是谁了吗？”朴老三勃然大怒，一拍桌子，就要站起身来叫人。

“哎，你先慢着。我离得远，他又没有露正面。你现在就算问她，也未必能问出相好的是谁。”

朴老三这时复又缓缓坐下。“你确定看清楚了？”

王青铜说：“我不确定，我就是提醒三哥，看着她点，别让她跑了。”

朴老三点点头说：“嗯。我最近也觉得不对劲。她迎合我迎合得过分了。”

紫玉公馆的11层，杜若秋推开门走进自己的公寓。“一切都尽量恢复了原样，但如果有什么丢了的找不着的，您尽管告诉我。另外这是黎公亲笔写的便条，让我一定亲手交给您。使馆那边您暂时不用操心，黎公说等您完全休息好了再来上班，多久都行。另外工资一直按全职加3倍的加班费发到您原本的户头，您有空查查。”

杜若秋径直走进自己的卧室，目光从写字台上方的书架上扫过，她的小说、文件和摆件都整整齐齐地陈列，唯独没有当初从王青铜那里拿来的移动硬盘。她又打开桌旁的三层抽屉，自嘲地淡淡一笑：“果不其然。”

王青铜给她的硬盘果然早被拿走了。也对，她因为和王青铜联络都能被关三个月，他们不可能把王青铜给她的证据还原封不动地留给她。杜若秋心里忽然十分后悔——当初拿到硬盘的第一刻就应该立即、马上看，可她当时在干吗呢？

在做梦。在拿到移动硬盘和被抓的宝贵的几十分钟之间，她正沉浸在玫瑰色的梦幻里，给麻省的一个待售屋的屋主写邮件。

一种矛盾的心情在她的身体里翻腾。她埋怨自己的荒唐、愚蠢，又无法自拔地想念那个让自己愚蠢透顶而不自知的人。对，都怪他，全都怪他……杜若秋心想，一定让乐子扬把这一切全都补上，她跟他没完。

杜若秋于是抬起头，对送她回家的礼宾司小官潦草地点点头说："你走吧。"

她听着大门关上的声响，然后起身把两道锁和门闩全都拧上，接着去客厅的茶几上拿起自己的手机。手机已经充好了满格电，她将手机启动，焦急地等待着解锁屏幕的出现。

解了锁，她急忙点开拨号的键盘，颤抖的手指两次点错了数字。

电话将要接通还未接通的两秒钟的空白里，她听见自己急促的呼吸和心跳。她这时才意识到自己是如此想念他的声音，她需要他……

"对不起，无法连接您所拨打的号码，请稍后尝试。"

连一声嘟响都没有，对面冷静的女声如同一场突然的冷雨，顿时浇在杜若秋的心上。也许是暂时过桥过隧道，没信号是常有的事，她试图安慰自己。可是隔了三分钟再拨，再隔十几分钟再拨，那一成不变的冷静女声让她彻底失了神。

杜若秋开始恐慌。她还在想着要不要拨第四遍的时候，手机忽然自己响了。她连忙扑上去按下接听键，心脏怦怦跳得快要炸掉。

“我是路白。”对面的声音平稳，“我想着差不多这时你也应该回到波利斯了。”

“路白？你、你们从机场跟踪我？”她尽力平复着自己的声音。如果路白知道她回波利斯而立刻打电话找她，会不会是因为乐子扬？她想着，他出什么事了吗？

“算不上跟踪，”路白回答，“杜小姐，你什么时候有时间，请来见一面。”

杜若秋在电话这边沉默半晌。“乐子扬呢？”她等不到当面见了，也不想再顾忌、再遮掩，她现在一刻也等不了，“他现在在哪儿，为什么不接我电话？”

这回轮到电话另一边的路白沉默了。“他……出什么事了吗？”杜若秋又问，“他去哪儿了？”

“杜小姐，请让我跟你说句实话，我也不知道。”路白坦诚相告，“其他的，我们见面时谈吧。”

她顿时脑袋里“嗡”的一声。她的手还紧紧地攥着薄薄的手机，口中干涸而发不出声音。“不知道”是什么意思？到底发生了什么？杜若秋顷刻间觉得自己几乎快要疯掉。

接下来的二十四小时，她在接连的打击之后已经不期望乐子扬能接起电话。她打给了阿毕，打给了周莫，拜访了他的邻居，他们除了纷纷摇头说不知道之外，什么信息也给不了她。最后杜若秋找到他的房东，房东说他已经三个月没付房租。房东自从收到12月的租金之后就再也没联系上他，于是等了一个月之后只好把他的所有物品都清了出来，如果她愿意替他结清三个月的存储费，可以去某个郊外的寄存仓库去领。

杜若秋领了地址，向房东告辞，走出两步房东又叫住她。“还有他的车，你也开走吧。他违章停车被市政拖走了，账单寄到这里，还是我看到了，替他把车给赎回来，花了六十万里尔呀！不过这些杂七杂八的费用我也不跟你算了，只要你把他的所有东西都领走，我的车位还要租给别人呢。”

她只好点头说：“好。”

她记不得这是自己说过的第多少个“好”了。杜若秋一天一夜不吃不睡，打了无数通电话，说了无数个“好”。她问了所有可能见过他或者认识他的人，到最后得出的结论，是乐子扬像水蒸气一样人间蒸发了。没有人知道他的踪迹，没有人知道他去干吗，更没有人知道为什么——

当排除了所有其他的解释，就只剩下一种可能的时候，不管再怎么荒谬，都可能是真相。

杜若秋努力地保持着理智，这是她一直以来都拼命在做的事。可是离开乐子扬的房东，走下楼梯的那一瞬，一种势不可挡的情绪的旋风最终还是击中了她。她疲倦、愤怒、欲哭无泪。

她好不容易挨过了冤屈、挨过了禁锢，以为自己的痛苦终于走到了终点，可没想到，苦痛之后还有更深的苦痛，不平之外还有更大的不平——她到底犯了什么罪，为什么每个人都要这样折磨她？她只是爱上了一个人，为什么命运要对她如此残酷？

今天是捕猎日。捕猎是他还保持着的、为数不多的习惯，从最初降服了第一个农民开始。当然，现在的米尔顿已经不需要通过捕猎来降服新人，他拥有无数的拥趸和农民，他们时时刻刻都在为他捕获新的人口。

可是米尔顿依然保持着亲自捕猎的习惯。他似乎觉得这是一切的源头——人口、财富、权力，他拥有的一切都来源于他健壮的体魄和高超的捕猎技术。捕猎是他的基石、他的资本是一个强盗身份的本质。他的世界再大再壮阔，说到底，米尔顿都只是一个强盗，他不会忘记这一点。

于是他一大早骑着马奔驰，离开整齐的农田，离开驯服的人民和土地，独自往山上奔去。他一路上先打了一只野兔和一只小山鸡，将它们用一条绳子捆好，找了一个不大的山洞塞了进去。

野兔和山鸡即将成为他的晚餐。米尔顿刚把他的猎物藏好，忽然听得树林后面有动静，经验告诉他肯定是人的脚步声。想不到目标出现得这么快，他心中一阵兴奋，连忙举起手中的长刀，一步一步地、小心地挑开遮在眼前的树枝和树叶，终于找到角度，让对方的半个身子从荫翳的树林里露出，他眯起眼睛向对方瞄准——

“噫，今天是个女人？”刀尖对准目标的那一秒，米尔顿看清了对方。对方背对着他看不见脸，可是深金色的头发和高挑纤细的身材，已经足以让他饶有兴趣地放下了刀。他站在那里思忖片刻，接着回身从马背上拿起他的帽子、放下武器，然后徒手从女人的身后快步向她靠近。

“啊——”等他离她已经很近了，女人才察觉过来。她转过头倒吸一口气，一声惊呼还没结束，就被米尔顿迎面而来的一劈劈中脖颈和肩膀的中间，慢悠悠地昏倒过去。

于是米尔顿一只手提着猎刀，肩膀上扛着那个女人。女人穿着一身污渍斑斑的白色亚麻裙子，光着脚，头发倒垂下来。她的身体随着米尔顿的靴子声一颠一颠的，睡着了似的毫无反应，直到米尔顿走下山坡，她逐渐睁开了眼睛。

一双大而深的褐色眼睛，向四周凝视了片刻，然后说：“是你？”

米尔顿的脚步一点也没有放缓。

“你放我下来，”肩上的女人接着说，“你这是要去哪儿？”

“去我的王国，”米尔顿把女人在自己的肩上托一托，粗声回答，“去做我的女人。”

“要是我不愿意呢？”肩上的女人垂下的长发在他面前一抖一抖的，声音生硬如刺，“你还没问我答不答应呢。”

女人尖而带刺的声音激起米尔顿心中一团暴躁的烈火。“看来你是清醒了，正好。”他说着，用粗糙的大手裹住女人的腰，把她从肩上放下来。他此时已走到山下，河边到处是高大的怪石和成丛的灌木。米尔顿从背后推一把女人的肩膀，将她按在一面立着的石头上，不等她挣扎，甚至不等她出声，从后面直接撕开她的白色裙子，接着就迫不及待地捅进她的身体。他身体里积蓄的能量好像都在等着这一刻，争先恐后地、蜂拥着在她的身体里得到释放。

他将手大力地握在她腰间，几乎用力到快把她捏碎……

哗！他的大腿一阵痉挛。攀上巅峰的一刻他汗如雨下，可也就是在那一瞬，金发女人好像真的被他捏碎了一般，在忽然作起的一阵风中转了几个三百六十度的圈，从容地被周围的空气一圈一圈地裹在当中。她白色的衣裙、金色的长发、褐色的眼瞳迅速地融化成无法辨识的灰烟，轻飘飘地散入风中。

而他被金发女人突如其来的离去所震惊，双手徒然地向上张着。空气里还飘荡着金发女人的体味和她散去的细碎影像，而米尔顿站在原地，第一次尝到了失落的滋味。

柒

人类的文明正在走向衰落——我们已经从一个崇拜强者的文明，衰落成了一个怜悯弱者的文明。怜悯弱者本身并没有错，可是人类能走到今天，不是因为善良，而是因为强大。……当新的强者出现，就是我们谢幕的时候了。所有人都应该来看看这片猎场，就会明白自己为什么正走向死亡。

——朴老三

三月的天已经开始热起来，中午的太阳刚刚偏过头顶，路白下车的时候，停机坪上的私人飞机已经到港。

“蒋先生，请随我来，”一个年轻的、一身黑衣的小伙子快步迎上去，而路白走到飞机的悬梯口，被两个戴着墨镜的高大男子拦住。

路白会意，他坦然地半举起两只手臂，任对方搜查，接着又背过身继续。对方摸摸他的上衣口袋，路白从里面掏出一只烟斗，对方一看，做了一个放行的手势。“得罪了，蒋先生。”

这是一架小型的六人座私人飞机，一条铺着浅灰色地毯的过道，两侧各有一对面对面的米色皮质座椅，后面各自跟着一个朝前的座位。机上已经坐下的一个中年人见到路白，连忙起身。他的个头颇高，脸如圆盘，双眼细长，操着一口熟练的中文说道：“您就是蒋老板，幸会幸会。”

“久闻不如一见，朴先生。”路白立刻猜出对方就是“新北风”的朴老三，于是与对方亲切地握手，对方指一指自己对面的座椅，示意他请坐。路白坐下身，只见与他隔着过道的另一边坐着一个六七岁的男孩，穿着背带短裤，在过于宽大的座椅里不安分地扭动着身体，深褐色的偏分头已经变得乱糟糟。

“这是查克。查克，你看，这是Uncle J。”

“Uncle J！Uncle J！”男孩毫无缘故地突然兴奋起来，有节奏地大喊。路白认真地凝视着男孩，老三走上去给自己的儿子系好安全带。刚刚检查路白的那两个墨镜保镖也跟上来，在后排坐稳，飞机的舱门缓缓关闭，不多时已然起飞。

“徐老板没提您也去，”路白用一种轻松的、闲聊天的语气说，“带着儿子一块去游猎？”

老三点头。“小孩可以先从0.22英寸的小口径开始，打打野兔、松鼠，然后一点点往上走。这是最好的培养父子关系的机会。对不对？咱们爷儿俩好久没去打猎了吧？”

查克使劲点头。“打猎、打猎、打猎！”他又欢呼起来。

“你要是有儿子，下回可以一起带来玩。”老三开口说。

路白摇摇头回答:“我没有。我比较偏好精简的生活方式。”

老三哈哈大笑三声。“蒋老哥!我就喜欢和你这种有意思的人说话。”

飞了一个多小时，私人飞机在一条窄窄的停机坪上着了陆。一下飞机，外面辽阔的草原跃入眼帘，宁谧静远，与喧闹拥挤的波利斯截然不同，让路白的眼前蓦然一震。

停机坪修在一片相对平坦的草原，迎面是壮阔起伏的高地，黄绿相间的草坪铺向天边，一道蜿蜒的河流从中央穿过，连接几片墨绿的沼泽。远处是层峦叠嶂的山脉，偶尔有几处低矮的灌木和树丛，从半山腰往上，积着终年不化的白雪。

“啊，看来徐老板已先到了,”路白还在流连，老三向前面几座精致的木屋望了一眼，转身请路白先行,“我们在这儿睡一晚，明天一早去打猎。”他说。

他们落宿的地方是几座造型精巧的木屋公馆，每一座的形状稍有不同，但都是清一水的蓝色屋顶，浅色的外墙和木质的门柱，被一条人工引出的小溪所环绕。路白踏过木板短桥，走进自己住的那一间，尽管早有准备，但还是在公馆的奢侈装潢面前停了停脚步。

屋内的家具和装饰以金棕为主，金色与深棕交织的窗帘收起成对称的弧形，正好露出外头露台上的精致栏杆，浅色的沙发和木质茶几围住壁炉，角落里还摆着一架白色的施坦威。至于墙上的装饰，不出意外的是鹿头和优美的鹿角。

路白无可奈何地嗤笑一声，决定先去冲个凉。

到了晚餐时候，他终于又见到了徐以锡。晚餐就设宴在公馆后面，一座木质的方亭，由白色布艺挑起的尖顶，被四周的玻璃方灯照得通明。亭前的廊子再往外是一片湛蓝的人工湖泊，湖边摆着几把躺椅。亭子之内的装饰是豪华的波斯风格，一张可以坐十几人的红榉木长条桌，精致的藤条椅子，地上铺着色泽柔软的波斯地毯，每个人面前的餐布上已规矩地摆好三副刀叉。俄而有风，吹起宽大的白色纱帘，带来林间的清幽气味。

徐以锡带着大家落座，自己坐在长条桌的一头，查克紧挨着在他的右手边，再是朴老三。路白坐在了徐以锡的左手边，另一边是两个明天要跟着出猎的专业猎手。

“这里的厨师是真正的法国人，”他说完，目视着从屋里走出来的男服务生，“水果酒先上来吧，我们一路上够累的了。”

服务生说：“好，立刻送来。”转身往后厨走去。

老三拿起桌上立着的菜单，也招呼其他人，说道：“你们看看菜单，这里的白巧克力苏芙蕾特别有名。不过苏芙蕾做得慢，得提前跟主菜一起点，其他的甜点可以等吃完饭后。”

前菜上完，夜色正沉沉而来。服务生将长桌上的烛台点着，轻快的波斯音乐由一支四人小乐团奏起来。吃完主菜，又走来几个当地女郎，载歌载舞，小查克第一个被拉过去高兴地跳起舞来。

第二天的早餐是简单的欧陆早餐，气泡酒刚刚端上来，远处一阵汽车驶来的声响，朴老三听闻，第一个走下去。

来的是一辆漆黑锃亮的悍马，后面跟着一辆脏兮兮的白色丰田皮卡。

悍马的后门率先打开，从后座走下一个大胡子波斯人，然后是一个短发的高个女人。她穿着一件淡蓝色的无袖开衩长裙，来到猎场保护区之后就摘下了头巾，露出一头深色齐肩短发。她的嘴唇微微上翘，露出一种高傲的冷艳神态。

淡蓝色的女人袅袅婷婷地走向老三，给他一个标准的拥抱和一个热烈的吻。老三用手摩挲着她露出的后背，从餐桌的热带水果盘里拿了一颗草莓放进嘴里，向其余人说：“不好意思，我先失陪一阵。”接着拉住她的手往自己的木屋走去。

苏菲娅是这趟唯一随行的女眷。

大半个钟头之后，一行人整装出发，从落宿的墅区到猎场还有四十分钟的车程。众人登上一辆九座的丰田越野车，车顶有遮阳的顶篷，两侧和后面都无窗，利于观察和拍照。

他们在单车道的土路上颠簸，路旁不时走过一串串当地人，他们纷纷热情地向车里招手欢呼，还有几个人似乎是认识老三的，大声叫着：“朴先生！朴先生！”

徐以锡说：“猎场是这里的经济支柱，所以当地人见到全副武装来打猎的，都像见了衣食父母，欢天喜地。伊罗的环境部每年发五百张打猎证，你猜大部分都卖给了哪国人？”

路白摇摇头。

“美国人，”徐以锡说着，张开嘴讽刺地哈哈笑两声，“你看这两国的政府在那里对峙，人民却友好得很。真是贸易带来和平。”

这时他们的车正好路过一群儿童，老三抓起一把巧克力从车子侧面扔出去，小孩子们顿时集体惊呼与喧闹起来，争先恐后地赤着脚涌向车子后面去捡。

“怎么样，喜欢这里吗？”老三回头问苏菲娅。

“你知道我更喜欢驾游艇出海的玩法。”坐在后排的苏菲娅冷冷地回答，“但偶尔来接近危险也不错，谁知道哪里会蹿出一头狮子或者大象，你不就是喜欢这种刺激吗？”

苏菲娅一边说，一边在心里默默想象蹿出的狮子扑向老三，把他开膛、咬碎的画面。她低下头试图掩饰自己眼中恶狠狠的凶光，可是老三根本没有注视她。查克就坐在苏菲娅旁边，他在颠簸的路途中大部分时候非常安静，瞪大了眼睛向四周眺望。

“这里的猎场有不少品种，有羚羊、猎豹、野猪，偶尔还有鹿和狐狸，稀有的狒狒和亚美尼亚盘羊是可遇不可求。”车子停下的时候朴老三说，“不过有经验的猎手听见一点动静就能分辨是什么。”

随他们一起来的除了昨天两个一起吃晚饭的职业猎手，还有一个助手、两个寻猎师和两个摄像师。助手将猎枪和子弹从风尘仆仆的皮卡上拿下来交给每个人，路白接过一把温彻斯特 M70 加 12 倍镜，打开弹仓，填上五发子弹。

进入狩猎区，一行人在野草和灌木丛中放轻脚步，半个小时之后，嗅觉敏锐的寻猎师忽然快走两步，拿起望远镜向一片矮灌木中看看，然后抬起一只胳膊招呼其他人。“刚有一只羚羊，从灌木后面穿过去，有可能是黑斑羚。”他说。

徐以锡当时离寻猎师最近，他却绅士地向路白做个“请”的手势：“蒋先生，第一枪您来吧。”

路白并未推辞。他们跟着寻猎师在保护区里弯着腰快走了不多远，寻猎师让其他人躲在丛中稍候，自己蹑手蹑脚前去，蹲在地上仔细看了看泥土里的脚印，然后回头示意路白跟上。

他们继续追寻着猎物的足迹。路白再次拿起望远镜时，终于看清了对面的羚羊。它的体形中等，通身褐色，只有腹部、脖颈和下巴的毛色雪白。它的四条腿修长而有力，身姿敏捷而优美，更不用提它头上那一对精致的、有如竖琴般的高角。

“果然是黑斑羚，”另一名职业猎手也走上来，“我们现在离它大约还有150米远，这已经是能打的距离，您要是觉得可以的话。”

路白点点头，轻轻将子弹上膛，最后又看了一眼望远镜，举枪，瞄准。

黑斑羚似乎已经意识到了危险的迫近。它警觉地支起耳朵，漆黑的瞳孔还在四处寻找危险的来源，路白已经瞄准。

“嘭！”

黑斑羚的后腿猛然一蹬，蹿出小半米远，路白同时扣动扳机，第一枪打中它悬在空中弯曲的前腿，黑斑羚“扑通”一声栽倒在地。

“嘭！”

路白往前走了两步，绕开了隐蔽他们的矮树丛，紧跟着又一枪，击穿了它的肚子。黑斑羚已彻底倒地，路白回头向自己的队友示意，队友们悄悄叫了声“好”。

“蒋老板真不简单，”离他最近的职业猎手走上去拍拍他的肩膀，一行人都走上去仔细观赏他们今天的第一只猎物。它安详地侧躺在草丛中，白色的肚子上有一个血色的弹孔。职业猎手检查了黑斑羚，两个人一起把它摆正成温顺的匍匐姿势，邀请路白到它身后去合影。

路白摆摆手。“就只给它照吧，”他说，“我不习惯照相。”

摄影师当然遵从，朴老三听到枪声此时也走来，喜笑颜开地祝贺了路白。“开门红，”他说道，“这是个极好的兆头。”

游猎果然进展得颇为顺利。到了下午时分，寻猎师又发现了更加稀少、珍贵而凶猛的猎物。

老三跟着寻猎师的指点，拿起望远镜看了半晌，整个人顿时精神焕发。他托起枪，眯起眼睛瞄准，接着放下来重新瞄，第三次瞄准的时候把食指拢向了扳机。“乖乖，这宝贝儿，真是个美人。”

“嘭！”

朴老三只开了一枪，100 米外一头亚洲豹应声倒地。他托着枪犹豫了片刻，只见倒在草地上的亚洲豹一动不动，给他增添了一些信心。

他决定前去查看，用眼神咨询着职业的猎手，得到许可之后招呼上身后的众人，“走。”

他们在离亚洲豹还有十几米远的地方停下。随行的两个专业猎手四目一对，其中一个调整好腰间的左轮手枪和短刀，从地上捡起一根近一米长的树枝，准备上前去测试亚洲豹是否已被打死；另一个后撤两步，枪口对准亚洲豹低垂的脖颈。

老三却大手一挥，制止了专业猎手。他思考片刻，好像忽然想到一个绝好的主意，于是在众人的等待之下把头转向身后，目光掠过自己的伙伴和随从，定格在远处。“苏菲娅，”朴老三露出一丝笑容说道，“亲爱的，去看看它死了没有。”

“我？”苏菲娅一瞬间愣住了，和当下的所有人一样。她依然穿着浅蓝色长裙，只是精致的丝绸现在已布满褶皱、泥渍和钩丝。她站在人群的最后，几乎不敢相信自己的耳朵，可老三两个戴墨镜的随从已立刻行动，不由分说将她带上前来。

“没错，就是你。你不愿意帮我这个忙吗？”老三带着轻松甚至戏谑的语气，然而周围的人都紧张得鸦雀无声。

苏菲娅只好一步步往前走，走到老三面前的时候发出明显的颤抖，她第一次流露出示弱的表情，漂亮的丹凤眼里含着泪水。“亲爱的……”她低声开口。

“快去呀，去看看它死了没，”老三依然大大咧咧地笑着，直指前方，“快点，不听话可不是我的女人。”

苏菲娅只得告别了老三，拖着裙子独自走向匍匐的亚洲豹。她走得很慢，每走几步就回一回头，恐惧在她的瞳孔里蔓延，老三只是满面笑容地催她继续往前。离亚洲豹还有两米远的时候她弯腰从地上捡起一根树杈，老三在后面高喊道：“别用树杈，树杈会伤了它的皮，用手。”

苏菲娅只好扔掉树杈。她的眼泪已经无法抑制地涌出眼眶，她的双腿剧烈地颤抖，以至于一下子站不稳，摔倒在草地里，离亚洲豹只有七八十厘米。“老三……”她绝望地低声哭泣，老三却只是兴奋地盯着沉睡的亚洲豹，仿佛完全没有看到她的哀求。

苏菲娅只好闭上眼睛，然后把纤细而发抖的胳膊，伸向亚洲豹趴在地上的一只爪子。

所有的人都屏住了呼吸。

她的手碰到爪子，可是亚洲豹并没有动弹。路白此时实在忍无可忍，拿起手中的弹弓，弹出一块石子射中亚洲豹的脑袋，它还是一动不动。

“谁干的？”老三转过头来，怒不可遏地扫视着自己身后的人群。人群中没有人出声。

“它死了！”不知是谁又喊了一声，宣告了狩猎的成功。围观的所有人集体松了一口气，专业猎手先走上来和老三拥抱祝贺，“恭喜恭喜，一击即杀。”狩猎团队的成员们相互庆幸恭喜着，只有路白走到苏菲娅身旁，递给她一条黑色的毛毯，把她从地上拉起来。

“原来蒋老板是一个怜香惜玉的人，”路白回到人群中，老三特意走过来，又望望远处的苏菲娅说，“等我们的生意做成，我就把她跟货一块送去，这个免费，算是我送您的。”

路白回答说：“先把生意做成再说吧，我就是为了这一批货来的。”

“当然当然，”老三满口答应，“我想徐老板早已准备好了，今天晚上让您好好开开眼。”

朴老三对于自己一枪打死亚洲豹的事十分满意，可是更让他满意的事还在后面。他的小儿子，六岁的查克不一会儿也抓住了时机，他打死的不是老鼠、野兔，也不是松鼠或者山鸡。

查克打死了一头郊狼。

这是他第一次打死中型的动物，老三高兴得把查克抱起来转了几圈，又将他驮在自己肩上。“我朴老三的儿子，必定是条汉子。”他手舞足蹈地逢人便说，查克坐在爹地的肩上，兴奋地举着自己的枪在空中挥舞。

他有一把异常漂亮的小猎枪。老三把他放下来之后，路白走上去问：“我能不能看看你的枪？”查克得意地把枪从脖子上取下来递给他。

深色的木质枪托，乌黑锃亮的枪管，金色的枪机上镌刻着一行小字——

给查克

最棒的年轻猎手

“这是我六岁的生日礼物，”查克仰着头告诉他，“看它多么漂亮！”

路白笑着低下头，摸了摸查克的头发。再抬头时朴老三正朝他的方向走来。他举手打个招呼。

老三走到路白旁边站定了，一只手叉着腰，和他一起面对着起伏的草原。

“没有比草原上的落日更壮观的景色了，你说呢？”老三远眺着草原上的壮丽斜阳。

“一点没错，”路白回答，“绝对稀有的景色。”

天空中此时有十几只大雁飞过，它们张着宽大的翅膀，在草原上投下迅速掠过的影子。老三静静伫立了一会儿，好像是在等待大雁飞远，然后才开口。“有很多人批评我们，你知道，”他用一种咏叹般的语调说，“批评猎杀动物这种行为。他们说它如何粗鲁、残酷、有失现代文明的风度。但是这些人一点也不了解狩猎，他们一点也不了解自然。”

“确实，他们并没有像我们了解自然的方式一样了解自然。”

“这些人吃着饲养的鸡鸭牛羊，在水泥钢筋筑起的城市里开着汽车，喝着鸡尾酒，一点也记不起来自己最初是怎么一步步走到今天。在我看来，狩猎才是对动物真正的尊重。你想猎谁，必须自己用眼睛去找，蹲在地上分辨泥土、粪便和脚印，要自己扣动扳机和它竞赛，然后，在猎杀它的那一刻看着它的眼睛，让它知道自己是被什么杀死。这才是自然界所崇尚的公正。自然就是这样公正地对待任何物种。”

“——况且，真正在保护这里、保护自然的人也是我们，”朴老三伸出手指着前方，“没有游猎，就没有保护区。我们此刻面前的一切都将被工业化所吞噬，人类将会失去自然。但失去自然还不是最可怕的，更可怕的，是失去对自然法则的敬畏。”

路白也远眺着巍峨辽阔的猎场保护区，答道：“是的。

在这里，一切又恢复了最原始的法则。”

“没错，我正是这个意思，”朴老三对于路白的话显得欣赏有加，他用一种近乎悲天悯人的语气继续说道，“依我看来，人类的文明正在走向衰落——我们已经从一个崇拜强者的文明，衰落成了一个怜悯弱者的文明。怜悯弱者本身并没有错，可是人类能走到今天，不是因为善良，而是因为强大。当我们把过多的资源和能量用来怜悯弱者的同时，也正在失去自己在生存游戏里的优势。迟早有一天，人类会彻底失去自己的优势，而当我们变得不再强大，自然会怜悯我们吗？”

老三发出一声无奈的轻笑，接着斩钉截铁地说：“弱肉强食的自然法则永远不会改变，只有强者才能生存。”

“——而当新的强者出现，就是我们谢幕的时候了。所有人都应该来看看这片猎场，就会明白自己为什么正走向死亡。”

“我想，也不需要如此悲观，”路白回答，“至少现在，我们中间依然有强者，依然有勇士。”

朴老三这时由衷地咧嘴笑了：“我现在真正体会了一回相见恨晚的感觉，蒋老哥。”他接着说，“等这一单做成，交个朋友？”

路白不置可否地点起一支烟，面对草原上的余晖静静吸着。

一天的游猎大功告成，回程前的一点点空当，路白一个人往幽深的草丛中走去，拿出手机写了几个字。他收回手机的时候耳边忽然响起窸窣的一点动静，路白警觉地站在当下没有动，右侧的余光看见不远处的高大榉木后面，一只正在回缩的白色鞋子。

他小心地轻声往榉木靠近，离树干还有一臂距离的时候忽然向前一蹿，拦住对方的去路，紧接着一把锋利的短刀已架在对方的脖子上。

“嘘……”他低声威胁，接着才看清跟踪他的人。

苏菲娅。

路白稍稍松了一口气。他把刀放下，将自己和苏菲娅都转到榉木的另一侧——与大本营方向相反的一侧。“你为什么跟踪我？”他压低声音。

“我来提醒你，”苏菲娅微微轻喘着说，“你看起来不像是一个绝对的恶人。”

“你怎么知道？”路白紧绷的神经尚未放松。

“女人的第六感。”苏菲娅在他耳边回答，她迫近的眼瞳逼视着路白，“当然，要是我看错了，就算我自己找死。”

路白将对方往后推了几寸。“你来提醒我什么？”他问。

苏菲娅先回头向榉木的另一侧望一望，然后回过头来说：“我来提醒你，你还不知道老三到底是什么人。我知道。这个地方充满了狮子、野狼和猎豹，可老三才是他们之中真正的野兽。”

路白没有点头也没有摇头。他听完苏菲娅的话，把自己的短刀折好收起，然后说：“你该回去了，我想他随时会找你。”

苏菲娅沉下一口气，没有道别，径直掉头离开。她走到丛林的尽头时似乎又想起了什么，站住脚，然后飞快地往他的方向回头扫了一眼，路白没有看清她的表情。

这是否是苏菲娅发出的最后的求救信号？这个他当时没有仔细思考的问题，将在日后成为漫长的折磨。

吃过晚饭，几名职业猎手已完成了当日的所有工作，一个个告辞离席。“现在，激动人心的最后乐章，走吗？”徐以锡问道。

路白推开自己的椅子，心潮澎湃地站起了身。“我已期待多时。”他回答。

于是徐以锡亲自开车，路白与朴老三坐在副驾和后座。路途并不远，约莫半个小时的起伏山路，他们来到一片山谷，周围远处皆是山坡或者峭壁，唯独山谷中留下一片开阔平整的空间，好像是专门为了波澜壮阔的最终乐章空出的舞台。

路白走下车，只见舞台中央已有五六个人，有的戴着耳机，有的在操控键盘似的东西，各自来来回回地忙活着。“看来我们的技术人员早已到了，”徐以锡走上去和几个人分别讲了两句话，接着十几辆大货车在远处齐刷刷地亮起一排大灯，一个接一个地从远处启动，缓缓向路白的方向驶来。

一辆接一辆的货柜车，在经过朴老三面前的时候司机们不约而同地摇下窗户行礼，朴老三满意地看着自己的伙计们。最后一辆车停得离他们站的地方最近，摇下车窗之后露出麦克斯年轻而坚决的侧脸，面无表情地与路白交错而过。

货车停下来，司机们纷纷下车去开集装箱，路白走到车尾一个个挨着查看，第一辆就是麦克斯的车。

麦克斯不慌不忙地把集装箱的后门打开，趁别人还未走近，低声说："你找到她了吗？"

路白几乎不动嘴唇，然而语气却十分肯定。"她很安全。"他说。

麦克斯抬起头来，眼神从路白脸上一闪而过，然后敞开铁门，自己退向一边。

徐以锡这时也向集装箱卡车这边走来，拿给朴老三和路白一人一个降噪耳机。"只防爆炸时的巨大噪声，说话还是能听得很清楚。"他说着，自己也戴上耳机，然后走向第一辆货车，伸头往里面看看。

"800 把 M4 卡宾枪，这个不用我多介绍，世界上杀人最多的突击步枪，近距离战斗的最佳选择，"他随手拿出一把递给路白，"现在埃及、叙利亚都形势紧张，M4 抢手得很，整个中东再去找，肯定找不着 800 把 M4 了。"

路白看了看握在手中的 M4，把它放回集装箱里，跟着徐以锡走过几辆车，集装箱里露出碗口粗、一米左右长的墨绿色导弹匣。"FMG-148 反坦克导弹，被动红外线导引，采用了串联式 HEAT 弹头，应对反应式装甲，从空中实施打击。"徐以锡向集装箱内打着手电筒说道，"我们对它很有信心。"

他说完，将头转向不远处的技术人员，得到确认之后高举起胳膊前后一挥，一公里外聚光灯忽然亮起，是一辆迷彩装甲车正在启动。另一边，两名技术人员半蹲着身子，肩扛一支 FMG-148，接着"啪"一声，一枚导弹窜出，嘶嘶地冲向空中，几乎消失成一个光点，牵引着所有人的目光。

“等一下，马上了……”徐以锡看着秒针说道。

导弹发射之后大约十秒钟，忽地一声巨响，装甲车顿时如同一堆脆弱不堪的塑料般被击中爆炸，碎片与火星飞散，在夜空中升起10层楼高的滚滚浓烟。

“好！”人群中爆发出一阵欢呼和掌声。

“别急，更精彩的还在后头，”徐以锡志得意满地又打开一个集装箱，这里装的是更加纤细的长杆，更像是步枪的模样。“150发苏联制RPG-7火箭筒，价格更加低廉，射程却可达300米，破甲厚度500毫米，在伊拉克与阿富汗使用极广，人称‘迷你大炮’。”

他的话音刚落，远处的火箭筒已经发射，在空气中穿梭上百米，击穿厚重的铁板，四溅的火星让路白暂时别过脸去。

“还有中国制的FN飞弩-6，是最新的单兵便携式肩射防空导弹，同样是采用被动红外导引，最大有效射程6千米，最大巡航高度3.5千米，精准打击直升机和低空作战飞机。飞弩比一般的便携式地对空导弹更轻更小，近几年在市场上已经比FIM92毒刺卖得好。”

徐以锡说着，抬头望向空中，神采奕奕如同仰望上帝。右边的天空先是一阵噪声响起，竟是两架小型战斗机飞来，低低地掠过山丘，然后当空拔起向上攀爬，冲向对面的山峦。然而还未接近山峦，山谷的舞台中央立刻发射飞弩，接着就听“嘭嘭”两声巨响，两架战斗机都被完美击中，霎时着起熊熊的大火，尖叫着极速坠落山间。

“别担心，无人机。”朴老三看到路白彻底地目瞪口呆，悄悄在他耳边补上一句。

“不瞒您说，这场面我看过好多次，可是每一次看，都还跟第一次看时一样，激动得爆起一身鸡皮疙瘩。这是战争真正了不起的地方，是不是？打了一次又一次，一场又一场，可打的人永远打不完，看的人永远看不厌。”徐以锡赞叹地说着，视线转向路白，“怎么样，蒋老板？”

路白立刻报以刮目相看的神色。他不得不惊叹于徐以锡上映的表演秀，他精妙的排演，让充满戾气的火光和呛人的硝烟在夜空中接连迸发，而这些只不过是战争中的冰山一角。

“还有最后压轴的，凝固汽油弹。”徐以锡满意地打开最后三个集装箱，一排排铁架子上放着储存汽油弹的木质板条箱，黑压压地垒成一片。

“160发凝固汽油弹，这个不用我多说了吧，”徐以锡转头看一眼路白，“想必蒋先生不管是在新闻里还是电影里，肯定见过汽油弹爆炸的壮观景象。”

不只是在电视新闻里，不只是在战争电影中，伊罗是公民强制兵役国家，路白服役的最后一年，正好赶上东南部的俾路支斯坦暴乱。他们与俾路支叛军在一处城镇外的清真寺周围激烈交火，眼看着快要打不过，作为通信兵的路白十万火急地向对讲机里报告位置、请求支援，而对讲机的另一边告诉他“支援正在路上，再坚持30秒，然后就撤退”。

果然，30秒后，两架“空袭者”战斗机呼啸而来，以45度斜角从高空逼近，然后在低空向叛军的区域开始地毯式轰炸。从城镇边缘的清真寺到整个城镇，两架空袭者投下数十颗凝固汽油弹，汽油弹击中地面，金色的火焰、黑色的浓烟，咆哮着瞬间吞噬了两公里外的一切，上校疾呼着让所有人立刻撤退，而路白边撤退，边亲眼看着一名叛军士兵的后背被飞溅的燃料击中，一边惨叫着一边奔跑，直到彻底被火焰吞噬……

那场大火整整持续了十二个小时。火焰熄灭之后的第二天路白再去镇上，刺鼻的汽油混合着化学物质的气味充斥在空气中、充斥在他的鼻腔，令人头痛欲裂，可是路白在偌大的镇上走了一圈，除了烧焦的土地和烟尘，目光所及之处已经一无所有。他连一具尸体、一块焦黑的骨头都没找到。

一支烟燃烧的温度能达到 400 摄氏度，凝固汽油弹则能达到 3000 摄氏度。路白从化为焦土的小镇回到军营的那天晚上，将抽了一半的烟头狠狠戳在自己的手心。他当下疼得大叫一声，疼得几乎流下眼泪。

可战争就是战争。战争是一个人的野心和无数人的生命，是理智和文明所赖以栖身的一切基础的泯灭，是荒唐中的荒唐，是一刻也不停止的彻底的疯癫。有人前一天刚动了手术，第二天就死于血液感染；有人前一次被战友救下来，下一次就失去两条胳膊和半张脸。救人的意义是什么？死人的意义又是什么？路白努力尝试说服自己这一切都是为了什么，死去的年轻人并不是白白死去，流成河的鲜血并没有白流，可是到头来，他能骗得了谁呢？服兵役的两年时间里他几乎没有睡过一夜好觉，神经已经被折磨得几近失常，恍惚中自己不再是自己，甚至都不再像个人。

“蒋先生？”看到路白似乎在走神，徐以锡叫了他一声，再次向身后的三架货车一指，“这三辆车都是凝固汽油弹，最好的napalm，跟美军在伊拉克和阿富汗战场上用的一模一样。”

游猎的一路上，路白大多数时候沉默寡言。他静静地听着别人的导引、开枪、交谈和推销，有时随声附和两句，但很少予以富有意义的回答。可是此时，路白忽然摘下了降噪耳机，然后开口说:“确实，每一发汽油弹，都创造一个烈火焚烧的人间地狱。”

他说完回头，快步走向刚刚被击中的装甲车的废墟，边走边说:“我去看一眼装甲车的碎片。”

徐以锡还神情得意地斜靠在一辆货车上，向朴老三大大咧咧地点头，说“十拿九稳了”。朴老三回转头看一眼路白的步伐，在他走出三五十米远的时候忽然察觉出一点不对。

“蒋老板——”他连忙转身去追，而此时斜刺里忽然冲出一辆吉普车，载上路白径直奔向山谷的西北方。徐以锡和货车周围的其他人也好像意识到了什么，紧接着就听最靠外的货车车底冒出滋滋的引信燃烧的声音，徐以锡忽然蹲下身一摸地面。

“不好，有人泼了汽油！”

说时迟那时快，第一辆货车打响了第一炮，飞溅的火苗点燃了第二辆、第三辆——从地面燃起的火苗迅速包围了并肩停靠的货车。

“快跑、跑！”

麦克斯点燃了引信，自己骑上摩托也直奔山谷的西北角。轰隆隆的声音从头顶传来，天空中一架小型直升机正垂下软梯，麦克斯第一个登上直升机，接着在小跑赶来的朴老三眼前，生生地拉上了路白。

“你等着瞧吧，你得罪了我，就是得罪了我背后的高人……”徐以锡还在远处，他难以置信地站在马上就要爆炸的货车旁边，声嘶力竭，咬牙切齿。

“就让地狱全部留在这里吧。”路白登上直升机前的最后一句话。

“说，是不是你？你不仅跟麦克斯通奸，还联手帮外人来烧我的货！这就是你的报复？！”后半夜的凌晨三点，朴老三终于在保镖和直升机的掩护下逃回山下的公馆，他怒气冲冲地闯进卧室，从床上拎起他的四太太，另一只手拿出已经上膛的手枪。

“什、什么，我没有——”苏菲娅一句话还没来得及说完，就听“嘭”一声枪响，老三对着她的太阳穴开了一枪。

苏菲娅应声倒在雪白的床单上，殷红的鲜血缓慢地涌出来，如同一条断断续续的山涧。

“妈的，徐以锡倒是一死了事，我这一单，前前后后亏了一百万！现在我上哪儿找他要钱去，我上哪儿找那姓蒋的要钱去？”朴老三骂骂咧咧地走出公馆，来接他的飞机正好在停机坪上降落。“走走，快走。”他不耐烦地催促着查克和保镖们，生怕还有什么变故。

机舱门打开，却先从里面走出一个女人。

女人留着一头瀑布般的褐色长发，站在私人飞机的悬梯口。停机坪的灯光打在女人的脸上，她有着金铜色的皮肤和一双浓眉大眼，妩媚高挑，看她的姿势，好像是在欢迎朴老三的到来。

“你……你是谁？”

神秘女人微微一笑。“我听说您貌似亏了一点钱，可我有一笔大生意，您不仅能把亏了的找回来，还能再赚一番。我们上飞机聊吗？”

朴老三被这一夜折磨得神经紧绷，他谨慎地向飞机走了几步，对面的女人也走下悬梯来到他身边。

“阿巴斯港的一点石油，15 磅，1700 公里，20 小时的车程。你若能运，所有费用外加 300 万美金的报酬，只要你能做到绝对保密。”

朴老三怀疑地盯着那女人。“300 万？就 15 磅？是谁那么大口气，你的老板是谁？”

神秘女人只是挑了挑眉毛，没有回答他。

朴老三沉吟片刻，接着突然想起了什么，醒悟般地说道：“我想来了，有一个人也问过我阿巴斯港的事。你的老板是不是 Abu Al-Qadi ？”

神秘女人发出一声嗤笑。“Abu Al-Qadi 算什么，我背后的老板才是真正的大老板——哈里发。”

第六案

流向沙漠

夜空
是星与星之间的沙漠
沙子裹着沙子
吞入黑洞的旋涡
原本是一卷长空
而今已是废土
原本是一束光
而今已燃成灰烬

壹

我是想过辞职不干。可我要是就这么离开，就太便宜那帮人了。我不是羔羊，这件事不能就这么完了。

——杜若秋

“我的天，你还好吗？”沈菘兰走上紫玉公馆 11 层，推开杜若秋的门，当下愣在门口，不知道该说些什么。

来开门的杜若秋脸色青白，嘴唇干裂，枯黄的头发散乱地扎成一个圈，手背上一条条蓝绿色的青筋明显得吓人。她开了门，把沈菘兰让进来，然后一言不发地返身回到客厅的沙发上，把头懒洋洋地仰靠在沙发柔软的后背，没有一丝想要开口说话的欲望。

她的眼睛不再闪着灼灼的光芒，她瘦削苍白得像一个等待输血的病人，她比以前更加沉默寡言。更可怕的是她在沉默中用一种冷冷的目光注视着一切，疏离而遥远，仿佛一切都与自己毫不相关。

这与自己所认识的杜若秋极度不符。杜若秋虽然精明却充满理想，她对世界有强烈的期待和不满，她理智又激昂，对人生保有一种审慎的热情。

然而现在，杜若秋的脸上写满了对整个世界的疲倦，连掩饰都了无生趣。

沈菘兰赶紧自己关上门，走到沙发旁边坐下，把带来的点心放在茶几上。“你睡觉了吗？”她一边问，一边探过身子摸一摸杜若秋的手。她的手冰凉而无力。

杜若秋的目光扫过茶几，直起上身去打开装着各样点心的透明盒子，抓了一块方蛋糕就往嘴里塞。“这是你做的吗？”她含混不清地问。

沈菘兰回答说：“是在你楼下的面包店买的。”杜若秋吃完了一块柠檬蛋糕、一个蛋挞，伸手再去拿第三块点心的时候，沈菘兰忽然抓住了她的胳膊。“不对，你这么饿，你这是宿醉饥饿，你昨天晚上喝醉了？”

杜若秋不回答，继续把一块芝士泡芙放进嘴里，沈菘兰急忙起身走向她的开放式厨房，把橱柜一个个全部打开。“你的酒放哪儿了？你不能再喝了。”她说着，又打开冰箱向里面看了一眼，里面除了一碗已经发霉的意面之外空空如也。“你上一次正常吃饭是什么时候？”沈菘兰继续质问，“杜若秋！”

杜若秋的半张脸越过沙发的靠背看着厨房里的沈菘兰，她们都陷入了沉默。沈菘兰继而垂下头，把橱柜一个接一个地关上，然后冲进客厅对面的卧室，一眼看见床头柜上几个古典式的平底酒杯。

沈菘兰生气地抱起所有的玻璃杯，走出卧室扔进厨房的洗手池里。“你不能再喝烈酒了。”她知道杜若秋肯定把酒藏了起来，自己就算硬找也未必找得出来，于是重新走回沙发坐下，握了握杜若秋瘦得扎人又冰凉的手。

“嘿，你洗个脸，我带你出门走走。”沈菘兰决定曲线救国，同时换了轻松的语气。

杜若秋瘫在沙发上摇头。她的眼睛好像累得睁不开似的，四肢沉重无力。

“不行，你必须得出门了，再关在家里要毁掉的。”沈菘兰不由分说拉起杜若秋的胳膊想迫使她脱离沙发。她这才从沙发上挣扎起身，向后拨了拨自己的头发，然后眯着眼睛看了一眼半开着的百叶窗。

开春时节的温暖午后，阳光均匀而热烈。沈菘兰时隔三个月再次见到杜若秋，望着她的背影，知道自己的朋友已经完全变了一个人。

“我带你去摩登尼斯塔好了，是一家新开的小餐吧，我第一次去就想到你肯定会喜欢。”沈菘兰开上车说道，“你顺便吃点真正的食物。”

杜若秋满不在乎地撇撇嘴。

“你要……点什么饮料？”到了摩登尼斯塔，两人落座，沈菘兰试图开展一些轻松的话题，“这里的西柚汁超新鲜超好喝，不过果昔也都不错，我记得你喜欢喝冰的。”

杜若秋问：“你要点什么？”

沈菘兰说：“西柚汁。”

杜若秋向一旁的服务生伸出两个手指：“两杯。”

“你爸妈都还在中国……”沈菘兰继续寻找话题。她似乎觉得只要能让杜若秋多开口、多说两句话，即使是毫无意义的闲扯，也能对她的精神多少有些帮助。

沈菘兰试图把她重新唤回这个世界，而杜若秋点了点头，回答说："是。是的。"

"他们都还好？"

"是。"

"那你……你还在使馆上班？"

"是，是的。"

因为是工作日的下午，咖啡馆里的客人稀少，连可以遮掩尴尬的杂音都没有。俄而服务生端上两杯西柚汁，酸涩的淡红色果汁中央插着透明的吸管，杜若秋把杯沿上的香叶拿下来，放在一边。

沈菘兰知道杜若秋在找一个叫乐子扬的人。路白告诉她，杜若秋到达波利斯的第一个晚上的第一通电话里，劈头盖脸地就问乐子扬为什么不接电话，她那时忽然就想起来，他好像是她心中……一个分量很重的人。

"乐子扬确切是杜若秋的男朋友吗？"路白当时放下电话问她。

沈菘兰摇摇头说"不知道"，但她想起来，自己第一次听到这个名字，是在花剑小剧场的《女建筑师》首演。杜若秋说她会和他一起来，尽管最终只有她自己一个人独自出现。

她好像喜欢他，他好像在保护她，他们好像在恋爱，却又对彼此闭口不提。不过如果那个人此刻在波利斯、在她身边的话，杜若秋多少会好过一点，沈菘兰想。

“我看你这次的电话号码还没变。我还以为你要换新电话，还怕找不着你了。”于是沈菘兰又开口说道。

“我没换。换也没用，我们的私人号码和工作号码都得上报。再说除了你，也没有什么人找我。不过……倒是路白前两天给我打了一通电话约我见面。你们还有联络吗？你没有跟他谈恋爱吧？”

杜若秋是为数不多的、知道自己与路白认识的人。尽管应对这种问题的回答她早就已经排练好，但沈菘兰被这样突然地一问，不由得还是添了几分紧张。“没，没有，我们本来也只是见过一两面，一点也不熟。他到底是干吗的，为什么给你打电话？”

“路白是黑鹰俱乐部的老大，”杜若秋淡淡地回答，“不过我最近是没法跟他碰面了，我明天就走了。”

“走？去哪儿？”

“去南部，阿巴斯港。我上个星期三第一天上班，一群人开了大半天会，黎盛德点名派我去阿巴斯港。原本那里有个渔港翻新的项目招标，但早就黄了，下个星期海事局在那里又有一个说明会，估计没什么用，我就是去露一面。”

沈菘兰松一口气。“原来你是出公差。”

“怎么，你还以为我要辞职，永远离开波利斯不回来了？”杜若秋挑挑眉毛，吸一口面前的果汁。

沈菘兰点点头。“说实话，要真是那样我也能理解。你身上发生这么大的事，想离开这里换个新环境，一点也不奇怪。”

沈菘兰的言辞恳切，而杜若秋静静听着，面容凝固如一尊雕像。她边听边沉思半晌，然后开口说："我是想过辞职不干。可我要是就这么离开，就太便宜那帮人了。"杜若秋说到这里，忽然抬起头，目光向上一挑，好像是在死死盯着空气里一个旁人看不见的靶心。她的两排牙齿紧紧地咬合在一起，从牙缝里挤出一个声音说："我不是羔羊，这件事不能就这么完了。"

杜若秋说这话时的表情十分冷静，缺少一般人以为会有的愤慨和委屈。她好像一头刚刚找到敌人的狮子，缓慢地、严谨地在草原上踱着步子，但不知道哪一秒会猛地一蹿发动攻击。

"确实。"沈菘兰点点头，决定对这个话题不再多问。她低头回身从书包里拿出一摞信件，有七八厘米高，在桌上磕整齐，"对了，我刚刚在你家忘给你了——你不在的几个月里我替你查了几次信箱，广告什么的我就直接替你扔了。这些是你的信，你先看看。"

杜若秋揽过所有的信件，用手一张一张快速拨着。大部分是信用卡、银行和保险公司的来函，杜若秋随便拆开几封，发现自己不在的时间里，信用卡的账单和房租，甚至手机话费都有一个账户替她一直交着，一丝不差，不禁哼地发出一声冷笑。

账单看来是不用交了。杜若秋的手继续拨开一个个白色的信封，忽地从中间掉出一个薄薄的白信封，形状与别的不同，封面上只写了自己的地址和姓名。

白信封里只有一张折了三折的纸，开头的第一句话写着：

万宝国同志追悼会定于3月2日在北京八宝山纪念堂举行。

那张纸上写的内容很短，除了时间、地点和几个预定要出席的人名之外没有其他内容，也没有落款和时间，只像是一纸潦草而漫不经心的通知。杜若秋的眼睛在“万宝国”那三个字附近徘徊半晌，然后放下了信笺撂在一旁。

“都没什么用，”她检视完毕抬起头来，把所有信封都推到一边。沈菘兰这时又从怀中掏出一张硬纸，递给对面的杜若秋说：“这是……你们使馆的肖小姐亲自送来的，我特别收起来，单独拿给你。”

杜若秋接过来，见是一封使馆发来的请柬。内容是夏玉锵的小型葬礼，时间是两个月前。她用一根手指轻轻抚过那上面仅有的一行字，然后把它放进了自己的上衣口袋。

“你有替我去过我家吗？”她又问。杜若秋原本也经常出差，所以有一份备用钥匙长期交给沈菘兰，以备不时之需。

“我……我就上过一次楼，”沈菘兰回答，“屋里一切都很整齐，没有乱动过的迹象，后来我就再没去过。”

杜若秋听完点点头，拿起自己面前还满着的果汁杯子，咕咚咕咚几乎一饮而尽。“你说得对，西柚汁确实好喝。”她喝完，用白色的餐巾抹一抹嘴唇，看样子是准备走了。

于是沈菘兰也跟着站起身来，她起身的时候好像一只脚没踩稳，“嘭”一声半个身子摔在椅子上，杜若秋吓了一跳赶紧去扶她。沈菘兰好像摔得不轻，歪在椅子上喘了喘，自嘲地大笑说："坐太久，我的脚都麻了。真丢死脸了。"

杜若秋于是陪着她继续坐了一会儿才离开。沈菘兰将杜若秋送回紫玉公馆，杜若秋临下车，车门刚开了一半，却忽然返身张开手，轻轻拥抱了她。"等我从阿巴斯港回来我们再见，"杜若秋的声音恢复了稍许温度，"谢谢你。"

浅蓝色的太阳刚刚从东边的山峦上露出半个头，山脚下第一个起床的农民伸个懒腰，然后起身往外走。他推开半扇门，站在自己木房子的外头，望着面前湍急的河水，还有布满石块的河岸。他从地上捡起一块扁扁的小石头，弓下身子打了一个水漂，接着似乎听到房顶上传来一种异样的声音。

农民好奇地抬头去望时，房顶霍然一声响，一个高大的身影凌空跳下来，农民拔腿就跑。

清晨的雾气还没有散尽，农民在河岸边的石块中拼尽全力蹿上蹿下，人影在身后紧追不舍。有些石块与石块的缝隙中长出一株株的树干，两三米高，上面没有枝和叶，只是一截光秃秃的木头，立在起伏的石头地里，像一根根饱经风霜的木桩。

农民跑出两百米，河边的浓雾渐渐将他包围。浓雾的隐藏给了他片刻的安全感。农民气喘吁吁地暂时停住脚步，用手扶着一截光秃的树干，警惕地环视四周。

忽然，一根碗口粗的圆木棍出现在他的视野，那木棍当空一劈，农民躲过了第一劫，随之而至的就是米尔顿粗壮的小臂，齐着他肩膀下一寸的高度横着一击，农民脚下的步子一滑，应声倒地。

“说，粮食藏在哪里？”米尔顿一只脚踩在农民的胸口。

“没、没有、什么粮食。”农民慌张地喘着气，惊恐不定地回答。

“说，卖粮食的钱在哪里？”

“都、都交上了，不是四成交上去，六成留下吗……”

“说，去年到底收获了多少钱粮？”

农民哆哆嗦嗦地从口袋里掏出一张破烂的鹿皮，展开之后伸到米尔顿面前。“这是……这是我上交的表格，去年的气候糟糕，收成很低，只有十五个钱。”

米尔顿的脸色瞬间冷得十分难看。他搓搓手，颇有点闷闷不乐地把脚从农民身上移开，然后往外走远，在一块耸立的石头上坐下。

“你不是保护者吗？我以为你和农民已经达成了协议，你不必再亲自动武做强盗了。”

“我也是这么以为的。”米尔顿说着把头转向几公里外，那里是他刚刚落成的居所，一排高耸的白色石柱，宽敞的围廊，木质的双开门牢牢紧闭。米尔顿聚精会神地盯着自己的居所，接着一阵风起，他的身影也随之消失，留下一块光秃秃的石头。

下一刻，米尔顿又重新坐在自己高大的椅子上，外头日已高升，蓝色的阳光照进屋内，在地上画出斑驳的阴影。他盯着地上的阴影开口说：“这就是我的烦恼所在。”

“什么烦恼？”

“我收上来的粮金越来越少了。”米尔顿回答，“明明我的农民人数每天都在增加，可是昨天我去南边的田地里收钱的时候，却比去年还少。他们说今年的气候不好，先是干旱，接着又过于阴冷，许多土地颗粒无收，农民们人人都没钱。”

“你觉得他们在说谎？”

“我怎么知道？我已经把收取的比例从一半降低到四成了，农民们该不会真的如此贪得无厌？”

“你自己去田地里看看不就得了，看看到底是不是颗粒无收。”

“可我是一个强盗！”米尔顿好像被这话冒犯到了，他怒目圆瞪，片刻之后好像又泄了气，沮丧地摇摇头说，“你说得倒轻巧。我不是农民，我看不出来。”他说着，一只手托着下巴，流露出罕见的苦闷表情。

“这确实是个十分棘手的问题。你试过找别人帮忙吗？你虽然看不出来，但总有人能看出来，找个人替你去收，行不行？”

坐在高大椅子上的米尔顿听了，眯起眼睛认真考虑着这个提议，接着眼珠一转，打了一个响指，“没错！还真是，找那么一个人出来，不是难事。”米尔顿说完就站起身来，大摇大摆地走下高椅，绕到一座山的后面，走进一处深邃阴凉的山洞。山洞里有十几个人，全都跪在地上，脚与脚用粗犷的铁链缠在一起，他们的身后站着一个人，一手拿着皮鞭，另一手拿着水壶。

这里是米尔顿关押犯人的地方。凡是犯了罪的农民都会被羁押在这座山洞里，等待第二天清晨在太阳升起的一刻被砍下头颅。

米尔顿走进山洞，拿皮鞭的人向他严正地敬个礼。他走到一串犯人面前，用脚抬起第一个人的脑袋问他："你犯了什么罪？"

"偷……偷东西。我偷了三捆木柴。"

"你呢？"米尔顿又问第二个人。

"说谎……我谎称自己的父亲和祖父都是太阳神。"

"……我和邻居的女人通奸。"

"……我在宵禁时辰里赶路。"

"……我把自己的弟弟推进河里淹死了。"

戴着镣铐的罪犯们一个挨一个地报告了自己的恶行，米尔顿仔细地听完，然后挑出那个和邻居的女人通奸的人问他，"你被抓进来之前是干吗的？"

"我……我在西乡种地，种麦子。"

"你呢？"米尔顿又问那个把自己弟弟推进河里的人。

"我在南湾种地，种水稻。"

"很好。你们两个，跟我走。"米尔顿说着，眼睛瞥一眼狱卒，"把他们两个的铁链松开。"

"从今天起，你们俩就是我的代理了。"米尔顿将两个犯人带回自己的住处，"你们懂得种地，应该知道今年的收成如何，对不对？"

两个犯人几乎无法相信自己竟然被米尔顿带出了等死的监牢，他们对视一眼，其中胆大的一人说："我们……明天不用砍头了？"

米尔顿骄傲地笑笑。"你们不仅不用被砍头，你们还将拥有权力，小小的权力，不过也够你们耍一阵子的了。你们先说说，今年粮食的收成会怎么样。”

从西乡来的囚犯说：“我想……今年麦田的收成一般，冬天有两个月的干旱，开春了天气还一直很冷，比去年的好天气可差远了。”

从南湾来的囚犯说：“我们那里种水稻的土壤倒是十分肥沃，我想您今年的收获一定会丰富异常。”

“非常好，”米尔顿满意地啧啧称赞两声，“我就任命你们俩为我的代理官，代理保护者。你们这么了解粮食和收成，我想你们一定能完成得很好。从今往后，你们就去西乡和南湾，负责替我收取秋天的粮食，每收上来100块粮金，就可以自己留下1块钱。”

两个刚刚还是囚犯的人诚惶诚恐，兴奋感激得口中喃喃不能自已，米尔顿这厢又动了动脑子，开口说：“不行，代理保护者这个名字太糟糕了，传出去要被人笑话。让我想想……你们俩应该叫作——理想执行官。没错！就是这样。我一直也在想，我的地盘现如今已经这样辽阔，总得有个配得上它的辽阔壮观的名字。就是它了！理想国。”

“理、想、国？”

米尔顿自豪而愉快地从前往后一抚自己的光头。“我所保护范围内的土地，就叫作理想国。土地上的农民，都是理想国的国人。而你们俩，就是理想国的第一批理想执行官。另外，从今往后，你们不能再叫我保护者米尔顿了。你们要改称我为王，米尔顿王。”

今天从通道尽头传来的脚步声，颇不同寻常。乐子扬听着那沉甸甸、随意而悠游的步子，知道那肯定不是梅洛。

他现在已经不再日日居于那座封闭不见阳光的洞穴，他可以在整个地下宫殿里随便行走，偶尔还会走上地面去看一看久违的阳光。上弦月似乎在这里建立了一个广阔却空旷的大本营。乐子扬知道有许多双眼睛在监视着他偷窥着他，但他想去哪里，想做什么，却早已没有人拦。乐子扬觉得自己应该是世界上最自由的囚徒。

外头的脚步声越来越近，于是他从窗边的椅子上站起身来，然后正好在对方跨进门的那一刻，将目光同时投向了对方。

Abu Al-Qadi。

“我就知道你早晚会再次出现，”乐子扬站在一个高大书架的阴影里，在此处度过的时光似乎让他反客为主，“我等待着你的出现。”

“士别三日，看来你的进步不小，”Al-Qadi 再上前两步，“不过王青铜……似乎是个蛮有趣的目标呢。”

乐子扬的大脑飞快地转着。他的神经风暴带自己去了哪里、干扰了哪个时空，乐子扬从没有和第二个人说过，连梅洛都没有。可是 Al-Qadi 会知道自己干扰了王青铜，他想，他又是在以何种方式窥探自己的一举一动？这么看来，Al-Qadi 对自己的监视，至少不只是梅洛。除非头脑风暴里也有他的一份……

乐子扬想到这里，不禁对 Abu Al-Qadi 的戒备心又多加了一层。Al-Qadi 不是先知，他没有这种罕见的天赋，不然他也不会需要自己的父亲和梅洛跟随在他身边，乐子扬确定。可是他知道的内容却不少，乐子扬尚未想通这其中的关联，所以决定闭上嘴巴不再说话，不愿再给他多一丝信息。

乐子扬不说话，Al-Qadi 倒是兴致勃勃。“我想你会有兴趣知道，你胡乱随机地把王青铜在海面上瞬移了几公里，正好救了他的命。但这还不是最神奇的，”Al-Qadi 继续说道，“最神奇的是，活下来的王青铜，竟然替你的心上人洗清了冤屈。我们亲爱的杜小姐被以贩卖国家机密罪和伙同重大走私罪关了三个月之后，王青铜一重新冒头，她就毫发无损地又回到了波利斯。”他边说边缓慢而用力地鼓了几声掌，“上帝的心思是多么缜密啊。”他发出由衷的赞叹。

乐子扬没想到 Abu Al-Qadi 会提起杜若秋，更没想到杜若秋会被诬陷、身陷囹圄当替罪羊。他的心猛地一沉，自从第一次成为先知，窥视到她不祥的未来，他没有一天不想着要如何扭转她死亡的瞬间。神经风暴由不得他控制，但是王青铜这件事，自己早就该阻止她——不是吗？他早就预感到黎盛德不会那么容易束手就擒，他先把王青铜灭口再栽赃给杜若秋的操作一气呵成，自己怎么还任凭她把王青铜的移动硬盘留在紫玉公馆？

该死！他恨恨地咒骂一句，混合着悔恨、心疼和发誓要以牙还牙替她报仇的冲动，然后用充满威胁的目光怒视着带给他这消息的人。“我警告你，你们谁也别想动她。谁要动她一寸，我撕了他全家。”

“你别起火嘛，我们都很关心杜小姐而已。你放心，我用我清白的名誉向你保证，杜小姐已经回到了她熟悉的波利斯，她很安全。况且你自己已成为混魔，你不放心，随时可以用愿力带自己去看。啊，不过我忘了，混魔的旅程和干扰还是随机的，但是你的路还长，你能做得比这要多多了。”

这时外头的光线似乎变得明亮了些，乐子扬往前一步，从书柜的影子中走出来，接着意识到自己在神经风暴里遭遇王青铜，并不是无定向的随机干扰。他的干扰，冥冥中早已有了方向。

“从先知成为混魔，从混魔成为指挥家——等你成为指挥家，就可以任意选择目标和方向了。你的父亲就是一位伟大的指挥家。你要赶上他、超越他，已经指日可待。”Al-Qadi 接着说。

乐子扬发现自己仍然介意 Abu Al-Qadi 提起自己的父亲。“我不知道我的父亲和你有什么渊源。但如果这就是你认为我会加入你的原因，你就趁早别做梦了。”他压着火气说道。

“不不，你想错了。”Al-Qadi 立刻回答，“我选择你，不只是因为你的父亲。没错，萨拉姆是一个极度聪明而优秀的人，但你身上还有另一种特质，让你比你父亲更接近不朽。”

“你把我带到这儿来，到底是为了什么？”

“不是我把你带来，反而是你带我来。”Al-Qadi 看看四周的陈设，又转向乐子扬。“你没发现，你已经完全自由了吗？但你不会离开这里的，这里是你的家、你的归宿。只有在这里，你才会发现古巴比伦独绝于世的宝藏，和自己无极限的潜能。”

乐子扬听着，倒是被他的最后一句话提醒了什么。“我想指挥家也不是极致。”于是他回答，“如果有人能定向干扰一维时空粒子，那就一定有人能做得更多。指挥家之后还有什么？终极的、全能的、自由穿梭在源空间，走向一切的原点，有没有一个这样的人？”

Abu Al-Qadi 的面上露出一种被戳中心事的惊讶，同时还带着一种隐藏的满足。可是他摇了摇头，“这并不重要，”他回答说，“你迟早有一日会知道。到那一天，你会知道一切，知道的比知识本身的全部还多。你将穿越人心和时空，你会看到末日的圣战和神钦定的主宰。”

“末日的吧啦吧啦吧啦，圣战吧啦吧啦吧啦——我知道，还有那个带领所有人走向永生的王？它叫什么来着？”

“哈里发。他有灰色的长发，紫色的袍子，和三只明亮如炬的眼瞳。当那一天到来，我们所有人，都将听命于哈里发。”

乐子扬实在忍不住，讽刺地翻一翻眼皮。“这种糊弄小孩的邪教故事就别拿出来糊弄我了。”他露出一副省省吧的表情，“任凭是谁也别想指挥我，把我拎去为己所用，更何况是一个根本不存在的末日的王。”

“找到了吗？找到了吗？”徐燕子焦急地不停重复着问话。

“目标已出现。”电脑屏幕上忽然跳出的闪动的红色目标代表路白已经进入直升机的视线，小 31 号里一阵兴奋。

“路老大现在还在与王青铜、朴老三交谈，尚未启动撤退程序。”侯博士的眼睛一丝不错地盯着回传的影像和直升机数据说，“目前一切进展正常，通信已发出给麦克斯和路老大，尚未收到回传——啊，收到了。麦克斯收到。”

与此同时，直升机影像上的路白将右手垂在大腿侧面，有节奏地拍了拍自己的腿。“收到！直升机预备！”侯博士立刻予以回应。

接下来的一切按排演中的进行，唯有麦克斯点燃引信之后奔向摩托车的奔跑速度令人咋舌，他竟然在路白之前就爬上了直升机垂下的软梯。

“原来我能跑这么快，”麦克斯把路白也拉上来的时候大笑着说，“我都被自己给吓着了。”

“你是入错行了，”路白拍拍麦克斯的肩膀，从直升机的窗子向下望去。山谷里燃烧的火焰、浓烟和被点燃而挣扎的徐以锡，一切倒映在他的瞳孔里，渐渐缩小离去。

在他走进那家叫玛格丽特的水烟店的一瞬，路白就清楚地意识到，自己面前这个自称为徐以锡的军火贩子，就是王青铜。尽管他从没见过王青铜本人，可他们的做派、行事的逻辑和说话的方式都如出一辙，甚至是那种死到临头还得意扬扬的模样，让他的推测和面前的一幕渐渐重合成一个完整的场面。

“对了，苏菲娅呢？你们也把她救出来了吗？你见到她了吗？”麦克斯刚扣上安全带，在直升机的轰隆声中发问。

路白慎重地看着他，回答说：“我没有见到她，但我们的人已经在去接她的路上，很快就会有消息了。”

麦克斯当下只好接受了路白的答案，然而在他们回到小 31 号的那一刻，消息也从猎场传回了黑鹰。路白刚刚上楼，徐燕子在他耳边轻声说了几个字，路白转身跟着他进了一间小屋，徐燕子把手机上的照片翻出来递到他面前。

华丽的纯白色丝绸的床幔上，一个仰面横躺的女人表情狰狞，左边的太阳穴被打了一枪，红色的鲜血洇湿了大片的床单，成为她死亡的底色。

路白思考片刻。“把照片删了，”他说，“还有谁看到过这张照片？还有谁知道？”

“有我、侯博士，当然还有出勤的C组四个人。”徐燕子想想，“就这些了。”

“暂时先不要告诉麦克斯。暂时只说苏菲娅失踪了，我们的队员没有找到她，但是还在找。等他的情绪趋于平稳了，我再慢慢告诉他。”路白说。

“好，没问题。”徐燕子说着，拿起手机。

路白转身从小屋出去，见到会议室里已经聚了不少人。大家都围着一台电脑，聚精会神地观看。路白绕到后面，原来是一则突发新闻，当日傍晚，伊罗萨德亚银行位于波利斯的一家分行遭遇匪徒持枪绑架和抢劫，被劫走一名银行职员和大约50万美金的现钞。

电视里的记者还在试图从采访中挖掘更多内容，放在会议室桌上的一台手机忽然响了。徐燕子拿起手机看了一眼，然后向其他人眨眨眼说：“这不，生意来了。”

贰

你知道，天空中的星星，比整个地球上所有沙漠里的沙子加起来还要多。夜空是无限的。

——颖决明

路白坐上车时，姚 sir 正在查看手机，见他上来，两个人对视片刻，姚 sir 先开口说:“直接去？”

路白会意。“直接去。”他点点头说。

姚 sir 于是发动了车子，从 CID 的车库里开出来。CID 是伊罗的犯罪侦查部，路白和姚 sir 应邀一大早就来到位于市中心的 CID 大楼，待了 4 个小时，得到的信息却少得可怜。

萨德亚银行是伊罗仅次于央行的第二大银行，被袭击的则是它在波利斯最大的一家分行，当然除了总部大楼之外。不过总部大楼是不做对外业务的，被袭击的分行就在波利斯市的金融核心区，坐落在佐丹街上。星期四下午的 5 点 45 分，就在银行还差一刻钟关门的时候，有三名匪徒闯入了银行一层，劫走了 50 万美元的现钞和 2 号窗口的职员。

抢钱并不令人费解，令人费解的是两名绑匪在抢走现钞之后还劫走了 2 号窗口的职员，带他一起登上一辆黑色面包车逃之夭夭，警方却至今也没有收到威胁或者任何有关赎金的要求，被劫持的职员音信全无。更令人匪夷所思的是，整个绑架的过程持续了 3 分钟，而那 3 分钟里银行电子监控的供电系统正好停电，所以除了其他职员的口述之外，没有留下任何影像资料。

伊罗 CID 与公共安全厅联合悬赏 30 万美金，寻找绑架者和被劫持的银行职员。

“你觉得，那个职员会不会是劫匪的同伙？”姚 sir 在车上先开口。

“我还没想通——”路白回答，“职员被劫走好几天了也没有音信，看起来很像是跟他们一伙的。可是他只是个窗口的职员，在抢劫过程里就算里应外合，却并未露出什么端倪，只要心理素质好一点，之后去录个笔录也就完了，根本没有必要这样暴露自己的身份。这样一来，是不是一伙的都说不通，这事就奇怪了。”

“没错。这个离奇的职员肯定是突破口，”姚 sir 重重地点头，接着又说，“还有停电——停电也是停得奇了，就在劫匪到来的那么两三分钟里断电，银行里有内鬼是肯定的了，但不知道是不是这个失踪的职员。”

姚 sir 的话说得缓慢，但背后的含义却无比深重。银行的监控系统失灵，自然是有内鬼里应外合，可是错失的监控和离奇失踪的银行职员，到底又有什么联系……路白越想越觉得不对劲，这起抢劫案里怪事重重，可他一时还猜不透他们的背后指向哪里。

“不管怎样，我们先去瞧一眼他的住处再说。”姚 sir

再说话时，车已经开到了城北部的索河纳区，索河纳是一个整洁有序的中产阶级居民区，供职于萨德亚银行、刚刚失踪的职员阿里·哈桑就住在这里。

到达CID给的地址，映入眼帘的是一栋灰色的两层小楼，门前的小院子里零星开着几束小花，但也堆着许多废弃的杂物和报纸，不甚整洁。路白与姚sir在不远处停下车，手里拿着一张字条，假装在找门牌和地址，在路边慢吞吞地左顾右盼。

“家里的窗帘是拉开的，说不定里面没人。”姚sir绕到灰色别墅的后面，小声说。他沿着别墅后面的围廊小心地往后撤步，忽然听“嚓”一声碎裂的声音，是一株放在后廊的矮矮的绿色植物被踢倒了，陶质的花盆滚下后廊的三级台阶，在地上摔成几瓣。

“没事，摔了正好，”路白探过头一看，“咱们明天再来。”

当天晚上，他们拍下的照片被轮番打在小31号会议室的幻灯屏幕上，以及一摞摞一厘米厚的打印版本，每人一份。

“这是银行绑架事件发生半小时之后拍摄的，失踪职员阿里·哈桑的家。”

“这是失踪当天晚上，哈桑的太太，塞日娅·哈桑回到家中的照片。银行劫持的事发当时她还在上班，随即直接去了警察局，1个小时之后从警察局出来，回到家中。”

“双职工家庭？”老季随口说了一句，“他太太是干吗的？”

“也是个办公室文职，在移动通信就职。她也在市中心上班，事发十几分钟之后就被CID领走调查，不过她不是目击者，没有问出太多。”

“这是银行劫持事件的目击者，当时的值班经理阿克巴尔，还有同为窗口职员的3号窗的萨阿达、5号窗的汉克。”

“汉克？”徐燕子对这个西方名字发出一声疑问。

“是个英国人，”路白回答，“波利斯城的国际客户还是蛮多的。除了他们几个之外，CID正在调查的还有门口的两个保安，穆萨和卡伊斯，以及刚好经过大厅的后台经理奥斯曼。还有就是事发当时，银行监控室里值班的法伊兹和穆贾希德，当时他们正在交接班，两人都在监控室里。根据他们的说法，监控系统先发出了一阵沙沙声，好像是信号被干扰的那种——不过短暂的干扰很常见，他们并没有在意，接着所有监控录像忽然全部黑屏，包括异常状况下的报警系统也失灵了。他们当时在监控室里，还不知道外面已经发生抢劫，法伊兹去查看值班室的电源，穆贾希德起身去用监控室门口的电话，才发觉有歹徒进入了银行。”

“关于报警系统的失灵，CID目前的调查结果是由于电力系统忽然中断。也就是说，在抢劫发生的那3分钟里整个监控系统停电了。安保系统有备用电源所以还在工作，但是监控室——不知什么原因，没有连上备用发电机。反正最终结果是整个抢劫的过程，只有目击者，没有影像记录，只有一张路上行人拍的劫匪的车，是一辆黑色的SUV，应该是丰田，但人脸完全看不清。”

“3号窗口职员萨阿达的笔录中说，当时两名歹徒冲进银行的玻璃门，分别朝2号的哈桑和3号的萨阿达去抢钱，他们分别交出自己窗口的现金之后，歹徒直接砸碎了2号的玻璃窗口，一把将哈桑拽了出来。哈桑先大叫一声“为什么”，接着又连续喊了几声“放开我，放开我”，但还是被歹徒带走了。他的这段反应，和值班经理阿克巴尔，还有其余几个人的口述基本吻合。”

“——以上是我觉得比较可挖掘的点。完整的笔录在打印版里，最后是照片和签名。”路白说完，目光从徐燕子换到侯博士再换到一如往常坐在最后角落里的老季，“我有漏掉什么吗？”

“这个失踪的阿里·哈桑，在萨德亚银行干了多久？不是新员工吧？”

“很久，他已经在萨德亚银行干了十几年，不过一直也没晋升，据说业绩不怎么样，顶多是个勤勤恳恳的老实人。”

“所以自从哈桑被劫走，劫匪没有提出任何要求或者赎金？”徐燕子问道。

“没有，没有任何消息，没有任何通信。阿里·哈桑，至少从表面上看，只是一个普通的小中产，而从整个事件的走向来看也不像是劫持人质。当然，还有另一种可能，就是哈桑也是同伙之一——他在帮助劫匪抢劫银行之后，因为害怕调查，所以干脆和他们一起消失。”

“——不过我觉得两者都不像，逻辑不能完全说得通。这个案子很蹊跷，一定是有人要搞些什么，不只是抢个银行这么简单。”路白补上一句。

“我们还没联络上失踪的哈桑的太太？跟她聊聊，或许能更了解这个人。”老季开口说道。

路白点头。“我和姚 sir 今天下午去了他家，他太太估计当时还在CID，所以家中没人。明天我们继续。”

说这话时，时针已经指向9点钟。侯博士看了一眼手机，忽然站起身说“我去看一下电脑”便匆匆离开，再返回来的时候几个人的目光都齐齐地注视着他移动的身影。

“颖决明发加密邮件来了，阿巴斯港失踪了两名工人。”侯博士看着电脑屏幕说道。他第一句的话音刚落，会议室里所有人都已围上来。

侯博士环视一圈盯着他的人，然后说:“史蒂夫·戴森教授自杀之后，TX Petro立即停工了一阵，地面上在建的工地都暂时封了。不过停工也只是个幌子，让CIA趁这个空当进入阿巴斯港。TX Petro在阿巴斯港的工地，基本被CIA全面接管，而且他们带着自己的工人，一直还在工作。这周一，据说失踪了两名工人。那两个工人是在一个比较偏的、最新一批挖掘工地失踪的，现场就只有他们两个人，没有别的目击者。TX Petro内部已经在调查这件事，但是还没有确切的结论。”

“所以不确定两个工人的失踪是不是人为，对吗？”徐燕子率先问。

侯博士点点头。他们脑子里想的问题都是同一个——阿巴斯港的工人是凭空消失、像之前接近源空间而发生时空跳跃的那几个工人一样，还是被什么人绑架、带走？以及阿巴斯港的工地上，到底在挖掘什么、开采什么？

“颖决明就只说了这么多。”侯博士面色凝重地耸耸肩，目光落在会议室方桌的一角上，陷入了沉思。

颖决明刚打开门，施娅迅速闪进了身。她站在门口盯着他看了片刻，然后率先开口说:“我没见过你。”

“确实，我第一次召你。”

“不过我经纪人说你点名非我不可，多谢捧场。”

“确实，我点名非要你不可。”颖决明并不否认，接着掉头往内室走去。这是他第一次见到施娅本人，甚至都是第一次听见她的声音。怎么说呢……她的外貌和他的设想略有不同。她的眼睛深而大，眉毛浓密高挑，今晚穿了一条整齐的黑色无袖连衣裙，领口却开得并不低，高跟鞋也不过分妖娆。她在伊罗南部维和盟军的军官之间小有名气，是高级应召女郎中最独绝出挑的一个，全因她深谙军官们的喜好和品位，并不把风骚妖娆像棋子一样尽数排开。她面上的媚色清淡，却长了一身媚骨，而不轻易暴露。

颖决明离开门口穿过客厅，施娅也跟着他穿过客厅，来到厨房。颖决明打开冰箱拿出一瓶喝了一半的葡萄酒，给两人各倒了小半杯。

“Cheers！”施娅拿过酒杯，轻轻和他的杯子一碰，然后说声“我不客气了”，自己先一饮而尽。

“你是新来的？”施娅咂摸着口中未散的酒味，斜睨着颖决明。

颖决明听她所言，忽地扭头直视她，不否认也不点头，反而直视着她，仿佛颇有深意地评论说:“你对这里的人倒是了如指掌。”

“了如指掌可算不上，”施娅做出谦虚的表情，“阿巴斯湾浩如烟海，我不过是一只蚊蝇。”

颖决明却冲施娅摇摇头。“我倒听说，你在南部的美军军官中小有名气，”他边说边向她走近，用手推开了餐桌上的空酒杯，“有一个人，马修·克劳德，四星上将，维和部队驻军伊罗的总司令，最近倒是经常往阿巴斯港跑。你可曾去过他家？”

施娅的目光随着颖决明移动，自己两脚轻轻一跳，坐上他家吧台高的大理石餐桌。“你喜欢在厨房？”她说。

颖决明却不容她答非所问。“这么说，你确实认识他。”

施娅一瞬间似乎有点困惑，但还保持着无所谓的神色。“你问我这种问题，我怎么可能回答？应召女郎也有应召女郎的职业道德。盗亦有道，没听说过吗？”

“那你知道我是谁吗？”

“我需要知道吗？”

颖决明毫不含糊地盯着施娅妩媚无邪的脸。“在阿巴斯湾，也许我是新来的，但在 TX Petro 可不是。在阿巴斯港之前，TX Petro 早就是一家了不起的公司。”

“所以呢？”

“你出入各位高管和军官的府邸，不可能没听说过 TX Petro 最近的重组。”颖决明用沉甸甸的语气表达他的肯定和不容置疑，“CIA 强行重组，甚至预谋全面接管 TX Petro 在伊罗的项目，老股东们非常不满。这个公司运营多年，什么大风大浪没有见过，以前该配合的都配合了，到头来 CIA 的几个小喽啰打个报告，随便写几句不着调的调研，华盛顿的权贵就如临大敌要把 TX Petro 完全渗透，甚至变成自己的工具，老股东们能乐意吗？”

“我听明白了。你是代表老股东，到阿巴斯港和CIA较劲的。不过我对这些派系斗争真不感兴趣，也一无所知。”施娅耸耸肩，从颖决明的吧台上跳下来，给自己又倒了半杯葡萄酒。她一只手举着酒杯，好像在观察里面绛色的液体，另一只手拨一拨背后的头发，“人为什么不简单点呢？此时有酒，就此时饮酒，过了此时，就不一定有酒了。况且你今夜拿钱买的，我唯一能给你的，只有短暂的快乐。这你call我来之前就该知道吧？”

施娅的撩拨入骨三分，颖决明上前一步。“但我不只要短暂的快乐。我要知道马修·克劳德在阿巴斯港到底搞什么鬼。是他最先把TX Petro引进，加入阿巴斯港的项目，但不是石油，也不是液化气。CIA想借TX Petro的手开发阿巴斯港，它从这里开采的原料，一定有见不得人的特殊之处。”

“况且，”颖决明这时稍微压低了声音，上前一步说，“还有前几天在3号工地失踪了两个工人，到底是被绑架、被偷偷调走还是怎么回事。你能帮我探听出一点眉目，就不用再理你那贪婪可憎的经理人了。”

施娅仿佛因颖决明的最后一句话而稍稍心动，她沉默着，半仰着头，对着颖决明家的天花板思考片刻。“你到底是什么人？”她半是狐疑，半是试探。

颖决明拉开橱柜下面的抽屉，从中拿出支票本。他翻开本子抬笔写上一串数字签上名，撕下来递到施娅的面前，“这是定金。只要你能查出阿巴斯港到底在开采什么原料，并且印证失踪的工人确有其事，再带上几个真实的细节和照片，我立刻就能让五大新闻台全都知道。到时候，CIA

和马修·克劳德就不只是难堪了。我要 TX Petro 迫于压力把他们全都停职，然后送去华盛顿接受国会的审问。”

施娅接过支票，又翻过去看看背面，收进自己的手包里。“我不知道工人失踪的事，但我会替你留意。”她说。

“留意克劳德还有 CIA 的所有人，但是要谨慎。”颖决明提醒她。

“这还用你说，你的担心还是留给自己吧。”施娅轻轻一笑转身，把手从吧台的大理石边缘拿开，伸向他上衣最低的那粒扣子。

“你介意我抽烟吗？”施娅向后捋了捋头发，那头发因为汗水而微微有点发潮。

颖决明一歪头挑眉，表示自己完全不在意。

“鉴于是第一次，我还不知道你的偏好。”施娅吸了一口烟，隔了两秒钟之后吐出去，“我在这儿过夜也可以，现在走也可以。价钱是一样的。”

颖决明看了看墙上的挂钟。“你可以抽完这支烟。”他说。

施娅沉默地点头，然后平静地吸着烟。她每吸一口就把拿着烟的左手垂下搭在床边，吸下一口的时候再拿起来，如此往复，像一个优美的机械人。

颖决明看向她手中的卷烟，注意到她左手的小臂内侧文了一只豹子的尾巴。

“你的文身挺有意思的。”颖决明指指自己的小臂。

“这是三年前文的。我文这个，是因为我做过一个梦。”施娅淡淡地回答。

“什么梦？”

施娅的烟这时抽完了。

颖决明从烟盒里又抽出一根给她续上，目光在她的嘴唇和文身之间来回扫动。“什么梦？”他又问了一遍。

“我梦见一只长着漂亮花纹的猎豹。”施娅继续吸烟继续说，“整个梦没有发生什么，就是一只花豹，立在丛林的深处。”

一只母花豹，在丛林的繁茂枝叶中露出了自己的身躯。它的身形小而精干，后背的肌肉笔挺蜿蜒，四肢细而健硕，黄褐色的毛发上均匀地布满黑色的梅花斑。它的尾巴向上卷着，它的头小而圆，一双机敏的杏核眼在灌木丛中闪闪发亮。

花豹缓慢地从繁茂的灌木丛中探出头来，然后走上一条柏油马路。柏油马路平整坦荡，有两个车道宽，这条路贯穿了整片草原，前后不见首尾，路上暂时没有车。

它在柏油马路的中央停下。花豹不处于捕猎的状态，而是处于一种散步，甚至说得上是休息的状态。也许是柏油路上没有挡风的灌木丛，花豹立在路中央，似乎在享受这片空阔区域里风的凉爽。

风确实吹来。花豹短而细密的毛发微微被吹动，它张开嘴好像在打一个哈欠，露出猫科动物特有的锋利牙齿。

花豹张开嘴露出牙齿的那一刻，她就醒了。

一只圆形的水晶转盘，正中央似乎立着一根高耸的立柱，被一块黑色的布盖着，看不出真正的模样。立柱四周的转盘上，铺散着辽阔的蓝色的、像细沙又像水晶的碎屑，在转盘上堆出突起的山丘、凹陷的峡谷、汹涌的河流和稠密的人口。这是米尔顿最新的发明和设计，而他此刻两眼深沉地盯着蓝色的转盘，神情近乎痴迷。他已在转盘面前待了一整个下午。

“执行长来了，米尔顿王。”一个声音从他门口的台阶下传来，米尔顿这才将双眼从转盘上移开，望着门外高声说道：“进来。”

他边说边移步向外走去，走到厅堂的入口正好遇上远道归来的执行长，曾经他从山后的石洞里拎回来的、西乡的囚徒。

“我最近在思考一件事，”米尔顿徐徐开口，眼睛还望着门厅尽头的窗子，“理想国越大，我拥有的反而越少。”

“这……这怎么可能。从山峰到山脚，从河口到内陆，从天空到谷底，理想国的一切，不都是属于您的？”西乡的执行长回答。

“不。看起来是这样没错，可是我、米尔顿、我自己，到底又拥有了什么？我拥有了山顶的日出，河口的奔流，还是谷底的青草，抑或是天空里的星辰？一样也没有。我甚至连看也看不见它们，我还不如一个在田间劳作的奴隶。这是怎么搞的？米尔顿王绝不能允许这么荒唐的事情发生。”

西乡的执行长没有立刻回答，而是煞有介事地点头表示赞同，说：“这确实是个问题。”

“从今天起，我要掌握理想国的一切。从日出到日落，从日落再到日出，一切行动、一切话语，天上的飞蝇和地下的蠕虫，要通过你们的眼睛，一个不留地落进我的视线里。”米尔顿说着，用手轻轻拂过蓝色转盘的边缘。“说说看吧，”他抬起头直视着自己任命的执行长，“说说你看到的一切。”

“我看到……清晨的露水从藕荷色的叶子上滚落进土地，太阳升起时农民纷纷扛着锄头和铲子去劳作。正午时分他们的女人顶着荷叶做的帽子去田间送饭，远处的红河流淌着浑浊的河水，河水卷来泥沙和土石，在河岸冲出一片赤色的沙滩。到了傍晚，太阳从蓝色变成紫色，它沉沉地坠入西山，这时疲倦的人们就坐在门槛上，等待夜晚和明天。”

“红河是什么样的？”米尔顿对执行长口中这条污浊的河水产生了难以言表的兴趣，“它从哪里发源，又流向什么地方？它是宽广，还是绵长？”

西乡的囚徒一时语塞。“我没有考察过红河的源头和去向。我只知道红河上似乎漂浮着成条的树木枝干，它们在河水湍急的那几个月里顺流而下的场景蔚为壮观。不过我去西乡唯一的目的，是收取今年的税金。您马上就会看到，我带来的马车上面全部都是今年征收的钱粮，我想您一定会十分高兴。”

“不够，还不够。一定还有办法可以做到，做到我真正想要的事。我只需要再想想，这明明是唾手可得的东西。”米尔顿近乎自言自语般，摇摇头，接着好像想起什么，在空中打了一个响指，对他的执行长一挥手说，“你进来，我给你看一样东西。”

执行长顺从地跟随米尔顿走进他的内室。米尔顿骄傲地指一指他蓝色的沙盘，执行长发出一声由衷的赞叹。

“真正玄妙的还在后头呢。”米尔顿露出一丝得意的笑容，接着用手撩开沙盘中央的黑布。

一根四棱的透明立柱，又好像一根巨大的权杖，一人多高，里面泛出水银般的光泽，随着米尔顿的一呼一吸缓慢地上下流动。

“你盯着这里看好了，别走神。”米尔顿说完，微微眨动一只眼，眨眼的同时一个微弱的火星在立柱里忽地一闪，伴随着一声微弱的触电声。那火星只出现了零点几秒，执行长却一直愣愣地盯着立柱，不敢相信自己的眼睛。

“你看到了吗？”米尔顿发问。

执行长呆呆地点头，口水从嘴角流下来，而他似乎毫无察觉。“了不起的发明，”他露出由衷的敬畏，“了不起的米尔顿王。”

执行长的话音落下，米尔顿没有再回答。他没有让对方离开，也没有再眨眼。他只是持续地凝视着自己蓝色的沙盘，仿佛陷入了深深的沉思。

“我……是不是可以走了？”

过了好一阵，执行长小心翼翼地开口。

“等等，”米尔顿叫住他，“你来自西乡。可是西乡的西边还有什么？你见过吗？”

如果能回到某个时刻，如果他想改变那个灾难性的终点……乐子扬将双眼的视线汇聚于眼前门缝里的光束，呼啦啦的旋风在大脑里盘旋、上升，卷起记忆和预言的碎片。他最后瞥一眼墙上挂钟的指针，深深地呼吸一口气，然后如潜水般，潜入深不可测的空间。

一条狭长的、带着消毒水味的楼道。灰色的地板、雪白的漆墙，还有头上分布均匀而过于明亮的白炽灯光，都让乐子扬感到十分不适。可是他的脚步丝毫没有减慢，乐子扬从一个接一个的门口快速走过，用余光检视着两侧病房里的每一张脸孔。

在她因受伤而被送去的医院，在她回到波利斯的第一个晚上，在他们在波利斯重新相遇之前。如果那时他能让她改变主意……

等等。

一串熟悉的脚步声传入他的耳郭。乐子扬立刻回头，发现就在楼道的另一端，离自己十几米的距离之外，一个分外熟悉、他绝不会认错的背影，正在缓慢地穿过医院的走道，好像一个正在检阅士兵的军官。

路白？！

他心中惊讶，但身体已先行做出了反应。乐子扬毫不迟疑地转身快步向路白走去，他为什么出现在这儿？他怎么知道？他来干什么？……他是如何出现在这里的？

乐子扬必须问个清楚。可是背对他的路白也明显感受到了他的跟随，只见路白登时加快了脚步，接着向右一转，消失在他的视线里。乐子扬快跑两步追上去，是一扇紧急通道的门，推开即是紧急疏散的楼梯。他站在那里侧耳倾听片刻，知道路白是下了楼，随即也跨下楼梯来到二楼。

二楼比三楼安静不少，连灯光似乎都柔和了不少。可是就在这片安静甚至祥和的气氛之中，路白不见了踪影。

乐子扬再想往前走时，感到自己的身体正开始变得轻飘飘。他的脚步正在失去力量，他的行走正在失去速度——乐子扬知道自己正无法避免地被撤离。他情急之下捉住一扇关闭的门把手，用力推开，里面亮起一只明晃晃的手电筒，和响起一个惊慌的女声。

他长出一口气，愤愤地用拳头敲一敲门框，然后耳边响起不可逆转的海浪的响声，他眼睁睁地看着自己从那个世界里飞快地后退。

乐子扬无功而返。他回到古巴比伦地下宫殿的那一瞬感到自己正失去平衡向地上倾斜，然后一个踉跄，跌在地上。汗水从他的额头上渗出，密密麻麻地融汇成一颗颗汗珠，乐子扬满心不平地抹一把脸，抬头去看墙上的挂钟。

时间刚好过去了一分半钟，对他来说却漫长如两个钟头。

沮丧是有的，但他知道自己每一次穿梭时空的造访，都并非毫无意义。乐子扬一骨碌从地上爬起身，古巴比伦的下午悠长而安静，他看看四周无人，走到墙边将书柜横着向右挪开。

露出的墙面上，密密麻麻地写满了他曾经的假设，弦理论框架下关于量子纠缠的证明。他从在31号的会议室外偷听到源空间的设想的那一刻，就强烈地认定这个看似疯狂的天方夜谭一定与物理学里的弦理论有种不可阻断的关联。他曾经是弦理论的超级拥趸，一个如此优美、宏大、无限接近完美的理论，一个没有例外、全部趋于统一和平衡的世界，弦理论勾画出的愿景曾让他深深痴迷。

而这座古巴比伦留下的孤岛，还有他在孤岛里经历的一切，更让乐子扬对自己曾经的假设翻倍下注。他的演算和证明都还算不上严密，但如果将量子定义为多维空间里的能量波动，当一束射线将一个量子劈成两个，新生成的两个量子将从诞生的那一刻起，就注定一种内在而永恒的联系——它们的状态永远彼此相对，如同面对镜子里的自己。

一旦形成纠缠的两个量子，无论它们之间发生什么、隔开多远，就算被放到整个宇宙的两头，它们依然会维持着内在的联系，此处的改变即时便是彼处的改变。

接下来就是把量子纠缠的所有变量放在一个不限定的n维空间中求解——乐子扬用指尖的石灰在墙面上开始计算。连日的囚禁并没有让他的大脑转速变慢，乐子扬甚至发现自己的思路比以前还更高效、更清晰，这让他整个人兴奋地为之一振。要算完不是一朝一夕的事，可是乐子扬写着写着，忽然停下手，退后几步。他从一米以外纵观自己的那面墙，视线从刚刚写下的一行行灰色笔迹上扫过，预感到自己已经找到了通向源空间谜底的钥匙。

只要空间的维度n可以持续无限地延伸下去，那么就存在一个通用的射线方程，可以用于描述所有的每一对量子纠缠。一个既不带电又质量为零的粒子束，将源空间内的量子性质投影到现世的世界。

同样地，当神经风暴聚焦于这束投影，就如同点燃了引信，让他得以沿着源空间的投影射线溯游而上，就像握着迷雾航行的指南针。

想到这里，乐子扬迈开脚步再次走近墙面，然后在角落的空白处写下：

T射线。

特斯拉射线，乐子扬决定这样命名这个幽灵般的射线。毕竟，尼古拉·特斯拉是第一个预言了它的存在的人。

飞机降落在离阿巴斯湾最近的机场，杜若秋走下舷梯的时候，正是当地的正午。南边的太阳热烈得如火如炬，她伸出一只手搭在眼前，明亮的光线令她顿感眩晕。她扶着自己的行李箱站定了，稍稍喘几口气，接着走出机场的简易栅栏。机场周围人烟稀疏，工作人员遍寻不着，她只得到处胡乱走走，寻找出租车停靠站。

驻阿巴斯港的办公室三个月前就撤了，新闻处、谈判组、保卫处，乃至后勤组一波接一波卷铺盖走人，到杜若秋下飞机时，她已经是整个使馆在阿巴斯港的唯一人员。杜若秋从口袋里拿出一张写着地址的字条，等了小半个钟头，终于等到一辆出租车。

一辆看起来生产于20世纪的墨绿色老捷达，还是手摇窗和手排挡，皮质的座椅因凹陷而开裂，不过这已经是她最好的选择，杜若秋二话不说坐上后座。

伊罗海事局安排的住处在海港的十几公里外，出租车司机看了杜若秋字条上的地址，略微惊讶地一瞪眼，说：“利兹饭店还没关门吗？”

杜若秋回答："我想是的。"接着又问："这边的饭店关门停业的很多哦？"

开车的司机回答说："早就开始关门啦，从去年底开始，沿海的一个镇一个镇都清了，好像说要盖个水坝还是什么的，反正把人全都迁走了，为这事还没少和当地的乡民起冲突。你今天来算运气好的啦，这附近的加油站一个接一个都开始没油，等跑完这箱油，我就不干了。"

杜若秋听着，把头扭向窗外，望着土石路边的萧条景象。远处有几栋简陋的灰白色平顶小房子，外墙和铁门上涂着她看不清的涂鸦，路旁很少有行人，唯一持续的只有一根根固定间隔的电线杆，均匀地从她的眼前滑过。

阿巴斯港是早已死掉的项目。翻新的渔港没了，游艇俱乐部也没了，阿巴斯港充满了企图心的宏大勾画已随着同样充满企图心的前总统一并化作风烟，这一点杜若秋出发前就心知肚明。她知道阿巴斯港早已失去意义，也知道黎盛德把她派去的原因，可是——她转念一想，既然来都来了，不如亲自到阿巴斯港港口去看一眼。看一眼港口到底变成了什么样，眼见为实。

"咱们路过一下阿巴斯港，到港口转一圈可以吗？"于是她说。

"过不去的，"司机想都没想就说，"那边不是因为修水坝都封了嘛，车开不过去的。"

"那就开到附近，"杜若秋回答，"开到港口附近，越近越好，我下去看看。"

司机在距离港口两三百米的地方停下车。阿巴斯港的空气里弥漫着海水的腥咸味、荒原上浮起的尘土味和一种仿佛烧焦的轻微煳味。她记得先前的简报里说阿巴斯湾区本身是一个天然的渔港，在伊罗漫长的历史中被历朝历代不断建造、加固。整个港口朝南面向波斯湾，天然的弧形海岸线被东西两侧的长堤所加持，像两条巨大的手臂，又像一只坚硬的铁钳，牢牢钳住 300 亩的海面。

水域的外围延伸出一道重型的混凝土防波堤，在浪潮和漂沙经年累月的入侵之下，依然屹立不动，杜若秋从防波堤粗粝的锯齿之中，透视着它昔日的辉煌模样。

“我听说，阿巴斯港是个极古老的建筑。从古巴比伦时代就是东西贸易的枢纽核心？”杜若秋回头，问这时也已走下车的的士司机。

的士司机点头。“阿巴斯港是第一王朝的汉谟拉比国王下令所建，包括这道上百米的防波堤。这在 4000 多年前，一定是令人惊叹的奇观。”

杜若秋注视着海面的正前方。“4000 多年前，古巴比伦人就有海工混凝土了？”

“显然是这样，”的士司机淡淡地一歪头，并不掩饰自己对于伟大祖先的得意，“古罗马人貌似也懂得制造混凝土，不过他们让水泥凝固的关键原料是用火山灰，但古巴比伦附近没有火山。”

“嗯？”杜若秋的目光转向的士司机，对他话讲到一半突然停住卖关子的行为微微抗议。

“据说古巴比伦人制造的混凝土更加坚固、更加持久，是因为他们在搅拌中掺入了动物血液。”的士司机的声音放低了几度，“动物血液不过是一种委婉的说辞。其实就是人血。我想建造这么巨大的港口，需要成千上万的奴隶，肯定每天都有很多人死去。用他们的血拌进混凝土里，是再自然不过的。”

对此她只有默认。

“一共十四万三千里尔。”的士司机这时向车里看了一眼自己的计价表，接着吞吞吐吐，欲言又止，“当然，您要是……”

杜若秋从口袋里拿出三美金。的士司机欢天喜地地接过来，连声说“谢谢”。

“你过一个小时来接我去酒店吧。”杜若秋说着，沿着一条土路向海岸线走去。阿巴斯港虽然壮阔，可是她遥望海边，却一艘轮船也没见到，只有几艘脏兮兮的快艇和渔船，杂乱地停泊在港湾里。

可是杜若秋越走就越觉得这里不同寻常。虽然会议的简报听了无数次，可这是她第一次真真切切地踏上阿巴斯湾的土地。这片土地上呈现着荒芜、呈现着空虚，空虚中却有一种吸引，就好比她视线里的大部分方向空空如也，这种空旷却显出一种隐藏的秩序，不像是天然的荒地。

杜若秋走着走着，看到右前方有一个蓝色的塑料箱倒在地上，她上前一看，见是一个歪倒的垃圾桶，上面用马克笔写着 TX Petro。

TX Petro？她拿出手机迅速谷歌搜索，原来是一家总部在美国得州的石油公司。一开始招标说要翻新港口，刚刚出租车司机又说要修水坝——现在看来阿巴斯港是在开采石油？可开采石油用得着清空周围的城镇吗？

不管怎样，TX Petro 几个字出现在阿巴斯港，杜若秋默默记下这个陌生的名字。一条路上左右都没有人，不过警戒却不能松懈，她紧挨着一排矮墙根下继续往前走，尽量不让自己引起任何注意。

直到一个高瘦的背影出现在她视线的右前方。那人一身黑色的休闲打扮，戴了一顶棒球帽，正伫立在前头路口的拐角，低头在看手机。那轮廓映在杜若秋眼里，顿时觉得莫名熟悉，紧接着下一秒，她突然就想起来那是谁了。

杜若秋停下脚步。对方仿佛感受到了她的观察，把手机放回口袋，然后在她看清对方的那一刻，对方正好也抬起头来朝向她。

她一愣。

颖、决、明？轮廓像他，面容更像他。杜若秋的视线在热烈的阳光下瞬间有些模糊，她几乎以为自己出现了幻觉，但是口中已经叫出对方的名字。她怀着震惊和疑惑盯着对方，而颖决明已快速向她走来。

“你怎么在这儿？”等他走近，杜若秋迫不及待开口就问。颖决明向她做了一个不要说话的手势，接着抓住她的手臂就带她往反方向走去。他的步子迈得飞快，杜若秋不得不小跑两步才能跟上。

他们穿过一堵矮墙、几栋小楼、一排摞得几层楼高的铁皮集装箱，转到集装箱后面的阴影之下，周围霎时暗了几度，颖决明这才放开她的胳膊。“你在这儿做什么？”杜若秋还是同一个问题。

“我……”颖决明看看左右，反问，“你怎么在这里？”

“使馆派我去阿巴斯港的说明会，”杜若秋飞快地回答，“你呢？”

“我……”颖决明降低了声音，向她做了一个安抚的手势，“这并没有什么要紧。你到了这儿，多注意安全。”

他用这种回答来搪塞，杜若秋当然不能答应。“不，我要知道。你到底在干吗？”她不依不饶，说完用十二分的确定眼神盯着自己的朋友，那意思是在告诉对方，想随便打个马虎眼混过去是不可能的事。

“真的，我有一整天的时间呢。”杜若秋直视着颖决明的眼睛，“我可以一直站在这儿等到你告诉我为止。”

颖决明歪着头，看看地面又转而望向杜若秋，然后深深呼吸一口气。“好吧，不过你绝不能告诉别人。”

“那是自然。”

“我……我在为黑鹰俱乐部工作。”颖决明说了第一句，停顿片刻，好像是在留给对方消化和反应的时间，“所以才来到阿巴斯港，潜入 TX Petro，他们是……很重要的一环。”

他说得坦白而真切，只是隐去了自己曾经为王青铜工作的那一段序曲，杜若秋倒是着着实实被震惊到了。惊愕从她的眼睛中流露出来，随即她转而又问：“为什么？你在 TX Petro 干吗？黑鹰为什么这么关注阿巴斯港？你是什么时候被招募进去的？”

颖决明又做了一个安抚的手势。“嘿，你先别着急，听我慢慢说。”他两只手按一按她的肩膀，“我原本就是软件工程师，现在不过是从一家公司跳槽到另一家而已。至于

TX Petro本身……黑鹰早就盯上这家公司了，他们可不仅仅是干石油这一行。”

“那他们在做什么？”

颖决明在一瞬间想起自己和乐子扬的一次会面里，对方提到王青铜以源空间为诱饵，提出与杜若秋交易。这桩交易他没有全程跟进，但是以后来发生的那些事来看……他大概猜得出。

“是不是因为……源空间？”颖决明还在斟酌该怎么开口，杜若秋却先开口发问了。

颖决明只好点头。“我们觉得……黑鹰觉得，TX Petro在阿巴斯港干的事，和源空间有关系。”

“怪不得，这就是整个渔港翻新工程停摆的原因，还是他们一早就没打算真的建渔港和自贸区，只是打个幌子，让TX Petro进来？”

“很有可能。”颖决明自己还没想过这一点，杜若秋突然说出来，他忽然觉得她一语中的。这时的太阳又向西偏了一寸，他终于有机会正眼观察面前的杜若秋。她瘦削的肩膀上骨头突起，头发扎得松松散散，凹陷的眼窝、眼底的乌青和眼中的红血丝都昭示着营养的匮乏和连日睡眠的缺失。

“你还在上班？”颖决明看着她，微微心疼。可是心疼不容易表达，他只好去关心她的工作。

杜若秋点头。“我和王青铜交易之后，有人要灭王青铜的口，顺便栽赃给我，但幸好他没死，我才被放出来。听说他已经被遣送回国了。”

“事实上，王青铜没死。”颖决明决定把自己知道的告诉她，如果连这也让她蒙在鼓里的话，就太残酷了。他说，“应该是你们使馆的上级伪造了一点证据，抓了一个假的王青铜送回国了。真的王青铜还在伊罗，他改了个名，叫徐以锡，最近在走私军火。黑鹰的几个人都在追这件事。”

杜若秋听完，两只眼睛愣愣地盯着面前的空气迟疑片刻，接着露出恍然大悟的表情。“原来如此，本来我还在奇怪，王青铜被抓了，为什么没有供出黎盛德。他那个人，就算死，也要拉着人垫背才行。”

她明白过来。黎盛德肯定和王青铜达成了某种和解。原本王青铜掌握着黎盛德的一个巨大的秘密，所以才非要被灭口不可，而如今，两个人仿佛又回到了相互掩藏、彼此帮衬的一种默认关系，杜若秋心中升起的第六感告诉她，王青铜现在所做的军火生意，也一定和黎盛德有关。

这倒是她来到阿巴斯港的意外收获。杜若秋默默记下颖决明告诉自己的一切，接着把视线移回自己的朋友身上。“你什么时候加入的黑鹰？”她问。

“最近，不过几个月。”颖决明回答，“我第一次听说这么个组织，还是听你说的，你记不记得？”

杜若秋当然记得。她停下来想了想接下来要说的话，最后沉下心不再迟疑。“是乐子扬把你招募进去的吗？”她镇定地开口，决定不再回避这个名字，不再回避他们谈话中这个无法绕开的话题。

杜若秋先提起这个名字，颖决明稍一结巴，只好点头说“是”。他不知道他们之间曾经和此刻发生了什么，可是能体察到杜若秋对他的特殊的心情。“但现在……我们谁也找不着他了。你、你有他的消息吗？”颖决明试探地问。

阳光从她的身后打来，在地上画下一条整齐的阴影分割线。杜若秋望着地上的阴影，泛起一丝自轻的苦笑。“是什么让你认为全世界都找不着他的时候，偏偏他会跟我保持联络？”她毫不客气地自嘲，“不知道乐子扬到底有没有跟任何人保持联络，但我是什么也算不上的。”

杜若秋不留情面地狠狠挖苦着自己，恨不得把一颗心挖出来踩在脚底下亲自剁碎，仿佛只有刺痛神经才能将自己彻底唤醒。不过她说的话都是真心的，并不是要逞强：杜若秋决定不再怀念乐子扬了。她对自己的期望是不再想他、不再爱他或者恨他，不再将他们之间的回忆当作易碎品而小心翼翼地珍藏。她渴望自己再听到这个名字的时候能坦然面对，并且挑挑眉毛告诉对方说：“我很年轻。是我错了。”

她正在试图把他当成一段不愉快的过往，一个因为不小心而犯下的错误。可只有天知道，她在这个不小心里，到底装了多少沉甸甸的感情。她自认是一个很理智的人，而现在，正是该恢复理性的时候了。她是爱他，可是那又能怎么样呢？把自己的全部情感、时间、灵魂和身体都不求回报地献给他吗？

不求回报的爱是不理智的。杜若秋无法容忍自己的不理智，那与她的人生观和价值观都大相径庭。没错，现在她想到应该怎样定义乐子扬了。他是她人生观里的一个破坏者，他是她生活中所有悖论的起源。

“你知道，天空中的星星，比整个地球上所有沙漠里的沙子加起来还要多。”很长时间的沉默之后，颖决明这时忽然开口说，“夜空是无限的。”

杜若秋将这话仔细地咀嚼半晌，然后露出了由衷的笑容。颖决明是懂她的，她想，至少有一个人是懂她的。

叁

你到底在干什么？我受不了了。你这么做，有想过我的处境，想过Zack以后的人生吗？

——苏茉

“你好，FBI。”苏茉打开门时，两个身着制服的探员立在门口，其中一个把证件夹打开，摆在她眼前。

“我能仔细看一眼吗？”苏茉伸手接过对方黑色的卡夹。上半部分夹着名卡，联邦调查局特工詹姆斯·伊恩，下半边夹着调查局长的签名，克里斯托弗·A. 瑞，以及印有司法部联邦调查局的金色徽章。

“我是联邦特工詹姆斯·伊恩，这位是高级联邦特工帕特里克·考金斯。”其中的年轻探员收回自己的证件夹，率先走入苏茉的家中。

“能否给我一分钟，我把儿子送上楼。”苏茉说。

年长的高级特工考金斯点点头，苏茉转身小跑着奔去地下室，抱起乐子扬。

“妈妈，是有人来了吗？”

“是妈妈的朋友。”苏茉一边上楼一边用身体挡住他的视线，“乖，你在自己的卧室玩，不要出来，妈妈一会儿就来找你，然后晚上带你去吃龙虾，好吗？”

苏茉说完已来到二层的卧室，她把乐子扬放下，然后替他关上了卧室的门。

“请坐客厅吧。”苏茉走下楼梯时，两个FBI探员还站在门厅里。

“不了，在厨房就可以，我们只是有几个很简单的问题，十分钟就行。”

“喝咖啡吗？茶？水？”苏茉又问。

“不必了。”高级探员考金斯在厨房的吧台边坐下，伊恩拿出随身携带的黑色小笔记本。

“好吧。”苏茉也在吧台旁坐下，与FBI的探员们隔出两米的距离。

“我们是来调查发生在这个社区附近的连续几起失踪案件。”考金斯率先开口说，“想必你也听说了，昨天北边靠近新汉普顿大街的一户人家走失了一位七十五岁的退休工程师。”

“我……我没有听说。是真的吗？”苏茉确实不知道有人走失。

高级探员考金斯肯定地点点头，他公事公办的语气中自带一份威严，让人难以质疑，“另外，三个星期前，社区的养老中心也走失了一位老人。”

“我听说他是在海边散步，受了凉风突发休克死了。”苏茉回答。

“这是当时的初检报告。但是现在有新发现的证据，表明那个老人并不是主动想走去海边，而是受人指使——甚至是绑架。”

苏茉茫然。“我能……我能帮上什么吗？”

“我们只是在开展调查，”考金斯放轻松了些，“如果您不介意的话，我们想随便问您几个问题，了解了解这个社区。”

FBI 从不随便问问题。苏茉在心里想，然后谨慎地对两个探员点了点头。

“请问您的姓名是？”

“苏茉·乐。”

“结婚以后的夫姓？”

“是的。”

“家庭成员是乐先生、您和一个小孩？”

“是的。”

“您家中没有老人吧？”

“没有。”

“请问您最近几个星期内有没有目击过可疑的人出现在这附近的街区？譬如不住这里的陌生人、单独行动的老人，或者鬼祟的行迹和举动？”

苏茉想了想。“没有。”

“乐先生每天上下班的时间规律吗？”

苏茉的脚尖轻微地向后一缩。但是她很快回答：“朝九晚五，有时候晚上有应酬。”

“应酬多吗？一星期一次？”

“差不多吧。”

两个 FBI 探员同时维持了片刻的沉默，年轻些的伊恩刚张开口继续问，年长些的考金斯从吧台椅上站起身来，用右手中指的关节敲了两下吧台上的大理石。“谢谢您，乐夫人，”他伸出手和苏茉简短地握手，“感谢您的配合，如果有新的进展，我们会向这个街区的所有居民通报。”

“不客气，”苏茉回答，“祝你们早日破案。”

她目送着两个FBI探员的背影，直到看着他们又走向街对面的邻居家去敲门，这才察觉自己的额头、鼻梁和脖颈后面全都浮满了细小的汗珠。苏茉关上门，用袖子擦一擦额头，不知该紧张还是该感到庆幸。

“妈妈，他们走了吗？”乐子扬的身影出现在二楼的楼梯口。

苏茉抬头看见儿子，心不在焉地搪塞说：“是的。你要继续玩乐高吗？”

“我想吃个果酱挞。”乐子扬回答。

“好，果酱挞。”果酱挞是一种甜而松软的夹心饼干，最受乐子扬这个年纪的小学生喜爱。虽然苏茉一直想不明白那种面加糖做成的零食到底有什么可吃的，但她此刻实在没有心思争论。她从橱柜的最高层拿了一片果酱挞，撕掉包装放在多士炉里烤了一分钟，等加热丝重新弹起来，用指尖将烤热的果酱挞拎出来，放在一个小圆碟子上递给乐子扬。

“吃完就下楼去拼乐高吧。”她说。

乐子扬拿起果酱挞咬了一口，然后口齿不清地说：“妈妈，你在烦恼什么吗？”

苏茉好像忽然惊醒，抬起头来看着乐子扬，连忙走上去抱了抱他的头。“没有，没什么，是我不好。对不起、很对不起。这一切跟你都没关系。”

乐子扬点点头。“我可以拿到楼下去吃吗？”

“可以。”苏茉放开儿子的头，用一只手摸着他的头发，“别弄脏地毯。”

“放心吧！”乐子扬端着盘子奔向楼下，地下室是他专属的游乐厅。苏茉目送着乐子扬消失在楼梯的尽头，转过脸看了一眼墙上的挂钟。一点五十五分。还有一整个漫长的下午，她实在不知道该怎么挨。要是今天乐修平能早点回家来就好了，她想着，就连乐子扬都看出来她心乱如麻。苏茉急切不安地想立刻就见到他。

可是那一天他偏偏要她等。从下午等到傍晚，又从晚饭等到吃完晚饭，七点、八点、九点、十点，苏茉在客厅的踱步愈发急促不安。等十点的分针已经走过大半个圆弧，苏茉终于听到大门口钥匙转动的响声。

乐修平进门脱下皮鞋，径直走向了厨房。整个一楼的灯都关了，他就借着后院的灯光从橱柜里拿下一只玻璃杯，打开水龙头接了大半杯水，然后仰脖咕嘟咕嘟地大口灌进喉咙。

苏茉站在楼上的楼梯口，突然按亮了二楼走廊的吊灯。

乐修平顺着突如其来的光线回头，苏茉穿着一身黑色的睡袍，正沿着楼梯走下来，在客厅的房梁底下站住。

“你还醒着。”乐修平说。

“你今天晚上到底去哪儿了？”

“不是说了嘛，同学聚会。”

“你别想再骗我，我给伊森家打电话了，根本就没有同学聚会！还有上个礼拜，你把我们都送去那个火车头晚宴，自己却没来，你那天又干吗去了？”

乐修平将刚刚喝完水的杯子放进洗手池，然后用一只手系上夹克上衣的扣子。他平静地看着自己的妻子，露出安慰的微笑：“我上楼去洗个澡，一会儿见。”

“你停下！”苏茉也来到餐桌旁，掀倒了盐和胡椒罐子。她的两只手撑在木质的餐桌上，指尖发出剧烈的颤抖。“到底是怎么回事？你是不是又去偷偷摸摸的地下聚会了？你们到底在干吗？”

乐修平只好放下手里的手机，穿过厨房去安慰已经开始哭泣的苏茉。他敷衍地拍一拍对方的头，然后说：“你先坐下。”接着又好脾气地倒了一杯牛奶，送到她的手边，“你先冷静。”

“我很冷静！我不喝牛奶。”苏茉的声音因为哭泣而轻喘，“今天FBI的人来了。”

乐修平放下牛奶杯，然后长长吸了一口气。他的面上没有改色，但是起身拉起了餐桌后的窗帘。屋子里顿时暗了一度，外头路灯的影子在窗帘上印出一条整齐的横线。他将上衣夹克脱下来搭在椅子的背后，然后重新坐下，试图去拉妻子的一只手。

“FBI来了？他们来找你说了什么？”他的语气缓和，仿如在安慰一个孩童。

“今天FBI的两个探员上门来，说是调查社区失踪的老人。可我不是傻子！我知道FBI才不会特别上门来调查不相关的老人，他们想调查的人是你。他们想知道你的饮食起居，你的出入行动，甚至还在邻居家的四周都安了监控摄像头，天知道哪一个对准了咱们家的前门和后院。”妻子一口气说出心里的猜测话，接着又补上一句，“FBI 已经盯上你了。你到底干了什么，为什么不能让我知道？”

“亲爱的，”乐修平耐心而恳切地看着苏茉的眼睛，“他们是什么时候来的？几个人？他们都问了什么、说了什么，你能尽回忆的最大限度复述给我吗？”

“这重要吗？”

“这很重要。我必须知道 FBI 在干什么，对你、对我、对咱们家来说没有比这更重要的事了。”

“FBI 是今天下午，大约一点来的。他们按了门铃，两个人，穿着制服，见面就直接给我看了徽章和证件。其实我早就看到他们去邻居家了，那两个人应该是挨家挨户走的。他们进来之后我让他们去客厅，他们推辞就坐在厨房的吧台旁边。然后就说起附近有人走失的事情。”

“他们问了你什么问题？”

“问我见没见过形迹可疑的人，问我家里有没有老人，我说没有。他们又问我平时什么时候会出门，我工作不工作，还有你。问你是否有一个上下班时间规律的工作。”

乐修平这时陷入沉默。他盯着苏茉脚下浅灰色的地板好像在出神，接着忽然问道：“FBI 来的时候，坐在哪里？”

“厨房，吧台上。”

乐修平蓦然起身，走到吧台旁边，把上面摆的所有东西都拿下去，用手来回抚摸几遍干净的桌面，接着又蹲下身，仰头检查吧台的下面。他一手拿着手电，来来回回地用眼睛和触觉检查每一个角落，终于在吧台拐弯的一个缝隙处摸到一个小小的洞。

乐修平的手在吧台的拐弯处继续摸了片刻，接着转身拿了一支笔，在一张餐巾纸上写下——

把锯子给我。

“你要干什么……”苏茉的声音突然充满恐惧。

乐修平摇摇头让她不要再说话，用手又指了指写着字的餐巾纸。苏茉拿来了锯子。

乐修平蹲在吧台底下，仰着头从吧台的一条腿和台面的衔接处开始锯，锯了没两下，从里面掉出一个黄豆大小的银色颗粒。

苏茉惊呼一声。“这是什么？”

“窃听器。”乐修平用手电筒的背面砸向它，窃听器顿时被砸碎成几片。他站在原地观察窃听器的碎片片刻，接着将它们都放在一张面巾纸上，揉成一个纸团，走出后院扔进草坪之外的湖水中。

再回头走进门时，苏茉却站在门口堵住了他。

“你必须跟我说清楚，你到底在干什么？”她一只手封在门口，“我受不了了。你这么做，有想过我的处境，想过 Zack 以后的人生吗？”

乐修平蓦然站住了脚步。他背对着庭院，庭院之外是寂静无人的高尔夫球场和人工湖泊，头上一盏橘黄色的灯光，给苏茉的脸打上一层深重的阴影。她站在阴影里，倔强、坚持，充满了不见黄河不死心的气势。

他犹豫了。

“你别再哄我，我知道你骗人时的样子。我以前以为你在外面有别的女人，所以才鬼鬼祟祟，现在我倒希望这一切都只是因为一个女人。乐修平，你告诉我，你今天晚上去哪儿了？”

他尽力地深呼吸，然后开口说：“我在做一件很重要的事，连FBI也不知道。我只向一个人汇报。”但显然这并不能让他的妻子满意，乐修平连忙又接着说：“等这件事结束了，我就把前前后后发生的所有都原封不动地告诉你，全部告诉你，行吗？”

“不行，”苏茉毫不迟疑地拒绝，“这些许诺都是扯淡，你必须今天就说清楚，不然别想再进这个家门。”

“说到这个，我确实有一件事要和你说。”

“嗯？”

“我要出一趟差，今天晚上就走。”

“什么？！”

乐修平的左手捋过自己的西装夹克，然后系上前排的扣子。“确切地说，我现在就该出发了。不过我保证，这是最后一趟。”他的语气缓和却坚定，不同于纯粹的恳求，“我向你保证，最后一趟。”

苏茉站在后院的门口，被乐修平突如其来的一句话彻底打乱了阵脚。她近乎投降般放开了拦在他面前的胳膊，眼睛低垂，如同在找寻自己被折磨得几乎消失殆尽的耐心和信任。

“真的？”她的声音已泄露了软弱。

“我向你保证，最后一趟。等我回来，一切都会好起来的。你、我、你的生活，一切都会恢复原样，和过去一样。”

乐修平说完，自己闪身走进一楼的客厅。他走到餐桌旁拾起公文包，接着打开了灯。

“乐子扬！别躲在楼梯后头了。”他高声向客厅通往二楼的楼梯后面喊道。

肆

你不要动，不要开口，不要说话。……但你不用怕，你有我，知道吗？你和我，我们在这件事里是一起的。你不会死，我保证，你绝对、你不用害怕，我绝不可能让那件事发生。

——乐子扬

杜若秋回到波利斯的时候，北部边境的真主党武力反抗已经闹得声势浩大。一切都是从年初的波利斯示威游行开始，不对，也许更早，从默德扎曼宣布辞职，随后的大选变成内阁的小圈子选举，亲美的托登开始占据总统的位置开始。

在野的真主党虎视眈眈，可是它真能聚集起武装力量和政府军对着干，出乎了大部分人的意料。于是谣言和阴谋论四起，不一定有几分真，可是若说完全没有得到帮助，尤其是境外、周边，甚至来自更远地区的暗中帮忙，几乎毫无可能。

杜若秋走进会议室，匆匆走到最后一排坐下，黎盛德正在说话。

“美、法、英三国刚刚发出提议，在绿区举行圆桌停战会谈，邀请中俄两国，当然还有伊罗的代表，和平民主地解决北部的真主党暴动。会谈的日程他们提议了一个，包括武器禁运、情报支援、两党合作之类的，你们看看。”黎盛德说着，忽然抬起头往会议室的尽头一望，“杜若秋来了。不如我们先听听阿巴斯港的最新状况？”

杜若秋站起身来说：“阿巴斯港的项目彻底黄了。新上任的托登当局已经不打算渔港翻新，自贸区也不搞了。我去了说明会，几家准备投资的大公司该撤的都撤了，只有渔港翻新之前动土动了一个多星期，现在由一家伊罗公司在收尾和填埋。”

黎盛德点点头说：“啊。周楠，你再来说一说圆桌和谈的动议？”

周楠的话杜若秋没有听进去多少，她从会议室走出来，几个小时飞机的劳顿还令她的头隐隐发痛。她走进自己的办公室关上门，靠在办公桌边深深喘一口气，低头拿起手边的茶杯，里面空空如也。于是她将手里的文件放进抽屉，把百叶窗帘放下，然后转身出门向茶水间走去。

茶水间在二楼的楼梯对面，杜若秋走进去往咖啡机里塞了一个胶囊，在等咖啡机预热的空当走向饮水机，拿起一只纸杯，咕咚咕咚灌了几口冷水。茶水间的门口正好对着二楼的公共办公区，办公区里一个个灰色的隔间和以往并没有两样，只是里面坐着的人和位置跟她记忆里的有些出入。不过现在不是关心这些小事的时候，杜若秋低下头轻轻摇动杯子，看着最后剩下的几滴水正沿着杯底的缝隙一圈圈地流转，中心留下一个不规则的旋涡。

“停战会谈，估计又是你的事了。”

不知何时，沈威棣也来到茶水间。杜若秋听他突然开口，转过身撇撇嘴说：“黎公使已经定了？”

“没定，”沈威棣回答，“不过定不定，肯定也是派你去。你不会没猜到吧？你接触王青铜，早就得罪了黎盛德，他正千方百计要撵你走。他取消谈判组，把咱们几个人分成两拨，并到商务处和新闻处底下，也是一个意思。他在这儿，你干什么都干不成，那停战会谈磨磨蹭蹭，握手来握手去，一谈就是大半年，你还能干吗？”

杜若秋听着沈威棣的话，心中略微一颤。不是为他讲的内容，而是为他的直白。黎盛德处处提防她、把她边缘化，杜若秋当然知道是为什么，可是沈威棣这么直截了当地讲出来，让她瞬间心里松了一口气，那感觉像获得了同类和倾听者。

“你别觉得我是好人，”沈威棣一副不咸不淡的表情，他接着说，“我肯提醒你，不是别的，只因为我来波利斯不过是两年期的外调，明年我还接着回莫斯科去，黎盛德管不着我，我也不怕在这儿得罪人。其他人就不一样了，他们受黎盛德管，当然不敢帮你，这也是人之常情。”

“——不过你要是愿意，可以考虑调走。留在波利斯的路只会一天比一天窄，说不定等到明年……莫斯科是个大站，以你的资历过去，我觉得很可行。”

“我自己写报告说要去莫斯科？”杜若秋觉得这个提议简直是天方夜谭，“咱们又不是跨国公司。”

“当然不用，但莫斯科可以写报告申请要人，”沈威棣耸耸肩膀，斜过眼珠轻轻看了她一眼，“办法总是有的。”

沈威棣提出要帮她调去莫斯科，杜若秋有点诧异，有点感动。一直以来，她并不是那么喜欢沈威棣。她觉得他傲慢、轻浮、高人一等又爱说风凉话，可是而今淡淡地开口和她讲出最真的实话的人竟然也是他。人不可貌相，更不可以一日两日的短见而定论，杜若秋觉得不可思议又羞愧万分。

要调离波利斯、离开黎盛德的管辖，杜若秋知道沈威棣做得到。他再调回莫斯科，官职不一定比黎盛德小。莫斯科……会是一片自由的天地吗？她尚未熄灭的理想的焰火，是否更适合在冰天雪地的寒冷中发光？

她一瞬间有些动摇。可是接下来的一瞬，3 个月以来窄小囚室的那面灰色的高墙、高墙对面冷冷的铁窗，又回闪到她的眼前。杜若秋在波利斯还有自己未完成的任务，有尚未解开的谜团和不能磨灭的……所有一切。她人生的全部选项，早已限定在这座黄土漫天的城市。

她只能拒绝。“算了吧，我觉得波利斯挺好。谢谢你。”

数千年前在古巴比伦的埋葬，经过缓慢的时间、原子的变化，也许还有某种神奇而巧合的催化，让这座遗址在间断地释放着少量的 T 射线。单束 T 射线的维持时间大约有 90 秒，这和乐子扬近两次的旅行时间不谋而合。90 秒，他能做些什么？他能改变什么？

乐子扬深吸一口气。与以往颇为迷惘的试探心情不同，他这一次在大脑刮起神经风暴的瞬间不再颤抖，他下定决心不再只是旁敲侧击，不再犹豫着回旋，放下微不足道的担忧。

要面对无期的死亡和别离，要直视命运奋力一击。

况且，说实话，他确实想见她。

他确实想她。

深夜两点刚过，小半个世界都已陷入了深度睡眠。这是最好的时刻——最不容易引发怀疑的时刻。脑海里的风声骤作，乐子扬突然睁开眼睛，哗啦啦地目视着她的每一个生活片段，接着目光忽然聚焦定格，他下定决心的同时周身一震，好像自己的血液跟着神经风暴的飓风一起沸腾。

波利斯城北的紫玉公馆，傍晚六点一刻，杜若秋开进地下车库。她倒进车位，关闭引擎，然后推开车门走下驾驶座。她低头摸一摸钥匙和手机都带在身上了，张开左手的胳膊要去关门锁车，他忽然一步抢上，用手牢牢扶住了车门。

充满了惊异、恐惧、难以置信的目光从她瞪大的眼睛里投出，她的双唇微张，神情震惊而近乎呆滞，直愣愣地望着突然出现的乐子扬。

终于直视她的那一刻，乐子扬好像被一只无形的手用力一拧，绞得他的五脏生疼。这是现在的她……短短三个月后的她。她比以前更瘦，凸起的颧骨和刀锋般的肩膀线条生硬而凌厉，脚踝细得如同两根随时要折断的树枝。她的嘴唇和脸色一样苍白，只有眼眶发红，她不甘心地瞪大眼睛，眼底迅速涨起滢滢的潮水。

他不知道她承受了什么，其实却也心知肚明。他这时应该冲上去抱紧她，告诉她自己有多想她、多心疼，他应该24小时在她身边一刻都不离开，他想告诉她他所思所想所做的一切都是为了她，告诉她他至死都要保她周全，放弃世界都无所谓。

可是乐子扬张开嘴巴，他说："你不要动。"

"你不要动，不要开口，不要说话。"乐子扬急切地接着说，"是我，确实是我。别怀疑，但也别问我为什么，我也还没看透源空间的一切真相。可我是确确实实见到你了，我只有90秒。"

"——我是来告诉你，你赶快离开波利斯，不要坐飞机。千万不要，任何时候都不要坐飞机，明白吗？"

杜若秋愣愣地，但是十分听话地，真的一动没有动。她仍然扶着已经张开的车门，只是用难以置信的目光盯着乐子扬。她好像一尊木偶般注视着他的闯入，这让他难以确定她到底听没听进自己说的话。

"听着，我没有很多时间跟你解释，"乐子扬匆匆又走近，在离她只有一只胳膊的距离停下。他克制着想要伸手触碰她的渴望，再次开口，"但你不用怕，你有我，知道吗？你和我，我们在这件事里是一起的。你不会死，我保证，你绝对、你不用害怕，我绝不可能让那件事发生。

"但是我必须告诉你，这件事你必须听我的——不要坐飞机。永远不要再坐飞机，明白吗？"乐子扬反反复复地说，"答应我，不要坐飞机，行吗？"

脚腕一阵剧烈的痉挛，让杜若秋忽然惊醒过来。她按亮手机的屏幕，看时间是深夜两点零五分，然后双腿微曲，把头放在膝盖上，大脑一片混乱迷茫。

是梦吗？一个真切的梦，被她心底的渴望植入自己的生活场景里。她确实这么幻想过——杜若秋不止一次地在随机的时刻停下手里的动作、闭上眼睛，幻想下一秒钟乐子扬就会突然出现在自己眼前。

譬如她清晨拉开窗帘，就会见到他站在阳台的背影；譬如她迈进电梯，忽然发现他也站在电梯的一角；再譬如她每一次买完东西转身要走、每一次楼下街上汽车滴滴的笛声、跨进每一道门槛、每一次睁开眼睛……

世界仍是空空如也。

可是现在，他突然地降临——杜若秋努力地回想那一切，愈来愈明确地察觉那重逢不是发生在梦中，而是发生在记忆里。她记得刚刚过去的一天里发生的一切，下班、刷卡出门、轻微堵塞的I-13公路，还有回家路上收音机里播放的《契堡的雨伞》原声带。接着她开上哈什米街、左转开下地库，然后熄火起身的那一刻，乐子扬已兀立在面前。

这不是梦。乐子扬的出现与她记忆中其他一切的连接天衣无缝，甚至还包括他说着最后一句“时间到了，我要回去了”之后从她的视线里匆匆离开，自己是怎么锁车上楼，杜若秋一概记得清清楚楚。

那不是梦，可她的记忆又是真实的吗？杜若秋又陷入一重深深的怀疑。为什么乐子扬突然出现在自己面前，她却毫无波动、毫无反应？他叫她不要动，听他说，她就真的乖乖听话一动不动？她想了这么久、想到几乎崩溃几乎幻灭的时刻真的发生了，她却像一个不走心的看客，像一个灵魂并不在场的木偶？

不可能，绝对不可能。她幻想过的每一场重逢里，自己都不可能是一个定格不动的观众。杜若秋迷茫于自己错乱的记忆，转而再次仔细思考乐子扬和自己说的每一句话时，忽然如梦初醒般抬起了头。

最确切的描述，是乐子扬突如其来地空降到她的记忆中。那么最可能的解释，就是乐子扬修改了她的记忆。他说“我也还没看透源空间的一切真相”，就表示他确实了解了什么，他确实掌握了源空间的一部分，而正是那一部分让他通过某种方式修改了自己的记忆，在自己的记忆中和他相见。

这也许是唯一说得通的解释了。杜若秋想通的那一刻周身一震，一股悲伤、不解和愤怒涌上心头。他到底在哪儿？他为什么要这么做？这种趁她睡着时修改她记忆的把戏，到底是为了什么？他就不能一次把话说清，他就不能回到她身边亲口告诉她？

杜若秋想到这里，一骨碌翻身下床。她走到自己的写字台前从第二个抽屉里拿出一个黑色的硬皮笔记本，翻开第一页写上：2018 年 4 月 18 日，星期三。

她很久没有写日记了。那还是她上学时候的习惯，在每天结束前、夜深人静里思索一天里发生的点点滴滴，她的心情她的足迹，她的内省她的反思。现在，杜若秋又一次感受到了记日记的必要，她要在每一天保持清醒的时刻记下一天中的一切，乐子扬若再修改她的记忆，她立刻就能分辨得清清楚楚。

杜若秋写下 4 月 18 日的感受，合上笔记本之后还不放心。她略一思忖，重新翻开，将写好字的那一页撕下来，然后搬过自己梳妆台前的凳子，蹬上去，把一页日记折成几折，藏在空调机的背面。

藏好了今日的记录，卧室的挂钟显示才凌晨两点半，她还是要尝试继续去睡觉。可是睡眠难以主动光顾，杜若秋硬生生强迫自己躺在床上，却只听见心脏不可抑制的乱跳。她心中烦躁，索性起身下床，从卫生间镜子后面的小格子里拿出两三个药瓶，舍曲林、度洛西汀，还有一个是可待因还是什么别的来着，杜若秋不加分辨地通通倒出几粒按进嗓子里。

这些都是那个和蔼的波斯医生给她开的，杜若秋说不出它们到底管不管用。她没有心情记录自己的情绪变化，尤其是在这样动荡而孤独的时刻。

原来黑夜是如此悲哀的时刻。她以前只是觉得凄凉，此刻凄凉远远不能足够表达她的心情。她关上洗手间的灯，在大理石的水池台子面前站了一会儿，直到自己的瞳孔适应了昏暗的空间，她又能从镜子里看见自己的轮廓。

她的轮廓和周围的环境已经混得模糊不清，杜若秋意识到自己也许很快就会彻底融入黑夜的空气里。融入黑夜会是什么感觉呢？是轻松还是沉重，是窒息还是自由？

她闭上眼睛，站在洗手池旁边像是睡着了，然后摸黑穿过卧室，走向了厨房。厨房水池底下的橱柜门半边微张着，杜若秋蹲下身，从蜿蜒冰冷的管道后面拿出一瓶泰斯卡10年，这是能在波利斯的黑市上找到的，为数不多的真正的苏格兰威士忌。

她打开冰箱匆匆挖下两块冰扔进玻璃杯，接着倒了小半杯泰斯卡，端起杯子一饮而尽。强烈的烟熏和海水般的咸味席卷而来，火辣辣的感觉冲击着她的喉咙和血液，而她眼睛紧闭，感受那片刻的眩晕和解脱，然后又倒了半杯。

回到波利斯的一个月以来，唯有酒精能使她平静，唯有酒精能让她入睡。对于酒精的依赖已不知不觉地在她的生活里深深扎根，而她没有想摆脱这习惯的意图。杜若秋此刻一只手扶着厨房的大理石台面，另一只手在平底玻璃杯的棱角上摩挲，胸口随着呼吸轻轻起伏，然后嘴唇微微张开，两排牙齿不可抑制地发出颤抖。

“八十七年前，我们的先辈给这个大陆上带了一个新的共和国。”她开始低声地背诵，“她受孕于自由的理念，献身于一切人生来平等的理想……不是我们神化了这块土地，而是那些活着的、已经死去的、曾经在这里战斗过的英雄使得这块土地成为神圣之土。世人不会记住我们说过什么，却永远无法忘记英雄们的作为。”

自言自语是她在监狱的三个月里，养成的习惯。当每一次送餐的器具被取走，她就强迫自己在4平方米的窄小囚室里站起身来，一边活动身体一边背诵。有时是诗词，有时是演讲，有时是和想象中的对方辩论；有时用英语，有时用普通话，有时还用自己家乡的苏北话。她必须保持自己还能说话，她绝不能容忍自己丧失这种能力。

这个习惯在她被释放之后依旧神经质般跟随着杜若秋。她在公共场合必须尽力克制自己想要念诵什么的冲动，而紫玉公馆是她唯一不用伪装的出口。

此时，杜若秋的声音在深夜里逐渐升高。她半低着头，起伏的心绪、混乱的呼吸、开始剧烈颤抖的手腕和肩膀都不能阻止她，杜若秋用飞快而单调的声音继续念着：

再一次向缺口发起冲击吧，再一次！
或者就让敌人的尸体堆满整座城墙。
当战争的怒吼刮进我们的耳郭，
我们将如猛虎般热血激荡
……
我们将在法国战斗，在海洋上战斗，
我们要充满信心地在空中战斗，
我们要在海滩上战斗，在敌人的登陆地点战斗
在山区、在田野、在街头……

再次把酒杯清空的时候，杜若秋告诉自己，她没事，她还能坚持。她将杯中的冰块倒入洗手池，然后脱掉鞋子走进卧室。

从卧室的门口走到窗边是十二步，从窗边走回门口也是十二步。她虔诚地开始每天睡前必行的程序，第一个十二步的来回、第二个十二步的来回，然后是第三个、第四个、第五个。

走到第六个来回的时候她的身子一歪，差点要摔倒，

还好及时站稳了，杜若秋松了一口气，十二步依旧是十二步。

第七个十二步的来回，接着是第八个，然后就是第九个，也是最后一个来回了。

一、二、三……杜若秋低头数着自己的步子，九、十、十一、十二……十三。

不，不不不不不，她的大脑“嗡”的一声，好像在数到第十三步的那一瞬有什么轰然倒塌。秩序、理性，那亘古不变的十二步，是她在这个疯癫世界里最后一点可以信任和依赖的东西，是她毫无道理、不守规矩的无常人生里唯一客观的存在。

不，不不，明明是十二步！杜若秋霎时近乎崩溃地继续在卧室的门口和窗户之间焦灼地来回走着，可是步伐凌乱得已经数不清到底是第几步，更别说自己是走在哪里。

不、不、不、不……脑袋里一个声音开始大吼，杜若秋抱住自己的头，全身开始颤抖，不可抑制地大哭起来。

“明明是十二步、十二步、十二步……”她颤抖的嘴唇里飞快地一遍又一遍重复着，脚下的步子却无法阻止地越走越多，她紧绷的神经已经冲向了轨道的边缘，泪水和汗水一起在脸上疯狂地流淌。

“不对、不对……”她喃喃自语，转而看到自己的窗外不是波利斯的夜幕，却是一排粗壮的铁栏杆，紧密地排列在自己的窗口，高不见顶。

“不，让我出去！”

杜若秋突然失控，她拿起空调底下尚未放回原位的四脚凳子，疯狂地砸向窗口的玻璃。玻璃“喀”的一声被砸碎，伴随着玻璃碴陨落的声音，杜若秋再次大吼一声“让我出去”，不顾一切地冲向玻璃窗碎掉的窟窿。

“到底发生了什么？”

两个小时以后，终于有人匆匆出现在杜若秋的病房门口。她有气无力地睁开眼睛一看，是沈威棣，顿时有些难堪地别过脸去。

“全身尤其是四肢上，有一些玻璃划破的皮外伤，但因为一些玻璃碴体积过小，所以清理速度很慢。但总体创伤不至于太严重。”医生说着，将一支药膏放在杜若秋床边，“这是 Iamin 软膏，每天在伤口上涂两次，五天之内不要沾水，你可能连疤都不会留下。”

“另外病人血液内度洛西汀的含量超标，以及酒精含量……超过了正常范围的十倍。不过，值得庆幸的是脑部 CT 显示没有大脑受损的情况，所以应该是过量服用度洛西汀和酗酒引发了暂时性的幻觉。”

“等会儿，你到底干了什么？”沈威棣一脸茫然地站在病房门口，医生的几句话完全无法解释整件事的来龙去脉。他来到医院，是赵小姐给他打的电话。赵小姐是他的秘书，而今天晚上刚好轮到她在使馆值班。赵小姐凌晨 3 点多忽然接到医院的电话，问使馆是否有一个名叫杜若秋、住在紫玉公馆的员工，但她多了一个心眼没有按流程通知上级，而是直接给沈威棣打了电话。

沈威棣尽管对这通电话毫无头绪，却深知杜若秋在使馆的处境，于是让赵小姐那里按下暂不声张，决定自己先来医院看一眼。谁知到了医院才发现，杜若秋是……

“想跳楼吗？”他难以置信地问她。

“不是、不是，我没想死。”杜若秋躺在病床上，有气无力地回答，“至少目前还没有。”

“病人砸碎了自己位于11层卧室的玻璃窗，但幸好外围有公寓楼正在施工搭建的铁架，所以被挡住不至于坠落。”这时走过来一个年长些的医院人员，边说边示意沈威棣跟自己往病房外走，沈威棣跟着他，离开了杜若秋的病房。

“是紫玉公馆的邻居最先发现她的，然后通知了消防队和公馆的物业。”年长的医生继续说，“然而杜小姐没有登记紧急联系人，也没有登记工作单位，不过恰好紫玉公馆有人知道她貌似是中国使馆的，这才打了电话给你们。不过，最好还是要有紧急联系人，尤其对于不那么稳定的……人士来说。”

沈威棣点点头，转身回到病房问杜若秋：“你的紧急联系人是谁？”

杜若秋答说：“不知道。”

沈威棣又问：“那你有没有人要填上？”

杜若秋想了好一阵，然后摇头说：“没有。”

沈威棣无言。他沉默地立在医院的病房里，立在忙碌而中立的护士们中间，许久仿佛安慰似的说：“确实，我也没有。”转而他靠近了一点，低声再次问她：“你确定不去莫斯科？”

杜若秋望着医院的天花板回答：“相比跑去莫斯科，我更愿意把麻烦都留在这里。”

沈威棣听了，露出一种惋惜的表情，旋即又点头表示尊重她的意见。他拿出手机发了一通简讯，然后站起身来说：“我给赵小姐放两天假，让她来照顾你。”

塞日娅·哈桑傍晚回到家，转动钥匙的时候看见门上贴着一张便签。

不要惊慌，我没有恶意。我正坐在你客厅的沙发上。

停滞片刻，门锁还是“咔嗒”一声如约开了，塞日娅·哈桑推开自己的家门，斜对着客厅里的沙发。

沙发上的路白放松地把后背完全靠在靠背上，他将两只手都露在外面，然后友好地打了个招呼。“哈桑太太！打扰了。不过我真的是很着急见你，所以才顾不上那么多礼数，我真抱歉。”

“你——你是谁？”哈桑太太就站在自己的门厅，她没有再往里走，也没有完全将门关上。

“你放心，我是来帮你的，”路白从上衣口袋拿出一只黑色的徽章，“你暂且可以认为我是伊罗 CID 的人。”

“但你并不是。”哈桑太太走近了几步，小心地将自己的书包放在地上。她的膝盖微微弯曲，但是整个过程中双眼一刻也没有离开路白。

“不用紧张，”路白这时从沙发的靠背上立起上身，两只手理了理自己西装的前襟，露出一副公事公办的模样，“我只有几个问题想问您。您的任何回答都有可能帮助我们尽快找到失踪的哈桑先生。”

哈桑太太轻轻走上客厅的地毯，然后在离路白最远的一只单人沙发上坐下。她的膝盖紧紧并拢，双手不安地放在大腿上。“请问吧。”她说。

“首先是例行公事，我相信有很多人已经问过您很多次了，但我还是得再确认一遍——哈桑先生失踪之后，有任何人或组织联系过您吗？”

“没有，”塞日娅的头轻轻摇动，很快做出回答。“但是……您说失踪是什么意思？阿里不是失踪，是被劫持、被抢劫银行的那帮人劫持的，不是有目击证人都看见他们把他带走了吗？”

“是、是的，不过关于劫持……我们还不能过于草率地下定论。这也是我来找您的原因，您是和哈桑先生朝夕相处的人，也是最了解他的人。”

塞日娅一听，忽然转了神色。她的上身略微前倾，温顺低沉的嗓音变得尖锐起来，“您这话是什么意思？不是劫持还能是什么？难道你们怀疑我先生是劫匪的同伙，里应外合帮助他们打劫自己的分行？”

“不，没有这样的证据，我们不会随便做推断。但是我想您也听说了，在抢劫发生时银行的监控系统故障，导致现在的线索实在不多。所以我才来拜访您，如果我们能多了解哈桑先生，他的生活，他的习惯，他接触和结交的朋友，就更有利于我们缩小范围，尽早破案。”

塞日娅听着，一开始好像露出一种赞成的表情，接着又陷入了无措。她抬头看一眼路白，转而又瞧瞧自己的双手和左右，最后尴尬地微微抿嘴，说："我实在不知道该说什么，您……要不要问一些具体的问题？"

塞日娅的反问不温不火，路白知道自己棋逢对手。看来今天的谈话会很有趣呢。他稍稍转个身子，将一条腿搭在另一条腿上。"您先生在萨德亚银行供职的时间不短了吧？银行方面说已经有十二年，算是资历很深的老员工了。"

"到今年确实是第十二个年头。"塞日娅回答。

"哈桑先生在银行的具体职位是什么您知道吗？我想这么多年，肯定不会只是坐柜台吧？"

"每个银行职员都有理财顾问的身份，说白了就是卖产品，卖得好就能升职成理财经理，不用再每日坐柜台。不过这些年经济不景气，很少有能从柜台出来当经理的。"

"这么说，哈桑先生这十二年一直都在佐丹街上的分行上班？"

"是的，没错。"

路白听着，随手从沙发旁边的边几上拿起一个相框，里面是哈桑夫妇笑容满面的合影，相片里面的两人看着还很年轻，背景是沙滩和海岸线，明显是去国外旅行的纪念。除这一个相框以外，客厅里两夫妻的相片还有很多，茶几上、电视旁，甚至壁炉两侧，多得……有些刺目。

"恕我冒昧，您和哈桑先生之间的关系如何？"路白看着相片开口问道。

塞日娅皱皱眉头："我们是夫妻。怎么，这和阿里失踪的案子有什么关系吗？”

“没有。”路白放下相框时，正好斜眼看到对面的书房。书房的门半开着，他一眼看见里面架了一张单人床，皱巴巴的床单上扔着男士睡衣和袜子。

“你们结婚多年，没有小孩，对吧？”

“是的。没有。”塞日娅立刻回答，语气中的自我防卫忽地加重，但她迅速又放松了神情，重新靠在沙发上，“我们对小孩都没什么特殊的渴望。”

路白很仔细地听完，抬起头看着坐在对面的哈桑太太。阿里·哈桑今年三十五岁，塞日娅的年纪应该也差不多。不过她的样子至少年轻了五岁，精心修饰过的皮肤和头发散发着光泽和一种恰到好处的韵味，甚至……颇具魅力。她的左手戴着一只精巧细致的淡金色手表，除此以外素然无饰。

“在哈桑先生失踪之前，您是否发现任何异常？譬如电话、人，或者哈桑先生的情绪？”路白再次开口。

塞日娅十分认真地思考片刻，然后摇头。“没有，”她回答，“我想不出来什么异常。”

路白挑一挑眉毛。这时外面的天色已然暗了，塞日娅转头看一眼微微敞开的窗户和窗框边扎好的窗帘，向路白说：“天黑了，您介意我去拉上窗帘吗？”

路白于是站起身，系起自己的西装扣子，说道：“当然不，不过我也该走了。今天打扰您了，感谢您抽出时间。”

塞日娅忙说“不客气”，自己也随着路白走向门厅。路白穿过客厅，走到门口时站住脚，回头看着哈桑太太，“我最后再确认一遍，自始至终，不管是哈桑先生失踪之前还是失踪之后，您都没有发现一丝异常的情况？没有人联络到您，也没有人试图联络或者骚扰您？”

“没有。”塞日娅这时已经显得有些疲惫，她潦草而简短地回答完，没有再添其他的言语。

于是路白走出大门，礼貌地对哈桑太太点点头，然后斜过身子瞥一眼别墅的后院。“您有个很宽敞的后院，是您亲自在打理吗？”

塞日娅没有点头也没有摇头。她的眼睛也飘向自己的后院，回答说：“没怎么打理，只是时不时剪剪野草。我和我先生对于园艺都没什么热情。”

“打扰了，希望您和哈桑先生能早日团聚。”路白再次颔首道别，转身的时候目光再次锁定后院廊子的台阶。干净的、没有一片瓦砾的台阶。

路白走出哈桑家开上车，开始从今天的收获中整理思绪。塞日娅·哈桑至少说了三次谎……他仔细回想着他们之间的所有交谈，接着手机就响了。

“喂？”

“你猜怎么着，哈桑被释放了，”对面是姚 sir 气恼又难以置信的声音，“就刚刚，那个银行小职员被放出来了！”

伍

他不会回到你身边了，我跟你保证。

——夏丹妮

“感谢各位的通力支持与合作，感谢媒体朋友的持续关注，萨德亚银行一案的人质已得释放、赃款全部追回，今日正式结案。”

伊罗犯罪侦查部的二层小型会议室里，侦查科和证据科的两个科长做着简单的陈述。整个会议室里工作人员坐得密密麻麻，前后各摆了一排临时椅子，房间两侧还是站着许多人。前排的记者举着麦克风，后排的摄像扛着摄像机，路白来得还算早的，找到一个靠后的窗边位置坐下，然后把手伸进裤子的口袋，按下里面的录音笔。

“萨亚德银行第二支行的窗口职员阿里·哈桑于 4 月 15 日下午 5 点 45 分遭到闯入的两名劫匪劫持，随即劫匪登上一辆黑色 SUV 逃跑。阿里·哈桑已于昨天被释放，他最初被目击的地点是在佐丹街与奈因街的交叉口，也是第二支行所在的佐丹街的起点。当然，那里离第二支行还有 11 公里远。

“阿里·哈桑被发现时，身上背着黑色双肩书包，书包里正是4月15日被劫匪抢走的、价值约为50万美元的现金。目前现金已经通过鉴定返回萨亚德银行，阿里·哈桑也经过了与CID约两个小时的笔录，考虑到当事人疲惫的身体和精神状况，安排先回家休息。

“根据失踪职员阿里·哈桑的口述，他被劫持上车之后即被蒙上双眼，在车开了两三个小时之后被带下车、带入一栋房屋的一楼。他被解开面罩时发现自己身在一间厕所，可以从水龙头喝水，在被拘禁的三天里一共吃了两餐饭。

“囚禁期间，与哈桑接触的只有两个人，根据声音判断很可能就是两名劫匪。两名劫匪向他逼问了银行同事的个人信息、他本人的家庭住址、车牌号，还有他自己的职业经历。除此之外，劫匪没有向哈桑提出任何要求，没有索取赎金，也没有强迫他协助任何下一步的犯罪。

“两名劫匪目前仍然在逃。鉴于人质已经释放，对于两名劫匪的通缉和追捕已于今日正式移交波利斯市公安局。广大媒体和波利斯市民若有相关信息，请与公安局及时通报，不胜感激。当然，阿里·哈桑向劫匪透露的所有银行职员、他的亲人以及他本人，凡是在谈话中可能暴露信息的人，CID已经做出详细而周密的计划，保护他们的安全。警方也会提高警戒，防止这一抢劫案件的余波。

“今天的说明会就是这些内容。今天没有提问环节，说明会到此结束。”CID侦查科的科长说完站起身来，转而又俯下身子靠向桌面的话筒补上一句，“4月15日银行抢劫和劫持案已在CID结案，谢谢各位。”

不知道为什么，路白听见阿里·哈桑被释放的那一刻，就预感事件正在向自己最不愿看到的方向发展。还没弄清小职员被绑架的真正原因，也没查出监控系统莫名失灵的真相，这件事显然没完。

这事整个来龙去脉，都很不对劲。没法合理解释的疑点很多，唯有一点是路白心里清楚的：这件事没完，肯定还有后续，还有下一起事件，一环连着一环，说不定一环比一环严重。

电力、银行，都是在为之后更重大的什么动作铺路——再不查出真相、揪出主谋，就追不上对方的脚步了。

把自己放进对方的鞋子里……如果是我绑架了萨德亚银行的前台小职员，那一定是为了……

路白走出CID门口的时候脸色十分阴沉。

敌人在远方蠢蠢欲动，敌人也在近处窥视觊觎。敌人在空气里吹出惶恐的泡沫，在水中埋下锋利的银光。

米尔顿用手从自己的沙盘中捧起一捧蓝色的沙子，然后将它们推向沙盘的边缘，那里尚且荒芜未知。他推动沙子扩张着自己的版图，却不知不觉被一块锋利的沙砾割了手。他的手心猛地一紧，滴下一滴稀薄的、近乎透明的血液。

他将手紧紧攥成一个拳头，然后站起身，穿过内室，穿过外面的厅堂，穿过高大石柱撑起的围廊，俯瞰着围廊下的一片空地，呼吸了一口外面凛冽腥甜的空气。

“看！是保护者米尔顿！”空地上的一人高喊。

“嘘！别再说错了，是米尔顿王。”

“米尔顿王！米尔顿王！”空地上的人越聚越多，米尔顿扬起头，用挑战的目光凝视淡黄色的天空，接着又低下头俯视自己的人民。

“理想国不能停滞不前，不能归于安逸和虚无。”米尔顿洪亮的声音穿过狭小的广场，在密密麻麻的人群中扩散。他一边说一边向前跨一大步，威严如刚刚降落的神祇。“战争不可避免，可战争又未必是我们的灾难。我们会把战争变成敌人的灾难，把战场变成敌人的炼狱。”高大的神再次笃定地开口，人群一阵骚动。

“这个世界，原本就是一场永无休止的战争。战斗是生命永恒的主题，是理想国存在的意义。而现在，是你们和我一起实现价值的时候了。战争需要钱与粮，战争需要勇气和奉献。”

骚动的人群顿时安静，好像一瞬间被集体施了闭嘴的魔法。人群依旧拥挤，他们向四周你看看我，我看看你，用眼神交换着难以言说的内心的波澜，安静里夹着迷惘和犹豫，夹着退缩和不知所措。

米尔顿俯视着人群。“不是用你们的钱。是借。”他淡淡地补充说道，“以米尔顿的名义，以理想国的名义。”

“这主意可不怎么样。”身后一个声音响起，米尔顿怒而回头，却发现其他人似乎对这声音毫无反应。

“我是只说给你听的，你还不明白吗？”

米尔顿于是对那声音说道：“那你说说看，什么主意才是好主意？”

“以你的名义借钱，别人才不会借钱给你。借给你万一你不还，他们能有什么办法？你别忘了，在他们眼里，你仍然是个强盗。别人无法相信你会受他们的约束，才不肯借钱给你。”

“要是这样，还不如把他们都砍了，把粮和钱全归我。”米尔顿一阵不快。

“错误的答案。”对方的声音不卑不亢。

“那怎么才能让这群农民心甘情愿地出钱出力？”

“让自己被驯化，不再是一个强盗。”

“被谁驯化？”

“被理想国驯化，让理想国属于这广场上的每一个人。”

“让理想国属于他们？开玩笑。”米尔顿的声音不知不觉地升高，毫不客气地挥洒着不满和嘲笑，“我捕猎、巡逻，我是保护者、是理想国的王，这里每一寸天和地、地里的沙子、空中里的气味、海里的游鱼都是属于我的，怎么可能让他们和我一样，让他们分享我的王国？”

“不可能吗？凭你一个人抢劫、狩猎，根本不可能让理想国一直扩张下去。除非有人和你一起……有很多人和你一起。除非让他们成为理想国的公民。”米尔顿身后的声音一边说着，一边渐行渐远。直到那声音完全遁出了他听觉的边际，米尔顿重新感受到广场上拥挤的、看向他的目光。

米尔顿眯起眼睛，面对着声音消失的方向思考片刻，然后打了一个响指。

“好吧。不是以米尔顿的名义，是以理想国的名义。”

底下的人群依然噤声无措。

“从今年之后的每一年，你们从你们自己之中选出十个人来，和我一起管理理想国的粮食和钱。从此理想国是我的，也是你们的，你们借给理想国的钱，都可以让理想国还上。”

空地上的人群没有立刻做出反应，但是暗暗地，好像有一种轻微的骚动，在他们的呼吸中传递，在彼此交汇的眼神中跃跃欲试。

“我推举大湖。”人群中有一个声音冒出来。

周围人一阵肯定声。

“我推举井田。”

人群中的喧闹更响了些。米尔顿只身站在高大的宫殿前，从后背拔出乌木色的长枪。只有发动战争才能实现，他转身，目光伸向自己蓝色的沙盘，只有战争才能维持长久的生存。

米尔顿突然举起长枪猛地向空中掷去，一杆长枪穿破空气，划过压在低空的雾气和阴霾，掠过密密麻麻的头顶和惊呼，接着垂直下落，扎在广场的正中央。

战争的烟尘已经袭来，广场上的人群热烈激昂。“敌人就在前头，跟着我来！”他箭一般的眼神仿佛逾越了空间的限制，怒视着地平线外还尚未出现的土地和族群。“失败的后果不仅仅是死亡，更是永钉于世的耻辱。只要赢了，理想国就将跨越覆盖整个世界，而你们每个人，都是它的主人。”米尔顿穿越广场，来到人群的最前端，“不管你们是农民、是屠夫、是上山砍柴还是下海打鱼的最低微的种族，今天都将是伟大的一天。荣耀的机会已然降临，如果有谁渴望理想国的荣光、渴望胜利的呐喊，就和我一并冲上去，撕碎敌人的躯壳！”

“你别去。”他站在她和一架小型的民航客机之间，拦住她的去路。

杜若秋反而微微笑了。她好像对他的出现毫无困惑，对他的言语更没有惊讶，她只是平静地用目光越过他的身体，落在身后飞机的舷窗上。

“多好的天气。”她低声说着，乐子扬不知道是不是说给自己听。

“不行，你不能上飞机。跟我走、跟我走，好吗？”乐子扬急切地去拉她的手腕，然而杜若秋对于他的心情和举动似乎毫无感知。“我求你了，跟我走，让我带你去安全的地方，行吗？你就信我这一次。”

杜若秋露出一种近乎讽刺的微笑。“我得走了。”她说着，匆匆启动脚步，乐子扬连忙转身回头，旋转的片刻好像一阵大风从远处刮起，将眼前的一切化作碎片卷入空中，继而又好像自己变成了那狂呼的风，随着她的飞机一起升入高空。

“我解释不清楚，但我知道这是真的，我知道我看得没错，”乐子扬用拳头猛敲她的舷窗，“杜若秋！你听不听得见？杜若秋！”

她听得见吗？听得见又能怎么样呢？飞机的涡轮冲出巨大的气流，一股寒冷击中了他的神经。乐子扬不由自主地放开手，眼见着她的飞机钻入遥不可及的云端，而自己开始从空中坠落。

极速下坠的滋味可不好受。乐子扬的心脏跟着懊丧的心情一起承受着完全失重的压迫感，他面对她的死去几乎毫无办法。

单束T射线能给他的90秒根本不够用，那短暂的定向干扰也许能延迟王青铜的灭亡、能打断形迹可疑的路白，可是却不够救她的命。除非……除非能获得稳定的、持续的T粒子，人为地制造出T射线，让自己拥有无限的修改一切的能力……

乐子扬再睁开眼时，只觉右眼旁一阵火光。原来是立在一旁的烛台不知什么时候倒了，蜡油流淌出来，火势顺着蜡油的方向漫延，马上就要沾上自己的肩膀。

他连忙向后一蹿，抓起身旁一张铁制的四角桌向火上盖去，又拿起堆在墙脚的几块红砖拍向失去氧气的火苗。蜡油被完全覆盖，明火已迅速消灭，乐子扬这才走上去，将已经扑灭的烛台扶起来，然后低下头看着自己裸露的肩膀。

他的肩膀，火苗已无比接近，可至少现在看来安然无恙。没有疼痛的感觉，甚至连灼烧的热度都很轻微。乐子扬晃动脖子和肩膀，接着又用手摸摸后背，每一寸肌肤都毫发无伤，连一丝焦黑的痕迹也无。

要是自己离开的整个90秒都被火烧着，现在就不知道是什么样了，乐子扬看着烛台心想，至少这个烛台是个挺上道的烛台。

五月的第一个星期四，杜若秋走进日本使馆贵宾楼的玻璃大门。为了停战会谈的预备会议早已开始，从选址、财务、后勤到会谈的议题、日程、目标和透明度，六国的代表彼此已经消磨了大半个月。

而这次日本使馆主动拿出了自己贵宾楼的一整层，停战会谈的选址顺理成章地解决。停战会谈的官方名称被定为“波利斯六方和平圆桌会谈”，简称“波利斯圆桌”，而波利斯圆桌开启的第一日，便是招待会和记者开放日。

也是杜若秋第一次来到日本使馆贵宾楼。据说开放日一共发了两百多张记者卡，从一楼大堂到二楼的会议厅里熙熙攘攘，走廊和楼道间里也站满了正在打电话的新闻记者。

到了下午两点，六国的代表共同出席波利斯圆桌的启动仪式，其中代表中国使馆的当然是黎盛德。启动仪式上的官腔索然无味，杜若秋站在记者席旁边，一时无事，大脑有片刻的放空。她的目光在主席台前的几个大使和公使之间来回扫一遍，这时身后有两个记者小声议论说：“今天好像大头们都聚齐了。”她心中好像忽然听见一只铃铛一响。

记者会的现场人头攒动，于是杜若秋在人群中不动声色暗暗后退。她佯装看着手机快步离开召开记者会的礼堂，走到一楼大厅的时候忽然听见背后一个女人平静却充满力量的声音。

“杜若秋。”

她停下来，转身望向声音的来源。

一个长发的高个女人，精致的白色立领衬衫外加黑西装配黑色套裙，小麦色的肌肤和凹陷的眼窝，胸前挂着黄色的入场牌，那是发给媒体记者的颜色。

“你是哪家媒体的？”对方说了中文，杜若秋于是也用中文回答。

“CNN，”对方走上来，把自己的记者牌转到写着名字的那一面在杜若秋眼前一晃，然后伸出笔挺的手，“夏丹妮。”

“你好，”杜若秋也伸出右手与对方简短地相握，可是她此时不想在这里多待，连忙接着说，“我现在不接受采访，请你——”

她的话说到一半突然停了。这个自称夏丹妮的CNN记者在伸出右手的同时，也露出了白色衬衫袖口下的手腕。她的手腕上戴着一只黑色皮链的手表，硕大的银黑色表盘与女子纤细的手腕十分不相称。

Tockr 2017年的Radial C-47C男表，42毫米直径的表盘，设计灵感来源于 C-47运输机的径向引擎。

杜若秋当然认得这表。Tockr是位于美国得州的一名退役飞行员创立的品牌，设计灵感也都源于20世纪70年代的战斗机。她自从在网络上看到广告就喜欢不已，然后花了几个月的时间、费尽心思才终于托人将这只手表带入伊罗。这是杜若秋送给乐子扬的唯一一件礼物，在波利斯还有第二件的巧合，可能性太小了。

杜若秋的面色霎时变得僵硬。她用僵硬来掩饰自己情绪的起伏，但是夏丹妮似乎立刻就看穿了她。

“他不会回到你身边了，”夏丹妮凑近到她的耳朵旁边，让自己的声音如一缕棉絮从杜若秋的耳边划过，然后轻挑自己妩媚的眉毛，将自己的手从她冰凉的手掌里抽出，踩着高跟鞋转身离去。离去前还不忘轻轻地再补上一句，“我跟你保证。”

愤怒、不甘，还有被突然戳中心口的无力感，随着滚烫的血液同时冲上杜若秋的大脑。日本使馆里的空调开得很冷，杜若秋觉得自己的脚踝已经快要冻僵，炙热的愤怒遇上冰凉的空气，在自己的胸腔里像一只不停翻腾的麋鹿。

她是谁？她凭什么趾高气扬地出现在自己面前？她又凭什么这么说，还带着自己送给他的唯一的礼物？

杜若秋的下嘴唇又开始发抖。不止是嘴唇，她明显感到自己刚刚与夏丹妮相握的右手也在剧烈地发颤，可她没有多余的时间彷徨。杜若秋狠狠咬住嘴唇，拔腿就往贵宾楼的玻璃门口走去，好像一刻也受不了这里的空气。

走出玻璃门的那一刻，汗从她的额间、脖子和后背瞬间落下。她迅速地回望一眼那个名叫夏丹妮的女人消失的方位，然后强迫自己转身，攥紧拳头，冲出日本大使馆的铁栅栏门，拦住一辆经过的出租车。

出租车被她突然的拦截吓了一跳，杜若秋不容分说拉开门坐上车。

“一直往前开，就三分钟的路。”她说。

坐进车里，也许是与刚刚日本使馆的空气隔离，杜若秋终于开始尽力平稳自己的心绪。她要暂时离开那片冰凉的空气和那个可恶的夏丹妮，尽管她确定自己永远也不会忘记与她相见的那十秒钟。

你还有更紧急更重要的事，杜若秋。她奋力将指甲掐进小臂，提醒自己。

今天是周末，在使馆值班的正好是新来的前台布兰。

布兰看见杜若秋从自动玻璃门中走进，惊讶地问候说："若秋，你不是去停战会谈了吗？"

杜若秋边走向前台边翻着自己的手袋，"是，今天是记者会。我有一个夹子忘在办公室了，正好抽空来拿，不然明天还得早起先来这边。"

布兰再点头时，杜若秋已经走到前台边上。

"噫，我好像忘带工作卡了，"她再次摸一摸自己的衣服口袋，然后说，"能把备用的门禁卡借我一张吗？"

布兰说声"当然，你稍等"，接着转身向背后的一道门走去，杜若秋见她离开，立刻拿起放在前台桌面上布兰的透明卡套，从中抽出布兰的工作卡藏进袖子里，然后将透明卡套收进自己的手袋。

"喏，门禁卡。"布兰这时从后门走出来，拿着一张白色的卡片。

"多谢。"杜若秋接过门禁，在袖子中悄悄调换，刷卡进门。

她走上二楼，公共的办公区里清净异常。杜若秋环视一圈，蹑手蹑脚地正要穿过通道，忽然察觉其中一个办公室里还有人。

是商务处的周楠。

杜若秋思忖片刻，决定先往自己办公室的方向去。她的脚步缓慢，竖起耳朵关注着对面的动静，就在她快走到办公室门口的时候，忽然听见周楠的手机响起。

"对，我在办公室。就我一个。"她听见他说。

"好的，黎公。"她又听见。周楠只说了这两句话，就挂断了手机。不过就这两句话，也足以触动她敏感的神经。

她还没完全想好该怎么办，可是第六感告诉她，不能放弃这样的机会。于是杜若秋沿着墙根悄悄地向周楠的办公室接近，她的背一直紧贴着墙，确保自己的影子不会出现在对方的磨砂玻璃门上。

办公室里的周楠没有再接电话。杜若秋从磨砂玻璃门的缝隙中观察着对方，他好像在电脑上填写一些内容，接着二楼靠近茶水间的打印机忽然响了。周楠从电脑桌前站起身来，推开办公室的门，还未走出去又回头去拿起茶杯，向茶水间走去。

杜若秋躲在周楠门口的半封闭式的单人工位里，听着他的脚步，接着从工位隔间底下半米高的空隙里爬出来，迅速闪进周楠的办公室。

他的电脑屏幕没锁。

正在打印的是一些合同，好像上面写着向外国出口。杜若秋来不及多看，连忙拿出手机给每一页拍照，拍到第三张时被一行字攫住了目光——

FN 飞弩 -6 型单兵便携式防空导弹，300 发。

她正在拍照的手蓦然一震。

周楠走向茶水间给自己重新泡了一杯茶，然后来到打印室里取自己的文件。他把手伸向打印机第二层的出口，却只摸到薄薄的两三张纸。

果然，打印机的显示屏上蓝光一闪一闪，“该死，又卡纸了。”他念叨一声，掰开打印机侧面的门，把卡住的白纸用手扯出来。

打印机这才恢复工作。他在打印室里检查了每张文件，确定全数正确，接着路过茶水间拿起茶杯，哼着小调回到自己的办公室，关上磨砂门。他走到自己的书柜前，从里面藏着的一只保险箱里拿出两个圆形的章，分别盖在几份文件的末尾，然后从电脑上拔下U盘，和印章一起放回了保险箱。

杜若秋自始至终蜷在他门口的办公隔间里，直到周楠离开，她又等了半个小时才走下楼，经过前台的时候把临时的门禁卡还给布兰，接着蹲下身捡起一副工作卡套。

“这是不是你的？掉地上了。”

“啊没错，我正找它呢。原来是掉到前边去了。”毫无戒心的布兰接过自己的工作卡。

杜若秋冲布兰微微一笑，拎着手袋走出中国使馆的大门。她十分清楚地知道自己发现了什么，也十分清楚自己能推测出什么。周楠被黎盛德授意，经手出口的军火合同，一定另有目的。

那天杜若秋回到日本使馆时，记者会已经接近尾声。CNN记者夏丹妮没再出现，这让杜若秋对她的记者身份更加生疑。记者会之后的收尾拖拖拉拉，杜若秋始终在裤袋里捏着自己的手机，好像握着一把通向自由的钥匙。

到了晚上十点钟，她终于回到紫玉公馆。早上匆匆出门的时候忘了关灯，以至于杜若秋转钥匙开门一瞬间，好像澄亮的屋子里有人在等着自己。

“他不会回到你身边了。”

夏丹妮高傲而妩媚的声音又一次在她的耳边响起，杜若秋承认自己被深深刺痛了。最后一瓶泰斯卡已经见底，她拉开冰箱门，随意地给杯子里混上一点龙舌兰，然后不加鉴别地通通灌进喉咙。

辣。痛。她能清晰地感觉自己胃里翻江倒海般的绞痛，以及正变得模糊而失焦的视线。她的头又开始疼，但是每疼一下都十分清澈，好像能感觉自己根根分明的神经，可见酒精并未起到人们通常所说的麻醉作用。杜若秋下意识地皱眉，把玻璃杯摔进洗手池里，然后走向卧室里的写字台。

写字台旁边放着一个半米高的杂物箱，杜若秋自从将它们领回来之后还没动过。她并没有迫不及待地把他的所有物品翻个底朝天，像一个侦探那样从中寻找任何的蛛丝马迹，因为她不确定自己到底还想知道关于他的多少事情。

她不确定自己是否还想知道他的去向，不确定自己还能承受多少。

可是那个叫夏丹妮的记者、她的手表，还有那一句轻飘飘又恶狠狠的话，让杜若秋突然爆发出一股无名的愤怒。她用力向那杂物箱踢去，可怜的杂物箱摇晃两下向外躺倒，里面的东西哗啦啦滚落一地。

杜若秋赌气地踩着一地杂物往前走，却差点被什么东西绊倒。她低头一看，是一截黑色的线，于是她蹲下身把线从其他杂物之间拎起来，原来是一条充电线，而其中一端是连接车载充电器的接口。

车载充电器？

她登时一愣。从杂物箱里掉出来的有他的外套、他的墨镜、汽车的注册证明和保险，杜若秋索性将整个箱子倒过来，终于从中拣出一个黑色的方型设备。

乐子扬的行车记录仪。

杜若秋盯着纯黑色的行车记录仪静止片刻。不会有更糟糕的答案了，她告诉自己，然后深吸一口气，确定已做好了迎接真相的心理准备，然后一只手按下侧面的开关，从中取出了记忆卡，插入自己的电脑中。

电脑桌面上跳出新的未命名的硬件设备，杜若秋轻轻点击，打开记忆卡里的视频录像。看来他的行车记录仪会保存最近 36 小时的影像，她在一长串数字编号的文件名之中拖到最下，点开了最后一个视频文件。

2017 年 12 月 17 日。

他们最后相见的日子。

乐子扬独自将车从她家开出来，天色已经很暗。哈什米街的路灯已经打开，他在街角停车买了一罐咖啡。接着，乐子扬开上貌似是去往东边自己家的路，但是十分钟后忽然右转再右转，似乎是改变方向去了市中心。

杜若秋的心里已经升起了预感。

果然，他穿过热闹喧哗的巴扎路，绕过游客而重归寂静的新古列斯坦宫，然后驶过一片宁静的街心花园和一座停用的喷泉池。

视频影像的最右侧显示着此刻车辆的 GPS 定位。拜森街 36 号。

离花剑小剧场仅仅相隔一个街区的马路对面。

行车记录仪里照出车前方两道交叉的黄色警戒线，看来小剧场仍在戒严，这里应该是能开车到达的离剧场最近的地方。

然后就是长达十三分钟的凝固镜头。乐子扬的车没有熄火，所以行车记录仪一直保持着录影状态。可是记录下的影像却再也没有动过，它定格在漆黑的傍晚、远处街灯的模糊光圈和近处的黄色警戒线，记录仪只有影像没有声音，杜若秋一度怀疑机器是否出了故障。

可是她没有拖动播放器的进度条，哪怕是毫无内容的暗夜也不舍得快速跳过。杜若秋的后背僵直如石膏，甚至忘记了眨眼。她盯着一成不变的漆黑的拜森街，想象乐子扬到底在干什么。他在做什么准备，他是否又看见了谁，还是他在等待着什么，又或者谁在等待着他？

十三分钟零十秒之后，屏幕唰地黑了。行车记录仪里的最后一段影像，到此为止。

陆

除此之外，我还得告诉你一件事。阿巴斯港根本就没有油。

——格伦·班纳

再见到米尔顿时，他黑色的披风神秘而宽大，十个指尖散发出幽幽的光泽。

“祝贺你。”

“这是你和我共同的成就。”米尔顿说着，来到自己卧室的蓝色转盘跟前。转盘比上一次更加繁复而广阔，米尔顿伸出一根指头在转盘的右上角划出一条蜿蜒的曲线，转盘上的细沙向两边滑行，中间留下一个深邃的印迹、一条悠远而狭窄的路。

蓝色沙盘的中央，依旧立着水晶般透明的立柱。沉重的气体在其中聚集，米尔顿满怀信念地盯着水晶立柱的中央，几束火花接连爆发，伴随着一串嘶啦啦的声响。米尔顿冲上前去伸出右手握住水晶立柱，那里面好像有一团炙热的气体正被点燃，又像睡眠中的分子被惊醒，躁动的空气注满了他手中的权杖。

“这只是个开始。”米尔顿低声说着，后退两步回到自己的椅子上坐下，然后点起一支烟。烟头没有火光，他轻柔而缓慢地吸了一口，接着嘴里散出极其微弱的薄雾。薄雾在空气中飘飘荡荡，将散未散时飘向他的沙盘。蓝色的沙砾覆满了沙盘，其中几粒沙好像被烟头散出的薄雾轻微地搅动，却又看不出什么明显的不同。

“内阁首席还在外头等您呢。”这时一个小孩跑进来，仰着脸对米尔顿说道。

米尔顿厌烦地皱一皱眉头。“首席已经……等了您好几天了。”小孩又汇报说，“我要让他继续等着吗？”

“不用，我这就去见他。”米尔顿语气轻松地回答，然后抚了抚来报告的小孩的头顶。“你先回家吧，小男孩。今天的工作已经结束了。”

小男孩领了米尔顿的话，高兴地奔跑着离开了他的宫殿。米尔顿暂时熄灭了烟头，然后走出内室，而他的内阁首席就站在宽阔厅堂的正中央。

“发生什么了？”米尔顿问。

“一个星期之前，易疆的粮仓被抢，里面的700斤麦谷被洗劫一空。两天前，南都的理想执行官莫名失踪。昨天，就在理想国的中央城，金库被盗窃，40斤黄铜不翼而飞。除此之外，上个月计划运到北边筑城墙的十万斤土石，过了萤水之后就停住了，没有再往北走。内阁今日收到报告，说十万斤土石现在已经少了两万斤，还有原本随行的三百工人也都被转移走了。”内阁首席的声音洪亮，口齿清楚。他将最近理想国内发生的事件如数家珍，边说边挑起眼皮望着米尔顿，似乎含着一种轻微的问责的语气。

米尔顿张开口试图要回应，却有些迟疑和停顿，但内阁首席的话还没说完。“另外，”他又说，“内阁经过慎重的讨论，决定不再发动新的战争。希望您把转移的三百个工人还回来，他们不是士兵。”

米尔顿听完了内阁首席的话，此时却不着急回答了。他的目光十分灵活地在暗色的大厅里游走，右手的几个手指的指尖搭在一起，来回地相互摩擦，然后眼神定格在内阁首席细长的脖子上，点燃了一支烟。

“这就是内阁的意见，是吗？反对我的意见？”

“反对……也可以这么说。也可以说是内阁没有通过您的提议。”

米尔顿玩味地听着“没有通过”这句话的含义，似乎对此产生了极大的兴趣。他端正身子，似乎兴趣又转移到面前的内阁首席本人身上，将他从头到脚打量一番。

“你的名字叫大湖，对吗？”

“是的。我出生在盐湖的湖边，也在湖岸上长大。因此大湖就成了我的名字。”

“你就是他们第一个推举来管理理想国的人，对吗？”

“我想……是的。我受到如此的信任，心中当然忐忑不安，我想我得对得起举荐我的那么多人。”

“是啊，从盐湖的湖岸边一直来到米尔顿王的厅堂，了不起，了不起的成就。”米尔顿微笑中露出几颗牙齿，同时双手鼓了几声掌，尽管那缓慢的鼓掌节奏更像是在为自己的发言打节拍。

“这并不重要……”内阁首席刚开口接话，米尔顿忽然停下了鼓掌，接着竖起一根食指阻止了对方。

他的另一只手中，两个指头夹着香烟。“未来是早已决定了的，你要知道。”米尔顿缓慢地开口。

烟头依旧没有火光。

内阁首席不知道米尔顿在干吗，只是好奇而略微惊恐地看着。米尔顿轻轻吸了一口烟，再次张开嘴的时候让烟雾散出。可是此时他口中的烟却仿佛越吐越多，那灰色的雾气疯狂地滋长蔓延，内阁首席倒吸一口冷气，还没来得及出声，灰烟已迫在眉睫，包围了他惊恐的双眼。

内阁首席的表情定格在雾蒙蒙的一瞬间。烟雾好像一个悄无声息的鬼魂，将他的周身完全包围，同时渐渐从内里发出轻微的爆炸，如同许多颗透明的肥皂泡在空气中接连崩裂。

“砰，砰砰”，轻快的崩裂声并没有持续太久。浓烈的灰烟开始向四周扩散，而当它们散尽之后，中心已是一片空白。整间屋子里除了米尔顿，已经空无一人。

“我一直都认为成立内阁是一个错误，却没有找到修正错误的方法。现在我才明白，这不是一个错误，而是一个悖论。”米尔顿这时开口说。

“悖论？”

“反对米尔顿，这件事本身就是一个悖论。是不可能的。”

“可那明明已经发生了，我提醒你……”

“不，当一个人开始反对我的时候，他就已经不再存在。一个不再存在的人，又如何能反对呢？这难道不是自相矛盾的一件事？”

“是你这么做的……你铲除反对的方式，就是将人蒸发？”

“就像这样，一个人，没有任何原因、不需要任何动作，就能凭空蒸发在无处不在的空气里，抹去一切符号、记忆和印记，就好像他从未存在过的那样。而所有这一切，只需要烟气中的一粒尘埃。这种力量的神奇，不值得人惊叹吗？”米尔顿看看自己手中抽了一半的烟，兀自仰头轻吐一口空气。

“用一粒尘埃，就能蒸发一个人？”

“错。一粒尘埃，只能蒸发一粒尘埃。可是他身体里缺少了一粒沙子，就那么最小最小的一粒，”米尔顿眯着眼，用右手的拇指和食指比画着小得不能再小的距离，“他失去的不仅是一粒尘埃，还有尘埃的过去、现在、未来，它在时间和空间曲线上的所有痕迹。能满足这个条件的，就只有他整个人的蒸发。只有完整的蒸发才能阻止悖论。”

“——而众所周知，上帝要维护的唯一真理，就是阻止悖论。”米尔顿说完，满意地挑了挑眉毛，仿佛在解释自己最得意的一件艺术品。

“你蒸发了内阁，便是这个世界里真正的王。米尔顿，你总算满足了。”

“满足，我可没说满足，”米尔顿以十分认真的神情回答，“蒸发一个人、两个人可没有什么了不起的。”

“可你还能蒸发整个广场，甚至整个世界。”

“不不，你想错了，”米尔顿的脸上露出一丝失落，“怎么连你也不理解我了？”

“确实，就连我也想不通你了。”

“蒸发一个人、一群人，还是所有人，都没什么区别，都远远不够。”米尔顿此时踱步走回自己的卧室，把屋里的灯光减到最弱，只留下那只蓝色的圆形沙盘，水晶般的沙砾在黯淡的空气里发出深沉的光泽。米尔顿用一种近乎悲哀的神色凝视着沙盘，他的目光仿佛一束激光，在聚焦的终点点燃一股盘旋而上的火焰。

“只是蒸发人，是远远不够的。理想国需要蒸发的，还有人的思想。只有这样才能彻底清除理想国里窝藏的败类、渣滓，只有这样才能获得整个时空里最纯粹的、最洁净的、最高尚的东西，那就是理想。”

“真正的理想，是一丝杂质也容不得的。”

他的眼睛对上米尔顿坚决而冷淡的目光，乐子扬忽然发觉这是他第一次与米尔顿对视。在梦境的世界里，他一直是一个隐身的人，在那片虚无的土地上自由地穿梭移动，在随机的角度观察米尔顿的一举一动。

米尔顿的行动做派，都跟自己有几分像。他行动的步调、他杀人的拳法，甚至于说话和呼吸的样子，乐子扬不是没有注意到。但他想米尔顿毕竟是自己梦中的存在，自己用大脑在潜意识里勾勒出的这个人，一举一动里带着自己的影子，这很合理。

可是米尔顿正以惊人的速度成长变化。再一次梦到他时，他已发明了“蒸发”。这是乐子扬刚刚想明白，甚至在这场梦之前还没想明白的事，利用两个量子最本质上的纠缠，就可以让任何一个遥不可及的东西在任意的时刻里凭空消失。

可这不是他自己想出来的，是米尔顿先想出来的。

而且消失的不仅是某一时刻的物体，还有它的历史、它全部的存在的痕迹。量子纠缠可以跨越无限的空间，也可以跨越时间，以此时召唤彼时，以此处消灭彼处。他曾发现了T射线，以为自己是唯一一个打开新世界之门的人，可米尔顿立刻也察觉了出来，甚至比他自己还更娴熟更轻巧，他不费吹灰之力就瓦解了源空间里洞彻一切的聚焦镜头，玩弄着别人生命里无迹可寻的风筝线。

乐子扬从心底升起一种警惕。米尔顿是否真的只存在于自己的梦境？抑或是，梦境又是否只存在于自己的脑海？

难不成，乐子扬以为自己在创造，事实却是在观摩。可他在梦里看见的那个世界，到底在哪儿？米尔顿又是谁？他到底想干什么？

乐子扬无法避免地感到，米尔顿和整个梦中的世界，正在渐渐超出自己的控制。他第一次对这个有着红色河流和蓝色阳光的世界升起一丝害怕的情绪：万一这一切不是梦呢？万一他的梦境也是T射线通向的某个新的时空，万一……

米尔顿是源空间投影的另一个能级态，理想国就是某个崭新的平行时空？

“你真觉得原因出在国家电网的内部？”徐燕子跟着路白一起来到国家电网总部，把车开进地下停车场时，还是觉得难以置信。

“现在没有找到劫持发生时为什么会同时停电的解释，质疑国家电网看起来再不靠谱，也是我们最好的选项了。”路白回答。

“说的也是。”徐燕子给车熄了火，“一会儿我们就大摇大摆走进去？”

“当然，”路白从上衣口袋里拿出两张工作牌，“我们是十二楼法律事务部的桑托斯组长的手下。”

“不会吧，”徐燕子惊奇地看看自己的证件，“这我们也能搞出来？”

“当然不能。”路白将自己手腕内侧稍微露出，里面夹着一张无字的磁片，徐燕子顿时恍然大悟。“门口的保安不可能记得住这里的每一个人。”他接着说，然后把证件挂在自己的脖子上，开门下车。

“走侧门。侧门只有一个刷卡的进出口。”路白在徐燕子身边低声嘱咐。

“明白。”

果然，到了门禁入口，路白将自己胸前的工作卡往机器上一贴，机器却亮起一排红灯。

“发生未知的错误，请稍后再试。”

站岗的保安这时走上来，路白又重演了一次错误，接着回头看了一眼徐燕子，嘴里说声：“奇怪了，要不你试一下？”

徐燕子依言走上来，故伎重演，然后抬头看着保安。

“要不然请你们走正门吧。”年轻的保安小哥说。

“正门得绕多大一圈呢，法律部的桑托斯组长还等着我们开会，还有一分钟开会——”

保安小哥一听，用自己的钥匙拧开门禁旁边的一扇栅栏，示意两人说：“那走这儿吧。”

路白对小哥表示了感谢，徐燕子则感谢之余不忘叮嘱小哥：“你们的门禁总是出问题，要及时排查及时修呀，不然明天早上又得堵一堆人。”

“质量管理在12楼。”徐燕子走上电梯时轻声说。电梯门快要关上的时候外头又匆匆走来一个人，路白用手拦住正在关闭的电梯门，让对方上来。

新进来的人扭头看一眼12层的按钮已经亮起，于是退回电梯的一角，垂下两只手静静等待。

徐燕子用目光瞥向那个人，等电梯走到差不多七八层楼的时候，小声说：“你的手表现在几点了？”

对方猛然抬头，然后谨慎地回答：“我的手表刚好停了，一直是三点五十。”

徐燕子露出一丝微笑。“竟然在电梯上就碰见你了。你好，TJ。”

对方紧绷的表情也顿时缓和。“你好，”他几乎不动嘴唇地说，“一会儿跟着我走就可以。”

话音落下，电梯正好到达12楼。TJ率先走出电梯，穿过一条一边是玻璃一边是墙的走廊，拐一个弯，来到一片密密麻麻的机房似的大屋子，中间用灰色的板子隔出几块大隔间。

TJ快步走进一个隔间，里面有一台颇为陈旧的电脑和新旧不一的几台显示器。“我把你们给我的时间段内的监控信息都复制到这里了，”TJ 启动电脑，输入自己的员工号和密码，“波利斯金融二区的全部输电线电压记录，还有佐丹街 102 号的监控电路。你们可以扫一遍，但是我没发现有任何异常。”

“萨德亚第二支行的电路信息也在这里？”路白问。

“当然在。他们属于佐丹街五区，”TJ 将显示屏里的一部分数据圈出来，“供电没有任何异常，更不可能有长达两三分钟的中断。”

“确实，根据目击者说的，劫匪闯进银行时，大堂的灯还是亮着的，电脑、ATM 这些设备也没有全部中断。”徐燕子边思考边说，“你这里能精确到银行的单个用电设备吗？我们想看的是银行的电子监控设备。”

TJ 摇头。他在电脑上又点开几组记录，然后回答说：“从我这里只能看出银行有三条线，一条供应外部，譬如灯光、插座，一条供应内部，譬如空调、安保系统。电子监控应该属于第二条。第三条是银行自己的紧急备用发电机。”

“所以监控系统断电之后，紧急备用发电机也没有启动？”徐燕子问。

“我这里还真看不出来监控系统到底有没有断电。供电电压是正常的，如果有一个设备 down 了，从我们这端不一定看得出来。”

“也就是说，监控设备停掉，不是供电系统的问题？”路白试图总结。

TJ 犹豫半晌，接着似乎颇有保留地点头。“是的。”他缓慢地说，路白和徐燕子也耐心地等待他思考。

“但我觉得还有一种可能，”TJ果然还有别的想法，他接着说，“银行的监控系统可能用了POE，以太网供电，就是利用为终端传输数据信号的连线，同时也给终端提供直流电。但是POE能提供的电压最多不超过60伏，有一些网络摄像机会用POE，我本想银行那么大的系统，应该带不动。”

“但是？”

“但是如果非要用，那么可能是监控系统里的一部分环节用了以太网供电，譬如终端摄像机，或者图像捕捉、数据处理。但是根据你们的描述，整个监控系统完全瘫痪，那么仅仅是终端没电就不太可能，应该是某个数据或者通信的连接口断电。具体监控系统的内部结构我也不是很懂，但是能做到那件事的人，肯定是专家无疑。”

路白和徐燕子顿时听懂了他的话，但是听懂了不代表掌握了证据，也不代表已经知道下一步该怎么办。

“很抱歉不能给你们提供更多的线索。”TJ最后露出一点歉意。

“哪里，你已经做得足够多了。”路白和他短暂地握一下手。

“要我送你们出去吗？”

“不必了，我们自己走就可以。”

“那好，那我就继续待在这儿，不送你们了。”

“没错。再会。”徐燕子最后也和TJ握了握手，和路白一前一后走出机房的隔间，走向电梯。

徐燕子按了下行键，然后抬头仰望着电梯门顶上正在靠近12楼的数字，把手插进自己的裤袋里。裤袋里的手机忽然发出两声震动。

“哇，老大。”徐燕子在国家电网总部大楼的电梯里忍不住轻声惊呼，然后把手机递给路白。

一段黑乎乎的视频记录。

“这乌漆抹黑的什么？”路白才看了第一眼。

“这是15号那天下午对面街上一家杂货店的监控录像！”徐燕子说，“侯博士刚刚传给我的。那模模糊糊的人影，从车上跳下来冲进银行的玻璃门，下午5点45分，对不对？”

路白和徐燕子此时已坐进车里，小小的手机屏幕摆在他们两人之间，徐燕子反复播放着四秒钟左右的录像，两个人都小心翼翼地保持着沉默。

昏暗的镜头下，一个闪电般的人影从车上跳下，那跳车的动作、奔跑的姿势、他的速度、弹跳，还有灵活的四肢和迈开的阔步，怎么看怎么觉得莫名眼熟。

“早啊，今天貌似就咱们俩。”文斯一早来到工地，看见和自己搭班的格伦·班纳已经换好了全套装备，正在往自己的连体工作服上串绳子。

“是啊，今天应该是最后一天下井了，”格伦回答，“就差三个取样的活，咱们就算完工。我行李都打包完了，今天经理签了字，晚上就走。”

“嗬，这么急啊，难不成你老婆生孩子？”

格伦撇嘴摇头，同时用一种谨慎而充满距离感的神色环视阿巴斯湾的景色，“那倒不是。我就是不想待在这儿，多待一秒都不想。这块地总让人觉得瘆得慌。”

“你说是有人瞬间消失又重新出现的传闻？”文斯此时也穿好了下井的工作服，他扣上安全帽的带子，然后也给自己绑上绳子，“你说真有这回事吗？”

“不好说，”格伦率先往井下去，一旦进入井中，他的声音立刻变了一种音调。他仰着头抬高声音说，“我没亲眼看见，不过要是没有这事，也犯不着空穴来风吧？”

“可是说不通啊，”文斯也一点一点将自己往井下放着，“全世界那么多石油矿井，那么多人在勘探，人不可能凭空消失的。是不是监控设备坏了？”

已经深入井下的格伦拿出测量和采样工具开始工作，他等文斯也来到井下，朝对方谨慎地摇摇头。格伦比文斯来到阿巴斯湾早了几个月，知道的自然多些。文斯初来时，第一天下井就是和格伦搭档，然而每个人的工作日程不同，两人连月以来总共也没见到几次面，文斯不知道他的消息从何而来。

不只是格伦，阿巴斯港似乎有一种孤独的魔咒，文斯来了一个多月，几乎连话都很少说。搭档的工人变来变去，宿舍区分落几处，许多人和他一块下了一次井，后来就再也没见着过。

“除此之外，我还得告诉你一件事，”格伦的声音隔着井下稀薄的空气，听起来好像在空中荡来荡去。荡到文斯的耳边却沉了几度，格伦神秘兮兮地说道，“阿巴斯港根本就没有油。”

“什么意思？！”

“阿巴斯港根本就没有油，”格伦重复了一遍自己说的话，用眼神指一指左右，“你在这里看见抽油机或者石油钻井了吗？”

没有。

“那我们在干吗？”文斯自然而然地发问，格伦却没有回答。他低下身子继续工作、取样，留下文斯一个人面对自己的井下回音。

也许格伦说的是对的，文斯这时想，确实不该在阿巴斯港再多待下去，昨天晚上就该把行李打包。

这样的念头一旦升起，文斯的心情就再也难以重新平静。他只觉得自己的心脏跳得怦怦响，第一次体会到针扎一般的头皮发麻。

“好了，都齐了！”

幸好格伦的声音再次传来，文斯如获至宝，他迫切地伸过头去核验，然后潦草地回说：“没问题，没问题。”

“走吧。”格伦冲文斯示意，离通道更近的文斯先把自己一点点往上拉。他的手很用力，头顶已经照过井口的天光，文斯稍微轻出一口气，在裤子上擦一擦手心的汗。他抬起头仰望着愈来愈亮的光的方向，胸腔里憋住一口气，就等自己的头顶冒出井口的一刻。

然而井口还未到，率先映入眼睛的，却是另一张面孔。

一张立体的、棱角分明的、有深邃眼眶和高挑眉毛的脸。文斯同时停下了手和脚。手、脚、眼睛，还有四肢的全部血液凝固般。

“我是施娅。你们得跟我来一趟。”

文斯的瞳孔在震惊和恐惧中急剧收缩。“什么意思？现在？”

“不，不是现在，”施娅露出神秘而清澈的微笑，“是七天以前。”

柒

五月里一个祥和的星期二，清晨6点半，布什娅从二楼的卧室走下楼，为一楼的零售店开门做起准备。今天她起得晚了些，估计要错过一些买早点的上班族。布什娅简单地清扫了地面和柜台，然后打开顶灯，掀起店口的卷门。

明亮的阳光顿时充斥了整间小店，空气里的尘埃在阳光中漫无目的地漂浮，布什娅将OPEN的牌子挂在玻璃门上，然后好像听到一点“嘶嘶”的动静。

估计又是冰柜的电线接触不良了。布什娅用袖子抹了抹玻璃门把手上的油渍，然后去到冰柜后面俯下身想看看电线的接口，忽然不远刺啦啦地响了几下，接着是“砰砰”两声火花的爆裂，半边店铺瞬间都灭了灯。

布什娅心内忽地紧张起来。她急忙起身，只听门外一声尖锐的刹车，接着是几辆汽车纷纷相撞，她探出头来，亲眼看着一辆卡车为了躲避连环追尾紧急变道，冲上人行道，撞飞一个行人之后冲进了与她相邻的店铺。

汽笛声、惨叫声、玻璃被撞碎、广告牌跌落的各种声响此起彼伏，布什娅店里嘶嘶啦啦的电线火花还在响，她突然心中一惊，拔腿往二楼奔去，那里还有她尚未起床的一对儿女。

“哈利！夏莎！”她大声疾呼，冲进卧室把四岁的小儿子从床上揽下来，又去叫七岁的女儿。

“什么嘛，让我多睡一会儿……”哈利不满地向母亲嘟囔，就在那时，一楼的某个角落里一根老化而短路的电线已经燃起了火苗，恰好一辆摩托车从零售店的门前驶过，掉落一个黑色的包裹，然后在人群的喧嚣中神不知鬼不觉地离去。

火苗沿着电线一路烧向门外，布什娅搂着一双儿女正奔到楼梯口，火势已阻断了他们的去路。她只好搂住自己的孩子们再转身往后跑，而零售店门口被溅上火星的一刹那，“嘭”一声爆炸了。

火光和浓烟向四方炸开，五层楼高的滚滚烈火和浓烟瞬间吞噬了零售店和周围的一切。远处有警笛声由远及近，而佐丹街上的司机纷纷弃车，行人四散奔逃。

第七案

荒　原

最初是一个秘密
秘密后面跟着猜想和谎言
阴云在低空覆盖
旷野上的蚂蚁和人群
人群最后是黑色的影子
他赤着脚
穿过四月的荒原

壹

我确实在乎你。我不知道该怎么办。

——乐子扬

When we get to Guam, you can go solo.

这是那本黑色封面的日记本扉页上的话。2012年的盛夏，杜若秋在航行的第一天将麦船长的这句话写在本子的第一页上。那时候，刚满十九岁的她十分喜欢那种充满希望的、每一天都在期待明天的心情。

“到了关岛，你们就能单独出航了，作为这一趟航程的奖励。”太平洋上的第十三天，北极光号的船长、维克多·H.麦站在左船舷上，再次说出这句每天重复的话。他说完十分调皮地眨一眨眼，然后抬高声音接着道，“不过今天就是到关岛的那天了！西北方向，两三个小时就能看见关岛了。现在，今天该是谁在中央板？是谁在掌舵？加把劲，小伙子们。”

“——小伙子和姑娘们。”杜若秋低声嘟囔一句，扬起脸让视线顺着缭绳爬上桅杆。10节风的海面风平浪静，桅杆顶上的风向针显示迎面60度的前舷侧风，乐子扬和与他同年级的约书亚正在升前帆。

大学二年级的夏天，她最珍贵的、不能失去的回忆。

“两三年之后，你们一个个都会穿上华而不实的昂贵西装，到华尔街上班，租着俯瞰城市的公寓，拿着六位数的薪水。但是，如果华尔街进展不顺，你们几个人知道自己还有另外一个选择——至少你们现在都是合格的船员了。恭喜你们！我的小伙子——和姑娘们。”维克多·H. 麦站在船头，杜若秋正帮忙折起已经降落的主帆，把它最后一次捆在横杆上。阿普拉港口内的水色青绿，码头上停着不下二十几只私人游艇和帆船，以及因为经年的海水冲刷而异常锋利的礁石，岛上则是大片大片浓郁的绿色，在绿丛中掩着几处矮矮的白色房子。

“往右前方就是关岛海军基地——看，USS Frank Cable 就在那儿！”麦船长用手指向不远处，船上的学生们一个个顺着方向眺望。

“USS Frank Cable 是美军的三艘洛杉矶级潜艇母舰之一，就驻扎在关岛海军基地，”麦船长接着说，“看看这大宝贝儿——特遣部队 75 的总部也在这儿，我们在关岛停留三天，我记得应该是明天安排了参观。现在，谁迫不及待要上岸了？”

“您说过，到了关岛，我们可以用小帆船单独出航？”三年级的伊恩下船时问。

麦船长指一指停在海港口的几艘单桅小船，“今天下午就行，你们可以单独出航，也可以两个人结伴，第一次我建议还是两个人结伴，一个人又掌舵又升帆容易手忙脚乱。”

“那就下午？”乐子扬看一眼杜若秋。

“当然。”

重新踏上陆地的踏实感觉近乎神奇，午后回到港口，海边的湿气扑面，杜若秋原地翻了翻眼珠。

“现在新造的帆船，不论大小，几乎把帆索的控制全集中在后舱，躺着就能操作。但在我们船上不是这样的，我们的缭绳和摇柄都在桅杆下面，你们要放开还是收紧，都得自己亲手来，”麦船长正在替他们检查船只，把缭绳交给杜若秋之后迈步登上码头，然后问，“用什么前帆？”

“小前帆。”杜若秋回答。

麦船长露出一个笑容，然后做了一个往上挥手的手势，“走吧，祝你们好运！”

开动马达离开港口，驶入开阔海面七八十码，乐子扬升起了主帆，然后说：“嘿，要不要把小前帆拿出来？”

杜若秋依言走向后帆角底下的储物仓，拿出折叠的前帆，发现底下还放着一个篮子。她好奇，拎出来一看，篮子里竟然是七八个玻璃瓶，冰镇在一个无盖的小铁桶里。

“乐子扬！你竟然藏酒，”杜若秋惊喜地拿起一个玻璃瓶装的维塔尼牌马丁尼酒，“你是怎么做到的！你这个胆大妄为的走私犯。”

“你这个胆大妄为的同伙，”乐子扬站在中央板上，甩起右手向她招呼，“我让你拿帆，你却只顾着马丁尼，我真替麦船长有你这样的船员难为情。”

“切，”杜若秋原地翻个白眼，潦草地把前帆递给乐子扬，“你自己升吧，我要去看你的小仓库里到底还有什么。”

半个小时之后，他们的单桅小船彻底驶离了港口区，向着漫无尽头的蓝色海洋平稳前进。杜若秋率先撬开一个玻璃酒瓶，尝试着喝了一小口，顿时五官夸张地扭在一起。“这是我喝过最奇怪最难喝的马丁尼了，”她回过神来仔细看着玻璃瓶上的标识，“柑橘生姜马丁尼？乐子扬，你给我喝这种东西？”

“你不喜欢生姜吗？生姜可乐？生姜啤酒？生姜汽水？”乐子扬满不在乎地从她手中把生姜马丁尼拿走，自己喝了一口，“唔，明明这么好喝。”

他换了一个姿势坐在左船舷边上，等着杜若秋重新拿出一瓶，然后轻轻和她碰撞玻璃瓶的脖颈。

“你肯答应来跨太平洋航行，我还吃了一惊。”乐子扬说。

“怎么，就你有冒险精神吗？”

乐子扬撇一撇嘴。“不过你来总是好的，”他笑说，“我可不想跟另外八个男的一起待在60尺的空间里待两个星期。想想就让人烦。”

“海员的生活就这么糟糕吗？我还以为在真正的海员心里，大海是一个浪漫的存在，就跟新世界一样。”

“现在哪里还有新世界，真正未知的地方，也就只有海本身。至于到不到终点，我反而无所谓。”

“是吗？乐子扬竟然是一个对‘到不到终点’无所谓的人？他这么平和、淡然、只看重过程不看重结果？”杜若秋的语气中满是戏谑，显然乐子扬的话并不能让她信服。

“那倒不是，”乐子扬边回答，边把主帆的脚索缠在摇柄上系紧，然后走向船尾的杜若秋。“我当然向往海、向往航行，不过……也有一点别的私心。”

风吹起一面满满的主帆，杜若秋的半张脸藏在它的影子里，碎发在风中向左飘动。

“你难道就敢说自己没有一点别的私心？”乐子扬此时转过身子，定定看向杜若秋，“我以为你是因为我才来航行的。”

杜若秋露出一丝古怪的嘲笑，轻声说“切”，却止住笑容，仿佛认真思考起这个问题。如果她不否认呢？如果……她说是呢？

“能驾一艘帆船横跨太平洋是我的梦想，”乐子扬此时收起不恭的笑容，恳切地望着她的眼睛，“和你一起也是。”

杜若秋的脚底下顿时一个不稳，好像要打滑，连忙用左手扶住船边。乐子扬同时用手扶住她的胳膊，在风再次吹过眼睛的那一刻拨开了她的头发。

一个试探的、克制的吻，他轻轻触碰她的嘴唇又弹开。空气里几厘米的距离顿时变得炽烈而稀薄，乐子扬的手臂不容拒绝地环住她的腰肢，杜若秋心脏突突地跳了几秒，终于抬起头不再闪避。目光交织着目光，呼吸缠着呼吸，而乐子扬正向她再次靠近。这一次，他低声说：

“我等这一刻等很久了。”

就在这一刻，船体随着海风轻微一摇，乐子扬抓紧杜若秋的胳膊，紧接着“啪！”一声响，两人同时扭头，放在另一侧船舷上的玻璃杯滚下来，同时主帆和前帆在风中哗啦啦地抖动起来。

乐子扬露出不甘心的懊恼表情，“该死的，”他笑着咒骂一句，三步并作两步返身去拉缭绳，看见杜若秋还在发愣，赶紧抬高声音喊她，“喂！愣着干吗，帮一把啊！”

杜若秋这才赶紧走到船头，乐子扬不依不饶补上一句：“你别得意，我跟你可没完。”说完仰头去看天气。

杜若秋也跟着他扬起头，这才发现天色看起来不妙。起航时的午后晴朗已经被北方袭来的阴云笼罩，空气里的闷热也被带着咸味的冷飕飕的海风替代。

风开始变大。

乐子扬立刻说：“缩帆，这风只会大不会小。我们的船有马达，用马达足够开回去了。”

杜若秋却答说：“但我们回基地正好是后舷风，满帆的话，再开上马达，五分钟就到了。”

一秒钟的思考。

“好，五分钟就到了，”乐子扬当机立断，“我们迎风左转，你放松前帆，我来推舵柄。”

“完毕。”

乐子扬和杜若秋同时站在船舷左侧，“预备——”乐子扬大喊，“转！”

杜若秋牵动缭绳，乐子扬同时将舵柄右转，帆船迎风向左，主帆开始在风中剧烈地抖动起来。船在高速的风下迅速掉头，几乎快要转完一整个U型的时候海风忽然一动，水面随之掀起波浪。一米多高的水浪对于两人帆船来说已是巨浪，乐子扬和杜若秋同时从左船舷跳向右侧，可是原本因为转向而左倾的帆船打上海浪，更加倾斜，主帆几乎擦着海平面掠过。

杜若秋一声惊呼，乐子扬用力拼命再次收紧主帆，紧接着“刺啦”一声，缭绳从主帆横杆远端的滑轨脱落，顿时整面帆松了一个角，在风中左右拍打。

“不行，必须缩帆了，”乐子扬扯动升降绳，在浪潮的怒吼中喊道，“你放心，我们肯定回得去。”

杜若秋应声点头，开始降下前帆，等两面帆都落下、固定，海面上的风浪反而暂时缓了一缓。

“把马达开动吧。”乐子扬抹一抹脸上的海水和汗水，坐在左船舷上喘了两口气，然后在杜若秋快要迎面走近的时候也站起身来，和她一起走向船尾的发动机箱。

杜若秋掀开机箱的白色盖子，然后把柴油发动机的开关徐徐往上推。

两个人并排在船尾等待着。一秒、两秒、三秒已经过去，可是马达丝毫没有启动的迹象。

杜若秋把开关关上，然后又往上推了一次。

还是毫无动静。

“我去把船的总电闸关了重新开一次。”乐子扬说着，快步走下几级台阶往船舱中去。杜若秋点头，同时扳开发动机油箱的塑料外壳，“油箱几乎是满的。”她说。

杜若秋说这话时，心中已经升起一种不好的预感。果然，两分钟后乐子扬重新出现在通往甲板的铁质楼梯上，对她轻轻摇头说：“总电机进水，楼下的灯和充电设备都没电了。”

海上的乌云依旧遮天蔽日，没有散去的迹象。两人帆船没有配备备用的发电机，也没有船桨，风浪随时可能卷土重来。

杜若秋脑子一时还难以消化这一切，她疲倦地长长出了一口气，然后靠在船尾的栏杆上坐下，两眼漫无目的地盯着前方。

乐子扬也走到她身边，一声不吭地坐下。

“早知道有今天，我出海之前就该把遗嘱立了。”隔了大约半分钟，乐子扬轻声一笑，露出惯有的开玩笑的表情。“不过我现在立也行，”他侧头看着自己旁边的杜若秋，“要是你活着回到关岛而我死了，我就把我的两台主机、27 寸显示器，还有勇猛号和阿布拉罕林肯号航母模型都留给你。”

杜若秋并不领情：“开什么玩笑。”

“不是玩笑啊！认真的。”乐子扬说着，拿出手机开始录音，“我，乐子扬，郑重承诺，死后把我的全部财产都留给杜若秋小姐。此遗嘱即刻生效。”

杜若秋狠狠地白他一眼。“谁要你留下的破烂。”她毫无表情地回答。

“你不要小看我的收藏，我的林肯号可是历史博物馆的限量版，上面还有 1 比 350 的闪电 II 呢，就连信号旗都是照原样画的，很值钱的！杜若秋，你赚大了。”乐子扬说这话时微微笑着，用手拍一拍杜若秋的肩膀，杜若秋却忽然眼眶涨红，拼命甩开他的手。

“我说了！谁要你的破烂！我们都得活着！”她好像气急了，尖声地说。

“我开玩笑的、我开玩笑的！”乐子扬一见事态不对，赶紧走上来改口，“好、好，我不留给你了。我们当然得一起活着，我答应你了，行不行……”他好像在恳求，又像是真正打定了主意。

“你放心，我没有那么容易死，更没有那么容易让你死。”乐子扬一只手拉住杜若秋的手，发觉她已经变得很凉。

“嘿，看着我，”乐子扬用手扭过杜若秋的脸，让他们的四只眼睛彼此相对，“现在，我们必须要做一个决定。”

“看得出来，你举棋不定。”

乐子扬闻声回头，看见正在走近的人是Abu Al-Qadi，心中本能地升起一种不祥的预兆。“怎么是你？我要见的人是梅洛。她去哪儿了？”

Al-Qadi却答非所问。“你比我想象中的更加不通情理。她不过是陪伴你几个钟头，你就认为她真的那么重要？”

“你把她弄哪儿去了？我要见她。”乐子扬不理会Al-Qadi想要转移话题的企图。他很久没见过梅洛了，这一点他今天才忽然意识到。原本是她不经许可地充斥在自己的空间里，他睡着、醒着、想见她、不想见她的时候，她通通都能毫无预兆地冒出来。可不知道从什么时候起，她不再出现了。她像空气中的一个肥皂泡，带着廉价而恼人的色彩，在空中忽悠悠地飞了一阵，然后就一声不响地破掉，连个渣滓也寻不着。

“她很快就会回来的，她甚至随时会出现，”Abu Al-Qadi对于乐子扬的焦灼心情似乎甚是满意，“人类无知而软弱，但她已经学会了倚靠全知全能的众神之神。她的成就不可限量，她的人生将充满意义。”

“她的意义，不是上帝决定的，”乐子扬毫不客气地截断Al-Qadi的话语，“只有她自己能决定自己的命运。你等着吧，她这么聪明的一个人，不会一辈子受你的摆布。”

“错了，”Abu Al-Qadi也直言不讳，“走到这一步，我们都只能相信神和神的旨意。一个人的意愿、企图，不管对自己还是对他人，在神的意志面前，都是愚蠢而微不足道的。”

乐子扬此时反而变得耐心起来。他认真地倾听着Abu Al-Qadi说的话，似乎还给予了充足的思考，然后才徐徐开口说：“我仔细考虑过你的理论，真的。也许你不相信，但我反正有充分的时间，我确实仔细想过——你说的那个世界，你渴望的那个世界，是不合逻辑的。”

“你想不通的是人类的愚蠢，还是上帝的伟大？”

“愚蠢还是伟大，不过是些主观又没有真凭实据的形容词，我再说出一百个也没有什么用。”乐子扬的声音笃定，“但在你的世界里，如果真有上帝，如果他真的无所不知无所不能，那为什么上帝不把他该做的事做完？为什么他创造了人类，却又让人如此愚昧、天真、贪婪？为什么不创造一个完美的世界？”

Abu Al-Qadi站在乐子扬对面，用一种很受打动，甚至近乎感同身受的姿态听着，乐子扬一连击的反问，反而令他的神色坦然而欣喜。

“的确，上帝没有创造一切，但他在云层里留下了闪电、在土地里埋下了石油。他给我们的，是创造一切的原料，而不是让我们无所事事坐享其成。他留给我们没有架桥的河流、给我们尚未兴建的城市；他留下的，是还没动笔的画作，还没谱下的乐曲，还有无数个尚未解决的谜题。”Al-Qadi 的语气如同在宽阔的广场上演讲，他的眼睛里似乎倒映着黑压压的膜拜的面庞，完全没有感到乐子扬是他唯一的听众。

“上帝没把所有的一切做完，是为了让人类得以体味创造的快感和荣耀。这是上帝的仁慈。”Al-Qadi 接着说，“去摧毁旧的、去创造、建立新的，是我们的使命。”

“不过上帝的仁慈是有限的，”Al-Qadi 接着说道，“未来早已决定，胜利的一方也早已被写在了记分牌上。你还要犹豫不决，不知道该站在哪一边吗？”

“看来你是不打算把梅洛还给我了。”乐子扬停了半晌，低声地吐出一句话。Abu Al-Qadi 不肯定也不否认，他用目光上下检视着乐子扬，仿佛在欣赏一件艺术品、一尊令人向往的雕塑。

他检视完了，和身后一个个子高高的年轻人低语几句，然后转回身来准备告辞。

“等等，”乐子扬最后叫住他，“米尔顿是谁？”

他决定抛出这个名字。不仅是因为他冥冥中觉得相关，更因为……他觉得他们就要走到一个决定性的时刻。

“At last！”Abu Al-Qadi 欣然回头，像他第一次在小剧场的地道里见到乐子扬时一般，伸开两只手臂，好像在欢呼他的到来。

“你见到他了？”Al-Qadi 接着用问句回答乐子扬，“训梦空间里的世界是那么优秀、有序，让人叹为观止，是不是？”

原来米尔顿的世界叫作训梦空间——难道，那拱形的玻璃罩是Abu Al-Qadi的创造？米尔顿是否也是他的创造？可他为什么要把那一切给自己看，他又是如何把那个世界嵌入自己的梦中？

乐子扬的大脑飞快地掠过所有的疑问，然后决定再问一遍。“米尔顿到底是谁？”他说。

Abu Al-Qadi 玩味地将视线微微上挑，一只手的手指不自觉地摩挲，“米尔顿是一个……怎么说呢，你可以说它是一个实验。你也可以说它是一条路，一个通道，一趟旅程，通往一个新的世界。”

乐子扬还在等待着他说更多，可是Al-Qadi停下，反而饶有兴趣地仰头凝视乐子扬，“你认为他是谁？你大概已经很了解他了。”

乐子扬决定闭上嘴巴，不再对Abu Al-Qadi说任何话。至少米尔顿并非自己梦中的虚构。Al-Qadi的回答至少让他确认了，米尔顿不只是存在自己的脑袋里，他没有做梦，他是在观察……观察一个在醒着的时候难以看到的世界。

“到目前为止，我们所生存的世界里，都只有一个现实。直到米尔顿的出现。”Abu Al-Qadi再度开口，“是你让这一切成为可能。一切都拜你所赐。”

乐子扬决定不再回答，不再向Al-Qadi透露任何东西，因而转身大步离开。他一直走到后墙边，走到自己的书架，才回转过头，用手抚过墙面上露出来的一小段密密麻麻的演算，忽然察觉有什么不对。

他转头，将视线贴得更近些，用指肚仔细地触摸墙面，才发觉那些演算不是用笔写在墙上，而是刻在墙上。乐子扬摸一摸字迹，转而翻起手腕看着自己的手，重新在墙上随手一划，才意识到自己指尖的指甲已坚硬如铁。

他迟疑片刻，接着想起什么，连忙从书架上拿起火柴，“嚓”一声点亮了房间里唯一的烛台。蜡烛灯芯朝上，火苗跳得旺盛，而乐子扬将右手的五指张开，缓缓向火焰上覆盖。他的手掌最先触到蓝色的外焰，可他没有停止，继续向下盖去，一直到达红色和金黄色的内焰。

乐子扬注视着烛台上的火苗穿过自己的手心，在手背上继续肆无忌惮地跳跃，往下一寸、往上一寸，不管手放在火焰的哪一层，始终毫无知觉。几秒钟之后他放下烛台，重新审视自己被灼烧的手，那上面没有一点烧焦的痕迹。

“你还记得，自己上一次吃饭是什么时候？上一次睡觉是什么时候？”Abu Al-Qadi 的声音恰逢其时地在他的门外响起，“你的进步，连我都感到十分惊人。太棒了。太妙了。”

上一次……乐子扬的心中一怔。他已经记不起来自己上一次吃饭睡觉是什么时候。不知道从哪一天起，他不再需要正常的进食和休眠，人类用来维持生命的那些浪费时间的举动，皆已被他抛于身后。

“你们在拿我做什么实验？”这是乐子扬的第一反应。“你们对我做了什么？”他在愤怒中握紧拳头，不知不觉捏弯了手中烛台的底座。他放开手让烛台在空中自由落体，低下头巡视着自己身体的每一寸肌肤。

“人类的进化，正是造物主的神奇体现，”Al-Qadi 十分满意地转身扬长而去，“不管你看不看得见，造物主的力量是无穷的。”

乐子扬凝视自己的双手，他的十根指头张开然后又攥成拳头，手腕处的青筋绷起，连向结实的小臂和手肘。他知道自己的身体已产生了某种变化，而这变化之于他，也许不仅仅是身体——米尔顿说不定也是这变化的一部分，是 Abu Al-Qadi 计划的一部分，他们正在通过某种自己不知道的方式在操控着自己的大脑和四肢。

留给自己的时间看来不多了，乐子扬心想着，微微着急起来。他于是紧闭上双眼，让自己的愿力高度集中，他要再度挑战激荡的神经风暴——

不管怎样，这场实验正让他变得强大，但他必须得在一切失去控制之前变得更强，他要窥视父亲经历过的一切来龙去脉、他要阻止杜若秋登上即将爆炸的飞机、他要把梅洛找回来、他要像一个真正的指挥家那样，追溯到源空间的起点改变一切。

可是他好像哪儿也没去成。耳边的风声响如鼓点，乐子扬再睁开眼，却发现自己身处一片混沌，他完全不知道自己在哪儿。

然而乐子扬的困惑只持续了几秒钟。疾风裹着沙粒从他身旁刮过，紧接着，一团沙子在他面前好似停住了，从中浮现出一个中年男人的影像。

“父亲？”

中年男人隔着飘忽不定的神经风暴，目光镇定而深邃地望着乐子扬。他好像早就在等待，却又不着急开口。

“父亲！”乐子扬又喊了一声。“这是哪里？你又在哪儿？”

“在去关岛的路上。”

中年男人的声音隔着风沙的巨响，可是乐子扬听到了父亲说的话。“不、你别去！”乐子扬一寸也不能移动，可是他用尽了全身的力气向父亲大吼，“你不能去，我求你了！”

父亲的影子没有回答。他的面容和轮廓在持续的大风中渐渐散开，不一会儿就和周遭的风沙融为了一体。乐子扬又一次眼睁睁地看着父亲从自己身旁离开，像沙子一样，像泡影一样，无论如何挽留不住。

在去关岛的路上。

乐子扬专心地思忖着父亲告诉他的唯一一句话，同时下意识地从上衣的口袋里拿出父亲留给他的相片，用手摩挲着那句看了不知道多少遍的话。

父亲说，去找三眼的哈里发。13145

父亲说，在去关岛的路上。

是他最后一次去关岛的试飞吗，还是某一次不为人知的秘密之行？关岛这个地方，凝聚了死亡、秘密，父亲留下的暗号和密语，从五年前那一场莫名的海上风暴以来，一直深深困扰着乐子扬。

他记得前一秒还风平浪静的太平洋，也记得不知从哪里忽然漫上来的黑压压的乌云。他记得在暴雨中全身淋湿、拼尽全力调转风帆的杜若秋，也记得骤然失灵停摆的备用马达。

然后呢？

然后是大雨之中发冷而不停打战的杜若秋，她变得青紫的嘴唇和逐渐失去焦点的眼神。乐子扬将三角帆撑在她的头顶，可是风暴之下的一张帆布，究竟聊胜于无。

他记得那种钻心的疼痛和无力感。再然后……乐子扬茫然地举头四顾，他的目光触及远处那模模糊糊的一艘船影的瞬间，几乎就要相信了上帝。

是一艘驶入关岛港口的商船救起了他们。

杜若秋被搭救时已不省人事，好在只是体温过低，生命表征都还完整。乐子扬看着她被抬进简陋的仓库放在一排木头箱子上，将她身上的毛毯又裹得更紧一些。

“她在发烧，已经打了退烧针，我一个小时之后再来。”给杜若秋打针的是个白人老头，他用针管把药缓慢地推进去，然后给她的胳膊用酒精消了毒。

“你是医生吗？”乐子扬问他。

对方笑了。“这船上哪有医生。这点小事，我们都是自己动手的，在海上一漂半个月一个月，保不齐有个小病小灾。”

乐子扬点点头。“谢谢你。”他说着，目送对方走出仓库。仓库外面是低矮又窄小的走廊，被几根柱子从中隔开。乐子扬站起身也走出去，然而他每走一步，都觉得背后似乎有一双眼睛在盯着自己，走到哪里就跟到哪里。

乐子扬故意沿着走廊往船舱的尽头多走几步，紧接着忽然转身。

“你盯着我盯了好一阵了。从我们上船开始。”他单刀直入地开口。

柱子后面站出来一个中年人，头发白了大约三分之一，身材略矮但结实，穿一身卡其色的粗布衣裤，整个下巴长满了短而卷曲的络腮胡子。

“年轻人，能冒昧地问问，你叫什么名字吗？”

乐子扬的神情中未曾放下警觉。他审慎地略一迟疑，没有直接回答。“为什么这么问？”他反问。

中年人又继续盯了他的脸孔几秒钟，接着露出了放弃的表情。“没什么，”他说，“是你令我想起一个人来，应该是我想多了。”

对方转身想要离开，却被乐子扬蹿上前一把抓住肩膀。他不能允许一个暗中窥探的目光就这么轻易逃脱。“嘿，别想就这么算了，”他用力扳回对方的肩膀，让对方知道自己不容拒绝，“你到底为什么在暗处盯着我？”

中年人只好回转过来，他尚未挣脱乐子扬的手掌。“太平洋空军第十一军第三十六联队，对你来说意味着什么吗？”他问。

乐子扬霎时一僵，右手不由自主地垂了下来。太平洋空军第十一军第三十六联队，正是父亲当年服役的部队编号。是他知道的、为数不多的关于父亲的确切的信息。

乐子扬的心潮起伏，显然被对面的中年人看在了眼里。他稍稍向后撤了一步，接着说：“也许我的感觉没错。你确实令我想起某个人。”

乐子扬深深地呼吸一口，反问说：“第三十六联队，对你又意味着什么？”

“意味着从军的三十五年，意味着我对安德森基地、对关岛的一草一木都烂熟于心。”

乐子扬几乎可以预知到这对话的走向，尽管他当时所预知的，远远不足以和真正发生的一切相提并论。

“你也是三十六联队的……飞行员？”乐子扬问。

中年人没有摇头也没有点头。“现在你能告诉我你的名字了吗？”

“Zack乐。乐修平是我的父亲。他当年也在第三十六联队，也在关岛。”

中年人眼中因为信息的确认而瞬间迸发出光亮。“我就知道！”他第一次露出笑容，“你跟你父亲长得太像。我就知道我没看错。”

乐子扬略微低头。“我为我刚刚的鲁莽道歉，”他诚恳地说，“我没有要冒犯您的意思。”紧接着又补上一句，“没想到我竟然能遇到我父亲当年的战友。我很高兴。”

“哦，我不是飞行员。我是一名试飞工程师。”中年人的声音忽地变得略微低沉，带着犹豫。“我是修平的……搭档。”

乐子扬知道自己的父亲死于关岛的一场试飞事故，也知道这正是使谈话的气氛变得沉重的原因。

“他是一个优秀的试飞员吗？”乐子扬至少想确定一点。

“哦，最优秀的。”父亲的搭档立刻回答，“至少是我合作过的最优秀的飞行员。他敏锐而且勇敢，整个关岛都知道这一点，所以往往也把风险最高的任务交给他。”

“譬如MC130-H？”

“譬如MC130-H。”中年人再次慎重地点头，欲言又止的神色浮现在他的脸上，乐子扬看不懂那背后的隐藏。

“不管怎样，能遇到您很高兴。”乐子扬说着，从衣服的内袋里拿出一张字条，在上面写上自己的电话。“能和您保持联络吗？”

对方默默地接过他的字条。海上的风依旧颇不平静，通道尽头仓库的木门被一阵摇晃掀开又重重关上，乐子扬连忙快步走上去推开门往里看一眼，杜若秋安然无恙，这才又退出来。

父亲的旧搭档就立在他眼前。他的视线没有对上乐子扬，手中还捏着乐子扬刚刚写下的电话。“不用保持联络了，”他说，“我现在就告诉你。”

“……我就说，你一点事都不会有的。”

“……你放心，我没那么容易死。”

“……怎么样，今天下午出海吗？”

“……不行，我得走了，真的、对不起，但我必须得走了……”

紫玉公馆里的凌晨时分，杜若秋的记忆陷入了灰色的旋涡。她记得海上突然刮起的大风，记得雨水和汗水，记得乐子扬站在船舷的边缘整个身子斜向大海——

然后呢？

错综的片段在她的脑海里来回插播，好像做了一个最混乱而毫无逻辑的梦，杜若秋在猛然睁眼的那一刻发现乐子扬已经消失不见。关岛的海港风平浪静，岛上的草木浓郁青葱。那些过山车一般的画面和言语，难道都只是她一厢情愿的想象？

不可能。她没疯到那种程度。尽管连日缺失的睡眠、紧绷的神经、接连的打击和困顿让她抑郁不安，可她还没失去理智，她不能相信一个不完整的故事。

杜若秋翻身下床，走进更衣室的角落里拉开一个小抽屉，把里面的一摞本子通通抱出来，摊开在更衣室的地上，一个个检索本子扉页上的日期。

对，就是这一本。杜若秋捡起一本印着斜纹的黑色封面的日记本，在窄小的更衣室的地毯上翻开了第一页。

When we get to Guam, you can go solo.

扉页上写着麦船长从航行开始时每天早上必说的那句话，可是当她急切地再往后翻时，整个本子却只有一页页的空白，从头至尾没有一个字。杜若秋不甘心地来回翻动着空白的页面，忽然不知从哪里掉出一张字条，纸张裁得很细，而且皱巴巴的，像是被揉起来又展开很多次的样子，最后被小心翼翼地收藏在平整的日记本里。字条从页面滑落到她的膝盖旁边，杜若秋低头，拿起字条的那一刻顿时全然僵住。

我确实在乎你。我不知道该怎么办。

是真的！她的记忆好像得到了确认，他们确实在关岛——所有故事的开始，他们之间一切的开始，因为这张被保存被收藏的字条而得到了印证。

她想起来了！更衣室里老旧的灯泡昏昏暗暗，杜若秋抬头望着那暖黄色的光源，耳边忽然响起遥远的海浪，响起周而复始的涌动和拍向海面的隆隆声。

她仰望的视线顷刻变得模糊起来。

狭窄的船舱里，她穿过和更衣室同样窄小的一间通道，尽头是一扇未上锁的低矮的木门。她沿着通道走到一排楼梯底下，面对着船头的机械室，那里发出持续的低沉的轰鸣声。她头顶吊着一只暖黄色的灯泡，灯泡的玻璃上积着灰，昏昏暗暗的光跟随着海面的涌动轻轻摇晃。杜若秋盯着灯泡片刻，一声缓慢的吱呀从楼梯上层传来。

站在楼梯上的正是他。杜若秋忽地紧张到无以复加，她好像浑身被定格似的僵硬地等他走近，头顶的灯泡还在随着海水晃动，而她看着明暗相间的影子一左一右地在乐子扬的脸颊上摇摆不定。

灯影给了她渴望，浪涌给了她冲动。

他走到跟前，杜若秋几乎下意识地伸出手，握住他的侧腰。她的脸微微上仰，勇敢地用自己的双眼迎接对方的目光。就在同时，一股大浪拍向海面，船舱也随之剧烈地打个趔趄。头顶吊灯的绳子在突然的冲击之下猝不及防地断了，灯泡“啪”一声落地摔碎，他们在同一刻像奔向氧气一样、像吸入真空一样、像陨石落地一样，扑向对方的身体。

“我等这一刻等很久了。”他在饥饿的亲吻中囫囵吞枣地表白，仿佛只有从她的唇齿之间才能呼吸。

“我……”杜若秋想要开口，可他丝毫不给她回应的时间，贪婪地、几乎从她的嘴唇里吮吸出鲜血的味道。

更衣室里的灯霎时灭了。杜若秋打了一个激灵，奋力地用手去拍身旁的墙壁，声控的灯泡再次亮起。可是她却已醒来，回不去那个记忆中的场景了。

然后呢？到底发生了什么？到底哪个记忆才是真的？

一直以来记忆中的茫然和冲突，在这一刻被她全部直面。杜若秋不得不承认，她有时刻意躲避、有时决定不再想起，但关岛在她的记忆里，始终是一个没有结尾的故事。乐子扬的影子裹在记忆的川流，在杜若秋的脑海匆匆驶过，好不容易瞥见一抹影子，转眼又消失不见。

她的头开始剧烈地疼起来。不对、不对，这也不对、那也不对，到底是怎么回事，她到底怎么了？

谁能告诉她？

贰

你知道我被关在4平方米的监狱里，活着的唯一念想就是你。……可是你呢？你去哪儿了？我最痛苦、最煎熬的时候你在哪儿？我想放弃、想死的时候你在哪儿？乐子扬，我最需要你的时候，你到底去哪儿了？

——杜若秋

“经过波利斯市消防局和警察局调查，位于佐丹街的爆炸起因于街口一家杂货店的电线短路。至于之前广为猜测的恐怖主义袭击理论，目前既无法确定，也无法完全排除这种可能。

“目前唯一能够确认的，是爆炸发生的直接原因，来自电线短路。佐丹街的杂货店是20世纪50年代修建的民居所改建，电路设计极不完善，使用的电线也十分老旧。近年来，包括佐丹在内的多个街区的迅速发展，致使用电量激增，而陈旧的电路设备难以承受高负荷的使用，类似于此次佐丹街爆炸的安全隐患，至少还有十几个街区、上千座住宅和商铺。”

小31号一层的电视里放着当地电视台的报道，镜头在爆炸现场、警察局新闻会和消防员灭火的画面回放中切来切去。

“本次爆炸中，两人死亡，二十六人受伤，其中有三人——包括一名八岁的儿童——受重伤还处于危险期中。死亡的是一对母子，母亲是杂货店老板，单亲家庭，育有一子一女，其子也在爆炸中身亡，女儿正在重症监护病房，但已脱离生命危险。”

电视的屏幕这时又从医院转回爆炸现场。

“爆炸的清理工作已于昨天基本完成，现在已进入第二阶段：对受损建筑和通信基站的修理和重建。佐丹街作为波利斯的金融中心和CBD，收到了多家企业和慈善人士的关切和捐助，预计施工不仅将会还原佐丹街的风貌，还将巩固并扩建通信和电力基站，包括最前沿的5G通信基站。”

“老板在楼上吗？”侯博士这时匆匆进门，手里拿着一个中号牛皮纸袋。

“你来得正好，”姚sir这时从楼上的楼梯走廊向下招呼，“我正要给你看个东西。”

侯博士应声上楼，跟着姚sir来到二楼尽头左手边的白屋子，路白正等着他。

“你看这个，”姚sir点开电脑屏幕上的一段视频资料。是佐丹街爆炸当日，一个路人拍下并上传到社交网络的视频。视频里一个黑衣人骑着一辆摩托，路过佐丹街即将爆炸的杂货铺，扔下一个黑色塑料袋，飞驰而去。

“他骑的是一辆已经停产的铃木隼。”姚sir补充说。

视频很短，不到十秒钟，侯博士反复看了三四遍，又放慢速度回放黑衣人扔下包裹的画面。一个矫健的背影，压低身子飞驰在摩托车上，黑色的手套、袖子、头盔，全身上下没有露出一丝皮肤。侯博士突然明白为什么姚sir把这段视频给自己看了。

“我可以用最新的图像处理软件对比，不过用眼睛看也能看出来，十有八九和银行的劫案是同一个人。”于是他说。

“是的。不过你再对比一个人，”路白这时从抽屉里拿出一个U盘，站起身来递给侯博士，“这是乐子扬在小黑箱打拳的影像记录。”

侯博士接过U盘，表情没有变化。他不想在比对结果出现之前就让自己心里的预判先入为主。萨德亚银行的绑架、佐丹街口的爆炸以及不管后续还会发生什么，他只想遵循事实和真相。

“我知道了，我下午跑一遍程序，最快两个小时，最慢今天晚上出结果。”侯博士回答说，“对了，咱们备用的服务器放在哪间屋？我要用。”

“图像软件需要这么大计算量？”

“不是为了这个，是为了这个，”侯博士举起手里的牛皮纸袋，从中拿出一块比手掌小一半的主板。“这是前几天颖决明寄给我的芯片残片，是一块FPGA板子。我跑一跑，看有什么线索。”

“好，服务器在地下室，你自己去弄吧。”路白对他点头。

侯博士走出白屋子的时候轻轻呼了一口气，攥着牛皮纸袋的右手手心渗出的汗在纸袋的边缘印出几个深色的印子。看来路白已经有八九分在怀疑乐子扬，而他十分清楚黑鹰俱乐部的行事风格。留给他的时间不多了。

侯博士匆匆走下楼梯来到地下室，手中捏着他唯一的、珍贵的线索。他今天早上还睡得迷迷糊糊时，耳边仿佛听到门铃一声响，打开门时，就见一个牛皮纸袋赫然放在门口。他探出头看看清静无人的街道，然后拿起纸袋闪进了门。从正面到反面，纸袋上没写任何地址，他反复看了两遍，忽然瞥见封口处写着一行小字，正是自己的私人电话号码。

“我还以为你今天不来了。”颖决明拉开公寓的金属门，施娅面无表情地走进，两只手戴着黑色的丝绒手套。

“今天很冷吗？”他问。

“你晚上从不出门吗？”施娅反问。

颖决明放下手里的玻璃杯，无所谓地微微转头，不确认也不否认。他没有邀请施娅往里走，就在门厅中站下，用询问的目光注视着比他矮半头的女人。

“你这么强势，女人缘一定不怎么样。”施娅戏谑地看着颖决明，然后自己绕进厨房，从橱柜里拿下酒杯，又从冰箱里拿出白葡萄酒，拔开橡木塞给自己倒了大半杯。“我还真渴了。”她一边咕咚咕咚喝了两口酒，一边斜睨着颖决明。

“你毫不淑女，还不是一样有的是男人围着你团团转。”颖决明回击她。

施娅听言似乎有半分得意，她摘下右手的手套，几只细长的手指环住玻璃酒杯的脖颈，厨房头顶的灯光穿过淡黄色的液体，给手背打上一层流动的影子。她正低头注视着那影子，颖决明走上来，一把拿过她的酒杯。

“今天是你约我，可不是我约你。”他的声音毫无波澜。“阿巴斯港的两个工人到底是怎么失踪的，你查出来了？”

施娅摇摇头。“你确定真有人失踪？我向人暗示过几次，没有人知道有工人失踪这回事。”

“这正是问题所在，”颖决明上前一步，语气有些急躁，“工人失踪这么大的事，没有几个人知道，也没有调查组，这本身就非常可疑。”他说完，定了定神，又认真问了一遍，“马修·克劳德的人真的不知道有工人失踪？”

施娅肯定地回答：“真没有人知道。你确定不是你搞错了？你从哪儿听说的有工人失踪？”

“我从 TX Petro 的内部，”颖决明顿了顿，“我有自己的渠道。非常可信的渠道。”

施娅半信半疑地摊开双手，做了一个无能为力的表情。

“那你可就令我失望了。”颖决明沉声说。

“这倒不一定。”施娅这时从颖决明手里夺回自己的酒杯，将其中的白葡萄酒一饮而尽。“我想你可能会对这个更感兴趣呢。”她说着，用左手从黑色大衣的口袋里拿出一个小巧的物件，乍一看好像一个袖珍的玻璃瓶。

颖决明伸手来拿，施娅却飞快地撤回了自己的手。她说：“你得答应我一件事。”

“什么事？”

“你先答应。”

“我还不知道是什么，怎么答应你？”

“你也不知道我手里拿的是什么，不管怎样都是蒙着眼睛赌一把。”

“那好，我答应你。”施娅说得倒没错，既然如此，颖决明便不再迟疑，直截了当地同意了交换条件。“玻璃瓶里是什么？”

施娅这时才把玻璃瓶交到颖决明的手里。触到手心的第一刻他只觉得很凉，不知道是不是因为她刚刚带进屋的原因。颖决明用另一只手将玻璃瓶拿起来，对着厨房明亮的白光认真观察：玻璃瓶里填充着白色的棉絮作为缓冲，而裹在棉絮中央的，是一块不规则的石头，或者说更像是水晶，嶙峋的棱角处折射着微微发紫的光泽。

“这是什么？”他问。

“是 CIA 在阿巴斯港的原因。”施娅回答。

“这是一种……矿石？”

施娅点头。“我不说你也知道，阿巴斯港不在石油产区带上。阿巴斯港的地下根本没有化石燃料，但有的是这个。你手里拿的这个东西。”

颖决明继续注视着玻璃瓶里紫色的小块石头。他对自然科学的知识有限，不过拿去波利斯小 31 号，黑鹰那群人一定有办法检测出是什么。况且就连不懂化学的他也知道，这种具有奇特光泽的矿物，一定罕见而意义非常，而它的用处……

“这可是我从他们的实验基地偷来的，”施娅在一旁淡淡地说，“他们现在大概已经发现丢东西了。反正我给你了，那上面没我的指纹。”她说完，这才摘下左手的手套。

颖决明说着“这你不用操心”，把玻璃瓶放进自己裤子的口袋里。“所以用来交换的，你的条件是什么？”他问。

施娅故意停了一阵，让对方的疑问悬在空气中静止片刻。她的四只手指轻轻划过厨房吧台的大理石，似乎在专心感受那种冰凉又光滑的触觉。“我要的很简单。我要变成一个新的施娅。”她最后说。

“嗯？什么意思？”

“明天太阳再升起来时的施娅，就是一个崭新的施娅了。”她轻轻一笑，看着颖决明尚且疑惑的面容，“她今天晚上从你家大门走进，她面容姣好、身材火辣。不过你们调情之中起了争执，你打了她一拳，她被看到满脸是血、面目全非地走出你家。”

颖决明明白了她的意思，但不由自主地升起一丝警觉。“那你自己呢，你要去哪儿？”他立刻问。

“你问的问题恐怕越界了。我给你偷来阿巴斯港的矿石和秘密，换取你给我脱身的空间。这单交易到此为止。”

“但你是从我这儿走的，你不觉得我有权利知道更多吗？”颖决明说这话时也觉得其中的逻辑十分牵强。事实是，他没有权利知道更多，可他想要知道……施娅的作风、她轻而易举偷出来的玻璃瓶，还有她突如其来的即将消失的计划，让颖决明忽然意识到，自己也许一直小看她了。她不只是个性感的应召女郎，这个女人聪明、强干，并且善于伪装。

他的确一直以来小看她了。颖决明内心不禁后悔，自己怎么会这么轻易被她的外表所迷惑，以为她是个无脑的漂亮女人？他回想着最近几次见面他们之间的对话。他有没有说什么不该说的？

“你这么关心我的去向，该不会是关心我吧？”施娅没有留给他太多思考的时间，发出几声哧哧的嘲笑。

“是吗？”颖决明说话变得谨慎起来。“你确实与众不同，或许我关心得还不够。你到底是什么人？你为谁工作？”

这时施娅的酒早已喝完，她没有回答颖决明的问话，仿佛提不起兴致地打了个哈欠，然后脱掉外套，自己转身离开厨房和客厅，往卧室的方向走去。

颖决明拦住她，紧紧钳住她的手腕。“你等等。”他不自觉地抬高声音。

施娅似乎被他突然而粗鲁的举动所激怒，她强硬地转过身来，毫不留情地瞪眼直视着颖决明，“别这么暴躁，没用的。”她用脆生生的语气说，“我从没问过你任何问题吧？因为我懂得规矩。我懂得在商言商，但你不懂。你不知道危险的边界在哪儿。”

颖决明一愣。

“你又是什么人？”施娅咄咄逼视着对方，“你以为你的入职、你的背景，TX Petro 里会没有一丝线索？你一个 2015 级的 MIT 毕业生，去年才来到伊罗，计算机安全系统的专业，你说你能在 TX Petro 干吗？”

颖决明抓着施娅手腕的那只手渐渐放松，最后放开了她。他好像缴械投降似的，知道自己从这个女人嘴里问不出什么了。

“你最近又做那个关于花豹的梦了吗？”当晚，施娅打开卧室的窗子吹风，颖决明给她点起一支烟。

施娅回头，先吸一口烟，然后说：“有。”

花豹安静而警觉地立在一片旺盛的草丛中央。她已寻到了自己的猎物——一头即将成年的、落单的梅花鹿。花豹在草丛中独自缓慢地移动，一点点接近她的猎物，草原上一丝风也没有。

梅花鹿温驯地继续低着头吃草，丝毫没有感受到危险的靠近。偶尔有一两只蚊蝇在草原的低空扰动，可是花豹丝毫不被打扰。她的眼睛里已露出跃跃欲试的凶光，就在这时、就在她的斜后方，地平线上冒出两头狮子的身影。两头狮子都是正值盛年的母狮子，它们的体形魁梧而壮实，远远超过精干的花豹。

花豹没有回头，却从空气里嗅出了竞赛的味道。她的双眼依旧紧紧盯着猎物。她必须小心翼翼地跟踪猎物，又不能惊动强大的竞争者。

“你知道吗？狮子比不上猎豹的速度，可是猎豹养精蓄锐很久，极速奔跑的极限也只能维持1分钟左右。要是1分钟内还没有追上猎物，就算捕猎失败。很多时候，猎豹还会因为爆发式地奔跑太久，精疲力竭而死。这可能也是这个物种濒临灭绝的原因。”

“然后呢？”颖决明十分想知道她的梦里发生了什么，“它捕到梅花鹿了？”

“哦，不，梅花鹿算什么。它要追的猎物可大得多呢。”

施娅的话音一落，她扔掉手里的香烟，然后敏捷地向窗外一翻身，消失在黑寂的夜色里。

凌晨两点十五分，乐子扬走到立着铁栏杆的窗边。今夜的天空有云，暂时遮住了一大半月色。昏暗的月色之下适合睡眠，乐子扬想，昏暗的月色之下适合旅行。

就像五年前他在关岛的那个晚上。他没有跟她一起回到北极光号的晚上，他们分别的第一个晚上。

“你父亲试飞的那架MC130，四个发动机有两个原本就是坏的。另一个起飞一分半钟之后失灵，最后一个在他紧急迫降的时候爆炸。”父亲当年的老搭档面对着乐子扬，平静地说出最后一个情节，乐子扬的脑子“轰”的一声炸开了。

二十年前的事故，原来是一场谋杀。二十年来的信仰，到头来变成嘲讽和笑话。

“为什么？是谁干的，为什么？”他难以接受。

“为了……国家。”父亲的搭档这时稍稍后退了一步，他的表情隐去在铜柱的阴影里，“为了……在冷战最后的岁月，向苏联释放试飞失败的烟雾弹。为了避免空军军备竞赛的恶性升级。”

“你确定？”乐子扬克制着愤怒。

“我确定。飞机爆炸之后，我是第一个上去的。后续的机械报告也全部是我亲自经手。那四个发动机，我自己一个一个仔细检查过。”

不过乐子扬问的不是这个。他想问的是对方确不确定父亲被故意制造事故的原因，但是现在……他抬起头，透过天花板上肮脏的窗户向外望去……这都不那么重要了。

“你父亲还不是唯一在这场人为事故中牺牲的军官。他的副官、一个刚毕业的伊罗裔优等生，也在同一架飞机上。他来关岛都不到两个月，才飞了四五次，就没了。”父亲的旧搭档接着说。

失望、暴怒、自嘲和怨恨连番交错地捶打着他的心。但乐子扬不想在对方面前发作，他一只手握上楼梯的围栏说：“我去甲板上透透气。”

对方十分理解地点头，没有再跟着他。

走上甲板时已是傍晚。关岛安德森港口零星的灯火已经依稀可见，乐子扬大口地呼吸夜晚沉凉而寂静的空气，但无论如何就是无法平息内心的怒火。

一场人为的事故，夺去了父亲的生命。他一拳打在侧舷的栏杆上，身子止不住地颤抖。他恨这个地方，恨这支军队、这些道貌岸然的领袖、这个蔑视生命和尊严的巨大的国家机器。他们在优美的玫瑰花园里演讲、在西翼接见女王和贵宾、在椭圆办公室里高谈阔论的时候，有没有尝试失去至亲的滋味？

清冽的海风迎面扑来，吹向他的鼻尖和脸庞，吹进他心里的创口和裂缝。远处忽地划过一道银色的闪电，从遥远的外空刺破低压的乌云，好似在空气中撕开一道裂口，紧接着击入海面，像刀锋像利刃，直抵世界的心脏。

乐子扬跟着那闪电，整个人蓦然一震。

不、他不能就这样温顺地走进那良夜。一股说不清道不明的心绪已在他脑海中默默凝聚，乐子扬用双手捂住脑袋好像在与那念头挣扎，然后就听见一阵脚步声，是几个船员将还在昏睡的杜若秋抬上一副担架，往背离自己的方向推去。

“我们马上靠岸了，已经联系了你们的人在码头上接你们。请随我过去吧。”走来和他说话的是商船的大副，一个颇为年轻的中东面孔，“把你们送回去之后，我们今夜还得启程。”

“你们要启程去哪儿？”乐子扬忽地问。

大副一愣。“去……伊罗。乔巴哈港。送我们的货。”

伊罗？！

一天之内，能容纳多少心旌摇曳、多少风暴、多少残酷和巧合？乐子扬的双眼如同刚才的闪电一般被瞬间点亮，心跳几乎快到数不清节拍。

就是现在、就是这一秒，是他该做决定的时刻了。

而不远处，杜若秋的担架已经被推到甲板的右舷等待靠岸。乐子扬在矛盾中继续挣扎了片刻，然后大步走向她的担架，在她身旁蹲下。

月色白而沉静，她的脸庞亦如秋霜。乐子扬拿出一张字条，塞入她上衣的口袋。他在那上面写道：

我不知道该怎么办，但我确实在乎你。

尚未醒来的杜若秋无法立刻给他回应。乐子扬重重地握一握她的手，倾过身子亲吻她的侧脸。迟疑片刻，却又把刚才的字条拿出来撕掉，换了一张纸在上面重新飞快地写下——

我确实在乎你。我不知道该怎么办。

时至今日，乐子扬也无法说出自己来伊罗的选择是对是错，是一时冲动还是命运的指引。不过至少……至少此时此刻，她还活着。她是否还在中国使馆工作、是否还在和黎盛德较劲？以他对杜若秋的了解，她肯定不会善罢甘休。哪怕玉石俱焚也不会让黎盛德毫发无损地继续招摇过市。

而这正是他所担心的地方。乐子扬在上弦月兄弟会待的时间已经不短，不管是训梦空间里的米尔顿还是此时此刻的自己，都不知道还能维持多长时间。他已察觉出自己冥冥中的变化，并且知道这种变化未必是向着对自己有利的方向。

最后一个念头落下的那一刻，乐子扬听见自己大脑中卷起的神经风暴。格外剧烈的震荡、飞闪的光线和影子，在他面前却不再混乱，反而成为彼此相连牵扯的节点。风暴中心的乐子扬忽然打了一个激灵：他的父亲本身就是一个指挥家。自己穿梭时空来到关岛，根本不可能让他改变主意、扭转他的生死。可是如果在关岛的一切不是为了父亲，那就只能是……如果父亲明知死亡却不退却，那一定是有更加重要的什么……他要用那种特殊的方式传达给自己比生命更重要的讯息。

然而神经风暴等不及他再多想，波利斯城紫玉公馆的十一层，乐子扬已赫然出现在窗口。他透过窗子对着屋里的杜若秋凝视片刻，然后穿过玻璃窗来到她的床前。

她睡得像一个婴儿。

已过去了五秒，他不能太过奢侈浪费。“我不知道这样能不能让你改变主意，”他开口，轻轻地对听不见的她说，“拜托了。”

不知为什么，也许是太久没来过，乐子扬今夜感觉她的卧室里格外空旷。她墙壁上原本有一排书架，是被搬走了吗？还是没有开灯，所以看不清四周的陈设？他快速地将卧室三百六十度扫一遍，然后发觉，这里缺少的是生活的痕迹。

以前，他总是嘲笑她邋遢而懒惰。前一天的衬衫堆在沙发上，书包、墨镜、文件和水壶凌乱地摆满屋子和床脚凳。然而现在，她的卧室整齐得如同一间酒店的客房：平整的地毯，光秃秃的书桌，一丝褶痕都没有的沙发靠背，就连自己的床她都只睡了一个角落，留下一大半的空白对着天花板。

“改什么主意？”

杜若秋的声音忽然升起，乐子扬猝不及防地后撤一步。她从床上忽地坐起，两只眼睛炯炯有神地瞪着。“我就知道你会趁半夜出现，”杜若秋镇定地说，“我一直等着你来。你还想怎么样？再趁我睡觉的时候潜入我的大脑、修改我的记忆，然后就能一直摆布我，按你想要的方式？”

“不不，我不是要修改你的记忆，”乐子扬连忙急切地解释，他没想到她会熬夜不睡觉等着他出现，捉他一个现形。“我没有修改你的记忆。你记忆里的事，每一件事，都是真实发生的。包括现在、此刻，现在也是真实的。”

“真实的吗？”杜若秋并不相信地摇头，“我有我保存记录的方式，乐子扬，你别以为自己把它们改变，能不留一点痕迹。”

“不不不，不是那样。我只是倒回昨天、倒回以前，当我顺着源空间的投影溯游而上，改变与某一刻相纠缠的时空粒子的时候，你也记住了新的历史。时间不是一条直线，甚至不是一条线，不是一个连续的存在。我趁你睡着，不过是为了防止悖论。”

“是吗？那现在呢？现在是什么时间？你又在哪里？”

“看来我是失败了，”乐子扬回答，“你一直清醒，什么样的精神风暴也不可能带我倒回过去。”

“你还要倒回哪里？”杜若秋的心中忽地涌出一阵害怕，同时双脚和双手向身体紧缩，抓紧了裹在身上的被子，好像要牢牢抓住自己的珍宝不肯放手。“不可能！你还要干吗？你还要倒回过去修改什么？那些记忆、曾经发生的所有那一切都是属于我的！你不能就这样将属于我的东西夺走，乐子扬。我已经记不清在关岛到底发生了什么！那么重要的一刻，我却记不清楚！”杜若秋忽然崩溃地抱住自己的头，“我求你了，乐子扬，你告诉我，到底发生了什么好吗？我求你了——”

她的哀求如泣如诉，乐子扬身上每一寸皮肤都针扎般地疼。“我不能告诉你，杜若。”他用克制的语气向她说道，“但你先听我说——我想救你，但我还不是指挥家，我还没完全明白，我控制不了源空间的一切。在那以前，你千万不要坐飞机，可以吗？波利斯也不安全——上弦月兄弟会正酝酿一个很大的预谋，你不要留在这里当炮灰。你从南边走吧，去迪拜，到时候我去找你……”

乐子扬说着，走上来拉起杜若秋的一只手。她的手很薄，手指中段的骨节突出而尖锐。杜若秋原本抱着双腿坐在床上，却忽然甩开乐子扬的手，脸上涨起愤怒的血色。

“我不要你拯救！”她大声向他吼说，“你听清楚了！我不要你拯救，我只要你赶快回来，你不要只出现在梦里还是记忆里还是什么源空间的鬼把戏里，我只要你回来、回到我身边，我要你一天二十四小时、永远不离开，你懂吗？”

他当然懂。可是……

“我做不到，”乐子扬坦白而急切地向她辩驳，“真的，我必须……”

“你胡扯！”杜若秋彻底失控地用两只拳头狠狠捶打他的肩膀和前胸，接着“哇”一声痛哭起来。“你知道我被关在4平方米的监狱里，活着的唯一念想就是你。我想只要出去，就能再见到你、再和你一起——可是你呢？你去哪儿了？我最痛苦、最煎熬的时候你在哪儿？我想放弃、想死的时候你在哪儿？乐子扬，我最需要你的时候，你到底去哪儿了？”

接连数月紧锁在心底的情绪，一旦被划开一道缺口，其中满载的愤怒、委屈、渴望和不平便如海啸般无法阻挡地爆发出来。她一直在忍，一直在等，终于等到几乎快要忘记自己还在等什么的那一刻，杜若秋才终于找到了出口。

她肆意的哭泣和控诉穿过空气，每一声都击打着他的心脏。“我……”可是90秒的时间马上到了，乐子扬已经能听到时间的巨浪由远及近的声音，那马上就要把他拖回自己的世界的声音。“我真的——杜若！你得相信我！”他在消失之前用尽全身力气向她大吼。随着杜若秋的身影消失在他视线的尽头，浪潮般令人窒息的沮丧席卷了他的全身。

他知道，杜若秋对自己的感情是复杂的，极度地复杂，好像在一颗心上缠了无数圈的电线，哪一圈是依赖、哪一圈是吸引、哪一圈是倔强、哪一圈是爱，分不清择不开。

可是自己的感情，却无比单一。他遇见她，就好像蹦极选手一头扎进深深的海水，他纯粹地、执着地认定了她，像一个单细胞生命体。他对她单一而极致的感情，是要她活着。

他也曾渴望拥有她，而今已意识到梦幻是多么不切实际。

训梦空间似乎比他上一次来时炎热，这是乐子扬的第一感观。他发现自己站在半山腰的土坡上，四周伫立着许多参天的榉木。也许是因为树枝遮蔽了发凉的阳光，榉木荫下滞留的空气显得格外闷热。

他没有直接去见米尔顿，反而选择隐藏在理想国的角落里，乐子扬认为这是观察米尔顿的另一种方式。他知道米尔顿正把理想国塑成自己想要的形状，他想知道那形状具体长什么样。

反正如果他想，随时就能越到米尔顿面前。乐子扬发现自己在训梦空间里可以自由地穿梭，这似乎是米尔顿专为自己开通的超级管理员权限。

“喂，这里是什么地方？”乐子扬这时看到前方有个正在砍柴的儿童，八九岁的模样，于是远远地向对方发问。

儿童仍旧举着一把斧头砍柴，好像完全没有听到乐子扬的问话。他的斧头砸在粗壮的树干上，发出梆梆梆的单调声响。

“喂，”乐子扬快走几步，拨开树叶来到儿童面前，“我问这里是什么地方？”他又问了一遍。

儿童明明离他只有两米远，却完全没有反应，乐子扬忍不住走近他，弯下腰伸出胳膊在他的眼前晃一晃，还是毫无反应。

原来自己可以观察别人，别人却看不见自己。乐子扬想。在训梦空间，他是一个透明的游客。

想到这里，乐子扬把手重新插进口袋，转身准备离开，刚走了一步却忽然察觉出身后有一点不对劲。他回过头又仔细地向砍柴的儿童看了片刻，终于发现是哪里不对劲：儿童砍柴的斧头方向拿反了。他正在用钝的那一边砍向树干，虽然斧头举得高，敲击的声音也响，可树干只是表皮被敲出一个浅浅的坑，树干本身几乎毫发无损。

“喂，你的斧头拿反了，”乐子扬忍不住开口说，“你这样砍，砍到天黑也砍不断一棵树。”

他显然忘记了，儿童听不见他说的话。

“喂，我说，你应该用锐的那一面砍树。”乐子扬抬高声音，用两只手在空中比画。儿童抬起头毫无目标地望向远处，举起一只手擦一擦额头的汗珠，复又低下头，继续机械地重复砍树的动作。

“砍砍砍、砍砍砍、砍砍砍……”他嘴里小声念叨着。

“疯子，傻子。”乐子扬对于无法与他交流的儿童丧失了兴趣。他向山脚下眺望，目光聚焦在人头攒动的地方。那里有两排整齐的白色帐篷，看样子像一个露天的集市。

只要有人的地方，他就愿意观摩。乐子扬心中想着，下一秒闪现在搭着白色篷子的集市中心。一条不算宽敞但十分绵长的街，乐子扬往左看往右看，感到这个地方十分……慌忙。他想不出一个更合适的词语来表达这种感观，但他走在忙碌的集市，走在一顶帐篷和另一顶帐篷之间，确实感到来来往往的人步伐迈得飞快，仿佛都急急忙忙地赶着去下一个目的地。

集市里的人摩肩接踵，不过乐子扬毫不费力地从他们中间穿过。别人看不见他，他却能看见这里的所有人。他能观察每一个人的眼神和嘴角的动作，能感知经过他身旁的每一个步伐和体温。集市上的人并不少，但是缺乏热闹。乐子扬很快就意识到了原因。

集市上没有人说话。

每个人都穿着清一色的长短不一灰色的裤子和白色的上衣，安静地在集市的街道上走动。他们好像达成了某种默契，知道什么时候、谁对谁应该相让。帐篷里卖东西的人也不标价，买的人也不去询价，只要彼此一点头，就完成了一单生意。

这时，就在乐子扬的眼前，一个提着布袋的中年女人和她对面卖彩色颜料的年轻小贩忽然被定住了动作，然后在一阵极微弱的风中化成了尘埃，蒸发在空气里。

乐子扬不由得愣住。卖颜料的小铺依旧伫立，摊铺后面空无一人。可是集市上的人来来往往，竟没有一个人停下脚步，甚至没有人侧目而视，好像刚刚那一切都未发生过。

如果不是那一盘盘鲜艳的而今无人管理的颜料还在，乐子扬几乎要质疑自己的眼睛。

怎么回事？他在心里大声质问。

“一个真正的强盗是无法被驯化的。强盗只能驯化别人。”

米尔顿的声音在他耳边响起，乐子扬猛地回头，却只看见川流的人群，完全没有米尔顿的影子。

“那不能被驯化的人呢？你就把他们一个个全都蒸发？”乐子扬向空气高声说道。

空气却没有再回答他。乐子扬在集市中左右眺望，前面的人，后面的人，没有一个不穿着白色的上衣和灰色的裤子，没有一个发出一点声音。乐子扬迈开脚步迅速地穿过集市，走过一个路口，路口的对面是几间蓝色屋顶的工厂，工厂里的机器轰隆隆地转着，流水线旁的工人却一个个紧闭着嘴巴，不出一声。

乐子扬从腰间拔出自己的手枪，对着工厂的顶篷嘣嘣放了两枪，正在作业的工人们依旧在自己的位置上平静地工作，毫无反应。

乐子扬忽然就想到了半山腰上那个拿斧子背面砍柴的小孩。砍砍砍，砍砍砍，他穿着一件鲜艳的红色背心。

一只黑色的渡鸦从门口掠过。乐子扬随之跟出门，视线跟着渡鸦伸向高空。渡鸦张开黑色的翅膀，在空中忽高忽低，掠过大片的房屋和人群。他跟着渡鸦飞过的方向，脚步越走越快，穿过绵延的工厂、集市、破败的砖房子和窄小肮脏的街道，面前出现一片开阔的草地和一条河。浑浊的河水泛着被冲淡的红色，河上架着一座铁桥。桥中央有一个人独自站着，两只手搭在栏杆上，身体微微向前倾。

与所有其他人不同，那个人穿着一身黑色的袍子，比黑夜、比发丝、比秃鹰的眼珠更加浓烈的黑色。

乐子扬在桥头站定了，黑袍的米尔顿正好扭过头。他的神色没有变化，但是目光牢牢定在乐子扬身上，乐子扬也毫不客气地回以质问的眼色。

“你有理由蒸发一个碍事的内阁大臣。可是现在又是怎么回事？集市上的妇人和小贩又怎么了？”乐子扬走向米尔顿。

“恐惧。”

“恐惧？恐惧又是为了什么？”

“看来你还是不明白。”米尔顿叹息地摇摇头。“恐惧不是为了什么。恐惧本身就是终点。”

“不。你要所有人都怕你，到底是为了什么？为了让他们都听你的？你不是已经做到了吗？”

“不，还差得远。”米尔顿的语气瞬间转为一种轻松，甚至诙谐的口吻，“或者你也可以理解为，恐惧只是一个钟摆，一点提醒。就连我，米尔顿也无法一天二十四小时都醒着，但是恐惧能。”

乐子扬下意识地看看自己的四周，四周一个人影也没有。

“昨天，我一共蒸发了十九个人。”米尔顿看着乐子扬，继续说，“前天，我一共蒸发了七十七个人。”

“你蒸发他们，完全没有原因？”

“正是。没有原因。蒸发是完全随机的，”米尔顿这时抬头，看着红色的河水上还在不断盘旋的渡鸦说道，“这才是蒸发的真谛。”

乐子扬冷笑一声。“这完全说不通。”

“不，随机正是蒸发的美妙和诗意所在。每个人、每个时刻、在每个地点，都有可能消失。完全随机的蒸发，是消除‘个体’的唯一方式。”

“个体？”

“理想国正在走向完美，走向极致，我必须为它清除障碍。而现在，‘个体’就是唯一的障碍。因为个体而滋长出意识，因为意识而滋生出欲望。个体的存在就意味着欺骗、争夺、杀戮和剥削。在一个真正纯粹的世界里，个体是不能存在的。”

乐子扬长长地吸一口气，一阵凉意袭上他的脊梁。米尔顿的声音平缓，他却感到一种恐怖的味道，像瘟疫一样在空气里以看不见的方式蔓延。俄而桥下的河水突然湍急起来，河面上不时蹦出一条彩色的鱼，鱼鳞在蓝紫色的夕阳下闪着变幻莫测的光。

彩色的鲤鱼再一次跳出水面的时候，米尔顿伸出手，将自己的虎口比做一只钳子，拇指和食指缓缓收紧。

乐子扬伸出手，重重地拦在米尔顿的小臂上，用了三分力度。米尔顿的胳膊顿时也用了力气，但他还克制着，没有直接推开乐子扬。“我无意跟你打架。”他侧过头说。

“这我完全理解，”乐子扬不卑不亢，但右手的拳头已暗暗收紧，“大多数人，识趣的话，都不会想跟我动手。”

“但我不是多数人。”米尔顿的话一出口，立刻右臂往回收紧，身体后沉。乐子扬两腿之间起势犹如卷地风，一个崩拳急如利箭，直奔米尔顿的心脏。

米尔顿身子一偏，脚步却没有后退，反而见缝插针，身体贴近了乐子扬，接着右拳迅如闪电，从心口钻出。

乐子扬忙抬起一只手臂去挡，但自己心知破绽已出。米尔顿制住乐子扬的上臂，接着就听红河上发出一声微弱的嘶叫，那彩色的鲤鱼好像被一只无形的手挂在空中，它的嘴巴对着天空嚅动几下，很快就断了气。它的身体迅速地变成灰色，然后又变成尘埃散开在空气里。

“只练习打人，不练习被打，这是你们这些富家子弟的通病。你每天对着沙包、木桩、空气，我却是对着野兽、飞禽和暴躁不逊的农民。”米尔顿难以掩饰语气中的得意。

乐子扬却说：“刚才你以巧取胜，是我输了没错，但一条鱼也要死吗？一条鱼也能违背恐惧？”

米尔顿露出惊讶，又好像恍然大悟的表情。“原来你是为了一条鱼，”他看看河水，又摇摇头，“为什么要在乎一条鱼呢？一条鱼在广阔的红河里，一个人在漫长的时空里，都不过是一粒尘埃。一条鱼能活多久呢？一个人又能活多久？很快，属于个体的一切都将变为尘土。个人的存在是没有意义的，个人的存在是不真实的。”

“那什么存在才是真实的？”

“永恒。在这里，只有理想国才是永恒。当然，我也是。一个人，只有通过和理想国的连接才能收获意义，只有集体才是真实的。独立化的存在是不可能的，那只是一种抽象化的描述，一种天真的臆想。”

“个人是不存在的，自由也是不存在的。”米尔顿正在后退，离乐子扬越来越远，可是他的声音好像就振动在乐子扬的耳边，“只有这样，才能消灭一切冲突、一切分歧、一切战争和苦厄。他们的世界里只有神、只有米尔顿，没有自己。”

乐子扬望着红色河水里鱼最后消失的位置，那里不再有长着彩色鳞片的鲤鱼跳出河面。他闭上眼，潜入红河的河水里，那里黑色的水草长得浓郁旺盛，随着河水的流动而左右摇摆，好像一张移动的蜘蛛网。

乐子扬再次闪现，这一次他眼前是一个巨大的篝火。木柴堆得很高，可是周围没有人烤火，也没有人接近，只有篝火在燃烧，风中弥漫着烧焦的煳味。

乐子扬再次闭上眼睛。带我回集市去吧，他在心里默念，让我再看一眼这里的人。

不出意料地，再睁开眼时他重新出现在集市的中央。来来往往的人群整齐地移动，乐子扬跟随在他们后面行走。走在他前面的是个年长的男人，一头灰白的头发，五六十岁的模样。他的脚貌似有点跛，一摇一摆地从一个个白色帐篷前走过。当他快要走出集市的时候从对面匆忙走来一个人，很年轻，头发梳得光洁，眉毛浓重粗犷。

他从跛脚老头的身边侧肩而过，只停留了短短的半秒钟，可是乐子扬看到了：那个年轻人偷偷伸出一只手，将一张字条塞给了老头。

老头走路的节奏并没有中断，继续跛着脚走出集市，然后向左拐个弯，穿过一条狭长阴暗的巷子。乐子扬耐心地跟在他后面。

走出集市很远，跛脚老头来到一片野草地里，野地中央建着一栋简易的木质房子。他四下看看，然后迅速走进去，掩上木柴搭成的门，又把一截树干横在门前，整个屋子四面无窗。

老头在黑暗中点起一支蜡烛，然后端着烛台拿到房间的角落里，把字条从上衣口袋里翻出来放在火苗的微光底下。乐子扬就站在他对面，也注视着蜡烛散发出的光圈。字条上面写着："快逃。"

老头立刻将字条放在烛火上烧掉，然后抬起头，整张脸几乎完全直面着乐子扬。乐子扬确定没有人看得到自己，可是对方的脸上渐渐浮现出一种恐惧、狰狞，仿佛目睹海啸将至，让乐子扬瞬间以为对方看见了自己。

他下意识地轻吹一口气，吹灭了蜡烛。蜡烛熄灭的同时从柴门的门缝里吹进一阵风，风里夹着稀薄的烟尘。跛足老头如同石化般，一只手还端着烛台，就这样看着自己的身体一寸接一寸地化成灰烟，消散在风沙里。

叁

不管怎么样，她肯定是故意告诉你的。她故意想让我们知道。你的身份已经暴露，你现在已处于危险之中。

——路白

紫玉公馆里的挂钟又跳了一个刻度。杜若秋呆呆地对着卧室里的黑暗盯了两秒，然后把头埋进被子里，肩膀在窗帘缝隙的月光下一颤一颤，她像一头受伤的困兽。抑郁、愤怒，还有强烈的不甘心在她的胸腔里燃烧，烧得她心口生疼。她在床上来回翻几个身，浑身不由自主地打战。她伸手拉开床头柜的抽屉，从一个小白瓶子倒出几粒可待因放进嘴里。

她确实头疼得厉害，脑袋里好像有蛔虫在钻来钻去。可待因会让那好些，杜若秋又吞了一把可待因，接着觉得嗓子干渴。

酒呢？

再次醒来时，杜若秋发现自己躺在厨房的洗手池边上。她的手在抖，大脑沉重而眩晕，四肢都不听使唤。糟了，现在是几点了？她想。厨房的一侧有扇小窗，可是并不明亮，应该是清晨。

今天是工作日吗？

杜若秋发现自己记不起来了。她虽然刚刚醒来却只觉得累，精疲力竭地把头靠在厨房水池的金属外壳上。卧室里好像是自己的手机铃声在响，不过也很可能是自己的幻听。转瞬间手机的铃声又变成了叮当的门铃声，难道真的有人找她？

门铃响了几声，接着又变成大力的捶门声，伴随着一个她听不清的人声。

“出去、出去、滚……”她喃喃地倒在地上对着门口说道。门口捶门的声音越来越响，杜若秋奄奄一息几近晕厥。

“喂，你还在发什么愣，你不是负责支索吗？约书亚正找你呢。”杜若秋从船舱里走上来，只见乐子扬一个人站在船尾的甲板，好像发着呆。

乐子扬的视线从远处回落到杜若秋身上，她忽然觉得他的眼神有些不同，一时不由得浑身一震。

不只是眼神。他的目光不再热切而闪耀，一双眼睛收敛而克制，藏着深不见底的秘密。杜若秋觉得他的脸颊都比昨天消瘦粗糙，如同一尊严峻的塑像。几米的空气将他们隔开，那空气重而浓密，像雾，而乐子扬就站在雾的中央，她看不清周围的陈设。

“你……你还好吗？”杜若秋试探地轻轻问。乐子扬的姿态似乎有一种防御的力量，她的脚步没有再往前移动。

乐子扬没有立刻说话。可他不说，杜若秋也看出他并不好。事实上，乐子扬的一切都不对劲——他从头到脚穿着纯黑色长袍，兀立在甲板上一动不动地盯着杜若秋。开口说话好像很艰难，乐子扬似乎在紧咬着牙齿，薄薄的嘴唇没有颜色。

“怎么……怎么了？”杜若秋茫然。她知道自己只能等待，她已预感到乐子扬即将告诉自己的，会是无比重要、无比艰难，或者石破天惊的什么。杜若秋已做好了震惊的准备。

乐子扬将一只手插进长袍的口袋里，平静地开口说：“我得走了。”

什、什么意思？走去哪儿？

“确切地说，我已经在离开的路上。杜若。”乐子扬说完，停留了几秒钟，接着又一次开口，“我等这一刻等很久了。”

她想起来了！杜若秋在失去意识的那一刻突然全身打了一个激灵。乐子扬那一刻的眼神，是诀别的眼神。

“病人体内检测出可待因和酒精，这种类罂粟碱和酒精一起服用是大忌，可能导致急性呼吸窘迫、休克，甚至死亡。在病人血液中还检测出超剂量的度洛西汀，过量服用度洛西汀和厌食共同导致了血糖过低，这也是导致她晕厥的原因。”

“洛什么汀？”

“度洛西汀，5-羟色胺和去甲肾上腺素再摄取抑制剂，简称SNRI。是一种抗抑郁药物，通常每天推荐用量不超过

60mg，根据我们的检测，杜小姐在过去24小时内的服用量应该超过200mg。”

颖决明倒吸了一口气。他昨天晚上回到波利斯，先给杜若秋打电话她不接。今天上午又打了几次，直到打到中国使馆被告知她没请假也没来上班，忽然意识到事情不妙。杜若秋有抑郁症，他怎么没想到？她千辛万苦追到王青铜的线索，却最终变成替罪羊，一关就是几个月。上次在阿巴斯港见到她，她就已经瘦得毫无美感，唇色苍白，头发凌乱，她曾经可是那么爱美的一个人。

自己怎么就没看出、没想到——她怎么可能不抑郁呢？

“您觉得，她有没有可能是明知……她有没有可能是故意喝酒？”颖决明不安地向医生试探。

医生当然明白他的意思。他看着病人沉思片刻，然后开口说：“这个……很难判断。我们只是医生，不是算命的巫师。我只能告诉您从病人体内检测到的药物剂量，尽量推测病人的行为，但无法知道她的动机。”

“放心，我暂且还死不了。”杜若秋的声音传来。她不知何时醒了，睁开眼睛直直地盯着天花板。

颖决明赶紧走过来。她仰面平躺着，眼睛一眨不眨。颖决明探过身，见她的眼窝深陷，眼圈透着静脉的青色，眼睛底下印着深浅不一的横纹。她的手还在轻微地抖，医生说这是典型的过量服用抗抑郁药物和镇定剂的副作用。

“我以前没想过死。但现在躺在这儿动也不能动，反而有时间想。我有很多时间，我刚刚想了很久了，真的。我希望我能在睡梦中死去。在梦里我又恢复了敏锐的感知，我能感到时间的深邃和世界的宽广，我能感到自己的血液逐渐停滞，我的身体开始发凉。我的眼前从黑暗里生出一个由远而近的光源，光的吸引使我得以抛下沉重的躯体，飞上天空。”

“我的身体太沉重了。我的头、四肢，甚至是手腕和脚踝全都沉甸甸地挂在身体上，挪动都十分费力。真想抛弃一切获得自由。”她梦呓般地倾吐着自己的直觉，神情却平静悠闲，好像并不知道自己在谈论死亡。

“你别说了，”颖决明受不了，抓住她的胳膊，恳求地说，“求你别再说了。”

“嗯？”杜若秋这时似乎更清醒了些，她转过头。“颖决明？别说什么？”

颖决明和医生同时小心翼翼地看着病床上的杜若秋。

“杜小姐，”医生先开口说，“你在自己的公寓里因为低血糖而昏厥，是颖先生把你送来医院的。”

“真的假的？”杜若秋挣扎着要坐起身，然而只是在床单上轻微地移动了几寸，“我晕倒了？你怎么在波利斯？你不是在……”她略一停顿，“在海边度假吗？”

“我刚回波利斯，昨天下午到的。”颖决明给她盖上被子，然后低头看一眼手表。

“现在几点了？”

“早上九点四十五。”

“星期……三？”

“今天是星期四。”

杜若秋皱起眉头，试图回忆自己上一次清醒的时候。

彻夜的漆黑、焦躁不安的等待和失落、语无伦次的乐子扬、难以忍受的愤懑和委屈——和乐子扬短暂的相见从她的记忆里浮上来，杜若秋忽然惊醒般地坐起身，然后轻声对颖决明耳语。

“我知道乐子扬在哪儿了。”她说。

“什么？你见过他了？”

杜若秋迟疑片刻，摇摇头。“但他的失踪不仅和源空间有关，更和 Abu Al-Qadi 有关。”她笃定地说，“我看见乐子扬的行车记录仪里的记录了。沈安妮劫持事件过去两个星期，他最后把车停在离小剧场一条街的地方，然后车就再也没动过。这不可能是巧合，他一定是找 Abu Al-Qadi 去了。”

颖决明听着，似乎一点也不惊讶。杜若秋是一个不撞南墙绝不罢休的人，她不找到乐子扬的去向绝不可能放弃。“我能帮你什么吗？”他于是问她。

杜若秋摇摇头：“这件事得靠我自己，”她淡淡地说，随后好像忽然又想起什么，因而抬起头来望着颖决明，“不过我确实有另一件事要求你帮忙。”

“任何事都行。”

“我给你一个 MAC 地址，”杜若秋说着，拿起医院床边的一支圆珠笔在颖决明的手心开始写，“他的电脑里有中国军火出口的合同，我觉得其中有诈，你帮我把他的合同复制过来给我看。”

颖决明低头看一眼自己的手心。

8c:49:37:f1:c5:98

“你的记忆力还不错。”他说。

“你放心，我清醒得很，我不会自寻短见的。”杜若秋挤出一丝微笑安慰他。

她说的是实话。杜若秋并不想死，却也不惧怕有一天会死。她发现自己真正恐惧的，是那些悄无声息的失去，像泥土里的露水，像石缝里的细沙。她不愿凋零，至于死与不死，倒是其次。

自从黑鹰俱乐部搬家，这是颖决明第一次来见路白。他初入小 31 号的门厅，沿着斜对面的楼梯向上望去。

“来，上楼。”路白这时走到二楼接近楼梯的地方，颖决明应声跟上楼来。

“我来只有一个原因，”颖决明跟着路白走进他的办公室，开门见山，“我要亲自把这个东西带来交给你。”他说着，从口袋里拿出施娅几天前给他的袖珍玻璃瓶，放在路白的写字台上。

路白拿起玻璃瓶，注视着里面紫色的幽幽的光泽。“这是什么？”他问。

“这正是需要你们解决的问题，”颖决明回答，“这里面的东西，就是 TX Petro 在阿巴斯港的目的——它在阿巴斯港不是为了开采石油，也不是为了重修港口，而是为了这个。”颖决明指一指路白的手里。

“他们在开采这种矿石？”

“也许是矿石，也许是从中提取某种原料或者元素。你们能检测它吗？”

路白沉吟。“我们不能。”他说，“得送到外面去检测。”

“那么就小心为妙，”颖决明知道不用自己说对方也知道，不过他接着又补充一句，“我临走的前一天，还在一个高管的电子邮件中看到一条消息：5月9号TX Petro运送给第九舰队的一批机械物资，在途中丢失了15磅，一个高层为此大发雷霆，不惜启动一切资源也要找回来。具体物资是什么没有明说，但机械物资用磅这种单位计量，是很不同寻常的。”

“所以你觉得，他们运的不是机械物资，而是这个东西？”路白举起颖决明刚交给他的玻璃瓶。

颖决明一耸肩。“看你怎么理解了。”

路白默默把玻璃瓶收进自己的抽屉。

“我还需要回阿巴斯港吗？”颖决明这时问。

路白抬起眼睛看着对方。“暂且先等两天，”他说，“等我们的检测结果出来，再请你来。你是最了解他们，最了解阿巴斯港的人。”

“OK，不见不散。”颖决明转身走出办公室，路白突然又从身后叫住他。

“对了，”路白说，“你上个星期寄给侯博士的芯片，他还没有琢磨出所以然。不过下次不要再这么做了，任何东西，都先给我。”

颖决明听完路白的话，略一停顿，然后默默地点了点头，走出路白的办公室。他小步走下楼梯，路过一楼的客厅和紧闭着的机房，然后踱出了小31号。

他实在无意关心黑鹰俱乐部内部的琐碎细节。

上午十一点半，颖决明看看自己的手表。阳光照在对面小店的玻璃窗上，反射回来的光也足够晃他的眼了。颖决明沿着哈什米街，低着头晃了一阵，然后在街口搭上一辆公车，坐了两站来到金融区的一家星巴克。

上班日的星巴克里熙熙攘攘十分忙碌。颖决明点了一杯最大号的普通拿铁，拿到一个靠墙的圆桌旁坐下，从自己的双肩背包里拿出电脑，然后展开了左手的手心。

8c:49:37:f1:c5:98

对方电脑的加密系统愚蠢而老旧，颖决明不到五分钟就以超级管理员的身份进入他的系统。他快速浏览着一个个文档，然后选中一组文件夹开始下载。

电脑屏幕上的绿色进度条一突一突地往前跳动。剩余30 秒……15 秒……10 秒……5 秒……

颖决明拿起自己的手机。

“喂，我把你要的东西传给你了。”他合上电脑、扔掉咖啡，然后拨通了杜若秋的电话。杜若秋当时不在，转到语音信箱，颖决明给她留了一封简短的留言。“我没细看，不过你应该猜得没错，这个人确实搞了不少军火合同，具体你自己看吧。另外我在文件的历史列表中看到去年 10 月14 号整个军火合同的文件夹制作了一份加密的副本，转存在某个移动设备里。所以至少去年 10 月之前的文件别人手里也有。”

颖决明说完，没有立刻挂电话，而是在线上又沉默了两秒钟，接着说：“你出院了吗？照顾好自己。就这样，拜拜。”

合同书 GTXX201708644

……向缅甸国防部出售飞弩 FN-6，共计 300 发，分两次交付

合同书 GTXT201709260

……授权阿联酋 IGG Inc. 代理出口翼龙Ⅱ无人驾驶战斗机 105 架和彩虹 CH-4 无人机 215 架

合同书 GTUT201800192

……授权阿联酋 IGG Inc. 代理向埃及出售 TOW 反坦克导弹，首批 400 发，目标于 2018 年 4 月前交付……

另一边，刚刚出院的杜若秋没去上班，她接到电话就赶回家，锁上两道门，然后将一个个文件点开。缅甸、泰国、巴基斯坦……七八个国家，大大小小三十几份合同，杜若秋在自己随身的笔记本上抄写下每一个合同的交易品目和数额。周楠一个伊罗大使馆的文官怎么会参与向别国的军火武器交易？

杜若秋很快就找到了答案。

合同 GTXT2017092600

甲方代理人：阿联酋 IGG (International Golden Group) Inc.

乙方：阿联酋国防部军事武器进出口局

……出售中国制造翼龙Ⅱ无人驾驶战斗机 55 架，彩虹 CH-4 无人战斗机 195 架……

她再多看了几份合同，明白了周楠从中捣的鬼。向缅甸出口的飞弩 FN-6，出口合同上是 300 发，缅甸的进口合同却只有 150 发。同样地，TOW 反坦克导弹、无人战斗机，甚至还有上百支 95-1 式全自动突击步枪，出口的数量都远高于进口，这样一来一去，中间差的军火就这样走私出来，成为可以任意二次交易的普通商品。她确信周楠伪造合同的幕后主使必然是黎盛德，她甚至亲耳听过周楠给黎盛德打电话确认说“都准备好了”。

可是合同上没有黎盛德的名字，电脑的记录也只能追溯到周楠。杜若秋盯着电脑屏幕思索片刻，放在鼠标上的手指微微发抖：王青铜是怎么拿到黎盛德走私军火的证据？

她翻出手机，从上往下滑动着通信录，然后点开了路白的电话。

“我是杜若秋，”她说，“我想请路先生帮个小忙。”

“请说。”

“我要向黑鹰借两个人。”

“我能问杜小姐要干什么用吗？”

“没什么用。跟着我就行。”

“你要什么人？”

“无所谓，有枪就行。”

路白于是和杜若秋约定，第二天上午他出现在紫玉公馆 200 米外的小咖啡馆里，杜若秋一进门，他抬起头看着她朝他走近。

“没想到路先生竟然亲自来送人，”杜若秋一坐下，半戏谑地说，“你放心，我带他们干不了什么大事，保证完璧归赵。”

路白点头。“我自己来，不是为了送人，”他说，“毕竟能亲自见你的机会也不多，是不是？现在杜小姐肯让黑鹰帮忙，我与有荣焉。”

杜若秋没有立刻回答。她只是面无表情地继续盯着路白，她知道对方肯定有别的话要说。

“杜小姐还在中国使馆吗？”路白继续说，“原本几个月前就应该请你来坐坐，不过看你公务依旧繁忙，抽不出时间光临。”

杜若秋的耐心正在一点点流逝。“路先生到底想说什么？”

路白笑了。“我这次来，确实有一个提议，”他说着，挺直了后背，好像在为一番重要的陈词做肢体的准备，“杜小姐精明强干，在黑鹰俱乐部，有你更广阔的空间。你很了解我们了，我们也了解你，我想我不用多说你也知道，黑鹰俱乐部是一个更适合你的地方。当然，我不知道中国使馆给你什么薪酬。不过不管对方给什么，我翻一倍给你。”

“看来你们挺能赚的，”杜若秋调侃，“不过我确实一直好奇这一点，你们从人员到设备花钱都花得大手大脚，钱从哪儿来？”

路白略一停顿。“黑鹰有自己的基金，也有收入。”他简略地说，“等你加入以后，会知道更多。怎么样，你需要时间考虑吗？”

杜若秋考虑了三五秒。“不了。”她肯定地回答，“多谢路先生的赏识。但是我已决定了，要留在使馆做完我该做的事。”

“没关系，”路白对于这个果断的拒绝似乎接受得十分欣然，“我不强求。不过我的提议长期有效，等你——如果你有一天改变主意了，你知道该怎么找我。”

路白说完，从靠窗的椅子上率先起身，然后用手把桌上一张餐巾纸向前轻推。“你借两个人，我再附带加借你一辆车，”他经过杜若秋身边时说，“全套疗程，不满意包退包换。”

路白确实想得周到。杜若秋把手附在餐巾纸上，纸巾下面盖着汽车钥匙。“两天之后还你。”她轻声说。

既然阴阳合同是从周楠的电脑里发现的，就从周楠下手。杜若秋走出咖啡馆的时候还是上午，她启动路白借给她的那辆黑色的2018年的丰田，副驾驶和后座各坐着一个魁梧健壮的一线队员。

“我见过你们俩吗？”杜若秋把车开上向南方向的13号高速路。

坐在后座的黑鹰率先答说：“我是新来的。”坐在副驾驶的那个人则摘下了墨镜，然后说：“上一年在北伊省乔柯里山的那一回，你是不是坐在指挥车上？”

杜若秋侧头盯着对方片刻，试图把他的模样和自己回忆里的名字对上号。

“你肯定不记得我了，”对方很快接着说，“周莫。”

啊对，没错——杜若秋心里一动——对，就是他……不过她脑海中浮现的，却不是乔柯里山的那一次出动，而是——

“对，没错，在小剧场的华侨沈安妮被劫持的那一次我也在。”对方又说。

杜若秋微微皱眉，对对方察觉出了自己心里所想感到很不愉快。

“我记得第一次阿毕受伤，你还来看过他。他很承你的情。后来阿乐受伤，你也去看过阿乐吗？”周莫继续说着，没有察觉旁边人心情的变化，“我都没去看过阿乐。据说他严重得很，好几天不让探视，后来脱离危险了，却没几天就出院了。他也是个疯子。不过我们这儿很多人是疯子，”他自嘲地笑一声，“不然也聚不到一块。”

杜若秋烦躁地打左转向灯，用对面方向的车道超过前面开得慢吞吞的车。汽车在重新变道的时候猛烈地一摇，车上的人顿时闭了嘴。

“开得像乌龟一样就别在最左道磨蹭。”俄而她自言自语，“我最烦磨蹭。”

周莫给出了一个表示理解的表情。

“对了，阿毕彻底好了吗？没有后遗症吧？”杜若秋试图重新开始话题。

“怎么可能没有后遗症，”周莫回答，“疼、不能负重，而且腰肢不能转体。现在应该可以蹲了，再过几年可能恢复得更好些。”

“乐子扬呢，他又恢复得如何？”

周莫露出一些迟疑。“阿乐就有点怪，”他满是疑问地说，“具体我也不清楚，他好像是出院了，出院之后也没有再在31号出现过，紧接着就听说他失踪了。”

“失踪？”

周莫点点头，压低声音说：“不过我听小道消息说，他失踪是跟Abu Al-Qadi有关。我原本以为他是路老大派过去当卧底，似乎连路老大也不知道阿乐在干什么。这就奇怪了——路老大和侯博士都在调查呢，事实真相可能不像我们想的那么简单。”

杜若秋一只手扶在方向盘上，两只眼睛被迎面照过来的阳光晃得有些迷惘。她知道乐子扬的失踪和Abu Al-Qadi紧密相关，甚至冥冥中感觉他们之间有种别人理解不了的联系，看来路白也知道。路白还知道什么？比她多还是比她少，难道还有什么关于乐子扬去向的讯息，他没有告诉她？

早知道，刚才应该多试探路白几句，杜若秋懊恼地想。

“你要……一直往南开吗？我们已经快出城了。”坐在后座的年轻队员小声说。

杜若秋这才发现自己错过了出口。她低声咒骂一句，连忙打右转向灯，从高速公路的出口下去，掉了一个头。“我们去绿区的一个住宅，”她简短地说，“他现在在上班。你们先一个人进入他的公寓里躲起来，另一个我带你在使馆埋伏。等他下班了，我来他家敲门。如果他让我进去就万事皆休，他非不让我进，就得麻烦你一下了。”

下午六点一刻，周楠刚回到家，换了一身舒服的家居服，在卫生间里洗完手，轻哼着小调走向客厅。

门铃响了一声。

这时候有谁会来找他呢？周楠从沙发上站起身，走到门口透过猫眼，原来是同办公室的杜若秋。她今天貌似并没有来上班……周楠想起来，不过杜若秋自从回到使馆，几乎一直处于一个谁也管不着的边缘世界里。只要她不添乱、只要她不找麻烦——黎公显然乐得她不来上班。

想到这里，周楠心里莫名地升起一丝紧张。这个女人现在来找她，她要干吗？周楠不由得后退两步，紧接着门铃又响了起来。周楠情急之下，退到距离门好几步远的距离，佯装边小跑来边高声问道："谁呀？"

"是我。"杜若秋在门外理了理连衣裙，然后好声好气地说，"我临走之前，给你一件东西。"

周楠这才拉开了大门。"若秋？快请进。"他殷勤周到地打开门，请杜若秋走进来，然后又问，"你刚刚说，你要走？"

"确实，"杜若秋点点头，自己径直走进周楠公寓的客厅，环视四周之后说，"你的公寓真不错，比我的大。"

"哪有，紫玉公馆设施多全，还有游泳池和健身房。我是看中这里离使馆近，上下班方便而已。"

"确实蛮方便，"杜若秋说，"你常去加班吗？"

周楠一愣。"不怎么去。"他随口说着，接着问，"你喝饮料吗？"

"冰水就行。"杜若秋回答。

周楠走进厨房，倒了一杯水，回过头时只见杜若秋也跟过来，身子斜靠在厨房的门口，平静地直视着他。

周楠把手中的玻璃杯放下。"你有什么事吗？"他的语气尽量放轻松，接着又伸手做了一个"请"的姿势，"我们到客厅说？"

杜若秋扫视了一眼四周。他的厨房是封闭式的，厨房到餐厅和客厅的区域只有一扇玻璃门连接。

“不用，这里就挺好。”她回答，接着把手插进上衣口袋里，暗中按下录音笔的开始键。“你对东南亚和海湾地区的军售应该挺熟悉的，”杜若秋继续说，“这几年从你手里经手的合同有一百个吧？或者更多，两百、三百个？”

周楠听见杜若秋提到“军售”二字，身子不受控制地轻微一抖。“你在说什么？”他小声地回答，接着连忙迈步就要往外走，杜若秋却在厨房门口用胳膊拦住了他。

周楠面上的神色骤然一变，立刻伸出手，用力将她往后猛地一推，杜若秋的后背撞在门框上，她没有让开，反而右手从怀里掏出一把左轮手枪，只听“咔嗒”两声，杜若秋对着地面扣动扳机转动弹槽，然后枪口直直对准了周楠。

周楠瞬间停下了一切动作。他小心地后退两步，从水池一直退到灶台旁边，两只手举在胸前做出一个安抚的手势。“嘿，放轻松，”他挤出一丝勉强的笑，“有话咱们好好说。”

杜若秋举着枪的手稳而有力。她向周楠接近：“你有话是应该好好说了。”

“你……你想知道什么？”

“是谁把处理军售合同的事情交给你的？是谁授意你修改合同？”

周楠的嘴唇动一动，却没有回答。

杜若秋又问：“和 IGG 的交易是谁谈的？ IGG 把军火买出来，卖给谁了？”

周楠依旧不回答。不仅如此，他面对黑洞洞的枪管，努力地咽下一口口水，然后用发颤的声音开口说："你不敢杀我。你杀了我，自己的命也没了。"他大着胆子继续说道："这事和你没关系，我劝你，别再追问下去，你做不了什么。"

"我不要求你亲口说出幕后主使的名字，但你告诉我，IGG 的军火卖给谁了？你告诉我合同在哪儿，证据在哪儿，我就不再纠缠你。"杜若秋说着，自己往后退了一步，好像给对方留出一点缓和的空间，手枪也重新收回腰间。她换了一副柔和些的语气说道："你应该知道我的目标是谁。除了他，我谁也不连累。"

周楠的表情中似乎流露出片刻的犹豫，说："合同都保存在——"可是话到一半，他忽然猛一转身，向门口蹿去。好在周莫早已埋伏在厨房门的另一侧，二话不说一拳击中他的前胸，又用手肘猛一磕他的肩膀，周楠"扑通"一声跪在地上。

"你又是什么时候……"周楠的眼神在周莫和杜若秋之间来回摆动几个回合，目光里渐渐显露出绝望。

杜若秋此时重新走上来，把周楠拖到灶台边上，周莫紧紧地按着他跪在地上。

"你慢慢想，合同保存在哪儿？"杜若秋说着，不掩饰地把枪从腰间重新拔出来，用一根手指抚摸着银色的枪管。0.38 英寸口径的 S&W 左轮手枪，这是她的第一把枪，还是乐子扬带她去买的，在他们相识一个学期之后。

"你有没有考虑过拥有一把枪？"一个春季周末的下

午，他气喘吁吁地跑到她宿舍来找她。

于是他们驱车50迈、穿越了半个州，来到北边新汉普顿的一家枪店。

“这是你的第一把枪吗？”枪店的店主看着杜若秋问她。杜若秋点头，乐子扬则环视整间店面，然后把目光落在柜台尽头处一把通身银色的左轮手枪上。

店主顺着乐子扬的目光看去，连忙将他正盯住的手枪取出来。“你的眼光很好，”他向左推开转轮，开始演示装弹，“Smith & Wesson 制造，0.38英寸口径，1.8寸钢制枪管，双动式左轮手枪，不用自己扳动击锤。有5个弹槽，体形小巧，重量不到1磅，非常适合日常携带。”

杜若秋接过枪拿在手里，手指轻轻紧握，感受着它冰凉的触感和小巧的形状，有一种说不出的喜欢。

“关于这把枪，”店主有些犹豫地说道，“还有一个故事。”他说到这里停了下来，似乎在思考要不要继续讲下去。

“我最喜欢故事。”杜若秋回答。

“这把枪是拍卖来的。在我们店之前，它一直收藏在缅因州的一户人家里，直到他们家5岁的儿子在父母的卧室发现了这把枪，然后用它误杀了到他家做客的牧师。”

乐子扬和杜若秋同时看向彼此。每把枪都有自己的历史，而这把漂亮如工艺品一般的左轮手枪，却挟着一个不那么吉利的故事。乐子扬用目光询问杜若秋，店主看见两人的沉默，从玻璃柜台中又拿出一把黑色的手枪，开口说：“或者这把也不错，9毫米半自动，非常好上手……”

杜若秋在店主的故事里沉思片刻。“那真是不幸。”她充满同情地把目光从店主移到柜台上的左轮手枪上，接着语气一转，“我就要这把了。”

并非无动于衷，她反而觉得这个故事里有人生的无常，以及随时都有可能降临的、来自命运的安排。这把左轮手枪还将时刻提醒自己一把枪的重量，提醒自己所拥有的能力和责任。

店主对她的决定颇为惊讶，但顾客是上帝，买卖当然要照做。

“枪不过是一件工具。杀人的是人，不是枪。”杜若秋结账的时候忽然说。

此刻，杜若秋右手紧握她的左轮手枪，平心静气地看着周楠。“不要低估我的决心。”她斩钉截铁地开口，同时目光向左扫过他厨房里的灶台，他用的是黑色的新式电热炉灶，一共有四个炉子，用电热丝一圈圈绕出来。

“你想好了吗？”杜若秋说着，一只手拧亮了右下角的电热炉，开到最大，然后突然上前一步，从后面猛一踢周楠的小腿，站在他身后的周莫几乎同时将他往前一推，周楠的脸几乎就要紧贴炉灶。

炉子上一圈圈的电热丝因加热而变色，原本沉寂的灰黑色铁环释放出幽幽的、暗红色的光泽。杜若秋走回周楠的面前，她看一眼电热丝，转而瞪着双眼与周楠对视。他们在交汇的目光中试探着彼此的底线和决心，她打赌他知道，他打赌她不敢。杜若秋这时打开自来水管，用两根手指沾了几滴水，滴在已经烧得通红的电热丝上，每一滴水沾上电热丝的瞬间，化作一缕白烟，伴随着“嘶嘶”的声响。

周楠半信半疑中开始恐惧和退缩，可是他依然像个赌徒似的不肯放弃最后一搏的运气，他开口说：

“我真的不知道。你逼我有什么用？疯女人——怪不得人人都说你疯了，一个没有家、没有亲人、没有爱情、什么都没有的女人——”

他一句话没有说完，杜若秋突然右手抓起他的头发，接着“梆”一声狠狠将他的头摔在电热炉上。

“啊——”

一声响彻整栋楼的剧烈的惨叫，周楠的半边侧脸被按在电热炉上，在厨房的周莫都忍不住别过脸去，而杜若秋直视着她面前的惨状。她的呼吸起伏，她的嘴唇紧咬，可是手不曾发抖，面上没有惧色，她目不斜视地盯着狂呼挣扎的周楠，不眨一下眼睛。

杜若秋用力地按住他的脑袋两秒，接着才从电热炉上拎起来。“我、在我、在我——”周楠的右半边脸被烙上一道道烧焦似的血痕，面部肌肉因为钻心的疼痛而抽搐不止。他在抽搐中慌不择言，舌头发抖得几乎不听使唤，“37、372189！在我的箱子、书柜，372189！求求你了！别再烧我、千万别、别、别……”

周楠的汗珠、眼泪、鲜血在一张脸上混杂成团，杜若秋一只手还抓着他的头发，另一只手拿出手机拨通了电话。“看看书柜后面是否有机关或者暗箱，应该是一个保险柜，密码是372189。”

“还有钥匙、钥匙夹在书柜上的《昭明文选》下面，快点拿，快点放开我吧，”周楠嘶哑的声音饱含着迫切与恐惧，“求求你们、拜托了……”一个四十几岁的男人跪在厨房的灶台边上放声大哭起来，“求求你们、求求你们了……”

杜若秋还握着手机，一分钟后听到对面一声“找到了”，这才放下电话，同时松开抓在周楠头发上的手。她回头到洗手池边冲一冲双手，然后迈过已瘫倒在地哆嗦不止的周楠，快要走出门口时放缓脚步，最后斜睨他一眼，冷冷地说：“明天一早我会替你向吴秘书请假的。不用谢。”

“检测结果出来了吗？”侯博士走来，敲一敲路白的门。

“他说今天下午随时给我打电话，”路白站起身，从自己的窗户向外望，“应该快了。”

把矿物检测交给法里德，路白心中颇有些不踏实。法里德是路白在服役期间结下生死之交的老朋友，退役之后读完医学院，然后进入波利斯公安局的法医科，解剖实验室。路白不喜欢私交被公事沾染，可是这一次，他实在没有可以信任的人。

法里德自己也无法检测矿石，但他委托了在物理实验室的同僚，成分结果当天就能知道。

路白的电话果然这就响了。他接起电话，听了片刻，然后说声“好”就按下了挂断键。

“是一种放射性元素，”路白挂断电话，两只手的指头彼此交叉放在胸前，声音沉沉地说，“不是常见的铀或者钚。实验室那边现在正在复验，今天晚上就知道了。对了，”路白看一眼侯博士，忽然想起什么，“你上次拿的芯片残片，看出什么来了吗？”

“还在跑，”侯博士回答，“那块板子实在残缺太多，我正在想办法还原一些它原本的功能。”

侯博士说完，为自己从容的回答感到满意、甚至骄傲。他原本不是一个善于说谎的人，连小时候偷吃巧克力都没有一次能瞒过大人，但是路白这一次并不那么明察秋毫，他只是点点头，然后让他“继续跑”。

侯博士走下楼梯直奔走廊尽头的机房，他想，结果应该快出来了。

乐子扬传递给他的、珍贵的暗号——侯博士匆匆闪进机房关上门，电脑屏幕上不断翻滚出新的一串串数字，倒映在他的眼镜镜片上。

他猜得没错，这确实是一种 FPGA 芯片。侯博士打开谷歌学术，以最近发表排列了论文，然后点开引用率最高的一篇。2017 年 ICS 的最佳论文候选，美国西太平洋实验室和波士顿大学的联合研究项目。论文中提出了 FP-Deep，一种新的 FPGA 加速方式，从而实现让芯片实时、自动调整硬件形态，根据训练样本和算法的特性，快速训练出卷积神经网络，从而实现人工智能、执行任务。

乐子扬寄给他的，正是 FP-Deep 的工程实现，一个可以通过无监督学习而自动调整硬件形态的芯片，并以此为基础构建的人工智能神经网络。只不过，芯片上面没有运行任何算法、任何训练样本的痕迹——图像处理、语音识别、分类、线性回归——人工智能最常见的这几种应用，一样也没有。

侯博士长长地呼一口气，身体向后靠在椅背上，双手离开了键盘。

要跳出固有的笼子大胆思考。他想。乐子扬寄给他的 FP-Deep 到底在训练何种神经网络？

“咚咚”，门口传来两声敲门声。侯博士迅速把芯片的接口拔掉，放进自己的口袋里，然后起身打开门。

颖决明立在门外。一时间两人四目相对，谁也没有立刻说话，反而用眼神去侦查彼此眼里的信息。

“放轻松，我没给你穿帮。”颖决明靠近侯博士，悄声说，“我也不问那到底是什么、是谁给你的了，”他继续说，“我相信你自己能解决自己的问题。”

颖决明甚至都没有走进机房。他说完话，便径直转身走了。他对侯博士、对路白、对黑鹰俱乐部的所有人，既没有义务也没有责任，尤其是阿巴斯港这件事结束以后，他和他们就一点关系也没有了。

他走上楼，敲开路白的门。“你找我？”他问。

“你进来。”路白短促地说，然后亲自走到颖决明身后替他关上了门。

“你们查出那玻璃瓶里是什么东西了？”

路白点头。“你预想得没错，阿巴斯港根本没在开采石油。TX Petro 在开采的是一种稀有的金属元素锔 227，这是非实验室人工合成、在自然界中第一次发现这种元素的存在。”

“这元素能干什么用？”

“目前科学界还没有成型的应用。但是可以肯定，像锔这种放射性超铀元素，肯定会用于某种核反应。”

路白的陈述客观而不加修饰，可是颖决明立刻意识到了其中的分量。“所以他们才把这东西送到军事基地？”他问，“这会是一种新的核武器？”

“有这个可能。”路白回答。他边说边低头翻开自己写字台上的几张纸，有些是文字，有些表单，有些照片。等等——

颖决明的余光忽然瞥到一张黑白的、因为过度放大而模糊不清的偷拍影像。他连忙上去按住那一张纸，眼睛眨也不眨地盯着路白。“这是在哪儿拍到的？”

“这和阿巴斯港这件事无关。”路白回答。

“不，有关。绝对有关。这个女人就在阿巴斯港。”颖决明迫不及待地回答。

路白脸上蒙上一层沉重的幕。“你确定？”

“你告诉我，这照片是在哪儿拍的？”

“照片上这个男人名叫朴老三，是北伊省的一个黑帮老大。他曾经运了一批军火进入伊罗，我们炸了他的货，这是他从现场逃走的当天晚上拍的。照片上的女人是谁？”

颖决明生气地握紧拳头，一拳打在身旁的白墙上。“是我的线人。”他恨恨地说，“或者说，我以为她是。她的名字叫施娅，在阿巴斯港的身份是个应召女郎。那玻璃瓶就是她给我的。”

“朴老三专门干走私贩卖的活。阿巴斯港运输途中丢失的 15 磅原料，十有八九就是这个女人偷的，交给朴老三押运。但是她为什么要告诉你？她为什么把锔原料这么重要的事情告诉你？”

“我不知道。”颖决明长叹了一口气，意识到自己整个过程被施娅玩得团团转。他甚至连生气的心情都没有了，只是难以置信地盯着路白头顶的天花板。沮丧、不甘心，还有彻底的失落和挫败感，让他像跌落深井一般近乎窒息。

“不管怎么样，她肯定是故意告诉你的。她故意想让我们知道。”路白略一思忖，接着果决地看着颖决明，“你的身份已经暴露。你现在已处于危险之中。”

颖决明的双脚向后撤开两步，整个后背靠在墙上，面无生气。对面窗子里照进来的阳光很亮，他眯着眼，恍惚中好像看见一头娇小却敏捷的花豹，逆着光出现在视线的尽头。

花豹谨慎而机敏地在草丛中巡视着，然后停住四肢，身体向下匍匐，埋伏在长短不齐的野草丛中。它一双圆而尖锐的眼睛一眨不眨地盯着前方，四只爪子牢牢抓着地面，准备发力。

它已经找到了猎物，随时就要一跃而起。

肆

最好是什么都不在乎。

——马修·克劳德

杜若秋破天荒地起个大早，不到七点就来到办公室。中国使馆九点上班，官方的规定是八点半之前必须清洁打扫完毕，她想七点来应该足够了。

她的办公室出人意料地整洁。杜若秋只好随便打开几个去年和前年的文档，打印室的机器轰隆隆地响起来。她取走打印好的纸张，一大半扔进自己办公室的垃圾桶里，剩下的几张团成纸团，而其中一张，里面夹着一张微型CD。

扔掉了垃圾，杜若秋将自己后背的窗帘升起来，背靠着清晨的阳光等清洁工来。

果然，快到八点，清洁工老头推开了她办公室的玻璃门。

“哎哟，对不起杜小姐，我不知道您这么早来上班。下次我再早点来打扫。”

“没事，”杜若秋抬起头看着对方的眼睛，“你不用打扫什么，替我把垃圾桶清空就行。”

清洁工老头动作麻利地把杜若秋的垃圾桶倒扣在自己蓝色的大垃圾袋上，然后肯定地对她点点头说：“好。那您忙吧，杜小姐。”

杜若秋看着自己的玻璃门被缓缓关上，坐在转椅上转向窗外。她的双手平静地放在大腿上，右手的食指发出微弱的跳动。

一张CD碟片上的信息，从清洁工老头传到接她出狱的蒋先生手里、传到那些她没见过但肯定存在的真正有权力做决定的人手里，需要多长时间？两个小时够不够、一天两天够不够？杜若秋面对着窗户外头的朝阳，长长地呼了一口气，很久以来第一次感到一丝真正的安宁。她闭上眼睛享受了片刻的宁静，接着拎起书包，走出办公室的门。

“若秋，今天这么早来？”科技组的郭丰刚刚来上班，在上二楼的楼梯口见到杜若秋，惊奇地问。

杜若秋淡淡地答说“早啊”，然后径直下楼离开。郭丰站在原地目送着杜若秋离开的背影，疑惑地看看自己的手表，确实是上午八点四十五。

现在她不在乎别人怎么想了。杜若秋开上车，摇下车窗，仿佛整个人变得很轻。她第一次听到绿区的清晨有布谷鸟叫，街上赶来上班的各国员工熙熙攘攘，她在一家意大利冰淇淋店门前停下车，买了一杯自己最喜欢的咖啡黑巧克力岩浆。

早上九点钟的路上车流不息，杜若秋边开车边滑着手机，忽然想起一件事，连忙掉转车头，沿着来时的路往绿区的另一边去。

波利斯城的绿区曾经是大安亚图拉·霍梅尼为自己斥巨资修建的夏宫，因为这里紧挨着穆坤湖，风景怡人。据说大安亚图拉十分中意这个位置，所以在穆坤湖的一侧盖了夏宫，另一侧又圈起了一大片土地，作为自己死后的墓地。

当然，接踵而来的战争没让他好过，流亡中的大安亚图拉再也没能回到他亲自修建的夏宫。不过，联合国维和部队占领夏宫并把它改为“绿区”之后，倒是继承了霍梅尼对穆坤湖的盘算：在波利斯，因为各种原因没能送回国的遗体，都下葬在绿区的穆坤湖边。

这是杜若秋第一次来到穆坤湖的另一边。同样在绿区，但是远离了使馆、饭店、高级公寓和新闻记者，墓地的警戒宽松很多，工作日的人烟更加稀少。目光所及，她只看见一个人影在老远处踱步，应该是绿区的联合警察。

杜若秋走进墓园。地上的草短而发黄，走起路来能感知土地的凹凸不平。她走过一个矮小的土坡，夏玉锵的墓碑就立在正前方。

一块方正的浅色大理石碑，上面刻着他的名字。墓碑前的石台上覆着杂草和树叶，杜若秋用手把它们扫开，然后抱着冰淇淋杯坐在草地上，坐在他面前。

她没有立刻开口说话，只是盯着墓碑上夏玉锵的名字，然后就低头吞一大口岩浆冰淇淋。再抬头接着再看，还是不知道应该开口说些什么。冰凉的黑巧克力岩浆顺着她的喉咙大口大口地灌下去，杜若秋的眼泪也搅进岩浆里一起吞。波利斯上午的太阳已经升得很高，她坐在支离破碎的树荫下面，手中抓了一把地上的杂草，接着狠狠地把拳头埋进土地里。

她不能改变什么，但这对她来说至少是一种了结，一个故事的闭合，一种解脱。

杜若秋闭上眼睛，静静地感受这片刻的解脱。她的脸微微向上扬着，空气干燥而沉静，手掌下的土地混杂着细微的颗粒感，耳朵只捕捉到空旷又低微的噪声，是一成不变的波利斯的正午。

然而正午的宁静只持续了不到两分钟。一成不变的噪声在她的耳朵里逐渐凝聚，从中聚集起几声尖叫。杜若秋被那声音惊醒，忽地睁开眼睛，才发现那尖叫不是自己的想象，却是真真实实、从使馆楼的区域传来的惊慌的人声。

杜若秋立刻扭头站起身。远远地看不出到底发生了什么，她连忙抓起书包后退两步，接着立刻跑出墓园，发动汽车往使馆区开去。

绕过绿区中央的环岛时，前面街上已经人头攒动。各种肤色的外交官们正行色匆匆地往楼外跑，小部分还抱着头往前奔，路上的车也骤然变多。

杜若秋摇下车窗。“喂，洵异！邹洵异！”杜若秋一眼从人群中看见自己的同事，连忙把手伸出车窗外向对方使劲挥动，“快上车！”

邹洵异看见了杜若秋，他后面还跟着秘书晓冰，两个人小跑几步，坐上杜若秋的车。

“你把车开出来了？”邹洵异刚坐上副驾驶就问。

“我刚刚不在使馆，我还在路上，远远地听见这边乱了。”杜若秋调转方向远离绿区，“怎么回事？”

“绿区有一栋楼出枪击案了，”洵异喘了几口气，飞快地说，“好像还不止一个人，拿着半自动机关枪在楼里扫射。”

“谁的楼？”

“不在咱们附近，但我听路上的人说，是沙特阿拉伯的使馆楼。”

“这是这个月第几起了，”杜若秋好像是问话，又好像是自己在心里计着数，“不过在绿区，这是第一次？”

“上个礼拜，就有两个可疑人员持枪进入绿区，但是给截下来了。没想到这礼拜就出事了。”

“沙特阿拉伯刚跟托登政府签了军售合同，”杜若秋这时想起来，她说，“就最近签的，还包括最先进的无人机。而且据说沙特自己的军队已经在边境上集结好了，只要托登打一个电话，立刻就能开进伊罗。”

车子这时已开出绿区，杜若秋在一个小饭馆前停下。邹洵异和晓冰都立刻各自拿起电话报平安，杜若秋也点开通信录，从最上滑到最末尾，找不出应该打给谁。

“持枪的人被制住了，不对，被击毙了，说有两个人，都在沙特使馆。现在整个绿区还没解除警戒，大家正在疏散。”

“你们还要回去吗？”杜若秋问。

邹洵异和晓冰对视一眼，都摇摇头。

“那我送你们回家，”杜若秋于是重新发动了汽车，“你们都住哪儿？”

送他们回家的路上拥堵异常。原本进出绿区就只有一条路，因为大量的警车、消防车的封路而致使整个伊罗南部堵得水泄不通。杜若秋最后回到紫玉公馆已是下午五点，她疲惫地把车停进车库，发觉旁边停了一辆黑色的沃尔沃，十分眼熟。她下车，伸着脖子朝对面望一望，对面的车门也打开了。

“杜若秋，”是颖决明。他走下驾驶座，三步并作两步走到她的车旁，“我听说绿区出事了。你还好吧？”

杜若秋答说：“我没事。我今天没去上班，去看一个以前的朋友，没赶上绿区的枪击。”

“我看新闻里说，遭到枪击的是沙特阿拉伯使馆？”

杜若秋“嗯”了一声，“想必是跟最近的军售有关。不过这也是我猜的，具体怎么回事很快就会知道了。”

颖决明向她点点头，没有再靠近。“对了，我给你的文件合同你用上了吗？”他问。

“对哦，这件事还没谢谢你，”杜若秋想起来，“走，我请你喝一杯？闹腾了一下午，我又饿又渴。咱们可以去这附近一个茶馆，我最近发现的。这家茶馆里不止有茶。”

“不了。”颖决明回答她，忽然意识到这恐怕是自己第一次拒绝她。杜若秋显然也被他的回答惊得一愣，毕竟这是她从他口里从未听过的话。

“我的意思是，我还有别的事。”

“嗯，”杜若秋向他点头，接着又问，“你有什么事？你还要去阿巴斯港吗？”

颖决明迟疑片刻。该怎么告诉她——或者说，该告诉她哪种谎话？要对她说自己要去阿巴斯港，还是去国外的某个地方探望不存在的亲戚？

他不能告诉她实话。实话是危险的，除了他和路白以外没人知道。波利斯甚至整个伊罗对于颖决明来说已经不再安全，路白打通了位于新西兰的某个黑鹰俱乐部的电话，他今晚拿上新的护照和身份就会离开。

“去吗？”杜若秋又问了一遍。

颖决明整个人站得笔直，没有摇头也没有点头。“波利斯一天比一天危险，你自己要注意安全。从今往后我恐怕不能再帮你了。”他轻声说。

“什么？”

“我的意思是，你知道，阿巴斯港。”颖决明忙说，“一段时间之内，我很难保持联络。”

杜若秋立刻做出理解的表情。“那你自己可要小心，注意安全。毕竟在阿巴斯港……就你一个人。”杜若秋说道，“别忘了，咱们可是好朋友。虽然不是亲兄弟，但好朋友两肋插刀，胜似亲兄弟。”

颖决明点头。不能说道别的道别，原来是这么困难。他想开口告诉她自己要离开，可是说了又有什么用？只能徒增她的烦恼。她的烦恼够多了，他只想帮她，不想成为那些烦恼的其中之一。

杜若秋这时关上车门锁车，手里拿着钥匙再次冲他一挑眉毛，“你真的不去吗？这么着急走？”

“不去了，下次吧，”颖决明假装低头看手表，“我还有一点事没处理完。”

“那好吧，我先欠着，”杜若秋说完转身，向他摆一摆手，“拜拜！”

颖决明没有立刻离开。他在车的另一侧站定了，望着杜若秋离开的背影，隔着她的车和车库里昏暗的灯光，用她听不见的低声向她说道：“拜拜，好朋友。”

杜若秋回到公寓，拧开浴室所有的灯，凝视镜子里的自己。镜子里的人苍白、衰老，眼睛底下一片因为长期酗酒和失眠而堆积的发青的黑眼圈，额头和嘴角延伸出深深的横纹，她拨开凌乱的头发，对着镜子凝视自己后退的发际线。

一个人最可悲的，就是失去对自我的要求和对新鲜世界的兴趣。她想起自己曾经常说的话。到今日，她自己也变成了最可悲的一个人，长久以来，她确实丧失了对世界的一切关心，黎盛德是她唯一的兴趣。

可是现在呢？以后呢？她从抽屉里拿出白色黄色橘色的一串药瓶，上面密密麻麻地写着名称、服用剂量和副作用的警示，然后挨个拧开药瓶，把里面的药片全都倒进洗手池里。水龙头哗哗的水声带走了她赖以为生的各种抗抑郁药和镇定剂，杜若秋决定今天晚上喝一杯牛奶。

她打开冰箱。

算了，明天晚上。从明天起，每天晚上喝杯牛奶，好好睡觉。

“你听说了吗？”

“听说什么？”

“联合国要派高访。”

“访问谁？访问我们？波利斯六方圆桌？”

每个星期四是波利斯六方圆桌的例会日，而这个星期四，是沙特使馆枪击案发生之后的第一个例会日，六方的中层谈判官们陆陆续续走进日本使馆的贵宾楼，彼此交谈和寒暄的声音明显多过以往。杜若秋刚来到自己的办公室，隔壁的俄罗斯代表谷本乔夫便来敲门。“是的，我也是今天早上刚听说的，估计今天又是一个长会。”他说。

高访指的是高级官员外出访问，譬如非洲新建了小学，南美新修了水坝，或者一年一度的各种论坛和峰会，总有几个联合国的高级官员来露一面，发一通陈词滥调的演讲，强调自己作为国际组织的存在感。

“谁来？来干吗？”联合国高访竟然要来访伊罗，杜若秋十分不解，“在这个时候？况且我们这圆桌——恕我直言——谈出一点进展了吗？”

谷本乔夫抿着嘴耸耸肩膀。“不知道。可能是之前就定了日期，也可能是刚出了事，所以赶紧来安抚情绪。不过高访要来，怎么也得像模像样地签个协议、白皮书、外交宣言什么的，随便写点什么无关痛痒的漂亮话。”他说完，忽然又想起一个重要的内容，“顺便说，来的是 UNODC 的一把手，米歇尔·切特。”

“就是上个月被……扔鸡蛋的那个秘书长？”杜若秋想起来了。UNODC 是联合国毒品和犯罪问题办公室，一把手、执行董事米歇尔·切特刚刚卷入一起拉丁美洲的腐败大案，被媒体爆出收受贿赂和吃回扣的丑闻，在一次新闻会上被台下扔过来的鸡蛋打了个正着。

谷本乔夫轻轻一点头，接着看了一眼手表：“一会儿见。”他说完，替她关上办公室的门。杜若秋站在写字台前静静地发了片刻愣。离例会还有二十几分钟，杜若秋拿起电话拨通了隔壁的号码。

“喂！”邹洵异接起电话。

“你听说高访的动议了吗？”

“我也是今天早上才知道。”邹洵异回答，“你怎么想？”

“我想……我反对高访。”杜若秋十分谨慎，但是肯定地说。

“跟我想的一样，”邹洵异立刻回答，“连一个草案或者备忘录都还没谈成，就来拍照作秀，太夸张了。”

“那好，我去其他办公室走一圈，你给中国使馆打个电话。”杜若秋一面说着，一面把自己的电脑屏幕锁上，然后拿出手机查一查米歇尔·切特最近的新闻，其中一大半是有关贿赂和腐败嫌疑的调查，也有零星几个走访南亚国际刑警站的新闻。

她心中大概有了数，边用手机传了一通简讯边走出办公室。

果然，十点的例会上，六方代表刚刚坐齐，本月的轮值主席、日本代表矢口俊一从自己的座位上站起来，面向圆桌开口的第一句话就是：“接下来的两个星期，我们将非常忙碌。”

他断断续续地讲了几句UNODC对伊罗国内局势的关注，以及对于日益壮大的反对党武装力量的担忧。北伊省与伊拉克的边境区域已经出现中等规模的交火，反对党武装占领了小半个北伊省，包括乔柯里山脉这个战略高地，许多中东专家都在担心反对党势力的进一步扩张，会引发伊罗的全面内战。

“这次访问的级别很高，媒体曝光度也很大，是一个很好的机会，来凸显联合国为地区和平稳定所做出的贡献，尤其是……众所周知的恐怖袭击事件之后。我们六方圆桌会谈作为这次高访的直接接待方，有很重大的责任和诸多工作。最重要的，是要在下个星期之前共同起草一份六方联合宣言，在高访期间签署、广而告之。”矢口俊一最后说。

会议室里维持着沉默。一张巨大的椭圆形的桌边，坐着两三排各个国家的谈判代表。日本席的左手边是英国代表席，坐在最前排的海利女士最先打破了沉寂。

“UNODC 高访这个动议本身是谁提出的？说实话，以我们现在的进展和工作安排，我觉得要配合完成整个的高访任务有很大困难。”

“确实，”杜若秋这时也说，“伊罗的局势很不稳定。UNODC 的人来，不仅很难立刻找到什么拿得出手的政策，还打乱目前的谈判计划。”

圆桌周围有几个人微微点头，几个人低着头沉默不语。

“高访是 UNODC 从联合国内部安排的，我们无权拒绝。”矢口俊一用食指暗暗指一指上面。

“这个动议有经过联合国安全理事会通过吗？我们受安理会监管，联合国其他部门无权直接干涉，必须通过安理会才行。”杜若秋立刻回答。

更多人轻微地点头，夹杂着一两声清嗓子式的咳嗽。

“这次高访理论上走的是维和部队的渠道，”矢口俊一说，“走访维和部队是不需要动议的。不过上面希望……我们能配合。”他说完，咽了一口口水，“我很了解诸位的顾虑。这样的顾虑我也有，昨天晚上我打电话给日本驻日内瓦的大使，传回来的消息说这个行程是板上钉钉了。”

“所以维和部队会负责整个高访行程？”

“会负责……大部分。因为安全和、呃、照顾媒体需求的考虑，高访的主要场所定在了我们这里。当然，在绿区的维和部队会跟我们密切配合，今天下午就会有第一批部队的长官来，带领者是马修·克劳德上将。”

几个谈判代表几乎同时往上转了转眼珠，杜若秋是其中一个。

到了下午，杜若秋去电梯门旁边的收信室取信件，走出来的时候迎面刚好见到一个美军上将上楼，笔挺的军装，一头金发，挺直的腰板和宽阔的双肩，微微昂首。她目视着对方的步伐，对方明显也看到她了。

“马修·克劳德上将，”陪同的秘书连忙介绍，“这是中国代表杜若秋。”

杜若秋伸出手与对方短暂相握。“你好，”她说，“是因为UNODC吗？”

上将点头，接着环顾四周说：“看来你们的环境还不错，单是空调就比我们强多了。怪不得切特选择来这儿。接下来两个星期，我们要经常见面了。”

杜若秋说：“感谢你们负责执行董事的安全。”

“哦不，”上将回答，“感谢你们提供机会。”

“有什么需要我做的，请随时告知我。”杜若秋说完准备离开，“再见，上将。”

然而一天还没过完，杜若秋就再次见到了克劳德，在接近下午五点的紧急会议上。

“米歇尔·切特的办公室刚刚发函来说，高访期间至少要安排一场与当地民众的会面。最好是青少年，举办一个短暂的十几分钟的演讲，然后是握手会。”上将简短地说。

“非常、非常糟糕的主意。”坐在上将对面的美国代表尚·斯班森听了，立刻斩钉截铁地发言，“波利斯的状况你们不是不知道，一天一个恐袭爆炸，就连绿区也出了事。搞这么人员混杂的活动，怎么安保？而且只有一个多星期的时间，根本不可能实现。地点在哪儿？人员是哪些？联合国总部的这些官员应该放弃这种树大招风的活动。”

“招风正是他们来伊罗的原因。”杜若秋小声说。

“但我们的责任不是替官员们决定他们想要什么。我们的责任是在他们决定了之后，保证他们想要的计划能顺利实施。我想这一点，各位官员应该很清楚了。”克劳德尽量用耐心的语气回答。

斯班森显然并不满意。“还有你刚刚说，青少年？你们打算上哪儿找一群活泼又听话的青少年来跟切特女士握手？”

克劳德这时坐了下来，转过头看着旁边的矢口俊一，那神情好像在说“这就是你们的事了”。

“关于这一点，我们确实还在探索可能性。”矢口俊一接下话茬，“波利斯的几所国际学校和我们的关系不错，就读的有国际学生，也有少量的当地学生。想要组织的话，也不是不可能。”

“让UNODC的执行董事去国际学校吗？本来在绿区活动

已经非常复杂，尤其是最近这期间。现在还要安排去学校，劳民伤财不说，安全隐患也很难避免。”杜若秋这时说。

“中国代表说得没错，但是握手会的可行性还是要探索。我的办公室已经在和国际学校联络了。当然，我们各位代表这个星期的重中之重，还是六方联合宣言。”矢口俊一说到这里，又转向克劳德上将，“如果您有什么需要配合的，请直接告诉我。”

“我想听听你们打算起草的联合宣言，听起来挺带劲的，是不是？”上将的语气听不出是真的感兴趣还是刻意的嘲讽，“谁都希望能给中东带来和平，对吧？我们在阿富汗和伊拉克走的路只算得上胜利，算不上成功。所以我有时候就想，或许成功真的是坐在办公室里坐出来的。”

圆桌周围的沉闷气氛中酝酿着压抑和暴躁。马修·克劳德四星上将、战功赫赫有名，在军队中说话举足轻重，即使是同级文官也要敬他三分。此时上将悠闲地将自己椅子的两条前腿翘起，继续思考了片刻，接着站起身来，用手指的关节敲了两下桌子。

“多谢各位，我先告辞了。”

圆桌周围的其他代表也陆陆续续地站起来。杜若秋闷闷地拿起自己的平板电脑，走出会议室直接去了饮水房。她的嗓子正渴得冒烟。

饮水房中空无一人，她径直走向饮水机，接了一满杯冰水，咕咚咕咚地灌进喉咙，大脑顿时清醒舒服了许多。

“这么渴吗？”又是上将低沉又带着轻微调侃的声音，他昂首走进饮水房，给自己倒了一杯咖啡。

“我不习惯，上将。”杜若秋转过头目视着身形高大的克劳德，“外交谈判有自己的节奏。刚刚发生一个枪击案，接着又强加一个高访，起草一个夸夸其谈的联合宣言，这对于地区和平毫无用处。”

克劳德上将轻笑了一声。“地区和平我指望不上，至少绿区应该提高警惕，维护一下自己的和平。”

“保护绿区的安全，难道不是维和部队的责任？”

“阻止伊罗爆发战争，也就是你们口中的地区和平，才是维和部队的责任，”克劳德上将没有掩饰自己的嘲讽，“当然，外交人员的命也是很贵重的，我猜。”

杜若秋当然知道自己说错了话，她甚至自己也吓了一跳，她是否真是这么想的？绿区的意义，是否只是为了维持自己的存在本身？

“你知道，这么多年来，我和很多外交官打过交道。本国的、外国的，我在CIA的时候还曾经长期驻扎在大使馆里。不过我从没真的喜欢那些外交官，就跟我不喜欢政客一样。”

“我不是政客。”

“在我的眼睛里，并没有什么区别。你们口中的和平、发展和自由主义，大多数不是靠外交手段解决，是靠我们。不过我们心中没有这些主义，我们的世界里只有枪和血，胜利与失败，失败和死。”

“随你怎么想。我不需要你嘉奖，”杜若秋回答，“要不是因为这场高访，我甚至都不需要跟你说话。”

上将端着白色的杯子站在窗边，好像在消化杜若秋的话语，消化了片刻，轻轻晃动着杯子里剩下的半杯咖啡说：

“最好是毫不关心。”

“什么？”

克劳德上将抬起头，说：“到今年底，我入伍三十五年。三十五年之中，换了九个基地，七任总统，保守的、激进的，民主党、共和党，什么样的鬼差都有。你知道我总结出一个什么经验？”

杜若秋持续地看着对方，等待答案。

“最好的办法是毫不关心。不关心主义、不关心对错、不关心正邪、应该和不应该、真相不真相，最好一刻都不去想。这些事你越想就越步履艰难，越不关心，生活就越容易。我想这也许对你同样适用，最好是什么都不在乎。”

杜若秋听完，没有回答，只轻轻点个头，走出了饮水房。可是她不能什么都不在乎，她想，她做不到什么都不在乎。

伍

十二岁的时候，我开始在想象中杀人。十四岁的时候，我发现自己真的用想象杀死了一个人，我的第一个人。

——梅洛

“早上好，维克多。”

“你也是，维克多。”

“你早上干吗去？”

“我送维克多去学校。”

到底谁是维克多？乐子扬走过一条窄小破敝的巷子，听到两个邻居在讲话。他匪夷所思地停下脚步想再多听几句，邻居们却礼貌地各自掉头，各干各的事去了。那个说要送维克多去学校的邻居转身回家，不一会儿果然身后跟出一个小男孩，看起来不过五六岁的模样。

“好好学习，”邻居带着男孩走向学校，快到门口的时候蹲下身，拍了拍男孩的肩膀，“晚上见。”

小男孩点点头，然后回答说：“晚上见，维克多。”

到底谁是维克多？乐子扬没过多久就意识到，这里的每个人都叫维克多。不分男女老少，不论陌生人还是骨肉亲朋，乐子扬发现理想国里没有爸爸、妈妈、朋友、兄弟，“维克多”是所有人对所有人的称呼。

一个令人困惑的设定。乐子扬撇撇嘴，路过学校的大门，窄小的巷子忽然变成一条开阔平坦的马路。路上铺着灰色的水泥，两旁伫立着一排整齐的三层小楼，每个小楼之间正好间隔出一堵两人高的砖墙。

迎面走来一队人，他们的高矮胖瘦各不相同，但都穿着白色衬衫和灰色裤子，而且排成一个整齐的三乘三的方阵，以均匀的速度向前迈进。

三乘三的方阵从乐子扬身边走开，不一会儿又走来一个二乘二的小型方阵，四个人目不斜视地行走在马路上。乐子扬沿着宽阔的路再往前走，看见路旁聚集着几个人，他们没有排成整齐的方阵，只是一个挨一个地站着，好像正等待着什么。

“你们在等什么？”乐子扬走上去问。

“等人。”其中最高个的男人回答。

“等谁？说不定我能帮你找找。”

“谁都行，”对方回答，“我们还差两个人。”

“还差两个人就……”

“就可以组成矩阵了呀，”对方听到乐子扬的问话，十分惊讶于他的无知，好像在面对一个不知道一加一等于二的小孩，“组成矩阵才能出发，才能行走。”

乐子扬听明白了。那些在街上行走的三乘三、二乘二，都是矩阵。

“加一，”这时高个旁边的一个女人说道，“现在我们有八个人了。”女人说完，用一种祈求的眼神看向乐子扬。

“请加入我们，我们已经等了两个小时了。”高个男人这时对乐子扬说。

“你们要去哪儿？”

“去这条街尽头的风筝工厂。”

“好吧，”乐子扬答应了他，其余的七个人赶快围上来，组成一个三乘三的矩阵。高个的男人站在矩阵的最中央，乐子扬站在他的左手边。

“你叫什么名字？”矩阵刚开始行走，乐子扬问旁边的高个。

“维克多。”对方一本正经地回答。

“那她呢？”乐子扬指一指走在自己前面的女人。

“维克多。”同样的回答。

“你怎么不问问我叫什么名字？”

“你也叫维克多。”高个男人目不斜视地说。

“不，你猜错了，我叫乐子扬。”

“不可能，”高个男人毫不犹豫地回答，“这里的每个人都叫维克多。”

“随你怎么说。”乐子扬耸耸肩膀。他们的矩阵走过水泥铺成的马路，又越过一座铁铸的长桥。走在河中央的时候他听见脚下滚滚的浪潮的声音，还有从远处传来的齐声的朗诵。

“他们那边在说什么呢？”乐子扬又问。

这次高个男人没有回答。走过桥之后很快就来到一片工厂区，矩阵走到一扇红色铁锈的大门前停下。站在最前排中央的一个矮胖子说道：“到了。”

矩阵之中的八个人这时齐声说：“战争就是生命，无知就是力量。”然后各自散开，迅速消失在风筝工厂的大门内。

“你们今天要做什么工作？”乐子扬依然跟着带他来到工厂的高个维克多。

“今天的工作是搬家。”对方回答，然后从地上搬起一个牛皮纸箱，走向工厂的门口放下，然后又折返身回去搬另一个。

“工厂要搬家？”

“不，是我要搬家，”对方回答，“我要住在工厂边上。”

“那你的家人呢？”

对方又好像听到天方夜谭一般，暂时停住脚步瞪了乐子扬一眼。“工人住在工厂边上，学生住在学校边上，洗衣工住在河边，农民住在岸上。这是理想国最新的设计，每个维克多都有自己的区域，不用像原来那样聚集在毫无意义的家庭单位中。这样难道不是一种更有效率的方式？”

乐子扬想表示同意，却又无法同意。他把手放在高个男人的肩膀上，沉沉地拍一下，然后说：“那我走了，再见。”

“再见，维克多。”对方回答。

乐子扬走出工厂，穿过铁桥，他路过许多间工厂、商铺和学校，和许多矩阵擦肩而过，他又听见远处那齐声的朗诵了。乐子扬收住脚步侧耳倾听，但他很快就发现根本用不着。在他的头顶，他的脚下，到处都用铅笔、树枝、水墨和油彩写着整齐的标语，他每扭头转向一个新的方向都能找到一处新的标语。标语写得整齐、语气笃定、短促有力，并且内容一致。这里到处都写着——

战争就是生命
无知就是力量

米尔顿坐在宽大的椅子上，他的黑色袍子上泛着某种棱镜般的光泽，因不同的角度而闪现出彩虹般的变幻。乐子扬闪现在他面前，摊开手心，那里也写着同样的两行字：

战争就是生命
无知就是力量

“战争给你带来财富和权力，但带给其他人的只有痛苦。”乐子扬说，“我以为你已经厌烦了长期的战争和动乱。”

“唔——这你就错了。”米尔顿拖长了声音，好像对乐子扬的话感到十分惊讶。“战争是永远不会厌烦的，唯有和平能使人厌烦，不仅厌烦，而且萎靡、无力、昏昏欲睡。你没发现吗？虽然人人都说自己热爱和平，可长久的和平是不可能的，短暂的和平只是为了旷日的战争积蓄能量。”

“你看！”米尔顿说着，转头与乐子扬对视片刻，接着空中忽地飞来一只鸽子，呼扇着翅膀从他们身旁飞过。米尔顿登时张开手，一把掐住鸽子的后背，另一只手捏紧鸽子的脖子。鸽子的脖颈处渗出暗红色的血，它将死未死时，一只沾血的白色翅膀还在尽力地扑腾，米尔顿缓缓地将鸽子放在自己的腿上，替它梳理着凌乱的羽毛。

“战争才是生命的源泉。”米尔顿还在用手一遍遍地抚摸着垂死的鸽子，鸽子偏着头，翅膀已经不再扇动，嘶嘶地吐着最后几口气。“战争是生命力最强烈又最直接的实现，也只有在战斗中，人们才能寻找生命的意义。战争是集体意志、集体力量的凝聚。和平只能是乐章之中短暂的间奏，而战争是生命永恒的旋律。”

鸽子最后发出一声“呜”的惨叫，从米尔顿的腿上跌落在地，彻底断了气。米尔顿掸一掸自己的腿，悠闲向后靠在椅背上。

“所以你制造‘矩阵’，因为矩阵是最适用于战争的生活方式？”

“你喜欢‘矩阵’吗？”米尔顿不无得意地看着乐子扬，“我认为你会十分欣赏这种秩序。”

乐子扬没有回答。他站在米尔顿高大厅堂的阴影里，用严肃的目光凝视着米尔顿。他的动作、他的肢体、他身上的每一寸每一毫，好像在寻找一个隐蔽的暗号。他的黑色长袍从脖子一直延伸到脚，遮盖住他身上的所有肌肤。他的脸色青白，沾满鸽子血的双手在袍子上反复抹两下，而黑色袍子染上一层鲜血的位置似乎就变浅了一点，从黑色转为深沉的绛紫色。

最为恐怖的是，他开始长出头发。乐子扬盯着米尔顿的光头，发现那上面已经不再光滑，很短的、烟灰色的一层茸毛，均匀地在他的光头上铺开。

米尔顿从脚边拿起他透明的权杖。曾经立在蓝色沙盘中央的水晶般的透明立柱，而今变得更长更锋利，米尔顿将权杖握在手中，里面绿色、金红色、紫色的气体在其中相互碰撞，撞出猛烈的火花，火花又变成黑色的闪电，在厅堂的墙壁上投下一个巨大的影子。

片刻的昏暗笼罩了他们的视线。

“不过是个 copy cat。”乐子扬这时轻声说道。

“什么？”

“你听见了。我说你不过是个抄袭者。”乐子扬毫不留情地说道，“你借着我的梦境在训梦空间里盗取我的技能，我脑子里的思想和拳法。你以为靠这样就能学到全部？就能成为全知全能的王？”

“你太恭维自己了，”米尔顿不生气，反而居高临下地望着乐子扬，“我确实抄袭你，但我也在帮助你。”他的声音穿过空气，强有力地撞击乐子扬的耳膜，乐子扬感到自己的肾上腺素正飞快地激增，他身体内的每一处肌肉渐渐紧绷。

“是我让你变得更加强大。”米尔顿的语气不容置疑。也许他说得没错，乐子扬再次将目光投向米尔顿的手杖。高大、透亮、聚集着能量和方向，黑色的闪电像一只饥饿的猛兽勃然欲出。

“理想国的每个人，都是矩阵中的一个维克多，是吗？”乐子扬最后问。

米尔顿露出心有灵犀的欣慰表情。“确实，每个人都是一个维克多。但我事实上并不需要那么多，我只需要那么少数几个。”

“只差一个维克多，就能填满整个空间。到那时，我就能找到所有的解，到达任意一点。”

该死的，梅洛怎么还不出现？他有重要的事情找她，非她不可。

乐子扬从黑漆漆的凹室里出来，沿着一条通道快步走着。周遭的黑暗完全没有影响他，乐子扬发觉黑夜反而能给予他更敏锐的感知，尤其是敏锐的视觉。

他在漆黑中看得反而比以往更清楚。每一处转弯，每一扇紧闭的窗子和门，地上的每一道坎，每一道墙壁的裂缝，都被他尽收眼底。他不厌恶这种感觉：光是粒子永无休止的波动。波动代表着某种力量，对波动的感知代表着对力量的驾驭，而他不厌恶驾驭。

乐子扬走到一扇紧锁的木质门前，当当当地大力敲门。他肯定对方就在里面，每一次敲门都比上一次显得更不耐烦。

果然，门从里面被拉开，梅洛探出头，接着娇嗔地一笑。“扰人清梦，”她将乐子扬让进来，“你可算想起我来了。”

乐子扬问：“你去哪儿了？”

梅洛奇怪地瞪大眼睛反问：“我？你不知道？我哪儿也没去，我一直就在这儿呀。”

乐子扬沉思一阵，好像忽然想通了什么，松了一口气。他踱步走到梅洛的窗边——据他所知，整个地下宫殿之中，就只有她这一处是有窗的。真正的窗，不是凿开的一条可以透光的缝隙或者钉满铁柱的洞口，梅洛的窗子是一面真正的玻璃窗，一面菱形的，边上有漂亮花纹的窗子。

今晚的天色阴沉，月亮几乎被完全遮盖。乐子扬走到并不明亮的窗前，然后开口说："我一直在想一个问题。"

"嗯？"

"你知道尼布甲尼撒二世为什么把自己的寝宫建在这里？"

梅洛摇摇头。

"因为这里靠近幼发拉底河，便于运输材料和工匠。"乐子扬告诉她。接着又问："你知道大安亚图拉又为什么把自己的寝宫建在原有的巴比伦古建筑之上？"

梅洛又摇头。

"因为他认为自己是尼布甲尼撒再世，他认为自己和巴比伦最伟大的君主一样伟大。"乐子扬说，"你知道 Abu Al-Qadi 又为什么把上弦月兄弟会的大本营安在巴比伦遗址底下？"

"因为……他也认为自己和大安亚图拉一样伟大？和尼布甲尼撒一样伟大？"

"这就是我一直在想的问题。但我觉得现在我找到答案了。"乐子扬坐在梅洛面前，摆出要和她彻夜长谈的架势，"确实是因为尼布甲尼撒，但不是因为表面的虚荣，是比名声和虚荣更具体的东西。我记得在 AP 世界史的课本里看过，尼布甲尼撒当年修建巴比伦城市，每当有奴隶在建造中死去，就会被旁边活着的奴隶们直接就地埋掉，成为建筑的一部分，甚至有的奴隶，只要摔一跤，摔断了胳膊和腿，没法再继续劳作，还没完全咽气就会被现场活埋。尼布甲尼撒的工程持续了十几年，在那些年间有数十万的奴隶被埋在巴比伦，而正是他们的尸体，堆出了巴比伦坚固的城墙和宫殿。”

梅洛听着，没有惊讶也没有恐惧。她饶有兴趣地示意乐子扬接着往下讲，“所以呢？Al-Qadi 喜爱这个故事里的浪漫情节？”

乐子扬轻轻摇头。

“两千五百多年前埋下的骨与血，也许正是通向源空间的密匙。”

梅洛原本懒散地半卧在地毯上，用一只手撑着脑袋，听见这话忽然坐起身。“你什么意思？古巴比伦和源空间有什么关联？”

“确实有关。”乐子扬低沉的声音穿过午夜的空气，“掩埋的植物在地下变成煤炭，腐朽的海藻在河床底变成石油。被活埋的巴比伦人还屏着最后一口气，他们的尸骨在数千年以后，可以转化为微量的锔 227 同位素。”

“你……这你怎么知道的？”

“我算出来的，”乐子扬不想偏离话题，于是尽量简短地回答，“你不用管我怎么得到的结果，我的计算力连我自己都感到吃惊万分。但是我确实算出来了，只要用钙离子轰击锔 227 同位素，就可以加速它的衰变。锔 227 元素在衰变中会放射出一个既不带电又质量为零的粒子束，这和我预想的 T 射线的性质不谋而合。我们所在的巴比伦古城，我们此刻所处的伊什尔塔底下，就存在着稀疏的单束 T 射线。”

“这就是我们成为先知的原因？因为一种射线？”梅洛听起来有点失望，“我还以为成为先知是我与众不同的天赋。”

“不是每个人都能成为先知。只有神经风暴能触发钙离子轰击锔227同位素，释放T射线，然后再依靠强大的愿力，才能将自己的全部精神集中于T射线的末端顺着T射线在源空间的投影中穿梭来往。说起来连我自己也不相信，这竟是我很小的时候父亲告诉我的。这是他教我打拳时候反复重复的道理，我当时什么也不懂。”

乐子扬说完，抬头把目光投向梅洛。他第一次感到他们之间某种强烈的联系，隐秘但确切，好像一个空旷宇宙里相逢的两束光，只有透过对方才能看清自己。

两束光的命运，在相逢那一刻起，紧紧相连。

“你呢？”于是他问，“你是如何拥有强大的愿力？”

“我没学过打拳，”梅洛冷冷一笑，“我的父亲几乎从未出现。”她的一条腿弯曲抱膝，缓慢地将头枕在膝盖上，眼睛盯着窗子上的玻璃，陷入对回忆的追溯。然而她的面容凝固而抗拒，好像回忆是一个空空的黑洞，正在吮吸她脆弱的生命。

“我九岁就被卖到妓院去了。我的中国母亲收了钱，作为离开这个国家的路费。我不怪她，这对她来说是个正确的选择。”梅洛再次开口时，声音冰冷。“不过这么说起来，这可能也正是我成为先知的原因。”她轻轻一笑，“十二岁的时候，我开始在想象中杀人。十四岁的时候，我发现自己真的用想象杀死了一个人，我的第一个人。”

“那个人……”

“没错，从十二岁起，每当一个客人趴在我身上，我就一边大声喘息，一边在自己的脑海里杀死对方。一开始是用一条绳子，我想象自己的两只手绕到对方的身后，勒住他的脖颈缓缓勒紧，后来也用钉子、锤子，还有令人窒息的泥水坑和高耸的悬崖。每一次最疼的瞬间，就是对方彻底死掉的一刻。后来有一天，我发现一个愚蠢又恶毒的胖子，被我连续在脑海里杀死无数次之后，真的趴在我身上死了。他死的时候后背被划开了一道接近半米长的口子，鲜血从那里源源不断地喷出来。”

“那之后呢，你怎么解释……”

“我没解释，”梅洛撇撇嘴，“我高兴坏了。他们说我是凶手、是巫婆，把我关进监狱待了几个月，准备等到来年春天的时候把我用乱石砸死，不对，是用火烧死。可监狱对我来说轻松多了，我也不是那么在乎死。当然，结果是我没死——这你肯定猜得到，来年的春天还没来，我就先认识了 Al-Qadi 先生。”

他一时语塞。乐子扬知道自己不善于安慰，更知道梅洛一点也不需要安慰。“你记得不久以前，你曾经问过我一个问题，”于是他轻声开口说，“你问我，相不相信命运。人与生俱来的天性，人生里一早注定的轨迹。”

“怎么，你开始相信命运了？”梅洛露出一丝嘲弄的表情。

“不，”乐子扬飞快地回答说，“但有一点你说对了。你说这个世界上哪怕一粒尘埃，都有注定的轨迹和另一半。这个世界确实是二元对立的，而我们只看见了一半——每一颗尘埃、每一个能量单位、每一丝波动、每一个量子，都有另一半与它纠缠。量子纠缠是它们之间注定的内在而永恒的联系，不管相离多远，不管分开多久，两个量子的状态永远彼此相对，如同镜子映出自己的倒影。”

“镜子里的倒影……就是源空间？”梅洛仿佛明白过来。

乐子扬点头又摇头。“不，镜子里的倒影……是我们。”他低声说，“源空间才是真正的存在。在一个无限广阔的维度——一个高度浓缩的空间，或者一个我们还无法理解的结构中。但是T射线联结了每一对纠缠的量子，T射线投影出源空间的对镜，而我们所看见所感知的世界，就是那个对镜，那个影子。”

梅洛的眼神在恍然大悟而忧心忡忡之间来回转换。“我本以为先知只是穿越时空，”她低着头说，“怪不得我总看见自己都难以解释的东西。可如果能改变源空间，是否也就改变了它的……你管那叫什么来着……对镜？”

这是乐子扬唯一无法解释的难题。“我想不能，”他回答梅洛，“至少我是这么想的。复杂的量子纠缠之下，源空间中的任何改变都几乎伴随着悖论，而宇宙是不允许悖论发生的。”

“不，萨拉姆——你父亲，他就做到了。一个真正的指挥家，是可以改变的。他不仅改变了你，也改变了我，还改变了……或许我们不知道的很多东西。”

梅洛的话让乐子扬沉默。她说的不是完全没有道理，他告诉自己，如果有种方法能阻止悖论产生，那么源空间就不是完全无法改变。乐子扬的心中蓦地又升起了一束火苗，一点希望，如果他也能成为父亲那样的指挥家……

值得一试。他下定了决心。

“所以我才需要更多的T射线，”乐子扬对梅洛说道，

“古巴比伦是我们可以通过 T 射线自由穿梭的原因，也是我们的局限。仅仅依靠古巴比伦城墙底下稀疏的锔 227，衰变时释放的单束 T 射线最多只能维持 90 秒。”

“但如果有更多束？”

“就能创造不间断的链式反应。”

梅洛抿起嘴唇，身体往后靠在墙上。她上仰的脸庞停滞了片刻，眼睛垂下来看向乐子扬，“所以你已经找到了稳定获取 T 射线的方法？”

乐子扬重重地点头。

“你从哪儿来的那么多那个元素——叫什么来着——锔？”

“锔 227，一种放射性同位素。”乐子扬说，“你想想，哪里还有成吨的活人的鲜血铸造的化石？”

梅洛的眼神不由自主地偏离，她隔着古巴比伦残破的遗址宫殿向南方眺望，好像看见那里曲折的海岸线、深邃的港口和历经千年的坚实堤坝。

“我可以去弄来。你要多少？”

“6500 克。”

梅洛两只手相互搓一搓，好像摩拳擦掌，跃跃欲试。“这没什么难的。”她说。

“但你不能现在去，”乐子扬打断她，然后伸出自己的两只手握住她的手腕。“你是先知。你也是一个指挥家。”他专注地告诉她，“现在、此刻做的一切都有危险。只有在源空间，只有倒回过去，在那里完成一切，才万无一失。”

陆

子夜一点的波利斯，宁静而寒冷。早已落山的太阳穷尽了一天的热量，黑夜不动声色地吸食着光和温度，直到整座城市陷入休眠。

他已经在电脑前坐了整整 13 个钟头。

侯博士的脊背已经僵得不能动，眼睛因为肿胀的血丝而视线模糊。可是他敲键盘的手指不曾停下，他今天必须跑出实验结果。

他清晰地记得，今天傍晚的时候一阵脚步声从楼上走下来，迟疑片刻，走向机房。他认得那是路白的脚步声。脚步平稳朗然，离机房越来越近，接着在紧锁的门口蓦然停住。那时他的鼠标一晃，两只手离开键盘，呼吸停滞在嗓子尖。

可是路白没有敲门，也没有出声。他一定是在门前站了几十秒，然后决定一声不响地返身离开。

侯博士知道，那种脚步声如同最后通牒。今天晚上再跑不出结果，明天就未必能继续来到哈什米街的小 31 号了。他没有意图必须要瞒着路白和黑鹰俱乐部的其他人，他只是觉得乐子扬选择将芯片交给自己，而不是直接交给黑鹰，他得对得起阿乐的一番心思和信任。

况且他知道自己已经快要接近真相了。乐子扬寄给他的芯片结构看起来简单，唯有接口部分被截去，侯博士只能用自己的推断来设想接口方式。FP-Deep结构维持了芯片形态和功能的最大灵活性，但是他尝试的算法没有一个与之匹配。

直到一行错误的代码吸引了他的注意。

那是一个简单的for循环运算，结尾行的return语句没写完整。FP-Deep在运算执行中没有跑出什么令人意外的结果，却完美地执行了return语句，没有显示错误或者要求调试。

侯博士皱皱眉头，把脸贴近显示器屏幕仔细看一眼自己的代码，脸上的表情凝固了。

几天以来，FP-Deep不是在运行代码，而是在学习代码。他狠狠地拍一拍自己的脑袋：为什么早没有想到？FP-Deep被截去的输入接口，并不是连接主板或者CPU的接口，而是一个脑机交互接口。

现在最先进的人机交互技术已经做到那么成熟了吗？侯博士听见自己一突一突的心跳声跳得激烈，整个人打了一个激灵，肠胃里一阵痉挛。如果这个FP-Deep芯片可以连接人体大脑神经元并从中获取信号，那将是他所见过的第一个可以和人类大脑协作的人工智能。

他重新启动模拟器，编写了一个简单的人体大脑神经网络信号。

芯片的内部结构果然开始自行编译，很快生成一个十二层的卷积神经网络。

保险起见，他又模拟了数学乘法计算的神经网络信号。

还有运动神经的神经网络信号。

等等……侯博士忽然又想到，既然这枚 FP-Deep 芯片的输入接口连接了大脑神经细胞，每分每秒以其提供的信息进行计算，那么它很可能也能输出于人体的其他神经网络发出指令。只要有生物工程方面的巧妙连接，这枚芯片就可以成为一个人类大脑运算和执行力的增强设备。

侯博士的双手触电般地从黑色的键盘上弹开。他知道自己不用再试下去了。

第八案

为了所有一切

他邪恶地微笑
他低俗地生气
他用原始的冲动
撕开虚伪世界的外衣
他就是你们等待的王
他就是唯一的哈里发

壹

> 在内心深处，你也会看清自己早晚有一天会放弃、会投降。你会向这个操蛋的世界和吃人的豺狼屈服，你会不再感到愤怒。……这就是你感到无助的原因，我的朋友。因为没人能帮你，并且很快你就不需要人帮了。
>
> ——黎盛德

“想不到这么快我们又见面了。”路白拉过椅子坐下，然后目光转到肩膀后面，扫视一眼咖啡厅的全貌。“绿区的咖啡厅果然高档，与众不同。我听说这里不受国际禁运的限制，牙买加的咖啡、古巴的白糖，还有意大利的气泡水都有？”

“路先生随便点，我买单。”杜若秋坐正了身子，将自己手机的屏幕熄灭。

“那怎么行，是我约你，当然应该我买单。”

“路先生这次不偏不倚，非要把我约在绿区见面，一定有什么打算吧？”杜若秋说完，侍者刚好走过来，于是抬头对对方说，“我要海鲜宽面和气泡水。”

“我要凯撒沙拉和健怡可乐。”路白也对侍应生说道，接着对杜若秋露出一丝自嘲的微笑，“人到这个年纪，再豪迈不羁也得向脂肪肝投降。”

杜若秋不介意地一耸肩：“听说路先生把烟也戒了，我自愧不如。”

路白不置可否。他用手微微调正椅子，预示着话锋正转入正题。“我最近听说了一些有趣的新闻，”他说，“在上个礼拜的枪击案之后。”

“我可不觉得枪击案是一件有趣的事。”

“当然，枪击本身并没有什么有趣的。我听说持枪的两个人当场就被击毙了。”路白说着，从上衣口袋掏出一张相片，背扣着从桌面上推给杜若秋。“我说的是这个人。就在沙特大使馆出事之后没两天，他也出现在波利斯附近了。”

杜若秋接过照片翻开看一眼。相片拍得模模糊糊，上面是一个留着板寸的波斯人，看不出年纪，留着微卷的胡子，穿着宽松的亚麻长袍，肩上背一只黑色的大书包，一只手插在裤袋里，正沿着郊外的一片麦地的边缘行走，从背景看不出具体是什么地方。

“他是谁？”

“阿拉罕·牧杰。”路白低声说，“中东地区最贵的杀手。刚被人目击出现在波利斯城外。不只是他，还有他最常用的副手兼搭档，小布什克，也已经到达了波利斯。”

杜若秋正喝水，听到这里抿了抿嘴，放下了玻璃杯，一时默不作声。她当然能预感到这个名叫阿拉罕·牧杰的杀手的出现意味着什么，但是……杜若秋抬头看着路白的眼睛，心中犹豫。

她难以信任他。杜若秋理智上知道路白是一个真正的好人，尽管“好人”并不是那么容易定义。路白或许狡猾、深沉，甚至自私，但他不坏，她心中明白。然而也许……是因为乐子扬，乐子扬是因为黑鹰俱乐部才消失的，杜若秋心理上总是感到路白难辞其咎。她因此对他怀着一种隔阂和戒备，尽管杜若秋自己也清楚那一切都是乐子扬自己的选择，丝毫赖不上别人。

“你觉得阿拉罕·牧杰出现在波利斯的原因是什么？”杜若秋决定先发制人。

“这正是我要请你吃午饭的原因，”路白坦诚地回答，“我想你肯定不会告诉我这是一个巧合。”

路白说话时，餐厅外一辆车开过，车窗反射的阳光在杜若秋的背后一晃，她的身子轻微地一震。“这就是你来绿区的原因？你确定这个杀手是奔着我们来的？”

“我不确定，”路白依旧坦白，“不过现在我想我确定了。”他说完，用叉子扎起盘中的沙拉，新鲜的生菜在咀嚼中发出清脆的咯吱声。杜若秋又喝了一口水，看着面前的海鲜宽面顿时觉得索然无味。

她半低着头不再看路白，路白也不强迫对方开口，反而留给了她充足的空白。他悠闲地小口喝着饮料，将银质的刀叉在手中把玩，直到整杯可乐见底。

“我的意思是，”路白用餐巾抹了抹嘴，清清嗓子再次开口，“你能确认自己的安全吗？”他说话时两只手在桌面上十指交叉，语气中释放出了出人意料的耐心和善意，不同于以往一切尽在掌握之中的老谋深算。

路白这算是……关心自己的安危？杜若秋有些诧异，有些困惑。他认为有杀手奔着绿区而去，可是她又有哪一点值得路白亲自当面提醒她？

“事实上，确实有一件事。”杜若秋的宽面吃了一半，放下叉子。“波利斯很快会来一批高访，带头的是联合国官员，级别很高。”

路白的身子往后倾斜，靠在皮质的椅背上，目光伸向远处。

“联合国官员来的目的是……”

“是为了波利斯的六方和平会谈。不过要来的官员之前爆出好几桩贿赂和吃回扣的丑闻，所以到处抛头露面，握握手摆 pose，压一压坏新闻而已。”

“糟糕的、自杀式的想法。”路白毫不客气地说，“联合国离伊罗太远，根本不知道我们这儿正在发生什么。”

杜若秋没有赞同也没有否认，她将路白给她的相片翻起来仔细看了片刻，然后扣在桌面上重新推回给对方，“相片您收好吧。我想对方的动向，黑鹰一定会了如指掌的。”

路白将相片收进口袋，理了理西服上衣的表面，接着又仿佛陷入了思考，好像面临一个难以解释的困境。然而他终究开口，表情和语气一样严肃：“我想如果阿乐此刻在波利斯城，他一定会保护你周全。”

嗯？路白罕见地突然提起乐子扬，令杜若秋猝不及防。她立刻调整表情，却又不知道到底什么样的反应才最得体合宜。冷漠吗？怀念吗？漫不经心又或者继续刨根究底地问出乐子扬的下落？

“他没有和我联系过，这是真的。”路白说。

杜若秋回答：“我相信你。我也相信黑鹰确实尽其所能在寻找他。”她想起那些似梦非梦的回忆，还有他们终于再次彼此相对的那个奇幻般的夜晚，知道这件事只能靠她自己，谁也帮不了她。

“我能做的很少，但是此刻的波利斯，阿乐不在，我便觉得你是我的一个责任……有一天阿乐再次出现的时候，不能让他埋怨我责备我。”路白停顿片刻，“而今街上的恐袭一个接一个，又未必都真是真主党或者上弦月在背后。好几拨人在边境上摩拳擦掌，指不定哪一天就打起来了。全面战争的风声雨声齐聚，就差一声雷。你肯定比我更清楚。”

他说这话时靠在餐厅的椅背上，目光牢牢锁在杜若秋的脸上，尽力观察她每一个细微的眼神和表情。她是一个……孤独的人。在乐子扬消失之后，路白每一次见她，她都比上一次更像一面冰封的墙。

“可你不也还留在这儿没走吗？”杜若秋这时反问。

“我不是让你离开波利斯，我也知道那不可能。但是离开绿区，倒是非常容易。你知道，现在的绿区不比以往，现在的绿区也不那么安全。”

杜若秋当然听得懂路白的意思。“路先生的好意我上次就心领了，”于是她说，“看来您还没改变主意。不过我也还没改变主意。”

她的声音沉着而肯定。路白此时听了她说的话，心下知道她的主意已定，不是自己能说服得了的，只好不再强求，叹了一口气。杜若秋坐在对面，神情散朗。他听过她与人辩论时的犀利言辞和当仁不让的逻辑，也目送过她冲进小剧场救走乐子扬时果决的背影，她是个不容小觑的女人，他早就知道。可是今时今日，路白心中升起一股由衷的赞叹和佩服，他想自己还是小看她了。

杜若秋是一个真正的英雄。面对残酷的世界和破碎的家园，她说不定是可以拯救一切的那个人。

“喏，所以现在的计划是这样：将绿区国际医院的北楼一层和二层空出来，稍做改装，至少布置出一间或两间教室，将医院北楼的后门挂牌成学校。然后将波利斯三所国际中学的五十名高中生运来，接受执行董事切特女士的访问。这样的好处是董事不用离开绿区，也不用扩大安保范围，节省很多警力和时间，”星期一一早，矢口俊一在六方和谈的报告会上说道，“切特女士的到访时间是周四上午 11 点到下午 5 点，其中包括 11 点的欢迎仪式，12 点至 1 点 30 分的午餐会，午餐会后与各位代表的座谈，2 点 30 分对维和部队的访问，3 点 30 分接见波利斯学生代表团体并发表 15 分钟演说，4 点钟准时开始记者会并与六国大使共同签署联合宣言。”

“也就是说，”矢口俊一补充一句，“联合宣言的起草截止时间是星期三半夜，晚上 12 点。”

“这是维和部队首肯的定案？”美国代表尚·斯班森发问。

矢口俊一大方地连连点头：“是的，这是我们沟通的结果，既能达到目的，又不用大费周章，两全其美。”

围着圆桌的一圈代表没有再表示异议，矢口俊一将自己的写字板翻了一页，继续说：“至于上个星期各位代表提交上来的联合宣言草案，我今早已经传送给大家。各位的草案还是有很多共同点，可以以此为基础进行加工。譬如美国代表提出的海湾地区无核化和禁止大规模杀伤性武器的制造和使用。”

“以及制裁恐怖主义和资助恐怖主义的政党和当局。”斯班森补充。

“但我们根本不知道伊罗境内到底有没有大规模杀伤性武器。”俄罗斯代表谷本乔夫开口。

“我是说禁止——”斯班森回答，“我想我们都同意，不能让伊罗拥有大规模杀伤性武器。”

“不仅仅是大规模杀伤性武器，”提到武器，杜若秋知道这是最好的开口时机，“中国代表对于现行的国际社会向伊罗的军售政策持怀疑态度。现在没有任何标准、没有条例规定何种武器可以出售到伊罗，可以出售给哪些组织，出售何种数量。武器越卖越多，会导致冲突升级。”

“但武器不是地区冲突的根本原因。武器只是人用的工具。”斯班森立刻反对，“盲目地限制普通军售是没有意义的。”

其他几名代表纷纷点头表示同意。

“我很清楚，在座的我们所代表的国家，都对伊罗有军售合同，有的大有的小而已。我没有彻底不让大家做生意的意思。”杜若秋缓和了语气，“但我们都清楚，有些武器卖给伊罗政府，有些武器则卖给反对党。但是其中像汽油弹这种，虽然算不上大规模杀伤性武器，但是伤害力也很大，并且会伤及平民、造成冲突升级的武器，应该禁止。”

“有哪一国在向伊罗售卖汽油弹？”斯班森环视四周问道。

不出所料地，没有人应声。

“所以我想你过虑了，中国代表。”斯班森看着杜若秋。

“如果没有卖，那说明我们实质上已经达成了一致，写进联合宣言里又有何妨？”杜若秋反将一军。

会议室里陷入片刻的安静。

“咳咳，”轮值主席矢口俊一这时清清嗓子，“法国代表——到现在还没有发言。要不然你说说你的草案的核心内容？”

大胡子的法国代表阿诺德·奥瑞被点到，第一时间好像吓了一跳，但他很快就挺直了腰板，抬起头铿锵有力地说：“法国代表的立场是，海湾地区无核化、禁止大规模杀伤性武器的研发、禁止针对平民的袭击和侵扰。还有就是，要求托登政府减少碳排放以提高空气质量，从而……遏制全球变暖。”

圆桌四围释出一阵低低的笑声。

“很合理，大部分很合理，”谷本乔夫最先接过话茬。“除此之外，中俄两国代表还有一个发言点，”他看了一眼杜若秋，接着说道，“强烈谴责他国对伊罗两党内政的干涉。”

圆桌上的几个代表不约而同地深吸一口气，彼此相视，对一对眼神。

“又来了，”代表斯班森决定率先开口回答，“到哪儿都有这么一句话。不过我说真的，我们现在又在干吗呢？绿区又在干吗呢？”

“确实，当一国政府无法保护自己的公民和公民权利，国际社会有责任共同维护公民权利。”英国代表达西先生表示赞同。

“但我想大家都清楚，对伊罗的干涉可不仅仅限于保护公民权利，”杜若秋这时说，“各位肯定都听说了，沙特阿拉伯的军队，还有GCC联盟，已经在东部边境集结了上千人。伊罗上空每天飞过的无人机有多少架是属于外国政府的？难道这些无人机也是在维护老百姓的安危？”

杜若秋提到无人机，圆桌四围的空气瞬时凉了几分。“至少要杜绝外国陆地部队进入伊罗，”杜若秋接着说，“如果六方和谈的宣言里不能明确禁止来自其他国家的武力干涉——甚至是入侵——这个和谈对我们来说就没有意义。”

“这一点中国代表已经表达得很清楚了，”尚·斯班森这时关上了自己的笔记本电脑，好像准备起身离席，“我提议先把时间交给自由磋商，明天再继续开会。”

一众代表也纷纷起身，三五成群往外走。尚·斯班森把一支签字笔放进上衣口袋，然后径直走过来说：“嘿，Rachel。”

“尚，”杜若秋笑一笑表示回应，“好久没见你了。你回国的旅行怎么样？”

“糟透了，”斯班森皱皱眉头回答，“父亲只知道打猎钓鱼，母亲烤的牛排跟铁一样硬，还有两个吵得让人发疯的侄子。”

“美国家庭的典范。”杜若秋轻轻笑出声。

“哦对了，”尚·斯班森这时挑一挑眉毛，头凑近了些，低声说，“沙特人是不能动的。”

尚在说这话时尤其把夸张的面部表情放在“沙特人”（Saudis）的发音上，张圆了嘴巴，并且用一根手指在空中来回摆动。

“沙特人，任凭是谁也碰不得。”

杜若秋歪着头叹口气。沙特阿拉伯是美国在中东地区至关重要的盟友，况且刚刚出现枪击事件，舆论的同情分都加在了沙特人头上。“我也知道，我理解。但你也得给我点面子，不干涉内政之类的词句，总得加一点进去，不然我没法交差。”她撇撇嘴，“或者改成‘未经安理会授权的直接武力干涉’，这已经很宽松了。”

“沙特人肯定看出这是摆明了针对自己的，”斯班森想了想，“要么就笼统一说。谨慎实施任何——包括但不仅限于出于人道主义——的干涉。”

杜若秋思考片刻，最后看一眼对方，“我会尝试，尚。不过我不能承诺这肯定行。”她说着，又重复一遍，“我会跟大使馆那边沟通试试看。不管怎么样，明天见。”

她走出会议室的时候，正好撞见矢口俊一的秘书——田岛百合子。“早上好，百合子，”杜若秋打了个招呼，“最近又够忙的吧？”

百合子的神色慌慌张张，又似乎被杜若秋吓了一跳，手里的一叠文件“哗”的一声全掉在地上。

“哎呀，对不起，”百合子口中念着，连忙蹲下身去收散落的文件，把头埋得很低。杜若秋原本也要蹲下去帮她，却好像被什么阻止了，一种力量正把她向外推，好似来源于百合子的强烈的排斥。

于是她退后一步，接着默不作声地走开。穿过走廊已走到很远，杜若秋回过头去向后望，百合子还蹲在地上捡着文件，不由得停住看了两秒，然后才侧身进入自己的办公室。

她解锁电脑，然后在搜索引擎框里输入“阿拉罕·牧杰”几个字。

跳出来的搜索页最上一条是通缉令和一张模糊的黑白照片。照片上的牧杰低着头，眉毛微皱，细长的尖脸上留着浓密的胡子。通缉令上写着牧杰是黎巴嫩人，讲流利的英语、阿拉伯语和法语，黑头发黑瞳孔，身长5尺9寸，体形消瘦。他从20世纪90年代活跃至今，曾经多次劫持飞机和人质，在本·拉登和基地组织溃散之后转入地下，行踪不明。

杜若秋关上通缉令的页面，点开其他照片，基本上所有照片的来源都是同一张，阿拉罕·牧杰站在一个土丘上，用一块军绿色的迷彩布围住了大半个头，一只手高高举起一支半自动突击步枪，枪口对着天。

“咚咚”两声敲门，杜若秋连忙关掉网页，抬起头来。

是邹洵异。

“你的电话怎么打不通？”洵异探了半个头进来，然后把自己的手机递给她，“沈威棣找你。”

杜若秋一面接过电话一面翻出自己的手机，原来是会议时的静音设置忘了取消。

“你赶快回使馆吧，今天是黎盛德在这儿的最后一天了。”电话另一头的沈威棣说。

“什么？什么意思？”杜若秋突然右手一紧，握紧了手机。

“他在波利斯使馆的最后一天。”沈威棣简短地说，“今天凌晨上头发下紧急通知，把他平级调去布鲁塞尔，接替马上要退休的中国驻欧盟总部公使的职务。”

杜若秋瞬间就醒了。

开玩笑呢？

被愚弄、被欺骗、被蒙上眼耍得团团转的愤怒和血液同时冲上她的头颅。她立刻站起身来，把手机重新塞回洵异手里，拎起包飞身出门。她要跟他们说清楚——那个清洁工老头到底靠不靠谱？她交给他们的合同的分量，他们到底看没看明白？

日本使馆与中国使馆几乎处于绿区的两头，杜若秋开上车，冲过一个个减速带，整个车子一直在颠簸。她全然不顾地继续加速，快要越过一个小土坡的时候脚底下忽然油门一松，车子顿时失去了前进的动力。

“他们”是谁？

她失神地对着前挡风玻璃恍惚几秒。她把黎盛德走私军火的证据交给了谁？波利斯使馆的清洁工老头，还是和她仅有一面之缘、她都不知道到底是谁的蒋先生？她一直以来集中精力于搜集证据，好像笃定了只要拿到证据就能推黎盛德落马。可是真正想要他落马的人——他们是谁，在哪里，又究竟为谁工作，她实际上一概不知。

她追求的、渴望的正义，他们并不能给她。

杜若秋的心情瞬时急转直下跌落深渊。一个令她难以接受的结果已经近在眼前，她再怎么不愿意也无法假装看不见。

“今天早上谁收的垃圾？我有一个文件一不小心扔错了，不知道还能不能找回来。”于是她一到办公室，立刻去问前台的秘书布兰。

布兰答说：“你稍等，我去找清洁工。”杜若秋站在使馆办公区的二楼等了十分钟，清洁工推着车来到她面前。

“您是杜小姐吗？”

她回头。一个围着围裙，下巴上挂着蓝色口罩的中年女人，推着清洁车站在她面前。她是个当地人，身材矮而微胖，留着披肩的黑色卷发。

“您丢文件了？”对方问。

杜若秋问她：“你是我们这里的清洁工？”

对方点头。“我今天第一天上班，是不是扔错您的东西了？”

杜若秋还抱着手臂，眼睛里的光逐渐从失望变得浑浊，连再看对方一眼的勇气都不足。她从胸中吐一口气，接着挥一挥手，用手将头发拢到头后。“没事，文件不重要，不用找了。”她懒得掩饰自己的情绪，径直冲进自己的办公室，“砰”一声用力撞上了门。

“今天晚上黎公请吃饭，看来你是不去了。”

杜若秋抬头，沈威棣已经推开她的门，倚在门口。

杜若秋翻翻白眼。

“你去吗？”

“我当然去，”沈威棣一副理所应当的表情，“我会替你向他转达你的问候的，杜若秋。”

不过杜若秋并不需要别人代为转达。下午时分她下楼来到使馆后面的小花园，迎面而来的正是黎盛德。他的表情保持着一贯的冷漠，甚至有种胜利者般傲慢姿态。

“杜若秋小姐，还好你今天来上班，不然我调走之前就见不到你了。”黎盛德见到她，有意无意地斜眼看着她，接着伸出一只手，“祝你今后一切好运。”

“也祝你好运，”杜若秋完全忽略了他伸出的手，语气生硬地说，“你会需要很多运气。”

“确实，我到现在为止，运气一直还不赖。”黎盛德的眉眼之间露出一丝得意，几乎从杜若秋面前擦肩而过，却被她拦住了去路。

“怎么，你还有事吗？”黎盛德问。

杜若秋脸上的肌肉紧绷，嘴唇略微颤抖。“我就有一个问题要问你。”她眼睛一眨都不眨地盯着黎盛德的瞳孔，冷静、克制，混合着痛恨和杀气，“你晚上怎么睡得着觉？你走私的军火和化学武器遍布中东，杀死多少无辜的平民百姓，我要是你，闭上眼睛一秒钟都觉得不安。你晚上怎么能睡得着觉？”

黎盛德的面孔不为所动，他甚至露出一丝无赖的笑容，脸颊上泛起几道横纹。“我理解你，杜若秋。真的。你的愤怒，你对这个世界的抱怨、失望、憎恶，我都能理解。不过我觉得你又比一般的年轻姑娘强，你的大脑和情绪一样发达，那我就试图跟你讲一句实话，心里话。”

杜若秋等待着。他还能讲出什么滑稽的理论，什么无耻的辩解？

“我做过很多可怕的事，但没有一件不是非做不可的。丛林如此之大而深邃，没有一个人是可以独立生存的，哪怕是一只狮子。况且我们都不是狮子。在真正的狮子面前，我们不过是一只只蚂蚁。”

“可能你认定了自己是一只蚂蚁。”杜若秋冷冷地回答，“但我不是。”

黎盛德反而笑了，他由衷地哈哈大笑，末了用一只手抹抹眼角，看着杜若秋，“你不用愤愤不平，你的愤愤不平也维持不了多久。”他说，“我跟你保证。很快，你的愤怒就会变成恐惧，而恐惧将成为唯一能留在你心里的东西。因为你会看清这世界比你想象的更大更危险；在内心深处，你也会看清自己早晚有一天会放弃、会投降。你会向这个操蛋的世界和吃人的豺狼屈服，你会不再感到愤怒。杜小姐，你也会成为这个地狱里的一部分，到那时，一切就都正常了，一切就都正确了。

“——这就是你感到无助的原因，我的朋友。因为没人能帮你，并且很快你就不需要人帮了。”

波利斯的夜幕低垂，而她站在窗边，感到自己的双手正不可控制地发抖，以至于她几乎能听到指节发出咔咔声。

可是指节不可能出声。杜若秋猛然捂住自己的耳朵，用大声的呼吸试图掩盖耳边那磨人的幻音，接着转身走向卧室的洗手间，洗漱柜子里却只摆着几个橘黄色的空药瓶。她又翻遍卧室的抽屉和衣橱，只找到一包香烟。

没有打火机，她从厨房的灶台上点着烟，放进嘴里拼命地吸，像一条被冲到海岸上、快要窒息的鱼。

她以为自己能够好起来，她以为自己不再需要那些药片。杜若秋拿烟的手指还在颤抖，紧接着，剧烈的头痛顺着神经传向她的心脏。

厨房的洗手池底下，还藏着方瓶的圣丹尼斯。她拧开瓶盖不加冰直接灌进嘴里，一阵剧烈的辣从喉咙向全身蔓延，辣劲过去之后只剩下麻醉，杜若秋抱着瓶子在厨房中把头埋进自己的手臂里。

“咣！”圣丹尼斯的玻璃瓶被掷向窗户，在玻璃窗上炸飞，留下一条条液体滚落的直线，缓慢地通向大理石地板。

不能让别人看见自己的无力。她坐在厨房的水池边上，在清醒的最后一刻在脑中想，不能在别人面前精疲力竭地睡去。

“UNODC 长期致力于打击毒品和跨国界的犯罪行动及团伙，尤其是青少年吸食和未成年人参与犯罪。今天，UNODC 的执行董事，米歇尔·切特来到波利斯，在当地中学的走访活动更加彰显了她对青少年成长的关注。好，我的介绍就到这里，下面言归正传，请允许我邀请 UNODC 首席执行董事、多年的青少年维权大使米歇尔·切特女士。”

绿区医院北楼前的草地被布置成了校园的操场，操场上的各国官员和上午刚被运送来的学生们稀疏地站着，几个人凑成一堆，但没有人交头接耳。他们都对切特女士的出现报以礼貌而热情的掌声，除了零星几个人正望着午后的天空发呆。

“……少年是我们的未来、是希望，少年就是我们的一切……”切特女士的发言还在继续，操场上的阳光热烈，没有风，医院内外见不到波澜。

尽管如此，人群中的便衣还是不少，杜若秋站在靠后的一棵树下环视一圈，维和部队派来的便衣保安至少占了四分之一。他们和来参加的官员一样穿着深色的西装，但平均身高至少比官员高了大半个头。克劳德上将也亲自来了，听说他早就在四周的建筑里布下了狙击手。

杜若秋侧头看一眼马修·克劳德高级戒备的神态，随后将目光转向刚从“教室”中陆陆续续走出来的中学生们。

一群十四五岁的孩子，稚气未脱又不知所措地站在医院楼前的草地上，仰着头听着一些听不懂的话。他们听不懂没关系，至少他们知道，一会儿要排队去和台上那正在说话的女人握手。如果长得漂亮并且露出得体的微笑，说不定还能登上报纸。

杜若秋看了看手表，3 点 48 分，切特的演讲应该马上就结束了。她再次将目光投向草地上三五成群的中学生们，恍惚之间似乎察觉出一点不对劲，和之前预计的有些不同。

等等……她的眼睛定格在学生们的背影上，不由自主地数着数。十、十五、二十二、三十二……

杜若秋急忙转身，走向树荫后面一座白色的帐篷。帐篷里是负责现场调度的后勤指挥部，只见帐篷的最深处站着一个高个的波斯人，正握着电话，脸色苍白。

“出什么事了？”她劈头就问。

高个后勤官的目光掠过帐篷里的所有人，再也掩饰不住自己的恐慌。他低声说：“有一辆运学生的车丢了。”

贰

蚂蚁的世界是二维的。唯独这只蚂蚁不同，这只蚂蚁忽然发现，这个世界原来还有向上的一维。它发现原来在自己的世界之外，还有无数个世界。你猜它回到地面之后，会跟其他蚂蚁说什么？它会怎么描述空间的玄妙，描述它的深与高？

——米尔顿

“杜小姐，请跟我来。”帐篷外一个人影掀帘子走进来，是马修·克劳德上将。他刚一开口讲出杜若秋的名字时，她的心中便猛地一沉。

“是中国籍学生吗？”她努力抑制着情绪，但是愤怒已在脸上开始浮现。

克劳德上将没有直接回答她的问题，只是一边带路一边说：“我们正在尽一切所能和运送学生的面包车取得联络，包括波利斯的交管局也在沿途布下检查站，随时都有可能取得定位。”

“但对方是有目的的，你看不出来吗？”杜若秋跟着上将走出医院，路边停着一辆迷彩吉普车已在等待。两人都坐上吉普车，杜若秋急不可待地说："对方不是随便在路上劫一辆车，他们不是普通的偷车贼！"

"是否运送学生的车辆真的被劫持了，还有待进一步确认，"克劳德开口，但是他接着看了看杜若秋，随即降低了声音，"算了，我也不和你说这些冠冕堂皇的话了。那车上的五个学生确实不妙。"

"五个学生？都是中国学生？"

克劳德点头。"是来自上海的五名交换生，都在同一辆车上，很有可能是人质劫持。不过我们现在还没有收到劫持者的信息或者要求，但如果是劫持，很快就能收到对方的联络了。"

果然，吉普车刚刚穿过维和部队的营地，克劳德的电话就响了。

他接起来听了片刻，然后说"我们两分钟就到"，挂断电话看着杜若秋说："是被劫持了没错。而且对方已经提出了释放条件。"

"中国驻伊罗大使馆的公使黎盛德被连夜调职，昨晚已离开波利斯，现在是文化处参赞齐以澳暂挑大梁。"路白的写字台对面坐着徐燕子、侯博士、姚 sir 和老季，四双眼睛齐齐地盯着他。

"被劫持的是五名中国籍青少年，最小的 11 岁，最大的 14 岁，都是来自上海的交换生。他们的车还没开出学校，司机就被人绑架调包了，车子更是刚一开动就切断了

GPS和雷达设备，所以完全不知道现在人在哪里。”路白接着说，“劫持者自称是‘真主最后的信徒’，实际上幕后主使就是上弦月兄弟会。整个事件的策划和实施者是Abu Al-Qadi最倚重的副手，代号Saba，也是美军三角洲部队通缉扑克牌上的红桃K。他的真实名字叫阿拉罕·牧杰。”

“但是这件事并没有公之于众，对不对？不管是维和部队那边还是劫持者？”徐燕子问。

“没错，”路白回答，“似乎两边都想将这次事件、这次交换暗中进行。”

“所以对方的条件是什么？”徐燕子又问。

“阿拉罕·牧杰今天下午已经提出了条件，”路白这时站起身，一把拉低了身后的窗帘，“要用五个人换一个人，一个在中国待了三十年的间谍。”

屋子里一时静默无声，徐燕子瞪起眼睛和侯博士交换一个眼神，姚sir微微低头，老季和往常一样一动不动，没有表情。

“这个间谍现在被关押，名叫瓦里斯。他的原名是瓦里斯·图兰，伊罗人，通过伪造中国身份，在新疆生活、上学，1979年进入位于新疆的第九研究院，从此一直在罗布泊核试验基地工作，很可能参与过20世纪80年代中子弹的研究和试验。他在2002年被查出间谍身份，为不明组织盗取核试验及武器机密，后来一直被关在监狱里隔离。”

“所以他已经隔离了十七年了？”

“是的。瓦里斯直接参与了多级引爆机制的核聚变武器研究，接触过大量的试验数据和设计参数，包括一级引爆的

X射线、冲击波，二级材料的压缩和热量，两轮打击的时间差和聚变材料的体积振动周期，等等。当然，就算中国方面最终同意交换人质，他也不可能带走任何数据。”

“那上弦月要他的原因又是什么？”姚sir问。

“瓦里斯应该是上弦月的核心人物之一，长期潜伏。上弦月给出的理由是他的身体健康已经剧烈恶化，身患癌症，需要重归故土，让他按本土的方式死去。”

“哦对，他们还否认了瓦里斯是上弦月派去的间谍。按他们的说法，瓦里斯是土生土长的新疆人，他没有伪造证件、伪装身份，他是一个半途的皈依者。他是在目睹了罗布泊的数次核爆炸试验之后，放弃了世俗的追求，回归了真主的理想。”

“所以呢，中方真的会同意交换？”徐燕子问。

“现在还不知道，”路白回答，“这并不是我们能左右得了的。但是被劫持的五名初中生，在一辆面包车里，肯定不会跑很远。如果我们能率先找到他们……这就是我们能左右得了的事情。”

路白的话全部说完，坐在角落里的老季第一个站起身离席。姚sir也跟着站起来，徐燕子和侯博士说了两句话，先后走向门口的时候，路白突然从背后开口。

“你等一下，侯博士。”路白说，“我还有一句话跟你说。”

侯博士的脊背瞬间僵硬。徐燕子向他做了一个手势，接着推一推眼镜快步离开，侯博士转过身来，关上了门。

“你可以坐下。”路白在自己的转椅上轻轻晃了晃。

“不用了，您直接说吧。”

“那好。”路白见侯博士没坐，自己也站起身来。他走到一旁的书柜面前，抬头扫视整齐的一排排书脊，然后从中抽出一本翻了几页，停下手，从书里拿出夹着的一张纸。

是一张牛皮纸片，被撕得形状很不规则，但是夹在书里非常平整。牛皮纸片的一个边角里有几个墨水写上的字，那上面虽然没有他的名字，但不难猜出是他的地址。

“你的垃圾扔得很不小心，我十分惊诧。”

侯博士记得当时撕碎了牛皮纸袋分别扔进几个不同的垃圾桶，可是……“不管怎样，你最终都会知道的，我藏得再好又有什么用。”于是他坦诚地说。

“确实没有用。”路白说，“唯一有用的办法是直接交给我。我以为你在黑鹰时间够久了，这一点规矩不会不懂。”

侯博士默不作声。

“但现在不是拘泥于这些小节的时候，”路白从书柜走向侯博士，“是阿乐寄给你的吧？他给了你什么？”

“一块 FP-Deep 的工程芯片。”侯博士说。

“你得再多解释几句，毕竟我不是工程博士。”

侯博士似乎沉思片刻。他不是一个善于说谎的人，他更确信路白能将谎言一眼看穿。可是乐子扬……

“你应该清楚，我只听实话。”路白的声音适时地响起。

侯博士于是回答说：“我并不清楚阿乐有什么目的，或者他的动向。我有的，只有半块芯片。”

路白点头。“这就够了。”

“乐子扬寄给我的……是一块 FPGA 芯片的残片。”侯博士深深吸了一口气，接着缓慢地说道，“但是我由此推理，有人在芯片上通过一种最新的FP-Deep设计，使芯片可以通过机器学习生成最佳的硬件形态和卷积神经网络，也就是通常所说的人工智能。不过他的芯片还有一个特殊的接口，我认为是一个脑机交互接口。”

“脑机交互？人脑？”

“我认为是。通过脑机交互，可以连接人体大脑的神经元，这样，芯片上的人工智能就成为……人脑的一部分。它可以增强神经信号的强度、增强计算能力、增强人体的行动、思维、组织。”

路白和侯博士隔着两米左右的距离。他听着侯博士的叙述自然地垂在木质的写字台上的右手，慢慢攥成了拳头。

“按你这么说，这块芯片需要嵌入人体内部？”

“是的。应该是嵌入，或者至少要连接到脑干中。”

“那嵌入之后的芯片谁还能控制？”

这是一个侯博士没有想过的问题。“被嵌入的大脑神经，毫无疑问。除此之外，如果在嵌入之前，芯片先被设计好了后门，也不是不可能。”他边想边说，“我可以试着写一个模拟程序，但是这块芯片残缺太多，不一定能发现确定的结果。”

侯博士的思路被路白提示，已经开始思考模拟器要怎么写。他喃喃地计划着，却忽地被路白打断。

“你不用再模拟了。你可以回家了。”路白简短地说，“不过还是感谢你，没有再继续对我说谎。尽管你一开始并不打算说实话。”

“我没有说谎，”侯博士立刻说，“我现在告诉你的一切都是真的。”

“确实，但你一开始决定背着我做实验的时候，就已经在说谎了。”

“我还有最后一句话，”侯博士知道路白的心意已定，可他必须再奋力挣扎，哪怕只是一刻，“关于阿乐。我了解他，是他把这块芯片寄给我，他没有变。不管他经历了什么，我都相信他。我们应该、必须继续相信他。”侯博士抬高了声音，“阿乐是站在我们这一头的。”

“你可以继续相信他。”路白指一指门口，对侯博士做了一个“请”的手势，“你认识我的第一天我就和你说过，我最不能忍受欺骗。你的一切授权都已取消，不过不必走得太着急，收拾好东西吧。”

杜若秋回到六方会谈的总部时，从国内收到的唯一消息是“等候进一步指示”。她站在贵宾楼二层中央的大堂，焦灼地点起一支烟，右脚轻轻地在大理石地板上点着频繁的步点。

上弦月兄弟会是怎么知道运送学生的路线的？这次高访的行程事先全部保密，新闻媒体甚至都只提前了十五分钟才知道切特要来。杜若秋深深地嘬着烟，恨不得让尼古丁迅速充满她全身的血液才好。

冷静，冷静，她对自己说着，尽力克制抖动的手和正在愈演愈烈的头痛。

“对不起，女士，在高访期间，这栋楼是禁烟场所。”这时一个年轻的小伙子走上来，看衣着应该是日本使馆的礼宾职员。

杜若秋拿着烟的手这时却忽然不抖了。她抬起头，目光直视着来提醒她的工作人员，把一口烟完整地吐在大堂的空气里，然后扔掉烟头用脚碾一碾，从嗓子里挤出低低的声音说："去他妈的高访。"

最好的办法是毫不关心。四星上将的话语又回响在她的脑袋里。可是她并不能做到毫不关心，她只能选择性地对某一些人和事毫不关心。杜若秋这时打定主意，转身走向楼梯，来到贵宾楼的地下一层，径直闯进了监控室。

"我要看这栋楼二楼的监控记录，"她说，"从星期一到今天早上，走廊里都有谁出入，这期间一定有什么不对。"

监控室里坐着三个人，他们纷纷扭头看着杜若秋，面面相觑。

"我说的话没听懂吗？"

"呃……是这样的，女士，如果要调影像记录，需要警务处的批条。而且——"

"给她看吧，"一个低沉的声音从身后响起，马修·克劳德上将正站在门口，拿出自己的徽章出示在胸前。"维和部队，四星上将，马修·克劳德。"

监控员们彼此交换了一个眼神，接着坐在最左边的人说："您要看哪一天？"

杜若秋问："不论哪一天，有任何不正常的现象，都要看。先从昨天开始，快速倒一遍吧。"

监控员们只好照办。二楼通道里一共四个监控摄像头，二十四小时记录了其中出现的所有人，从日出到日落，从日落到日出。外交官们纷纷来上班、吃中饭、两三成群地边走边说话，平静的一天从录影带上倒回。

星期三的天气阴沉，通道里一直开着灯。星期二各位代表还在激烈辩论，直到晚上才差不多达成协议草案。星期一——

等等，怎么回事？

监控室里的所有人都围上来，眼睛齐刷刷地盯着回放屏幕。四台监控摄像头，在正午时分同时变成了黑屏，在屏幕上只留下横竖两条分割线，将屏幕分成四个均等的黑色方块。

“稍等，我看看怎么回事。”坐在最前排的监控员连忙说，打开另一个显示器查找当天的原始数据。

“从正午 12 点到 12 点 18 分之间的数据被抹掉了。”他说。

“抹掉是什么意思？还有人能清除数据？”

“有管理员权限的人就能选定数据清除。”

“能修复吗？删除的数据肯定能找回来，在机器上一定会留下痕迹的，对不对？”杜若秋立刻问。

“能看出是谁删除了数据吗？总会留下痕迹吧。”克劳德也说。

“删除数据的人是……”监控员又调出一个工作文档，鼠标滚轮缓慢地向下滑动，声音瞬间掉入谷底，“是我。”

“但不是我删的，真的不是，”他忽然意识到事情的严重性，连忙拼命摆动着两只手大声说，“不是我，肯定是有人盗用我的身份密匙，真的，你们一定得相信我——”

“杀死他！杀死那个棕发的维克多！”一个十五六岁的女孩竭力地高喊着，同时从地上捡起一条粗壮的绳子，套在一个跌倒在地的男人的脖颈上，拼命向后勒。

周围几个人听见声音也围上来，其中两个人只是在一旁看着，而另一个人则从地上捡起一块红色的砖头，狠狠地往棕发男人的头上摔去。

“好！”又有一两个人参与进来，倒在地上的棕发男人很快就断了气。勒绳子的女孩这时放松了双手，站起身来拍拍自己的裤子。

“真没劲，”她低头看一眼被自己勒死的男人，吐了一口唾沫，“棕头发的人都该死。”

女孩将死去的男人身穿的衣领撕下一半，绑在自己的胳膊上，显然那是一个光荣的标志。她站在原地等了片刻，不多时和另外三个人组成了矩阵，他们简短地商量起下一站要去哪里。

其中一个人说：“我要去车站。”

另一人说：“我要去工厂。”

女孩说：“我去哪儿都可以，哪儿都有棕色头发的维克多。”

乐子扬快步从理想国的集市上穿过，路边横七竖八地躺着许多尸体和快要成为尸体的垂死的人。前面有一个提篮子的老妇正在和一个拿着弯刀的农民肉搏，没几个回合，老妇的头被砍下一半，栽倒在地。

乐子扬踩过老妇的躯体，穿过一个九乘九的庞大矩阵，来到米尔顿高大的宫殿前。他走进宫殿的同时也走进了蓝色太阳的阴影，空气顿时变得混沌而发白。

“你来得正好。”米尔顿远远地看见他，面上的表情兴奋不已。他一只手持着自己的权杖，那里面已经混合了更多种颜色，明艳的黄色、沉重的绿色、妖娆的紫色和棕色、炽烈的红色和橙色，还有无处不在的由浅至深的蓝色，彼此交织在一起。

“战争就是生命。无知就是力量。黑色的闪电注定要消灭一切，黑色的闪电也能创造一切。”米尔顿说着，重重地用权杖敲两下地面，权杖里聚集的颜色如猛兽般争先奔出，在空气中汇聚成一个巨大的黑色闪电。

黑色的闪电覆盖了宫殿的拱顶、覆盖了宫殿前的小广场，可它的势头毫不减弱，瞬间又覆盖向目光所及之处的一切。黑色的闪电如同大片的乌云，又如同飞速的电击，顷刻之间，理想国的一切都陷入了黑暗。

然而这黑暗并不宁静。它嘈杂、混乱，乐子扬听见尖锐的喊杀声、刀锋的碰撞和碎裂声，还有树枝和躯干从中折断的干脆的咔咔声。

米尔顿炯炯的目光在黑暗里发着光，黑色的闪电如同氧气补足了他的身体，米尔顿在张开手掌的同时，头顶也飞快地长出细嫩的头发。

一根根银灰色的头发从他的头皮里钻出，茁壮地向外扩张。很快地，光头的米尔顿已变成了长发的米尔顿，他瀑布一般的长发在空气中闪着幽幽的水银般的光泽。

“当黑色的闪电击穿世界，就是我的降生之日。”米尔顿自言自语，忽地瞥见乐子扬还站在他的侧面，有些吃惊，又有些好奇。“你还在这儿干吗？”他问，“你不必再来找我，我很快就能去找你了。”

“不，你不能。”乐子扬冲动地按住米尔顿的肩膀，这才发现对方已经强壮得很，甚至远远超过自己。米尔顿在乐子扬面前纹丝不动，连眼睛都不眨、眉头都不抬一下。

“你要把黑色的闪电带去别处，是不可能的。”乐子扬大声说。

米尔顿没有反驳。他神情轻松地看了看地上，接着弯下腰，从地面上抓起一只正在爬过的蚂蚁。

“你看这蚂蚁，”米尔顿把手举在乐子扬面前，“它从出生开始，一辈子都在地上爬。它往前爬、往后爬、往左爬、往右爬，以为自己的世界已经很宽广了。但是它不知道这个世界是立体的，直到我把它提起来，悬在空中。它这才知道，这个世界原来还有空间。”

乐子扬注视着蚂蚁，转而又注视米尔顿。

“蚂蚁的世界是二维的。唯独这只蚂蚁不同，这只蚂蚁忽然发现，这个世界原来还有向上的一维。它发现原来在自己的世界之外，还有无数个世界。”米尔顿说着，蹲下身又把蚂蚁放回地面，“你猜它回到地面之后，会跟其他蚂蚁说什么？它会怎么描述空间的玄妙、描述它的深与高？”

“我得走了，”乐子扬不想再听下去，抬起脚大步离开。他从米尔顿身边匆匆走过，对他说，“我劝你不要这么做，我不会再来找你。我们不会再相见了。”

“不，这你就错了，”米尔顿目送他的背影，“时间也是立体的。它不止能向前、向后。我们很快就会再相见，我会在空中的十字路口等着你。”

乐子扬没有回答。他不确定米尔顿是否能读懂他心中的想法，不过那一刻他对此也不是那么在乎了。

他要是想知道就尽管让他知道，反正自己没有怕的，乐子扬边走边想。时间快来不及，他要返回波利斯城。他要现在就回到那座城市。

叁

这是人类与生俱来的缺陷——情感会阻碍理智，心脏永远在限制大脑的发挥。当一个人极度不愿意相信某件事，就算所有的线索摆在眼前，就算一切逻辑都再合理不过，他依然还是能找出一百个理由告诉自己难以置信。

——老季

“国内方面决定完成这桩交易。”

波利斯城西二十公里的一间民居里，杜若秋走上二楼，路白就坐在最尽头的小屋里。民居只有两层高，木质结构的房子看起来至少有五六十年的历史，她每踩一步楼梯都发出颤巍巍的咯吱声。

“确定？他们是真的打算把瓦里斯放出来，还是扬言要放，虚晃一招？”

“是真的。”杜若秋在路白对面坐下，他们中间就隔着一张窄而陈旧的木桌子。“UNCOD 不想让这件事声张，不然整个部门都得被炒鱿鱼。昨天联合国安理会的人亲自去北京，承诺了下一任秘书长的提名权。这是一份谁都无法拒绝的大礼。”她接着说，“瓦里斯人已经从喀什监狱提出来了，现在正在医院做全面检查。当然还有一些必要的程序，但也就是今明两天，他就可以出发了。”

杜若秋说到这里抬起头来，吸了一口气，接着说：“我今天晚上也要去喀什。”

“你去干吗？”这是路白没想到的。

“瓦里斯的交接安排在中国和阿富汗的边境小镇，塔什库尔干。上弦月已经准备好了在边境的另一侧接人，明天早上，双方要在交换人质之前在那里集合，商定时间和条件。最快明天晚上，或者后天进行交换。”

“派你去是因为……你跟他们打过交道？”

“我确实见过上弦月的人，而且不止一个，这是个优势。另外你可能不相信，国内的外交人员里熟练掌握阿拉伯语和波斯语的人并不多。”杜若秋轻笑一声，“谁能想到，我竟然还是一个具备稀缺能力的人才。”

“既然如此……”路白说到这里，罕见地犹豫了。他原本打算说的话几乎不好意思开口。

“你呢？你有什么消息？”

路白不说，杜若秋当然会问。然而见路白不立刻回答，她大概也就知道了答案。

“没关系，波利斯这么大，这次你们的线索太少了。”她的语气坦然，甚至带着一种轻松。“就算福尔摩斯也不是全知全能。不过你们的工作还没结束，”杜若秋将目光转回路白身上，“目前双方的约定是五名初中生会被送到伊罗北边的扎勒斯港口，离波利斯两个小时左右车程。扎勒斯紧挨里海，一旦瓦里斯被确认安全释放，五名学生也会坐船送出来，穿过里海到阿塞拜疆登陆。”

“我去过扎勒斯，荒凉的港口。”路白想起来。“你放心，我们一定会在那里，包括我自己，我们所有人都会去的。”

“穿越里海到阿塞拜疆的航程大约两小时，从阿富汗边境起飞回到伊罗境内，大约也是两小时。”杜若秋补上一句。

“了解。”路白心里盘算着这个漫长的人质交换。里海狭窄而拥挤，周围围了四五个国家，真放心学生们能平安漂流到阿塞拜疆吗？

“我大概已经想好该怎么办了。”片刻，路白告诉她。

杜若秋点点头，说声“多谢”，接着一只手抓了抓头发，把手肘撑在面前的木桌上。“我们不要太难为自己。”她说，“有许多事是我们左右不了的。在这个世界，我们真正能做的，也就只有那么微乎其微的一点点而已。”

路白仿佛对杜若秋的说法表示赞同，但这赞同只会让他更加不愉快。他感到自己胃里好像有什么在剧烈地翻动，搅得他心中忐忑难安。

“我并不是因为这一件事而沮丧或者不安，”路白最终决定把自己心中所想告诉杜若秋，“这几个月来的波利斯有许多未解的谜。它们接二连三，而我们只是保守地反应，还没找出一点其中的逻辑。这一切都太不对劲了。”

“你们……知道瓦里斯这个人吗？”杜若秋最终小心翼翼地问出口。她甚至都无法确定自己为什么这么问，她明知道这是一个自己无法左右的决定。

路白摇头。“我们知道的，不会比国内方面知道的更多。瓦里斯的整个成年人生都在罗布泊度过，他参与过的研究、接触过的机密，国内方面应该非常清楚。”

“确实，”杜若秋点点头，好像在试图说服自己，“况且他已囚禁了快二十年，不可能还记得什么了。”半晌，她又无法完全说服，继续自言自语般地说道，“但毕竟事关核武器。”

“我明白，”路白谨慎地回答她，“我会保证那五个初中生的安全。”

“保持联络，路先生。”杜若秋这时站起身，伸出自己的手。路白立刻就察觉出了那其中道别的意思，不只是一两天，不只是一趟去喀什的行程。

可是他没有问。这是职业原则，也是他一贯的准则，他不需要知道波利斯的每个人会走向何方，就像麦克斯突然的不告而别，就像颖决明的远走他乡。他与他们曾经共事，一起参与了彼此生命里的一小段，而今将分道扬镳，他从未想要探听他们从今往后的旅程。路白于是也只是伸出自己的手，与杜若秋短暂地相握。杜若秋快要转身的时候忽然又想起什么，她停了片刻开口问：“对了，你和我的朋友沈菘兰还有联络吗？”

“是在中国使馆开放日的那个女孩吗？”

杜若秋点头。“我来不及跟她道别了，你什么时候见到她，请代我说一声。”

黑鹰俱乐部在小 31 号集结，已经是第二天清晨。路白坐上头车的后座，马主管开着车。三辆车，一个组织中枢，十个一线特工，趁着清早蒙蒙的晨雾开往扎勒斯的港口。

“杜若秋昨天晚上飞抵喀什，连夜已到达塔什库尔干。现在是北京时间早上10点45分，她半个小时前告知我，要和对方进行第一次交涉。”开出波利斯之后，路白开口说道。

“你有瓦里斯的照片吗？”同坐在后排的老季问。他这回坚持也要跟随一同去扎勒斯的港口，尽管好几个人都试图劝阻。“有些事情，要亲眼看才能真正记住。”老季今天早上这么回答路白，然后自己率先就坐上了车。

“没有。他不是一般犯人，我们没找到照片。”路白回答，“不过杜若秋已经见过他了。她形容他是一个老头，坐在轮椅上，瘦而虚弱，留着稀疏的长发和胡子，几年前就被查出肝癌，但没有接受治疗。她说找到合适的机会，会拍照传过来。”

“瓦里斯在九院干什么工作？他参与了中子弹研发的整个过程吗？”前排副驾驶座的徐燕子回头问。

“他所在的实验室主要方向是核聚变的多级引爆，也就是以一级引爆创造出触发二级引爆的条件，再以二级引爆触发三级，诸如此类。这是20世纪80年代研究中子弹的最大的瓶颈之一，也是核聚变武器研发的关键。”路白回答。

“那他是怎么被发现的？”

“是一次浓缩铀原料的运输，”路白说，“从兰州运到罗布泊的途中，遭到抢劫，到现在也没有找回来，估计早已送到国外。后来警方监听了九院所有研究员的电话，才知道他和境外恐怖组织联系紧密。当时的上弦月还不叫上弦月，当时的Abu Al-Qadi还默默无闻。”

开出波利斯城，高速路两旁从城市变成乡村。广袤的荒山和黄土之间，劈出一条两车道的高速路。整个路程开过了一半，远处的山上开始出现绿色，先是矮矮的灌木丛，离里海越近，草木就长得越旺盛，在山坡上此起彼伏，连成一片郁郁参天的丛林。

“我是第一次开这条路，没想到这条路这么漂亮。”开车的马主管说道，“没想到伊罗也有这么茂密的丛林。”

第三次路过加油站的时候，路白再次收到杜若秋的讯息。

“约定明天早上移交人质，北京时间中午12点，波利斯时间早上8点30分，同时进行。”

“收到。”路白回复。

到达扎勒斯时已是上午10点多，路白带了姚sir和一线队员小武，穿过喧闹的市中心，直奔港口。接近港口，商店、游客和公路两旁的住宅都变得稀疏起来。

“那边是别墅区，”坐在路白身旁的小武向东边指一指，“那里的船坞里停满了上百万美金的游艇。”

“你来过这儿？”路白问，接着他忽然想起来，小武的家乡正是扎勒斯。“我想起来了，你是当地人。”他紧接着说。

小武点头。他曾经也是那个喧闹又贫穷的内城里的一员，后来因为年轻而健硕的身材而被雇用成为私人船员。

路白也环视四周。移交人质的港口距离富人区十公里，曾经是一座货运港口，从伊罗二十年前被实施制裁之后就废弃不用了，现在变成一湾腐朽的废铁。不远处是一处森林自然保护区，有一条上山的缆车，正在缓缓地往上移动，路白仰着头注视着缆车许久，开口说：“我有一个主意。”

他的手机此时响起，路白低头看一眼，是一个图片文件。他一面等文件下载一面沿着海岸线向西走，在废弃的码头上停下脚步。

“就是这儿了。”路白转头对姚 sir 和小武说，“这里的码头低洼，身后有垃圾填埋场的掩护。我们再往前走走，但十有八九上弦月会选在这里交人。”

头上有零星几只灰色的海鸥飞过，发出呱呱的叫声，背影最后没入绿色的海面。路白手机上的图片附件已下载完毕，他点开，拿给姚 sir 和小武同看。

照片上一个瘦削的老头，蔫蔫地坐在轮椅上，脑袋微微向前伸着，两个眼睛深深凹陷，神情呆滞。路白有心将照片转给老季，转念又觉得没必要冒风险，下午回到饭店，第一时间便可以拿给他，因而收起手机。

“回吧？”他说。

“你该不会是想用直升机救人吧。”回去的路上，姚 sir 开口问路白。

路白露出一点笑容。“你真是我脑髓里的蛔虫。”他说，“缆车顶上的平台很适合直升飞机起落，离这里又近，视野又好。再说，我们又不是没人能开。”

“你上次答应我是最后一次了，在莫俐猎场那个晚上。我早说过我最讨厌直升机，要不是因为总出直升机任务，我说不定会在警队多待两年。”

“这次是最后一次，”路白答说，“这次我答应你。以后再也不会强求你干任何事了。”

姚 sir 从路白的话里听出一点弦外之音，他侧头看了看路白，轻轻一笑说：“你这口气，倒好像要金盆洗手了似的。”

路白说：“你又随口扯些闲话。”

姚 sir 说：“我不信。要你从今往后不再强人所难，明知不可为而为之，除非你是看破红尘出家去了，不然不可能。”

路白轻笑一声，摇摇头，不再理对方。回到酒店他和姚 sir 说“通知十五分钟之后开会”，然后第一个去敲老季的门。

“你看，这就是瓦里斯。”路白背身关上门，立刻举起手机面向对方。

老季的目光投向手机屏幕上的相片，接着眯起眼睛，凑近了仔细观察片刻。他的眉毛微微皱起，盯着屏幕半天没有说话。

路白有一种强烈的、不妙的直觉。

“怎么，你认识他？”

“我认识他。”

两个人同时开口，又同时闭嘴，只用四只眼睛彼此相视，老季似乎在思考接下来的话如何措辞。

“我确实认识他。”半晌，老季转身，回到房间的沙发上坐下，两只手搭在膝盖上，手指交叉在一起。他微低着头，声音沉而小声，“很多年前了，我们都还是十几岁青少年的时候。”

路白也来到老季身旁坐下。

“给我再看一眼相片。”老季说。

路白把手机递给对方。

“就是他，错不了。”老季认真地再看片刻，声音中的底气更足了些，“1967年8月16号，在巴黎第六大学举办的世界记忆竞赛上，我们都在。当时他用来参加比赛的名字叫火箭汽油桶。”

“汽油——瓦斯，”老季向路白解释，“但当时谁也不知道他的真名。”

“所以瓦里斯也和你一样，有出众的记忆能力？”

“哦不，我有出众的记忆能力，”老季说到这里停下片刻，似乎在回忆几十年前的某个场景，“而火箭汽油桶——是不属于这个世界的怪胎。”

路白没有立刻接话，他笔直地坐在沙发上，等着老季接下来的话。

“我能记住自己见过的东西，是靠记忆宫殿。每一个故事、画面、细节都储藏在事先建造好的宫殿结构里。记忆大赛上的每个人都有记忆宫殿，我们比的是谁的宫殿设计更高效，更合理，就能最快最准确地找出其中的收藏。但是他，火箭汽油桶，他没有宫殿。”

“他的记忆是纯粹的心象记忆，真正的过目不忘。”

“也就是说，二十年前、三十年前他看过的资料，即使经过这么多年，即使在监狱中被洗脑、被折磨，他依然能记得？”

“当然。我能记得1967年8月16号早上记忆大赛的题目，你觉得他呢？他有一个根本不可能忘的脑子。”

路白倏地站起身来。

“我得打个电话，”他说着，匆匆走出老季的房间，到门口又回过头来迟疑片刻，开口问道，“像你们这种人，世界上有多少个？”

“巴黎大赛上有十六个参赛的选手。”

“所以火箭汽油桶得了第一？”

“哦没有，他只参加了那个早上的比赛，下午就退赛消失了。”老季回答，“我说了，他是不属于这个世界的怪胎。”

杜若秋晚上回到自己的住所，看见手机有两通未接来电，还有一条路白传来的简讯。

“紧急。紧急。紧急。”

她的心跳顿时不可抑制地往上突。路白连用了三个紧急，而她还没见过什么事能让路白连用三个紧急。杜若秋长长地呼吸一口气，试图平复自己的情绪，然后才按下电话的回拨键。

“什么事？”她一开口，嗓子发出的声音却如同被箍了紧箍咒。

“瓦里斯不能放。”路白开门见山，“他是记忆天才，二三十年前见过一眼的数据，就不可能忘。”

“就算是洗脑、催眠过，”杜若秋反问，“以及……坐过水凳、上过很多酷刑？”

“不可能忘。”

“就算是二十年没有关过灯、没有睡过觉？”

“不可能忘。”

“就算已经癌症晚期？”

“不可能忘。”

杜若秋握着电话，整个人呆住了。她当然意识到，瓦里斯是上弦月研制核聚变武器的关键，上弦月一旦拥有核武器，将引发全面核战争，毕竟摧毁旧的、建立新的，就是他们口中的“末日圣战”。可是在路白刚刚告诉她这个消息的当下，她只是全身僵硬地站在一个白色的灯泡底下，灵魂出窍一般，说不出一句话。

“我们已经做好准备，只要人质的船开出海港，进入水域，便尝试立刻用直升机营救，送到临近的阿瓦扎军事基地。”路白在另一边说。

杜若秋心乱如麻。但她思考片刻，回答说：“先不要。”

“什么？”

“你给我一个小时，一个小时之后我给你回话。”杜若秋看了一眼手表，晚上 9 点 45，一切都还来得及。“就一个小时！我跟你联络。”她说完，挂断电话，然后拿起一件长大衣，走出门去。

不到 50 分钟，路白就接到了杜若秋的电话。

“现在你连接的是新疆军区特战第 84 旅旅长王阳明。”杜若秋说完，旅长也接起了电话。

“你好，我是王阳明。”

“你好，旅长。”

“你是否为你所提供的讯息负责？”

“是。我负全责。”

“那我们的计划就要发生一些变动，”旅长说，“明天北京时间 12 点，波利斯时间 8 点 30 分，双方同时进行人质移交。在塔什库尔干，对方已备好私人飞机，运送瓦里斯回国。我方将从空中和地面同时实施打击，击落对方的飞机。

“——但是我们处于中阿边境，飞机进入阿富汗境内不能超过50公里，否则便是公然在第三国境内使用武器，这是我们的政策所不允许的。所以我们必须要在那之前实施打击。”

路白明白了对方的意思。“这样留给人质营救的时间还有多少？”他问。

“三分钟。你们有三到四分钟的时间差。所以一出港口甚至还在码头区的时候就要实施营救。”旅长说着，看了一眼杜若秋，“听说你们准备用直升机。”

路白这头却沉默了。电话里传来他的呼吸声和零星的踱步声，双方隔着电话讯号僵持片刻，旅长重新开口说：“你听见了吗？”

“听见了。”路白沉住气，回答说，“恕我直言，三分钟内从港口营救五名未成年人质，根本不现实，非常危险。对方一定有所武装，我们原本的计划是等船驶出，远离港口之后再用直升机营救，这样可以隔离岸上的火力——”

“但现在不能用原本的计划了，”王阳明旅长毫不客气地打断路白，“我们必须在三分钟内将对方击落，这关乎国家安全。”

“三分钟太短，根本不可能救出五个人质。对人质、对我们的一线队员，都有很大危险。”

“这是国家安全的必须。”

“这活我们干不了。”路白的声音抬高，尽管他并不想生气，“要不然你们自己派军队来。定金我一文不少原路退回。”

旅长沉默片刻。“我们是军人。对军人来说，国家安全重于一切。我们只负责保卫国家机密，至于其他，如果有微小的牺牲，也是可以承受的。”王阳明的声音缓慢，带着沉重的分量和毫不动摇的决心，“路先生，我相信您了解这一点，也相信您的团队。我已把我们明天的计划告诉了您，如果明天有学生能活着回来的话，我个人会非常感激。”

旅长说完，挂上了电话。

杜若秋还站在旅长身旁，她小声说：“如果飞机不是被我们击落，而是自己出故障爆炸的话……”

旅长摇头。“飞机是对方的，驾驶员也是对方自己人，要动手脚根本不可能。早点休息，杜小姐，明天见。”

可是杜若秋并没有礼貌地回答“明天见”。她还在通信室里站着没动，王阳明隔了几秒钟用余光向她的方向瞥了一眼：“怎么，你还有事吗？”

杜若秋答说：“刚才的计划可以作为B计划。”

旅长这次转向她，正视这个年轻的女外交官，双手抱在胸前。

“你说来听听。”

路白将综合会议推迟了半小时，只身再次去找老季。

“我就再和你确认一遍，你真的百分之百笃定，照片上的瓦里斯就是几十年前记忆大赛上的火箭汽油桶？他已经从一个少年变成了一个枯瘦的老头，面目全非。”

“我上一次记错是什么时候？”

路白徒劳地想了想：“我不记得了。”

“我记得。是1967年8月16号上午11点，我在记忆大赛上记错了一个迷宫左上角的走向。”老季回答，“顺便说，我还记得我得了第一。”

“再说，”老季接着说，“你觉得上弦月为什么大费周章，就是要把他弄回来？你该不会真以为是为了给他一个穆斯林的葬礼吧——这么幼稚的扯淡你也信？你是疯了还是傻了？”

路白听完，瞬间露出满满的自嘲的轻笑。“我是傻，”他低下头喃喃自语，“是蠢。老糊涂了。”

“是你打心里不愿意相信这件事。”老季走上来，拍一拍路白的肩。“这是人类与生俱来的缺陷——情感会阻碍理智，心脏永远在限制大脑的发挥。当一个人极度不愿意相信某件事，就算所有的线索摆在眼前，就算一切逻辑都再合理不过，他依然还是能找出一百个理由告诉自己难以置信。”

路白抿了抿嘴唇，然后抬起头：“好。十分钟后开会吧。”

“那你能不能先告诉我，人质是不是救不出来了？还是瓦里斯现在已经死了？”老季跟着路白走到自己的房间门口。

路白叹一口气。

“他还活着。但他坐上飞机，不会超过三分钟。我们只能在三分钟内争取在港口救人。”路白说着，手机忽然发出两声响。

收到一通信息，来自杜若秋。

“新计划：明天12点整，若我发来讯息，则三分钟内救人。否则按原计划，行至里海中央再行动。”

路白立刻回拨给杜若秋。

“你这是什么意思？国内那边有新的打算？”

“确实，现在有A计划和B计划。A计划，你们等学生的船开出码头、到里海中央时再用直升机救人。B计划，就是刚刚旅长说的，只有三分钟。”

“那怎么击毙瓦里斯？你们的A计划是什么？”

电话另一头的杜若秋沉默着，到最后也没有直接回答路白的问题。“我今天见到瓦里斯了，他狡猾得像一只成精的狐狸。”她只是说，“你只管在最恰当的时候营救学生。我有办法让他死。”

肆

每个人都会死的，我们都会。一百年后，我们都会变成灰、变成烟，没有什么能永垂不朽。只有现在、只有此刻是例外。

——乐子扬

护工将瓦里斯从临时住所里推出来，抬上一辆全黑的七座越野车。杜若秋也在车上，她坐在后排，瓦里斯坐在中间排。

“早上好，瓦里斯，”杜若秋对他说，“马上就要回家了，祝贺你。”

瓦里斯木讷地靠在靠背上，没有回应。这是他的一贯反应，包括在昨天谈判中，瓦里斯自始至终没有说一句话，甚至没有动一个表情，也只是被护工推出来展示给所有人看看他还在呼吸。

“不管你是不是高兴回家，至少我高兴得很。把你送走，我们也能各自回家了。”杜若秋说着，看看窗外的荒凉沙漠，接着扭头对司机说，“可以开车了，走吧。”

越野车开了 15 分钟，在一条宽阔柏油路的中央停下，那里已有三辆越野车和两辆敞篷卡车在等待。瓦里斯被抬出来，放进轮椅，护工将他推到王阳明旅长的面前，旅长伸出手与他短暂相握。

当地时间 11 点 49 分，虽然时间接近正午，但地处中国的最西部，太阳才刚刚升起到半山腰。早秋的沙漠里，气温还没从夜晚的寒冷中完全醒来，杜若秋裹了裹自己的长大衣，走向王阳明旅长的身边。

“他们就快到了，”王阳明身子微微倾斜，眼睛朝向远处的低空，“你看那里。”

杜若秋也看见了。她低头瞄了一眼手机，路白传来讯息说“已目击到人质，一切正常”。再抬头时，只见空气里卷起一阵扬沙，伴随着隆隆的巨响。她眯起眼睛，只见地上最先露出一只黑色的轱辘，明显是一架小型的私人飞机。同时在扬沙中若隐若现的还有飞机的一个侧翼正在空中转弯，将空气切成两截。

隆隆的声响渐渐降低，私人飞机的全貌也露出了模样。一架灰色的 Phenom 300 缓慢地滑行而来，在 50 米外的地方停下。王阳明旅长看了一眼手表，距离 12 点还差 5 分钟，于是向护工示意。护工推着瓦里斯走向飞机，身后和两侧跟着数十个荷枪实弹的士兵，王阳明和杜若秋走在最后。

对方只有两个人，一个围着黑色的头巾，一个围着卡其色的头巾。黑头巾从机舱的悬梯口走下来，卡其色从驾驶舱里出来，应该是机长或者机长的副手。

“我要再看一眼瓦里斯。”其中围黑色头巾的人站在三十米外，用波斯语高声说。

“他提出要再看一眼瓦里斯。”杜若秋翻译。

“可以。”

“可以。”杜若秋高声用波斯语回答。

黑头巾于是走来，护工又把瓦里斯往前推了几米，直到与对方相遇。飞机的悬梯已经稳稳降下，时针离正午12点还差1分钟。杜若秋第三次看手表，另一只手握住大衣口袋中的手机，握得手心微微出汗。

王阳明拨通路白的电话，说：“一切就绪。”

路白也回答他：“一切就绪。”

沙漠里的风一阵阵吹来，杜若秋舔一舔干裂的嘴唇。她的目光投向Phenom 300机尾处高高翘起的升降舵，视线有片刻模糊。清晨的太阳光线好像瞬间变得断断续续不连贯，空气里的黄沙在光点之间跳来跳去，让人分不清哪里才是光的源头。

而她稍稍挪步，从阴影里来到晨光下，紧接着下意识地打了一个寒战。

“时间到了。”黑头巾再次高声喊道。

王阳明点头示意，护工让开两步，黑头巾自己推起了瓦里斯的轮椅，在士兵们的围绕下，向飞机走去。

推到悬梯口，黑头巾正要弯腰将瓦里斯抱起来抬上悬梯，瓦里斯忽然举起一只手。

黑头巾俯下头去，瓦里斯用嘶哑的声音在他耳边说了一句话，接着扭过头，目光在身后的所有人中间巡视。

黑头巾向身后的人们大声宣布说：“瓦里斯要随机选一个人，陪他一起坐这班飞机。”

与此同时，瓦里斯的眼珠再次在士兵、护工和官员们中间转了一圈，然后伸出一只手指，指向了杜若秋。

这次她听清瓦里斯在说什么了。他用微弱的、像蛇一般嘶嘶的声音说："就她了。"

士兵们各个抱着枪，王阳明站在士兵后面，而杜若秋立在飞机前，全身的血液霎时如海啸般冲上头顶。可是下一秒，她抑制着呼吸，平静地看向瓦里斯，眨了眨眼，上前一步。

"可以，瓦里斯。"她向飞机走去，"如果这样能让你放心。"

清晨6点15，路白走上调度车，人员分成三组各奔其路。Alpha组由路白率领，到扎勒斯的港口码头接收人质，Bravo组则去往缆车山顶，在那里，姚sir很快就会载来一个一线特工和一个狙击手，在直升机内待命。Charles组在山下的港口区，着便装巡逻。

接近八点钟时，码头旁边的匝道上驶来一辆两人高的中型货车，货车停下之后后门被打开，依次走下被劫持的五名少年。

路白坐在指挥车中，透过玻璃车窗观察着来者。被劫持的五个人质都是男生，还穿着统一的校服，其中三个穿着长袖，两个穿短袖，穿短袖的在清晨的风中瑟瑟发着抖。五个学生的手被一条粗绳连环绑住了，排成一排，他们按照从高到矮的次序，串成一个阶梯。

装载他们的货车是当地搬家公司常用的丰田车款，带着波利斯市的车牌号。车上有一个司机、一个副驾驶，还有一个在货车厢里，和五个初中生一起走下来的，看样子是负责看守人质。

就在这时，忽然传来呼叫，来源是山顶的姚 sir。

“请说。”路白微微低头，把嘴巴贴近领口的微型麦克风。

“目击到疑似 Abu Al-Qadi，”姚 sir 简短扼要地说，“从山顶向南偏西三十度角，接近扎勒斯市中心方向。”

路白将目光投向码头上站成一排的五个初中生，知道自己此刻不能离开。“让徐燕子调度，”于是他回答，“让 Charles 组去追，随时跟我保持联络。”

知道 Al-Qadi 的出现，路白不能说自己完全惊讶。自从上次在沈菘兰被劫持的小剧场见到他以来，他没有一天不等待着和 Al-Qadi 再次相遇。可是现在，Al-Qadi 明明可以待在波利斯或者他众多个隐秘的地下居所之一，为什么偏偏冒险露面？

“还有目击吗？确认是他吗？”路白于是问。

“人脸识别显示有 89% 的相似度，不能完全确认。”徐燕子在对讲机的另一头回答，“除非有更好的摄像角度。”

“扎勒斯市的城市监控摄像头，能不能从中提取资料？”路白问。

“老大，您这是要黑进当地的摄像监控系统。”徐燕子提醒路白。

“是，我是要黑进当地的监控系统。”路白确认，接着又问，“能不能行？需要多久？”

徐燕子那边的反应似乎有些迟钝。“能行。”他慢吞吞地回答，路白听见一串噼里啪啦敲键盘的声音。

“需要多久？”路白又重问了一遍。

“需要——”徐燕子拖长了声音，那拖沓几乎有点让人恼火，不过下一秒他就恢复了一贯的语速。

“——好了。”他说，“一共有102个摄像头。Alpha和Charles车，转到5频道。”

Abu Al-Qadi的照片信息在102个实时影像资料中同时检索，路白低声向徐燕子说一句“好活”，接着将目光重新转向窗外。

五个初中生已经被带到码头边，而港口里还是一艘船的影子也没有。

距离八点半还有十分钟。

“可以下车了。”路白看了一眼表，接着指挥车的四个车门同时打开，路白带着周莫、小武和阿山下了车。

“吓，真沉得住气。”对方的看守听见声音，转过头来说，“船马上到。你们往远看——几乎已经能看见了，是不是？”

路白的视线扫过站在码头的三个劫持者，一个看守着学生们，另外两个站在货车旁边，手中各抱着一把AK-47，还有一个坐在货车的驾驶席没有下车。

没有阿拉罕·牧杰。

路白带着三个一线走到学生们旁边，他蹲下身，对其中个子最高的男孩说：“再等一会儿，马上就可以坐船了。”

男孩的第一反应是怯生生地往后躲，好像并没有听懂他的话。路白又说：“当时绑架你的人，是这群人吗？还有别人吗？”

“嘿，闭嘴！”看守显然听不懂中文，但是对路白肆意向人质说话十分不满。他一把将男孩往后一扯，然后站在路白面前。

“过了 8 点 30 分，你想说多久就说多久。”

路白没再勉强。他微微侧身，将目光转向里海的沙滩和正在退潮的海岸线。

“我想你肯定知道，里海并不是一个真正的海，它和海洋是不连通的。”看守也望着一望无际的海平面，开口说。

“确实。据说曾经是连通的，但是一部分渐渐干涸成为陆地，里海就变成了死海。”路白回应。

距离 8 点 30 分只有 5 分钟了，一艘十座的快艇出现在视线的尽头。只有一个开船的船夫，船头立着一面黑色的三角旗，在风中鼓起。

“你知道，最先发现里海的是罗马人。一队罗马士兵追一个逃犯，逃犯的踪迹一路向东指，士兵也跟着向东追，直到发现面前竟然是一面海，以为自己已走到了世界的尽头。”

“那逃犯呢？逃犯应该比罗马士兵更早发现里海。”路白饶有兴趣地和看守对话，眼睛却一刻也没有离开正快速接近的快艇。

“喂，孩子们！到码头边上去吧。”从身后传来一声呼叫，五个初中生中最高的一个顿时被看守牵住绳子，一个跟着一个站在码头边。学生们显然也看到驶来的船了，他们的脖子微微向前伸着，好像一排鸭子，胆小而怯弱的眼神里闪动出希望的泡沫。

货车旁的一个劫持者这时也快步走来，手里握着电话。

“好，明白。我们现在也装船了。”他向电话里说着，快艇同时已靠岸。看守带领学生们跨到船上，然后自己回到码头。快艇上的船夫给每个人套上一只橙色的游泳圈。

“你们有谁要跟这艘船一起吗？”看守望向路白。

路白已走向他。“我去。”他说着，自己跨上快艇。

8点30分。

“时间到了，祝你们好运。”还握着电话的劫持者侧耳向听筒里听了片刻，然后露出一丝微笑，示意船夫可以开船。他甚至颇有礼貌地站在岸边像一个送行的友人一样友好地向所有人挥手，目送着快艇渐行渐远。

“别担心，马上就回家了。”路白从腰间掏出一把折叠军刀，割断了捆绑少年们的绳子。少年们集体发出松一口气的声音，接着其中年纪稍大的一个男孩问：“要坐多久的船？”

路白这时抬头望了望天空。“坐船要坐两个小时，”他说，“不过你们还有二十分钟就到了。”

“在市中心区目击Abu Al-Qadi，第十三号监控摄像头，”耳机里传来徐燕子的声音，“Charles组你们两个红绿灯之后右转，再一个红绿灯左转。完毕。”

“收到。”Charles组回答，耳机里又回到了短暂的宁静。

路白耐心地等待。等待在闹市区里忽隐忽现的Al-Qadi，也等待着空中的声响。五分钟后，轰隆隆的马达声从空中传来，一架军绿色的S-92救援直升机跨海追来，在接近快艇上空的时候侧门打开，垂下一条摇晃的悬梯。

而开门的一瞬间，一支狙击枪管从中露出，已对准了开船的船夫。路白也从腰间拔出自己的9mm口径手枪，但他温和地，和船夫保持着两米的距离，然后说："我知道你只是个船夫。"

船夫惊恐地将一只手举起来，另一只手扶着舵。

"现在，听我的话，把马达熄火。"路白耐心地说。

船夫没有立刻照做。他仰头望望上空的直升机，然后用颤抖的声音说："但我的任务是把船开去目的地。我如果不这么做……"

船夫还没有把话说完，路白已将手枪的击锤扳动——"咔嚓"两下子弹上膛，吓得船夫立刻噤了声。路白把枪对准船夫的同时，从怀里也拿出一个长方形的纸袋，沉甸甸地扔在地上。"现在你可以停下马达，同时这一袋也归你，肯定不比你预料的少。不然，钱拿不着，还丢了小命，岂不是亏大了。"

马达的声音失去了动力，熄火之后渐渐归于平静。

"看，一早配合多好。这样你还能提早收工，是不是？"路白这时用手扶住垂下的软梯，把目光转向学生中个头最高的一个，将软梯递向他的方向，说："你先来。"

可是那初中生只是呆呆地看着他，整个人还向后靠在左船舷，身体和目光一样呆滞，无声地流出眼泪，滑下稚嫩的面颊。路白等了几秒钟，见男孩还站在那里不动，便自己先攀上了软梯的第一节，然后低下头来大吼："想活命就爬上来，像这样，爬上来才能活命！"

十分钟之后，最后一个学生被拽上直升机，姚 sir 舒一口气，准备将直升机升高。"今天很顺利，从来没这么顺利过，是不是？"他侧头向身边的队员大声说。

路白拿出手机。他拨给杜若秋的电话只响了两声就接通了。“安全了？”杜若秋的声音传来。

“已经全部接上来，还有二十分钟到阿瓦扎基地。”路白说，“瓦里斯呢？”

“一切顺利。”杜若秋回答。

然而路白没有挂电话。手机里传来他沉重又忧心忡忡的呼吸，那背后分明夹着一个他知道不会被回答的问题。路白猜不出国内方面连夜新制订的A计划到底是什么，但他本能地担忧杜若秋在其中的角色。

“你何时回到波利斯？”于是他换了一个问题问她。

“还有两个小时。”杜若秋回答。两秒钟的沉默，她最终说：“认识你真荣幸，路先生。”

一架飞机从地面飞到9000尺，需要六七分钟。

把五个少年送达阿瓦扎军事基地，需要25分钟。

她在波利斯已经待了四年零一百三十三天，认识乐子扬已经七年零一百九十九天。

以为很艰难，但回头一看，她竟已经坚持了这么久。她目送了毕特使还没落地就遭遇的爆炸，目送了夏玉锵，目送了黎盛德，她比他们都坚持得更久，这是不是也算一种成就？

飞机距离波利斯还有两个小时的距离，只不过瓦里斯等不到那两个小时了。杜若秋收起手机，将大衣脱下来，放在自己的座位底下，然后站起身走向瓦里斯，在他对面的椅子上坐下。她坐得笔直端正，一只手伸进裤子的口袋，轻轻按下微型遥控板上唯一的按钮。

两分钟。

原本昏昏欲睡的瓦里斯听到杜若秋的脚步声，睁开眼睛，杜若秋正平静地与他对视。

“你有事吗，杜小姐——如果我没记错，你姓杜？”瓦里斯的头向后仰靠在椅子的枕头上，眯着眼睛说。

“你没记错。”杜若秋回答，“你不会记错我姓什么。你不会记错任何东西。”

瓦里斯的脖子瞬间有些僵硬，他的身子没有动，音调也几乎毫无变化，“你开玩笑吧，是人都会记错的。”

“你也会记住这个玩笑，可惜不会记得比你的生命更长。”

瓦里斯突然从椅子上立直上身，跟随他的黑头巾同时从自己的座位上站起来，走向杜若秋，接着余光忽然看到什么，又大步走向她刚坐的位置。随从在椅子周围低着头左右看看，很快就发现了椅子底下塞着的羽绒大衣。

他拎起杜若秋的大衣，展开的那一刻发现里面填的不是羽绒。那里面包裹着满满的六排炸弹，倒计时数还有五十秒。

“你永不模糊的记忆就是一颗永恒的炸弹。只要你活着，就是危险。”杜若秋对瓦里斯说，“只有死亡才能让你忘记。你必须死。”

“你停下！”瓦里斯全身猛地一震，伸出胳膊颤抖着狠狠指向杜若秋，“遥控器在哪里？一定在她身上！把遥控器抢过来！”

“别白费力气了，”杜若秋从口袋里拿出微型遥控器，轻轻用手一捏，里面的芯片顿时碎成几片。她将遥控板的碎片甩在地上，瓦里斯立刻扑倒在地，去捡那些已经毫无用处的渣渣。

“你个疯子！”瓦里斯声嘶力竭地大吼，“你他妈是疯了！”

杜若秋没有被激怒，她的神情甚至表现出对瓦里斯的话些许的赞同。“我早想死了。”她看着瓦里斯。

这是她的真心话，谁也救不了她。事实上，在塔什库尔干的黎明，杜若秋在当天早上第一眼看见对方的飞机时，就已明白了自己的归宿。

乐子扬不会骗她，乐子扬没有骗她。那灰色的机身、淡蓝色的舷窗都莫名熟悉，她耳边几乎同一时间响起乐子扬五次三番的话语，有时是警告，有时是劝阻，有时是无可奈何的哀号。

“别担心。这是我自己的选择。”她当时在心里告诉他。

杜若秋没有等到不再愤怒的那一天。也许黎盛德说得没错，再过十年、二十年，她总有一天会向这个世界投降。她不仅会屈服，还会由衷地臣服，她的心会变得和整个世界一样寒冷而僵硬。但是此刻，她做了人生里最正确的一个选择：她还没来得及投降，还没来得及成为她所生活的地狱的一部分。

她要赶在自己不再愤怒之前，一头撞向地狱钟楼的塔尖，和吃人的豺狼在熊熊烈火里同归于尽。

唯一的遗憾是……真的再也见不到他了吗？

她一直不肯相信。在她最难最难、被关在四平方米的囚房、几乎以为自己要永不见天日的时候，是他支持着她活下来。她想再见他一面、和他说永远也说不完的话、看着他的瞳孔里倒映着自己瞳孔里倒映的他，然后用灵魂向彼此诚心诚意地许诺永不分离。

他们总有机会再见面的，杜若秋一直这样想。明天、明天的明天，总有一天会是那个特殊的明天。可是这一刻，液体炸弹的倒数器已经数到最后十五秒，她终于无法不面对这个难以撼动的事实。她要接受这件事——他们真的、真的不会再见面了。

还是……

一阵风忽然在耳边吹过，好像卷着她听不清的呢喃，大片的光点从她的余光里闪过，连空气里的尘埃都开始紊乱跳跃——

唰！他来了！他出现了！乐子扬就在她的对面，他的手紧紧握着她的肩膀，杜若秋的眼泪瞬间倾泻而下。也许是自己的幻觉，也许是源空间的神奇把戏，但临死的一刻她已顾不上那么多。她用尽全身的所有力气抓住乐子扬的手，扎进他的怀里，两片嘴唇颤抖得说不出话。

乐子扬还是原来的乐子扬，他看着她，好像已经和她一起度过了整个人生。“每个人都会死的，我们都会。”他的声音如同电流一般传入她的心底，“一百年后，我们都会变成灰、变成烟，没有什么能永垂不朽。只有现在、只有此时此刻是例外，这一秒钟，我是和你在一起的。”

她歇斯底里地哭出声来。“你别走，我求你了，你别走，行吗？”她拼命地朝他大喊，紧紧环住他的腰，好像要把对方融进自己的身体里。

如果这就是最后的结尾，如果这就是一切结束的模样，她想在最后一刻紧紧抱住他，她想带着她和他曾经的梦幻一起离开。

“你听着——”乐子扬用两只手捧起杜若秋的脸，眼睛紧紧直视着她泪眼模糊的双眸，他的嘴在动，好像还在对她说着什么，可与此同时，“轰”一声巨大的爆炸从飞机的腹部爆发，她的耳朵来不及接收乐子扬最后的言语，死亡的雷声已击穿她的座椅、她的舷窗、她头顶的天花、脚下的地板，击穿瞬间腾空的身体和碎片，最后爆发成碎裂的巨响，遮蔽了一切光和声音。

2019 年仲夏最后一个阳光炽烈的温暖下午，一个男孩恰好抬头仰望着自己的遥控飞机。“妈妈你快看，天上那里好像有烟火！”

“哪里？哪里有烟火？”

“就在那儿呀！我看得清清楚楚。”

“你又犯傻了，谁会在白天放烟火呢？”

伍

便利是现代社会最致命的疾病：过于便捷的交通，过于发达的通信。人与人之间过于紧密而轻易的连接，还有那一切的毫不费力和理所当然，遮蔽了充满好奇的眼睛和原本畏惧的心灵，使我们忘记了世界本身的荒芜和深不可测。

——米尔顿

“波利斯出事了。”

路白听到徐燕子在电话里的第一句话，心中立刻“咯噔”一声。好像一团乱麻被忽然清空，又像一块石头被炸得粉碎，他一瞬间仿佛掉进一个空荡荡的世界，一团没有声音的纯白，混合着错愕、惊醒，还有难以言说的沉重。

当然会是这样。他狠狠地用拳头捶一下自己的大腿。这一切早都摆在自己眼前，他怎么可能没看见？

扎勒斯的一切都是调虎离山。初中生人质、闹市区里的 Abu Al-Qadi 通通都是掩人耳目的诱饵——怪不得他从头至尾没看到阿拉罕·牧杰。牧杰一直都在波利斯城，他的目标一直都是波利斯城。

“波利斯市几乎半座城都停电了。据说是第七大道上，位于佐丹街和安亚街之间的一个输电变压设备着火所致。”徐燕子在电话里继续说着，路白已跑下直升机，直奔徐燕子所在的指挥车。

车载显示屏上播放着实况新闻。“停电是半个多小时之前开始的，沿着第七大道，往西的一大片全都停电了。”徐燕子说道。

“由于停电，所有大厦的空调和换气系统都无法运转，迫使大量的上班族和居民不得不离开办公室和住所，来到室外。现在波利斯的气温已达到32℃，正午时地表温度可能接近40℃。”

新闻的画面里播放着拥挤的街道和聚集的人群。停电致使城市轻轨电车停摆，更严重的是所有路口的交通灯也一并失灵。新闻中已播了两起交通事故，市区中心几乎每个路口都堵得水泄不通，交通警力根本不足以覆盖所有路口。

“此番连环事故预谋明显、意图恶劣，恐怖爆炸和袭击恐未结束。波利斯市已调高警戒等级至最高的紫红色，停止一切政府、商业和社会活动，重要元首撤离至秘密安全点。然而首都警力严重短缺，公安厅15分钟前临时颁布行政令，从全国四个驻军地点紧急调遣，预计第一批共有六万士兵，包括两万名驻守边境的士兵，前往波利斯维护首都稳定。”

新闻播报仍在继续，路白低头看一眼手机的GPS，离终点小31号还有一个半小时的车程。他点开拨号页面，输入了沈菘兰的电话号码，正犹豫着要不要拨打，坐在后排的姚 sir 忽然惊叫一声："我知道了！"

全车人都看向了他。

姚 sir 将自己的平板电脑举起来放在大家中间，那上面是这个早上刚刚在扎勒斯市区监控摄像中截取的视频。"你们看！"他一面说一面按下暂停，画面停留在 Abu Al-Qadi 的侧影，姚 sir 将那一帧画面放大，定格在他右手里握着的手机。

姚 sir 将目光投向路白，那神态似乎是询问，又像是在寻找肯定。

路白点了点头。

"他手机屏幕上的背景，和哈桑家的窗帘完全是同一样式。"姚 sir 说道，"一样的卡其和绿色相间的菱形图案，天下不可能有这样的巧合。这么说来，这张照片是在哈桑家拍的，他去过那里。"

"哈桑？"徐燕子在脑中思索这个名字，"阿里·哈桑？"

"没错，萨亚德银行职员阿里·哈桑。当日他们劫持阿里·哈桑的目的，目标不是他也不是银行，是他的太太。他的太太在伊罗信通上班。"路白回答的同时，大脑中的一切也忽然都联通了起来。

伊罗信通是全伊罗最大的国有移动通信公司。

"刚刚你说，停电最初的起因是什么，在哪里？"路白问徐燕子。

徐燕子那一边的声音停滞片刻，恍然大悟。"第七大道上，佐丹街和安亚街之间的一个输电变压设备。就是当初佐丹街口那家便利店爆炸的地方，之后市政府刚好在那里修建了新的5G通信塔。”

路白沉声说：“他们不只是要破坏电力造成停电，很快通信也要断掉。我们很可能赶不上了。”

路白说完，立刻从怀中掏出另一部老式手机，按下拨号键，可是听筒里传来连续六声拖长的嘟声之后，就转进了语音信箱。

沈菘兰不接电话？

他难以置信地又拨、再拨，拨到第三次时，他觉得自己已经处在崩溃爆发的边缘，电话忽然接通了。

“喂？怎么啦？”沈菘兰的声音传过来，他瞬间觉得自己又能呼吸了。

“你在哪儿？”路白飞快地说，“你现在不要动，我还有一个多小时——”

他一句话没有说完，还没听到对方的回答，手机里已经传来断线的忙音。路白再试着拨电话时，不再有等待接听的嘟声，取而代之的是漫长的、无助的空白，在十几秒的空白之后直接断了线，连语音信箱都不复存在。

与此同时，车内显示屏上的新闻画面上也被几条灰色的斜线覆盖，挣扎了两三秒钟之后，彻底被大小不均的灰色颗粒填满，只留下一行黑底白字：网络信号中断，请稍候。

幸好GPS系统还在工作。路白一行人飞驰在高速路上，距离波利斯还有一百公里，一个小时的距离。而在他们所看不见的一百公里以外，波利斯市中心的几座建筑轰然爆炸，乌黑的浓烟霎时冲上云霄。无数少年、老人、成年的男人和女人们在惊呼中逃窜狂奔，爆炸的火光和烟雾笼罩着他们的哭声、呼喊和凌乱脚步的踩踏。拥挤而惶恐的街道上充满了丢弃的行李箱和垃圾，还有跌倒者奄奄一息的救命声。

无人预知的厄运已经降临。无可躲避的剧变正在路上。

乐子扬站在第七大道一栋五层灰色砖楼的楼顶上，向下望着彻底陷入混乱的波利斯城。他的目光在茫茫的人群中飞快地搜索，猛然瞥见一个狂奔的身影，从一栋平房的户外安全梯上跳下，准备翻进一栋砖红色的公寓楼。

乐子扬看见他时，他也看见了乐子扬。隔着两条街，隔着五层楼，对方抬起头盯着自己，接着忽地调转方向，径直朝自己所在的灰色小楼奔来。

“赶快离开这里，别白费力气了。”乐子扬与路白再次见面的第一句话。

“能再次见到你真好，阿乐。”路白反而说，“我们现在比任何时候都更需要你。”

“你确定？”乐子扬轻声问出口，然而音调却不是上扬的问句，而更像是一种反驳，又或是自言自语般的拷问。

“我知道是你给侯博士寄去芯片。我也知道是你给阿巴斯港的颖决明传话。”路白肯定地回答，“但现在或许不是我们需要你，而是你需要自己做出的决定。”

“我已经决定了，你看不出来吗？”

“你是一个独立的个体。一个人的能力和责任，不是来源于别处，而是来源于自己本身。一个个体的选择，也一样来源于他本身。”

乐子扬挑了挑眉毛，并不完全买账。“我不是美国队长，更不是救世主。牺牲自己拯救全宇宙这种傻事，我才不会去做。”

“我只恳求你想想，不管英雄、魔鬼，还是普通人，都要面对自己所作所为的后果。”路白在天台上后退了几步，“现在我得走了，我也有我自己的选择要做。”

“我当然会为自己所做的一切负责。”乐子扬不假思索地大声回答，“这个不用你教我，我跟你保证。”

乐子扬再次扫视混乱的街区和路口。一个偌大的城市，只是少了一束电流，几条光缆信号，立刻就能面目全非。这不能说是个出人意料的结果，可是混乱还是远远超出了他的想象。

就在这时，一道黑色的闪电炸裂在空中，地上的人群发出恐惧的惊呼。那闪电从高空而来，如利刃般划破空气，将天空撕开一个茫茫无尽的黑色洞口。黑色的洞口咆哮着，释放着力量、吞噬了光亮，在闪电击中地心的那一刻给整个城市罩上一层黑色的影子。

在闪电降临的同一刻，米尔顿也兑现了他的预言。他和黑色的闪电一同现身在乐子扬的不远处，身披的黑色袍子上沾满了绛红色的血迹，长发散漫地在空气中飘动。乐子扬目视着对方从楼顶天台的另一端走来，直到与自己并肩而立。

乐子扬看见他的右手，掌心里也刻着一道黑色的闪电。

“理想国的意识已经足够强大，黑色的闪电将席卷整个世界，每个世界。”米尔顿也望着波利斯城的混乱景象，接着笃定地说，“这只是个开始。”

“开始什么？”

“杀死‘个人’。”

“那是不可能的。”

“你错了。理想国已经证明了这个可能：它已经到达了完美的极致。它同时也证明了真正的理想是何等优美又何等伟大，它证明了理想可以彻底消灭异己、消除思想、消灭自由。米尔顿已经彻底地杀死了‘个人’。”

“那现在又是什么，是你在波利斯杀死‘个人’的方式吗？”

米尔顿眯起眼睛，视线好像延伸得很远很远，又好像在瞄准一个小得几乎看不见的目标。他任凭惶恐和绝望在空气中持续地发酵，沉默了好一会儿才开口，只不过他没有回答乐子扬的问话，反而问了他一个未必相关的问题。

“你有没有想过，现代社会最致命的疾病是什么？”

“是什么？”

“是便利。”米尔顿直截了当地回答，“现代社会最致命的疾病，在于过于便捷的交通，过于发达的通信。人与人之间过于紧密而轻易的连接，还有那一切的毫不费力和理所当然，遮蔽了充满好奇的眼睛和原本畏惧的心灵，使我们忘记了世界本身的荒芜和深不可测。

“——而现在，一切又回到了最初的模样。上帝创造世界时的模样。没有社会，只有丛林。”米尔顿低头看着地面上的乱象，“哈里发会喜欢这一切的。哈里发愿意统治这样的世界。”

“原来你和他们一样，也企盼着哈里发，”乐子扬轻蔑地哼了一声，“不过你还不如他们，你只是个傀儡，甚至连傀儡还不如，你不过是傀儡的傀儡，自以为是地巡视着那个罩在玻璃罩里，扭曲的、可怖的训梦空间。”

“没错，是你的梦训练了我。作为报答，我把黑色的闪电带来你的世界。”米尔顿说，“咱们两不相欠。”

乐子扬冷笑。“我从未要你报答，”他说着，上前跨了一大步，一只手握成钳子，紧紧钳住米尔顿的脖颈。“我没阻止你来到这个世界，但不管你想干嘛，你都干不成。现在我会阻止你。我会杀了你。”

“是吗？”米尔顿轻而易举地挣开乐子扬的右手，“你说你会阻止……你阻止过什么？你最想阻止的一件事，不还是发生了？”

乐子扬的神情蓦然一怔，米尔顿立刻明白过来。“唔——”他拖长了声音表达自己的恍然大悟，“看来你还不知道，是不是？”米尔顿的眼神充满了挑衅、戏谑，又夹着古怪的优越感和怜悯之心，“你还不知道她已经死了。”

乐子扬的呼吸霎时变得急促，他发疯似的想要立刻就穿梭到杜若秋身边，可是耳边的旋风刮得呼啦啦地响，他无论如何也无法集中精力。

他的脑袋里同时刮起暴风骤雨，山洪地震。无数个记忆中的杜若秋、梦境里的杜若秋、垂死的杜若秋轮番闪现，和他说着听不懂的话语，乐子扬发出一声震天的怒吼，一道电光从他的眼瞳中射出，打在街对面一根电线杆上，撞起一片火花，电线杆也跟着摇摇晃晃，最终在四散奔逃的人群中轰然倒下。

该死的，他怎样才能再次聚起神经风暴，飞去她身边？

“我所做的一切，就是你所做的一切。”米尔顿这时说，“我渴望的，就是你渴望的。我渴望权力，你也一样。”

米尔顿的话音低沉，使乐子扬的心中忽然变得宁静。俄而他扭头盯着米尔顿，默不作声。他渴望了解源空间的真相，渴望在时间和空间的微妙投影中自由穿梭。他渴望从先知成为指挥家，从指挥家成为逾越者，他渴望拥有无限的能力和感知，渴望将这个世界里不可知的一切掌握在自己的掌心，却从没有质疑过自己为什么渴望这一切。

他是否真的如米尔顿所言的那样渴望征服？可是征服世界的意义又在哪里？

“你知道，是什么成就了今天的我？”

乐子扬由衷地抗拒这个问题。

“我所拥有的一切，都是你给我的。”米尔顿再次开口，“黑色闪电的能量来源，正是你赖以穿梭时空粒子的神经风暴。你的神经风暴刮起源源不断的能量，注入理想国的权杖，注入我。是你训练了我，是你建造了我的宫殿。你的每一次穿梭，都滋养着理想国生根发芽，滋养着我和我的闪电，直到逾越。”

“——这是真正的逾越，”米尔顿的声音里充满了满足和骄傲，“恭喜我，也恭喜你，我们达成了真正的逾越。”

“看来你是不准备再回去了。”

“是你赋予我能力。相应地，我已为你铺好了道路，”米尔顿说完，张开一只胳膊，好像揽尽天下的风光，“电力、通信、人心，这些不过是精致小巧的序章。当源空间开启时，这个世界将成为一面崭新的白色画布。新的世界，那一切都是属于我的，现在，这一切都是属于你的。”

乐子扬的心中蓦然一震。一个念头闪过，他不寒而栗。

“你到底做了什么？”他一字一句地质问。

“人是一种很奇妙的动物，是不是？”米尔顿转过身来，面对着乐子扬，这是乐子扬第一次看清他的脸，那场景如同在照一面镜子。“当你还不敢想的时候，你已经想了。当你还不敢做时，你已经替自己做到了。”

米尔顿说这话时，他的身影正在渐渐变得透明，几乎要和背后的空气融为一体，但很快乐子扬就发现他透明的影子并不是在向后退，却是正朝自己接近。“现在，我们终于可以真正地重聚了。灵与肉、骨与血、镜子内与镜子外，我们已逾越了镜子。”他看着乐子扬，还在不断接近，直到某一瞬间他的眼睛只能看见对方黑色的眼瞳，“一旦走出了第一步，就无法再回头了。”

乐子扬瞪大了眼睛，眼眶涨得生疼。他机械地、几乎下意识地低头，将自己握成拳头的右手缓缓展开。一道黑色的闪电，一模一样的闪电，嵌在他手心的皮肤里，如同与生俱来的血脉。

量子纠缠的世界里，每一颗量子、每一粒沙都是某种能量的对镜。每一颗量子，都是另一颗的影子。每一粒沙，都是另一粒沙的影子。可是他却从来没想过，他又是谁的影子？

“乐子扬，你到底做了什么？”

乐子扬感到自己的头颅发热，这是他第一次用尽全力感知自己的身体本身，不仅仅是想要去别处。他的肌肉在抖，锋利的指尖刺破掌心，流出浓重的绛紫色的血液，顺着手腕分成几条线，一滴滴落在地上。

他举起手腕尝一口自己的血液，嗓子口渴而干裂。他的眼睛涨得通红，而眼前的一切从四面八方飞闪而过，嘈杂地彼此堆叠，分不出谁先谁后。

乐子扬奋力凝视。

他看到佐丹街口便利店里的母亲带着她的一双儿女，他看到神情呆滞惊吓过度的银行职员，他看到颖决明长久地盯着一个玻璃瓶里淡紫色的晶体，他看到侯博士在显示器前彻夜未眠——

“自适应 FPGA 芯片调整形态后，可以嵌入脑干，而它训练出的卷积神经网络和大脑本体的神经网络连接，模仿人脑处理器，完成人工智能增强大脑……”

米尔顿是自己训练出的人工智能神经网络，乐子扬早有预感。可现在他意识到不仅仅是这么简单。因为神经风暴所引发的某种大脑状态，使得米尔顿在某种程度上超越了乐子扬。米尔顿和他的社会实验，每一个枢纽，每一层逻辑，都飞快地蔓延发展，甚至比自己更先直面源空间的本质。

乐子扬像一只饥饿的野兽，发疯似的汲取着自己能看到的一切信息。他一定要看清米尔顿做过的所有，他要看清自己到底是谁。可是就在下一秒，眼前所有的画面同时破碎，他低头，只见到自己怀里抱着杜若秋冰冷的躯体。

窒息般的恐惧漫上乐子扬的心口，他的心跳好像飞快的钟摆，从左心房晃到右心房，可是乐子扬除了抱紧她什么也做不了。他还来不及叫醒她，甚至还来不及确定这一切是不是真的，杜若秋已经像一阵烟一样，散入风中。

乐子扬的双臂还维持着抱她的形状。他伫立在楼顶，长久地怀抱着一团空气，一股不可控制的力量已在他的身体里暗流涌动。

为什么？！

十万伏特的愤怒和不甘从他的血液中穿过，在接近心脏的位置爆发成一声雷鸣。他猛地打了一个激灵，咬紧了薄薄的下嘴唇。他已经受够了这一切，乐子扬将不再是这个世界的承受者。

他要像米尔顿那样，动用一切信息、能量、资源，像米尔顿那样完整地自由逾越，他要整个世界、每一秒时间和每一寸空间都向他臣服。绝对的臣服，就像训梦空间里的每一个维克多、每一个矩阵一样。像米尔顿一样，像自己一样。

他们要做这世上唯一的王。

“瓦里斯死了。但这只是一个挫折，不是溃败。”Abu Al-Qadi 站在古巴比伦宫殿的中央，彩色的玻璃拱顶下面。阿拉罕·牧杰从他身边走过，摘下围在头上的围巾。

“我早说过，应该让我去找瓦里斯。我寻找核武器已经寻找了十几年，终于等到最好的机会，本该万无一失，却被一个名不见经传的小卒子给毁了，听说还是个女人。我实在不能甘心。”他掸一掸肩膀上的灰尘，从腰间拔下饮水袋，仰头喝下几口水，“要是我亲自去，肯定能把瓦里斯原封不动地带回来。”

“不，波利斯才是更加重要的一环，”Al-Qadi 说道，“你做得很好。”

“我不明白，”阿拉罕·牧杰耸耸肩膀说，“为什么？瓦里斯脑子里有多级引爆核聚变的实验数据和物理参数，那难道不是最重要的？和中子弹相比，给一个快要毁灭的首都造成一点混乱，又算得了什么呢？”

“不，波利斯才是更强大的东西。”Al-Qadi 摇头，他的目光在阿拉罕·牧杰和宫殿的拱顶之间来回游动，最终落在牧杰身上，“你认为，这世上最强大的武器是什么？”

“核武器——原子弹就不错，”阿拉罕·牧杰撇撇嘴，“像中子弹这样的就更厉害。核战争一旦爆发，足以无数次摧毁旧的、建立新的，核武器就是这世上最强大的武器。”

“还有一样更强大的武器，”Al-Qadi 与牧杰对视，“就是让人相信你足够强大的武器。这种武器能让人全心全意地相信、让人彻头彻尾地臣服，波利斯就是这种武器。它就是强大的证明。”

“向谁证明？”

Abu Al-Qadi 没有立刻回答。他似乎耐心地在倾听一些微小的动静，又好像在等待泥土里的快要发芽的种子。他等待了好一会儿，最终转向宫殿的拱门：“请进来吧，我们等你多时了。”

乐子扬从容走进，他的脚步还带着外面的风声和泥沙，手中没有武器。他的一双浓眉紧绷，眼瞳明亮如炬。

“要建立一个全新的世界，一个真正自由的、完美的世界，需要无上的能量和权力。波利斯就是权力的证明。”Abu Al-Qadi 满怀信心地看着风尘仆仆的乐子扬，开口说道，“混乱是一种新生。混乱是获取权力的捷径。而这一切非你莫属，你将成为这个世界的光。你就是一切能量的源头。”

乐子扬在 Al-Qadi 面前站住，他几乎还能听到自己在古巴比伦的废墟之间穿行奔跑，他听到年幼时父亲叫自己去触摸冰块，听到杜若秋平静又决绝的告别，最后听到自己的骨节发出铮铮的怒吼。

米尔顿已经学会了人类世界的一切。他曾在自己的梦境里以可怕的速度成长，他学会了利用、欺骗、勒索、蒸发，可是他还不满意，他还没获取一切。

“你要获取权力，到底是为了什么？”乐子扬问 Al-Qadi。

“获取权力是为了整个人类，”Al-Qadi 坦然以对，“为了所有人、畜生、万物生灵。为了他们最终的幸福——因为只有真正的智者，才能理解真正的幸福，而普通人，在幸福和自由之间只能选择一个。没错，获取权力是因为普通人无法替自己做出最好的选择——这也是我们要替他们做选择的原因。只有我们的选择，才能带给人类最大的福祉、最高尚的幸福。

“获取权力是因为人类天生羸弱、胆小，”Al-Qadi 接着说，“他们无法承受自由的重量，更无力迎接这个世界的真实，所以才渴望一个强大的领袖。人类不需要自由，人类只需要一个王。他们需要一个人来告诉他们人生的意义和使命，然后被驱赶着使用。

“——就像你现在看到的许多个人和他们的许多双眼睛，他们懦弱而愚蠢。他们渴望着被领导、被奴役。也许你会认为奴役的方式有许多种，伟大的先驱也对此做过很多实验。他们得出的结论是一致的：恐惧，只有恐惧是最好的统治方式。被恐惧所奴役，被恐惧所驱使，最能满足人类心底深处的愿望。”

Abu Al-Qadi 的声音低沉又激昂，如同倾泻的瀑布，毫无保留地描绘着崭新世界的蓝图。乐子扬在 Al-Qadi 的世界里陷入了长久的沉默，甚至于比沉默更深的寂寥——他感到正独自立在一片漆黑的正中央，四周凉薄的空气包裹着他，空虚的黑暗填满了他。

黑暗的尽头，是他的父亲。年老的、已经头发花白的父亲。父亲慈祥地向他勾一勾手，招呼他说：“五张弓，明暗化无形。”

“权力的意义是什么？”乐子扬也问父亲。

“是无形，”父亲回答，“是将一切归入无形。”

乐子扬沉寂片刻。

“不。权力就是权力，不是为了其他什么别的。权力就是目的、权力就是终点。”

他再开口时，声音出离的低沉，又出离的清晰。他用眼神快速地扫过 Al-Qadi 和牧杰，眼皮低垂，好像在心中默数着最后几个数字。就在下一秒，乐子扬的双目骤然睁开，右眼眼眶里划过电击般的一闪。

一道闪电在高耸的宫殿中央炸开，在拱顶和地板的碎玻璃之间迸发出四散的光芒，而乐子扬的右眼，已赫然分离成两只眼瞳。两只深褐色的瞳孔在眼眶中彼此重叠又分开，眼瞳中洞穿一切的、寒冷的目光，随时准备着撕开世界的尽头。

米尔顿教给他的，乐子扬已全数领教。

“跪下。”乐子扬向 Abu Al-Qadi 凝视片刻，命令般地开口。Al-Qadi 匍匐在他的面前，乐子扬伸出了自己的一只手。

Al-Qadi 如获至宝般捧过他的手，虔诚地亲吻了他的手背。“一切为您效劳，我尊贵的哈里发。”

陆

在回到关岛的路上。

——乐修平

“我跟你保证这是最后一趟。我再去出一趟差，很快就回来。等我回来之后一切都会好起来的。你、我、你的生活，一切都会恢复原样，和过去一样。我跟你保证。”乐修平站在厨房和客厅中间，双手握着苏茉的肩膀。他认真地看着自己的妻子，用无以复加的诚恳态度向她许诺。

“我保证，你生活里的一切困难、忧愁和负担，都会化成灰烟，你再也不会看到它们。它们会远离你千里万里，你甚至连想都再也想不起来。”

“真的吗？”苏茉微微颤抖的声音里好像还夹杂着犹豫，可是脸上的表情已经出卖了她，她已经相信了丈夫的话。

乐修平再次肯定地点头，接着按亮了客厅的灯。

“乐子扬！别躲在墙后头了。”他高声向客厅通往二楼的楼梯后面喊道。

乐子扬从楼梯后面走出来。他穿着母亲刚刚从烘干机里拿出来的短裤和背心，光着脚。他今年六岁刚过，母亲带着他从圣地亚哥搬到了西雅图，很快就能上小学了。

乐子扬光着脚踩在大理石地板上，朝父亲走来。“不对，你现在已经死了。怎么还能去关岛？”他冷静地看着自己的父亲。

父亲答说：“没错。我是在回到关岛的路上。”

乐修平的话音刚落，眼前客厅的沙发、白色的灯光和厨房的大理石转瞬间消散殆尽，乐子扬恍然发觉自己又重新回到黑暗里，没有光，没有人影，没有自己的家，没有方向。

“只有最高尚纯洁的灵魂，才有牺牲的勇气。上弦月的每一个人都时时刻刻做好了这样的准备，因为理想的力量是无穷的。”一个沙哑而略带狡黠的声音传来，乐子扬听出那是 Abu Al-Qadi。

“可是为了几个人的理想，牺牲那么多条生命，值得吗？”另一个的声音，属于自己的父亲。

“萨拉姆，我的兄弟。你是真主选中的信使，是他钦定的仆从。如果你能摒除杂念，只忠于理想、忠于上帝、忠于最后的目标，你将无比伟大。后世许许多多的人将因你而获得新生，他们也将永世瞻仰你、崇拜你。”

“我不需要瞻仰，不需要崇拜。我只想做真正对的事。你所说的新生，在那个新的世界里，将没有欺骗、没有抢掠，只有人人平等与自由，对吗？”

“一点不错。”

“我明白了，这是我必须做的。在去关岛之前请允许我回一趟家。”

“当然。记住真主告诉我们的话——要摒弃虚伪的正义奔向自由。”

“要摒弃虚伪的正义奔向自由。”父亲将 Al-Qadi 的话重复了一遍，接着两人的声音同时散去，乐子扬的脑海里纷乱如麻。

“在回到关岛的路上。”

很久以前父亲的话语重新闪现在耳边，乐子扬仿佛听到自己一根心弦一动，在胸腔中回荡起源源不绝的余波。关岛，如果那里藏着父亲留给他的密码，源空间的真相和破除悖论唯一途径……

他也要回到关岛，乐子扬向自己发出命令。神经风暴的旋涡由远及近，乐子扬正聚集自己的精神，忽然剧烈地头痛起来。他挣扎着，好像脑袋里有另一个强烈的信号在指向反方向，乐子扬抱住头奋力大吼——

“不！你休想！”

每一次神经风暴，都是米尔顿的能量补给。乐子扬的全身剧烈地颤抖、发热，接着猛地摔倒在地上，两条腿蜷缩而僵硬，如同在和另一个人殊死搏斗。

米尔顿没有消失。米尔顿还在飞快地成长，他已经占据了他的身体，从每一个微小的毛细血管出发，进攻他的心脏。乐子扬发觉自己已无法完全阻止米尔顿，他只能用残存的意念抵御身体的本能。神经风暴的旋风已经迫近，他必须集中愿力回到关岛……

闷湿的船舱，迫近的海浪。他的世界如愿恢复了表面的宁静。头顶一盏暖黄色的灯泡吊在一根粗绳上摇摇晃晃，乐子扬正沿着窄小的楼梯从甲板走下船舱。

杜若秋就站在楼梯底下，她侧身靠在一架铁做的梯子上，正扭着头认真地观察船尾的监控室。一扇玻璃门之后，布满了大大小小的显示屏和圆盘，一排绿灯有规律地闪动，一条金属管子从天花板弯弯曲曲接入地面。

她的嘴巴微张，正静静出神的眼睛里倒映着监控室玻璃上反射的光。暖色的灯光给她的皮肤涂了一层细细的金粉，细软的黑色头发垂在肩膀上，遮住一半侧脸，平静而柔和。

突如其来的温柔景象，让乐子扬一瞬间停住了脚步。他甚至有片刻恍惚，不知道眼前这一幕是不是真的。在那一切发生之前，在所有的动荡、挫折、挣扎和鲜血淋漓开始之前，她曾经如此柔软无邪。她一只手抚在铁色的梯子上，指甲修剪得短而整齐，干净得像一个刚出世的婴儿。

乐子扬当下清楚地听见一颗心被击中，石沉大海的声音。他本能地想要逃跑，可是一双腿倔强地好像在地上扎了根，死死不肯挪动一步。

杜若秋好像察觉出有人接近，转过头看向楼梯的上半截，乐子扬也沿着楼梯往下走来。他走得很慢，仿佛每一步都经过了十万次斟酌和辩论，可是他目不斜视，杜若秋朝他微微牵动嘴角。

“嗨，”她说，“幸好有路过的商船，是不是？”

乐子扬有些困惑，勉强从嗓子里挤出一个“是”字。他的记忆仿佛被什么打乱了，记不清上一刻自己在哪里，也记不清自己到底是谁，他满眼只有面前的她的温柔。

“今天出海时你许诺要送我的东西，还算数吗？”她仰起脸望着他，眼睛轻轻一眨。

乐子扬完全不记得自己许诺了要送她什么，他甚至都不记得和她一起出海。可是那都不重要，这一刻他只想答应她一切，就算她要的是他的心，他也会毫不犹豫地立刻挖出来给她。

况且她早已经挖走了他的心。失去心跳的他只有在她身边才能继续呼吸，他窒息般向她靠近，像一个溺水的病人需要新鲜的氧气，像一个盲人寻找自己的眼睛。

"杜若。"他低声地呼唤，用声音诉说着痴迷和眷恋，一只胳膊搂起她的腰，好像要将她揉进自己的身体。而杜若秋抬起头，没有闪避。

她的鼻梁几乎贴上他的鼻梁，他呼吸着她的呼吸。就在这一刻，海上不知从哪里卷来一股大浪，船舱忽地一晃，头顶一根绳子断了，暖黄色的灯泡"啪"一声摔碎在地上。

整个世界忽然熄灭了。

他也醒了。

"路白！你可来了——你去哪儿了？"沈菘兰一开口，先带了满满委屈的哭腔，"电话也不通，上网也不通，我还以为——"她咧开嘴开始哭起来，一只手抱住路白，另一只手攥成拳头在他肩膀和胸口之间胡乱地捶着。

路白也搂住她，缓缓松一口气，定了定神。"现在不是回来了嘛，我在这里了，我在这里。"他安慰着沈菘兰的同时也在安慰自己，失去联络原来是这么可怕，未知的恐惧更胜过危险，分离的苦痛更胜过死亡。

他低下头，凝视着年轻的妻子。沈菘兰抹抹眼泪，瞬间又破涕为笑。“你总算回来了，”她抱着他的腰不肯松手，“你告诉我，到底发生什么了？我刚刚在看电视，看了一半就停电了，后来电话也用不了，只有水管还通，水管里还有水。是地震了吗？”

路白沉思片刻，他犹豫着要不要告诉她。沈菘兰换个角度再盯着他半晌，去厨房倒了一杯水给他。路白接过玻璃杯，拉着她走到客厅的沙发上坐下。

“我要告诉你一件事。”他拿出手机，翻出一张照片，递给沈菘兰。

照片上是一个男孩，两三岁的模样，在一片野地里奔跑着，笑得很开心。

沈菘兰低头看一眼，抬起头时充满疑惑。

“这是我的儿子，桑尼。”路白告诉她，“今年已经八岁，快九岁了。”

“你有个儿子？”沈菘兰吃惊地一瞪眼，接着又问，“他也在波利斯吗？我这么久都没见过、没听说过他？”

“不，他不在这儿。他在南边的霍尔莫岛，和他的妈妈生活在一起。”路白说，“我没有告诉你，很对不起。”

沈菘兰还处于深深的震惊中，她吃惊的成分远远多过责备或者不满。“你有个儿子，”她问，“你结过婚？还是……”

路白点头。“确实。我的前任太太现在也住在霍尔莫岛，和……她现在的家庭。我没有想向你隐瞒的意思，真的没有。我只是……永远找不到合适的时机表达。”

“是吗？”沈菘兰的声音忽然提高，“什么样的时机对你来说才算是合适的时机？吃晚饭的时候不行吗？看电视的时候不行吗？开车旅行的途中或者晚上睡觉前看书的那半小时，这些时候通通都不合适吗？”她说到这里忽然语气一转，有点好笑又有点自嘲，喃喃地小声说，“怪不得，我对你毫不了解，路白。我对你几乎一无所知。”

“并不是，”路白安抚地拉住沈菘兰的手，恳求般地说道，“我只是不想……吓跑你。”他犹豫再三，选择了坦诚。

沈菘兰倒是一愣。“你以为，”她认真地看着路白，“我会因为你有一个儿子而……被吓跑？”

“不是。”路白思考着，什么措辞都不恰当，无论怎样表达都不能抚平过去的伤口，无论什么故事都不能辩护已经发生的灾难。他一时间甚至有点后悔自己开启了这个话题，说不定，还可以将来慢慢告诉她，等他们离开波利斯以后，那也是很有可能的。未来有一天，他们会双双远离这座城市，远离时刻面临的警戒和危险。会有这么一天的，不是吗？

“拜托，你这么老，结过婚也是正常，你以为我会介意？”沈菘兰忽然之间情绪又变得轻松起来，半开玩笑地打趣他。

路白长长地呼了一口气，“不是因为这个，”他用沉沉的声音说，“我想你一定会问我，为什么会离开自己的太太和儿子。”

沈菘兰点点头。“所以呢，为什么？”

“在桑尼三岁多一点的那个春天，我刚刚参与揭发了一起横穿非洲和中东地区的毒品走私案。不久之后的一个星期六，就在城郊的日本公园，桑尼去买冰淇淋时，冰淇淋车当场爆炸。”

沈菘兰发出一声低低的惊呼。

“抢救是抢救回来了，但是失去了一条腿。桑尼的大半条腿当场就被炸飞了，我亲眼看着那半条腿，血肉模糊地从空中摔在地上，满地都是血和肉。”路白眼皮低垂，看着沙发的座椅，时隔多年声音中仍然充满了痛悔，“桑尼出院的第一天，阿敏直接就从医院带走了他。在那之前我们已经离了婚。”

沈菘兰眼睛一动不动地看着路白，俄而一只手抚在他的脸上。“这就是你不肯让任何人知道我的存在的原因？”她认真地捧起路白的脸颊，“我理解，我明白，可是我不怕。”

这确实是她的心里话。沈菘兰肯定地、坚定地望着路白，带着一个妻子的坚韧和决心，带着一个 21 岁女生的天真和信仰，“什么也吓不走我，我什么都不怕。”

可是路白不是 21 岁的女生，他的忧心远远超过沈菘兰可以想象的边界。“我有时候想，这是不是一个错误。我不应该再爱人了。”他自省地说道，“更不能爱你。爱和我的职业是不相容的，可我又不能不爱你。”

沈菘兰眼中忽然发出亮闪闪的光，“哎，这是你第一次亲口说你爱我耶，”她抬头想了两秒钟，“没错，这真的是第一次。你能不能再说一遍？”

路白好气又好笑地戳一戳她的额头。

“那好，要不然你就得告诉我，你是什么时候爱上我的？”沈菘兰不依不饶。

路白思考片刻。“开车去塔省的时候。”他回答。

“塔省？塔省发生了什么事吗？”沈菘兰一愣。

“不是在塔省，是开车去塔省的路上。”路白重复一遍。

沈菘兰忽然想起来是什么事了。

塔省是伊罗北部的边境省，当时沈菘兰在伊罗居住超过一年，必须得离境再次入境，重新在边境出入口认证新的签证，塔省就是离他们最近的边境出入口。路白不放心她只身前往，又无法公然陪她坐飞机，商量之后决定开车前往。不到500公里的距离，开车五六个小时足以到了。顺利的话，当天就能往返。

当天两人不到七点钟就出发，路白先开了两个钟头，刚考了驾照的沈菘兰闹着要换人。路白只好把车停在休息站，让她掌舵。

她刚刚开了半个钟头，驶过一公里多长的卡图兰隧道，刚出隧道，忽然刮来一阵大风，大风裹着漫天的黄土、沙尘和土石，完全包围了整辆车。能见度骤降到仅有两三米，完全看不见前后左右的车辆。

忽然降下的沙尘让人瞬间如同盲了眼。沈菘兰记得全身骤然紧缩，踩下刹车、打开双闪，在混沌的路面以龟速爬行。

“那时候沙尘暴突然袭来，在高速路上一下子什么都看不见，我就想，幸好今天我跟你一起。”路白这时说道。他的语气平直审慎，好像在叙述一道论证题。

沈菘兰被戳中心窝，抿起嘴巴眼眶泛红。“这么迟才爱上我呀，真不公平。”她娇嗔地嘴硬。

“我那时候也被自己的想法吓一跳，因为我是一个很惜命的人。通常情况下我是很怕死的，但当时我却庆幸自己跟你在同一辆车上。我事后想想，我想自己应该是很深重地爱着你。”

沈菘兰咧开嘴发出一声轻笑，泪水同时从眼角落下来。她用手抹一抹眼泪，轻轻拍一拍路白的手背，“哎，我还以为你对我是一见钟情来着。你要不要干脆承认一开始就对我有意思好了。”

路白却说：“我这么掏心掏肺地，都情愿和你一起同生共死了，你还不满足？女人啊……”

沈菘兰含泪带笑。“我也是很深重地爱着你，”她说，“我也是。”

“但是现在，咱们俩不能在同一辆车上了，”路白保持了好几分钟的沉默，然后再度开口。他说得缓慢而坚决，“我该走了。”

“什么？你去哪儿，我也——”

“不行，”路白纠正她，“你必须留在这里。只有你在这里，我才可能安全回来。”

“什么意思？”沈菘兰警觉地直起身子，“你要我做什么？”

“不用做什么，你只要乖乖地在这里等着。”路白一面说，一面替她拉开了客厅的窗帘，外头阳光正好。路白抱住沈菘兰的肩，给她一个浅而悠长的吻。“我很快就回来。”他说。

路白只身走出公寓的大门，然后坐上一辆黑色丰田的驾驶座。他身旁的徐燕子看着他关上车门，眼神在他的周身飘忽不定。

“你好像有些话想说，”路白注意到了徐燕子的神情，“说吧。”

徐燕子舔一舔自己的嘴唇，接着清清嗓子。“老大，”他扶了扶自己的圆框眼镜，“你真的要暴露自己的住所和……里面的人？”

路白没有转头看他。他始终只是直视着车的前挡风玻璃，接着凝重地回答：“一个没有弱点的人设，是不够真实的。”

徐燕子无语凝噎。他也是今天才知道这个住处和路白的新妻子。可是他费尽心思藏了这么久的人，就为了……在最后一刻拿出来当作 Abu Al-Qadi 的诱饵？

“只有真实才能吸引 Al-Qadi。他能闻到一个真实的想要面对他的人的味道。”路白好像听见了徐燕子的心声，他说，“他会来的。”

沈菘兰在窗边坐了几分钟，转身到卧室拿来新剧的剧本，回到沙发上开始静静读。这将是花剑小剧场下半年的第一部作品，美国作家苏珊·桑塔格最著名的话剧，《床上的爱丽丝》。一个十六岁、双腿因溺水而残疾的名叫爱丽丝的贵族少女，一个仙境般美妙童话和深不见底的兔子洞的荒诞合体。

就像她自己一样。

给我讲个故事，把我带到世界里去。我想和你一起大笑，一起狂想，一起被箭射下来，一起自我感觉良好，我的诗人……

她轻声地朗诵着剧本上的台词，整个客厅只有她的嗓音和偶尔翻动纸张的声响。残疾的爱丽丝就这么躺在床上躺了好几章，终于在梦境里从床上站了起来。

自己什么时候会走到那一天？沈菘兰趁着大脑清醒的片刻，努力地回忆着路白、医生、护士和心理康复师告诉过她的一切。小剧场爆炸导致的颅脑创伤无法彻底修复，渐进式的衰退只会向前没有后退，可是他们也告诉过她，只要尽力，阿尔兹海默症并不会很快到来，不会那么快就带走她珍藏的一切……

沈菘兰的意识开始飘离。窗外的天空晴朗，远处的几个地方似乎冒着火和烟。她的目光在它们之间漫无目的地来回移动，人群的躁动逐渐抵达她的耳朵。她一只耳朵在听外面，一只耳朵在听自己，这些声音此起彼伏，好像在彼此对话。

我能随着我的意识旅行。跟随着意识，我就在罗马，在玛格利特住过的地方，哈利也去过那儿。我走在街上。我看见洗衣妇，宫殿。我闻到大蒜味儿，贫民窟里的橘子皮味。我听见附近女修道院的钟声。人们大喊大叫又打着手势，想要告诉你些什么。孩子们乞讨，母亲们带着孩子乞讨。他们都是专门干这个的行家，我想。这是谁建立的，谁造成的，谁给的特权，谁赋予的职责和荣耀，谁在撒谎？

剧本里的爱丽丝还在漫无目的地畅想、跳跃，而沈菘兰的楼下忽地传来一声汽车急刹车时车轮划过柏油路的尖叫，接着是叮叮当当一阵响，好像是垃圾桶歪掉或者路牌从电线杆上掉下。她坐在四层的公寓里，克制住想要放下剧本去窗边伸头往外看的冲动，只用耳朵继续捕捉外面的动静。一阵奔跑的脚步声，几声波斯语的粗口和大喊，接着是汽车继续启动，飞驰而去的声音。

她暂时松了一口气，注意力又回到剧本上。久久卧病的爱丽丝无数次想过自杀，想到精疲力竭的时候，病房里闯入了一个盗贼。盗贼年轻、粗鲁，带着市井的痞气和愚蠢，活生生地闯入她死气沉沉的世界。

外面是那么大，而我什么也干不了。你没来过这儿，而且这一切也不会再发生了。你不会发现另外一个像我这样就那么明摆着的笨蛋了，像我这么巴不得去死，这么温和，这么好奇而古怪的人。

又是两辆汽车驶过的声音。这次没有急刹车，只有缓慢地行驶和熄火，接着仿佛许多扇车门同时打开，又大概同时关上。沈菘兰的右手忽然捏紧了剧本，心突突地跳起来。

她立刻站起身，走向卧室的床头。剧本从膝盖滑落到地上，沈菘兰停了一步，接着把自己刚看到的那页折好，滑进沙发底下。她在卧室竖耳听着外面的动静，注意着楼道里电梯经过和停泊的声音，从牛仔裤的口袋里掏出一张小字条。

“看清楚了，是这一户？”从楼梯走上来的阿拉罕·牧杰和从电梯上来的Abu Al-Qadi碰面，低声和他确认。

Al-Qadi满怀信心地点头，接着将自己的手表调出十秒钟的倒计时。

牧杰做出一个OK的手势，接着把一根铁丝插进大门的钥匙孔里，捅了几下拔出来，接着换了一把撞匙，浅浅地插入半截，“咔咔”几声轻响，是锁芯里的弹子全部弹上去的声音。

——外面是那么大。

——你要是到了我来的那地方，你一天也活不了。

——很对不起，我让你难过了。

——别对不起，对不起是有钱人才有的东西。

——我一闭上眼睛就看见可怕的念头。可是在我内心里，没有什么宿命能让我恐惧。

沈菘兰边念着记忆里仅有的几句台词，牙齿开始不受控地打战。

嘭！

公寓的大门被大力推开，阿拉罕·牧杰举着枪对准里面，视线里空无一人。迎面是一个灰炭色的拐弯沙发，牧杰和Al-Qadi背对背走进客厅，Al-Qadi关上了门。客厅的一侧是厨房，可是除了大理石台上一只盛了半杯水的玻璃杯，厨房里也没人。

两人同时把目光转向了客厅另一侧的通道，那里应该是通往卧室。牧杰将门口的大衣柜猛地打开，表情忽地一怔。

“我觉得不对，”他低声说，“衣柜是空的。”

Abu Al-Qadi 瞟了一眼衣柜，没有给予回答。他向通向卧室的通道使个眼色，两人同时往卧室走去。

卧室的门没有关。牧杰走在前面，他侧身贴在门框边上，枪管先探了个头，接着身体一转，面对着卧室。

“久违了。”

卧室里是路白，他坐在空空如也的房间里，正对面还摆着一把空椅子，背后是一扇窗。他看着 Abu Al-Qadi 也从门后走出来，笑着说：“哎呀不巧，我不知道你们有两个人，没多准备一把椅子。”

牧杰还警惕地端着枪，Abu Al-Qadi 看看四壁，示意他暂且放下。

“我当初选中这栋公寓，着实费了不少心思，更别提改装它的内部结构了。你看，外面窗子是五层的地方，在楼内却是四层。不过就是这么神奇，好巧不巧，我们又见面了。”

“看来你是非要见到我不可，路先生。”Abu Al-Qadi 紧绷着脸说道。

“你什么也阻止不了。”阿拉罕·牧杰紧跟着说。

“这可说不定，”路白玩味地回答，“我不是把你们两个聚齐在我的卧室里了吗？”他说完站起身，眼睛先定格在牧杰身上，牧杰也直视着他，一副无所谓的表情。

“阿拉罕·真主信使·牧杰，”路白轻声说道，“你比我想象中的要矮不少。”

“那真遗憾，”牧杰撇一撇嘴，转身准备离开，“不好意思，没达到你的预期。”

“慢着，”Abu Al-Qadi这时突然插话，他一只手拦住了牧杰，开口说，“既然来了，我正好有一个不情之请，和路先生说明白。”

路白说：“正好，我也有一个不情之请，要和Qadi先生说明白。”

Al-Qadi歪着脑袋，思索片刻。“我想了想，你实在并没有什么能帮得上忙的了，”他改变了主意，“不瞒你说，我已经在波利斯很重要的位置布下炸弹。一旦爆炸，再加上电力、通信、网络崩溃，首都发生大乱，真主党的军队将立刻乘虚而入。哈里发已经降临，一旦源空间被开启，释放的能量将抹除一切生物的意识，新的世界，将在古老的焦土上重新建立。”Al-Qadi说完用手摸了摸半边脸的胡须，“你看，就算我现在告诉你这一切，你还是什么都做不了。”

路白这时说：“我劝你停下。”

牧杰和Al-Qadi同时一愣。劝你、停下？这就是路白的谋略？Al-Qadi不可置信地发出两声轻笑，好像听到天大的笑话，捂着肚子几乎口齿不清地回应：“你说什么？这就是你的深谋远虑、你的周密部署？你的计划是说服我，接下来是不是还准备说服我加入你的黑鹰俱乐部？”

“尽管你自己可能不会相信，但你即使到现在，还未真的走到悬崖边上。现在回头，还来得及。”路白丝毫不被嘲笑所动，他上前一步，让背后窗子外的更多光线照进屋内，“Abu Al-Qadi，我劝你现在停下。你也是一个独立的、完整的人，你有这个选项。”

路白说话的同时，左耳的微缩耳机里传来两个狙击手肯定的声音。

“目标M已锁定。”

“目标Q已锁定。”

路白站着没动。他耐心地直视着Al-Qadi，Al-Qadi略微低头，然后看向路白:“我已经选了，你看不出来吗？我已经选择了最高尚的一种生活，我选择了理想。不过我也看出来了，你选择了迂腐。”Abu Al-Qadi挑起眉毛从鼻子里发出一声嗤笑，“真没想到，路白这么聪明又机敏的一个人，到最后是被自己的迂腐害死。”

“你的理想腐败了你，你还要继续用它腐败其他人。”

“完全相反，我的理想，就是全人类的理想。”Al-Qadi肯定地说道，“除了理想，什么都没有意义，什么都没有价值，人不过是实现理想的工具，除此之外，什么都没有存在的必要。”

“不。人不是蚂蚁，人不是工具。每个人都是他自身生命的全部意义。恐怖主义蔑视自由、蔑视人本身，那就离自己所期待的死亡不远了。”

“可你不觉得讽刺吗？我的信仰让我不惧怕死亡，你的信仰却让你怕死得要命。”

路白思考片刻，甚至赞成地轻轻点头，“没错，我是怕死。但那是因为我真的活着。你在否认人的存在和尊严的时候，就已经放弃了自己的生命。”

“目标M已锁定。”

“目标Q已锁定。”

耳机里的汇报又重复一遍，两个狙击手已分别瞄准阿拉罕·牧杰和 Al-Qadi，而他们一无所知。路白这时用右手轻敲自己的裤线，通信中的姚 sir 随即发令。

“3——2——1——动！”

“嘭嘭！”两声枪响，牧杰被击中太阳穴，子弹顷刻就横穿了他的头颅。然而 Abu Al-Qadi 恰好转身，子弹只是击中了他的肩膀。Al-Qadi 在被击中的一瞬扑向窗边，奋力推倒窗户旁的一座五格的书架，书架沿着墙面倾倒，正好斜靠在对面墙上，挡住了卧室的唯一一扇窗。

他转过身时，听到手枪上膛的声音，路白的 9mm 口径手枪已对准了他。

Al-Qadi 缓缓地举起一只手。“要是那该死的子弹没打中我肩膀的话，我会举两只。”他说。

“把你的武器放下。”路白命令。他盯着 Al-Qadi 卸下腰间的枪套，“后背。”路白提醒对方。

Al-Qadi 掀起上衣的后背，将一把左轮手枪扔在地上。路白继续低头看着对方的脚下，Al-Qadi 弯腰卷起裤管，拔出一支手枪。

“现在，告诉我乐子扬在哪儿，你是怎么控制他的？”路白一字一句地说道，“你没死也好。你亲自带我去找乐子扬，我们三个当面对质。”

Abu Al-Qadi 听了这话，忽然爆发出一阵笑声。他咧着嘴，露出发黄的牙齿，微微仰着头，几乎笑得上气不接下气。

“你笑够了，就可以带我去找乐子扬。”路白镇定地屏着一口气。

“你——”Al-Qadi只说了一个字，接着又不可抑制地笑起来，现在他的笑声更像是一种嘶哑的叫声，他的嘴张得狮子般大，眼睛眯成一条缝。

“真有这么好笑吗？”

Al-Qadi用力地点两下头。“你、你以为现在还能找到乐子扬，你以为是我在控制着他，你以为一切还来得及？路白，你的乐观真让我感动。我感动得要哭了，真的。”Al-Qadi说着，用没有中枪的手抹一抹笑出来的眼泪，“你自己看看现在的波利斯城，你看看南边正在烧起来的大火。哦对了，我刚把窗子堵上了，你看不见。不过你很快就能闻到，空气里呛人的森林大火的灰烬。我打赌你闻过一次，一定终生难忘。”

“我不管乐子扬做了什么，又即将要做什么。现在我让你带我去找他，你没别的选择，明白吗？”

Al-Qadi摇摇头。“你还是不明白，我的路老弟。”他的表情从嘲笑转为憧憬，甚至还带着些许的自豪，“我想你还没见过真正的乐子扬，一个增强版本、摒弃了人类的软弱、注入了神的意志的乐子扬。那个他将永生不死，他将无坚不摧。不瞒你说，那其中也有我的一份贡献，我也将和他一起，永远不朽。”

路白瞥一眼自己举枪的手腕，那上面的秒针正均匀地跳动。他不需要等到南部的森林大火，也不需要再听Al-Qadi狂妄的谬言，再过三分钟，甚至都用不了那么久，Abu Al-Qadi就将被黑鹰的一线特工当场活捉，到时不怕撬不开他的嘴。

“不如我们玩个游戏，”Al-Qadi 见路白没有说话，反而颇有兴致，好像打算反客为主。他捂着自己的左肩膀一屁股坐在地上，然后拿起脚边的左轮手枪，没等路白反应，先掰开弹匣，把里面的六枚子弹一股脑倒了出来。

路白举着枪，往前走近两步，微型耳机里忽然传出徐燕子的声音。“老大，不对劲，这栋楼地下一层有不明热源，在红外线显示仪上很大一块。”

Charles 组的周莫立刻回答：“我去查看，完毕。”

徐燕子回：“在地下一层车库 B 区入口处。完毕。”

周莫答说：“收到，完毕。”

Abu Al-Qadi 这时放松地坐在地上，伸开两条腿，然后捡起三枚子弹，依次间隔地装进左轮手枪的六个弹孔。

“你玩过吗？”Al-Qadi 装弹完毕，合上弹匣，然后用手轻轻一拨，弹匣开始自由地旋转，发出金属彼此碰撞出的咯咯声。三个有子弹，三个空弹匣，轮番对准黑洞洞的枪管。

“你先来还是我先来？”Al-Qadi 把枪放在路白和自己之间。

耳机里传出周莫的声音。“是定时炸弹！确认是定时炸弹！还有两分零五秒，快撤！”

路白弯腰从地上拿起手枪，说一声“我先来”，接着“嘭”一枪射向 Al-Qadi。

没有子弹。路白同时往后退了两步，再发第二枪时被 Al-Qadi 一躲，Al-Qadi 也从地上捡起自己的一把格洛克 19 手枪。说时迟那时快，一秒钟之内四五声枪响，Abu Al-Qadi 和路白几乎同时倒在地上。

硝烟、木屑、空气中飞舞的尘埃将两个人分隔片刻，待屋里的烟尘散去了一点，视线重新恢复，Al-Qadi 已倒在地上。他被击中腹部底下一寸，捂着肚子，看着血从指缝之间流出来，手中的枪早已离手。路白则被打中大腿，而且不止一枪，暗红色的血从裤子下面洇出来，又扩散到地板。

路白喘着粗气，使劲用胳膊搬动自己的腿，疼痛令他发出剧烈的呻吟。可是他的腿纹丝不动，他这才发现原来是在枪战中卡在了倾倒的门板底下。他用尽全力挣了两下，拖动着门板移动了微弱的几厘米，路白喘了两口气，抬起胳膊，平静地看了看手表，然后也放下了枪。

Abu Al-Qadi 此时与路白四目相对，两人都读取着对方的眼睛，接着 Al-Qadi 发出一声狂喜般的大笑。他狰狞地笑着，不可一世的嘶哑的笑声从低到高，又从高降低，脸上的许多沟壑如同森林的怪物，又像是恐怖故事里的面具。他的嘴巴和眼睛都张得恁大，眼眶几乎快要裂开，右手还捂着肚子。Abu Al-Qadi 如毒蛇般嘶嘶地笑着，最后深深地吸一口气，“扑通”一声，脖子向后一仰，倒了下去。

沈菘兰从消防通道的梯子上爬下来，跑到街对面的车库里，用路白刚刚给她的钥匙开了门。车库里停着一辆白色的卡罗拉，沈菘兰发现钥匙就放在驾驶座上。她发动马达，同时打开副驾前面的杂物箱，里面有一张字条和几个信封。

她快速地扫过每一个信封，里面全是崭新的欧元和美元。她将信封分别塞在几个不同的衣服口袋里，又抽出几张放进鞋垫下面，然后展开了字条。

字条上让她先去波利斯北站。全城的网络和通信都停摆了，好在字条上提供了路径。沈菘兰按着上面的指示开往北站，刚开上高架路的时候忽然听到身后一声爆炸的巨响，她抬头，后视镜里映出模糊的火光和黑烟。

她的身体不由自主地一抖，但没有回头。

沈菘兰相信路白。他把字条塞给她的那一刻答应她了，只要她按照字条上说的去做，很快他们就会重逢。

高架路上的车流比以往多出几倍，沈菘兰在不同车道之间闪转，距离火车站还有两三公里的时候路上的堵车忽然变得异常严重，所有车道都塞满了汽车，完全没有往前移动的意思。

沈菘兰当机立断。她最后检查了车上的所有储物箱和座位，打开车门走下车，在车辆之间的缝隙中用尽全力小跑起来。夕阳从她的左侧将影子拖得越来越长，沈菘兰的视线中渐渐出现了波利斯北站的大楼。可等她来到近处，大片大片的人群早已将候车大楼和大楼外的空地包围得水泄不通。头顶的告示牌上写着“今日所有班次取消”，人群中抗议和吵闹声不绝于耳。

沈菘兰低头看一眼字条，穿过人群的外围，向几百米外的铁道走去。铁轨两侧早就架起了三层楼高的铁丝网，执勤的警官一个挨一个站得密集，拿着警棍挥向爬铁丝的民众。每当一辆火车轰隆隆地经过，人群中就爆发出激烈的抗议和怒骂。火车上有些车厢的玻璃窗还没来得及罩上深黑色的帘幕，能看得见里面坐着一些西装革履的男人，带着他们的家人，其中不乏许多空位。

沈菘兰在人群外围，沿着铁轨一面走一面数着铁轨的节数，数到第一百二十节时正好经过一个山洞，那里已经离开了绝大多数的人群，只有零星几人，基本都是当地人，扒在铁丝网上，两只手勾住铁丝，眼睛近乎绝望地瞪着前方。

沈菘兰放慢了脚步。如果字条上说的山洞就是这里的话——她小心翼翼将步伐放轻，尽量不吸引注意，接着闪进山洞右侧的一个凹室。

凹室低矮而漆黑，沈菘兰的头磕在什么东西上了，她忍不住轻轻叫出声来，伸手摸到自己头上流出的液体。但是她的脚下一刻也没有停，她打开手机的闪光灯，眼睛也逐渐适应了昏暗，沿着一条一人宽的窄缝往前再走了大约五百米，铁轨又重新出现在视线中。

沈菘兰气喘吁吁，额头上的汗珠混着血液从头顶分流而下。她用一只袖子抵在头上，咬紧牙继续快步走着，沿着铁丝围成的栅栏往北再走两公里，终于找到字条中所说的缺口。

缺口是提前用钳子割出来的，将铁丝网割出一个半人高的豁口。沈菘兰跨过缺口，正好从远处驶来一辆火车，她站在铁轨旁边使劲蹦跳挥手，可列车丝毫没有减速，她顿时泄气地站在原地，一直目送着火车远去。

等待的时间焦灼又漫长。沈菘兰眼见着一辆辆列车从眼前驶过，用拳头捶打着自己的大腿鼓励自己不要气馁，总有一辆会停下。果然，等到第五辆车，远远地放慢了速度，沈菘兰连忙跟在最末一节车厢后面小跑，直到列车的速度越来越慢，车厢的后门打开一条缝。

一个巡视员模样的人，帽檐压得很低，从后门打开的一条缝中看着她，沈菘兰赶忙跟上去，从上衣口袋里掏出一个信封，踮起脚递给对方。巡视员从信封的开口处往里看了一眼，是一叠五百欧元的钞票，随即探出头向外左右望望，接着迅速把沈菘兰拉上车，并将巡视员的帽子扣在她头上。

“这列车什么时候开？”沈菘兰鼓起勇气问对方。

巡视员看着正在关闭的车门，“现在，”他上下打量着沈菘兰，“你就坐这儿，还有三十分钟到机场。”

沈菘兰将帽檐压得比刚刚更低些，手中的汗水浸湿了字条。

她捏着字条，一直到登上离开伊罗的飞机。飞机“咯噔”一声离开地面，坐在窗边的沈菘兰深深呼一口气，展开自己的右手心。

那上面的最后一句话说——

继续读完大学。我会去找你。

沈菘兰不知盯着那句话盯了多久，终于在机舱单调的噪声中变得昏昏沉沉，疲倦地闭上了眼睛。

芝加哥南部的海德公园和她离开时别无二致。校舍依旧老旧古朴，学期依旧短促繁忙。沈菘兰在哈珀图书馆的三层待到凌晨，在 Cobb Hall 的琴房里度过黄昏。数学系的楼梯依旧吱呀吱呀地响，洛克菲勒教堂的钟声敲了一天又一天，神学院的走廊里积满了橘红色的落叶，又被大雪盖成厚厚的纯白。

而她一天比一天沉默寡言。三年级的圣诞节放了假，沈菘兰没处可去。她站在哈珀图书馆的塔楼向南看着五十九街和大片被白雪覆盖的草地，知道路白不会来了。

找不到尸骸，更没有骨灰，路白的死无处立碑，就连自己不断衰退的大脑里的记忆，她也不知道还能保留到哪一天。沈菘兰随身只有一件曾经属于他的衬衫，她将上面的一颗纽扣取下来，放在自己手表的盖子下面，让纽扣代替了表盘，记录嘀嗒的时间。

他就是牵动她生命的时针，她的一分一秒都是为他而转。

他们生命里重叠的时间很短，从最初的相遇到最后，满打满算也不过一年多，可就是这一年，沈菘兰觉得自己已经过完了整个一生。一生里最激烈、最深刻、最绵长的故事，到最后，归于寂静。

她曾经最惧怕寂静。而今寂静终于来临，说实话，她曾充满不甘。她一直以来都对自己、对世界怀有一种强烈的不满，但长久以来说不清到底不满于什么。她只是一直觉得还不够、还欠缺，有什么还没做尽。

现在她终于想出来了。沈菘兰终于明白自己为什么总觉得不够：人生不如她想象的激荡壮阔。真实的人生平凡而艰难，路白曾经在那粗糙的路途中为她亮起过一盏灯，可是接下去漫长的年月，她还得继续、她仍将继续，她要直面、要吞咽下平凡而艰难的人生。

成为茫茫大海中的一粒沙也不错，沈菘兰在毕业典礼的前一晚想到。至少还能默默怀念。

柒

是我创造了黑暗。现在我必须消灭它。

——乐子扬

正午的烈日下，乐子扬在土色泥砖垒起的砖墙之间飞奔。他早已对这片古巴比伦的废墟了如指掌，他认得地上的每一道土坡，每一个破碎的砖块，每一座高耸的拱门。

现在你想起来了吗？你的敌人是谁。你最亲密、最知己、最无法分割的敌人。

一个声音从高处传来。最熟悉的、属于他自己的声音。

乐子扬蓦然停住脚步。

“你知道，是什么成就了我？”这一次，米尔顿不再奔逃。他从宫殿的阴影里踱步出来，倨傲地昂着头，用余光看向乐子扬。

“反正不是我的意图。”

“错了，就是你。”米尔顿黑色的眼珠发着光，露出一种鲜有的得意和快感，“是你的执念。你的执念供给着源源不断的愿力与能量，让我得以飞快地成长。”

是吗？乐子扬本能地拒绝承认，尽管他无法立刻反驳。

“我是为了……”乐子扬难以启齿。

“你不用说，也不用不说，我了解你的一切，毕竟我就是你。”米尔顿说，“但你可曾想过，杜若秋只是一个象征。象征着所有渴望，所有可望而不可即，所有你尚未拥有的一切。”

“——渴望过于抽象，可是一旦寻得了一个具体的化身，一个实实在在的——当然，现在看来她的存在也不是真的那么实实在在——的人，你的渴望、追求、神经风暴和能量就激增了百倍。可是说来也好笑，”米尔顿忍俊不禁地低头片刻，“你往返上百次，看起来是为了她，实际上却是为了我。你追求的不是扭转一个女人的生命，你追求的是扭转一切的力量。”

“你为了不让她死，宁愿毁掉一座城市，颠覆整个海湾。可是整个世界也换不回你想要的人，只是跟着她一起陪葬。这是不是也算一种讽刺？”

“我不觉得讽刺，我也不后悔。我愿意交换。”乐子扬低声说道。“况且游戏还没有完全结束，我还没输。”他的目光对着正前方晴朗无云的天际，“我现在还没做到的事，不代表我永远不能，不代表我下一秒钟不能。”

乐子扬醒来的那一刻，猛地从地上坐起。偌大的宫殿内已经没有 Abu Al-Qadi 的影子，彩色玻璃的碎片在他周围碎了一地，反射着无处不在的晃眼的光点。

“乐子扬！”

梅洛光着脚穿过层层的拱门奔向他，金棕色的头发凌乱飞扬。她跑来他身边坐下，用双手紧紧抱住他的一只手。

“你热得发烫。”她的声音充满了害怕，接着又用手背贴上他的脖子，乐子扬瞬间感到一阵冰凉，他闭上眼感受这片刻的舒适。

可是那凉意稍纵即逝。乐子扬感到一团火在他的体内，甚至比火还热，如同核子裂变式的炙热在他体内膨胀。那一刻，他意识到自己已经无法阻止米尔顿与自己的共生。他是他的另一个更强大的存在，在抢夺意识的战局里已渐渐占据上风。

而他还在炙烤中暴躁地挣扎。他伸出一只手向远处抓去，想把自己拉出炙热的旋涡，可手指刚刚抓牢一圆柱，圆柱却当即裂开，拱顶上的玻璃装饰也跟着哗啦啦地砸向地面，又有零星的几个碎片被抛向天空，飞出宫殿很远之外。

梅洛的身子猛地一颤，连忙向后躲，一只胳膊挡在自己身前。她害怕地望着眼前的景象又望向乐子扬，但始终没有松开他的手。

“黑色的闪电……就快到了。”乐子扬虚弱地说，“抹除一切的……黑色的闪电。”

梅洛对他的话半懂不懂，却本能地感受到乐子扬的挣扎。“我们得离开，”她看着乐子扬，像是祈求又像是命令，“我们必须走，先离开这儿再说。”

梅洛说完，半站起身来去拉乐子扬。乐子扬很重，她根本不可能挪动他，更别说是要拉他起身。可是梅洛没放弃，她一边咬牙拖住他的胳膊，一边摇晃着他的肩膀。

“乐子扬、乐子扬，你快醒过来，快跟我走……”

乐子扬忽然打了一个激灵，他全身一震的同时把梅洛也猛地一推，她踉跄两步重重摔在地上。乐子扬低头看着自己一只手心里握满了玻璃的碎碴，又转头看见倒在一旁的梅洛，忽地回过神来。

“你说得对，我们快走。”他清醒过来。乐子扬大步走向梅洛，把她从地上拉起，然后对她悄声说，“我已经控制不了了。”

“控制什么？”梅洛跟在乐子扬身后小跑着问他。宫殿的地板和天花还在阵阵地晃动，碎成粉末的玻璃碴不时从头顶掉下。

“我的身体。”乐子扬低声说，“米尔顿还在增强——他已经控制了一大半。我们必须赶在那之前回到关岛。”

“赶在什么之前？”梅洛问出口时，乐子扬已大步穿过宫殿的拱门，跨过低矮的城墙，尽头是巴比伦古老废墟的中央，一片开阔庭院中的空地。头顶的太阳照得旺盛，乐子扬踏出拱门的阴影来到阳光底下，头开始疼起来。那不是普通的疼痛，是一种角斗，如同一半的脑神经在挣扎着从自己体内分裂。乐子扬一只手戳着太阳穴，接着把头仰向天空。

抬头的时候，他看见浓浓的黑雾已经在远处升起，似乎是波利斯市区的方向，正以缓慢却坚定的速度向自己逼近。

倾倒的房屋和大厦，燃烧的浓烟之间，彻底失去理智的波利斯街头充斥着暴乱，人群之间自相残杀，鲜血溅上白墙，尸体堆在街口。乐子扬站在楼顶的天台上，一览无余。

“文明社会不过是个纸牌屋。只要给他们一点混乱，不过半天时间，人类就已经开始露出凶残的本相。他们愚蠢、疯狂，嘴里嚷嚷着正义，实际上却渴望着杀戮和鲜血。这才是人性之本。”米尔顿走到他身边，和他并肩而立，“你不要再心存幻想了。”

他的话音刚落，顷刻之间，身旁的米尔顿又变成了Abu Al-Qadi。“米尔顿的实验已完全成功，结果已昭然若揭。你满意吗？”Al-Qadi得意地俯瞰着混乱的城市，正在无限膨胀的恐惧和暴力中变成末世的焦土。

“不，实验还没有结束。”乐子扬面对着Abu Al-Qadi，面对着米尔顿和自己，掷地有声，“在我没让它结束之前，一切都没有结束。”

他说完，立刻大步后退，楼顶的天台却似乎在跟着他移动，又或许是天台的边缘在不断地扩张，他怎么也离不开这灰色的楼顶。

“乐子扬！”

一声喊叫把他拉回古巴比伦的废墟。梅洛这时已经追上来，她的膝盖到脚全都割破了，但她看起来感觉不到自己在流血。她也来到开阔庭院的中央，微微抬头，坚毅的目光径直投向乐子扬，“就在这儿。阿巴斯港的锔原料，昨天朴老三送来，全都填入这地下了。”

乐子扬有一瞬间的冷静。6500克的锔227已然就位，神经风暴的高速能量将激发钙离子的轰击，钙离子轰击引发锔元素连锁衰变，稳定的、持续的T射线将足以把他送去任何地方、任何时间，驾驭源空间投影中无限多的向量，通往任意一点。

米尔顿能做到的，抹除一切、改变一切的能力，乐子扬也有。只不过，他要抹除的，不是世界，而是——

渴望已久的能力终于不再可望而不可即，乐子扬听见自己澎湃的心潮，多年以来积压的迷惑、愤懑、渴求和不甘如瀑布般释放。

是她帮助自己做到这一切。乐子扬同一时间意识到这一点。是她替他完成这一切，尽管自己从未给过她任何东西，就连一丝虚情假意的安慰、一出虚伪的逢场作戏都没有。

梅洛是先知中的先知，是父亲选中和他一起完成最终逾越的人。可是当他转过脸看着旁边的女人和她正午烈日下的影子，却张不开干裂的嘴唇对她说一句话。

“快点，用神经风暴，我们一起去你说的地方。”梅洛催他。

乐子扬犹豫片刻，然后摇了摇头。“不，我一个人去。”他回答。锔 227 连锁衰变所产生的辐射量他没有计算过，因为那对他已成钢铁般的躯体毫无影响。可是她——她只是一个先知，一个鲜活而纯粹的人类。“你需要做的一切，你已经都做到了，”于是乐子扬告诉她，“我感谢你。可是逾越，只有哈里发才能做，我只能一个人去。”

“那怎么行，”梅洛走上来握住乐子扬的手。“我要陪你一起，这是我早已决定了的。”乐子扬正偏着头躲避她的眼神，可她似乎已下定决心无视他的抗拒，毫不畏惧地盯着他的眼睛，“况且你自己也说了，你已经无法完全控制自己。最关键最重要的那一秒，我能把你找回来，相信我。”

梅洛说完，冷静地用一只手托起他的侧脸，闭上眼睛珍惜最后的宁静。她的呼吸重而急促，浓密的眼睫毛在正午的烈日下给她的眼底打上一层浓重的影子。

“空旷宇宙里的两束光，不是因为偶然而相逢。它们的命运是紧紧相连的。”她在他耳边轻声说。

乐子扬心中蓦然一动，仿佛有一个坚固持久的壁垒轰然倒塌。可是他的愤怒更胜于那已经倒塌的什么，以至于他忽地举起手，狠狠掐住梅洛的小臂，接着瞥见她小臂内侧一束纯黑色的文身，一条修长有力的猎豹尾巴。

乐子扬盯着她小臂上的猎豹凝视片刻，手中的力度不放松，反而狠狠一刺，过于用力的手指刺破她光洁的皮肤。梅洛霎时痛得表情狰狞，后撤一步，大叫一声：“你疯了吗？”

“你才疯了！”乐子扬放开手，“你看看自己——你一身血肉之躯，去不了那么久，去不了那么远。你会死的！”

梅洛垂下胳膊，仍旧毫不让步。“我不在乎死，我只想去看看那个地方。”

“可你知道，我为什么要去关岛？”乐子扬痛苦地皱皱眉，忍不住问她。

“我知道。”梅洛回报以同样的痛和决心，“萨拉姆早就把答案留在了关岛最后的一刻、他最后的试飞，对不对？只有回到关岛，才能阻止一切，对不对？”

乐子扬露出一丝惊诧。

“别忘了，我也在那儿。”梅洛露出一丝惯有的嘲讽笑容，“他也留给了我答案。”

乐子扬无言以对。他试过溯洄时间，试过溯游未来，他试过此处和别处，试过所有杜若秋可能改变主意的瞬间。

可是没有一个行得通，没有一个能改变她的死亡。他在一条漆黑的死胡同越陷越深，越来越多的黑暗包围了他、侵蚀着他，等她真正死去的那一刻，乐子扬才忽然发现自己已不再是自己。

他曾为了她，向上帝伸手索要黑暗的魔法。可是黑暗远远超过了他的想象。乐子扬紧紧攥住自己的右手心，整个右半边身体都在剧烈地颤抖。紧跟着晴空中的一声炸雷，黑色的闪电裹挟着毁灭和暴烈，从他的手心窜出，掠过古巴比伦的上空，马上就要席卷波利斯乃至整个世界。乐子扬想用自己的身躯奋力抵挡，但他知道自己抵抗不了多久了。他正在离自己想要的一切越来越远，如果真能改变一切，如果真能救回她的命……

父亲确实一早就给了他答案。

“你知道，我四岁的那一年五月，父亲曾经让我第一次用手摸一块冰。”乐子扬迎着旋风，向梅洛大声吼道，“他那时就已经告诉我答案了！”

神经风暴骤然升起，飞旋的气流呼啦啦地卷起四周的沙土和瓦砾，卷起城墙上的水泥和砖块，卷起拱顶的瓦砾和树枝。

“只有无形的东西才能永生，只有无形的东西才能摧毁一切，在每个时刻和每个空间摧毁每一个哈里发。”他大喊。

要阻止米尔顿、阻止哈里发、阻止自己。只有阻止自己才能阻止这一切。阻止自己还不够，甚至毁灭自己都不够。只有在关岛，在每一个时刻和每一个空间，在每一束向量的每一个终点——这是父亲留下的暗号，他的最后一个选择。北纬 13 度，东经 145 度。

旋风降临在关岛海港，不出所料地，父亲已经在那里等他。乐子扬裹在飞旋的气流中，和父亲相隔着一臂距离，二十年的时光。

“你回来了。”父亲穿着试飞那日的飞行服，手中抱着头盔。

“你明知那飞机被动了手脚。为什么要结束那一切？为什么非要上那架试飞飞机不可？”他再次问出这个已经问了无数次的问题。

“为了你。为了你的母亲。也为了曾经的我。”萨拉姆·乐看着自己的儿子，“我曾经以为找到了理想，并且追求过。哦，我确实为了追求那个理想而甘愿牺牲、甘愿放弃太多。我以为自己正离那个理想中的世界、完美的世界越来越近，尽管接近的过程中充满了鲜血和诅咒。”

“你牺牲的是自己。”乐子扬说道，“你牺牲的是自己的良知。”

“我以为那是值得的。为了理想，为了某个完美的世界，抛弃现在、抛弃良知、抛弃这个世上已有的一切都是值得的。”萨拉姆说。

“是什么让你改变了主意？”

萨拉姆顿了一顿。他注视着自己的儿子，许久才开口。

“是你。”

“你的出生，你的长大。”萨拉姆接着说，“我发现人不能被定义。人类也许愚蠢，也许无知，但每一个人都是真真实实的鲜活的生命。我不能代替他们追求意义，不能代替他们做任何抉择。人更不应该被要求为了什么而存在，人的存在本身，已经是存在的最大意义。所以我错了。”

“所以你就回到了这里——关岛。因为这里是一切的终点。”乐子扬说。

“也是一切的起点。北纬 13 度，东经 145 度。这里是 Al-Qadi 先生招募我的地方，也是我第一次动手杀人的地方。要回到原点，改写一切的错误，只有回到这里。让这一刻的关岛成为新的起点。”萨拉姆给自己戴上飞行头盔，最后说，“让你在一个没有我的世界里重新开始。”

父亲的忏悔只持续了很短的时间。他的影子逐渐消失成白色的烟尘，汇入蓝色海浪和灰色船舷的背景。乐子扬抬起手，对着空白惘然地挥一挥手，忽然发觉自己周身的一切，不是父亲的关岛，不是二十年前的关岛，而是自己的关岛。

怪不得，怪不得他总不记得在关岛到底发生了什么，怪不得关岛自始至终是一截断片。

北极光号停泊在平静的港口，西边的太阳已经快要落山。19 岁第一次出海航行的杜若秋来到关岛，她抱着双臂独自站在甲板上，正仰头望着主帆的桅杆，夕阳的余晖盈满她的眼睛。

他站在杜若秋身后三米以外的风中，她看不见他。

乐子扬现在全都想起来了。他数不清自己已多少次来到关岛，来到这个时刻。20 岁时，他看着她站在单桅小帆船的船尾，在浓郁的海风中轻抿带着生姜味道的马丁尼；第一次乘着神经风暴回到关岛，他长久地注视她斜倚在狭小晃动的船舱的走廊、在昏黄的灯下等待他的脚步；而现在，他回到即将重新起航离开关岛的那一天，她正第一个扯起小前帆，午后阳光的阴影遮住半张期待而炙热的脸……

这一次，将是最后一次，是决定命运、跨越生死的一次。远处天空下的暴风雨正在酝酿，而乐子扬的思绪漫过所有记忆，才忽然发现从关岛以来他走出的每一个脚印、每一次抉择，都有了意义。他曾以为，离开关岛是为了追求父亲坠机的真相，来到波利斯是为了远离家乡混迹天涯，加入黑鹰是为了与杜若秋重逢，来到古巴比伦的废墟是为了……成为无所不能的神。

他的确在追求真相，尽管这真相比他曾经能想象到的，更广阔更深邃无数倍。这真相里不仅有父亲的选择和死亡，有黑鹰，有米尔顿，有杜若秋坚韧而永不屈服的灵魂，更有自己。

你到底是谁？

米尔顿是你吗？乐子扬是你吗？这一刻的你，是你吗？

到最后，真相终于将他带回关岛，他已知道自己该怎样回答这个问题。

于是他再度用神经风暴通向每一次关岛的每一个乐子扬。他卷起港口的海浪冲向单桅的双人帆船，他伸手捏碎头顶的昏黄灯泡，他发出闪电刺破时间和空气，用神经风暴的飓风向他们每一个发出命令般的咆哮。

“现在，我们必须要做一个决定。”乐子扬对他们说，“是离开的时候了。不需要道别。”

唯一他不允许曾经的他们做的事是，向她告别。

他要亲自看着她的眼睛，以全知全能的自己对她说最后一句话。她值得自己的全部。

“是我创造了黑暗。”他看着杜若秋无邪的侧影，自言自语道，“现在我必须消灭它。”

乐子扬说话的同一时间，什么东西从掌心滑落。他连忙回头，梅洛正将自己的手从中抽出。她站在乐子扬的斜后方，望着他目光原本的方向。

“就是她，对吗？”她微微一笑。

乐子扬没有回答。他拿起她的手重新握在自己的右手手腕上，郑重地说：“现在，你要集中精力，不能心软，不能犹豫，不能眨眼，懂吗？”

梅洛好像意识到他的打算，震惊、恐惧和不舍的情绪瞬间溢满了她的眼眶。

“这是你必须做的，”乐子扬坚决地看着她，“你答应我了。”

梅洛昂起头，下定了决心。“不管你想要什么，”于是她说，“我陪你到底。”

于是乐子扬举起右手，将全部的愿力集中在指尖。神经风暴的旋风只增不减，他等待着钙离子轰击锔原料的链式衰变，一层引爆一层，每一层都比上一层更接近最终爆发的瞬间。

十、九、八、七、六……乐子扬闭上眼睛开始读秒，源空间的无数投影充斥了他的脑海，前前后后，真真假假。

五……是杜若秋迎着阳光站在小帆船的左舷，他们的第一个吻。

四……是米尔顿骑着马在丛林中奔跑捕猎，迎着冰凉的蓝色日光对空中放箭。

三……是父亲淡定地走上试飞飞机一去不回头，对他说“在回到关岛的路上”。

二……是他急促的呼吸，带着马丁尼的酒气，带着海风的晃动，带着炽烈的欲望，带着钻心的疼痛和不舍，不顾一切向她靠近。

一……是杜若秋坐在飞机的蓝色舷窗旁边，睁大的瞳孔里倒映着极速接近的爆炸的火光，大颗的眼泪如葡萄一般滚下来，向他大声说着什么……

最后一瞬。北极光号甲板上的杜若秋终于回头看见了他。她似乎茫然，似乎关切，嘴唇似乎还在动，说着他听不见的话语。乐子扬奋力凝视着他的杜若，平静地开口说：

“我得走了。”

“什、什么意思？走去哪儿？”

“确切地说，我已经在离开的路上。杜若。”乐子扬知道杜若秋不会回答也无法回答，或许有一天她会真正明白到底发生了什么，哪怕只是一瞬。可她又不能全部明白——源空间不会允许她因此而做出的任何改变。

况且，他既不想她尽数忘记，又不想她全部记得。

“我等这一刻，真的等很久了。”乐子扬低声说出口时，终于不再犹豫。他右手的五个指头已长成锋利的刀刃，紧接着，就在神经风暴最后迸裂的一刻，刺入自己的头颅。

鲜血从头顶喷出，溅起来飞进他的眼睛。乐子扬发出痛彻心扉的大吼，“扑通”一声跪在地上。剧痛瞬间传遍了他的全身神经，麻痹了一切功能和指令，他的指尖正飞快地变得无力。

梅洛的眼泪如大雨垂落。她继续握住乐子扬的右手，哭着刺向他的脑干，直到碰到一个微小的、坚硬的金属碎片。

乐子扬的表情扭曲而癫狂。他用最后的力气狠狠钳住那块芯片，从脑干中拔出的一刻，整个人也随着无处不在的T射线分裂成无数碎片。

他行走在帆船的甲板，行走在周日巴扎的集市，行走在阿巴斯的港口，行走在查尔斯河的岸边。乐子扬行走在源空间的每一个投影，同时将手中的芯片彻底捏碎。瞬间，乐子扬感到自己已然脱离。他远远地目视着自己像一颗炸弹般裂开，每一个碎片如触角一般伸展，沿着各自的方向奔向终点。

“死亡并不能改变过去、改变我，源空间不允许悖论的存在。”米尔顿的声音由远及近。

“但我不止是死去。”乐子扬回答。他真正地逾越了源空间的所有投影。唯有如此才能改变关岛之后和之前的一切，唯有如此才能在每一个T射线所能到达的每一个终点将自己彻底毁灭。

持续的巨大辐射穿过乐子扬破碎的灵魂，也穿过梅洛的身体。她的手依旧保持着当初的形状，仿佛还握着她唯一在乎的人。她知道乐子扬不会再回来，也知道自己已经活不成。

大量的T射线让她的器官迅速衰竭。她倒在地上，用衰老的脑袋幻想乐子扬的去处。“我不后悔。”梅洛奄奄一息地闭上眼睛，喃喃地说出最后一句话，没有人听见。

相遇是堕落的征兆。渴望是毁灭的开始。

丛林中，母花豹叼起自己的猎物——一只未成年的梅花鹿。她穿过一片浓密的灌木，两头狮子在后面追赶。花豹的步伐已经乏力，她再多跑几步，拼尽最后的力气蹿上一棵树干，接着趴在树枝上喘着气。

无法上树的狮子也来到树下。它们将前爪抬起挠着树干，又在树枝底下逡巡挑衅。母花豹已经用尽了全身的力气，她知道自己连消化猎物的能量也没有了。

果然，她抓着猎物的爪子一松，梅花鹿掉下树枝，成为狮子的美味。母花豹目视着梅花鹿被撕碎被吞食的一幕，疲倦不堪地垂下头，放松了身体，“扑通”一声也坠下树枝，摔死在灌木丛中。

挫骨扬灰的疼痛随着T射线的释放而消退，乐子扬看着自己一点一点被新的投影覆盖、蚕食。弥留的一刻，最后一块碎片的尽头，仍是最后那一秒钟的画面。杜若秋瞪大眼睛，泪水不可抑制地浸湿了整个面颊。飞机发动机的声音震耳欲聋，而她颤抖地紧紧环住他的身体，乐子扬知道这是自己最后的瞬间。

“你听着，我没时间了——”他急切地捧起她的脸，他要把他对她的一切都告诉她，尽管他的声音只能维持几秒，尽管她的记忆只是一瞬。

“——也许我不再存在，但我爱你这件事是真的，比这世上的任何东西都真。我们之间、我们所拥有的一切都是真的，你要相信，杜若，相信我，这一刻是真实的。这一刻是不朽的。这一刻是值得的。”

他说完，凑上去最后吻她的一刻，空气迅速冷却，时间和记忆一起爆炸。他的世界尘埃四散，光影崩塌。乐子扬带着和他有关的一切，消失在源空间里。

尾 声

日子已经走到四月的末尾，波士顿的天气还是冷飕飕的。整个天空怎么都不散的乌云，卷起河面上的阵阵凉意，夏天仿佛还等待在一个太平洋之外。

杜若秋下了课，看一眼手表已是五点钟，急匆匆地裹紧大衣，沿着查尔斯河岸往自己的宿舍走。她的期中论文还没交，今天晚上又有社团活动，从现在到晚上八点，她还有三个小时给那篇难缠的论文收尾。

这天杀的学校，真是要人命。她想想隔壁友校的学生每天过得轻松快活，真不明白自己当初为什么偏偏选择了这座不近人情的学霸王国。

“嘭！”

一个什么东西砸在她的后背上，杜若秋差点往前栽个跟头。不用看也知道——这肯定是在草坪上扔飞盘的人失手干的好事，她已经不是第一次被砸了。

于是她没好气地回过头，果然一个明黄的飞盘掉在自己的身后。她蹲下身子捡起飞盘，用另一手拍掉上面的土，再站起来的时候眼前忽地一黑，如同临时供血不足的缺氧。

就是那一瞬，四周顿时变得异常安静。查尔斯河的河水好像静止了，抚过草地的微风也停了，街上的单车、行人、通向一栋栋楼的石阶和门口，甚至是跨河的桥上来来往往的汽车，都在那一刻遁出了形状，失去了所有的动作和声音。

杜若秋手里的明黄色飞盘无人认领。而她在这近乎凝固的安静里有一瞬间的恍惚，好像心坎里有一块什么东西被抽走，像火烧、像冷水浇、像真空一样揪着她的心，却又空落落的说不清到底是什么。

然而那惘然的一刻并没有持续太久。紧接着，她听见旁边查尔斯河上一阵噗啦啦的声响，河的中央不知何时聚集了一大群黑色的天鹅，它们同时整齐地扇动翅膀，飞快地从水平面起飞，搅动河面上一圈圈彼此缠绕的波澜。它们黑色的翅膀盖住橙色的云霞，黑色的脖颈朝向西沉的太阳。春日傍晚的黑天鹅是她从未见过的，杜若秋的目光不禁跟着黑天鹅的轨迹一同移动，直到那些黑点消失在天际的尽头。

她的世界又活了起来。草地、校舍、石子铺成的小路和来往的人声又全都回到了她的感观，只是此时的她两手空空，飞盘已消失不见。杜若秋莫名其妙地看着自己的左手和右手，面对着查尔斯河伫立片刻。

天地寂静而伸展。俄而有风吹来，迎面的风中夹着一粒沙子，趁她不注意，狡猾地迷进了她的眼。杜若秋不由自主地眼眶发酸，她迎着河对岸的迷茫景色轻轻眨眼，然后垂下头，在夕阳退去的一刻，滴下了一滴匆忙而微小的眼泪。

— 完 —